比走廊阴暗处最冷的是他的眼神
与许砚谈对上目光 她的心倏尔踩空
他好像在这儿等了很久 许砚谈缓慢的语气像是对她的嘲谑
最后一个字音被他咬轻 尾音上翘压着不爽 恼怒："交男朋友了？"
她被这股沙沙带着侵占性的嗓音勾起了回忆
岑芙脸颊发热，抿唇只想反驳
但她并没有来得及开口

许砚谈手肘支着墙面站直
他把烟掐了 语气懒散："还认得我么。"
"许砚谈"
"被你耍着玩那个"

有爱的青春陪伴者

butterfly story

蝴蝶轶事（上）

HuDieYiShi

醇白 著

江苏凤凰文艺出版社
JIANGSU PHOENIX LITERATURE AND ART PUBLISHING

图书在版编目（CIP）数据

蝴蝶轶事 ： 全2册 / 醇白著. -- 南京 ： 江苏凤凰文艺出版社, 2024. 12. -- ISBN 978-7-5594-8890-9

Ⅰ. I247.5

中国国家版本馆CIP数据核字第2024V8W099号

蝴蝶轶事：全2册

醇白 著

责任编辑　王昕宁
特约编辑　蒋彩霞
出版发行　江苏凤凰文艺出版社
　　　　　南京市中央路165号，邮编：210009
网　　址　http://www.jswenyi.com
印　　刷　长沙鸿发印务实业有限公司
开　　本　880mm×1230mm　1/32
印　　张　18.5
字　　数　636千字
版　　次　2024年12月第1版
印　　次　2024年12月第1次印刷
书　　号　ISBN 978-7-5594-8890-9
定　　价　68.00元（全2册）

“砚芙不浅” CP 恋爱实录

contents

上册目录

下册目录

contents

如果畏惧
就无法自由

楔子
/
你还认得我吗?

H U D I E Y I S H I

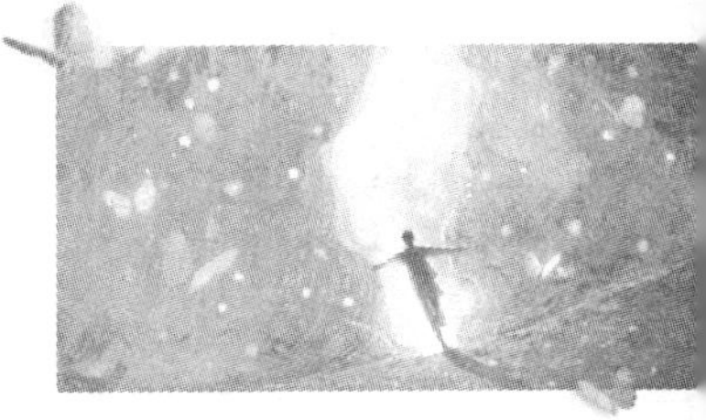

铺天盖地的白。

视线朦胧，乳白色的窗帘被一阵剧烈的风摇曳起来，灼烈的阳光撞上薄薄的白布，碎裂，最终化为落在窗台、床边，以及手指尖的斑驳光圈。

温热滚烫，在肌肤纹理间传递。

太阳圈住了浑身冰冷的岑芙，仿若刻在骨子里的反应，她只想抱紧些，再紧些。

那真是太阳吗?

他吐在自己耳后的热气，比太阳要烈一万倍。

白色窗帘起起伏伏，帷底划过层层圆弧。

额间被阳光烤出了汗，她犹如被扔进澡池，衣服和鬓发都贴着脸，湿漉漉的。

心神微动，岑芙难耐地眯起了眼睛。风一过，像是砂石的东西在她右耳后那一小块细腻的肌肤，摩挲着，拂捻着，粗粝的触觉挑拨她的心率，她颤抖的声音融化在一室朦胧中。

暴风骤起，她身上的温暖消弭而去，冰雹砸在玻璃上，发出碎裂的嘶吼。

耳畔自己的声音倏忽变了温度："不喜欢了。

"怎么都继续不了了。你放过我吧。

"好不好?

"许砚谈。"

那个名字在颅内响起的瞬间。

“轰——”

岑芙倏地睁开眼睛，猛喘出一口气。

飞机滑轮触地引发的剧烈震动将岑芙从梦境中拽了出来。

客舱内逐渐响起乘客收拾东西的骚动。

头顶的音响开始播放广播：“女士们，先生们，飞机已经降落在崇京国际机场，外面温度16℃，飞机正在滑行，为了您和他人的安全，请先不要站起或打开行李架……”

岑芙抬手，颤着指尖拂去额头上的薄汗，胸口起伏不定，心悸难平。

身侧的飞机舷窗透着大片的光，光化为银线勾勒着岑芙的脸庞，白皙的皮肤在光下被照得几欲透明，青丝顺着脸侧柔软地垂着，刘海的发梢与如蝶翼般的睫尖相碰。

岑芙美得很特别，她并非第一眼美女，秀气小巧的五官却比那些大气美艳的都要耐看数倍。

明明生了副孱弱无害的样子，颦笑时的眼波抬动，又显着源源不断的倔韧。

一切都暗有所指似的，刚进入崇京这片地域的上空，她就做了那样的梦。

岑芙缓缓偏头，望向窗外这片阔土，唇瓣不自觉地瞬间抿紧，意味深长。

这座伴她从小到大的城市，乍一看竟变得陌生了。

只离开了五年而已。

…………

乘务员在广播中提醒过要等待一会儿再起身，可当飞机一停稳，周围的大部分乘客就急不可待地站起来拿行李。

在忙碌繁杂的一众乘客中，始终稳稳坐在原位不紧不慢的岑芙就显得格格不入。

手机刚一开机，就有一通电话打了进来，她看了一眼来电人，稍许蹙了下眉心，叹了口气接起：“周导，找我有事？”

“前几天跟你说的，不能再考虑考虑？”那位国际知名的大导演的声音从听筒传来。

“周导，我……”岑芙敛下睫羽，发出一声为难的笑，“我想，一定有比我更优秀的人值得您的青睐。”

“你好歹让我追……”他说到一半，克制住冲动，“岑芙，你是不是有喜欢的人了？”

沉默半晌，他才深吸一口气，叹息：“行，别的关系不谈，合作关系也不能有是吧？

“你有必要为了躲我跑到崇京？

“我团队好好的选角导演你不干，跑去做什么民生节目，做那个有跟着我挣钱？

“纤纤听说你不跟新片了，差点也不想干了。

“我三请四求都不回来，岑芙，可没人能在我这儿有这么大排面。”

周导的人品和才华，岑芙十分认可。之前他们在剧组合作的时候十分愉快，算是熟络默契的朋友了。

岑芙听着他那又委屈又想吊着傲气的话，嘴角扬着的淡笑始终不减：“不是躲您，我回崇京一是出差，二是帮纤纤送个东西。”

纤纤是岑芙在崇京时候的大学同学，后来工作又碰到一起，就作为搭档一直在剧组工作。

这次纤纤一个很要好的同学结婚，她给那对新人做了个东西，但是工作原因不能亲自来，就托付给岑芙顺手带过去。

如果不是最好的朋友求她办的事，她一定不会去，和一群不熟的人相聚尴尬就不说了……还要随份子。

岑芙这视金钱如生命的人，怎么舍得。

“完成这份工作我就会立刻回南城，到时候一定请您吃饭赔礼道歉。”

她挂了周导的电话，直接给纤纤发了微信语音：“份子钱五百，记得转给我。”

岑芙有一双像鹿一样的眼睛，可眯起来时却褪去了无辜感，多了几分妖精似的魅：“我是以你的名义去的，要是就随个一二百，可丢你的面儿。”

发完，她起身背起摄影包，跟着最后一批乘客下了飞机，去转盘拿自己托运的行李。

因为婚礼就在今天，时间比较赶，岑芙下了飞机就要立刻去现场。

28 寸行李箱和巨大的黑色摄影包衬得岑芙的个头更娇小了几分。在机场这个地方，无论是进还是出的人都那么匆匆忙忙的，她拉着行李往外面走。

行李箱的滚轮在锃光瓦亮的瓷砖地面上的滑动声此起彼伏，机场里人们交谈的声音不大，于是就更显得这样的声音有一种莫名的默契和宏壮。

岑芙听纤纤发来的几条语音：

“岑芙！五百块钱你跟我在这里赖！抠死你！”

“不过我说，既然闲下来了你就找个男朋友呗，充实一下精神和身体的双重快乐。”

“现在不是有那种系列的短视频嘛，在同学聚会上和帅气的宾客或者是伴郎看对眼了。”

“万一能来一段轰轰烈烈的爱情呢！不要结果，够轰烈就行！”

岑芙好不容易拖着行李出了机场，挨着 C 口停靠着一排正规的出租车，她不知被纤纤话里的哪句触动了，无声地莞尔一笑，眼神却沉了下去。

不计结果，沉浮堕落，轰轰烈烈的爱情?

一辈子有一次就够了。

“我对那些可没兴趣。”岑芙说，“我上车了，等到公寓再打给你。”

这次出差时间比较长，她在网上租了一个短期公寓。

司机师傅很贴心地帮她搬了行李，岑芙看着手机里的地址：“师傅，去涌泉路假日酒店。”

因为怕晕车，于是岑芙把耳机和手机一块收了起来。

她摇下车窗，动作这会儿，车载音响传来广播。

“各位司机听众中午好，接下来一首歌曲送给正在路途中的各位，希望这首悠扬的情歌，可以陪伴你们度过晴朗、愉快的国庆节假日。

“下面请收听来自周杰伦的经典歌曲——《白色风车》。”

车窗玻璃降下来，扑朔的风肆意吹进车厢里，清脆的鼓点伴着提琴古典乐，构成一股莫名的和谐温柔，前奏响起。

风太过恣意妄为，把她的发丝吹乱，头发虽然柔软，却也抽打得她脸颊痒痛。

白色的风车
安静地转着
真实的感觉
梦境般遥远

她抬手一把撩开乱发，拨到耳后的手指不经意地颤了下。

岑芙望向窗外的眼神却随着这首歌，逐渐淡了。

这歌，她曾经很喜欢，后来因为一个人，听都不敢听。

包里的手机忽然传来振动。

岑芙从包里拿出手机，解锁，是纤纤又发来的微信。

纤纤：亲爱的……我朋友圈有人已经到婚礼现场了，还发了照片。

纤纤：你看看，角落里站着的那个人是谁……

她格外犹豫的语气让岑芙感到有些不祥，纤纤聊天打字从来不用省略号。

岑芙点开那张照片，视线从照片中央往一侧划过，停住。

出租车外的风飕飕地闯荡，流动在整个车厢里，一切都运动不息，唯独坐在后座的岑芙保持原来的姿势僵坐在那儿，像是被按下了暂停键的电影画面。

新消息从屏幕上方弹出。

纤纤：我没想到他竟然也在……你……还去吗？

婚礼举办地点在一个综合性的休闲会所。

岑芙交了红包走进去，拿着纤纤给新娘准备的礼物往化妆间走去。

新娘穿着一身洁白的婚纱，脸上的妆容精致，她第一时间并没有认出岑芙是她的同学，岑芙也没有主动解释，只是说“我是纤纤的朋友，这是她给你做的东西”，然后把礼盒递给新娘。

新娘满面笑容地接过，一直道谢，让岑芙待会儿一定要吃好喝好。

婚礼是最有感染力的场景，尤其对于女性，岑芙见到她眉眼间尽是幸福，自己也禁不住扬起嘴角。

就在这个时候，她背后的化妆间传来了一阵小小的躁动，是男性之间有些大嗓门的打趣声。

“行啊，砚哥，现在是大法官了！不像你的作风啊！”

“是检察官，你懂什么。”女人娇笑着反驳。

那个称谓穿过众多杂音落入岑芙的耳中，她后背倏忽一顿，浑身血液倒流。

身后脚步声逐渐靠近，一口酸涩堵在喉中，岑芙完全愣在原地，双脚仿佛被粘在地板上，动都动不了。

没想到，这么快就碰上了，还是没躲过。

五年没见，他陪着另一个女人走到新娘面前，来送祝福。

许砚谈刚走进这个房间，就被很多人拦住，东扯西扯着聊。

岑芙悄然回头。

许砚谈一身暗纹黑色西服，剪裁精良的西服外套把他健硕的身材体现得淋漓尽致，西裤包裹的那双长腿更是笔直修长。

他的头发比起五年前长了一点，好像是打理过，和那时候的寸头风格不一样，但依旧是露着额头，让锋利凛冽的眉眼全部露在外面，如今单从气场上，就能感觉出他那股暗藏锋芒的沉稳。

休息室里人不少，声音嘈杂，那几个男同学见到许砚谈以后，乐呵呵地一直在搭话。

许砚谈单手抄着西裤兜站着，薄唇勾着一抹熟悉的不羁弧度，无论对方怎么溜须拍马，他都一副睥睨不予回应的姿态。

不过，比起五年前谁也看不上只会摆臭脸，强了那么一点。

婚礼摄影师举着设备与岑芙擦肩而过，岑芙借着躲闪的动作迅速往他旁边瞟了一眼。

他身边的那个女伴她认识，是她同系的女同学，当年喜欢过许砚谈。

许砚谈不是她这一届的，所以应该是陪女伴来的。

没想到，这两人过了五年现在倒在一起了……

岑芙转回身不再看，对新娘嘱咐：“纤纤说里面有一件首饰如果不合尺寸，可以微信告诉她，她再找人改。”

她话音落下的下一秒，浓烈的男性气息笼罩住她的身影。是专属于他的强势气场。

许砚谈上前几步，直接站到了岑芙的身侧。

空气骤然凝结。

许砚谈连一抹眼神都不曾给过身边的岑芙，好似身边站着的就是个陌生人。

他对着新娘打招呼，嗓音低沉悠哉："新婚快乐。"

岑芙脑袋里"嗡嗡"作响，低下头，咬紧后槽牙，告诉自己不能这么窝囊。

她转身，几乎没有任何犹豫地迈开腿离去。

…………

回到宴会厅坐下，岑芙喝了口水，慢慢融化开那几分不自然，咽下喉咙里的干涩。

这种看着曾经和自己肌肤相亲、亲密无间的人如今成为他人的伴侣的场面……像是往嗓子眼里塞石头那么难受。

许砚谈和女伴在她后面来到宴会厅，在与她隔着几桌的地方坐下。

不知是不是她盯得直勾勾了，下一刻，许砚谈忽然偏头，视线睨了过来。

岑芙几乎没有思考，只随着身体下意识的反应行动。她弯腰到桌底下。

她低下头一看，才发现今天自己穿的是皮鞋，没有鞋带。

"嗡——"

桌面上的手机毫无征兆地振动起来。

岑芙拿起手机，一看来电人，是纤纤。

溜到卫生间，岑芙左右看了看，站在盥洗盆前接通了纤纤打来的电话。

先前她发了几条微信说明现场的情况，谁知道对方直接打电话过来八卦。

"没想到你这么刚！我还以为你不会去了。"

岑芙叹了口气："嗯，你在我这儿面子足够大，王纤纤小姐。"

"采访一下，你现在对他还有感觉吗？"纤纤问。

岑芙看着镜子里的自己，却总感觉透过镜子看到的是许砚谈站在别的女人身边挂着松散笑意的模样，那场景在她眼前挥之不去。

"没感觉。"岑芙脱口而出，几秒后，她垂眸，重复一遍，"……真没感觉。"

五年了，他早就把她忘了吧，或许没忘，因为够烦。

在很多人眼里，她算是许砚谈人生里的一个污点？

毕竟没人会想到，他们两个人之间，说分就分的人是她。

"其实……岑芙啊，"纤纤在电话那边语气降了几分，有些劝说的意思，"如果你还惦记他，不如再……

"一辈子太短，别给自己留遗憾。

“叔叔去世前不是也劝过你吗？放下吧，人要往前看。

“叔叔都不怨他们家了，你又何必……”

就在这个时候，女卫生间突然进来人了。

岑芙一看镜子，竟然是许砚谈的女伴，那个叫卓佳佳的。

卓佳佳脸色很不错，脸颊粉粉的，身材丰满，身上的行头价值不菲。

她看见岑芙，上下扫了一眼，举起手打招呼：“哈喽。”

卓佳佳的眼神在岑芙眼里俨然是审视，不算友善。

岑芙扯出一抹笑：“你好。”然后对着卓佳佳指了指自己的手机，示意她自己要先继续打电话不方便聊。

岑芙把手机夹在耳侧和肩膀中间，毫无征兆地挑起一副腻歪的声音对着电话那边说：“没有，我一个女同学。

“你放心吧，没有男同学跟我搭讪。

“这种飞醋都要吃呀。

“过了这阵子我就回去，我也想你。”

岑芙握着手机一边走出卫生间，一边加大力度道：“晚上打视频好不好？我在崇京这边买了一件挺好看的睡衣，穿给你看……”

话音消失在卫生间门口，卓佳佳看着岑芙离去的方向，眼神莫测，然后转身打开水龙头洗手。

说这些话的时候，什么词要咬重，什么词要带着点儿羞臊，岑芙都拿捏得恰到好处……俨然一个陷入热恋期的小女人姿态。她在剧组偶尔听导演给演员讲戏，可不是白听的。

“岑芙，你发什么神经呢！”纤纤在那边快要听疯了，“我耳朵都要酸掉了！真的疯了。”

故意说给卓佳佳听是因为在上学的时候那女生就是个好妒又小心眼的，她和许砚谈那段好多人都知道，包括卓佳佳。

如果卓佳佳是许砚谈的现女友，岑芙才不想让卓佳佳觉得自己还对她男朋友有什么心思。

她不想白白受别人硌硬。

手还湿着，水滴顺着手心滑向胳膊，岑芙步速逐渐减慢，眼神发空，冷淡地来了句：“他好像有女朋友了，纤纤。

“你说得没错，早该过去了。”

岑芙回去的时候，婚礼正好刚刚开始。

她已经很多年没参加过婚礼了，不知道现在的婚礼流程这么冗长无聊，虽然她一直神色平静地目视前方，实际却如坐针毡，仿佛有一抹炙热的眼神，一直从东边投过来，打在她身上，烫得她后背发热。

得了空，岑芙试探着往那边看了一眼，这一眼，却看见了许砚谈和卓佳佳打趣的画面。

许砚谈俯身歪着头，认真地听卓佳佳说话。不知听到了什么，他眉眼一展，竟然露出几分笑意。

是发自内心的那种笑。

岑芙狼狈地收回视线，抓紧手里的包，肩线僵直，已经坐不下去了。

就这样不知道自己和自己较了多久的劲，大概过了十几分钟，台上的新人还在亲密互动，她决定离开。

皮鞋的鞋跟踩在大理石材质的地砖上，每一步都像是踩在一块块放映着回忆的液晶屏上。

岑芙有点喘不过气来，她没有自己想象的那么洒脱。

临近这条欧式走廊的出口，她抬眸，高跟鞋清脆的“嗒嗒”声陡然停滞。她置身于走廊的暗处，望着那个倚靠在走廊出口，身形颀长、背光而立的男人。

他的背是宽阔的，只要他愿意，就能挡得一丝光都照不到她身上。

让黑暗和深渊永远笼罩她。

比走廊阴暗处更冷的，是他的眼神。

岑芙与许砚谈隔空对上目光，她的心倏忽踩空。

他好像在这儿等了很久。

许砚谈的西服外套敞开着，领带也被扯了几分松散，他骨子里那禁锢不住的野性和冷酷瞬间就钻了出来。

许砚谈的棕眸深邃，看不透情绪，半晌，他才慢慢开口，磁性嗓音依旧又低又沉：“买睡衣，穿给谁看？”

许砚谈缓慢的语气像是对她的嘲谑，最后一个字音被他咬得轻，尾音上翘，压抑着不爽、愠怒。

“交男朋友了？”

她被许砚谈这股子沙沙的带有侵占性的嗓音勾起了一些绯色的回忆。

岑芙脸颊骤热，拧眉，只想反驳，但她并没有来得及开口。

许砚谈的手肘支着墙面站直，他垂着眸子，把烟掐了，语气懒散：“还认得我吗？

“许砚谈。

“被你耍着玩的那个。”

他散漫又带着刺的话扎进岑芙心里，往下滴血，疼，又衍生出愠气。

岑芙杵在原地，压抑着从嗓子往眼眶氤氲的酸楚。

她不会转身逃掉。

躲？她没什么可躲的。

下一刻，她抬起腿，踩着高跟鞋继续往前走，偏要从许砚谈身边那个出口出去。

高跟鞋落在地板上震出有节奏感的清脆声响，踩在两人的心跳上。

岑芙垂在两侧的指尖掐着手心的软肉，疼得她头皮发麻。

她正欲与他擦肩而过，被他拦下，意料之中。只不过她没想到，他直接跳过那些多年未见该有的礼貌。

许砚谈的手直接攥住了她的手腕，把她往他身前强势地拽。

两人肌肤纹理相触，因为常年锻炼，他指腹还是那般略微的粗糙，摩挲在她细腻的皮肤上。从腕间到心尖，一路触电般地酥麻了岑芙的里里外外。

她告诉自己要冷静，挣脱他的手，声音微颤：“许砚谈，自重。”

自她柔软清甜的声线里吐出的“许砚谈”，叫到了他心里。

很久没听她这么叫自己的名字了。

许砚谈手里的力度没有丝毫松懈，原本阴郁的眸子镀上几分愉悦。他头靠在拱门门框边，声音一低就流露出几分烟嗓，他话里含着隐晦：“你好像没教过我怎么在你这儿自重。

“不赖我。”

岑芙抿紧了唇，本以为五年足够长，长到会让两个人变得陌生，可是，许砚谈却像从未经历过时间隔阂似的，一见着就这么跟她耍无赖，像刻在骨子里的癖好，恍惚间好似还在五年前。

许砚谈抬眸，瞄见她眸底逐渐泛红。

他怔忪了下，缓缓松了手。

岑芙缓缓抽了口气，低头瞄了一眼被他攥得有些发红的手腕：“许先生，我很不喜欢别人随便碰我。”她停顿了一下，看向他的眼神平静无波，甚至对他的行为感到为难，“我男朋友会不高兴。”

许砚谈云淡风轻的脸色因为她短短一句话阴沉了下去。邪火拱到嗓子眼，他舔了舔下唇，开口优哉游哉像是引诱：“你男朋友？他又不在这儿。我们之间发生什么，你不说他不会知道。”还假正经地逗闷子。

岑芙瞪了眸子，后退半步：“你别过分。”

她那虚构的男朋友是不在，但他的女朋友可在现场！

原本掐着手心的指尖在暗处剧烈颤抖起来。他的态度越是散漫无边，越是跟以前如出一辙，就越像是锋利的刀刺在她身上。

他们之间隔着那件事，本来连见面都不该。

岑芙胸口闷堵，咄咄逼人：“你在这儿跟我说这些，好歹考虑考虑你女朋友的感受，做人别太没底线了。”

许砚谈骤然眯起了眼。

不等他说话，她冷下语气抢着话语权：“如果你只是想问我还认不认得你？

“我的答案是，忘得差不多了。再见。”

说完，她擦肩而过时撞到了他身上，明明力度不大，却让许砚谈踉跄后退两三步，靠到墙边。

岑芙一愣，没回头，直接离去。

许砚谈背靠着冰冷的墙，冷意透过西服的面料往他皮肤里钻。他盯着她挺直后背离去的娇小背影，就那么杵了很久。半晌，他手指发痒，去兜里摸烟。

烟雾飘起的瞬间，许砚谈滚了滚喉结，绷紧腮颊。

然后，笑了。

他哪儿来的女朋友。

那么甜到发腻的声音，蹦出来的字儿个个针扎似的。

真狠，心是铁做的吗？岑芙。

下一秒，他大手一合，猩红燃烧的烟被他硬生生掐灭在掌心。

不知疼痛。

卓佳佳吃完午宴，跟同学们寒暄完就要告辞了，许砚谈陪着她，负责把人送回去。

“那桌人没抽烟吧？我之前嘱咐过。”许砚谈替她打开车门，声音淡淡的。

“没有，挺好的，而且我也没那么讲究。”卓佳佳有些疲惫了，往车里坐去，笑道。

“你是不讲究，肚子里那孩子呢？”他扯唇笑了一下，然后坐进主驾驶，看着她系好安全带才启动车子，“本来就是把你借出来的，若有半点儿差池他不得跟我拼命？”

卓佳佳是许砚谈兄弟小杨的妻子，如今已经怀孕四个多月了，但是她丈夫依旧担心她在外面不安全。

婚礼现场又吵又闹，小杨怕影响她肚子里的孩子，他出差在外地，根本回不来，本不想让她一个人过来，但卓佳佳在家待烦了，说什么也想来见见老同学，要不是许砚谈突然说要陪着来，估计这两口子还要僵持一阵子。

“他就是神经兮兮的，其实没事儿。”卓佳佳拿出手机，给丈夫发消息告诉他自己已经要回去了。

发完消息，卓佳佳想起什么来，她偏头看向安静开车的许砚谈，问：“你去见她了吗？”

“嗯。”许砚谈知道她说的是谁。

她叹了一口气，说：“就是可惜，人家现在有男朋友了。话你都跟她说了吗？”

玻璃窗前的路况纷杂拥挤，许砚谈左臂靠在窗边，撑着自己侧脸，沉默许久，最后只是吐出一句：“没，我一见着她就忍不住犯浑。”

卓佳佳也不敢再多说什么，默默结束了话题。

这两个人，说起来，确实可惜。

许砚谈车里不听交通广播，一直都是好几盘周杰伦的专辑CD轮着放。

> 你说我若一个人会比较自由
> 我不懂你说什么
> 反正不会松手

卓佳佳发现……今天从去的路上，到现在回来，他就一直在单曲循环同一首歌——《白色风车》。

她瞄了一眼许砚谈生硬颦眉的侧脸，明明去的时候，听着这歌，他眉眼都是舒展的，返回时却成了这副表情。

从宴席出来，岑芙就没了胃口，却还是进了商场的麦当劳。她点了很多，一个劲地囫囵吞食物。汉堡的纸包装被手指捏得“咯吱”作响。

她天真地试想能不能用胀满的饱腹感压掉心脏尖端那股始终不断的，细细麻麻的痛感。

可是不能。

无论她吃得多撑，只觉得心越来越疼，像千针落下，逐渐随着心脉麻痹到神经末梢。脑海里被他指尖飘散的烟线，被他浑不论的语气，被他深邃莫测的眼神充斥。

她曾无数次幻想两人如果还能再见会是什么场面，这应该是最烂的一个结果。

她无法变得冷漠，也没有表现体面。数不清的难眠夜晚一双手都难以捧稳，再见，却发现对方早已开始了新的生活。那些辗转反侧显得特别可笑又可怜。

岑芙不知道，自己硬装冷酷的那副生涩模样，在洞察力如鹰隼般的许砚谈眼里，究竟能不能瞒天过海。

她低头，睨着手里还剩一半的巨无霸，真吃多了，撑得她想哭。

太难受了，她把汉堡放下，看了一眼手机，亲朋好友的消息、工作消息……在微信里堆满了红色小圆点。她回了纤纤一条消息，告诉对方自己已经离开，在附近大悦城，然后便把手机扔在包里，什么信息都不看，在商场里漫无目的地溜达了很久。

商场里琳琅满目，吃喝玩乐都有，可她脑子里始终想着纤纤跟她说的那些话。父亲说的那些她都答应了，也听话地好好生活。唯独没听的，就是跨过那道坎。

…………

最后，岑芙进了一家咖啡店。推门进去，咖啡豆的苦香味扑鼻而来，让她浮在表面的情绪稍微踏实了下去。

纤纤：我想起个事，你确定卓佳佳是许砚谈的女朋友吗？

她没回那条消息，不想再去猜。

岑芙排队的时候盯着挂着的菜单，看了很久。她将所有喜欢喝的咖啡在脑子里过了一遍，却还是在点单的时候愣住了。

“您需要什么？”店员礼貌地问道。

这股咖啡的苦香味，在她鼻息里发酵久了，就化成了很多很多回忆。和许砚谈的那场短暂又热烈的恋爱，几乎每一幕都萦绕着咖啡的味道。

他会故意点最喜欢的冰美式，然后趁着口腔留着那苦味的时候拽着她接吻，强迫她尝点苦头，然后松开，睨着她蹙眉的表情，懒懒地勾唇坏笑。

许砚谈总是喜欢看她吃苦，喜欢“为难”她，蔫坏蔫坏的，让人生气。

可是，他又不允许除他以外的任何人欺负她。他告诉她，她可以随便骄纵放肆，惹出事儿他兜着。这几年，所有人都待她礼貌尊重。

可是再没人那样惯着她了。

“我想要……”

店员抬头，眼前这位女客人话没说完，表情平静，双眼却泛了红，雾霭在她眼眶周遭徘徊摇晃，随时都有落下的迹象。

“您没事……”店员迟疑道，想关心一句。

眼前的事物因为这股蒙上来的热弄得忽远忽近。岑芙使劲挥手，告诉她自己没事，嗫嚅着脱口而出：“冰美式……中杯，要多一点冰。”说到最后，她的嗓音已经颤抖。

从上午到下午，控制了半天的情绪，拼命让自己平静的心理暗示，终于在这一刻土崩瓦解。她从不喝这个的，因为又苦又酸。

自己为何如此反常，岑芙心知肚明。

下一刻，她身侧忽然走近一个人，她娇小的身躯被淡灰的影子笼罩。

他身上淡淡的烟草味袭进她鼻子里，还带着股风尘仆仆的气息，像是从什么地方赶来的。

许砚谈单臂撑在岑芙身边的台边，看着店员，直接说：“两杯。”

扫了码，店员拿着贴条去做饮料。

岑芙低下头装聋作哑，后背却僵得像是死了似的，雪纺的布料摩擦得她后背肌肤发痒。她敢笃定，这次肯定不再是偶遇，他是来找她的。

岑芙总觉得自己哪儿在发抖，越来越模糊的视线里，是扶在自己手边的他的右手，比她的手要大上一圈，屈指，手背叠着盘曲的青筋。

隔了一个小时，他说话的语气已然没了在婚礼场地那般野调无腔，更低、更沉，连不悦的戾气都隐忍得不着痕迹。

“跟我说两句话就这么委屈？

“岑芙，别哭。”

第一章
/
这人，太坏

H U D I E Y I S H I

岑芙记得那年夏天很热，太阳都像是比往年要大上一轮，但是秋天一到，又冷得很快。

那是将近六年前。

八月末，岑芙买完早饭回到家，她一进家门发现他们都已经起来了。

妈妈要吃的早饭只有距离他们所在的高档小区两条街外的利民小吃街才有卖。平时在外是穿金戴银的阔太太形象，实际上剥离了暴发户的身份，回到家后的吃穿喜好依旧改不掉。

岑康发对着试衣镜系领带，而穿着家居服的何芳华正拿着本子在算自己昨天打牌的盈亏。

何芳华听见动静，瞥了一眼玄关处正在换鞋的小女儿：“你再慢点儿，你爸就要饿着上班去了！吃不饱怎么赚钱养你这个没出息的！本来生意就差……”

岑康发看着垂头顺眼、手里提着一堆食品袋的女儿，刚想说什么，余光扫见妻子不悦的脸色，把话默默收了回去。

“爸爸妈妈，对不起，我今天起晚了一点。”岑芙走过去把早餐放到餐桌上，然后去厨房替他们拿碗筷。

她下蹲，在柜子里取碗，隔着厨房的玻璃门听见餐厅传来的埋怨声。

“哎哟！我都告诉你多少遍了，装油条的袋子不能系口！都蔫了还怎么吃啊！

“你这脑瓜子天天都记什么呢！

“让你买个早饭，你也能给我买一肚子气……”

岑芙站在厨房里，手里捏着两双筷子。她盯着自己手里漂亮干净的小瓷碗，稍仰起头让那些话左耳进右耳出。

装油条的袋子不能系口。

哼，明明是第一次说。

岑芙翻了下眼，猜测着妈妈昨天下午估计输了不少，不然这口气怎么睡醒一觉都散不掉呢。她转身出了厨房，把碗筷给他们摆好。

岑芙给妈妈拣了一个包子，像个没有脾气的人偶，软言软语地对妈妈说："对不起妈妈，我以后一定记得了。"

何芳华把账算完了，更加郁闷。她瞪了一眼站在自己旁边的小女儿，翻了翻白眼，举起筷子挥动两下："行了，别在我眼前晃。"

岑芙颔首，转身回自己的卧室。比她大两岁的姐姐岑颂宜如今正和同学在海滨城市游玩，每天朋友圈里都是游艇、高档酒店、海鲜盛宴、白金沙滩。

从同一个娘胎出来的她，却连一个懒觉都不能睡。一番对比下来，让人有些唏嘘。

岑芙瞥了一眼桌子上玻璃壶里的白开水。

不会被挤碎，但也永远被困在里面——仿佛是她这辈子的写照。

趋利避害，只为了让自己好过一点。

把书桌上的书和本子都装进包里，岑芙对着桌面上的镜子，双手拍了拍自己的脸蛋，丝丝疼痛感让她稍许清醒了些。

何芳华正吃着早饭，见小女儿背着包从卧室出来，一副要出门的架势，她放下碗筷："你干什么去？"

"我去图书馆学习，妈妈。"岑芙回头看何芳华，老实交代。

"过来，给我看看你包里都装了什么。"何芳华抬起下巴，一副审视严苛的表情望着她。

黑框眼镜下，她垂着的眼睫颤了颤，走过去，向何芳华打开了自己的背包。

何芳华毫不留情地伸手在她的背包里翻找，看见里面是文具、水杯，还有一些大学生英语四六级的习题册，除此以外没有别的"花里胡哨"的东西。

"学个习怎么非要去图书馆，家里不能学吗？"何芳华甩了一句，继续握起筷子吃饭，再没给岑芙任何眼神，话里有话的语气已然透露给岑芙她的态度。

岑芙一愣，顿了几秒，才皱着眉说："在家也能学，妈妈，就是图书馆气氛好。那我不去了，今天在家陪您。"

说完，她把包重新归置好，背起来，回到房间。

关上房门，岑芙马上拿手机发了条消息出去，不能让妈妈有半点生疑。

岑芙：纤纤，我今天身体突然不舒服，去不了了，帮我跟店长请个假，拜托啦。

聊天对象叫王纤纤，是咖啡店的同事，也是马上要在崇大入学的大一新生，正好和她是一个专业的。

过了几秒，对方回了消息。

纤纤：好吧，这么突然？没事吧？

纤纤：你今天来不了真的太遗憾了！你可不知道咱店里来了个绝世帅哥，看一眼能被迷晕那种！

岑芙看着文字仿佛能想象到王纤纤激动的语气，她回完消息瘫坐回床上，有些出神。

风微微掀动白色窗帘，阳光洒在屋里床上鼓起的那一团被褥上。早上她着急出门买早饭，被子还没有叠。

岑芙偏头，她的房间是家里的小偏间。没人的时候是她一个人的卧室，有人的时候，就是姐姐的书房抑或是妈妈的棋牌室，或者是爸爸的吸烟室。屋子朝向不好，只有一扇朝北的铁栅栏小窗。

尽管如此，岑芙依旧很享受这清晨时暧昧懒散的光照到自己脸上的感觉。

她从小便学会的一件事，就是知足。因为像她这样在哪儿都多余的人，也只能知足。

妈妈对她们姐妹两人都很苛刻，但对姐姐苛刻是为了栽培。反观她，岑芙感受不到妈妈苛刻下的爱和期待，好像苛刻，就只是为了苛刻。

她出生时，胎盘血配型失败，没有帮到姐姐治病反而让家里额外付出了更巨大的花销，包括为了生她这个"没用"的二胎罚的款。每次妈妈对她发火的时候，一定要捎上这些话题。岑芙想不通为什么妈妈不喜欢自己，只是因为自己的出生没有派上用场吗？

从小到大，她在这个家里获得过的爱屈指可数，再渴望的心也渐渐会冷。哪怕一分钟也好，她也想离开这个原生家庭，于是背着所有人偷偷打工，为了达成自己的小计划。

她揉了揉眼睛，重新戴上自己的黑框眼镜。

眼镜一戴上，岑芙那双清澈流情的水眸和小翘鼻子在视觉上瞬间被压了下去。

她坐到桌子前，翻开书本开始学习。

翌日清晨。

父母都不在家，没人管岑芙去哪儿。

胸口起起伏伏，新鲜又有些冷冽的空气在肺管里闯荡，从鼻腔直通肺里一片清凉，岑芙站在楼门外，深呼吸过后再睁眼，眸子这才清亮了些。

岑芙骑车到她打工的咖啡店，准备上早班。

她穿着工作服走出员工间，纤纤已经在吧台那边了。

早上店里人非常少，岑芙大老远就看见纤纤正双手托腮望着什么。

纤纤家里似乎蛮富裕的，有时候说话做事一副大小姐架势，也不知道为什么出来打工。

她人小鬼大，总是活泼开朗的，每天上班都喜欢编不同的发型，今儿的蝎子辫有点像小魔女蒙娜。

“发什么呆呢？”岑芙凑在她耳边，叫醒她。

纤纤回神：“啊？”

她脸上带着异样的红晕，拉着岑芙指给她看，声音压低：“看那边，我昨天跟你说的绝世帅哥今天又来啦！”

岑芙下意识就顺着她悄悄指的方向看过去，其实离她们点单台很近。那边坐了一桌子人，有三个男生。但是她一眼就知道纤纤说的是哪个。

极简黑T恤，黑色工装裤，马丁靴。黑色这种颜色，与他的气质十分匹配。

许砚谈跷着二郎腿，双脚大大咧咧地搭在两边，仰着头合眼，突起的喉结向上，随着呼吸小幅度地滚动。

寸头，眉鼻立体，唇线下垂，摆着一张没有丝毫情绪的臭脸。慵懒，冷厉，无形间捏灭所有人试图靠近他的胆量。

看清他脸的那瞬间，岑芙挽袖子的动作一滞。

他往那儿一坐就是让人挪不开视线的存在，尤其是女性的视线。旁边坐着的两个男生一直在跟他搭话，却没见他睁过一次眼。

他用鼻音时不时发出几声“嗯”，算是对他们的回应。

跩得要死。

呼吸随着被捏紧的心变得小心翼翼，岑芙下意识地抬手，指尖碰了碰自己的唇瓣。往上，摸到了凉硬的黑色眼镜边框，冷静了下来。

岑芙不自然地收回视线，拍拍纤纤的肩膀：“干活啦。”

纤纤看着岑芙娇小的背影，满眼不敢置信。

哇……是觉得不够帅，还是对帅哥天生无感啊？

“让我再看两眼……”纤纤恋恋不舍，扒着台沿不肯走。

岑芙把咖啡机周围都清理一遍，然后泡上做饮料需要的茶。

这时店里来了新客人。

来人是个中年男性，身上的西服外套敞着，领带也被扯歪了，发型凌乱，表情怔忡，迷迷糊糊地往点单台走来。

他靠近岑芙，隔着点单机，她闻到这人身上散发的浓重的酒臭味，像是宿醉后过来的。

岑芙问他：“您好，需要什么？”

他歪歪斜斜地站着，迷糊的双眼有些红，看向店里的点单板，嘴里支支吾吾的。

“来……来两瓶啤的。”男人撑着台边，直接点酒。

岑芙悄然皱了皱眉，最烦对付这些头脑不清醒的：“先生，我们这里没有酒，您再看看其他的。”

“啤的，两瓶雪花！”他根本没听岑芙说什么。

她沉了口气，重复：“我们不卖酒。”

“你们饭店不卖酒！卖什么？”男人“啪啪”拍了两下桌子，含糊的声音拉大，一下子有些骇人，“啊！”

喝醉的、耍无赖的男性疯闹起来，就有一股让女性们忍不住胆战的危险性。

岑芙被他吼得缩了缩肩膀，有些吓到了。

一大清早，店里人本来就少，他这么一吵，引起了店里零星几个客人的注意。

胖猴和小杨两个人在玩手游，许砚谈通宵未眠，本来就缺觉头疼，只想安静地闭会儿眼。听见不远处这一嗓子，震得他太阳穴跳动，不由自主地皱起了眉心。

下一刻，他缓缓睁开眼睛。

许砚谈生了一双多情的丹凤眼，但是在他身上，这双丹凤眼既多情又无情。他用眼角余光看向那边，不耐烦的情绪已经涌上来。

视线里，一个醉鬼正对着一个小姑娘刁难。

小姑娘站在柜台里面，黑框眼镜挡住了她大半张脸，缩着肩膀，一副被欺负的模样。

许砚谈眉头稍动，盯着她的脸，眯起了眼睛。

胖猴放下手机似乎要去帮忙，“啧”了一声：“什么人啊，欺负小姑娘算什么……”

许砚谈抬腿，一脚踹向他椅子腿，打断了他的动作。

胖猴看过去，对上了许砚谈慢悠悠的眼神。

“关你屁事？”他不慌不忙地来了句，余光一直在观察那边。

岑芙确定面前的酒鬼就是来找碴儿的，没跑。她给纤纤递了个眼神，纤纤迅速转身进休息室去打电话。

岑芙记得店长刚才好像出去了……店里现在只有自己和纤纤。再回头，岑芙露出一副害怕他的畏缩模样，肩膀和声音都发抖：“先生，您……您需要什么？”

酒鬼瞧着她这张没有任何攻击性的脸，更放肆了，恶狠狠的：“啤酒！雪花！给我上冰的！”

“那您需要多少呢……”

“两瓶！”

“好的先生，我知道了，可是……”岑芙脸上完全是令人于心不忍的无辜表情，“我们这里是咖啡店呀。”

她露出一副恍然大悟的表情，然后耐心地微笑着说：“哦，您是不是没见过咖啡店？

“咖啡店就是卖咖啡饮品的地方，咖啡呢，指的是将咖啡豆经过烘焙磨粉……”

酒鬼听得脑子都像塞满糨糊了，一挥臂呵斥：“你跟我扯什么淡！什么意思啊！我要啤酒！两瓶！冰的！你们这饭店卖不卖？”

酒鬼的唾沫星子都快要啐到她脸上了。

岑芙一努嘴，眼睛说红就红，直接表现出一副明明认真服务却被欺负的样子：“我……我没有扯淡呀……”

她努力拖延时间等店长回来，用那张稚嫩的脸一个劲地装傻：“我刚刚已经把咖啡店的意思给您解释了，”她好像快哭了，用这副无辜的样子转着弯地骂人，“我想您也并不是智商有缺陷的特殊人士，应该能听懂。”

说着，她把手里的一张便笺递了出去：“这是您的购买需求，我已经帮您记下来了。”

岑芙说完，楚楚可怜的眸子里划过一丝警告，几乎没有痕迹：“如果您需要，我可以叫警察叔叔带您去买。”

酒鬼意识到自己被耍，气急败坏地说：“敢故意耍我！报警？我买东西怎么了！警察来了也拿我没办法！”

他被岑芙磨得没了耐性，气得抓起点单台上小筐里的会员礼品盒就往她身上扔。

酒鬼往台子上爬，好似要翻过去揍她：“我找人弄死你信不信！”

岑芙吓得连连后退，塑料盒子不重，棱角砸到身上却还是有些疼，她借着这股疼暗自使劲挤眼泪。

这时候，店长很及时地从外面赶回来，赶紧制止：“怎么了，怎么了？”

对这种场面许砚谈没什么兴趣，本想收回视线，谁知——

下一秒，在他余光里——那个刚才咄咄逼人的小姑娘，一抬头，笨重镜框后的那双眼睛蓄满了委屈的泪。

岑芙眼里晃荡着委屈的泪，眉毛和鼻子都皱着，双手不安地扣在一起，对店长道歉：“对不起，我没处理好……他要打人……”

“我打什么人！我要买咖啡！你们这个服务员说瞎话！”酒鬼直接改口，“我点单行不行！你们接不接客！”

就在这时，岑芙忽而从嗓子里呜咽一声，断了话语，声音不大不小足以让周边人听清，俨然一副被无赖酒鬼欺负狠了的弱小恐惧模样。

店长一看这情景做出判断，直接护着岑芙。他对那酒鬼伸手做出请出去的姿势，直言不讳：“先生！请您不要打扰我们正常营业，如果您再继续闹，我们会报警的！

“请您出去！”

岑芙躲在店长身后，背对着所有人，轻描淡写地用手指轻飘飘地把眼泪擦去，而后回头，睨向酒鬼的敌对眼睛陡然闪过一抹光。

酒鬼本来就是找岑芙这种看上去刚刚成年的小姑娘欺负，眼见着店长用报警威胁了，酒鬼不得已败下阵来，他看见岑芙那副表情，气得吹胡子瞪眼：“你这个小娘们儿！别让我再碰上你！”

胖猴看向那边，“啧啧”两声：“这种人真是败类。”

许砚谈跷着二郎腿，光洁干净的马丁靴鞋头抖了两下。他薄润的嘴唇动了动，似笑，却没勾到笑的弧度。

半晌，许砚谈才自喉口逸出一声哼笑，意味不明。

风波随着胖猴和小杨手机里这盘游戏的结束而过去。

胖猴恍然：“哎，咱还没点东西呢，都在人家店里待半天了。”

“好像能坐着点，有这个。”小杨按下桌子上的呼叫铃。

然后，在屏幕上看到被呼叫的岑芙向他们那一桌走去。

岑芙手里捏着几张单子，走过去把菜单放在桌子上，从口袋里拿出点单机，语气温温柔柔的：“您几位需要什么？”

胖猴和小杨凑在一块看喝的和吃的东西。

“小姐姐，”坐在一边的胖猴是个爱管闲事的，他忽然开口对岑芙嬉皮笑脸道，“刚才没事儿吧？别理那种人，他不敢怎么着的。”

岑芙一愣，悻悻地笑了一声，眉头和唇珠同时下压，只用细微的表情变化就将一股故作坚强的我见犹怜表现得淋漓尽致。

“谢谢您，没事的。”她的声音像朵软绵绵的云。

明明眼前这个素面朝天还架着副笨重眼镜的姑娘长得一般，胖猴却不知怎的挠了挠后脑勺，躲开视线，猝不及防地被弄得心神飘荡，他憨憨一乐，低下了头，继续看菜单。

岑芙就站在原地等他们选好，敛着视线，发现三张菜单中有一张孤零零被落在桌面中央。

有一个人没看。

岑芙手里握着点单机，目光试探着顺着那张被落下的菜单，一点点向自己的右前方抬起。

结果下一秒，她的视线猝不及防地撞进了他的眼中。

许砚谈单臂支在椅子扶手上，手握拳撑着太阳穴，懒洋洋地坐着，抬着下颌睨着她。

明明是他坐她站，可他硬是望出了睥睨的不羁姿态。

他唇线下垂着，眼里却又盛了半分嘲谑般的笑，气场太过强大，一眼就能把她全身上下看穿，揭得一丝不挂。

许砚谈的眼神炙热又深沉，毫不掩饰地暴露他对她的讽刺和意味深长的兴味，嗤之以鼻，仿佛用眼神在说：装。

岑芙意识到的瞬间，僵在原地。这般眼神，恍如瞬间把她拽回了一个月前那条暧昧又昏暗的酒吧走廊。

她那镜框后的鹿眼漾起窘迫的不安，就像小动物感到了潜伏在丛林中的危险，她后背爬上了一股悚然的麻意。

他认出她了？

许砚谈这才正眼看岑芙。

站在自己斜前方的女生瘦瘦小小的，棕色的工作服描绘着她脆弱单薄的肩线。黑发随意地向后扎着，黑框眼镜压住了她的眼眸和鼻梁，一眼看过去只记住一张并不出众的苍白小脸。还有那紧咬的下嘴唇，咬得唇瓣都泛白。

跟他欺负了她似的。

矫情。

她浓密的睫毛上好像还挂着没干的水渍，此刻躲闪着他的目光，实在笨拙，却又实在有欺骗性。

他嘴角的旋涡逐渐加深，眼底却依旧冷漠："冰美式，中杯。"

许砚谈见岑芙像只埋头的鸵鸟，头都快低进地缝里了，屈指，用关节在桌面上敲了两声。

岑芙下意识地抬眼，被他一眼攫住。

猝不及防，她被他的眼神烫到。

许砚谈神色中的戏谑昭然，挂着淡薄的坏笑："多加冰。"

她连忙又低下了头，开口声音颤抖："好。"

岑芙手指在手机上使劲按着，后背沁出了汗，拼命暗示自己要冷静。毕竟她现在素面朝天，跟那晚的形象天差地别。

岑芙万万想不到，换了个城市还能再遇到这个人。她很难从他真假难辨的神情里读出他到底还记不记得自己。

早在两个月前，岑芙就感受过这人压倒性的气场，这个人的锐气、阴鸷、森冷，是从骨子里带出来的。

许砚谈生来魂魄里对其他人的压制力，是不容置疑的。

锋芒毕露。

“两个这种蛋糕，然后一个红茶的、一个生椰的……”胖猴当然不知道那两人发生了怎样一番眼神纠葛，举着菜单跟她点单。

岑芙低着头把他们点的东西记下来，给了他们号牌，拿起三张菜单迅速转身溜回吧台内。

她现在只祈祷他们能赶紧走！

把出单条打出来的时候，看见外面又来了一个年纪相仿的男生，不过衣着打扮都不太像正经学生，扎了个脏辫，身材魁梧一身腱子肉。

“咱们不会……等他吧？”小杨率先看见男生。

胖猴揽住小杨的肩膀，坏笑一声，悄悄说：“今儿好戏的主角之一。”

那人进店以后扫了一圈，最后眼睛落定到许砚谈这一桌，直直冲着他们走来。

方奥南昨晚在外面玩了一整晚，酒还没完全醒就被叫出来。他走到他们桌前，拉开椅子，吊儿郎当地坐下，看向许砚谈的眼神里含着几分忌惮：“找我干吗？”

“怎么跟砚哥说话呢？”胖猴揽住方奥南的肩膀，晃了晃，笑得并不友善，“三天没挨打又皮痒了是吧。”

…………

“咱们店今天早上净来些奇怪的客人。”纤纤看见远处那个脏辫男，撇嘴道，她指了指那边，“你去打包一下外卖的单吧，这边我做就行。”

早上的时候，咖啡店里人少，但是外卖的单子很多。

岑芙把手里的活交给她，去领餐台那边打包。

领餐台的位置距离许砚谈那桌很近，岑芙干活的间隙，余光能瞥见那边。

许砚谈那桌的东西做好了，岑芙在系统上叫号，他们桌子上的取餐器就响动起来。

胖猴看了一眼，拿起取餐器，带着小杨去取东西，他拍了拍方奥南的肩膀：“正好再给你点杯喝的，算哥请你了。”

方奥南被许砚谈“教育”过，怎么说也算不上能坐在一桌和和气气喝咖啡的关系。

他有些瘆得慌，看向自己面前的许砚谈，警惕地问：“到底找我干吗？有话直说。”

许砚谈窝在沙发椅里，晨间的光透过咖啡店一侧的玻璃窗，打在他身上，些许金色的光勾勒着他侧脸锋利的轮廓。

他颔首，指腹摩挲着右腕戴着的腕表表盘，金属表盘在他的擦拭之间反射着慑人的光。

许砚谈耷拉着脸，抬眸睨他，轻挑眉，一副理所当然的样子：“请你喝咖啡啊。”

方奥南坐在原位，如坐针毡，快疯了。他咬牙切齿：“我又怎么招你了，是爷们儿就痛快点儿不行吗？”

许砚谈很享受对方这副畏惧自己到浑身难受的模样。他轻嗤一声：“放松。”语气拖腔拉调的。

表盘里的指针一分一秒地滚动着齿轮。

“真就请你喝咖啡。”许砚谈说。

方奥南真想一拳打上去，你许砚谈是那种没事闲得慌早上七点钟请人喝咖啡的人吗？

胖猴和小杨到领餐台跟岑芙多要了一杯咖啡，她说他们可以回去等，所有东西都齐了会叫他们来取。

“不用，我们在这儿等会儿就行了。”胖猴对她挥挥手。

岑芙点头，随他们便。

他们这边还差两杯咖啡，岑芙就隔着台子打包别的单子，做自己的事。

小杨倚靠在台沿边，回头瞅了一眼那边对峙“一疯一笑”的两人，忍不住问自己大哥：“猴哥，砚哥为啥请方奥南过来啊？咱跟他关系不是不好吗？”

“哼。”胖猴手里玩着凭单，坏笑一声。

岑芙按照凭单对照饮品默默打包，但其实竖起耳朵在听八卦。

“方奥南有个女朋友，叫李歆。”

“哦哦哦。”

岑芙包好一个外卖袋子：嗯……

“李歆有个男朋友，叫王京。”

“嗯？”

岑芙低头擦杯子：……脚踏两条船，厉害。

小杨："这三个人跟砚哥有啥关系呢？"

胖猴："这不正要说嘛。

"李歆在公共场合勾搭砚哥……还摸了……咱哥的大腿。

"就在她男朋友王京眼皮子底下。

"然后这个王京打电话骂咱哥。"

小杨倒抽一口冷气。

站在一边打包外卖饮料的岑芙的手一抖，无声间瞪了瞪眸子，剧情还能这么发展？

"他在台上看了个正着，自己女朋友明目张胆在眼皮子底下勾搭别人，咱理解，换我我也生气。"胖猴耸肩，"但这和咋哥有什么关系呢，是李歆瞎勾搭。别看那王京，看上去文质彬彬、白白净净的，急了就跟疯狗一样。不知道从哪儿来的砚哥电话，打过来就是一顿脏话输出。什么话都敢往外骂。我们还在外面吃饭呢，咱哥接起电话，听了两秒，直接放在桌子上开了免提。那些话脏得我听都绷不住了，结果咱哥全程云淡风轻，跟在茶楼里听曲儿的大爷似的。"

当时，在王京骂到"你妈没了你"时，许砚谈忽然扯起嘴角，毫不收敛地笑了。

他这么一笑，胖猴慌了。

许砚谈平时摆臭脸才是正常状态，只要一笑……一定会有人遭殃。

"你知道王京当时说了啥吗？"胖猴一想起就想笑。

"他都骂累了喘了，结果咱哥不急不慢地给他撂了两句——行啊，了解不少。还有别的花样儿吗？你那几套连招哥们儿有点听腻了。"

轻飘飘一声"哧！"毫无征兆地响起。

胖猴和小杨齐刷刷地抬头，看向面前的岑芙。

岑芙意识到自己没憋住笑出声了，梗着脖子，揉了揉鼻子。她故作镇定，小声狡辩："抱歉，有些感冒。"

小杨挠挠头："你说的我都懂，那这跟方奥南有什么关系啊？哥你跑题了。"

岑芙把他们这桌点的饮料和咖啡都放到托盘里，一边过来一边在心里附和：对啊，说了半天。

那三人跟他有什么关系？

"跑题？"胖猴接过岑芙端来的托盘，他们的餐都齐了。

他看了一眼自己的小弟，阴森森一笑："还没说到点子上呢。待会儿，你就知道许砚谈这个人，到底有多坏了。"

岑芙望了望那两人端着托盘离开的背影，又偏转视线，悄悄看了一眼迎着阳光坐在那儿的许砚谈。

她挑了下眉，兴趣渐起。

又一个外卖小哥从外面急匆匆过来："你好，饿了么 56 号！"

岑芙回神，把对应号码的外卖袋递给他："在这儿，您小心轻拿。"

方奥南端着塑料杯嘬着咖啡，苦得他龇牙咧嘴。坐在两边的胖猴和小杨一边喝咖啡一边吃蛋糕，美滋滋地聊着闲天。

许砚谈单手捏着中杯的冰美式，里面的冰块随着他的动作摇晃出声。过了一会儿，他斜眼，递给胖猴一个眼神。

胖猴突然放下餐具，一只手揽住方奥南的肩膀，另一只手抹了抹嘴："哥们儿，咖啡好喝吗？"

方奥南身在虎穴哪敢说不啊！他咬着腮帮子，瞪胖猴："好、喝。"

"好喝就成。"胖猴拍拍方奥南的后背，然后抢过他的咖啡，一个甩手，直接将咖啡扔到了脚边的垃圾桶里。

"行了，你可以走了。"他说。

方奥南："嗯？"

方奥南拍着桌子站起来，怒视了一眼他们三个，撂下一句"你们真行"，甩手往咖啡店外面走去。

岑芙站在吧台里面，看着那边发生的一举一动。

许砚谈右手臂搭在椅子扶手上，左手半垂捏着吸管杯，侧着身望向店外。

下一刻，就在店门外，精彩的画面发生了。

方奥南刚出咖啡店，迎面就看见个熟人。

熟得不能再熟，前两天还在酒店跟他撒娇要买香水的女朋友，现在被一个穿着衬衫的小白脸搂着腰走过来。

"李歆！"方奥南怒火攻心，一瞬间气得头发昏。

李歆被这一声吼得吓了一跳，看见方奥南的瞬间脸色立马白了。

前两天怒骂许砚谈祖宗三代的王京问她："他谁啊？"

方奥南冲着王京就揍了过去："你大爷！"

王京根本没有准备，直接被方奥南一拳打到地上。

李歆被吓得腿软，赶紧去拦方奥南，结果被正在气头上的方奥南一把推得踉跄，高跟鞋一歪，摔在地上："啊！"

"你跟我说家里管得严出不来？都是放屁！"方奥南骂她。

王京并非表面上的儒雅文弱，他一下子被人揍倒在地，很没面子，爬起来就和方奥南厮打在一起。

两男一女的纠缠戏码在咖啡店外面上演，岑芙站在店里，手里的抹布掉在吧台上。

她看傻了。

店里的歌单好巧不巧放到了一首经典的歌剧古典乐。

歌剧《比才：卡门》的插曲——*Carmen: Habanera*。

配合这跳脱欢快的古典音乐，这一幕更显得戏剧化。

许砚谈歪靠在椅子里，享受着温暖的清晨阳光。他慵懒地扭动手腕，冰美式咖啡在杯中摇晃。

窗外的王京被揍得鼻青脸肿，窗内的许砚谈心安理得地呷着咖啡。

王京看到了店里的许砚谈，一边流着鼻血，一边瞪大眼睛指着他，嘴巴张张合合，声音被玻璃隔绝。

许砚谈咽下一口咖啡，看着吸管杯的眼睛里露出几分赏识，似乎觉得这咖啡味道不错。

下一刻，他望向窗外，对着王京和李歆，举了举自己的咖啡杯示意。

许砚谈勾着嘴角，用口型缓慢道："早安。"

吊儿郎当，顽劣至极。

他转头，对着笑得合不拢嘴的胖猴和小杨说："接着吃。"

当店外发生那般热闹场面，所有人的目光都集中在外面时，他指腹摩挲着咖啡杯的塑料杯壁，视线穿过诸多障碍，落在伸着脖子正看戏看得起劲的岑芙身上。

因为刚才听见一些"前情介绍"，所以岑芙这戏看得更加津津有味，连嘴角弯起的弧度都忘了收敛。看着看着，她总觉得有股别扭的感觉，她下意识地往附近看了看。

下一秒，她对上许砚谈戏谑深邃的眼，两人的视线毫无预兆地隔空撞上。

被他逮个正着。

岑芙肩膀一缩，眼睛翻向天花板，急匆匆地背过身。

抹布被扔进洗手池涮洗，她回忆亲眼见到的那一幕，无声地笑了下，弯起的眸子流过几分狡黠。

心真黑——报复别人却完全不脏自己的手。

岑芙想起许砚谈端着咖啡，像看戏一样看窗外时，薄薄的眼皮耷拉着，眉眼透露愉悦，仿佛那些喧闹与自己毫无关系。

这人，太坏。

自从那天亲眼见证经他手导演的那场大戏以后，岑芙就再没见过那个被他们称为“砚哥”的男生。后来她思索了一番，“大戏”上演前一天他也来了店里的缘故大概是为了踩点。

他就笃定那对男女开完房以后会就近来这家咖啡店，真是令人喟叹的自信。

不过关于他是怎么得知他们那天会在那家酒店住下，大概有自己获取信息的渠道。即便早在一个月前短短有过接触，但那时候她并不知道他叫什么。

岑芙回忆着别人叫他名字的那三个字。

许、厌、谈？

厌谈——不喜欢说话吗？

这人的名字倒也有意思。

岑芙手里捏着夹子，把冰柜里最后一块蛋糕夹出来，放在盘子里。

关店时间已经到了，这些没卖出去的甜品报损以后都归店员们，大家一般都在店里吃了，吃不完的再带回去。

她把点心都放在一边的餐桌上，两个同事聊着天坐下开吃。

岑芙回到吧台里，从里面抽出一个纸质打包盒，她就不和他们抢了，只要自己留下的这块乳酪蛋糕就够了。手指活动，一张硬纸片被她折成打包盒的形状，她将蛋糕收进去。

岑芙垂着眼睫。

所以今后，她估计不会再遇到那个“许厌谈”，两人不会再有任何交集。

岑芙已经见识过他睚眦必报的性格，所以他没有认出自己，并且不再来这家店才是最好的事，不然她真不知道他会不会找自己麻烦。

晚上九点半，岑芙骑着单车回家。

钥匙刚插进防盗门锁孔，她隔着门板听见屋子里有格外热闹的动静。

扭动钥匙的动作有片刻的停滞，下一秒岑芙放慢动作，开了门。

门板打开的瞬间，屋子里的欢声笑语传入耳中，她扶着玄关柜换了鞋，往客厅走去。视线纳入客厅里的一家三口时，岑芙望见了离开小半个月的岑颂宜。

在沿海城市玩了那么久，却也没有晒黑，都说南方气候养人，再见岑颂宜，她脸上的气色比走之前似乎更好一些，正拉着妈妈笑着聊天。

岑颂宜的美是一眼就能冲击视觉的，天生肤色白皙，高挺鼻梁、瓜子脸，有一双又大又媚的桃花眼，明眸善睐，加上她大气出挑的气质，一撩鬈发一挑眼，任何异性都会被她明媚的笑眼俘获。网上说的贵千金，高岭之花大概就是她这款。

客厅里的茶几上堆满了她买回来的礼物，大部分是从免税店带回来给妈妈的奢侈品。

父亲岑康发听见动静回头，看见站在远处的小女儿，向她招手，眉目和蔼："小芙回来了，这么晚去哪儿了？"

岑芙向父亲走过去，低眉顺眼，小声解释："在图书馆多看了会儿书。"

岑颂宜这会儿才慢悠悠地抬起目光，扬着笑对上岑芙的眼，却没有先开口搭话的意思，对自己妹妹摆出一副盛气凌人的高傲架势。

岑芙心里轻哼一下。她表面上温淡淡的，弯起嘴角："姐姐玩得还开心吗？"

"还行吧，那些名媛玩起来也没什么新鲜的。"岑颂宜俯身从茶几上拿起一个小纸袋，递给她，"给你带的礼物。"

何芳华"哎"了一声，斜了一眼岑芙："又花这个钱，你倒是疼你妹妹。这些玩意儿等她回头也去旅游自己买不就行了，白花钱。"

"您和爸爸都有礼物，那我不能落下小芙呀，要买就买一家人的。"岑颂宜抱着妈妈的胳膊撒娇，话说得漂亮。

何芳华摸着岑颂宜白嫩嫩的小脸，满意得很："就你懂事。"

岑颂宜招呼爸爸，打开其中一个盒子："爸爸，您过来看看这条腰带怎么样，我特地给您挑的……"

"哎，好，闺女买的都好。"岑康发眉开眼笑，走过去坐到她身边。

岑芙瞥了一眼桌子上那堆奢侈品牌的精致包装，低头看了眼自己手里这廉价纸袋，手指虚虚地捏着袋口，默默转身往房间走去。

"砰——"

卧室门被她轻轻带上。

岑芙把装着书沉甸甸的书包扔在床上，在桌前坐下，放松地叹了口气。

她拆开手里这个小袋子，拎出一串贝壳风铃，像是随便在海岸路边摊买的那种纪念品。

岑芙抬起胳膊，把它高高拎起来，然后晃动几下，合上眼。

贝壳互相碰撞，发出叮当清脆声响。

她凭空想象着海滨城市，鼻子闻着的湿咸空气，耳畔波涛拍岸的海浪声，脚下踩着的柔软沙子。

如蝶翅般的睫毛掀动，她睁开眼，眼前是苍白的天花板，幻想退散。

岑芙直起身，抽开底层放杂物的抽屉，把贝壳风铃随手扔进去，最后轻蔑地瞟过一眼。

“啪嗒——”

关上抽屉。

她打开书包，翻开册子继续做英语四级习题。瞒骗家人每天去图书馆学习是假，但是她确实抓紧所有空余时间在为自己的未来努力。

目光掠过一行行英文，她做完两道选择题，落下的笔尖忽然停住。

岑芙往卧室门板深深盯了一眼，俯身，又把底层抽屉打开。她重新拎起那串贝壳风铃，站起来挂在临近门口的衣柜把手上。

做完一系列动作，岑芙拍拍手，坐回去继续做题。

距离开学只剩下三天。

此时是下午。

岑芙今天在咖啡店的排班是下午，上午就待在家里看书做题。

她的卧室挨着卫生间，房间门开着。饭后父母结伴出了门，去谈生意。之后她就一直听着岑颂宜卧室那边传来翻箱倒柜的叮叮当当的声音。

岑芙做完一套试卷正在对答案，这会儿打扮得靓丽的岑颂宜踩着矮跟凉鞋路过她卧室，一眼瞟见了她挂在衣柜前的贝壳风铃。

“姐姐你出门呀？”岑芙放下笔，对上岑颂宜的眼睛，问。

“嗯哼。”岑颂宜轻笑了一声，“没想到你还挺喜欢那个。”笑意里的意思非常明显：这么个便宜玩意你也当宝贝，真好糊弄。

岑颂宜从小就不拿岑芙当回事，也总以为自己比岑芙聪明。

岑芙回以一抹乖巧的微笑：“姐姐送的礼物我当然要珍惜啦。”

“喜欢就好。”岑颂宜点点头，转身往卫生间走去。

对完全套试卷的答案，岑芙打算休息一会儿再整理错题，她站起身往卫生间走去，没想到岑颂宜还在那儿对着镜子臭美。

岑颂宜试了好几个唇釉的色号，涂完了擦，擦干净又涂。

不知是因为童星出身，还是因为本身就爱美，岑颂宜每次出门一定要精致打扮。

不过岑芙感觉她今天比往常还要认真。

岑芙想上厕所，可岑颂宜没有任何迹象愿意暂时把卫生间让给更需要这个场所的她，依旧对着镜子挑唇釉的色号。

她无奈，索性靠在卫生间门框边抖着腿看岑颂宜臭美，想看看岑颂宜到底有没有眼力见，能不能“良心发现”一下有人已经快憋不住了！

岑芙随口问：“姐，你一会儿要去干吗，打扮这么漂亮？”

岑颂宜看着镜子的眼神一顿，而后弯起，不经意间流露出少女的娇羞：“约会。”

岑颂宜从小到大不少人追求，不过不知是因为妈妈管着，还是她本来就眼光高，几乎没谈过恋爱。有过的暧昧对象也是对方主动，她一副女神姿态理所应当地接受追捧。所以能在岑颂宜脸上看到这样的表情，岑芙有些意外。

“姐，你谈恋爱了？和谁呀？叫什么？”

岑颂宜用指腹模糊唇边的唇釉，把唇妆打造完毕，语气有些犹豫：“……少八卦，写你的题去。”

岑芙审视着她的表情，故意追问：“这大下午的，你们约会做什么呀？”

“看电影，他在电影院等着我呢。”

“啊？那你还在家……让人家等那么久不好吧？”

“你懂什么。”岑颂宜斜睨岑芙一眼，颇为骄矜，“就得让他等着，不然搞得我好像多上赶着。”

她抓起那一把唇釉，出了卫生间：“走了。”

姑奶奶你可算出来了。

岑芙在心里翻了个白眼，嘴上说：“嗯，姐姐路上慢点。”然后赶紧进了卫生间。

岑芙从卫生间出来的时候岑颂宜已经走了，正好也快到了咖啡店上班的时间，她收拾东西也出了门。

岑芙和纤纤一起换班。纤纤今天又换了发型，像《美少女战士》里的水冰月，两个丸子下面垂着双马尾，一来就甩着那两根马尾辫往岑芙身上扑，特别激动："我的天啊！小蝴蝶你猜我看见谁了！"

小蝴蝶——纤纤给岑芙起的昵称。

因为"芙"的发音在她这个"f""h"不分的南方人嘴里和"蝴"很容易弄混。

"……谁？"岑芙差点被纤纤扑倒，接住她胳膊往后踉跄两步。

"就那个来了两次的绝世大帅哥！"

岑芙的心跳漏跳了一拍，她失声发出一声："啊？"

"砚哥"又来了？不对啊，他已经报复完了，还来这儿干什么？

"不说了，我赶紧去换衣服，和帅哥共处一室的时间一秒都不想失去。"纤纤急急忙忙的，说完放下包便钻进更衣室。

岑芙面对着员工休息室的门，顿时挪不动步子。垂着的眼睫颤了颤，她压下胡思乱想各种可能性的脑子，推开门和同事交班。

刚出去，许砚谈那桌的呼叫铃就在操控台亮起了。纤纤还没出来，只有她一个人，岑芙只好拿着点单机走过去。

胖猴和许砚谈坐在靠窗的位子。

正是午后靠近傍晚的时候，夏天的白昼时间长，白光逐渐镀上金色，是时针转动的印证。

阳光斜照，透过落地的玻璃窗，勾勒出他侧坐的身形线条。午后的慵懒氛围染到了他的黑色T恤上，让他刚硬的肩胛线条仿佛都生出一圈光做的绒边。

许砚谈跷着二郎腿，偏头望着窗外，短短的寸头被阳光映得有些发棕，像只伏着小憩的慵懒的豹子。

许砚谈穿衣从不花里胡哨，却讲究细节。

岑芙的视线被他脖颈上戴着的细银链的反光瞬间刺到，眨了眨眼。质感极好的银链与他的宽松黑T恤相搭，把他痞气里的矜贵带了出来。

察觉到有人靠近，许砚谈偏过头来，正对上岑芙的视线。

夏季炙热的午后，他的目光仿佛都被烤热了，钩得她心波浮动。

岑芙以为不会再见到他，她仓促地躲开视线，把宣传单放到桌子上。

"哈喽，小姐姐，又见面了。"胖猴是个记性好的，记得她这个店员。

她轻弯嘴角，算是示意。

许砚谈放下二郎腿，单手伸过去捏起宣传单，同时，他兜里传出手机振动的“嗡嗡”声。

胖猴瞅他一眼，坏笑一声：“我赌是女的。哪个啊，砚哥？最近那个表演系的系花？”

许砚谈神情淡淡的，另一只手掏出手机瞟了一眼，歪着头懒洋洋地接起来：“喂。”

许砚谈一仰，后背重新靠回椅背上，视线始终在咖啡店的宣传单上扫着，对电话那边的人完全心不在焉。

岑芙看了看胖猴，又悄悄看了许砚谈一眼，默默低下头等待。

不知电话那边说了什么，许砚谈忽然扯唇嗤笑一声：“什么叫你等我等了一个小时啊。”故作听不懂的欠揍语气，透出的是千般的冷酷无情，“我什么时候答应和你看电影了？”

岑芙闻声忍不住抬起视线，看见胖猴听着他这话，似乎已经习以为常，撇嘴笑着“啧啧”两声。

胖猴招呼她，给她指单子上的饮品：“小姐姐，我来一个这个……燕麦拿铁。”

岑芙俯身，因为身边人还在打电话，于是她压低声音回应：“好的，需要甜品吗？”

“甜品……我再看看。”胖猴重新投入单子里甜品那一栏。

“愿意等那就接着等，”许砚谈的语气降低半个调，慑人气场又散了出来，“没人惯着你。”

许砚谈这股腔调确实吓人，他好似是那种不管对方男女一概不论礼数绅士的人。

对女生说这么狠的话，连她这个局外人听了心尖都忍不住颤，更别提是喜欢他的人。

岑芙忍不住撇撇嘴，另一个想法钻出脑海。

岑颂宜今天也是，在家里故意磨蹭说什么必须让对方等，他们这些众星捧月的人，都这么喜欢放人鸽子吗？

许砚谈刚挂电话，抬眸就看见岑芙站在桌边，嘴撇得都像拱形门了，皱着眉，神情里的鄙夷在不经意间流露了出来。

他手一甩，手机被扔到桌子上，“啪嗒”一声响。

许砚谈颇觉好笑地低哼一声，攫住她惊慌的目光，环胸瘫靠，缓缓开口：“怎么着，你意见挺大？”

第二章
/
见着人了，不叫姐夫？

H U D I E Y I S H I

九月八日，崇京大学新一届新生入学。

崇京大学位于学院路，学府占地面积为全市之首，是全国数一数二的综合性学科 211 工程学府。

家里人没有来送岑芙，父母今天有事情要办，岑颂宜在家说会负责帮她入学，结果今天一早也没了人影。岑芙走在学生和家长结伴而行的学校绿荫大道里，左右环顾着。

处处挂着欢迎新生入学的红色横幅，一路上还有各个社团在拉拢新生，展现社团才艺。告别枯燥闭塞的高三生活，眼前的一切都显得鲜活自由。大学的活跃氛围感染了岑芙，让她的眼里逐渐恢复了光点。

她按照通知书里的入学手册一步步按流程办理入学，最后找到自己的宿舍，坐电梯上五楼。

原本平淡的一天，在宿舍这一关卡发生了个小插曲。

岑芙在一楼签字的时候看见了自己三个舍友的名字，结果推门进去，第一眼就看见了王纤纤那头银白色的头发……

发色银白，刘海上方编了一圈麻花辫，还戴了个白色玫瑰紫穗发卡。

“……纤纤？”岑芙诧异地开口。

纤纤正收拾着几个巨大的行李箱，闻声回头：“呀！你来啦！”

之前在咖啡店纤纤顶多是换着法地编各种发型，以为她的“顶峰”就是小魔女蒙娜了，没想到怎么一开学连发色都玩这么花。

岑芙看着纤纤朝自己走近，指了指她的头发，迟疑道：“你这个……”

“嗯？你没看过《从零开始的异世界生活》吗？”纤纤一撩头发，眯眯眼睛向她展示自己的紫色美瞳，古灵精怪的，“本小姐今天是爱蜜莉雅。”

她念念有词：“入学第一天，最重要的是让所有人都记住自己！”

岑芙和另外两个陌生舍友对视一笑，然后靠着自己的行李箱，无奈地问纤纤：“那你怎么在我们宿舍？找错屋了吧。”

“她是咱们舍友啦。”另外一个舍友解释。

“没错！我就是想跟你一块住！”纤纤转了一圈，萝莉裙摆翩翩起舞，颇有些跟她邀功的架势，“经过我的一番努力，我和一个想换宿舍的同学达成了共识。她对我那个靠阳台的床位非常感兴趣。”

岑芙不信只是这样，默默地睁着鹿眼盯着她，挑眉。

半秒后，纤纤搓了搓手指，承认：“附加一点‘钞能力’。”

岑芙此刻确信，这人去咖啡店兼职绝对只是为了体验生活，妥妥的大小姐做派。

“待会儿我要和那个同学下去跟宿管老师办一下换床手续，你陪我呗。”纤纤回去，继续收拾自己的行李。

岑芙拉着箱子走进去，找到自己的位置，打开柜子什么的都看了看：“好，我正好也有事问老师。”

纤纤从箱子里拿出一堆吃的，分给另外两位舍友，笑眯眯地示好：“我爸前两天去了趟日本，我特地说要给我未来的舍友带点好吃的。这家的饼干巨好吃，你们尝尝！”

“谢谢，谢谢。”她们接过饼干，连连道谢。

另外两位舍友一个叫李倩然，本地人，从崇京四中考进来的，深度追星人，刚来宿舍 Kpop 各种团的专辑和海报就已经摆好了；一个叫屈雪，海南人，虽然是南方沿海那边的人，说话却格外爽快，听说妈妈是北方人。

纤纤又翻出两盒抹茶团子，给她们放桌子上，走过去看见两人头凑在一块围着讨论什么。

“你俩在干什么呢？”

“来，‘吃瓜’。”李倩然招招手，给她看手机。

纤纤拨弄了下碍事的银白色假发，低头一瞅，惊叹一声：“这才刚入学，你们怎么都看上崇大八卦墙了？”

“雪雪拿到通知书那天就已经关注上了，看两个月了。”李倩然指指屈雪，摇摇头感叹。

屈雪总结了这两个月观察这个学校内部的各种八卦，总结说：“每天的内容都非常精彩，快去关注！”

李倩然说：“我们正在吃校草的瓜。”

纤纤拦住抱着暖壶路过的岑芙，扯过她的细胳膊往这边带：“有瓜一块吃。”

岑芙对这些向来不感兴趣，无奈一笑，默默抱怨：“我要去接水啦——”她扭头一看，目光定住。

李倩然的手机屏幕里，图片上的人格外眼熟。

会所包间里，不知是谁偷拍了这一张：其余人都三两成群说笑，唯有许砚谈独自瘫靠在沙发里，跷着二郎腿，丹凤眼眼皮耷拉着，目光锐利，修长的手捏着古典杯的矮杯口。

昏暗将所有色彩混作一团，但他通体的黑却异常突出。

姿态慵懒，却无形间驱散所有人接近他的勇气。寸头，剑眉，鹰眸，挺鼻——危险，却又极具摄魂的吸引力。

这一眼，又让岑芙想到那天在咖啡店再见到他时的模样。

他懒散地靠坐着，嗤然睨她：“怎么着，你意见挺大？”

我意见大不大你也不会听啊……她脑子里下意识地蹦出这句话。不过最后，她还是㞞㞞地嘟囔了两个字：“不敢。”

不是“没有”，而是“不敢”。他一定也读懂了她这话里的意思。

岑芙垂着视线，盯着地面，听见他若有若无的一声轻轻的嘲笑。他那些话，漫不经心，却震颤了她好几个夜晚。

回忆收束，岑芙眨眨眼，恢复往常的神色。

李倩然眼睛粘在照片上挪不开，小声惊艳：“确实值得校草称号……这帅得逆天了。”

“许砚谈，法学大三，专业成绩一顶一。听说还是妥妥的富家子弟。”屈雪补充，“他可是八卦墙常驻嘉宾了，花边消息不断啊，而且每天都有匿名表白的，这开学了有了新生就更多了。”

纤纤盯着照片看，扭头用眼神跟岑芙激动地确认：是那个绝世大帅哥！太巧了！

岑芙瞟了一眼手机，原来是这三个字。

是砚，不是厌。

“最近的高楼帖讨论的是那个大二表演系系花对他穷追猛打都追不上的事儿。”

屈雪回忆着：“叫什么来着……长得特别漂亮，叫……岑什么宜。”

岑芙愣了，脱口而出：“岑颂宜？”

岑颂宜是表演系系花？还在倒追许砚谈？

屈雪一拍手：“对！就是这个。可以啊，没想到岑芙你也关注八卦墙。”

屈雪又说：“听说这个表演系系花才大二，在网上就已经有好多粉丝了，演了好多偶像剧。

“好像是个童星来着，还没毕业就不缺剧本了，和其他表演专业的比简直赢在起跑线上。”

岑芙心里沉了沉，万万想不到世界这么小，岑颂宜喜欢的那个人就是许砚谈。她心口发堵，说不上什么感觉。不过换个角度来说，岑芙也识破了岑颂宜的谎言。

如果许砚谈真的在电影院等岑颂宜，那他就不会出现在咖啡店，还对电话里的岑颂宜说那样的话。

还说自己不赶着，人家压根不赴约呀。岑芙眼里默默浮上几分清晰无辜的嘲笑，嘴唇动了动。

“走吧走吧，跟我下楼。”纤纤拉着岑芙出了宿舍，边下楼边激动得压不住声音，“妈耶，小蝴蝶！这说明以后在学校也有概率能碰到他……怎么办？我觉得这就是我和帅哥的缘分。”

岑芙另一只手还拎着暖水壶呢，哼哼干笑两声，不做评价。

大概是孽缘。

纤纤和换床位的舍友在宿舍老师那边办完了手续，所幸是刚入学，现在换的话并不麻烦。

等纤纤的事办完了，岑芙趁着空隙问宿管老师：“老师，我还有个事想问。”

宿管老师：“怎么了？你说吧。”

“想问问老师，寒假能不能继续住宿呢？”岑芙这小算盘打了很久了。

宿管老师想了想：“可以啊，每年外地的孩子都有住在这儿的，不过我记得……你叫什么来着？”

“岑芙，504 室的。”

“岑芙……你是本地的吧？本地的怎么不回家住？假期留校我们是肯定要跟你们父母都沟通好的。”

岑芙一听，原本燃起的希望戛然而止，语气降低：“啊……要跟家长联系的啊？”

“对，你要是和家里商量好了需要留校，再找我填表。”

岑芙叹了口气，拉着纤纤转身往电梯间走。

纤纤看她这副垂头丧气的样子，好奇道：“你为什么想住学校啊，放假回家待着不舒服吗？”

住学校度过寒假的计划行不通了，岑芙摇摇头，不想多解释：“没事，我就随便问问。”

办理新生入校这天是周五，他们还要度过一个周末，下周一正式上课。岑芙告别舍友们，回到家里。

她走进家门，人还在玄关换鞋，就听见客厅那边的交谈声。

妈妈声调很高，似乎对说的事很激动。

何芳华穿着一套名牌的套装裙，优雅又得体，又化了妆，连首饰珠宝都戴上了。她平时出去谈生意或者打麻将都不会这么打扮。

岑芙掉转视线，瞄向坐在妈妈身边正在拨弄头发的岑颂宜。岑颂宜烫了新的鬈发，妆容精致，古驰的黑色紧身裙将她玲珑的曲线凸显得淋漓尽致，脚下那双华伦天奴的鞋似乎是新买的。

不帮她办入学手续带她熟悉学校，原来是跑去做头发了。

这让岑芙更好奇了，到底有什么大事让妈妈和岑颂宜这么大张旗鼓的？

“到了地方，你见着人家千万注意你的仪态，大方点儿，好好表现懂吗？让人家对你满意，以后你就有的是福气享了。

“进了他们家门，你以后想要什么有什么。想演什么剧本就有什么剧本，还有家里的生意……”

岑芙故意放慢换鞋的速度，猫着腰站在玄关隔着半面墙听。

她歪头，透过一只眼睛，看着岑颂宜脸上明显的羞赧和紧张。

“妈，你说他们家不会说不作数了吧……”岑颂宜迟疑道。

何芳华眉毛一横，有些松弛的三角眼里透露出几分坚决：“那不会！怎么说你爸爸救了他的命，这可是救命之恩，他们敢要赖试试！”

救命？岑芙蹙眉，爸爸救过谁的命？这些他们从没跟她说过。

这时候，岑康发从厨房出来，正好看见在玄关的小女儿：“小芙回来了。学校怎么样？”

岑芙利索地换了拖鞋，站直身子：“挺好的，爸爸。”

“正好，待会儿跟我们出去吃个饭。”岑康发想着把小女儿单独留家里也不合适，跟她说着，“回屋换件好看的衣服。”

“爸爸，我们要和谁吃饭？”岑芙不禁问。

岑康发摸摸她的后脑勺，没有明说：“算得上是朋友吧，人家显贵，难得有心请咱们全家吃饭，稍微重视一下。”

岑芙点点头，回了房间。

一家四口开车来到和对方约定好的会所——和颐权品。

黑金色的建筑外观，内部是国风和极简风的融合装潢。穿着西服的男侍者引导他们坐电梯往楼上去，这一路岑芙的眼睛应接不暇，光是装修设计和走廊摆件都像是艺术品。随处都体现着极致的现代国风设计美学，寸土寸金，每一步不像是踩在地毯上，而是踩在了金灿灿的黄金上。

这是她第一次来这种高端会所。

听了客厅里妈妈和姐姐的对话，岑芙知道今天的主角肯定不是自己，所以很自觉地不去抢岑颂宜的风头。

降低自己的存在感，反倒会让她感到舒服。但是此刻，岑芙忽然觉得自己身上穿着的普通背带牛仔裙和发旧的帆布鞋与当下所处的环境有些格格不入。

在车上，岑芙听着他们的聊天内容，把这顿大餐的宴请者情况琢磨得八九不离十。

大抵就是爸爸以前在谈生意时，救了一个合作方老板的命。对方是崇京上流圈顶端的显贵，这些年没少帮扶他们家的生意，并且对方是个非常重情义的人，每年都会抽时间单独宴请他们一家人。而这家全国连锁的，只承办高端休闲的“和颐权品”就是他们家庞大产业的一个分支。

重点是，在当时他们家允诺了岑颂宜和老板侄子的娃娃亲。

不过那个时候岑颂宜都十几岁了，真是蛮勉强的“娃娃”亲，岑芙心里暗自嘲笑。

岑芙跟在他们一家三口的后面，低着头走进臻品包间。这些跟她都没关系，她今天只顾低头吃大餐就好了。

他们在包间里落座，单独负责这个包间所有服务的两位漂亮女服务员走出来，为他们做餐前准备，并且告诉他们："许先生已经到停车场了，请您四位稍等。"

何芳华挺着胸脯，用眼角余光示意那两位服务员，很是拿架子："知道了。"

过了几分钟，包间外传来动静，两位女服务员不急不缓地走出去迎客。

包间里的气氛一下子紧张起来。

岑康发给自己整了整领带。

何芳华使劲拍了下岑颂宜的后背，小声提醒："把背挺起来，花钱让你学的礼仪都给我摆上台面去！给妈争气，听见没有！"

岑颂宜不耐烦地点了下头，抽空对着镜子检查了下妆容，然后把自己棕色的鬈发整理到最好看。一切准备完毕，她眼睛直直盯着门外，表情十分认真。

反观圆桌的角落，岑康发身边的岑芙低着头，伸手推了下黑框眼镜，在桌子底下悄悄玩手机，屏幕上亮着的是消消乐。

包间的双开门被女服务员们同时推开。

一个拄着紫檀龙头手杖的中年男子从外面走进来，走路有些跛。他穿着藏蓝色西服，即使中年，梳着背头，却依旧年轻俊朗。

许衡身上没有常年经商所有的铜臭味和精明，反倒充斥着书香和儒雅的气质，经过年岁的沉淀，有种莫名的吸引力。

岑康发拍了拍岑芙的背，提醒小女儿。

岑芙随着父亲站起身，把手里最后一步消消乐走完，这把又没有通关。

她叹了口气，同时抬头，这口气，愣是在看见许砚谈的瞬间哽在了嗓子里。

许砚谈跟在许衡的身后，走得不紧不慢的，却比私下要端正几分，似乎是因为走在他前面的长辈而收敛了自己的放肆野性。

他用白T恤和宽松的黑色渐变条纹西装外套做搭配，那条银链依旧挂在脖子上，打破了西装原本的沉闷刻板，不羁又高贵。宽松的条纹西裤配板鞋，不怎么正经的搭配，却足够帅气。

许砚谈走路从不低头垂眸，永远挺胸抬着三分下颌，目中无人的样儿。

所以当岑芙抬眼的那一刻，正撞上他的目光。

心跳踩空，“咯噔”一下，她仿佛坠入深渊。

许砚谈第一眼并没有看岑芙，而是扫了一圈，最后目光落到她脸上。他脸上丝毫没有笑意，摆着臭脸，却若有兴味地挑起了眼尾。

岑芙忍不住用手扶住桌沿，撑着自己，整条手臂都麻得起了鸡皮疙瘩。

她没想到许砚谈不仅仅是姐姐喜欢到愿意倒追的人，而且……还是姐姐的未婚夫?

脑子木掉的瞬间，闪过一个月前那个冲动的夜晚。

辗转在唇舌上的温热、他灼热又愠怒的眼神，还有他掐在自己颈后的那只大手。

这些都在提醒岑芙，她因为冲动，都对自己未来的姐夫做了什么……

她如果早知道这么多关系，死都不会斗胆去惹他，而如今，她不能确定隔着当时的浓妆艳抹和现在的素面朝天，许砚谈有没有认出她。

如果只是潦草见几面，他或许不会想起。

可是眼下碰见的次数越来越多，一旦他想起来，以他睚眦必报的性格，以她在家里的处境，以岑颂宜对许砚谈的势在必得，以妈妈对这桩联姻的执着……

岑芙的后背凉了。

“哎哟，许总！真是太久没见您了，您身体还好吧？”

“都好，劳烦岑太太担忧。岑大哥呢，您的腰……”

“好着呢，您别放在心上。”

“许总，给您介绍一下，这是我闺女岑颂宜。颂宜，快叫人。”

“许叔叔好。”

许砚谈听了一圈无趣的寒暄，目光锁在躲在后面缩头装不存在的岑芙身上。

他眸底深不可测，最后当着所有人懒洋洋地开口，尾音上挑：“……后面这位是？”

带着点故意找碴儿的坏劲。

所有人齐刷刷地看向岑芙，尤其是岑颂宜投上质疑的目光，仿佛带刺。

岑芙呼吸停滞，一点点地把头抬起来，对上许砚谈凌厉的眼神。

他的视线带着审视，皱起的眉头也透露出几分思索，像是看着她的脸在回忆什么。

她嗓子眼里那点稀薄的氧气被扼绝殆尽。

下一秒，许砚谈缓慢眯起眸子。

小腿肌肉忽传一阵痉挛，岑芙腿软了。

“这是家里的小女儿。”岑康发扶着女儿的后背，拍了拍，对许衡和许砚谈介绍。

岑芙听到身边父亲的声音，夺回些许魂魄，敛眸对着许衡的方向问好，尾音有些抖：“许叔叔好。”

“岑大哥家里竟然有两位千金，”许衡颔首，始终挂着温淡的笑意，“真是好福气。”

岑芙听着这个叔叔醇厚的嗓音，垂着的视线只能看到他右手扶着的那根龙头手杖。紫檀木犹如他给岑芙的感觉，沉稳、儒雅、温润，让她这个陌生人都感到踏实。

“哎哟，这不给家里丢人就万幸了。”何芳华赶紧接话，落在许砚谈身上的眼睛都能发光似的，赔笑，“哪像许少爷，看着就一表人才。”

“浑小子一个。”许衡眯起眼睛笑，虽然嘴上说着贬义的话，但眼里对侄子的骄傲早就在他说话时抬起下颌这一动作中表现得淋漓尽致。

“坐下聊吧。”

许衡放话后，这一屋子站着的人才回到各自的位子，围桌坐下。

岑芙麻溜地坐下，全程连头都不敢抬，本来以为是来吃大餐的，现在好了，这饭让她怎么吃！

耳畔是妈妈夸张的赔笑声，她一个话题接着一个话题地说，见着许家人比见着钱还亲。

岑芙的眉头越压越低，她不知道方才许砚谈那一眯眼，是不是代表想起了她。她摁亮手机屏幕又熄灭，然后又摁亮。

岑芙反反复复解锁屏保，焦虑牵引着她的手指机械地做着无意义的事，脑子里却混沌一片。

她忽然想起六岁的时候，父亲在外地出差，那天她感冒严重发了烧，烧红了一张脸去找妈妈，结果那天下午撞上妈妈要带着岑颂宜去试镜。

“等我们办完事回来带你去医院！”何芳华头也不回地带着岑颂宜出了门。

她一个人在家一等就是半天。她翻开药箱，面对药盒上那些陌生的字根本不知道哪个是治感冒发热的，又不敢乱吃，怕吃错中毒死掉。

她给妈妈拨电话，一开始不接，后来接通了她刚叫出一声，妈妈的臭骂就传过来。

“你个催命的！别打电话了！忙着呢！”

座机的听筒传来“嘟嘟”响声，眼泪滚到脸上恨不得都立刻被烧干，她抽噎着回到沙发上继续看电视，睡着又醒来。

被烧醒之后觉得两眼发黑，六岁的她彻底绝望了，晕乎乎地又摸上了座机的拨号盘。

这一次她拨了120，不再期盼妈妈的怜惜。

急救车把她接到了最近的医院，医院通知了何芳华。

她躺在急诊室输液，饿得浑身没力气，眼睛只能睁开一条缝。

何芳华急匆匆地赶来，却不是因为担心她。

岑芙现在都还记得何芳华那副生气到眼睛眉毛都立着的模样，好似自己是她的仇人一般无情至极。

“你要气死我！不是让你在家里等吗？

“就因为你一次次催！你姐的试镜都被你搅黄了！

“当初就该把你扔野地里让你自生自灭！”

最后，何芳华临时调出一个岑康发公司里的助理，给人家加班费，让他陪着岑芙输完液再把她送回家去。

事后，何芳华更没有照顾岑芙，反而叫她自己想办法去辨别那些药的名字和效果，下次再有病自己找药吃。自那以后，岑芙更加狠记心里。

狠记……岑颂宜的所有事情在妈妈心里有多么重要。

狠记，她在这个家里该有什么样的自知之明。

手机屏幕无数次被手指点亮，岑芙悄然抬眼，望着隔着一张圆桌坐在自己斜前方的许砚谈。

所以，她不能做出任何影响这门联姻的事，不然她相对平静的生活将会一去不复返，成为妈妈和岑颂宜的敌人……岑芙不敢细想。

如果许砚谈真的想起什么，他只要有那个心，一句“可是你们家老二对我……”就能搅得他们一家人鸡犬不宁，把她推进水深火热中。

嗓子眼泛出一股酸苦，岑芙咽了咽喉咙，手心发凉，面对服务员一盘盘呈上来的菜肴，如坐针毡。

面对着妻子不断给自己传递提醒的眼神，岑康发悻悻放下筷子，对许衡笑道：“转眼间孩子们都这么大了。上次见着还是在医院，那会儿还是个小男生，这都长成大小伙子了。”

许衡：“是啊，时间过得快，孩子们长得更快。”

“可不是，不怕您笑话，我这闺女脸蛋长得还算说得过去。”何芳华抚了抚岑颂宜的头发，看向许砚谈，眼尾笑纹渐深。

她不断用各种话题暗示试探许衡的态度，对许衡笑道：“咱家的孩子都长得好看，这以后的基因真是不用愁。”

许砚谈坐在许衡身边，全程没说过话，虽然坐得端正，却在细小的动作中透出对这饭局的敷衍，肆意走神都不带掩饰。

听见这句话，他垂着眸子用筷子尖拨弄鱼肉里的刺的动作一停，唇边勾起微弧。

这么一个小表情被岑颂宜纳入眼底，他的这抹坏笑简直撩拨起了她的心跳，被她理解成一种接受和认同。

岑颂宜抿住朱润的唇瓣，翻涌的羞喜快要压不住了。

同时，岑芙默默收回视线，嘴角抽了抽，看来岑颂宜还不是很了解这个人。

岑芙见过许砚谈这种笑容。

上次见，是在咖啡店，他优哉游哉地欣赏着窗外那对惹了他的情侣被捉奸的时候。

很明显，这人一笑，反而要坏事。

而许砚谈这一笑，也让岑芙读出了他对这门联姻的态度——连搪塞都懒得，完全不屑。能和和气气坐在这儿吃饭，估计也是因为他叔叔。

岑颂宜和许砚谈这门未成文的联姻最终会走向什么结局，岑芙不知道，却也不在乎，只要别影响到她就好。

“听说两个孩子都在崇大念书呢，颂宜总在家跟我说，说砚谈在学校特别优秀，可崇拜他了。”

许衡举起酒杯对着岑康发夫妇示意，语气始终温柔，听不出到底什么态度：“两个孩子在一起上学是好事，还请贵千金在学校多照顾砚谈。”

何芳华欠身隔空敬酒：“哎哟，您说的这是什么话，颂宜不给他捣乱就好咯。”

岑芙夹起一个虾球塞在嘴里，低头吃饭，白皙的脸颊随着咀嚼一鼓一鼓的，这些对话左耳进右耳出，无聊的饭局，妈妈的算盘，都还在继续……

晚饭后，岑康发和何芳华驾车前往小区的地下停车场，把她们姐妹两人放在楼门口。

岑颂宜下了车，后背倏然塌下去，长长地松了口气。她虽然从小就跟着何芳华出入各种名利场，表面功夫早就熟练，却依旧在面对许家人这场饭局里耗尽了精力。

岑芙走在她身边，借着路边的灯光瞟她的神情。

岑颂宜身上的香水味随着风扑到岑芙的脸上，是她最喜欢的那款柏林少女，一晚上过去，前调直接浓烈的玫瑰调已经隐去，广藿香在夜晚的风里留有强势。

岑芙眼睛左右动了动，小声搭话："姐，今天这个男生就是那天在电影院等你的那个人吗？"

岑颂宜短暂休息后重新挺直了后背，听见岑芙这句问话，脸色有一瞬间的僵硬，却依旧面不改色地回答："嗯。"

岑芙捕捉到岑颂宜那一丝不自然，装作非常诚实地感叹："你跟姐夫真般配，本来我还怕对方配不上你，毕竟姐这么优秀。"

"真的？"岑颂宜听见这样的话心里舒坦得不行，"你真这么觉得？"

"俊男美女，当然般配啦。"岑芙扬起一抹笑，"诚恳"得不行。

"会说下次见着多说。"岑颂宜拍拍岑芙的肩膀，眉飞色舞地说，"等我真成了他未婚妻，少不了你的好处。"

岑芙点头，隔了几秒，终于把话题转向原本的目的。岑芙问："姐，我没谈过恋爱，好羡慕你，你跟姐夫平时在一起都聊些什么呀？"她要摸清楚许砚谈到底有没有跟岑颂宜提起过自己。

"聊学校的事？或者聊家里人吗？"

岑颂宜眨了几下眼睛，先反驳："你个傻瓜，谁谈恋爱聊家长里短啊？"

"情侣之间……"岑颂宜有些迟疑，最后敷衍岑芙一句，"待在一起当然就调情啊，说了你也不懂。"

她是不懂，更不感兴趣。

岑芙肩膀松下去几分，从岑颂宜的话和表情中，确定岑颂宜确实没在许砚谈那里听到什么关于自己的事，于是放心了。

日历翻过去一页。

次周周一，正式开学。

上午第二门专业课下课，岑芙和纤纤并肩一边聊天一边往食堂走去。

校内广播开始播放，女同学好听的嗓音回荡在学校的每个角落，校道上密密麻麻都是行进着的学生。

纤纤把白色假发摘了，今天扎的发型像两个牛角冲天，她非说这是猫耳发。

“为什么不能让你家里知道你打工呀？”她问。

岑芙很难跟纤纤解释清楚自己这复杂的家庭情况，而且这些又不是什么愉快的事，她不愿意往外说。

“嗯……我从小做什么事都要问家里意见。”岑芙抱着专业书，委婉地说，“我妈妈可能就是想让我专心学习吧。”

“合理安排不会影响呀。”纤纤噘噘嘴，水光唇釉在阳光下泛着光点，“真羡慕你，我爸巴不得我出去找点事干。

“他就想让我出去吃吃苦，说什么咖啡店不给钱我都得去！我倒贴给咖啡店都要感谢人家不嫌我捣乱！”

岑芙笑了两声，笑声轻软干脆：“你爸爸只是嘴上那么说，其实是希望你多出去锻炼，他很疼你的吧。”

纤纤哼哈两声，算是认同。她扫了一眼岑芙，忽然说：“小蝴蝶，你应该多笑笑的。”

岑芙一愣，不以为然：“我经常笑啊。”

“我说的是刚才那样，你发自内心笑出声那种。”虽然只是一瞬间，可纤纤却被岑芙那短暂的笑声，还有那瞬间的笑靥捕获了心跳。

她见着小蝴蝶平时的笑，大多是出于礼貌回应他人。

纤纤盯着岑芙那副笨重的黑框眼镜，只觉得这眼镜碍事，真心地发言：“简直笑到我心里了，你刚才。”

很少有人这样夸她，岑芙嘴角微动，瞪着一双圆澄的鹿眼左右飘忽。手背在身后，抓弄了下衣服。一时间不知该怎么回应，最终也只是笑了一下。

两人到达食堂，排队点餐的时候，岑芙收到岑颂宜发来的微信。

姐姐：晚上带你吃个饭。

姐姐：有许砚谈，你知道该干什么吧？

岑芙盯着手机屏幕，眼神平淡，皱起眉。

一万个不情愿。

“蝴蝶，到我们啦。”前面的纤纤叫她。

岑芙把手机收起来，无奈地上前：“怎么这么一会儿又给我起了新外号。”

当天晚上岑芙还是去了。

岑颂宜对她从小到大就是发号施令，从不问她意愿。岑颂宜以为是在支配着她，实际上，是岑芙毫不在乎地配合。

反抗，拒绝，这些对她没有任何好处。不过就是吃个饭，配合岑颂宜说几句好听话，她又不会缺胳膊少腿。

岑芙坐在岑颂宜身边低头玩手机，忽然，她的胳膊被岑颂宜推了一下。她匆忙抬头，看见远处走来的两人。

许砚谈带着胖猴来的，两个人高马大的男生浩浩荡荡地走来。

岑颂宜瞥见许砚谈身后的胖猴，非常轻地“啧”了一声。

她站起身，一见着许砚谈，平时那副盛气凌人的模样荡然无存，眉眼间尽是柔美：“你来啦。”

岑芙也跟着站起来，全程低着头。

见两人走近，她短暂地抬头，直接叫：“姐夫好。”

胖猴一愣，左右看看，问许砚谈：“谁？我啊？”

许砚谈偏头睨胖猴一眼，嘲笑一声，然后坐下。

“这是我妹妹。”岑颂宜给胖猴介绍。

胖猴始终看着岑芙，总觉得眼熟，然后想起她是咖啡店那个店员，一拍脑袋刚想说：“哎！你……”

“倒水。”许砚谈不紧不慢的嗓音骤然打断他的话。

胖猴白了许砚谈一眼：“你没手啊。”然后默默地拿杯子给他倒了半杯柠檬水。

做完一系列动作后，岑颂宜已经开始了下一个话题。

“我妹妹是崇大这届大一的，带她过来吃个饭，你们都认识认识。”岑颂宜说着，余光瞥了岑芙一眼。

“我听姐姐说，姐夫在学校非常优秀。”岑芙放下手机，非常懂事地举起柠檬水，小声说，“以后还请姐夫多关照。”

说完，她抿了口水，放下。

小女生这一声声“姐夫”把胖猴都听蒙了，他打量一眼岑颂宜和自己兄弟，用眼神问他：你跟系花什么时候好上的？人家妹妹这姐夫都叫上了！

许砚谈虚虚握着玻璃杯，拇指有一下没一下地摩挲着杯壁，目光直勾勾地盯着岑芙，意味莫测。压根不搭理她这茬，权当没听见。

桌上的气氛陷入了一阵寂静。岑芙额头上冒出一层细汗，头不敢抬，整个人陷入了窘迫的境遇。

反正这些话是妹妹自愿说的，岑颂宜事不关己似的，始终挂着微笑。

许砚谈手指一弹，盛着水的玻璃杯被他推到一边。最后他也没有回应岑芙那两句话，开口知会胖猴：“愣着干吗？点菜。”

胖猴招来服务生，把菜点了，这顿饭才能进行下去。

点完菜，胖猴有些后知后觉地说：“刚才那个服务员像是我们学校的，就是我们专业。前两天还见过，没想到在这儿打工呢。”

“现在学生兼职很常见。”许砚谈很少搭话。

不知怎的，在下一句话说出之前，他勾了下嘴角。

岑芙倏地蹙眉。

不好——

下一刻，许砚谈抬眼看着岑颂宜，语气随意地问：“你妹妹呢，也在外边兼职吗？”

“扑通！”

岑芙的心跳仿佛骤然停滞了，双腿僵直，血液倒流。她抬起头，眼神染上几分焦急和局促，望向许砚谈。可是这次，他连半分眼神都没有施舍给她。

“嗯？没有啊，我和我妹的生活费还是足够吃喝的，干吗去受那个累？”岑颂宜虽然对他这问题感到意外，不过还是抓着话题尽量多和他说话，“我就是偶尔进进剧组，不过好像这也算兼职？”

胖猴说：“颂宜美女，你下一部剧什么时候上，我们都给你捧场。”

“下个月有个偶像剧，不过我就演了个配角，戏份不多。”

“嗐！这才哪儿到哪儿，以后肯定都演主角！”

岑芙扶着桌子起身，跟岑颂宜小声说：“我去一下卫生间。”然后僵直着后背离开这一桌。

她走向卫生间，紧张的表情才一点点松弛下去。

岑芙冷静下来思索片刻，眸色一点点沉下去。

这个许砚谈已经认出她了，刚才故意提及打工的事，是在报复她。因为她来来回回对他叫“姐夫”的行为惹他不快，他就拿这个试探威胁她，而她的反应已经完全暴露了。并且通过岑颂宜的回话，让许砚谈确定打工这件事是她的软肋和隐瞒。

“哗——”

水龙头里的温水倾泻而出，浇在她细腻的手背上，密密麻麻犹如被野兽在暗中盯上审视的恐惧感袭来。她在他眼皮底下战战兢兢的模样宛如猛虎爪下玩弄的小动物。

这个人真的不能惹。

岑芙看着镜子里的自己，深呼几口气冷静下来。

离开已经有一阵时间了，岑芙转身走出卫生间，然而双脚刚踏出卫生间，就闻见一股若有若无的烟味，她偏头。

许砚谈就靠在距她几步之外的走廊尽头窗边，手中握着手机，像是刚挂电话。听见脚步声，他抬起眼。

两人的视线撞到一起。

许砚谈一步步走向她。

岑芙难以动弹，仿佛被粘在原地似的。

他走到她面前，顷刻间，铺天盖地的男性气息笼罩了她。

两人几乎没有这么近距离相处过，岑芙嗓子眼一阵发紧，被他玩弄于股掌之中的感觉让她不快，于是就这么瞪着他。

许砚谈手插着裤兜，锐利的目光含着嘲弄。他嗓音十分低沉，因为刚抽完烟，尾音有股沙石的粗粝感：“见着人了，不叫姐夫？”

而后，许砚谈搭上一声轻笑：“刚才不叫得挺欢？”

许砚谈这个人令人后怕和火大的地方就在于，你根本猜不到他到底什么时候是认真的，他能懒洋洋笑着说威胁的话，也能冷着脸逗乐子。

岑芙的右脚下意识地往后撤了半步，试图拉开与他的距离，夺回些呼吸的勇气。

她人瘦瘦小小的，许砚谈靠得近，一米八七的高个子与岑芙形成了鲜明的体型差。

岑芙不得不仰着头看他。

视线里，许砚谈盯了她几秒，然后直起腰身拉开距离：“我说怎么上次连打个电话都管。”

“原来是‘小姨子’。”说到最后三个字时，他故意拉长音，揶揄意味十足。

岑芙心中一动。

等等，他说的是在咖啡店，他调侃自己“意见挺大”的事。这么说，许砚谈只是想起了她咖啡店店员的身份！

真是恶劣境遇中的好消息。

岑芙默默退散掉眼中的气愤，抬腿，主动往前迈一步。

许砚谈没动，却瞧着她凑上来的动作，挑动了眉梢。

再抬头，她框架眼镜后那双明澈的鹿眼饱含祈求。几缕服软，几寸恳求，包容在那仿佛会说话的眸子里，可怜巴巴又无辜至极。

岑芙仰望着他，装㞞求饶的姿态早已信手拈来。

“姐……学长，”她改了称呼，双手合十放在唇边，恳求他，“能不能请你跟我姐姐保密，关于我在咖啡店兼职的事？我家里管得严，一直想让我老老实实学习，我是瞒着他们的。”

说到这儿，岑芙的小心思在心里拐了个弯，扇动眼睫：“我出去兼职攒钱，其实是为了给我姐姐准备生日礼物啦。”

许砚谈那双毫无波澜的丹凤眼里映着她这可怜模样，很“配合”地拖出一声：“哦？”

岑芙心里跺脚，根本没法根据这人的语气和言语判断他的态度啊！

她只能硬着头皮继续编：“你也知道我姐姐眼光高……我想给她准备的礼物有些贵，我生活费不够，只能出去兼职了。如果她知道我打工，肯定要问我原因的。”

既然他没有明摆着拒绝过这门联姻，又在学校里是岑颂宜的暧昧对象。岑芙就赌，赌许砚谈多少会在意岑颂宜：“我想在她的生日派对上给她个惊喜，拜托你保密啦。”

“想我帮忙？”许砚谈抬起下颌，品味着的同时露出几分思索。

岑芙连忙点头：“对对对。”

下一刻，他重新垂下眸子，又翘起了嘴角：“你能给我什么？”

岑芙脸上的笑容顿了顿，一时间没明白。

许砚谈睨着她，轻描淡写又颇感遗憾地摇摇头，用最缓慢的语气磨着她：“你可能不是很了解我。”

道貌岸然，恶劣至极。

“想请我帮忙，得拿东西来换。

“小姨子同学，你得开出令我心动的条件啊——”

“可……”岑芙急切下只吐出一个字。

许砚谈侧身，作势要走，他斜着眼，嘴角的旋涡愈深：“我可不管你什么理由。”

他的笑意未达眼底，只浮于表面。

岑芙眼见着他头也不回地走了，原本快打成的算盘倏然散了架。她盯着那挺直颀长的背影，眉头越蹙越紧。

这人果然不好糊弄。

许砚谈回到他们那桌，在胖猴身边坐下。

“你怎么打了这么久电话，菜都快凉了。”胖猴招呼他赶紧吃。

岑颂宜清楚许砚谈花边不断的私生活，现在在外人眼里作为他的头号暧昧对象，多少会生出几分占有欲。

“不会跟哪个女生煲电话粥去了吧？”她带着几分醋意问。

“嗯。”许砚谈连看都不看她一眼，举起筷子夹了块糖醋鱼，摆着平常那张冷脸没什么情绪，“小姑娘跟我要这要那呢。”

岑颂宜的脸色“唰”一下变了，没想到他还真有没断的暧昧对象。

胖猴“嘿嘿”一乐，只以为对方是跟许砚谈要包要首饰一类的：“喜欢就给人买啊，小姑娘最好哄了，反正那点玩意儿在你眼里不过是洒洒水啦——”

“就你懂。”许砚谈咽下一口鱼肉，斜睨胖猴，“吃饭。”

岑颂宜顿时没什么食欲了，她抬头望了望，忽然想起个人：“对了，砚哥，你回来的时候看见我妹了吗？”

许砚谈没吱声。

“怎么去了这么久还没回来？”她叹了口气，把心里憋着的不满发泄出来，“带她吃个饭就是费劲。”

想着许砚谈花边那么多，岑颂宜生怕自己表现不好在他心里减分，试探着缓解刚才的尴尬：“我妹从小就缺根筋，要是说了什么不过脑的话，你别往心里去。

“她就是个不懂风情的傻书呆子。”岑颂宜笑一声，语气轻飘飘的。

盛着橙汁的玻璃杯被端起，许砚谈抿了口甘甜的果汁，从杯口偷溜下的一串汁水沁入拇指纹路缝隙。他伸手去抽纸巾的半秒间，把“傻书呆子”这个词和方才在走廊里跟自己耍心眼的小姑娘合了合。

许砚谈扯了扯唇，没有出声。

之后的这段日子，岑芙一直在胆战心惊中度过。

岑颂宜以及妈妈每次发来微信或者打来电话，岑芙都要被吓一次，生怕对方说的第一句就质问她怎么敢瞒着家里出去打工，偷着挣那个钱为了干什么。因此，她好几次晚上做噩梦惊醒，每一次都被吓得后背冒冷汗，对许砚谈的怨懑就更深一分。

岑芙不是什么不管对方对自己如何都愿意自始至终保持善良的羔羊性格。

从小到大，经过那么多事，她早就对岑颂宜耗光了姐妹之间的好感，靠着一份血亲维持着表面关系。自从知道许砚谈跟岑颂宜的关系，她对许砚谈就更没了好感。跟岑颂宜有关的一切，都让她想要避而远之。上次吃完饭回去，岑颂宜就差把所有邪火都发泄在她身上了。

“不会说话下次就少说！你没看他压根不理你嘛。

“早知道他根本不爱搭理你，我就不带着你了，净帮倒忙。

“下次有他的场合，你就别跟着了。”

可岑颂宜不知道，表面很惭愧的岑芙心里简直乐开了花。她恨不得这辈子永远没机会见到许砚谈！

可是，自己打工的把柄捏在许砚谈手里，就像是一个不定时炸弹，谁知道下次灾难什么时候来。如果让妈妈知道她偷偷兼职，不仅工作干不下去，估计连她挣的钱都要一并收走，美其名曰她还小，不能让她手里拿这么多钱，谁知道会不会去干什么坏事。

那都是她计划寒假搬出那个家的启动资金，非常重要。

9 月 27 日。

岑颂宜的生日。

岑芙毫无意外地没被自己的姐姐邀请去生日派对。她坐在桌子前靠着手臂发呆，手机里的朋友圈亮着岑颂宜最新发的照片，拍的是高档包间的一隅。

“Happy Birthday”的彩旗横幅，ins风的玻璃茶几上摆着未开的昂贵香槟。

她通过这一张照片就能想象到岑颂宜的生日派对上会是什么场面。堆起来的礼物，簇拥不断的祝福，纸醉金迷，狂欢游戏。

手机屏幕散发出来的光在她漆黑的瞳仁里融成一团，岑芙半垂着眼睫，良久，把黑框眼镜摘下，捂着发酸的眼睛休息。

她正揉着太阳穴，侧耳忽然听见宿舍门被推开。

岑芙偏头，眯起眼睛看向门口。

纤纤风尘仆仆地进来，今天的发型是披肩双马尾，带了几绺灰色的挑染假发。

纤纤把书扔到自己桌子上，走到岑芙身边，自然而然地看了一眼她的手机：“哟，今天你姐生日？”

岑芙在这两周间时不时地跟纤纤透露了一些关于自己家里的情况。

虽然知道得不多，但是纤纤总结出一点：绝世帅哥的暧昧对象，表演系系花，是个对妹妹不好、招人讨厌的女人。

“服了，她生日都不带着你玩啊？”纤纤环胸，小嘴又噘起来了。

“无所谓。”岑芙把眼镜戴上，悄悄吐了下舌头，“我也没给她买礼物呀。”

“不买！不值得给她花钱，你买了没准她还要嫌弃不是什么好东西。”纤纤拉住她的胳膊，“走！咱也玩去！”

岑芙看了一眼还没做完的题，有些犹豫：“去哪儿？”

“该放松就放松，我朋友说要去一个新开的唱跳酒吧坐会儿。”

岑芙想了想，更不解了：“你……什么时候对唱跳感兴趣了？”

纤纤忽然露出一抹意味深长的笑：“到了你就知道了。”

半个小时后。

岑芙坐在这个“唱跳酒吧”里，简直快受不了了。传统的迪厅、酒吧，前段时间她那个在港厦的堂哥带她玩过，该见过的场面她都见过。

但是……

下一刻，岑芙见台上随着DJ舞曲热舞的帅哥，突然跟随着鼓点把自己身上的黑色半袖一撕两半，令人血脉偾张的胸腹肌肉瞬间暴露在所有人的眼里。

拥挤的酒吧内倏然爆发出一阵尖叫和欢呼，岑芙的耳朵差点被刺聋了。

身边的纤纤和朋友握着手尖叫："啊啊啊啊啊——"

帅哥舞者戴着黑色棒球帽，昏黄的灯光从上至下，他低着头跳舞，只能看见线条刚硬的下颌线和鼻唇沟。

她们这一桌还是VIP内场座，岑芙脸耳都臊得慌，在帅哥面向她这边的时候频频低头。

这冲击有点大吧！

手腕忽然被人握住，岑芙吓了一跳。

就在她们面前这块跳舞的小哥忽然走近，在众多手机拍摄的镜头下，把自己的发光手环套在了岑芙纤细的手腕上。

动作完毕，小哥顺势捏了捏岑芙的掌心，对岑芙痞气一笑。

旁边的姐妹们又开始叫。

"蝴蝶！给我嗨起来！"纤纤看着这些肌肉帅哥太躁了，抄起一瓶冰啤酒狂饮。

"你悠着点！"岑芙扯着嗓子在吵闹的环境中提醒纤纤。

酒吧音乐声音太大，岑芙耳根疼，又过了一首歌，她趁机溜出迪厅，打算去卫生间清静清静。

走廊里依旧弥漫着酒吧中心的气氛，虽然禁烟，可岑芙总觉得随处都烟雾缭绕，十分暧昧。她走到一半看见了楼梯口和卫生间的标识。

下一刻，她迎面差点撞上一人。岑芙在差点栽到对方那敞开外套里的胸肌前一秒刹住脚。

她抬头，发现就是给自己套手环的帅哥舞者。没了音乐舞蹈的加持，面对面近距离这么看他，似乎也只是普通清俊的长相，与许砚谈那张帅得有些过分的脸比起来还是……

岑芙在想到许砚谈三个字的瞬间愣了愣。

想什么呢！晦气！

舞者小哥指了指她的手环，语气低沉暧昧："里面写着我的微信。"

"啊，我……"岑芙没被这么搭过讪。

对方却没理会她的慌乱，伸手想去摸她的头发，手刚伸出去，忽然一声咳嗽传出。

小哥和岑芙双双看向声源处，距他们两米之外的楼梯口，站着两人。

巧了，都是熟人。

舞者小哥看见胖猴，知道他是这家酒吧的小老板之一，赶紧戴上帽子返回了舞池。剩下岑芙一个人站在那儿，看着许砚谈，人都傻了。

许砚谈穿着黑半袖上衣和黑短裤，脚上的球鞋十分干净，露在外面的腿部和手臂肌肉漂亮结实。

岑芙怎么都不会想到他会出现在这种场所。

胖猴得到许砚谈眼神知会，最后看了一眼那小姑娘，吹了声口哨往楼上去了。

许砚谈没动，就站在原地，看着岑芙。

半晌，他歪头，耷拉着的丹凤眼露出顽劣，似乎在说：撒谎被我逮着了吧。

“过来。”许砚谈开口，声音不大，却能精准地传进她的耳朵里。

岑芙知道自己逃不过，硬着头皮走过去，在他面前保持安全距离站住，低着头装死。

许砚谈的视线在她手腕上那还闪着光的手环上一扫而过。

“今天是岑颂宜的生日吧。”

“来，告诉我，”他低头与她平视，偏头看向门内大厅里正在狂欢的人们，又看向那几个热舞的男子，“你给你姐重金挑选的礼物，在哪儿呢？”

绯红和热从耳根蔓延至雪白的脸颊，额头和后颈冒出一层汗，岑芙窘迫不已，没想到当时撒的谎会在今天被当场拆穿。

按理说，她现在应该捧着攒钱买的礼物，在岑颂宜的派对现场，就算去不了，只要今天不在这种场合遇见他，她都还有话术可圆。

许砚谈弯着腰，单臂抬起来撑在她身侧的墙壁上，舌尖顶了顶腮帮，“哧”的一声。

“妹妹，玩得挺花啊。”

他嗓音沙哑：“知道骗了我还被我活捉，会有什么下场吗？”

岑芙微微翕动唇瓣，张了张嘴却没发出声。

完了，这次是真的完了。许砚谈喜欢抓着别人的弱点报复，或许并不是因为他气量小，一点小事就会积怨蓄意。根据上次在咖啡店旁观的事件，加上这次她自己的事，岑芙猜测，这人或许……只是喜欢借着别人惹了自己的由头，推波助澜，创造一场好戏供自己找乐子。顺便警告他们，惹了他许砚谈会有什么下场。

许砚谈是个乐于欣赏他人陷入难堪境遇的人，这是他最恶劣的地方。

岑芙很难凭借此刻他这副闲散神色去判断，自己欺骗他这件事是否真的会使他不悦。如果他真的很讨厌别人骗他，那自己又会怎么样……

“对不起！”她管不了那么多了，先示弱，稳住他再说。

岑芙往前一步，硬着头皮装可怜道歉：“我不该骗你的，但我真的有苦衷……”

“哦？是吗？”许砚谈环胸，懒洋洋地站着，甩给她一句跟上次一模一样的、听不出态度的话。

“你应该也能看出我在家里……不是很受待见。不知道什么时候就会因为惹事被断生活费……我很需要这份兼职。”心中的焦急和后怕如潮水般往上涌，岑芙斗胆伸手，用拇指和食指捏住他的半袖袖角，试探性地小幅度晃了晃，同时抬眸，用那双水雾雾的鹿眼瞧他，“求你，不要跟姐姐说，好不好？”

许砚谈没说话，缓缓下垂视线，凝视着她捏着自己袖口的白皙手指，如奶油白笋般纤细脆弱，指甲泛着自然漂亮的肉粉色。

他抬起眼，歪头，毫不留情：“撒手。”

岑芙的表情瞬间垮了下去，一副快哭的模样，默默把手收回去，背到身后。

下一刻，面前的人忽然逼近。她一时间只知逃避，一步步往后退，直到脚后跟抵上卫生间外的垃圾桶金属底座。岑芙退无可退，皱着眉抬头，差点撞上他的下巴，他的脸在视线里忽然放大。

她瞳孔倏地放大，脖颈后仰。

“你拿什么求我？”许砚谈插着兜俯身下来，趁她毫无防备的时候凑近，他垂着眼角和唇线，眼里却露出几分嘲谑。

“还是那句话……”他嗓音本就有些沙哑，声调低沉下去，没情绪说话的时候含着慑人的势头。

“岑芙，你能给我什么？”

这是他第一次叫她的名字。

关于她的名字有很多故事，以至于岑芙从不觉得自己的名字有多好。

以前上初中的时候，不知道是谁起的头，有男生搞怪似的总把她的名字谐音写成“岑福”。她不解释，他们就嘲笑她的“福”太土；她纠正，他们就嘲笑她芙蓉花的“芙”太俗气。

她的名字来历也不明，不是爸爸妈妈起的，随便得好像只是翻开手边杂志找的字，连小名“小芙”，听起来也像“小福”。

连寓意都只能有个“小”的福，注定她这辈子福薄命薄。

她从来都不喜欢自己的名字。

可是，在听见许砚谈叫自己全名的时候，岑芙的心脏不合时宜地抖了两抖。

许砚谈的嗓子很好，不仅悦耳沉韧，声调压下去时若隐若现地带出些烟嗓的沙砾感，却又不似网上那些造作的男烟嗓听起来那么腻得慌。像大漠里细腻的沙，像冰川顶尖的雪，像玉砚里浓郁的良墨。加上他本人又不正经，说话总降三勾四的，说出去的话就仿佛有蛊惑人心性的魔力。

岑芙头一次觉得，好像自己的名字居然挺好听，尽管是他随口叫出的“岑芙”。

她几乎要被许砚谈蛊进他那双棕瞳的丹凤眼和烟嗓里。

能给他什么？她什么都没有。岑芙一点点把理智扯出来，面对着他的质问沉默了。自己一直期盼的事，难道就要在施行初期夭折了吗？

许砚谈见她不说话，若有若无地嗤笑一声，似乎也没耐心继续等着了。

他转身离去，上了楼。

岑芙望着他上楼的背影，肩胛线刚硬，长腿迈得不急不缓。他无论是来，还是去，从来没有任何犹豫，狂妄恣意，任何人都无法影响他的决断和行动。

那天过去，岑芙依旧处于焦虑的状态。

许砚谈没有理由不说了，几次三番地惹他，他一定很想看岑芙被岑颂宜为难的场面。

但就这么过去了十几天，她都没有在妈妈和岑颂宜那边察觉到任何异常的风吹草动。

八卦墙的那个公众号，每天都有人投稿拍到岑颂宜和许砚谈出现在校内校外很多场合，对于他们二人的绯闻热议越来越密集。明明和岑颂宜接触的机会那么多，他为什么还没有揭露她？难道是因为跟岑颂宜有了感情，不想让她这种小角色私下的小动作影响了岑颂宜的心情，所以不说了？

“您好！美团外卖 89 号！”外卖小哥略大的声音把岑芙的思绪拽回现实。

她愣了下，马上跑到外卖台上找到相对应的纸袋子，递给小哥，提醒：

“您小心轻放。”

身后同事正在操作咖啡机蒸奶，浓缩咖啡滴入，发泡的奶香味混着咖啡浓郁的苦飘散在空气中。

时间不早了，临近晚上九点，落地玻璃窗外静止的街景飞快地掠过一串又一串的车灯光柱。她九点半下班，这个时间返回学校刚好十点，买点东西回宿舍吃了就休息。

岑芙喜欢这样紧凑的生活节奏，把事情排满，让忙碌把乱成麻的思绪挤走。

“快到点了吧。”店长今天恰好在，从休息室出来，“小岑你先走吧，天黑了小姑娘一个人早点回学校。”

“合适吗，店长？”

反正也就还差半个小时，她再待会儿也无所谓。

“走吧走吧，留两人收拾就行了。”店长挥挥手，放她走了。

岑芙扬起微笑：“谢谢店长。”说完放下手里的东西转身进了更衣室。

昨天下了一场雨，连绵不绝直到今天下午一点才放晴。

世界被雨染满了，还没有来得及蒸发成气就坠入了黑夜。岑芙推门出去的时候忽感一阵冷，吸进肺里的空气饱含着雨水和泥土融合后的清新味，沁人心脾。

她今天没有带外套，上身只有一件棉质短袖。岑芙背着小布包，搓了搓胳膊上立起的鸡皮疙瘩，踏下台阶。

他们店门口不让停放共享单车，她要穿过店旁边的这条小巷子，到另外一条街上那边就有很多。

岑芙拐进巷子，面对着空旷漆黑的窄巷子有点发怵。她低头去开手机的手电筒，这时，前面忽然响起一阵鞋底与粗糙地面摩擦的声音。

身处漆黑中，传来明显属于男性的脚步声，让岑芙下意识心一紧，后退想要躲避。

手指在这时开启了手电筒，白光倏然以扇形放射照亮了她眼前的路，由远及近走来的人也被她照亮。

岑芙抬眼看到来人，忽然愣住了。

许砚谈穿着黑色的马丁靴，靴子上粘上了许多泥水，依旧是黑衣黑裤，眼皮掀起的瞬间锐气逸出。见到她的脸后，他周身携带的阴鸷收敛些许。

他没说话，也没继续往前走，就这么站在她面前盯着她。

这里离学院路那一块还有些距离呢，许砚谈怎么会出现在这里？

岑芙借着灯光，捕捉到他颊侧的一道血痕，还沁着血丝。血痕在他那张完美无缺的脸上格外碍眼，不过伤口反倒成为他骨子里野性的溢出口。

更加鲜活。

她往下找，他垂着的手臂、手背也有划伤。

岑芙对上许砚谈的眼，颇为意外地试问："你……"

许砚谈哼笑一声，受了伤眉头都不皱一下，反而调侃："嗯，你优秀的'姐夫'打架去了。

"帮个忙呗。"

十几分钟后，与咖啡店同街的二十四小时便利店外。

岑芙从便利店出来，看见许砚谈还坐在马路边的花坛石台上。她一边打开塑料袋，一边说："还好要用的都有卖。"

许砚谈弓着腰，双手搭在腿上坐得懒散。

他瞧她一眼："又不怕我了？"

岑芙拆开棉签盒子的动作一停。她笑了下，把东西一股脑地抱在怀里。

岑芙挑眉："我帮你上药，能不能算个条件？替我瞒下兼职这事儿。"

"呵。"许砚谈听乐了，瞅了瞅自己胳膊上这几道并不算严重的伤，"你倒是会算账。"

不知是不是夜晚独有的气氛会感染人的心情。夏末的夜间街边，偶尔有车辆和行人路过，摇曳的树挽留住上升的雨水。让她莫名地敢于坐到他的身边，平心静气地说上几句话。

见他没有松口的迹象，岑芙叹了口气，东西买都买了总不能浪费掉："不同意就不同意，算我献爱心了。"

"为什么打架？"她拧开一瓶水，棉签蘸上水，递给他。

许砚谈没接，直接拿过她手里的蒸馏水。

他指腹擦过她的手背，又有些热，岑芙只觉得那块皮肤忽然立起了汗毛，感到软麻。

许砚谈拿着水直接往自己受伤的地方浇，冲刷伤口。

“看人不顺眼。”他言简意赅。

岑芙撇撇嘴角，倒也符合人设……但是他一般不都是不亲自动手报复的吗？

把胳膊的伤口冲干净后，许砚谈盯着还剩下半瓶的水，放在一边。下一刻，他侧身把自己的脸递了过去。

他每次靠近都会让岑芙下意识地紧张屏息：“干什么？”

“脸上，没法弄了。”许砚谈用眼神示意她手里蘸了水的棉签，“没镜子，看不见。”

他要她上手……去弄他的脸？这么亲近的动作，不合适吧。

岑芙有些犹豫。

“不想我帮忙了？”许砚谈缓缓道，拿那事儿威胁她，“你再愣着，棉签就干了。”

“想！”

岑芙立刻行动起来，幻想自己就是在给一条受伤的流浪狗上药。

她的视线几乎要被许砚谈的脸填满，平时隔着距离或者看公众号那些偷拍的照片就足够惊艳，如今在这种距离下可以更清楚地看到他五官的细节。

岑芙借着上药分神去观摩，她想，他最惊艳的地方或许在面中。

许砚谈能有如此外露的攻击性，与他这高耸的眉骨和挺拔的鼻梁有关，又是剑眉，这种长相跟温柔这种词汇天生没有关系。

眼睛也是，浓郁的棕色瞳色很特别，丹凤眼或许是最容易被主人操控的眼型，有意挑逗的时候那眼尾一挑，尽是能骗人的深情，几乎没人能逃过。但一旦他耐心全失，没了情意，那眼睛冷得能把人扎出窟窿。

岑芙手指稍动——发现他右眼眼皮上有一条不长不短的疤。已经淡了很多，估计年头不短，不过看着还是有些狰狞，平时藏在他抬眸的褶皱里一般很难发现。

许砚谈这时看向一辆摩托从街边飞驰而过，头动了下。

岑芙也瞬间惊醒，意识到自己刚才都想什么去了。

不是要把他当成狗看待吗？把自己想象成医者，一定要静心，扫除心里所有乱七八糟的东西！

岑芙怀着一颗“医心”，用蘸了水的棉签轻轻擦在他脸颊的伤口上。

许砚谈就算坐着也很高大，她不方便，许砚谈俯身把右手撑在她身后的台子上。

一下子快成了半拥的姿势，她小小的身子被他半边肩背就遮住了。

他做出的这一系列动作太过游刃有余。男性荷尔蒙气息袭来，岑芙僵直了腰身，心中疯狂默念：流浪狗，流浪狗，流浪狗。

她又捏出一根消毒棉签，给他简单消毒。

岑芙的力度很小，又凑得近，在脸上瞎蹭的棉签和她若隐若现飘到他脸上的呼吸，像是小猫尾巴轻扫，弄得许砚谈心尖发痒。他躁得下颌线绷直，伸手，直接握住她的手腕。

在岑芙还没反应过来的时候，他带着她的手，把消毒棉签重重地摁到伤口上。力道太大，棉签里的消毒水直接被挤了出来，顺着他脸颊慢慢往下淌。

“你。”岑芙吓得睁大了眼睛，心想着这人就没痛觉吗？

许砚谈抬手，用食指的指关节抹掉那道液体，凝视着她的眸子逐渐深邃，瞳仁一轮轮倒映她惊愕的脸庞。

他轻佻地勾唇，开口调侃：“这么小劲儿，心疼我还是怎么着啊？”

“下手重点儿。”轻轻的气音翘着弯儿，犹如一颗流星撞进湖泊，骤然——激起的惊涛骇浪覆灭了这一洼浅浅的清泉。

岑芙的耳郭顺着到脖颈莫名地开始发烫。

“我……我把握不好你要的力度，要不你自己弄？”她挣扎两下把手腕抽出来，然后将消毒棉签递给他，垂着眼睛看地面不敢看他。

许砚谈也没再逗她，接过来东西，捏出一根棉签，给自己的胳膊擦了擦。

忽然的缄默让气氛安静，脸上的温度一点点降了下去，岑芙扭回头，视线随着他给自己消毒的手移动。他的手也很好看，掌骨清晰，手指修长，右手的关节也有些泛红泛青。

刚才她给许砚谈上药的时候，他的眼神格外不对劲，是她从没见过的那种神色，很深、很专注，像是要一眼把她吸进去似的。

“你问我……能给你什么。”岑芙忽然重提之前的事。

许砚谈低头处理伤口，安静地听着，没有理会，也没有抬眼。

“我没钱。”她说。

“我也……”不是你的理想型。

听舍友们八卦，他好像喜欢丰满的或者是岑颂宜那种明媚大气的女生。

“反正，我或许开不出什么令你心动的条件。

“但是——”

许砚谈把用完的棉签扔进袋子里，抬头斜眼，对上她投来的目光。

路灯昏暗，可她眼里格外清晰有光。

细密的眼睫舒展着，她漆黑的眼瞳清澈真诚，放下所有心机小算计的岑芙对他展现身体深处纤尘不染的纯粹。

“如果你需要的话……”岑芙有些迟疑，自知接下来的话似乎在他面前会显得有些好笑，但是她还是要说。

岑芙很诚恳：“我可以对你好一点。”

她身上空无一物，又知他坐拥所有，只能做些小事问问他需不需要。她那张无辜又可怜巴巴的脸，在许砚谈眸底刻上了一道烙印。

许砚谈就这么静静地看着她，方才揶揄的笑意一寸寸淡了，眉头莫名地颦了起来。

良久，他徐徐启唇：“用这种东西允诺给别人当条件，可不算聪明。”

下一秒，许砚谈灼灼的眸光直穿进她的心脏。岑芙的呼吸一点点被夺走，睫羽频频扇动，尾尖发颤。

他低沉的嗓音压下来：“岑芙，摊上我这种人……”

像是警告，又像是引诱。

岑芙漆黑的瞳被他的面孔笼罩完全，他温热的吐息萦绕在她鼻尖上，脸颊。

许砚谈缓慢地上下移动视线，吊儿郎当地动动嘴角。凌厉的目光和暧昧的嗓音极其不搭，他笑了：“你不怕我跟你纠缠不休？”

回想那天晚上，他刚和哥们儿打完球，无视岑颂宜打来的几十个微信电话直接关机。

胖猴说拉着他投的那个唱跳酒吧开业后反响不错，非要带着他去玩一趟。胖猴这小子念书不行，但随他爹，天生有不错的做生意眼光，早早把目光投向女性消费这方面。

许砚谈本来兴致缺缺，直到进了门上楼梯前瞧见个熟悉的身影。那个在两周前可怜巴巴地跟自己打包票，打工挣钱是为了给岑颂宜买生日礼物的小姑娘，却在岑颂宜生日这天，在灯红酒绿、美男无数的酒吧里跟热舞男单独搭讪。

三番五次用谎言蒙骗人，被揭穿了还敢故技重施，用那套装可怜来试图换取他的同情心。不巧，他这人压根没把这玩意儿从娘胎里带出来，试图玩弄他的人没有一个有好下场。

可是，当他路过那狭窄的巷子，瞧见那天到店里闹事的醉鬼潜伏在暗处不知在等什么，听见对方打电话时嘴里的污秽语言时，不知哪根筋搭错了，一根错，根根错。

许砚谈走过醉鬼身边的时候，醉鬼一口痰恰好啐在他马丁靴的鞋头上。路灯光从巷口洒进来，光洁质感的黑色鞋头上不合时宜地被一摊污物覆盖。

他止住步子。

"哥们儿。"许砚谈动了动自己的脚，鞋底与地面发出嘶哑的声音。

他嘴角似满意的笑一闪而逝，眼睛在暗巷里发着野狼般的光，嗓音刺人："干吗呢？"

…………

岑芙被许砚谈刚才那句话猝不及防地唬住了，可她又别无选择："我真没别的可以给你。"

她转念一想，很多疑惑油然而生，站起来面对着坐在台子上的他。

一站一坐，两人竟然还能平视。

"那你说去吧，你明明有那么多和岑颂宜说的机会，为什么不说？"岑芙明明是质问，却更像是理亏的一方。

许砚谈懒洋洋地坐着，静静地看着她。

岑芙忽然皱起眉，试探又笃定地说："你已经在报复我了。直接说反而给我痛快，这几周你故意什么都不说，让我白受折磨。"

是直接告诉岑颂宜她的秘密，还是半吊着让她知道危机即将袭来却不告知具体时间，让她永远沉浸在心慌的状态里。许砚谈选择了后者。

许砚谈抬起手臂，吹了吹伤口，拉着张臭脸却也没生气的意思，反问："我在你心里这么阴暗啊？"

岑芙垂下嘴角，没说话，也没否认。

"我忙得很，谁有空一直想着你。"许砚谈站起身，从平视她到俯视她，"我对别人的家事儿没兴趣。"

岑芙心里松了口气，谁知道又听见他说："骗我这事儿怎么算？"

她抬头瞧着他，指了指他贴上创可贴的伤处："你让我帮你忙，我帮了。"

意思是一事抵一事。

许砚谈深深地看了她一眼：“成。”竟然没再刁难。

他从兜里掏出手机，亮出一个界面给她。

岑芙看着他微信里的添加好友界面，又朝他眨眨眼，假装看不懂：“嗯？”

她才不想加他的微信！沾一点边都不想！

“微信给我。”许砚谈慢悠悠地把话说明白了，颇有揶揄她的意思，“通过，别拉黑，消息记得回。我这人虽没什么良心，但对我好的人我不惦记。”

许砚谈低头，半眯着眼，压着点儿气音告诉她：“我就专记那些让我不高兴的。”

意思是她如果惹他不高兴了，他就会给她找点麻烦是吗？不过，帮他上药加给个微信，就能让许砚谈暂时闭嘴，她倒也能接受。

岑芙一把拿过他的手机，嘴撇得几乎像拱门了，不情不愿地把微信号留给他。

她装作乖顺：“知道了。”

短暂的接触来得快去得也快，有车来接许砚谈了。

岑芙望着许砚谈头也不回的背影，忽然有些后悔。她轻哼一声，后悔对他说那句“可以对你好一点”了。

这种人，才不值得别人对他好。

通过了好友申请，岑芙还在百度上搜索怎么可以把这人在好友列表里隐藏，然而无果。害怕被人发现她有许砚谈的微信，岑芙把他的备注设置为“讨厌说话”。

岑芙本以为加了微信许砚谈会让她帮忙跑腿一类的，然而却没有。许砚谈做的事让她更心惊胆战，没有使唤她，反而是时不时地发消息跟她东拉西扯。

例如上次，上课路上正好遇到岑颂宜和许砚谈一行人在一块，岑颂宜就站在他身边。

下一秒她的手机就弹出来消息。

讨厌说话：上课去？

讨厌说话：几点下课？跟姐夫吃个饭啊。

岑芙看向远处正低头握着手机的许砚谈，岑颂宜一探头就能看见他手机上的内容，她吓得把手机掖起来就跑。

自那以后，她从无视许砚谈的消息到直接把这人的消息永久屏蔽。无论他发来什么，她都装看不见直接清空聊天记录。

“蝴蝴……”临近下课，纤纤问她，“你待会儿想吃啥？我馋三食堂那个砂锅米线了。”

“三食堂是不是有点远……”岑芙看着手机微信里最新的消息。

讨厌说话：岑芙，把我那天说的话当耳旁风了是吧。

讨厌说话：是手机死了，还是人死了？

隔着屏幕，她好像都能听见许砚谈说这话时的不悦语气。

岑芙梗着脖子把消息全删了，故作无事发生地对纤纤比了赞同的手势：“下午没课，也可以。”

时间一到，老师不再多讲，直接宣布下课。班里的同学们纷纷起身，椅子在瓷砖上拖出刺耳的“刺啦刺啦”声。

岑芙和纤纤不着急，走在所有学生最后面那一批里下了楼。

秋天正午这会儿还有些热，今天又是个阳光明媚的天气，有的女生出了楼拿课本挡在头顶遮阳。

“最烦理论课了，讲着讲着我都快睡着了。”纤纤垂眉耷眼地吐槽，“而且你不觉得这老师的声音也特别催眠吗？咱们什么时候能去演播厅玩……”

“这门课这学期有演播厅的授课计划吗？”岑芙走到拐角，转身看纤纤，“我怎么没听说……”

她话没说完，一只大手突然伸出来，攥着她的胳膊猛地将她拽了一把。

岑芙没有防备，即便对方压根没使什么力气，她也顺着惯性踉跄撞到他胸前。鼻尖撞到他衣服上，隔着衣服被他结实的胸肌撞疼，黑色T恤面料上尽是阳光的味道，有点热。

纤纤也被吓了一跳，扭头一看，看见许砚谈那张脸后，倒吸了口气。

视线里，柔柔弱弱的岑芙和凶得让人胆战的许砚谈站在一起，气场格外不合。

许砚谈一手圈住她的胳膊，还有余力。岑芙白皙的胳膊上被他的指腹压出凹痕，两人的肤色差和体型差在这一刻淋漓尽致地展现。

虽然是完全不搭边的两人，可是这么站在一起，好像又……莫名带感？

手掌心的纹路感受着她胳膊内侧肌肤的嫩滑，软得像水做的，许砚谈一寸寸加大手劲，垂眸瞧着偏头暗自懊恼的岑芙，冷着脸拿她逗乐：“让我逮着了。”

意识到还有个人在场，许砚谈抬眼，漫不经心地看了纤纤一眼，似乎在说：你怎么还在？

纤纤立刻心领神会，紧张地留下一句：“你们……你们聊！”然后抱着书立刻跑远了。

楼角树下，只有路过的少数人注意到他们。许砚谈拽着岑芙的胳膊，把人往墙角推，不轻不重地推了一下，松开手。

“还活着呢？”

岑芙后背磕到墙面，低着头不敢看他，胳膊被他握得发麻：“干吗……”

“你说呢？”许砚谈往前逼近了一步，旁人看都会以为他在发火，他阴着表情，语气却温淡，“回我消息能要你半条命是吧？”

“不是，我没看见微信……”岑芙尿了，悄悄抬眼，又被他的眼神烫到躲开，悻悻笑道，“你应该不信吧。”

“我该信吗？”许砚谈瞧着她，忽然想到有句话很适合她。

死鸭子嘴硬。

许砚谈沉吟几秒，拿定主意后露出一抹不算善意的笑。他破天荒地柔和了几分嗓音：“怕你看不见消息，我亲自过来邀请你。”

岑芙深感不妙，抬头与他对视，语气和眼神都温和的许砚谈，却让人后背发凉。

下一秒，他降下恶劣：“过两天我们办庆功宴，带着礼物来聚会玩。不来也行，我跟岑颂宜这一晚上……可能会聊挺久的。”

岑芙瞪圆眼睛，不敢相信他竟然变卦：“你！”

就不该相信这人会有基本的道德心！他故意的！如果岑颂宜在许砚谈的聚会上看见她竟然拿着礼物出现，该有什么想法？

——“你为什么会在这儿？”

——“你和许砚谈什么时候熟的？”

——“许砚谈凭什么会邀请你？”

她又不能说是被许砚谈逼的，到时便是百口莫辩。

收回思绪之后，岑芙再回头发现许砚谈都走出好几米了。她扒着墙边，对着他的背影喊，着急地挽回：“我把消息都给你回了行不行！不去行不行？”

从后面看，他宽肩窄腰的身材很是出众，黑色的衣服在阳光下格外反光。

许砚谈没回头，只是抬手吊儿郎当地挥了挥。

岑芙恨得牙都要咬碎了，气得胸口起伏。她不会骂人，在心里拱火了半天，最后只能恶狠狠地骂了一句——

你这条坏狗！

国庆假期前夕。

许砚谈说的庆功宴就在今天举办。

打听下来，岑芙得知是校辩论队拿了冠军的庆功宴，纤纤通过各种渠道帮她搜寻到好多信息。不过大部分都是吹捧许砚谈的，什么校辩论队自从他加入就直接上了好几个层次，只要他亲自带队的比赛无一败绩。

崇京航空航天的辩论队和崇京理工的辩论队在全国赛事上都是很有名的，可是只要遇到有许砚谈的场就打不赢。逻辑、思维、气场，无懈可击。

他只打国内外特大赛事，出场的次数屈指可数，大部分时间都在下面负责指导和思维梳理。可是崇大辩论队——法学专业的许砚谈已经成为传说了。

就以他天生的号召力，收获死心塌地的追随者不过是信手拈来，很多东西都能轻易得到，但他不需要。明明有令众人簇拥的能力，却仍独来独往，只有真的傲到不可一世了，才会这么选择。

好不容易攒的钱，岑芙可舍不得花给许砚谈，思来想去，她在路上买了个蛋糕带着。

聚会的地方位于兰亭湖酒吧一条街，她第一次自己来这种热闹、属于年轻人的地方。

九月、十月这会儿的晚上是最适合在户外闲逛的时段，酒吧街一层的商户很多歌手到外面驻唱。或欢快或抒情，随着她每往前走几步，空气中的音乐氛围就会变一重，五彩斑斓的彩灯在她脚下转圈、飘荡。

年轻人围着女主唱打着拍子，惹得岑芙的心情也忍不住变得雀跃起来。她本以为自己会抵触这样喧闹的地方，现在好像能明白为什么纤纤她们这么喜欢往这里跑。

夜风冷，但这里不会冷。

岑芙依依不舍地又在外面听了一会儿，然后找准那家酒吧走了进去。跟着服务员上了三楼，这里所有包间的名字都是以花卉命名的，她走到“尤加利”门口，隔着亮面玻璃就看见了里面的热闹。

想到里面都是陌生人，唯一一个认识的还是岑颂宜，岑芙就头皮发麻。

她咬了咬嘴唇，低着头开了门。

门被她推开，热烈沸腾的音乐扑面而来，里面开间套着开间，她一眼望去没看见许砚谈，人多热闹，压根没人注意到她。

她不想杵着等人发现，便拎着蛋糕，摸着边坐到沙发上，选了个靠门灯光暗的位子。

坐在岑芙身边的一个女生瞥了她一眼，以为她是送蛋糕外卖的，对她说了句“放这儿就行”，然后起身跑去跟别人一起唱歌。

岑芙倒是也想放下东西就走，但不跟许砚谈打招呼就偷着走肯定是不行的。她缩在角落里，一番观察后才发现许砚谈和岑颂宜。

他们坐在距离她一两米外的那个大卡座里，许砚谈所在的位子正好和她隔空斜对面，他敞着腿窝在沙发里，手里捏着玻璃杯，杯子里琥珀色的酒还剩个底。

胖猴在他身边，正撺掇大家玩转酒瓶的大冒险。

而岑颂宜坐在侧面，跟朋友们簇拥着顾着玩乐，根本没发现她。

岑芙从兜里拿出手机，想给许砚谈发个消息，刚打开微信，不知道是谁关了音乐，那边的聊天声传了过来。

胖猴没头没脑地突然提及：“哎，颂宜美女，你咋不带着你妹妹一块玩啊？”

此话一出，桌上不知情的朋友便问：“啊？颂颂你有亲妹？怎么没听你提起过？”

“还以为你是独生子女，可以啊。”

“说到这个，以前生二胎不都罚款吗？”

“是啊，现在三胎都开放了。”

岑芙在屏幕上打字的手忽然停了，垂着的眼睫一动不动。

岑颂宜的表情有些不自然，似乎并不太想聊这个，还没说话，她身边的闺密却先开口了：“小宜妹妹跟她一点不亲，脾气怪得很。”

那女生暗地笑谈姐妹俩：“哎，也不是想生，她妹是她爸妈为了小宜治病才生的。结果她妹生下来还是没配型上，这孩子白生，小宜差点没挺过来。”

有人问：“啊？岑颂宜你得的什么病啊？”

岑颂宜揽着朋友，笑着玩乐没否认。她挥挥手很轻松道：“血液病，早痊愈了，没事儿。”

“谢天谢地你好了，不然就认识不了你了……”

“来来来，敬咱们从鬼门关走过的未来的影后。”

“哈哈哈，你们干吗呀……”

他们一众人又笑着举杯。

岑芙低着头听，手指抠得泛白。

许砚谈懒洋洋地窝在一边，掏出手机看了一眼。点进和岑芙的聊天记录，余光扫见上方显示的“对方正在输入中”，他缓缓抬眸，扫了眼。

“来啊砚哥。”胖猴撺他。

许砚谈收回视线，倒了一口酒，勾着唇与他人碰杯。

眼前的一幕幕在岑芙的眼里活动着，她望着欢笑交谈的那些人，只觉得包间里的空调开得好低，她坐在这里冷得起了一身鸡皮疙瘩。

岑芙继续编辑刚才没发完的消息：我已经到包间里了，给你带了个蛋糕，没事的话我就先走了。

她等许砚谈回消息再走，刚发完消息，那边又爆发出一阵欢呼声：“大冒险抽牌啊！”

“砚哥左边的左边，哎哟！”大家齐刷刷地看向岑颂宜，然后开始起哄，“亲一个吧！”

“亲一个！砚哥你自己摸的牌啊！”

“来个法式的！又不是外人！”

岑颂宜如银铃般笑着，虽然害羞，却完全不掩饰自己的许可态度，似乎许砚谈做什么她都愿意配合。

岑芙看着他们，视线落在许砚谈身上。他抽到了这样的牌，却丝毫不慌，仿佛置身于闹剧之外。

许砚谈缓缓望向岑颂宜，接上她投来的目光，就这么不说话光看着。

每一秒的滞缓都能让暧昧气氛往上蒸腾，当事人没怎么着，旁边看戏起哄的恨不得要原地起飞了。

许砚谈硬生生把岑颂宜看得脸颊绯红。最后，他捞过自己的富士山酒杯，倒了些威士忌进去，杯底的雪山映出金黄色的余晖璀璨。

许砚谈一只手捏着杯口，另一条胳膊撑着腿，懒洋洋地举起杯来示意：“罚三杯。”

明晃晃地耍赖，也明晃晃地拒绝和岑颂宜当众亲热。

许砚谈这三年传出去的暧昧对象太多了，可没一个敢站出来说自己是正牌的。这里大部分人都认同的一个观点：如果今天许砚谈跟岑颂宜真敢当众接吻，基本上就相当于官宣了岑颂宜的正牌女友身份。可惜他没有，依旧只留给岑颂宜一个那么暧昧的对视。

“哎哟！没意思了啊——”大家嘘他，不过也就让这茬这么过去了，免得岑颂宜面子上太过不去。

“砚哥还害羞呢！”

“玩什么纯情啊砚哥！”

岑颂宜尴尬地笑了下，靠到后面假装玩手机。

岑芙默默收回视线，朝没人的地方翻了个白眼。

胖猴又喝大了，他一喝多又开始犯胡言乱语的毛病，不知想起什么，“呵呵”两声，揽着许砚谈的脖子，跟大家吹：“说到这儿了，给你们说个好玩的！上次我跟砚哥在南城迪厅玩呢，我从厕所出来，老远见着有个辣妹把砚哥摁墙上亲啊。”

众人：啊？许砚谈还能被人强吻了？

岑芙在远处用手指玩着蛋糕盒的丝绒带，听见这句时心瞬间“咣当”往下掉。虚汗瞬间从她额头冒了出来，小腿又开始发软。

胖猴手中的酒杯拿不稳晃了好几下，根本不管旁边许砚谈已然警告的眼神，“啧啧”感叹：“那小辣妹是真拿嘴往咱哥脸上撞，看得我肝都颤，乐死我了。”

许砚谈挥开胖猴架在自己脖子上的手臂，半句话也没回应，只是不太耐烦地撂给他一句：“喝点酒，瞧你这死样儿。”

胖猴看着许砚谈站起来：“我又没说假话，你干吗去？”

“洗手间，你们玩。”许砚谈悠悠飘来一句。

许砚谈走到门口，看着坐在那儿半天低着头装看手机的岑芙，挑了挑眉，手扶在把门手上的时候非常轻，几乎无人察觉地留了一句：“在这儿等着我。”

说完他开门出了包间。

岑芙松了口气，抚着胸口抬头，呼吸又立刻停止，目光所及之处，岑颂宜正挑着疑惑又不悦的眼神看着她。

因为目光一路追随着许砚谈出去，所以岑颂宜自然而然地留意到了坐在门口沙发上的岑芙。

岑芙抿了抿嘴唇，在岑颂宜的死亡注视下垂下了头，有点心虚似的。

距离“尤加利”包间最远的走廊那头，岑颂宜环抱双臂，盯着岑芙，一副审问的语气开口：“你是怎么找过来的？不是告诉你以后有许砚谈的场合你别来，他又不待见你。”

“还是说……”岑颂宜觉得不对劲，上下扫视她，试探性地问，“谁邀请你来的？我还看见你买蛋糕来了，给谁买的？”

岑颂宜：“你不会是给……”

她话刚说一半，岑芙直接抢话道：“给姐夫买的！”

岑颂宜愣住。

岑芙把之前准备好的那套应付岑颂宜的说辞搬了上来，她换上一脸的诚恳和无辜，眼睛里是想跟姐姐邀功求夸奖的笑意：“我听我同学说你们今天庆功，这个蛋糕其实也可以说是替你买的呀，姐。”

岑颂宜眉头松懈：“什么意思？”

“你想，庆功宴到了这时候肯定缺点烘托气氛的环节吧？其他人都没想到这块，我把蛋糕送来，你这个时候把蛋糕送上去，显得你多贴心多懂浪漫呀。”

“姐，”岑芙微微含胸，眉目顺从，谄媚得无迹可循，对她微笑道，“我也是想帮你尽快追到姐夫。

“我听说……姐夫在学校挺受欢迎的。

“姐，没提前跟你说，对不起啊。”

说到最后，岑芙语气已经很委屈了。

岑颂宜完全被岑芙这模样瞒过去了，她叹了口气，伸手摸摸岑芙的头顶：“让你操心了。行，这次算你做得不错。”

然后她下一句话马上驱赶，丝毫不留情：“没什么事你就回去吧，大晚上别乱跑。”

岑颂宜转身回包间，走了十几步听到身后好似传出了一阵声响，她回头，看见岑芙原本站的地方已经没人影了。

“走得挺快。”岑颂宜嘟囔一句，扭头继续往前走。

而在原本的地方，一步拐弯的楼梯口，岑芙被许砚谈抵在墙角，他的大手捂住了她的下半张脸，镜片后的眸子流转着惊恐，半声都发不出。

不知他怎的会出现在这个地方，也不知道他到底听了多久、听了多少。

岑芙忍着后脑勺的疼，栽进他荫翳汹涌的漆眸中。

许砚谈神色冷到极点，下颌绷紧，凶厉的雄性荷尔蒙迸发而出。

岑芙敢断定，他生气了。

可他生什么气?

许砚谈松开捂着她嘴的手，在她开口说话之前，直接俯首凑近，两人顷刻鼻息相融。

岑芙吓得瞪圆了眼，躲无可躲。

他要干什么……不是吧……

许砚谈厚重温热的呼吸打在她脸颊的细绒上、唇瓣上。威士忌入口的那股黏腻的蜡质感，甜辣的余韵，此刻全融在他吐息里传递给了她。岑芙心脏“扑通扑通”快跳出嗓子眼了，见他还在靠近，她只好闭上眼偏头去躲。

下一刻，她的脸倏地被他掐住，她惊恐地逸出一声惊呼。

许砚谈强迫她转过脸来与自己对视，缓缓重复她刚才跟岑颂宜说的那句话。因为喝过烈酒，他开口的嗓音又沙又绵："帮忙追姐夫，是吧？"

岑芙无辜又反抗不得，不知他为什么生气，抬手握住他的手腕想挣脱。

他腕间跳动的脉搏震得她指腹发痒。

许砚谈的眉头一压再压，他也不装了，掐着她下颌往旁边扳。岑芙右耳后那抹青紫色的如蝴蝶般的小胎记赫然出现在他眼底，彻底证实了他的判断。

他目光穿过厚重的镜片，攫住她那双会骗人的眼睛。

许砚谈轻嗤一声："你在南城跟我接吻的时候怎么不想帮着她追姐夫，嗯？"

第三章

/

说说你是怎么爱我的

H U D I E Y I S H I

几个月前，南城酒吧，那条昏暗暧昧的走廊。

“哪儿来的小流氓。”烟嗓低沉，揶揄，诱惑力太大。

许砚谈勾唇低喃，那双温热的大手控着她的腰和下巴。那股天翻地覆的眩晕和危险袭来的刺激期待，她记忆犹新。

他于自己唇瓣上的掠夺瞬间冲乱了岑芙的心，烧伤久久不愈，直至现在。

…………

岑芙彻底傻了，握着许砚谈手腕的手都松了劲。

他……他早就认出自己了！这阵子却一直都在装不记得！她就说许砚谈不可能只为了打工那点事揪着她不放！

“你……”岑芙原本惊恐的神情换成了别的颜色，还试图装傻瞒骗，“你说什么呢……”

“忘了？”许砚谈捏着她的脸，假意作势歪头要把薄唇贴上去，“咱俩重温重温。”

“不不不！”岑芙使劲躲，连忙道歉，“我错了，对不起！”

许砚谈嗤笑一声，松了手，双手插着兜依旧保持着把她堵在墙边的距离：“上次是你家的事，我管不着。这次是咱俩的事。

“岑芙，我有没有说过别惹我不高兴？”

相似的场所，一模一样的站位。那晚所有的回忆突然冲进岑芙脑海里，一时不知是急的还是羞的，她红着脸颊，磕巴开口：“对……对不起。我真不是故意的。”

“你听我解释呀，我不那样说，我姐不会放过我的。”岑芙偏垂眸光，降了几分语调，有些沮丧，“你也听到了，我在家里是什么地位。我只是想过得好一点。”

她抬头，这次是真的发自内心，看着他说：“蛋糕是我为了送给你买的，没有别的目的。祝贺你辩论赛拿了冠军。”

许砚谈压根没理她这茬，装作困惑：“你知道我为什么不高兴吗？”

“呃……”岑芙一下噎住了，不是不知道，而是不知道说哪条合适。

是说在南城喝多了强吻他那事儿，还是再遇后假装不认识他，抑或是这次拿买给许砚谈的蛋糕糊弄岑颂宜被他逮到的事……

把一切都捅破了以后，两人之间的气氛比以前还要微妙暧昧几分。

岑芙抿抿嘴唇，回了句绝对不会错的话：“总之，对不起。”

额角的青筋鼓动了一下，许砚谈耷拉下薄薄的眼皮，声线恢复了平常的寡淡，忽然缓缓念出自己的名字：“许砚谈。”

岑芙怔了怔，投去疑问眼神。

“我又不是没名字。”他语气很淡，像是提示，实际上却是个人情绪很浓的警告，“我未娶她未嫁的，你翻来覆去叫哪门子姐夫呢？”

她立刻得令，有话也偷着在心里骂，绝不在明面上跟他对着干：“知道了，不会再叫你姐夫了。”

岑芙问他：“这样可以了吧？”

他点了点头。

见许砚谈似乎没有什么要说的了，岑芙刚抬腿要走，面前人忽然俯身下来。

她僵硬地止住步子：“还有事？”

初见时岑芙给他的感觉与现在这副朴素谨慎的样子截然不同，许砚谈有股奇妙的感觉。

他端详着她，颇有兴味地问：“你猜我要说什么？”

“谁知道你要说什么，反正不是什么好话。”岑芙心里这么念叨着，露出一个假笑哼哼两声。

许砚谈打直上身，伸出右手，手指拨乱她薄薄的刘海，斜睨了她一眼，随后转身离开，留下一句：“蛋糕，谢了。”

岑芙顺着自己被弄乱的刘海，望着他走远的背影，拧了拧眉：“说话就说话，摸我头发干吗……”

许砚谈回到包间，一进门恰好看见胖猴正把手伸到蛋糕盒子上。他一脚踹在胖猴屁股上。

胖猴差点没站稳，还好底盘大，手撑着茶几稳住了，刚要发火，回头看见许砚谈有些臭的脸色，立马赔笑道：“干吗啊，哥？”

“谁让你动我蛋糕了？”许砚谈瞟了一眼。

“啊，我看差不多了，正好有个蛋糕要不就给大伙……”

胖猴话没说完，就见许砚谈一把将那蛋糕拎了起来，一边往里面走，一边撂下一句话：“想吃单买，别动我这个。”

胖猴挠头，纳了闷了：“嘿，这人怎么还吃独食啊。”

岑颂宜坐在一旁，眼看着许砚谈拎着那个蛋糕，然后稳稳地放到角落没人注意的地方，她握着手机，嘴角偷偷地往上扬。

时间回到两三个月前。

那时候高考成绩下来，岑芙考得很好，原本喜悦的心情在妈妈干涉填报志愿时变得阴郁起来。妈妈强硬地让她填报金融、财会等专业，让她毕业以后要么帮家里打理生意，要么就找个银行规规矩矩上班。

自始至终，妈妈没有问过一句她喜欢什么。

原本高三一年熬下来压力就很大，原以为自己的生活可以获得一些转变，但填报志愿这当头一棒打得岑芙有些郁郁寡欢。

岑颂宜结束了新剧的拍摄，回家没几天就和名媛们跑去沿海城市度假。上流圈的显贵家庭和他们半路发家的不一样，妈妈为了不让岑颂宜丢脸，吃穿住行安排得妥妥当当。一番对比下来，岑芙的心态几乎有些崩溃。

这时候，她那个从国外留学回来的堂哥回来了，来崇京办点事，顺便看看她。

堂哥家是港厦市首富，但论亲戚关系和他们家是远房的远房，如果不是因为堂哥比较喜欢岑芙，大概不会有这么多接触。

而正因为首富这一社会身份，妈妈见到堂哥常常是恭敬有加，因此堂哥是岑芙唯一的靠山，只不过他不常在自己身边。

堂哥也是个优秀且恣意的人，岑芙把自己的困扰告诉了堂哥，堂哥问她，她真正想学什么。

岑芙告诉他自己想学的是传媒传播方向的专业。

之后，堂哥建议她大胆一次。

岑芙听完堂哥的提议吓了一跳，但是思考了一晚后她决定为自己赌一次，哪怕会被妈妈打死她也想学自己喜欢的。在填报填报截止的前一天晚上，岑芙直接擅自更改了所有志愿顺序，然后不给妈妈降罪的时间，跟着堂哥离开了崇京。

堂哥听说岑颂宜出去玩，而她这个高考完的却憋在家里，便直接带着她去南城度假。妈妈一听是堂哥带着她离开的，碍于面子也没法当着他的面责怪她擅自离家。就是在那个时候，岑芙第一次遇到了许砚谈。

那天晚上，堂哥要去夜店玩，她没有去过也想去见识一下，堂哥没拒绝，反而带她好好打扮了一番。

她生活在富贵家庭里，虽然得不到和岑颂宜一样好的东西，不过见识还是有的。她记得很清楚，她一身衣装鞋包全部来自某奢侈品牌，设计师根据她的身材临时做了些改动。

黑色皮草的大 V 领草莓印花短上衣，配亮面锦缎灰粉色短裙。最夸张的是那一双带着吊袜带的蜘蛛网袜，岑芙皮肤本就白，黑色网袜在稚气的白腿和微粉的关节上多添了一笔只属于少女的魅惑。

摘了框架眼镜，化妆师给她化了一个能无限扩大她眼睛亮点的烟熏甜系妆，鱼鳞闪片点在眼中眼尾，她那双像鹿一样的眼睛每扇动一下都能发出粼粼勾人的电波。头发烫成卷儿，喷了几绺紫色挑染。

岑芙保证，没有任何认识她的人会认出那晚的她。有堂哥在身边，她不怕出入那样的场合会遇到危险，可是意外总是毫无征兆地发生。

一切都要从堂哥有事临时离开说起。

夜店的老板认识堂哥，所有酒保和服务员都会帮忙照看她，不会有任何坏人接近她。是她自己靠近许砚谈的。

她不知天高地厚，只觉得好看，点了一杯“海洋之心”。

调酒师取出一枚紫色的钻石形状的冰块，在灯光下，钻石形状的冰块有些剔透的感觉，草药配制的酒、苦艾、柠檬水一层叠着一层混合出奇妙的味道。紫色钻石在蓝色的酒里转动，转着转着，蓝、紫两色产生了暧昧又浓稠的渐变旋涡。

这个地方的空气都能醉人，岑芙捧起这一小杯“深邃的海洋”，随着宝石转动，她的脑子也逐渐开始发晕发昏。

都说喝酒可以忘却悲伤，她却不同，喝了酒，压在心底不敢触及的伤口如数家珍全部掀开来。混沌之际，她的视线穿过一众狂欢的虚影，落在了远处卡座里合着眼晃动酒杯的男人身上。

周遭人都用最明艳的色彩、最夸张的款式来装饰自己，来衬托自己并不平庸。他却与规矩背道而驰，一身黑毫无亮点，上身的黑色棉T恤贴身，随着呼吸能看出几分胸肌的轮廓。

许砚谈的右手肘架在沙发的靠背上，左手捏着广口杯，里面还剩一半果浆色酒液。杯子随着他晃来晃去，好似有随时掉落的风险。

他仰着下颌，眉眼都没什么情绪，哪怕合着眼，高挺的鼻梁和利落的寸头，依旧把他禁锢在衣服里的雄性荷尔蒙一丝不漏地泄露了出来。

不断有人过来和他搭话，身材性感的美女姐姐趴在他耳畔说话，不知说了什么，被搭讪的他听完，只不过勾唇微微一笑，过来搭讪的人反倒在这灯红酒绿下红了脸。

谁都可以接近他，但是谁都无法在他身上掠夺丝毫只赐予一人的关注。

美女端着酒杯离开。

下一刻，在岑芙的失神注视下，许砚谈缓缓睁开了眼睛。

一束灯光扫到他头顶，正巧赶在他睁眼的瞬间，棕色的丹凤眼，睁开的刹那又眯起了半分。

细小的动作在岑芙眼里显得无比性感。危险、神秘，对她有着磁石般的吸引力。

岑芙在心里落下这几个词汇，他是她永远永远都不会去结交的那类人。

一枚陨石砸进，溅起千层骇浪。

玻璃杯中的“海洋”经历此劫只剩近一半，里面的冰块逐渐融化，她放下杯子，找准时机，离开了吧台。踩着粗跟增高凉鞋，一步一步踉跄地走向走廊。

她哪会搭讪，见着他靠在墙边打电话，二话不说就撞了上去，撞进他怀里。

之后发生了什么？岑芙醉得厉害，只记住几个片段。

她把一脸疑惑的许砚谈推到墙边，包裹着蜷缩脚趾的黑色高跟凉鞋挤进了属于男性马丁靴的领域。

游走于风月场的他，一开始应该觉得她不会做什么，没有立刻做出反应，而是把电话挂了，默默看着她，眼里有几分谑弄。

岑芙揪着他的衣服稳定在他胸前，就那么扇着蝶翅般的睫毛，渴盼什么似的望着他。

果然，近距离看更帅了。

她还记得自己手指的触感，在他脸颊上的触感，细致到下巴有几分青茬未冒的刺扎。

岑芙仰望着他，胸口隔着衣服感受着他沉稳的心跳。

略施粉黛的脸漂亮得让人挪不开眼，美得很独特，她痴痴一笑，鹿眼一弯都溢出酒香的蜜。

“你好帅呀。”也好危险。

“好喜欢……”

危险，性感，神秘。如果能放纵，她要在这样的人身上放肆。

许砚谈的嘴唇薄薄的，因为喝了酒唇色也染得红润，更妖冶。

他说的话她听得模糊。在她昏头转向的思维里，他一张一合的薄唇，好似那转在酒杯里的“海洋之心”。

也会和钻石冰块一样那么凉吗？于是趁他放松警惕的时候，她扯着他的衣服，踮脚把自己的嘴唇递了上去。

她像喝那杯酒一样，用舌尖去品尝那颗冰凉的“海洋之心”。结果并不相同，他的下唇没有钻石冰块硬，也没有冰块那么凉。

柔软又温热。

她被拎着后脖颈拉开。岑芙喝醉壮了胆子，直接忽略他已然阴下去的眼神，盯着他下嘴唇润亮的一小块，急切地又踮脚凑近，还想再尝一尝。

“你别动……再、再让我……”

许砚谈眸光灼灼，荒唐一笑：“你还想怎么样啊？”

他控着她，眼里没有任何厌恶，反而攫着她醺醉又无辜的双眸细细描绘，勾唇低喃：“哪儿来的小流氓。”

就在他说这句话的时候，岑芙一嘴又啃到他下巴。

之后，她只记得那天翻天覆地的一下。随着后背传来的疼痛，她再回神时已经被他调换位置，摁在了墙上。

岑芙记得他的一双手，左手掐在她的后颈上，右手捏着她的腰肢，揉搓在她腰部柔软处时，一串串火苗骤然燃起，冲刷了她的心。

之后他没再多说一句话。

掠夺铺天盖地袭来，恐惧几乎把悸动全部驱散。

他的吻不再是她那样的浅尝辄止，而是咬的，是撬开她的贝齿抢走一切的。

岑芙的后颈被他控制着，躲都躲不了。

他鼻尖蹭在她脸颊上，吐息飘在她颈窝，痒和电流感顺着耳根往下溜。

走廊里弥留着迪厅的狂欢曲，但岑芙能清晰地听到两人唇间迸溅的阵阵水声。他唇齿间的酒味比她刚才喝的“海洋之心”还要烈一万倍，令她忍不住战栗。

许砚谈缓缓把嘴唇游移到她稚嫩的脖子，岑芙耳朵烫得像烙铁，腿软得站不住。

她颤抖的手挤压在两人胸膛之间，揪着他胸口的衣料。

他的吻细细落在她脖颈上，向上印在她右耳后那块嫩肤上，岑芙记得自己那块皮肤有一枚胎记。

许砚谈的吻停了，岑芙缓缓掀开抖动的眼睫，他那张生性冷漠的脸此刻已经被毫不掩饰的情欲染遍了五官。他松开手，指腹爱抚在她唇瓣上，已经通过接吻确定她在这方面是新手的身份，带着笑的眼似乎在嘲笑她，又有几分惬意。

岑芙糊涂的脑子疯狂猜想他下一句话会说什么。

会说什么？说什么……

腿根一激灵，岑芙在床上打了个冷战。她倏地睁开眼从旖旎的梦里逃出来。

夜晚，窗帘半敞着，月光洒在床上。

岑芙喘了几口气，意识到自己梦到什么，蜷起双腿坐起来抱住自己，吓得后背出汗。

只要一闭眼，她的脑海里就会出现他那张近在咫尺的脸，接着吻也要半眯起眼审视她的脸。

甚至还有他逸到自己耳畔的那声低沉的喘息。

她打了个哆嗦，捂住自己的耳朵，细腻的腿侧摩擦在一起，总觉得小腹有些发热。异样的感觉让她感到……羞耻难堪。

一定是今天受的刺激太狠，让她睡觉时一下子竟然梦到了那天的事。

岑芙捂住自己的脸揉搓，越想忘越记得深刻。

如果她知道这个人以后是岑颂宜喜欢的人，有可能还是岑颂宜的未婚夫，她死也不会去招惹许砚谈。

可是她没有重新选择的机会了。她还记得胖猴在聚会上说的话。

——“老远见着有个辣妹把砚哥摁墙上亲啊。”

这样的事，在许砚谈身上应该是头一次发生。岑芙抱头悔恨地呜咽几声，憋得脸和耳朵都红彤彤的。深更半夜她翻身下床，悄悄去重新洗漱一下。

她只求许砚谈能放她一马，让这事不为人知地就那么过去。

次周摄影课。

前几周老师的授课内容都是围绕着拍摄技巧以及常见设备功能的教学。这周是最后一节理论课，下课前老师一边关闭电脑，一边对着台下所有同学说：“同学们下周记得把自己的设备都带着，下节课开始我们要出去实拍，每周交拍摄作业算作平时成绩，很重要，千万别忘了啊。”

纤纤完全没有在听，而是专注于和岑芙开小差的话题，她惊讶：“啊？宝贝你不是四年都在崇大？”

“对啊。”岑芙一边耳朵听老师的，一边分注意力小声跟她说，“我高考出分以后填了双校双培计划，实际学籍在榆安传媒大学。我就在崇大上大一一年，明年八九月就走了。”

纤纤顿时露出遗憾不舍的神情，眉毛都快皱成一团了，今天梳的朝天双丸子头也跟兔耳朵似的往下耷拉了几分：“啊……能不能不走啊？”

“要不你去问问榆传的校长？”岑芙收拾好包，扭回头看着纤纤笑。

纤纤摸着下巴若有所思，故意搞笑：“你说得有道理。”

两个女生相视而笑，收拾东西离开教室前往下一个课堂。

教学楼一楼电梯间，学生们自觉地在电梯门前排了三四列队。有的学生等不及直接转身进了旁边的楼梯间，阵阵上楼梯的脚步声回荡着。

岑芙挑了个很随意的时间，开口问旁边的纤纤：“你已经有设备了吗？我看老师要求至少是微单或者单反，型号不要太旧。”

“啊？你说相机啊。”纤纤说，“当然啊，咱班大部分人都有吧？

“因为我算是半个艺考生吧，所以家里设备比较全，不用再买。不过我崇京这边的家里就留了一台艺考时候用的。

“你还没准备？没事，现在去商场里的电器城买也行。微单我不太了解，单反我还是懂的。不用买太贵的，差不多就行，毕竟就是拍个作业用。如果你想常用，那可以稍微考虑好一点的。”

纤纤知道岑芙和岑颂宜的姐妹关系，自然也就能摸清几分她家的经济情况，虽然是半路发家，但也已经比普通家庭要富裕很多了。

所以纤纤说这些话的时候，根本没有考虑价钱，只从性价比、配置和购买渠道方面来说。

殊不知，纤纤从不考虑的事才是岑芙最头痛的。妈妈舍不得给她花钱不是一天两天了，虽然家里富裕，但过过苦日子的妈妈会把控全家人的吃穿用度。

在岑芙看来，妈妈恨不得要把养小女儿的钱全省下来给大女儿贴金镶钻。

“你怎么啦？”纤纤不懂岑芙为什么突然皱起了眉。

到她们这一拨人上电梯了，岑芙推着纤纤的后背往前挤，笑着搪塞：“没事，快走啦。”

在听完她对相机的需求后，何芳华的反应果然不出岑芙所料。

每一次在这种事情上的不出所料，都让岑芙心底自嘲。

何芳华刚从外面回来，把皮包甩在桌子上，拿出自己的记账本不知在记什么支出，眉头锁得很深，艳红的嘴唇吐着冰凉的话：“你姐不是有相机嘛，去借她的不行？”

“妈，姐那个相机不符合老师要求。”岑芙声音小小的，很是为难，“而且我们每节课都要用……我怕打扰姐姐。”

“啪！”

何芳华一拍桌子。

岑芙肩膀一哆嗦，满腹的话瞬间断在肠子里。

“我说的话你没听懂是不是啊？家里有，你还要出去买，有就先凑合用啊。你都没给你老师看你就说不行？”何芳华脸色非常不好看，一发脾气脸上的妆都挂不住了，“本来最近生意就不好做！接二连三地赔钱了！你还要造这个钱！我当初就不让你学这个专业，全是烧钱货！你们老师是不是让你们走他的途径买设备，都是骗人的他吃回扣的！”

岑芙背在身后的手指头抠得泛白，她垂着头，满腔为难委屈，只是摇头，眼底发涩，却分泌不出眼泪。

“怎么了？怎么又发脾气？”这时候，岑康发的声音从玄关处传来。

岑芙回头，看着爸爸穿着西服换了鞋进来，扫视着她们母女。

“问问你这败家女儿！什么时候了还要买那么贵的相机！”何芳华直接抱怨起来，“小宜的那台相机不是好好的嘛，我让她跟姐姐借一下用，非不要！”

“买一台也花不了多少钱嘛。”岑康发劝说着老婆，顺便借着这个话题发一下牢骚，“你少去跟那些富太太打几次牌，不就都有了……”

谁知道这一说，彻底把何芳华激怒了。本来她三番五次在牌局上输得就心痛肉痛，谁知道丈夫还戳自己的痛处，声调瞬间拔得更高：“哎！岑康发！你说什么呢？你是说我喜欢出去赌是吗？”

妈妈刺耳的嗓音几乎要击穿岑芙的耳膜，从小到大每次她呵斥打骂自己都用这副嗓子，这个音频已然成了岑芙应激的伤疤。

岑芙双手发麻，下意识地往后退缩一步。

“我不花钱和那些女人搞好关系！你以为你生意那么好做？”

岑康发也受不了妻子发火：“我不是责怪你啊，人情稍微走一走就行了嘛。”

父母眼见就要争执起来，自己想要的相机又成了被丢到墙角的话题。就像那天晚上聚会，被岑颂宜以及朋友一嘴带过的她。

岑芙松开了扣在一起的手，默默转身往自己卧室走去，身后是越来越大的吵声。

“岑康发你可明白点！这些东西我不帮你搞，你到今天都还在榆安那个破家具城里给人打工呢！有没有良心的你跟我讲这些话！”

“你不要这么一点就着！谁也没有说你不对……”

“砰——”

所有的各执一词都被隔绝在门板之外，岑芙回到小床上，靠着墙把自己蜷缩成一团。

“岑康发！我为了这个家付出了多少……

“当初我就说不生再等等骨髓库！你非要生！生了那个赔钱货我差点没命了！

“生完她那几年我怎么过的你忘了吗？产后抑郁我差点死了！现在我教育教育她你也管是吗……”

一扇门已然阻挡不住何芳华情绪爆发后的歇斯底里。

身侧的小窗户，风穿过铁栅栏飘进来抚摸她的头顶。岑芙抱着膝盖，紧闭着的眼睛止不住地颤动。如果早知道她要台相机会引出这无休无尽的纷争……她就不说了。

一小片湿热氤氲悄悄沾湿了她膝盖上的轻薄面料，岑芙缩在床角，许久都没抬头。

岑芙曾经无数次地梦想过，梦想自己只是某个独生子女家庭的、爸爸妈妈都爱的孩子，哪怕这个家穷一点、普通一点……

返校上课，上午上完三节课的比他们上四节的早解放，岑芙肿着一双眼睛从四楼走楼梯下去。

正巧身边都是同班的，人比较多。在二三楼的交叉层，岑芙一低头就瞥见了捏着两本书往上走的许砚谈。

他身边有个没见过的男同学，正在和他说话。

岑芙瞬间低下头，但她知道许砚谈已经看见她了。

她低着头若无其事地加快步子，绕过众多人溜边迅速与许砚谈擦肩而过，跑下楼梯。

岑芙只能尽可能躲着许砚谈。不管是不是她的错觉，许砚谈但凡对她露出半点越界的兴趣，对她来说都是灭顶之灾。因为只要他对自己有兴趣，那么她就会成为岑颂宜的敌人……然后成为妈妈的眼中钉。

她笃定许砚谈那种人对别人的兴趣撑不了多久，所以只要躲着，不常见面，她这么无趣又没任何吸引力的人，很快就会让他感到无聊的。

直到彻底看不见他以后，岑芙掏出手机打开和他的微信聊天框，看见对方“正在输入中”，心里一激灵，赶紧抢先把话堵死。

Butterfly：我不是故意不理你！

讨厌说话：嗯？

岑芙赶紧打字回：我待会儿有急事，来不及打招呼了，抱歉，下次见补上。

过了三十秒，对方发回一条消息，岑芙看见，紧张的神情直接僵在脸上。

讨厌说话：别急着堵我话。

讨厌说话：我是问你，眼睛怎么肿了？

然后，他发来一条语音。

岑芙摸了摸自己有些肿胀的眼皮，在教学楼下靠边站，控制好手机的音量，贴在耳边小心翼翼地点开。

语音里的背景音略微有些吵闹，许砚谈的语气里带着几分嘲笑，依旧是好听又随意的低沉嗓音，结束时的尾音拖长又上扬，听起来像个纨绔子弟在调戏看上的小姑娘："昨晚上躲哪儿偷摸哭了？"

心事被戳破，岑芙烫手般挪开手机，在人来人往的路边红了听声的那只耳朵。

本就是沉默寡言的性子，长相也不出众，又有眼镜的遮挡，这么多人里，只有他注意到了自己浮肿的眼睛……还有偷偷崩溃过的心情。

明明是那么轻浮的一个人。

岑芙不着痕迹地动了动嘴角，把手机收起来，往下一个目的地走去。

Butterfly：我才没哭，只是早起浮肿。

之后的事似乎都随着遇见许砚谈之后好转了，当天周五要回家，岑芙出了校门发现爸爸岑康发竟然来接她了。

上了车，岑康发将一台新款微单相机递给她，粉白相间，似乎是最近出的网红款，拍照录像功能兼备，还有单独配的镜头，价格应该不便宜。

岑芙被惊吓了一跳，有些不敢相信。

"不是上课需要用嘛，拿着吧。"岑康发知会司机开车，对女儿露出一抹笑，又嘱咐她，"装包里，回家别让你妈看见。"

莫大的惊喜和感动涌上心头，一直无法解开的难题犹如冬天烧不着的干柴，被爸爸这一把火救了急。岑芙把相机收在包里，拉好拉链，使劲点头。

到家后，她将相机收进柜子里放好，并且打算暂时不带到宿舍里去。学校人多事杂，几个人住在一起又时常有其他宿舍的进来串门，她生怕这相机有半点差池。

下周一就有摄影课，岑芙想象着自己跟同学们在一起拍照片交流的场面，想着自己也能这样逐渐融入他们，成为普通的一分子，不会再成为那个贬义的特殊存在，开心地笑了起来。

周末岑芙没有回家，直到周一早上八点多她才回家去拿相机，摄影课在上午十点。

拿上就走，这个时间是足够她坐地铁往返的。

她一进门，妈妈正在吃早饭，岑芙简单打了招呼就跑进自己屋子里，熟练地抽开第三层抽屉。岑芙刚要伸手去拿那个盒子，一眼望去，这个抽屉里只剩下些杂物。

岑芙的心“咣当”一下掉到谷底。

不对啊，她的相机明明就放在这里……

岑芙慌了，几个抽屉来来回回地翻找，都没有。她又去翻床上、衣柜、书柜，所有能放东西的地方找了个遍，可是就不见相机的影子。

额头和后背冒出一层汗，岑芙急得跑去客厅。她扶着墙边，眉头皱着，问还在吃饭的何芳华：“妈妈，您进过我房间吗？我有个东西找不到了。”

“进你房间？没有。”何芳华不以为然，“自己东西没放好不见了就知道问别人。”

“您也没见过别人进吗？”岑芙快哭了，却又不能把相机的事说出来。她低头看了一眼手机，已经快来不及回学校上课了。

这时候，何芳华忽然停了筷子，想了想又摇摇头：“你姐昨晚把买的快递放你屋去了，不过她能拿你什么东西？”

岑芙一听到岑颂宜的名字，脑子都木了……

来不及了，她返回卧室拿起包快速离开家。还剩半个小时上课，她现在必须往学校赶。

之后无论是在地铁里还是走在路上，岑芙都在不断地给岑颂宜发微信、打电话问相机的事，可对方始终都联系不上。

岑芙飞奔在路上，心跳“咚咚”的，嗓子眼好似有什么堵着。她使劲喘着气，可是那股闷痛和愤懑却无法纾解半分。

赶上了上课，岑芙走到同学们身边，看着每个人肩上都背着相机包，有种自己是异类般的窘迫感。

老师带着同学们在选好的区域，讲完光线讲拍摄方法，最后留给大家开始自由练习。

岑芙一个人站在边上双手空空，很快被老师注意到。

“你的相机呢？”老师问。

与他们站得近的几个同学扭头看过来，纷纷打量岑芙。

她知道他人无意，却依旧觉得那目光像针扎在后背。

岑芙低下头，手背到身后抓紧衣服：“对不起老师，我忘带了。”

“是没带还是没买啊？”老师很无奈。

“……没带。”

老师叹了口气：“跟你们说了多少次了，摄影课人和相机就分不开，每节课都得拍，你说你这作业怎么交吧。”

说这句话的时候，老师似乎想借着她这个典型提醒别的同学，声音放大了些。

老师声音一大，岑芙头低得更深。

这时候，纤纤凑过来打圆场：“哎呀，老师您就原谅她吧，也不是故意不带的。

“她有相机的我都见过，要不这次作业让她先用我的拍？”

“那你的拍完了？”老师是个老教师了，瞧见纤纤这种古灵精怪的学生，挑了挑眉毛。

“可不，老师您看我这个，拍得可好？”纤纤调出刚才拍的，一张张给老师看，振振有词，“老师，我这些都是有小概念在里面的，您看这个……”

岑芙被纤纤护在身后，短暂地松了口气。

“什么啊，你瞧瞧你这张焦点都对哪儿去了，玩朦胧感的？还小概念……”老师笑了两声，语气里虽然是嫌弃，但是不难听出对纤纤这小姑娘的喜欢。

岑芙看着纤纤和老师在一起交流专业知识的模样，又看了一眼三三两两聚在一起拍作业的同学。

空气从指间穿过，带走的只有半干的汗，心底越来越酸涩。

这一口气直接堵到了傍晚，一整天的时间，岑颂宜没有回过她半个字。

直到岑芙从食堂买了饭走在回宿舍的路上，她忽然刷到岑颂宜发了条朋友圈。

又是纸醉金迷的酒吧包间，半透明的玻璃似乎在迪厅的二层，她所处的位置能俯瞰整个一楼迪厅。

还标了定位——Nuit 酒吧。

而岑颂宜的第二张自拍照，正举着岑芙那台崭新的粉色相机。为了拍出网红感，她把乳白色的奶油抹在自己的脸和相机镜头及机身上。

她捧在手心里，连落一点灰都看不得的新相机，在岑颂宜手里就这么被当作一个小玩意对待。

心里的火“噌”地蹿到头顶，岑芙上了楼把晚饭扔到桌子上，跑到纤纤面前举着手机，语气急促又透着愤怒：“你知不知道这个地方在哪儿？”

震耳欲聋的电子音乐在耳边划过，愤怒已然冲淡了岑芙对这种狂欢躁动环境所有的畏惧，她余光扫到了坐在一楼的许砚谈，但已经顾不得他了。

岑芙二话不说直接往楼上冲。

许砚谈跟胖猴坐在吧台，他的目光一路跟随着岑芙直到上楼，在察觉到几分不对劲后，深沉的眼眸微微眯起。

一天的委屈在看见窝在沙发里抱着手机和别人嬉笑打闹的岑颂宜的瞬间成倍涌现，过去岑颂宜对自己做过的事，她不把自己当回事度过的每一天，自己默默吞下的每一份不甘，全堆叠在岑芙的眼底，压得岑芙眼眶湿润，几乎要失去理智。

岑芙攥紧了拳头走进去，当着包间里的人抄起茶几上的纸巾扔到岑颂宜身上。

包间里的人都看傻了，气氛冷了几分。

岑颂宜也被突如其来的纸巾打蒙了，一开始还以为是有人开玩笑，语气娇嗔：“哎呀，干吗呀？”

一抬头，对上岑芙红彤彤露着怒气的眼睛，她嘴角的弧度掉了下去，脸冷了下来。

然后，她腾出一只手悄悄把扔在一边的相机往自己身后藏，心虚不言而喻。

“你藏什么！”岑芙对岑颂宜喊。

岑颂宜逮着话茬直接反驳：“你喊什么！谁教你这么跟我喊的？”

“你为什么要拿我的相机？”岑芙往前走几步，虽然嘴里吼着，可浑身都在抖，“为什么要拿？你明明已经有了！为什么还要拿走我的……”

“我有什么？”岑颂宜反而靠在沙发里，双腿交叠起来，慢悠悠地扯谎，“我那台相机早就旧得用不了了，我也没有这种相机。”

“你可以用！但你为什么要一声不吭拿走，那是我要拍作业用的！你要什么没有……为什么要抢我的……”岑芙把眼泪憋在眼眶里，摇晃着，语气里透着失望，“我一天都在等你回我消息。”

岑颂宜但凡能回一句，她就能跑去把相机拿回来，至少证明她也是“有相机的人”。

她一直希望岑颂宜能理她一下，直到那堂课结束。

“你搞搞清楚，什么叫抢你的？”岑颂宜听得不高兴了，更不满岑芙敢这么跟自己叫板讨理的架势，站起身拎起那台被玩得脏兮兮的相机，“啪”地扔到茶几上。

岑颂宜五官本就立体，一生气，整个人尽显凌人气势。

岑颂宜踩着高跟鞋比岑芙高出一头了，她伸出手指，纤长的美甲尖戳着岑芙的肩膀，小声提醒：“岑芙，你别忘了，你现在有的所有东西都本该是我一个人的。

“拿你的怎么了？我就是不爽爸爸给你买相机怎么了？

“把最好的都留给姐姐，等我玩剩下再送你，从小到大不一直是这样吗？”她放柔了语气，却更显得瘆人了，“你不也早就习惯了？就因为一个破作业，就跟姐姐置气？喏，相机还你，瞧你这小气劲儿。”

岑颂宜轻松又温柔的语气，完全将岑芙视作招之即来挥之即去的小宠物。

同胞姐妹，怎么可以冷血到这个地步？

这些话就像是一道引火索，引燃了过去所发生的种种，让岑芙想起高中时发生的那件令她至今还心怀恐惧的事，掀开了烙在她心底的疤痕。

岑颂宜每次的欺负都不是故意的，她只是太不把岑芙放在眼里，所以一有什么坏事就把岑芙推出去承受痛苦，无所谓岑芙的感受。一有什么好的东西，就护在怀里，看都不让岑芙看见，更别提觊觎。

岑颂宜直接撕破脸皮的狠话打碎了岑芙柔软的一面，她含泪的眼眶逐渐干涸，神色变得冷淡。她垂下头，把那台小巧的脏兮兮的相机握在手里，装进自己兜里。

她不再和岑颂宜说半句话，转身直接离开包间。

包间门缓缓合上，下一秒，岑芙转身，眸光透着愤恨和不甘，带着与她整个人十分不符的戾气。

她踩着楼梯下楼，整个迪厅广场挤满了人，今天似乎有什么活动，所有人都举着酒瓶跟着 DJ 狂欢。岑芙仗着站得高，一眼望见了坐在下面吧台小口呷酒的许砚谈。

恍然间，她好像回到了在南城的那个晚上。他没有任何改变，还是一身黑衣，散发出的冷淡气息于万千躁动中格格不入。只是坐在那儿，就对她有着难以控制的吸引力。

最后一级台阶没有踩稳，她因为看这一眼，没有看脚下的台阶，被狂欢的人推了一下，差点栽下去。

岑芙赶紧扶住旁边的栏杆，可是因为这一栽，有些松动的眼镜直接掉落在地上。

黑框眼镜在地上跳动两下，然后被毫不知情的陌生人们踢来踢去，最后不知道消失在什么地方。岑芙似乎听到了一声什么被踩碎的声音。

眼前一片模糊，她什么都看不清。眼镜片被人毫不顾忌地踩碎的瞬间，岑芙最后一丝理智也崩溃消失。她攥紧了扶在栏杆上的手，手骨都用力到泛白。视觉的模糊被眼泪的模糊重叠，随后又被一腔愤怒烧干。

岑颂宜凭什么就认定自己不配拥有最好的，只能拥有她用剩下的。

自己生来就低贱吗？又凭什么低贱？

岑芙缓缓抬眼，眼睛对准了某个方向。

她想看看，如果某天岑颂宜发现自己最珍视的东西被她夺走后，该是什么表情。

岑芙突然就想见识见识那副嘴脸，该多么不敢置信、该多么崩溃，想想就觉得痛快。

DJ 忽然把音乐拉到高潮，场子里由上而下地爆了两拨金色彩带出来，欢呼声瞬间沸腾。

某个娇小的身影带着明确的目的性行动起来。

酒吧在爆发高潮后带着音乐进入暧昧期，灯光也跟着暗下来，很多适应不了暗光的人下意识地走动起来。

岑芙就等这一刻，她假借被人撞到，往前踉跄一步，一点不差地假装路过站不稳，摸到了许砚谈的手。

而许砚谈似乎有预知能力一般，腾出另一只手，稳稳扶住她的腰背。他拇指摁入她腰侧肉里，痒得她一激灵。

也是在那一秒，指腹触碰到他温热皮肤的瞬间，岑芙忽然醒了，理智铺天盖地回到头脑里。

他那带着青筋的大手，曾经揉着她的腰，蹭过她的唇。张扬着力量感，更好似能一把掐断她的脖颈。

她不该这样的，不该去惹许砚谈。

第一，她在这一刻忽然想起，许砚谈不是她能够驾驭的男性。

第二，抱着报复岑颂宜的目的去勾引许砚谈，这是非常不道德的行为。

试图去利用一个自己驾驭不了的男性，如果被他发现，自己会如何……

想到这些，岑芙后悔得后背发凉。

她慌张地低着头退了两步，好像踩到谁的鞋，刚想跑，忽然被他慢悠悠地叫住："姑娘。"

语气里有几分警告。

不是"喂"，不是"小姐""女士"这样的称呼。

在北方，年轻男人用低沉的嗓音摆出一副吊儿郎当的笑态喊出一声"姑娘"，比任何称谓都更具挑逗性。

许砚谈懒散地坐在吧台边，故意装作不熟，叫"姑娘"逗她。

她站在那儿，眼眶通红，显得脆弱又可怜，被越来越多注意到他们的人打量。

许砚谈的哥们儿都坐在周围，他一发话，他们全看过来，似乎在告诉她不给个交代不会放她走。

岑芙肩膀一抖，仿佛掉入猛兽群的弱小动物。

许砚谈手里慢慢玩转着酒杯，抬眼的瞬间，女孩一双含着畏惧的小鹿眼映在他眸底。没有了笨重眼镜的阻挡，她那双莲池般清莹见底的眼睛暴露在尘世间。

如同那晚一样，不管不顾地趴在他胸前，颤抖的害怕和豁出一切的无畏极其扭曲地同时出现在她身上。她笨拙地表演无意，反倒让他感受到莫大的纯粹欲望。

比起平时那副对谁都曲意逢迎的木头人偶模样，许砚谈更喜欢看她在某种境遇下崩溃后丢弃道德感放肆骄纵的样子。

对他抱有某种不干不净的欲望，又怕得抖着尾巴来勾引他的岑芙，让他中意得心痒。

许砚谈笑了，挑起的眼尾泄露了他莫名的称心。

"摸完就跑？"

这场狩猎有人早已久等。

等什么？就等她再一次失去理智。

自以为是"猎人"的，就这么把自己白白送上门来。

胖猴端着酒杯，用酒杯遮住嘴巴，但是看热闹的笑容依旧从眼睛流露出来。他添油加醋：“小姐姐，摸我们砚哥干啥啊？这搭讪手法可有点过时。”

没有眼镜，一半视线都是模糊的，这加剧了岑芙心里的慌乱烦躁。

这时不知道是谁从背后撞了岑芙一下，她往前踉跄一步，直接被推到了许砚谈的身边。

视线从模糊到清晰，她看清了他喜怒莫辨的脸。

岑芙心跳“咚咚”加快，感受到他灼热的目光，却不敢抬头对上。

迪厅的环境分贝永远飘高，她收紧下巴，眨着眼睛，拔高声音对他喊：“对不起！”

“我不是故意的，刚刚被人撞到……”岑芙话还没说完，他一手捏紧她的胳膊往前拽。

岑芙始料不及，手扑到他肩膀上，腿蹭到他膝盖上，隔着衣服感受到了来自男性身体的硬度。

周围似乎有人发出暧昧的起哄声，但很快就被电子音浪吞没。

她不得已抬头，一脸惊愕地撞进他意味深长的目光里。

许砚谈握着她的上臂，保持她挣脱不开的力度，心平气和地看着她，嘴角始终有一抹弧度，在彩灯乱晃中时隐时现：“我发现你每次撞我怀里都用同一个借口。

“要不我给你开张通票，提前约好下次的？”

岑芙脊背一串冷战划过，她连忙摇头装作为难：“我真不是故意的。”

谁快来救救她，还好回头得早，真为了报复对他做出什么，她哪里是许砚谈的对手。

“是刚才太乱了，我没站稳。”岑芙咬死不松口，眼睛一垂，楚楚可怜，这套表情她拿捏得游刃有余，“对不起。”

“我不想听你说这个。”他静静地审视她偏开的脸，视线暧昧地描绘着她脸蛋的每一寸线条，问，“为什么跟我来这一下？把原因讲明白，就放你走。”

其他人并不知道两人认识，只见那姑娘被许砚谈拉过去后说着话，一脸的不情愿，委屈得好像他要强抢民女似的。

见着许砚谈主动勾搭女生罕见，遇着有人不吃许砚谈这套的更罕见！

紧接着，哥几个就眼睁睁看着许砚谈那张本来挂着淡笑的脸垮了下去，眉头一拧，眼梢的冷意泄露出来。

“我不想说，而且跟你无关。”岑芙挣着胳膊，眉毛也皱得紧，硬着头皮耍小聪明，嘴硬道，“我就是不小心撞到你了，你没必要这么小心眼吧。

“说我摸你，按理说，你也摸了我。

“我不和你计较，你也别……跟我扯。”

许砚谈越听眉头越紧锁，最后倏然展开，逸出一声难得爽朗的笑，听起来竟然有几分令人怦然心动的少年气。

岑芙愣了，正眼一看，差点被他吓一跳。

笑是笑了，但许砚谈这双眼睛还是那么凛冽锋利，嘲讽十足。

许砚谈笑着垂眸松了手，喉结滚动。

她蓄意搭讪勾引在先，傻乎乎过来摸他一手，结果摸完耍赖，现在义正词严地跟他讲牛顿第三定律是吧？

坏痞的劲头随着他仰靠后背散发出来：“岑芙，我不是很喜欢别人跟我讲歪理。这样就没意思了。”

胖猴看他们一眼，递了个吃瓜的眼神：这姑娘这次算是把砚哥惹了。

搭讪就搭讪，就算真上手摸，许砚谈都不至于真发脾气。以前也不是没有过类似情况，虽然他也不愉快，但是从不动真格。

谁知道来了个耍无赖的小姑娘，真往许砚谈的雷点上踩，一顿胡搅蛮缠把责任推给“受害者”，真不知道她学的什么专业是吧。

胖猴盯着岑芙那张脸，总觉得看着还挺眼熟。

许砚谈转动高脚椅，面对吧台里面，不再看她一眼，轻飘飘地说：“走。”

岑芙看着他轮廓刚硬的下颌角，咬了下嘴唇，后退一步，躲开那些人投在自己身上的目光，快步离开了酒吧。

胖猴跟几个哥们儿挥挥手，该继续玩继续玩，他凑到许砚谈身边坐下，给他杯子里续上酒：“得了，没必要，你又不是什么良家妇男，被摸一下就摸一下呗。

“我刚看那姑娘眼熟，你俩之前是不是认识……”

许砚谈斜眼看胖猴，有点嫌弃又有些无奈：“就你这眼神儿，我怀疑哪天你老子站你跟前你都认不出来。”

他动动手指，把盛满酒的广口杯弹远些，一口没沾，作势起身：“走了。”

胖猴纳闷了，看着许砚谈抄起外套头也不回地离开：“还有下半场呢，你干吗去啊？”

国庆假期如期而至。

夜晚，海尧国际机场，岑颂宜刚从廊桥出来打开手机，电话就“噼里啪啦”地响起来。

她看见来电人后，默默吞了口气，接通：“妈。”

何芳华生气的喊声从电话里冒出来：“行啊岑颂宜！现在学会背着我接戏了是吧！”

声音太大，走在她身边的助理也听到了，岑颂宜和助理对视一眼，皱紧眉头，眼里划过烦闷，赶紧劝：“妈，这个剧本真的挺好的，而且这个IP是他们平台明年上半年的重推项目，我肯定能靠这个火起来。假和学校都请好了，老师也愿意我去接触一下那个导演，这都对以后有好处。”

“你现在的重点应该放在这上面吗？”何芳华强调之前自己的主张，“你现在重要的是把许砚谈给我搞定了！

“你个傻子！嫁到他家里，你以后想要什么剧本没有啊！他们都得捧着剧本过来给你挑！

“孰轻孰重，到底哪个更重要你不懂吗？妈什么时候害过你！

“你想火，你想演女主角，想演电影，以后有的是机会，你非要在这个节骨眼上花时间去干别的！

“要不是签了合同有违约金，我真想现在就去把你揪回来！

“妈把整颗心都扑在你身上了！你就是妈的一切了，我不会害你，每一步都得走对了，小宜啊，你懂吗？

“你千万得听妈妈的话啊，小宜。”

何芳华说到最后，颤抖的哭腔替换了先前的愤怒。

助理去拿行李，岑颂宜站在一边，那些字眼通过手机钻进耳朵，堵在她胸口。

又来了，每次都这样。

岑颂宜深吸几口气，努力让自己心平气和些，握紧手机：“妈，我能不能成为、什么时候能成为他未婚妻都得看许家人的眼色，我总不能干等着吧！

“那些都是未知的，现在有机会在我面前，我得把握住呀。

“您放心，我和许砚谈得很顺利。我的戏份不多，马上就回去。女儿肯定给您争气。”

说完，岑颂宜挂了电话，仰起头合上眼，不断调息。

纷扰的声音吵闹着她的大脑。

左耳朵里是同班女生在背地里议论她没演技就靠着一张脸和背后的资本走红的话；右耳朵里是妈妈雷厉风行、说一不二的命令，操控着她演艺生涯的所有动向。

她背对着一切，面对墙壁，忽然感觉有座牢笼压着自己的肩膀，难以喘息。

岑颂宜睁开眼，眼里划过几分狠劲，转身看着推着行李车过来的助理，恢复平时那副骄傲盛气的模样：“走吧。”

助理打量她的神色，小心翼翼地问了句：“颂宜，你这次进组没和何姐商量好吗？”

“不是，别问了。”岑颂宜翻看自己的微博超话，看见有粉丝已经在等待接机了，她抬起脸，在走出玻璃门的瞬间扬起明媚的端庄笑容。

她怎么会不知孰轻孰重？她只是都要罢了。

好剧本她要，许砚谈她也一定会拿下，谁也不能挡她的路。

十月五日的傍晚，岑芙结束兼职走在回家的路上。

纤纤不在崇京，国庆一放假她就跑到海湾城市度假去了，正和岑芙打着微信语音电话。

“你姐又进组了？”

“嗯，我妈这两天跟去海尧那边的剧组了，要给她打点打点。”岑芙收拢外套，夜风有些凉。路上行人不多，她左耳戴着蓝牙耳机听着纤纤说话，目光一直眺望着远处的车水马龙。

上次岑芙丢了眼镜，没想到纤纤是那个最激动的人，拉着她去眼镜城让她一定要用隐形眼镜替换掉框架眼镜，说她戴隐形眼镜会比之前漂亮一万倍。

盛情难却，最后岑芙换下了戴了好多年的框架眼镜，现在出门基本都佩戴隐形眼镜，留一副框架眼镜在包里备用。不过确实，戴着隐形眼镜兼职什么的干活更方便了。

纤纤还在电话那边疯狂输出。

“她不在正好！省得又给你找不痛快。”纤纤知道岑颂宜干的那些事，对岑颂宜没半句好话，她转念把话题一拐，“对了，既然她不在，你就趁机把许砚谈拿下啊！

“我那天看他看你那眼神，可不对劲了，有机会呀。等她回来一看，自己苦追的人被你勾勾手带走了，岂不爽哉！”

岑芙听着纤纤欢脱的语气，原本累了一天的身心放松了不少。她笑了两声：“我家情况没你想的那么简单。”

岑芙垂下眼睫，路灯照下，她眼睑下投了一小片阴影：“而且，我追他对我来说并没有任何好处，还会因为这个彻底摆脱不了我妈和我姐。况且我又不喜欢他。”

“真不喜欢？许砚谈那么帅，拽不拉几的那劲贼招人啊。”

岑芙抬眸，脑海里浮现着许砚谈的各种样子，最终跟自己摇摇头：“不喜欢呀。”

自从那天酒吧一别，岑芙已经很久没见过许砚谈了。

这个人忽然就从她的生活里消失了，微信也没了联系。可能她那没理搅三分的行为真的惹他反感了吧。

路灯的光在她瞳仁里留下痕迹，哪怕岑芙挪开视线，看向漆黑的夜空，视线中依旧闪着一抹圆形的亮点。

真的不喜欢吗？

南城一夜，一眼悸动，岑芙还记得那种感觉。就像是在乌漆墨黑的空中，骤然炸开的四尺烟花——那么隆重的，绚烂的，席卷一切的。

对许砚谈丝丝麻麻如电流般的那种感觉，岑芙知道，就算真的有也只能是灰姑娘的晚礼服，到了深夜十二点就必须消失。

“我现在没有谈恋爱的心思。”她自言自语又补了一句。

岑芙在心底与自己强调，她整个人生的目前阶段最主要的目标是——脱离那个家庭的束缚。

想着这些，她坚定了内心。

岑芙低头，发现鞋带开了。她蹲下身，就在这时，没有戴耳机的右耳忽然听到身后有一道急促的止步声。

岑芙吓得肩膀一抖，回头，自己身后这条人行道却没有一个人。

她皱了皱眉，无法确定是不是自己的错觉，对电话里的纤纤说：“我先回家了，到家继续打。”

说完，她挂了电话，系好鞋带，头也不回地加快脚步，跑进必须刷卡进入的小区大门。

，

再见到许砚谈，是国庆节假期的最后一天。

这天岑芙在咖啡店有一整天的班，傍晚的时候人已经有些累了。

外面只有她一个人在，岑芙洗完杯子，抬头看见两人进了咖啡店大门。在扫见他身边跟着的陌生女生时，她有一瞬间的愣怔。

岑芙赶紧擦干了手，垂着眸走到点单台前等待。

女生一脸精致的妆容，长得很漂亮，明艳妖娆，身上的衣服都是价值不菲的名牌。

她贴许砚谈贴得很近，左手蠢蠢欲动，似乎总想去拉他的袖子，但又不敢。

女生假借看饮品菜单，歪了身子，肩膀蹭到许砚谈的胳膊，一开口声音嗲嗲的："你喝什么呀？我看他家出新品了欸。"

岑芙暗自皱了皱眉头。同样是大气明媚的长相，同样是有钱人家的大小姐，同样是他的追求者，岑颂宜至少还保留了几分自身的傲气，而这个女生已经恨不得自己整个人融化在许砚谈身上了。

这么一比，岑颂宜好像还不错？

岑芙心里轻笑一下。

"冰美式，中杯。"许砚谈冷淡的嗓音打断了岑芙的思绪。

岑芙在机器里输入，自然而然开口问了一句："还要加冰吗？"说完，她杵在屏幕上的手指一顿，眨了眨眼，瞥见许砚谈勾起的嘴角，视线又闪电般地躲开。

"行啊，加。"他懒懒散散地说。

虽然话说得含糊随便，但她总能品出几分故意的挑逗意味。

"算了，我挑不过来，就来杯拿铁吧。"女生说着，点完单就立刻跟许砚谈搭话，喋喋不休的。

"许砚谈，你最近都在忙什么呀？"

岑芙在机器上点单，按照常理问："请问有忌口吗？拿铁里有牛奶，如果需要更换其他奶类也是可以的。"

"约了你好多次，你都不回我消息，要不是碰见，真以为你人间蒸发了。待会儿我请你看个电影怎么样？或者一起泡个吧？"

岑芙皱了皱眉，觉得自己说话的声音已经不小了，可对方完全没有理会自己的意思。

“您好，请问……”她开口，刚说到一半就被打断。

“哎呀，没有没有！快点。”女生挥挥手，不耐烦道。

被打断话有些不爽，不过作为服务者，岑芙还是忍了：“一共五十七元。”说完她扫了许砚谈亮出来的付款码，把号牌给他们。

把他们点的两杯咖啡做出来，休息完出来的同事正好帮忙将咖啡送到那桌。

过了半个小时，没有活干，岑芙就靠在一边走神。

许砚谈和那个女生坐在靠窗的位子，她余光能瞥见。

即便岑颂宜不在，他的身边也从不缺女生贴三附四的，而他也不会对某个人表露芳心，任凭他人主动贴上来，也不会给什么实质性的回应。

这人大概从来都是这样。

果然，自己和他是两个世界的人，如果真的谈论感情观，岑芙应该最讨厌许砚谈这样的人。

就在这时，咖啡店里传来一声奇怪的闷响。

“嘭——”

有女客人惊叫出声。

岑芙吓了一跳，直起身看过去。

刚才还贴在许砚谈身边娇笑搭讪的女生，此刻倒在地上，五官狰狞，扯着自己的衣领疯狂地粗喘，喘声一波一波很尖锐刺耳。她脸色憋红，似乎要窒息一样。

岑芙跑过去蹲下，也不敢碰她，大脑一片空白，惊慌失措地看向同样蹲下身的许砚谈。

许砚谈瞥了一眼桌子上放着的两杯咖啡，二话不说，蹙着眉把女生抱起来，对岑芙说：“别慌，去医院。”

所幸最近的医院离咖啡店非常近，许砚谈开车带着岑芙和发病的女生赶到急诊科。

医生迅速给急性过敏的女生做了治疗处理，护士问他们女生发病前吃了什么，岑芙意识到那杯拿铁出了问题。

那女生天生对牛奶有非常强烈的过敏反应，再晚来一点很有可能因为过敏性休克造成生命危险。

那女生已经脱离了生命危险，但是还没醒。

自己做的咖啡差点就要了那女生的命……岑芙盯着病房的门，吓得腿都软了，坐在长椅上一直在抖，浑身的冷汗一层一层地出。

女生的父母马上赶到，冲进病房。

岑芙不知道自己即将面临什么，不能给家里打电话，一旦打了，不仅要因为这件事受罚，自己打工的事也会暴露。这件事未知的后果只能由她自己来承担，岑芙顿时觉得自己孑然无依。

她偏头，看向一直站在旁边的许砚谈。

对方背靠着墙，一只手插着兜，另一只手握着手机，垂着眸子盯着屏幕不知在做什么，波澜不惊的表情甚是冷漠，平静得仿佛置身事外。

像是察觉到了岑芙的目光，许砚谈偏过头看来。

两人眼神交织，岑芙像是只做错了事的迷途羔羊，惶恐不安在她那双眼睛里摇曳放大。

许砚谈站直身，将手机扔回外套口袋里，淡淡地对她说了一句："别怕，等着。"

说完，他往前几步，开门进了病房。

走廊里只剩岑芙一个人，万籁俱寂。

半晌，她低头，藏住发抖的下巴，抬手擦了下眼睛。

过了一会儿，病房的门被打开。

岑芙抬头，看见女生的父亲和许砚谈同时走了出来。

她马上站起身来，看着他们。

助理把一些单子递给岑芙，语气客气："您就是做咖啡的那位吧？"

岑芙缓慢地点头。

"这样，这些是一些治疗费用，还有未来三天住院的所有费用。"助理把自己老板的态度转达给她，"刘总不想为难您，把医药费承担一下就可以了，后续不会再追责。"

她接过那些单子，一行行地过目上面的自费明细。

普通病房还好，但这是个娇生惯养的，一住就要住 VIP 单人病房。

岑芙粗略算了一下数额，差点没站稳。

她抬头还想再争取一下，发现眼前已经没了助理的身影。

手指捏紧了那些缴费单，岑芙转身拽住许砚谈的衣服，语气急切起来：

“许砚谈，你帮帮我好不好？你去跟他们说，我真的有问过她有没有忌口过敏！

“你当时也在场的，你肯定听到了对不对？你就帮我证明一下我没有责任，我真的已经问过她了，是她根本不听我说话。

“她还说自己经常喝拿铁，她在撒谎！一个人如果经常喝拿铁又怎么会忘记在点单的时候让店员换掉牛奶呢。”

许砚谈睨着岑芙，一直没说话，没有任何情绪起伏的眼神已经表达了他的态度。

岑芙扯着他衣袖的手更紧了几分，再开口语气已然颤抖：“我攒的这笔钱真的很重要，我一直想在外面自己租房子住……赔了我就什么都没有了。我不能没有这笔积蓄。”

如果要全额赔付，不仅她辛辛苦苦攒的钱要一毛不剩，而且还得用信用卡贷款。到时候没有任何积蓄还负债，她就别想搬出那个家，努力这么久，就要功亏一篑了。

许砚谈缓缓抬手，用指腹抹去她滑落的一行眼泪，开口：“岑芙，你并没有考虑……”

他的指尖很凉，岑芙冷不防地打了个抖。

谁知，他后面的话比他的指尖还要冰冷。

“我凭什么帮你做证？帮你做这个证，我能获得什么好处？

“你看，你又不准备筹码就来要东西。”

许砚谈帮她拭去眼泪，指腹划过她细腻的脸颊，迎着她不敢置信的眼神，自始至终都很镇定：“信我，这已经是你能承受的最好的结果。”

岑芙倏忽甩开他，还推了一把，怒火烧得她胸口疼：“许砚谈！”

他怎么是这样的人！

“我想争取的不仅仅是赔偿额度，我要的是一个清白！”岑芙气得眼眶发热，她哽咽着说，“我背不起差点害死他们女儿的罪名。作为店员我没有失职，该问的该做的我全做了，是她……”

接下去的话她已经说不出口了。

反反复复地重复自己没有责任，把错推到客人身上，显得那么狼狈又啰唆。她不过就想让他帮忙解释一下，他都不肯。

委屈的眼泪夺眶而出的前一秒，岑芙攥着那些缴费单转身，头也不回地大步离开，前往楼下的缴费区。

岑芙排着队等缴费，哭得上气不接下气，愣是不发出一声。眼泪肆流，她拿袖子把眼下皮肤擦得发红又泛疼。

即便自己倾尽所有，可还是只够付清一半费用。

卡里的存款从来都是唯一能给予岑芙底气的东西，如今一想到这些即将烟消云散，她就像个被扒光了衣服的人，那么难堪没有安全感。

轮到她了，她拿着那些单子走上前，通过小窗口递给办理员。

“怎么支付？”办理员通过麦克风问。

“……支付宝。”岑芙默默地说，打开自己的手机，想问一句，“您好，不够的钱可不可以用花……呗？”最后一个字还没说出口，自己身边忽然闪出个人。

许砚谈挤到她身边，直接把自己的付款码扣在支付机上。

“嘀——”

支付成功的声音响起。

手机上蓝色的付款码还亮着，岑芙惊愕地抬头，对上他略带挑衅的丹凤眼。

他替她把钱交了。

“算是赔礼道歉。”他收起手机，收起缴费凭证，嘴角勾起一抹弧度，“要欠不如欠我的，不收你利息。”

她被许砚谈握着手腕带离缴费的队伍，脑子还蒙着。

一面不肯帮她做证，一面又过来帮她把钱付了，他到底要干什么？

岑芙怎么都想不明白许砚谈到底想干什么，方才的情绪还没被完全平复，这一下又被他激起来，一委屈哭腔又涌出，毫不留情地骂他：“许砚谈，你神经病啊！”

许砚谈回头，生冷的棕色眼瞳被情绪烧起，眼尾像垂钓人心的小钩子。

他慢条斯理地噙起愉悦笑意，从喉咙逸出一声爽朗的笑，开口第一个字拖着长音：“哟——再骂一句听听。”

夜幕浓稠，临近深夜十点。

入秋的雨水来得又快又多，一场接着一场的雨滋润了城市的颜色。

许砚谈在清吧坐了半天处理自己的事情，喝到微醺时接了个电话。

石板砖路面的凹陷积存了一小潭雨水，夜晚漆黑的水面倒映酒吧外的绚烂灯光。

“啪——”漆黑的马丁靴底踩进水坑，雨水外溢，沾湿了皮革料。

许砚谈单手捏着笔记本电脑，走出酒吧，往街边瞥了一眼，看见一辆熟悉的卡宴停在那儿，不急不缓地走向那辆车。

车门被他拉开，雨水的湿气漫进车里。

许衡身着西装，即便下了班领带也是一丝不苟地系着。他放下手里文件，抬眼，扫见许砚谈拿着的笔记本电脑，对侄子说：“忙正事就不要沾酒。”语气温和地提醒着。

许砚谈把笔记本电脑随手扔在后座皮椅上，探身坐进车里，甩上车门的时候说了句：“哪样儿也没耽误着，少管。”

他们叔侄之间一向一冷一热这么交流。

许衡无奈地笑笑，知会司机：“走吧。”

车子平稳驶动，会入川流不息的车水马龙当中。

许衡的镜片闪过窗外的霓虹都市碎影，把手里的文件递出去：“刘总那个订单我提前答应了。”

许砚谈接过文件翻开，看了两眼，最后落在叔叔的亲笔签名上，只是答了句：“嗯。”

“就这样？”许衡问。

许砚谈暗自扯动嘴角，抬头看他，假模假式地道谢：“谢了，叔。”

“你之前明确跟我说过不会插手家里生意，但凡沾一点边你就给家里的金毛当孙子。”许衡叹了口气，有些感叹，把眼镜摘下来的同时说，“八位数的订单，你一句话我就给了刘总那边。

“砚谈，你说我是不是太惯着自己侄子了？”

许砚谈最烦自己叔叔这副笑脸刺人的模样，他没好气地看向窗外，抬手摸了摸鼻梁，拒绝回答。

“你就算闯祸也向来是自己收尾，这次竟然跟我开了口。说实话，我第一次有了帮自家孩子解决麻烦的成就感，这感觉还不错。”

许衡语气带笑，话里满满是笑话许砚谈的意思：“说说吧，你和刘总之间发生什么了？”

许砚谈懒洋洋地窝在皮椅里，两根手指转着自己的手机，锐利的丹凤眼闪动时，脑海里忽然浮现出岑芙那张哭得像花猫似的小脸，那么点儿破钱，就能让她难受成那样。

哼，出息。

许砚谈停止转动手机的动作，漫不经心地敷衍了一句："没惹谁，您就当我做慈善了。"

许衡笑而不语，点头，然后毫无保留地一语道破："跟女孩子有关的慈善？真是稀奇。"

要说许砚谈最对付不了的人，从小到大只有自己亲叔一个。

许衡的笑眼刀子次次都能把许砚谈噎到发窘。

这人真是越老越不招人待见。

许砚谈眼角抽了下，偏头默默冷睨自己叔叔一眼："先管好您自己吧，许总。"

"最近找个时间回趟家吧。"许衡说。

"上周不是回过吗？爷爷没和您说？"许砚谈回。

许衡知道侄子在敷衍自己，明确地说："我说的是你父亲那儿，再怎么说也是你父亲，该回去就回去。"

许砚谈眼底阴沉，态度冷漠，忽而冷笑一声："回去成，只要你们不怕闹出人命来。您也知道，我们爷俩什么相处模式。"

刘小姐牛奶过敏事件发生的第二天，岑芙下午下了课就跑去咖啡店。

她本意是想和店长解释，撇清并非自己失责，结果到了店里，店长直接给她下了辞退指令。

岑芙听到"解雇"二字时脑子里"嗡嗡"作响。

"店长，我觉得我有必要跟您解释清楚。"岑芙慌了，急切地说，"当时我明确问过这位客人关于过敏原的问题，但是她没有听我说话，让我快点结账。我真的问过了，不信……"

岑芙望向店里挂在收银台后的摄像头，抬手指着摄像头，呼吸略急促："您查监控！监控有录像！能证明我真的问了。"

"我知道就算我问了，咖啡是我做的，我得负责，但我已经和刘小姐的家人协商过了，我赔了医药费……"

岑芙还没说完，店长拍了拍她的肩膀。岑芙的话断在唇边，整个人卸了力一般耷拉下去，眼里的光暗了。

"我知道你问了，但你有没有责任已经无所谓了。"店长凑近，无可奈何地告诉她，"我告诉你吧，这一片商业街都是刘小姐家的，本来今年的租金就已经得了刘家的优待。

“你懂吗？小岑，我真留不了你了。”

咖啡店外的街边，岑芙坐在树下的长椅上垂头失语。

天色渐沉，似乎又要下雨了，在这个傍晚。

裙子长到小腿，露在空气中的腿部肌肤感受着秋风，凉飕飕的。一颗心已经麻木，或许是还沉浸在急切后落空一切希望的余韵中。

岑芙眨了眨干涩的眼，一滴眼泪也挤不出来。

苦难和棘手的困难排着队往她脸上攻击，接踵而来，刚刚成年试图独立的岑芙，第一次感觉到了难。

好似挤在地铁上，被一个人推倒后还没完全站起来就又被下一个人踩着后背压倒。

她不喜欢嫉妒别人的感觉，可是往往这个时候，岑芙想起了星途坦荡、坐拥一切珍品的岑颂宜，想到有家人宠爱做事只顾自己开心的纤纤。

她不明白自己为什么要受这些委屈。

为什么非要是她呢？她为什么不能是幸福的那个呢？

鼻头酸涩，不等前奏，岑芙双眼蒙眬起来。

这时，一双黑靴子出现在她眼前。

“啧，瞧瞧。”冷厉又含着揶揄的嗓音撕破寒冬伤人的风，划开一道口子钻进她耳朵里。

岑芙抬头，眼泪成珠顺着重力滚落出来，模糊的视线里，许砚谈正站在自己面前。

他翘着眼尾，又是那副事不关己笑话人的神态，嗓音却莫名低沉，带着点儿气音：“又哭了。”

“你……”岑芙见着他气不打一处来，但又明白了什么，含着哭腔问他，“你早知道，就算我没有责任也要为刘小姐自己的失误背锅，更知道我会丢工作，因为这店都是刘家的。所以做不做证都没用，对不对？”

像河畔被源源不断的河水冲刷的卵石，不堪一击却又倔强地扎在那儿。

又像受伤的小狐狸，自以为事事周到，却被他人的枪杆子伤得毫无招架之力。

月亮的甘露坠落人间，携带着海神忒提丝的祈愿，滴落到大溪地盐湖的黑蝶贝中，历经磨砺，诞生出被誉为母贝最伤痛的泪水的黑珍珠——正如此刻岑芙沾着水的黑圆眼瞳。

水滴状的黑珍珠落入许砚谈眸底那潭深墨中，泛起涟漪后融为一体。

他俯身，双手撑着膝盖，与她平视。

岑芙一点点收低下颌，在坠进他沉静的目光那一刻止了眼泪。

“我说了，”许砚谈用一种最客观理智的口吻再次告诉她，“赔钱、离职，是你能承受的最好的后果。”

“你既不想让家里人知道，那就不能任由她把事闹大了。岑芙，如果你想继续偷偷兼职攒钱。清白？骨气？”许砚谈嗤笑一声，笑眼未笑，“你要不了。”

虽然他话说得不好听，可是句句在理。

这就是岑芙难以接受的现实，她无法兼顾这两者，可又觉得憋屈不甘。

她想，这也许就是现实残酷的一隅。

没有家人依靠的她，如履薄冰的她，只能接受。

“拿着工资再找一份别的兼职不就得了，至于吗，又哭。”许砚谈直起身，扫了一眼她脸上还没完全干涸的泪痕。

一说起这个，岑芙头垂得更低了，声音委委屈屈的：“没拿到钱……”

他倏忽偏头：“你说什么？”

“一开始约定的是两个月试用期，第三个月一起结算工资。”岑芙告诉他，揪着裙子，搅动，“店长说我是因为失职被辞退，试用期没过，工资……没给我发。”

许砚谈听了听，半晌，毫不掩饰讽刺地轻笑一声。

“岑芙，我说你……”

岑芙抬头，不解地迎上他这不太友善的目光。

“真不算聪明。”说罢，许砚谈握住她手臂把人拽起来，拉着往咖啡店方向走去。

岑芙对那家店已经有抵触，频频挣扎：“你干吗呀……”

他力气大，最后她还是被带进了店。

许砚谈一进店，直接对在里面忙活的店员说，目光犀利：“让你们老板出来。”

店员看了看他，又看了看岑芙。

店长不知道岑芙回来干什么，看许砚谈来者不善，气势汹汹，挂着笑脸问：“您有事吗？”

“把她的工资付了，另加赔付未签订劳务合同的双倍工资。”许砚谈一句废话不说，直击要害。

店长愣了下，慌张的神情一闪而过，干笑两声，继续用之前的说辞：“是这样的，岑芙在试用期间没有遵守员工守则，做出了损害消费者人身安全的失责行为，这样的辞退处理，按理说是不属于通过试用期的行为，所以工资……”

“按理说？”许砚谈直接打断她的话，眸色冷得吓人，抓住词眼讽刺对方，“你按哪儿的理啊？”

他环顾这家咖啡店，语气含笑：“合着这么小一家咖啡店还是中华人民共和国境内的法外之地了？”

店长脸色瞬间变了。

他轻哂：“我知道你在想什么。

“《关于贯彻执行<中华人民共和国劳动法>若干问题的意见》第12条规定，在校学生利用业余时间勤工俭学，不视为就业，未建立劳动关系，可以不签订劳动合同。”

岑芙心跳落空。

“但是，”许砚谈的嗓音低沉生冷，“这不代表兼职学生与用人单位的工作关系不受保护。兼职人员也受到法律保护，兼职属于《劳动合同法》中的特别规定范围。对从事兼职的在校生应当实行同工同酬，工资不得低于最低标准，按规定支付加班费，并不得有收取押金等违法行为。

“也就是说，你们之间同样有劳务关系。而且薪酬问题也有口头承诺证据及其他书面证据。”

岑芙听愣了，悄然抬头望向身边的人。一个向来漫不经心无规无矩的人，此刻板正身子缓缓念法律条款，剧烈的陌生和反差感撞击着她的心。

面对比自己年长二十几岁的人，气场却以压倒性的势头向对方袭去，不容置疑的态度半分可乘之隙都不留。

自信，傲然。

许砚谈说完，唇边勾起弧度，眉目阴沉透骨，冷笑道：“既然你不懂法，那我就教给你。”

他将手插进兜里，站姿松散了几分，睥睨着店长：“这会儿不愿意给钱，是等着我们举报呢？”

许砚谈偏头看了岑芙一眼，她拿出手机，打开当初和店长交流时对方发送的一些入职约定条款，亮出来：“无法律效用的约定，还有她在店里打工的入职表和打卡信息。

“不想给钱可以，这些都是仲裁时可以证明她的劳动时间和你们劳务关系的证据。”

岑芙听完，站在许砚谈身边，腰板挺直了许多，抬着下颌，用眼神质问店长，宛如躲在老虎身后逞威风的弱小狐狸。

店长似乎没想到岑芙还会折回来，带了个懂法律的人来讨工资。店长的脸在被揭露后变了个彻底，没了当时哄劝辞退岑芙时的无奈和温和，瞪着眼珠子，一副被噎得哑口无言又愤懑的模样，最后嘴硬道：“这是……我的疏忽。

“这就给你补工资。”

岑芙横着眉，补上一句，开口底气很足：“快点！”

许砚谈低头瞅她那模样，偏开眼，默默嗤笑一声。

出息。

拿完钱和合同，店长没好气地丢了句：“记得把自己放在店里的东西收拾干净！”

岑芙瞪了店长的背影一眼，刚要走人，却被许砚谈一手揽住肩膀。

她的肩头顿时触到他温热的胸肌，男性身上的气息扑面而来。

两人贴得太紧。

岑芙身子僵了僵，偏头看，他把手腕搭在了自己肩膀上，大手垂着，手背附着突出的青筋。

“干……干吗？”她耳朵好热。

“别急着走，”许砚谈揽着人往点单机那边走，目光锁定已经走到点单机那边的店长，“来了咖啡店，怎么能不带杯喝的走。”

岑芙被他带到点单机前。

许砚谈对店长说：“中杯，冰美式。”然后低头看岑芙。

这店长平时总是端着一副温和的架子糊弄她，实际上对她的工作要求很高，一旦做错什么就要挨批评。她平时尊重店长，还觉得店长是个不错的人，只是严格一点，没想到这个人竟然一直想要克扣自己的工资……

柔软的唇瓣动了动，最后，岑芙抬头看向负责点单的店长，把憋着的那口气全部发泄出来，十分流利地说：“燕麦焦糖玛奇朵，比标准更热，已经傍晚了，不能影响休息，要低咖啡因。浓缩不能是原萃，一定要精萃，不要搞混。而且我不想放两份，就给我一份。另外糖不要太多，只要半泵。”

岑芙几乎没有换气，口齿清晰地说完自己的要求，看着明显没有记住的店长，挑眉，问：“这比往常来店的客制化客人要求少很多了，您应该跟得上吧？”

等咖啡的时候，岑芙又偷偷瞟许砚谈。

“看我干吗？”许砚谈目视前方，却把她抓个正着。

“我不懂，”岑芙眨动眼眸，“你为什么要帮我？”

咖啡做出来了，许砚谈端起自己那杯冰美式，侧身时与她对视一眼，唇线扯起：“没什么，我眼里就见不得缺心眼的法盲。”说完，端着咖啡转身要离开咖啡店。

岑芙被他这一句损得毫无征兆，她迅速捧起自己那杯咖啡追了过去。

“等等……”岑芙的声音隔着玻璃门有些闷闷的，她使劲推开厚重的玻璃门板，跟着许砚谈拐进小巷里，嘴上不停，“昨天我给你微信转账你为什么不收？待会儿我再给你转一笔，你记得……”

走在前面的人忽然转身停住，岑芙差点把咖啡洒他身上，连忙刹住脚，抬头。

“给我钱干吗？”许砚谈目光平静。

“你给我付了医药费，我当然要还给你啊。”岑芙蹙眉道。

“把兜掏空了给我，你不活了？”许砚谈上下扫视她，“这么急着还钱？”

岑芙眉毛拧紧，似乎用表情说：我恨不得立刻还清跟你撇清关系，还不明显吗？

许砚谈自然读懂了她的微表情，右手举着冰凉的美式咖啡，苦味丝丝缕缕飘出。

“既然你这么着急还钱……”他恍然挑起眼尾，吊儿郎当的，“那我还真不着急要了，就欠着吧。”

岑芙瞠起眼眸，听见他这故意唱反调不让她如意的话十分惊愕。

“这么不愿意欠别人的，那就跟着我。我还没想好让你干什么，”许砚谈咬字很慢，十分惬意，“暂时就先随叫随到，如何？”

一团闷火又从心底燃起，刚因为赔偿的事对他生出三分感激就又被这人的恶劣不堪冲得一干二净。岑芙气得胸口起伏，即便与他面对面站这么近，她依旧看不透这个人。

扑朔迷离，难以捉摸，根本不知道他想干什么。

“先是帮我垫付了医药费，然后不收我的转账，又帮我讨回工资，现在……”岑芙秀气的眉毛几乎拧成八字，质问他，“许砚谈，你到底想干什么？”

面对她的质问，许砚谈毫不动摇，反而反问：“我想干什么你不知道？”

岑芙顿住。

许砚谈的眼瞳如深焙咖啡那般浓郁醇厚，藏在表面浮冷下的是万般沸腾的灼热。

如海底的漩涡，如摇曳的怀表，让人一眼栽进去，就再难藏住任何心事和隐瞒。

他重复问：“岑芙，你真不懂吗？”

“咣——”有什么东西在她的心扉间炸开了。

岑芙往后退了一步，莫名地胆怯了，明明置身窄巷中却仿佛置身于宽阔大道，他句句逼问毫不犹豫，多情的眼眸让人看不出他到底是认真还是取乐。

许砚谈一手插着兜，低沉尾音留着钩子：“和我试试？”

“什……”岑芙不敢相信自己听到的。

“做我女朋友。”许砚谈还是那懒散样，明确摊牌。

而后，他又逗她一句：“成了我女朋友，欠我的钱自然不用你还了，怎么样？”

殊不知，许砚谈这几句话几乎把岑芙的脑内神经尽数打碎。岑芙头脑空白如宕机一般，恨不得自己是在做梦。

乱了，全乱了，他怎么能……

“我不需要！”岑芙大声拒绝他，急得眼角都红了起来，“欠你多少钱我会还清，我更不可能做你女朋友。”

许砚谈可是岑颂宜的目标对象，怎么能对自己有了兴趣。绝对不可以。

“哦？”被女生义正词严地拒绝后，许砚谈眉头都不皱一下，反而笑意更深，嘴角的旋涡是他恶劣的开端。

许砚谈颔首，装作懂了：“那就是不想要明面上的关系。”

这句话刺穿了岑芙的底线，愤怒如潮水般淹没了她。

他的意思是她无法拒绝，要么成为他的女朋友，要么就没有名分地跟着他。

既然知道她攒钱离家的全部计划，捏着把柄随时可以向岑颂宜揭露，让她的希望破灭，又成了她的债主，还帮她要回了工资，一大笔钱和人情都欠着他的。

在这段关系里，岑芙莫名其妙地成了无法反抗的绝对弱者，当她发觉时，自己已经走到了他布下的陷阱中央。

果然，没有明确的目的，许砚谈从不出手。

她怎么没想到呢?

岑芙颤抖着下巴转身，头也不回地快速背对着他走出十米。

“哦? 那就是不想要公开的关系。”

“公开的关系。”

又走出几步，岑芙突然停住脚步，她沉默了几秒，把买的咖啡稳稳地放到地上。

她转身低着头往许砚谈站的方向走回去，气势汹汹。

许砚谈站在原地，耷拉着眼皮面无表情地看着她又折回来，带着明显的火气。

岑芙烧干了理智，走上去举起双手握拳就往他身上砸，拳打脚踢。

许砚谈往后退一步站稳，手中的美式咖啡在杯里摇曳起伏。

他鲜露出几分意外。

拳头打在他身上，岑芙反倒往后踉跄一步，她继续往上扑，就这么毫无章法地揍他，纯粹泄愤。

再抬脸，岑芙双眼红透了，瞪他，一拳头接着一拳头地揍，吃力地控诉——

“欺人太甚! 你怎么可以这么欺负人!”

岑芙手上不停，带着哭腔说着狠话:“我要打死你! 你太过分了……怎么可以这样侮辱人……”

结果，单纯挨揍的许砚谈看着岑芙这副气急败坏、抛弃所有理智礼貌上手打他的模样，忍俊不禁地笑出了声，仿佛不知疼痛一般。

许砚谈抓准时机，一手就控住了她两个腕子，把人拽进怀里。

岑芙被控制了双手，又抬腿去踩他的鞋，使劲踹:“放开我!”

像只被惹急了眼的兔子。

“别打了，姑奶奶。”在某个瞬间，许砚谈扫清了眉眼间的所有恶劣，笑得无奈，“我疼着呢。”

活该！就应该疼死你！

岑芙瞪着他，心里骂个不停。

在这个时候，她格外懊恼自己这娇小没用的身板，自己的两只手腕竟然能被他一手这么攥着，而自己完全挣不开。

“放开我！再不放开……”岑芙扭着身子，嗫喏两下，横眉怒斥他，“我要咬人了！”

被打骂一通，许砚谈的心情反而更愉悦，他直接把自己的手臂递到她嘴边：“给你咬。”

“咬狠点儿，解气为止。算我赔礼道歉。”他指的是刚才那句“不想要明面的关系”。

这下反而将岑芙整不会了，她完全找不到许砚谈的软肋：“我……我还嫌脏了我的嘴呢。”

他手上收着劲，她被锢在许砚谈的怀里，几乎是再往前一步就要隔着手腕贴上的距离。

岑芙眼尾的绯色还没褪去，拳打脚踢后发泄了一半的愤怒，瞪着他说：“你收回你刚才说的话！”

许砚谈装不懂：“嗯？”

他在岑芙心里向来是那种游戏人间的纨绔子弟。他只不过是一时兴起想找个人玩玩，却能给她带来“灭顶之灾”。

“你……你收回什么做你女朋友的话！我就当什么都没发生！”岑芙是真的怕了。

“那个啊……”许砚谈抬头，装作若有所思，过了几秒，低头与她对视，“不行。”

完全是故意气人的语气，气得她头顶冒烟。

岑芙十八年来逆来顺受，当小绵羊当得脾气早就被磨得平滑，可是莫名其妙地，在许砚谈这里，她的各种情绪能被他很轻易地挑起，泛滥。

在这一瞬间，岑芙真的有上前咬他的冲动了。

许砚谈垂眸，看见自己手中她腕间的肌肤已经有些泛红。

小姑娘怎么哪儿都这么嫩？上次也是，捏了她下颌没两下就留了印。

许砚谈松开了她，把手揣兜里，掌心还留有绵软的触觉。

解放双手后的岑芙立刻后退几步，与他拉开距离。

“我没有那个本事陪你玩。”岑芙一边后退，一边对他说，细腻的嗓音撞在巷子墙壁上荡出细微的回声。

她一边远离他，一边回头喊：“钱我会还清，除了钱款来往，以后不要联系了！”

说罢，岑芙头也不回地逃走，走之前还不忘把自己放地上的咖啡带上。

许砚谈的视线一路尾随她消失在巷口，半晌，他动了动腮颊，笑出一声。

活了二十年，第一次有人见着他跟见了鬼似的。

之后的几天虽然没再见到许砚谈，但是岑芙从未逃离出他的阴霾之下。

在每个夜晚的梦里。

她梦见还在南城那个酒吧走廊，他捏着她的后颈与她接吻。当她动情迷离时偏头，却一眼看见了站在旁边冷眼观看的岑颂宜和妈妈。

然后她们把她关进了一个永远也爬不出去的地牢，锁链和手铐禁锢着她，永世不见天光。

岑芙每次惊醒都会惹出一身冷汗，尽管抱紧了自己，可手指依旧忍不住发抖。她只期盼许砚谈只是一时兴起，这种随口而来的兴趣会随着时间消去。

这天下午五点，下了选修课，她收到纤纤的微信，让她去明德楼一楼报告厅，说是有事要跟她说。

一楼报告厅今天没有活动，门半掩着，里面有断断续续的声音传出来。

应该是有学生自发在使用报告厅。

岑芙一边走进去一边纳闷，纤纤一个传媒生没事来他们法学系的明德楼做什么。

一眼望去，远处中央台上摆着两张对辩台，一侧坐着四个学生，似乎在做辩论陈述排练，而台上有一抹颀长挺拔的身影出众到无法被人忽视。

许砚谈靠在另一侧的辩台边，双手环胸，一脸严肃地审视着那四位辩手陈述的全部内容。

即便离得远，岑芙也一眼就认出了他。

她下意识屏住了呼吸，第一反应就是转身走。

而这时候坐在后排的纤纤看到岑芙，小声招呼她："蝴蝶！这儿！"

岑芙生怕纤纤声音再大点儿被许砚谈听见，于是拿书挡着脸，猫着腰走过去，边走到她身边拉下靠背椅边斥她："这个点你不去食堂排队，在这儿干吗？"

"哎呀，下周咱职业规划课要辩论嘛，听说校辩论队特别厉害，我寻思过来取取经。"纤纤说着，顺便把看帅哥这一点目的隐藏了。

"许砚谈。"纤纤给岑芙指了指台上，小声感叹，"他好像是来指导他们的，刚才我听了半天了，你可不知道他教训人的时候……哎哟，好凶的哦。

"我一个门外汉都觉得他们已经讲得很头头是道了，结果许砚谈从他们的辩论稿里挑出了一堆问题。"

纤纤端正身子，抱起胳膊，学起许砚谈的架势："说了多少遍，揪着一个点打，抠细抠死。

"——'下次要还是这个水平用不着找我了，我是来听辩论的，不是来听老太太扯闲天，东一块西一块的。'"

说完，纤纤打了个寒噤，随后又露出一副花痴相："虽然凶，但好帅，嘿嘿。"

岑芙靠着椅背，眼皮耷拉着，面无表情，略带个人情绪地默默来了句："谁知道是不是假把式？我看他就是只知道花天酒地的纨绔子弟。"

"喂，你不了解别人不要乱说好吧！"一道女声毫无征兆地插入她们的对话。

岑芙和纤纤同时顺着声源处看去，这才发现有个女生坐在她们右手边隔着两个座位的位置。

似乎已经听了很久了。

女生虽然相貌平平，但妆容精致，即便已经十月末，却依旧穿着短裙。

纤纤回头，用口型对岑芙说了个名字："卓——佳——佳。"

岑芙蹙眉，并不认得这个人。

卓佳佳用眼角余光扫了一眼岑芙："与其诋毁别人是纨绔子弟，不如先看看自己。"

说着，她露出一副很骄傲的神情，把知道的关于许砚谈的事迹全部一一道来："法学本来就是崇大的黄金专业，他不仅能名列前茅，而且在大学三年就修完本科全部内容。而且人家修的是法学本科加金融双学位，崇大最出名的工商实验班，你懂吗？”

“既然不知道别人在背后的努力，就少用有色眼镜看别人，显得人很浅薄。”明明不关她的事，卓佳佳反而很是义愤填膺，劈头盖脸地对着岑芙就是一顿输出。

岑芙还没说话，纤纤听不下去了，伸着脖子怼她一句：“你懂你懂就你懂！这么了解他，你跟他说去吧，我们不感兴趣。”

说完，纤纤拉着岑芙的手臂，拽起人就往外走，懒得再和卓佳佳在一个地方待着。

岑芙被拉着往外走，还不禁回头看了一眼卓佳佳，撇了撇嘴，有点惭愧又有点不服。

出了明德楼，外面透彻的空气一下子扫清了人的烦闷，两人往食堂走去。

“你别理她，梦痴女一个。”纤纤说。

岑芙只觉得卓佳佳眼熟：“你认识她？”

“卓佳佳住咱们隔壁的隔壁宿舍，与咱们一个专业，但跟咱们不是一个班。”纤纤社交网比较广，听朋友说起过卓佳佳，“这人也是奇葩，开学在校园网上见到许砚谈的照片就喜欢上了。你说她喜欢就喜欢呗，喜欢许砚谈的人还少吗？

“喜欢就去追，她偏不，一方面不敢跟许砚谈接触，连句话都不敢说，然后背地里每天又在朋友圈里发暗恋许砚谈爱而不得的那种伤感小作文。好像人家许砚谈伤她千百遍，整得自己跟青春疼痛文学女主角似的。我好几个朋友说都已经屏蔽她了，太烦了每天晚上到点必开始。”

岑芙听着，觉得纤纤的各种比喻形容太搞笑，没忍住“扑哧”一乐，笑声清脆悦耳。

“我们统一的认知就是，卓佳佳其实喜欢的不一定是许砚谈，而是喜欢那种暗恋一个需要仰望的人的感觉。”

岑芙点点头，虽然不理解，但还是表示尊重。

她见纤纤吐槽得差不多了，换了个话题：“所以，你在微信上跟我说的是什么事？”

“哦，对。你不是还在找兼职嘛，我这边有个不错的活，想问你感不感兴趣。”

纤纤是个乐于助人的，就算是岑芙的好事她也觉得兴奋，说着：“就在崇大和崇航两所学校中间夹着的那条街上，有一个书店，正招人呢。”

“你呢？”岑芙问纤纤。纤纤听说岑芙在那家咖啡店发生的事之后也立刻辞了职，本来就干烦了，伙伴不在了她也就撂挑子不干了。

纤纤耸了耸肩，表示无所谓：“我不干了，体验体验打工人生活就好了，我还是做那个好吃懒做只会和爸爸要钱的小废物吧。

“一想到以后工作会更累，我更要抓紧这四年时间好好玩好好躺着。”

岑芙眸子里倒映着纤纤可爱又坦诚的模样，唇边的微笑始终挂着。在感恩能有她这么真诚的朋友之际，一抹落寞和羡慕划过心里某个角落。

“那好，我去试试。”

岑芙去之前做了一系列调查。

“秘密”书店，虽然是家书店，但是里面集书店、杂货店、酒吧、咖啡店的功能于一身。

书店开在街角，虽然在小街上，但是酒香不怕巷子深，是很有名的网红店。

大众点评和美团上面客人对咖啡和特调酒的评价也很高。听说店长是个艺术家，店里用的咖啡豆和酒都是他从世界各个原产地带回来的。

岑芙要去这样的店应聘还真有些压力。

她加了那个学长的微信，名叫“stray”，是崇航大三的学生，因为之后要专注学业，所以在找能代替他上岗的学生兼职。

按照他的留言，进店以后往右看，临近咖啡台和窗边的位子，就坐在那里等着她。

岑芙进了店，迎着风铃声扭头，看见约定的桌子那儿坐着个帅哥。

他穿着咖啡店的黑色工作围裙，是岑芙见过的可以和许砚谈并列第一的帅哥。

不同于许砚谈与生俱来的无差别攻击性，这位有着偏瘦的脸庞，眉眼很是秀气，一双桃花眼没有表情的时候清冷温润，眼瞳湛黑深邃，扇形的双眼皮折叠出万千魅力。

他手里捧着本书，下午的懒阳金光斜洒在他立体的脸庞上，高挺鼻梁投下一小片阴影。

孤傲，但不刺人。如画一般的人。

纤纤什么时候认识这样的帅哥了？也不告诉她。

岑芙放轻脚步走过去，紧握双手，小声打招呼："您好。"

骆杭闻声抬头，对上岑芙的视线。

"我……我是那个应聘的学生。"帅哥这一眼看过来，搞得岑芙有些紧张，说话都结巴了。

"不用称呼'您'，我就比你大两三岁。"骆杭露出一抹微笑，示意岑芙，"坐。"

岑芙坐在骆杭对面，沙发座椅很柔软。

骆杭一手把书合上，看着她从包里把自己的简历和咖啡师证书拿出来，才不急不缓地自我介绍："骆杭。"

"啊……"岑芙一紧张，又跟着自我介绍一遍，"我……我是岑芙。"

他看着面前这小姑娘憨态可掬的模样，忍俊不禁的弧度又加深一分。

"我看一下。"骆杭拿起她的简历资料，翻开看。

A4 纸被他举在手里，遮挡了大部分视线，上端依旧能看见她温顺垂着的一双鹿眼。

骆杭收回偷瞄的目光，心里直感意外。他想不到的是，能让许砚谈那种浑球东西甘愿露出几分求人办事的姿态的女孩子，竟然是这样类型的。

内敛，可爱，单纯，敏感。完全在他的意料之外。

手指摩挲着证书的皮质边缘，骆杭把她的资料阅读完毕，收起耐人寻味的笑，对她说："我还会在店里待一阵子，直到你完全可以胜任。"

"学长，那个……"岑芙是个坦诚的人，先把担忧说出来，"我还没有调酒师的证，我不会那个。"

说完，她马上急着补充："但是我可以学的！"

"我刚要说这个。"骆杭嗓音低沉悦耳，很有质感，让她放松，"店里有特聘的调酒师，你只要负责果茶和咖啡的制作就行。

"另外，管理书店系统、会员系统，我都会教给你。"

岑芙松了口气，点点头。

今天是周末，她问："那我什么时候可以上班？"

"这么积极？藏着点儿，小心店长就喜欢剥削你这样的小姑娘。"骆杭逗她一句，然后说，"合同已经准备好了，如果你今天带齐了证件就可以办理入职。"

说完，骆杭补了一句："不过我确实要看看你的水平，做个手冲当考试行吗？”

“当然。”岑芙考咖啡师证的时候手冲技术分是很高的，她很自信。

之后岑芙自然是通过了骆杭的考核。

根据客人的喜好，从主材咖啡豆的挑选，到手冲壶、滤杯、磨豆机、温度计、电子秤、滤纸等设备工具的搭配与应用，还有基本的冲煮技法的掌握都无可挑剔。

岑芙办完了所有手续，系上了店里员工的黑围裙，开始跟着骆杭熟悉店里的所有业务。

这家店不同于之前的，因为外送会破坏饮料和咖啡原本的风味，所以店长直接不开外送服务。书店里这么好喝的饮品统统没有外送服务，想要喝必须到店里来。

这代表岑芙不用面对大批量的外送订单，但她要做更繁重的书籍整理归纳工作，总体工作量并没有减少。

骆杭把店里饮品的制作手册发给她，让她这个下午就在店里做饮料，不用担心材料浪费，尽快掌握所有饮料的制作方法才是主要任务。

这么一番了解下来，岑芙更觉得这个店好像是有钱人拿来消遣娱乐自己的作品。怪不得职员待遇这么好，原来是根本不差钱。

临近傍晚，天还没有完全黑。

吸管插进刚制作出来的草莓荔枝冰里，岑芙端起杯子尝了一口，蹙眉：“酸了……”

放下杯子，她在本子上记录调整的糖浆毫升数。

“叮当——”

门口风铃声响起。

“啪嗒！”

签字笔掉到地上，岑芙瞳孔放大，在看见许砚谈的瞬间蹲下了身，佯装去系鞋带来躲避。一蹲下身她才发现，今天穿的鞋，没有鞋带。

许砚谈昂首阔步走进来，即便是最简单的黑色半袖和黑色长裤，也依旧是令偌大书店显得狭小的存在。

他单肩挎着一个黑色电脑包，似乎是从学校直接过来的。多了这么个物件让许砚谈周身徒增许多少年气，看上去没有那么盛气凌人了。

许砚谈扫过去，一眼和站在调酒台里的骆杭对上视线。

骆杭接收到好兄弟似是审问似是考量的目光后，毫不输气势地冷笑一声，用眼神在说：瞧你这德行。

人家面试，都要追过来看着，怕他为难小姑娘。不至于吧，许砚谈，这就栽了？

许砚谈走过去，瞄了一眼还躲在里面装不存在的岑芙，有些嫌弃地收回目光，把电脑包卸下坐到吧台边。

岑芙感觉许砚谈确实是坐下了，想着自己是躲不过了，总不能一直这么装系鞋带吧。她只好低着头默默站起身，背对着许砚谈继续写东西，权当没看见他。

“喝什么？”骆杭倚在一旁，问。

许砚谈看了一眼他身后的酒柜，来了句：“我听说贺然带回来一瓶1957年的麦卡伦。

“尝尝。”

骆杭一听笑了，摇摇头：“少喝两杯，我怕他回来听见你动了那酒要跟我算账。”

“我又不是不给钱。”许砚谈睨骆杭一眼，用手指关节敲敲桌面，“快点儿，不然投诉你。”

骆杭向来不怕许砚谈，两人高中时在南城针锋相对那会儿也是谁都不怵谁的。

他轻哼一下，转身去拿酒。

岑芙这时候悄然转身，一下就撞上许砚谈的目光，她骤然躲开，许砚谈好像一直在看她，在等着接她的视线。

她低头看了一眼手表，太好了，刚好到下班时间。

岑芙把工具都清洗干净归置好，低着头转身直接进了员工间，一眼都不看许砚谈。

路过许砚谈坐的地方时，她只觉得半边身子都被他的目光烫得发麻。

岑芙背着包从书店内部的后门出了店，面对的是一条勉强过车的小窄道。

她这才喘了一口气，结果转身直接撞上某人的胸口。

许砚谈不知道什么时候等在这儿的，而且藏得很好，吓了岑芙一跳。

许砚谈一手圈住她的腰，直接把人提了起来，放到一旁停靠着的黑色摩托车的座椅上。

“啊！”岑芙吓得闭眼叫出声，再睁眼发现自己已经坐到了摩托车上。

许砚谈双手撑在她两侧的座椅上，俯身，顷刻间与她近距离平视着，她避无可避。

许砚谈的呼吸散在她鼻息之间，麦卡伦威士忌的淡香钻入她的感官中，扰乱了她的心跳。

辛辣的不是威士忌弥留的味道，而是许砚谈盯着她的眼神。

无人的窄道，两人就在这一片宁静中对视。傍晚的光影透视折叠，把他们的身影交缠在一起。

“装看不见我，是吧？”许砚谈开口，眉眼都冷，语气莫测。

岑芙把神思从这飘忽的酒香味中拽出来，她已经知道骆杭和许砚谈是朋友，一些猜测在心里发酵。

她直视着他，反问另一个话题：“你……我能在这里兼职，其中有没有你的参与？”

“有。”许砚谈吐出一个字。

岑芙呼吸一窒。

他又缓缓补充：“有又如何？没有又如何？”

她蹙眉，这完全是没有回答。

“在你眼里我已经成大善人了？”许砚谈颔首，吊儿郎当的，像个浑球，劲儿捏得恰到好处，“也挺好。”

看来不是。岑芙偏向于不是的答案。

“一问一答，继续，为什么不理我？”他继续追问。

岑芙心里发怵：“你把微信的转账收了，我就……”

许砚谈冷着脸：“你现在挺行。”

他说话间不经意地靠近，让岑芙脖颈间的热又浓厚一分。不知怎的，她忽然想到这阵子反复做的那个噩梦。恐惧再次袭来，密密麻麻犹如蚂蚁啃噬。

岑芙哭丧着脸，满眼的难堪，看向他：“许砚谈，你让我把钱还了，咱们两清好不好？”

“现在跟我提两清？”许砚谈眸色深了，忽然握住岑芙的一只手，带着她的手，抚向他的颊侧。

触碰到他温热脸颊的瞬间，岑芙的手指抖了下，她想抽手却挣脱不开。

指腹在他的脸颊上轻扫而过，这是在南城那晚，她把许砚谈抵在墙边，抚摸过他的地方。

“还记得吗？”他感受着她手指的颤抖，毫不心软。

许砚谈目光犀利，唇边的弧度消失殆尽，掷地有声地告诉她：

“岑芙，你记清楚。

“是你先招惹的我。

“两次。”

伤痛无法被治愈，只会随着时间成为梦魇的导火索。

“啪——”

火辣的巴掌直接扇在岑芙的侧脸，妈妈指着她，痛骂道：“你个没良心的，你要害死你姐啊！我怎么生了你这么个丢人现眼的黑心种？

“你姐姐现在正是关键时候，你这么诬陷她，外面的媒体全在盯着！如果有什么岔子，我真要弄死你这个缺德的！我当初就不该生你！你这个丧门星！

“你就是克我！

“你就在这儿待着！不想好怎么跟我交代就别想出来！

“饭你也别想吃！饿死你算了。”

迷迷糊糊间，房门被打开。

岑颂宜站在她面前，背着光自上而下睥睨着她，眼神冷漠至极，还有几分自信的逞强。

“这么多年了，你还看不出来？妈不喜欢你，怎么都不会喜欢你。

“岑芙，你如果想过得舒服点，就得老老实实听我的，懂吗？

“别惦记不属于你的东西，更别想惦记属于我的东西。”

…………

——“岑芙，你记清楚。”

——“是你先招惹我的。”

——“两次。”

指尖抽搐一下，岑芙从回忆中抽离。

视线里是许砚谈近在咫尺的脸庞，他如鹰隼般的审视能挖掘她的每一寸心绪。

回忆和梦魇的内容混作一团，让她分不清真实与虚假，只感觉寒气从脚底往上蹿。她把自己的手从他的手里抽出来，眼神飘忽，慌乱又害怕：“你……你别这样。”

推开许砚谈的胸膛，跳下摩托车，岑芙急得语气发促：“我跟你道歉行不行？我不是故意要惹你的，你放过我吧。”

方才她抽手离开的时候，冰凉的指尖蹭到了他的脸颊上。

她恐惧的神情落在许砚谈眼底：“你在怕什么？”

许砚谈一而再再而三的靠近让岑芙感受到危机，她已经跳进了他布下的陷阱，可是又不能任由自己这么被他牵着走。如果甘愿任他摆布，最终她会在妈妈和岑颂宜的手下被撕碎。

破碎的不是她的身体，而是她那颗对自由、对未来还有期盼的心。

“你去找岑颂宜！”岑芙破口喊着，“你找岑颂宜吧！她喜欢你，你们又般配。求你，别再这样对我了，好不好？”

许砚谈不知道她在怕什么，好像他往前靠一步就能要了她的命似的。

天色渐暗，只有巷口还有光，他侧身而立，寸头下的浓眉也逐渐皱紧。

许砚谈抿起唇线，镇定的眼神与她的神情产生鲜明对比：“不行。”

说罢，他舒展了眉宇，又挂上那痞气的笑容，幽幽道：“我就看上你了。”

他的话犹如一把锋利的剪刀，剪断了悬着她心脏的那根绳，她跌宕的情绪彻底绷不住了。

既然谈不拢，也没必要继续纠缠了。

“你让开！浑蛋！”岑芙伸手推开许砚谈，无视他装模作样往后踉跄的那两步，头也不回地跑走了。

许砚谈瞄着她走远，直到看不见身影。

小姑娘用柔软的嗓音骂出的那句“浑蛋”仿佛还在耳畔环绕，软乎乎的，根本没威慑力，奇了怪的耐听。

他无声地哼了一下。

视线收回的瞬间，脑海突然闪过她方才恐惧的神色，那根本不是一般程度的恐惧。

不对劲。

许砚谈靠着摩托车，盯着半空，再次皱起了眉。

“哎，我说。”一道声音凭空响起。

许砚谈偏头，对上站在咖啡店后门的骆杭。骆杭已经换了衣服，似乎准备回去了。

“你刚才不是拿我的摩托车泡妞了吧？”

“嗯？这是你的啊。”许砚谈直起身，回头扫了一眼黑色威风的摩托车，拖腔拉调地来了句，“我说谁品位这么差。”

“人话都不会说。”骆杭给气乐了，也不恼，无情吐槽，“就你这样的，配谈什么恋爱。算了吧，许砚谈，你别祸害人。”

许砚谈轻嗤一声：“少管。”

岑芙从地铁站出来，戴着耳机一边听歌，一边往家的方向走，忽然感觉不对劲似的回头看了一眼，身后不远处跟着个黑色人影。

虽然与陌生人走一前一后很正常，可是最近她总觉得有人在盯着自己。

人的第六感很强，尤其是对危险的感知。

身后的脚步声又重又快，岑芙摘了耳机，瞬间狂奔起来。一路跑进小区，确定没人跟上来，她这才放心。

小区必须凭磁卡进入，有人二十四小时看守，很安全。

她松了口气，来回地想到底会是什么人可能尾随自己。想了半天，思绪往社会犯罪分子上拐，越想越害怕。

进了单元楼门，岑芙走进电梯，等待上楼的这会儿工夫拿出手机。

微信有最新提示：讨厌说话已接收转账。

她眼神一闪。

电梯门打开，岑芙在自己家这一层差点迎面撞上一个人。

她匆促抬头，撞上岑颂宜的眼睛。

有一阵子没见到岑颂宜了。

手机屏幕此刻就亮着和许砚谈的对话框界面，岑芙赶紧把手机藏进兜里，结结巴巴地开口：“姐、姐你……你拍完戏了？”

“嗯。”岑颂宜见岑芙这慌慌忙忙的模样，一副瞧不上眼的姿态，“下午刚飞回来。”

岑芙点点头，侧着身与岑颂宜擦肩而过，刚准备开门，岑颂宜忽然叫住她：“小芙。”

岑芙回头，看着岑颂宜。

电梯门超时自动合上，停在这一楼层。岑颂宜看着岑芙，眼神有些变化，小声说着："待会儿再进去吧，他们俩正吵着呢，你别找不痛快。"

"啊？爸妈吵架了？"岑芙意外，看了一眼家门。

"嗯，因为妈打牌。"岑颂宜叹了口气，侧着身靠在大理石墙边，行李箱就立在身边。

她舟车劳顿，露出几分疲惫，结果连家门也没能进，说："她现在到处说自己是许砚谈未来丈母娘，跟那些阔太太打成一片。

"谁知道她怎么突然爱上打牌？

"爸那边生意最近出问题，两人因为钱正吵呢。"

岑芙没想到会这样，随口问了句："爸生意……不好吗？"

她记得这些年一直都不错的呀。

"你问我我问谁啊？应该没事。"岑颂宜皱皱眉，挥手道，"能差到哪儿去？有的是家底。烦死了，没个消停。"

岑颂宜摁下按键，拉着箱子进了电梯，毫不犹豫地关了电梯门，然后消失在岑芙眼前。

岑芙又望了一眼家门，好似隔着门听到了些传出来的争吵声。

她叹了口气，转身进了楼梯间，坐在台阶上准备等四十分钟再回家。

她忙了一天也累了，靠着一侧墙壁，任由声控灯暗下去，合上眼休息。

兜里的手机突然振动两下。

岑芙躲在黑暗的楼梯间里，拿出手机摁亮屏幕，她定睛一看，微信内容让她一眼心悸。

讨厌说话：把钱还完，咱俩就这么算了。

讨厌说话：我对热脸贴冷屁股没兴趣。

就这么静静地过了三十秒，手机自动熄屏，岑芙整个人再度陷入黑暗之中。

她保持着握着手机的动作，眼神发愣，眼睛都忘了眨动。

他这是，放过她了。

好事，大好事。

可是……岑芙抬手，在可以隐藏所有细节的黑暗中，悄然揪紧了自己胸口的衣料。

这里，为什么……

岑颂宜找了个酒店，换了身衣服后出门。

晚上九点钟，正是兰亭湖酒吧街热闹的时间段。她来到定位地点，隔着玻璃墙看见靠窗坐着的许砚谈。

清吧在晚上通常不会有很明亮的灯光，每一桌都放置着独立的灯罩，昏黄缱绻的光模拟着烛光。

他没有用餐，桌上只摆了一个不规则又剔透厚实的富士山酒杯，杯子里盛着小半杯的野山莓色酒液。他懒洋洋地坐在单人沙发里，面前摆着一台笔记本电脑，显示屏的光不是很亮，却足以将他锋利流畅的侧脸轮廓照清。

岑颂宜外出拍戏这些日子压力重重，此刻看见他，只觉得浑身疲惫被扫清。

她从小就接触演艺圈，见过的帅哥不计其数，空有皮囊的、灵魂有趣的、知识渊博的。可是没有任何一个男生可以像许砚谈一样给她带来行星冲撞般的吸引力。仿佛独立静止就可以不断吸引目标的永磁体，只要能被他允许靠近，哪怕降低些身段也无所谓。

他越是狂野，越是恣意，就越让她难以控制地喜欢。

许砚谈是野马，是王者。

她岑颂宜也不差，足够有信心将他纳为己有。

岑颂宜这么想着，扬着笑容推门进了清吧。

她从许砚谈身后走过来，扫见他电脑屏幕上的英文内容。

岑颂宜自然而然地在他旁边坐下，说："还顺利吗？"

许砚谈闻声，偏头看了她一下："你怎么知道我在这儿？"

"想知道你的动向不难。"岑颂宜把皮包放在身后，胳膊肘支在桌面上，有些撒娇道，"太想你了，我下了飞机就问了胖猴。"

对这样暧昧的话语许砚谈早已习以为常，扯唇笑了下，没什么态度。

"以你的能力应该挺顺利的吧。"岑颂宜继续刚才的话题，看着他电脑里的东西，自顾自地说，"以后我有空会飞过去看你的。"

许砚谈瞥了个界面，左手捏起酒杯抿了口，润了润嗓子，问："找我有事？"

"没事不能找你待着？"岑颂宜扫了一眼桌子上的水果和酒，"你吃饭了吗？又不吃饭就空腹喝酒，身体怎么行？吃点东西吧。服务生，"她把服务生叫来，看了一眼菜单，点了两个套餐，特别交代，“这道菜黄油少一些，柠檬和胡椒都多一份。这道菜番茄去皮，牛排五分熟。”

听着她说的，许砚谈终于舍得撩起眼皮，若有所思地看了她一眼。

说完要求，岑颂宜回头，正好对上他这质疑的眼神，多少读懂了，道：“跟你也吃了这么多次饭了，怎么会记不住你的喜好。”

许砚谈沉默几秒，看着她这张脸却好像在透过她看别的东西。

半晌，他单手直接合上笔记本电脑。这一桌的光源顿时只剩下桌面上的灯罩黄光。酒吧里的萨克斯独奏还在继续，两人沉浸在整个酒吧营造的浪漫氛围中。

许砚谈轻勾了下嘴角，眼里却没有任何笑意，屈起胳膊搭在她身后的沙发椅背上，侧身对着她，打量着。

岑颂宜坐得端正，宛如高贵的天鹅，看见他靠近，以为自己刚才的行为取悦了他，眼神亮了亮，身体不着痕迹地往后面靠了些。

“怎么了？”

“岑颂宜，我问你，”许砚谈直呼她大名，声线温冷，优哉游哉的，一点也不认真，“你喜欢我什么？”

岑颂宜忽然被问愣了，一直被许砚谈默许出现在身边的她，从来没听他聊起过这种话题。

这在她眼里俨然成了一道会影响好感度的关键题目。

“喜欢一个人……”岑颂宜开口回答，同时对他露出一个绝对有魅力的眼神，笑着，“需要理由吗？”

许砚谈默默收回视线，盯着杯子里只剩下一个底的威士忌。

这支山崎威士忌的颜色，不如醇厚葡萄酒的红那么刺眼鲜艳。青涩的红山莓色，干净、清淡、安静，一入口却又能勾人魂魄。

这样的酒，如今躺在他的杯子里。

良久，他眼唇一同弯起，自语了一句：“确实不需要。”

岑颂宜不知他话里有话，借题发挥：“说出来不怕你笑我。”

她偏着头回忆，有些害羞：“我十二岁那年我爸和你叔叔受伤，在医院走廊见着你的第一面，就对你有好感了。”

许砚谈淡了眼神，方才短暂露出的笑被平时的冷脸代替。

岑颂宜吐露心声的少女心思在他耳朵里激不起任何水花，这时候服务生把菜品端来，一盘盘呈在桌子上。

他举起酒杯示意服务生续些酒，开口缓缓道：“岑颂宜，我有必要提醒你。”

在许砚谈说下一句话之前，中央的萨克斯独奏表演完毕，一众客人齐刷刷鼓掌。

清吧本就氛围安静，这么一番动静响起来，回荡在空间里。

许砚谈直直盯着岑颂宜，薄唇翕动，说出去的话淹没在清脆的掌声中。

那些冰冷的字眼落入她耳中，岑颂宜僵在原地。

演奏者下场，下一个节目的提琴乐团上台准备继续表演。

清吧恢复了平静，只有些许餐具、酒杯碰撞的声音。

岑颂宜刚才还娇媚的笑容消失得一干二净。

许砚谈根本不在意岑颂宜是如何神情，转身抽出餐巾纸包着的餐具，准备用餐。

他切着牛排，恶劣和冷漠融合得恰到好处，说：“吃饭吧，你点的，别浪费。”

她僵硬地转过身子面对色泽鲜明的餐食，暗自处理了半天心情，有些干瘪地撑出一声笑。

岑颂宜握着餐具，挺直后背，牵强地扯了下嘴角：“砚哥，有时候你不得不承认，有些事，你也任性不了。”

与此同时，岑芙刚在家里洗完澡，她擦着半干的头发走进卧室，正好瞧见纤纤发了一堆语音条给她。

“今天给你打听到许砚谈的很多情报！你听我细细道来。”

“我本来以为我家已经算可以了，真不是我‘凡尔赛’什么的，结果好家伙，许砚谈根本不是一般的富家子弟！”

“我这个圈子的公子哥们压根就攀不到人家那个层次，我第一次听说这上流圈也分三六九等。”

“他家我猜怎么着也是爷爷的爷爷那辈就富得流油了，而且人才辈出，个个是精英。许这个姓氏在崇京可是那个了。我和我朋友这些臭富二代狗屁都算不上啊，果然人家不放在眼里。”

“最主要是他上下都够着，听说他小时候还是个浑不论，好些混混头子听见他的名字都腿软，都是当年被他教训过的。”

“你现在想想那天卓佳佳跟咱说的，再结合这些。”

“富家子弟，桀骜不驯，大众情人，然后成绩还名列前茅，能力超群，这人好像一点缺点都挑不出来！”

“我说实话，我觉得许砚谈也太有魅力了！”

岑芙听着，“嘁”的一声笑出来。

哪里没缺点，简直全是缺点，他骨子里那些恶劣蔫坏她可是深有体会。

“这样的天之骄子要是追我，我分分钟……哦不！我要吊着他几天让大家看看老娘的魅力。”

“拿下他！哎哟，我爸带海鲜大餐回来了，我去吃夜宵先！”

语音断在这里。

岑芙擦头发的动作停住，缓缓望向镜子里的自己。她在看见自己不知何时弯起来的嘴角时，吓得瞬间对着自己冷了脸。

她想了想，拿起手机给纤纤回了几条语音。

“尊重你的喜好。”

“不过以后关于他的事情就别再告诉我啦，我没什么兴趣。”

“纠正你，他没追我，我也不喜欢他。”

“还完钱以后，我们两个就毫无瓜葛了。”

自从那条微信之后，许砚谈再没有主动联络过岑芙，也没有在秘密书店见过他来光顾。

她还钱是还钱，但是当然会根据自己的能力分期支付，每次打给他的转账不管多少钱他过阵子都会收。

岑芙莫名意识到，自己真的在远离他的领域，抑或是，他干脆地抽身而退。

压抑着心里莫名的变化，岑芙回归最原本的生活中。

这天周末放学，她和纤纤结束了各科的中期阶段性考核，打算稍微放松一下。

“什么嘛，柳紫那组拍得那么烂，凭什么比咱们组分高？”纤纤揽着岑芙的胳膊，一边走一边抱怨，“咱们那做得要技术有技术、要内容有内容，老师偏心！”

岑芙觉得他们组的分数也可以了，笑着安慰：“行啦，让他们一次，咱们也很高分了。”

下一秒，岑芙倏地转头，看向自己的斜后方。

警觉的视线在一众走动的学生里跳跃，寻找着什么。

“怎么了？”纤纤停下。

岑芙干笑一声，拉着人继续走：“没事，走吧。”

走动时，腿部肌肉都发软了。

她只盼望自己刚才看走眼了……

老天爷，求求了，让她只是看错。

另一条街边，岔路口。

岑颂宜在等自己的同学出来，她戴着墨镜站在一边，视线从走远的岑芙的背影，一点点拉扯到远处某个鬼鬼祟祟的高大身影上。

略微看清那人长相时，她墨镜后的眼神瞬间变了，最后，权当什么都没看见似的转身离去。

商场，综合美妆店内。

“蝴蝶！他家新出这个口红好好看啊！”纤纤在另一边的柜台里招呼岑芙。

岑芙站在离纤纤不远的位置，假装挑选货架上的化妆品。

这时，她拿出一支口红佯装要对着镜子试色，用手把镜子往对着门的方向扳了扳。

当岑芙通过镜子看到一直在店门外附近徘徊走动、假装路人的那抹身影时，那人忽然扭头看了过来。

两人的视线即将通过镜子对上——

岑芙手一抖，口红掉落地上。

她腿一软蹲下去捡，下意识地去躲，哆嗦着手把口红捡起来，还给售货员，再开口时话音颤得厉害：“对不起……”

那双阴森、混浊、冒光的眼睛……她怎么可能忘得了。

岑芙回头看了一眼还在柜台挑口红的纤纤，她咬了咬嘴唇，握着手机毅然转身出了店门。

她快步走在商场里，时不时回头看看身后尾随着的那人，颤着嗓子给纤纤发语音：“纤纤……你快让你家司机大叔上来……”

“麻烦他……到商场一楼西边的女卫生间门口接我一下……”

“你不要来，记得别来。让大叔一个人来就好。”

“快点……快点。”

她说到最后几乎要急哭了。

岑芙钻进女卫生间时，并没有看见一侧立着的“维修中”的立牌。

她走进安静的女卫生间内，挑来选去跑到最里面那间，进去锁上门，狭小的空间让她稍微有了些安全感。

岑芙双手紧握着手机，坐在马桶盖上，缩着身子，喉咙发干，腿忍不住抖起来。

不会错的，这次她没看错。

就是余强。

他为什么回崇京了……为什么又找上她？

“砰！”

岑芙惊愕地抬眼，盯着隔间门板。

女卫生间里出现了男性的声音。

“喂？不是告诉我她进厕所了吗？怎么不见人出来！”

是余强的声音，她没记错。曾经被他掐着脖子呼吸困难的时候，视觉模糊，听觉被无限放大。这个声音从此就刻在了她的心中。

——“是你姐亲口告诉我的。”

——“岑芙，你最好别让我再看见你。”

岑芙抬起脚，把自己缩在马桶盖上，双手紧紧捂着嘴，恐惧从眼里流出。尾随她的不止余强一个，他还带了别人。

“确定是吧，行，我一个个找。”余强挂了电话，然后穿过洗手的地方，直接进了最里面。

“砰！”

一扇扇卫生间隔间的门被打开又撞上，发出巨大的响声。

声音越来越近，他马上就要走到最里面的这两间了。

岑芙捂住嘴巴的手心冒出了汗，死死盯着上了锁的门板，豆大的眼泪无助地往下砸。

下一刻，自己这间的门把动了。

岑芙心跳都停了。

“你在女厕所里干什么？”纤纤家的司机叔叔的声音忽然响起。

纤纤的喊声也响起：“你再不出去我们要报警了！”

余强松了手，打量了他们两人后，一步步退出，走过纤纤身边的时候，用阴冷的眼神盯了她一眼。

司机叔叔上前，把自家小姐护在身后。

女卫生间外也有很多顾客就近围了上来，指着走出女卫生间的余强窃窃私语。

确定人走后，岑芙软着身子打开厕所隔间的门，看见纤纤的瞬间松了口气，无奈道："不是不让你过来吗？"

"我听见你都那样说话了怎么可能不过来！"纤纤跑过去抱住岑芙，察觉她浑身还在发抖，吓了一跳，"到底怎么了，把你吓成这样？那人是谁？

"咱们报警吧！"

岑芙摇摇头，垂下的眼神隐忍着万千愤懑："没事，以前有些过节罢了。"

今天让很多人都看见了，有纤纤和司机叔叔的在场证明和报警威胁，余强最近应该不会再这么明目张胆了。

自从那件事之后，余强离开了崇京，他人虽然已经不在了，但岑芙没有一刻放松过，因为余强的家在这儿，他总有一天要回来。

所以报考外省市的大学，最后被双校双培的专业录取，除了想争取到三年独立于原生家庭外的时间，也是想尽早离开崇京，免得再和余强碰上。崇京说大也大，说小也小，转个弯就能遇上，更何况是存心找你的人呢。

可是没想到，这一切全部脱离了岑芙的理想预期，糟糕的事一件接一件地撞上。

睡前，岑芙走到父亲的书房。

"爸爸。"她望着忙于工作、眉头皱紧的爸爸，烟灰缸里挤满了烟头。

"怎么了？"岑康发没有抬头。

岑芙看着父亲这个样子，他最近好像很累，连头发都白了不少。

她踌躇很久，最后掐紧手心的肉，摇头："没事，就是想提醒您早点睡，别熬夜。"

最终她什么都没能说出口。

…………

警车开进学校大门。

穿着校服的学生们成群地趴在教务处的窗门外偷听。

母亲、老师、民警的目光都打在她的身上。

哪些是冰冷的，哪些是有温度的，她已经分辨不清。

她紧紧地拢着被扯坏拉链的校服外套，如坐针毡。

“我没有早恋。

“他对我动手动脚，他强迫我。

“跟他恋爱的根本不是我，是岑颂宜。

“是我姐姐在说谎，是她让余强干这些事的。”

她记得很清楚。

岑颂宜抵达教务处的时候，那一脸茫然的表情，真是演技精湛：“谁？余强？我不认识啊。”

“你个坏心眼的！”母亲揪着岑芙的耳朵气不打一处来，当着那么多大人和同学的面怒骂她，“早恋还不够丢人吗？还泼脏水给你姐！你良心被狗吃了！”

画面一转。

昏暗的街角，她被余强堵在巷子里面。

肺里的空气越来越稀少，她要窒息了，眼睛合上，耳畔他威胁又肮脏的话语清晰落在心底。

“你姐说，像你这样的，被我弄死也没人管。”

她勉强睁开眼睛，忽然露出一抹淡漠的笑。

“是，我是没人管。

“但是我敢死，你敢吗？”

话毕，她从背包里抽出一个尖锐的东西，反握住，刺向他的手和自己的脖子。

余强眼疾手快，迅速放手。

锋利的刃狠狠地刺进了岑芙纤细的脖颈，鲜血“噗”地涌了出来。

痛，蚀骨的痛。

血漫进了眼眶，她整个人倒在血泊中。

“轰——”

岑芙猛地睁开眼，看见眼前是自己卧室的天花板时，她吓得坐起身，用被子使劲围住自己的脖子，吓得浑身出冷汗。

嘴唇情不自禁地在发抖，她鼻头耸了几下，逸出几声细小的哭腔。

谁来帮帮她？

她好害怕。

报警行不通，余强没有任何犯罪事实，就算因为尾随她被举报，也不过是给些治安处罚，而且会惊动全家人。

经过上次，她对父母的态度已经不能再了解。她被他们认为是只会添乱惹烦的人。

岑芙意识到自己的弱小，形单影只，任谁都能来踩一脚。

她为什么要拿自己的命去拼呢，她想好好活着，不想被这种烂人影响一生。

可是怎么办呢？

岑芙缩在床角，背靠着墙，方才的噩梦还萦绕着她，眼眶又酸又涩。

攥紧的拳头捶在床上，她被逼得快要发疯。

黔驴技穷之时，岑芙的脑海里闪出前几天纤纤发语音说的那堆话。随后，眼前出现了一抹身影。

细长的眼睫缓缓抬起，岑芙的眼眸映上了窗外的月光。

一个足够强大的人。

足够强大、令人畏惧、背景雄厚的人。

可是……

——讨厌说话：把钱还完，咱俩就这么算了。

岑芙刚抬起的眼睫又垂了下去。

一侧的窗帘微微鼓动，许砚谈那沙砾般细腻、低沉悦耳的嗓音随风而来。

——“不行。”

——“我就看上你了。”

过了几秒，她倏地拿出手机，打开和许砚谈的聊天框，反反复复去看他最后发给自己的那两段文字。

——讨厌说话：把钱还完，咱俩就这么算了。

——讨厌说话：我对热脸贴冷屁股没兴趣。

“我对热脸贴冷屁股没兴趣……”岑芙小声复述，一点点试图从没有温度的文字里挖掘细节，“热脸……”

手机在岑芙出神之时自动熄屏，她沉思许久，最终，她眼里划过一抹锋利的光，做下某个大胆又冒险的决定。

她想试试。

许砚谈的“在意”，还能不能剩下几分。

被你欺负这么多次，你也……让我利用一次吧。

许砚谈。

三天后。

苍蝇穿梭在闹市的阵阵油烟中，一圈一圈地飞，最终落在岑芙面前的塑料盘子边缘。

乌黑的苍蝇轻飘飘地落在那儿，搓着触角，绿豆似的眼似乎在盯着咫尺之外冒着油光的烤蔬菜和烤肉串。

她一个人坐在大排档里，也不怎么吃东西，偶尔小心地左顾右盼，似乎在等什么。

下一刻。

“砰——”

绿琉璃色的雪花啤酒瓶磕在她手边的桌子上。

来了。

岑芙轻飘飘地抬头，对上面前这个男生的眼睛。

余强早就盯上岑芙了，她那么小一个人儿，穿着件干净的白裙子往那儿一坐，怎么可能不惹眼。

高中时候他几次没得手，这妞就成了一提起就让他心痒痒的瘾根子。

上次在商场里人多口杂，他又被人发现，这才不得不作罢，老实几天。

没想到，人竟然白白送上门来了。瞧见岑芙这张又纯又嫩的脸，被忘却的，迟迟得不到手的欲望再次被激起。

这片闹市是他的地盘，他常年活动在这一片。在他熟悉的领域里，她还能跑?

“有事？”岑芙扫了一眼余强手里的啤酒，十分冷静。

“一个人吃饭不无聊？”余强顺势坐下，直接用牙把啤酒瓶盖撬开，灌了一口，放在她手边，流里流气地说，“毕业这么久，也不说跟老同学们聚聚。”

同时，他也想起自己在她手里吃的亏，当初就是被她这张脸骗了。

他眼里的阴冷昭然若揭，咬牙切齿：“岑芙，我可是想着你呢。

“记不记得上次我说的，你最好别让我再看见你。不然你跑不了。”

店里面就坐着余强的兄弟们，周围尽是不认识的陌生人，岑芙陷入了一个毫无安全感的环境里，她感知到有很多双眼睛集中在自己背后。

那些不堪回首的回忆再次冲击她的理智。

坚持住，岑芙。

此时，许砚谈一行人恰好从街对面的饭店出来。

胖猴出来，从兜里掏烟，问许砚谈要火。

许砚谈从兜里把自己的打火机拿出来扔给对方后，随意往街对面的大排档扫了一眼，视线停住。

岑颂宜就走在他身边，有意无意地往他身上贴，她顺着他的视线看过去，正好看见岑芙。

奇了怪了，她平时根本不会来这种街区。

岑颂宜瞧见许砚谈的眼神迟迟不挪开，有点不满了，上去大胆地圈住他胳膊，装作意外："哟，我看见我妹了。"

许砚谈收回视线，睨她一眼，示意她放手。

胖猴好死不死地接话："那用不用叫上她一块啊？"

"不用。"岑颂宜默默收回手，摇摇头，露出几分俏皮，"我看她跟她男朋友在一块呢，算啦。"

"男朋友？"胖猴眼神不错，看见街对面坐在岑芙旁边那男的，黄毛头发烫着，露在外面的大花臂稍微有些夸张。

他笑了好几声："行啊，没想到你妹喜欢狂野型的。"

这审美，真"不错"。

"反正他俩以前谈过，不过就不知道……现在是什么关系。"岑颂宜望着远处余强的那张脸，隐藏着自己的心绪，装作无所谓地耸耸肩，催促道，"我们走吧。"

街对面。

岑芙一直立着一个小镜子在餐巾纸盒旁边，正好对着街对面那家饭店的门口。亲眼见着许砚谈一行人离开，她心里剩下的最后一抹希望之火也缓缓熄灭了。

岑芙拿出手机扫了桌边的付款码，付了钱。

"那你记不记得我上次说的，"她看着余强忽然扬起一抹软甜的笑，笑意却不及眼底，"别再惹我。你怕死，我不怕。"

余强某一瞬间居然被她的眼神震慑到了。下一刻，他又为此而感到愤怒，刚要发作，谁知下一秒，岑芙突然起身，拔腿就跑，又快又轻。

余强一拍桌子，没想到自己竟然被她耍了。啤酒瓶摔在地上，“哗啦”一声脆响。

店里他的兄弟们应声而起，一拥而出。

雨后的巷子又潮又滑，像是整个世界最适合藏污纳垢的地方。少女的鞋底踩在石板路上，溅起一朵又一朵水花。

岑芙一步都不敢慢，冷冽的空气刺得她嗓子疼，越跑腿越软。身后的叫骂声和追来的脚步声来势汹汹，越来越近，激烈的心跳声和呼吸声敲击着她的太阳穴。

她跑乱了路线，根本不知道这巷子出口通向哪儿，抑或是有没有出口。

岑芙回头透过昏暗去看身后的人，下一刻，她骤然跌进一堵温热的胸膛。

熟悉的、侵略性强悍的烟草香味瞬间笼罩住她的感官。

岑芙的腰顺势被许砚谈单手搂住，两人的身体在昏暗的巷口相撞，软硬接触。

蝶翅般的羽睫沾着雨，她抬动眼皮，望着他线条锋利的侧脸，惊愕得睁大了眼睛。

岑芙张了张唇瓣：“你……”

此时，那群人追了上来，岑芙伸手扯住许砚谈外套的拉链边缘，急切道：“帮帮我！有人追我！”

余强带着四五个男人隔着两三米和他们对峙。

“你谁啊？滚一边儿去！”余强手里甩着根钢棍，恶狠狠地说。

“嗯？”许砚谈极其缓慢地出了声，那双丹凤眼在幽暗的巷子里仿佛亮着光，他弯腰低头，唇贴在她耳畔，“帮你？凭什么？”

岑芙就知道这个人没这么容易糊弄。之前对他说了那么多狠话，现在他抽身而退，她反而贴了上来。

许砚谈这样冷酷的人，怎么还会帮她？他又不是什么大善人！

她试图在混乱的脑子里抽出一丝理智，凭什么，凭什么呢……

——“不行，我就看上你了。”

岑芙脑海里闪出一个念头，却怎么都说不出口。

余强一步步逼近，箭在弦上，气氛紧绷到了极致。

“说你呢，聋子啊，放手！”

许砚谈很“听话”，搂着岑芙的那只手缓缓地松开，右脚后撤，靴底与石板路摩擦出声。

感觉到他的退出，岑芙慌了，更用力地揪紧他的衣服，手都在颤。

许砚谈此时偏头，目光对上她的。

视线里，仰视他的女孩儿眼眶泛红，含满了这世界所有的脆弱，让人根本无法拒绝。

许砚谈悄然勾唇，拖腔拉调地磨她："说点儿好听的，我考虑一下。"

好听的……

岑芙扯着他，使劲往他身上钻，声调都变了，语速很快。

"其实之前我都是装的！我就是觉得自己配不上你！

"我我我，我觉得你一直特别好，特别优秀，人品好，能力强。

"人长得又帅……我、我见着你我都走不了路。

"你和我姐搞暧昧，其实我嫉妒死了，我羡慕她……"

她突然停了。

两人在鼻尖蹭鼻尖的距离对视，岑芙觉得许砚谈那双好看的眼睛有种能把人魂魄都吸走的魔力。

可偏偏这人是无情的，让人根本猜不到他到底在想什么。

"她只是喜欢你。"岑芙差点栽进他这眼神里，说话语速慢了下来，眼神忽有躲闪，拧着眉强迫自己，十分笃定，"我比喜欢还要多，多很多。

"我是爱，真的。

"我是爱你的。"

她柔柔软软仿佛带着小钩子的话钻进耳朵，许砚谈的眸色深了。

犹如烈酒洒到羊脂玉上，迷醉得一塌糊涂。

岑芙看出他表情变了，以为是自己的"一腔深情"打动了他。

谁知道，下一秒许砚谈却推着她往前，勾出一抹恶劣至极、事不关己的笑，对余强道："我不认识她。"

余强上前就要来拽岑芙。

什么？

岑芙顿时吓得魂飞魄散，不敢置信地瞪着许砚谈。白皙柔软的手紧紧握着他有些硬的胳膊，怎么都不愿撒手，指腹陷入他结实的手臂肌肉里。

在余强碰到岑芙的前一秒，许砚谈大手一伸，再次搂住她盈盈一握的腰肢，往自己身边护。

"你是故意去大排档的。"他低声说，"你在琢磨什么呢，嗯？"

岑芙感觉浑身的血液都凉了。

被他猜到了?

许砚谈俯身贴在她耳边，悄声说话带了点气音——

“帮你可以。

“待会儿好好跟我说说，你是怎么爱我的。”

说完这句话，许砚谈便把岑芙整个身子转了个圈，护在身后。岑芙头晕眼花之际，人已经到了他身后。

她揪紧许砚谈黑色的外套，宽厚的背影让她感到安全。哪怕现在他们两个人被这么一堆人堵着，岑芙却一点都不怕。

余强抢人落了空，愤怒翻倍，咬牙切齿地瞪着他：“你耍老子……”

许砚谈护着岑芙一步步往后退，黑色马丁靴的鞋底在地面蹭出“嗒嗒”的声音。

他人虽然是后退着的，凌厉的目光却仿佛一直在进攻。

许砚谈稍稍勾唇，声音懒洋洋的:“别老子老子的了，没你这种狗爹。”

“把人给我！”余强喊着。他身边的小弟们一步步跟着逼近，有人从背后拿出了甩棍这类打架的家伙威胁。

岑芙看见那些尖锐的东西，瞳孔一缩，五指捏紧了许砚谈的胳膊。

许砚谈说了句垃圾话挑衅对方以后，唇边的弧度瞬间消失得一干二净，眼眸里的杀气外泄:“我不管你是谁，奉劝你一句，离我的人远点儿。”

岑芙听见这句话，心跳空了一拍，蓦然抬头，望向许砚谈的侧脸。

“你的人？”余强眯起眼睛，“你刚才还说不认识！”

许砚谈歪头，耷拉着眼皮，拖腔拉调：“哦？刚才啊。”

下一秒，他侧了身把岑芙搂得更紧，额头贴着她的额角，还亲昵地蹭了两下，斜眼看向余强，笑得恶劣:“看不出来？情侣之间的小情趣罢了。”

岑芙被许砚谈这种毫不畏惧对方甚至还要飙两句垃圾话惹怒别人的行为惊呆了，不过心情却莫名放松下来。

余强忍无可忍，给其他人一个眼神：“今天老子就弄死你！”

一群人举着棍棒一拥而上。

岑芙下意识往许砚谈身后躲，吓得失声。

许砚谈单手插兜，站在她身前动都没动一下，相当淡定。

下一秒，他们身后忽然传出一阵脚步声。

岑芙回头。

“哎哎哎哎哎！”一道男声由远及近大大咧咧地传来。

她看清为首男生的脸时，心里感到一阵意外。

方奥南带着一群哥们儿浩浩荡荡走过来，巷子瞬间被挤得满满当当。

不仅是他们背后，还有一拨人从余强一行人的背后围了上来，带头人是胖猴，此刻正得意地吹着口哨。

两面夹击，把余强一众人来了个瓮中捉鳖。

岑芙眼眸一下子亮了。

是许砚谈找来的人！

“人齐了啊。”许砚谈回头看向方奥南，把手放在他肩膀上，“麻烦你了。”

方奥南一听见许砚谈说这么“客气”的话，浑身起了一层鸡皮疙瘩，道：“上次咖啡店的事我还没跟你算账呢。”

许砚谈握住岑芙的手腕，一步步带着她退出人群。

余强一看见这么一堆人，知道自己落了下风。他是认得方奥南的，骂道：“方奥南，这事跟你有什么关系！滚开！”

“哎。”方奥南把手指关节摁得“咔咔”响，带着杀意走上前，站直身体一个人快比两个人壮了，“怎么着，那是我兄弟。”

岑芙还在看他们，心脏跳得“怦怦”作响，她看向许砚谈，小声说：“没事吧，要打架吗？我们……”

“混混是喜欢打架，”许砚谈低头，在她耳边悄声说，“但又不是脑残，还能找打挨。”

“所以……”岑芙眨眼。

“所以。”

下一秒，许砚谈直接把人拦腰扛起来。

岑芙双脚离地，失声喊出：“啊！”

许砚谈圈紧她的腿窝，五指压着她的裙边，转身扛着人慢步跑起来：“所以，怕挨揍的先跑。”

岑芙哪被人用这种姿势抱过，关键这人还是许砚谈！

许砚谈硬实的肩膀硌到她的肚子，有些疼。岑芙涨红了一张脸，边捶他的后背，边断断续续地骂：“许砚谈！你快把我放下……

“放我下来……我想吐……”

十几秒后，小姑娘抗议的声音消失在巷口。

方奥南站在余强面前与他对峙，警告他："哥们儿，我劝你一句，别惹许砚谈。"

"许砚谈？"余强在这一块称霸王久了，谁也不服，啐了一口，"他算个狗屁。"

站在余强身后带着一小拨人的胖猴一听见余强骂的这一句，跟被踩了尾巴似的瞬间火了，抄起棍子照着余强后背甩去："你再给我骂一句！"

两拨人一触即发，混打成一团。

方奥南没想到会这么发展，本来打算是来撑撑场子把余强逼退的，谁知道这个傻子把胖猴惹了。

他对着其他兄弟挥挥手，示意他们赶紧报警，自己叹了口气。

唉，这本来打不起来的架……

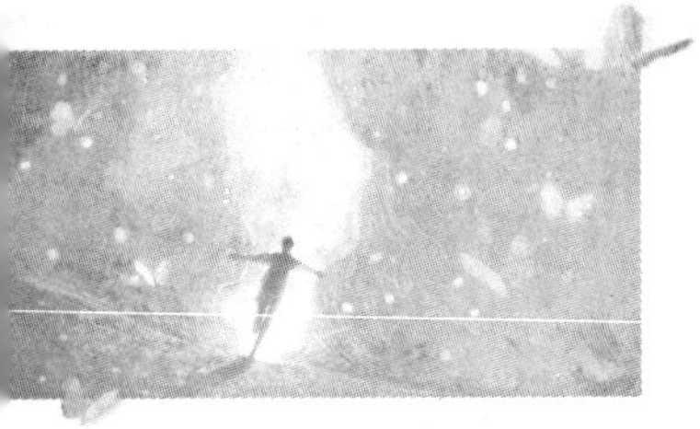

第四章

/

是你多想

H U D I E Y I S H I

“许砚谈……放我下来……”

大街上，过路人全在看他们，岑芙趴在许砚谈肩膀上尴尬得想死的心都有，捂着脸哀求。

最后，她佯装犯恶心，用手指摁着自己的喉咙：“哎哟，我想吐，我想……呕。”

还没等她吐出什么，身子一个翻倒，再眨眼，双脚已经着了地。

许砚谈掸了掸衣袖，对着她颦了下眉，有些不满：“别吐我身上。”

“谁让你扛着我走了，我又不是没腿。”岑芙摸了摸自己的肚子，被他肩膀硌得好疼。

她眼珠悄然转了转，看向街对面，说：“我去买瓶水，你等我回来。”

刚走出两步，岑芙腰上一紧，被许砚谈搂着腰拽了回去。她踉跄两步，栽进他怀里。

岑芙自己都没有发现，不知从什么时候开始，她已经习惯了与许砚谈如此亲近的距离。

岑芙扒着他的胳膊，抬头撞上他揶揄的眼神，内心的想法被直接揭穿。

“想跑？”他的眼眸那么深邃，在微冷的秋夜灼着热。

她唇瓣翕动，略有心虚：“我……我才没有。”

“该说的，说说。”许砚谈缓缓道。

“帮你可以。待会儿好好跟我说说，你是怎么爱我的。”

他指的是这个。

“呃。”岑芙瞥了一眼他们来的方向，转移话题，“现在最重要的是，我们这么走了，他们那边怎么办？真打起来会有受伤的人吧。”

“打不起来。”许砚谈笃定地说，又补了一句：“不是跟你说了，除非他们蠢。”

“你说余强他们？”她问。

他停顿一下，若有所思：“啊，原来那人叫余强。”

下一刻，许砚谈俯视她，勾唇：“岑颂宜说他是你男朋友呢。”

岑芙一愣，脸色变得有些难看：“不是，她胡说。”

他点头，不喜不怒的，更像是站在局外人角度悠哉评价：“嗯，也是，一副要把你逮着活剥生吃的架势。

“那人看见胖猴、方奥南带了那么多人来，自己不占优势，不会上赶着挨打。”

许砚谈说完，盯着岑芙的脸，暗自在心里补充了一句：除非，他偏要找死。

“那就好，帮我们的人不会受伤就好。”岑芙松了口气，一抬眼，被他审视的目光吓得一激灵。

许砚谈盯着她，许久，才冷哼一声。

他抬手，捏住岑芙柔软的后颈，就这么毫不用力地掐着人后脖子晃了晃，警告道：“废话扯够了？说说正事，嗯？”

她最不会对付这个样子的许砚谈，岑芙咽了咽喉咙，撒谎的时候慌不择路，完全没考虑到后续怎么收尾。

“我……”

“你是故意去大排档的，对吧？”许砚谈嗓音放冷，一下子有了慑人的气场。

岑芙心里暗暗叫糟。

“算计什么呢，岑芙？”他拖着尾音，用耐人寻味的语气耗磨她的性子。

许砚谈松开捏着她的手，环胸，懒散地站着，像逗弄小动物似的抛给她两个选择：“要么解释清楚为什么，要么……”他笑了笑，“说说你是怎么爱上我的，还这么……”

许砚谈一字一顿，嘲意明显：“难、以、自、拔。”

岑芙心里挣扎懊恼，这不就是给了两条死路让她选嘛。

“我……”她开口，犹豫起来。

许砚谈始终盯着岑芙，仿佛真的很在意她的答案。

“就算是那样，”逃避虽然可耻，但有用，岑芙试图把这个话题引出一个新奇的角度，“可你要和我姐‘联姻’，不是吗？”

岑芙故意露出一副痛苦的模样，眉头和嘴角同时压了下去，楚楚可怜地说：“是我妄想了，我和你不可能的。”

唉，硬着头皮说吧。

许砚谈保持着环抱胸前的姿势，手指在黑色的衣服面料上点了点。

视线中的小姑娘将一副被身份阻碍、爱而不得的神情展现得淋漓尽致，随便来个别的男人一定会上钩被骗。

“呵。”

沉默之际，许砚谈忽然轻笑一声。

岑芙一愣，抬起头。

只见许砚谈带着她熟悉的那种、只要出现在他脸上就一定没好事的坏笑，一步步向她逼近。

岑芙下意识地往后退，直到脚后跟抵上路边的花坛，退无可退。

“有件事你可能没想过。”他开口。

岑芙眼神疑惑。

许砚谈凑近她，嗓音勾着蛊惑的尾巴，不着调地继续说：“‘联姻’这种东西，既然能是姐姐。

“那就也可以是妹妹。”

岑芙瞬间瞪圆了眼，满脸充斥着惊吓。

看她这个反应，许砚谈自然就知道她的“爱”是真是假了，他语带讽刺：“噢哟，表情不错。”

岑芙这才意识到自己忘了装装样子了，匆忙心虚地眨眨眼，躲开他的注视。

又不能真的“爱他”，又不能承认自己的有意利用。哪样都行不通，岑芙最终败下阵来，老老实实地垂着头道歉：“对不起。”

收到道歉的话，许砚谈却没有感到轻松。

“对不起，对不起……”

从认识到现在，他在她这儿听到的“对不起”一只手数都不过来。

“‘对不起’是你的口头禅啊。”

岑芙一愣，视线从他流畅的下颌线划到说话时上下滚动的喉结上。

许砚谈倒是捕捉到了一个岑芙自己都没发现的点，不知什么时候开始，她已经习惯遇事就示弱，用这个来保护自己。

岑芙想了想，说：“我是真的想表达歉意啊。”

“换我我现在就不道歉。”许砚谈忽然露出一抹顽劣的笑，“我会说，老子就是要你。”

嘴唇、眼睛、眉，每一寸表情都含着浓稠的隐喻，许砚谈的眼神穿过她的眼，直接烫到心底：“是你自愿上钩。”

是他自愿上钩。

岑芙最受不了他这种眼神，故意拉长声音“嗯”了一声，然后试探地问：“那我能这么说吗？”

“不能，”许砚谈吊儿郎当地抖了下肩膀，双标的话说得理所应当，“我不爱听。”

岑芙一阵无语，白眼快翻到天上去了，小声念叨：“活该……”

活该被她利用，亏她一开始还有些愧疚。

别人稍微亏欠他一点，他就要咄咄逼人成倍地呛回来，这人根本不值得同情嘛。

许砚谈听得一清二楚，瞥了她一眼：“我可不活该？”

他抬手，抓住她后衣领子，提着人往前走：“饿了，某位爱我爱得死去活来的人请吃饭吧。”

他不是刚和岑颂宜他们吃完饭吗？

时间晚了，路灯把人行道的石板砖照得发黄，映出两人的影子。

“还是你请吧。”岑芙默默来了句。

许砚谈松开手，质疑地发出一声：“嗯？”

“钱都还你账了。”岑芙想着他可能要吃很贵的东西，自己肯定掏不出来，只好坦白说，“没钱请你。”

“可以啊。”他答应得痛快。

“你待会儿看着我吃。”

无语。

岑芙跟在许砚谈身边，盯着他宽阔的肩膀，声音软软的：“许砚谈，你还是生气了对吧？你是不是很不爽呀？

"许砚谈，要不我还是给你道个歉吧。"

许砚谈："岑芙，该话少的时候别多嘴。"

令岑芙意外的是，许砚谈带着她左拐右转的，最后在商业街的角落里找到了一家湘菜小馆。

两人进了店里，发现客人还不少。老板娘是个年纪四五十岁的阿姨，她端着两碗菜出来的时候，正好看见他们。

看见许砚谈的瞬间，老板娘就露出一个和蔼可亲的笑容："砚谈来了。"

许砚谈虽然还是垮着脸，不过颔首的动作让岑芙看出了他的尊敬。

他叫了一声"周姨"，说："路过，待会儿。"

"最近有没有好好吃饭啊？看你又瘦了。"周姨带着他们两个人往空位走，在许砚谈落座时，又拿抹布把干净的桌面擦了又擦。

岑芙一直在观察他们，总觉得许砚谈和这个阿姨关系不一般。

许砚谈轻笑一声，有些无奈地回她："我都多大了，还能饿着自己？"

"你呀。"周姨笑了一声，没再说什么，转而看向岑芙。

她看了两眼便心领神会，不多问许砚谈什么，笑着招呼他俩："先看看菜单，想好吃什么找服务员点，我亲自给你们做。"

岑芙接过菜单，点头："谢谢阿姨。"

说实话她也确实饿了，这半天都没有吃什么。不过，这顿饭不是她花钱，岑芙随便扫了两眼就合上了菜单本，眼巴巴地看着许砚谈，意思是：你花钱，你愿意给我点什么就点什么吧。

许砚谈接收到她的眼神，心想还挺自觉，也没多看，直接叫来服务员点单。

岑芙听他和服务员一道道报菜名，能判断出他点的是两人份的饭菜。

许砚谈点完菜把两本菜单还给服务员，接过热毛巾擦手，徐徐道："我还没浑到强迫饿肚子的人观看我吃饭。"

岑芙脸上干笑，心里吐槽：你还知道你浑蛋啊！

"这顿饭换我请可以。"许砚谈擦完手，把毛巾折好又随便扔到一边。

经过这一两个月的相处，岑芙已经有些了解这人的脾气，抢先把话接上："你要我做什么？"

似是没料到她这么"懂规矩"，许砚谈弯了下嘴角。

下一刻他淡下表情，对上她的眼睛："说说你和那男的的事。"

岑芙问："你说余强？"

"应该吧，就追着你满巷子跑那个。"许砚谈往后仰靠，靠着沙发椅背，"我这人不记垃圾的名字。"

她想起那段往事，有些犹豫，重复问他："你真的要听？"

他依旧不温不火的，反问："你想说吗？"

"不想。"岑芙很干脆。

许砚谈颔首，了然，沉吟半秒，笑起来继续说："那我非听不可了。"

岑芙：……这个、这个家伙！

"好吧，反正也不是什么不能说的。"岑芙败下阵来，趁上菜前这段时间把那件事的原委讲给了许砚谈听。

虽然她不知道许砚谈和岑颂宜现在进展到了哪一步，即便许砚谈有可能会拿这件事和岑颂宜通气，但她也打算如实相告，就当是她为利用他付出的代价吧。

同时，某摄像棚内。

岑颂宜之前和许砚谈从饭店出来就被经纪人叫走，临时补拍杂志内容。虽然是跑到饭店去找许砚谈，但是她没吃东西。

此刻，岑颂宜的助理正在给她整理接下来要换的衣服，她坐在那儿吃着今天的晚饭——蔬菜沙拉。

唯一一点可以果腹的东西就只有一小团金枪鱼土豆泥，为了降低晚饭热量，给的千岛酱都少得可怜。

岑颂宜嚼着没有味道的紫甘蓝菜叶，面无表情地看着远处还在拍摄其他项目的团队。

一个最近火起来的电视剧的男女主演员被请来拍摄，这会儿正热闹着。

她的眼睛是看着那边，神思却不知在咀嚼过程中飘到了哪里。

岑颂宜虽然忙，但只要一闲下来，脑海里就开始浮现出前几天在学校看见的余强的那张脸。

余强的再次出现，也给她添了烦恼。不过再怎么想，他也只会找岑芙的事，跟自己沾不上关系。时间过去了两年，她鲜会回想，如今这么一回忆，她心里反倒生出几分别扭。

她一开始也没打算把岑芙推出去。

…………

一切都要从她中意的人开始跟岑芙走得近说起。

岑颂宜没有准确的理想型，憧憬谁完全靠一种感觉。当时理科实验班的年级第一就很吸引她，长得帅，个高身宽，是众人公认的校草，在学校拥有一众爱慕者。

她借着自己要忙艺考，文化课跟不上的由头麻烦他帮自己补课。

校草是个好说话的人，加上她是半个明星的缘故，老师们也让他多帮着她，两人就开始有了交集。

然而自某天开始，她发现他的视线总是在追随某个身影——岑芙。

打听后才知道，两人相差一个年级，唯一有接触的就是在校广播站，他是岑芙的前辈。

无论是那个时候还是现在，在岑颂宜眼里，岑芙都平庸无趣到极点，跟她没法比。

岑颂宜怎么可能看不出校草看向岑芙时那眼里的温柔情绪是什么成分，之后，他亲口跟她说，答应帮忙补课也正是因为她是岑芙的姐姐。

她只觉得荒唐可笑。

她岑颂宜，反倒是借了岑芙的光才能得以和中意的人接触吗?

岑芙凭什么!

事情发生得非常碰巧，就在她含着这口恶气出不去的时候，学校附近出了名的混混头子余强看上了她。

岑颂宜是童星出身，从小到大零零碎碎地接戏、拍杂志，积累了不少粉丝，备战艺考阶段也会被一些媒体和粉丝群体关注。如果这个时候她出现任何不好的绯闻，那影响会有多大她都无法预估。

余强缠上谁都可以——只要不是她就行。

所以在和余强周旋的时候，她把对岑芙的那股恶气，全变着法地发泄出去。

这时，在周姨的湘菜馆内，岑芙还在回忆往事。

高二那年，余强突然出现在岑芙的世界里，他指名道姓地找学校的同学打听她，恨不得让所有人都知道他盯上了岑芙。

岑芙对余强了解不多，但听过不少关于他或真或假的传闻，看见他那副浑了吧唧的模样就发怵。

那一阵子岑芙怕极了，每天最抵触的就是上下学要走的那段路。

她之前见过岑颂宜和余强在学校附近交谈，还有些暧昧，完全不知道为什么余强会突然缠上她。

“我就只能躲着他，本以为随着时间过去应该会好。”说到这儿，岑芙忽然停顿住了。她低着头，双手放在腿上，手指交缠在一起，指甲嵌进指腹泛白的肉里，按压出了红色的痕迹。

岑芙的神色极其淡然，可不自觉下压的眉头出卖了她的真实情绪。

许砚谈坐在她对面，睨着她这副神色。气氛几乎凝固，他却没有吭声。他知道接下来的内容她不愿意说了，但他没催促，也没叫停，任由她自己选择。

“有一天，岑颂宜突然让我放学后去学校旁边的街心公园。”岑芙顿了很久，才缓缓开口继续，“她说要我帮她拍一个东西，很着急。我就答应了。”

但岑芙没想到，她没等来岑颂宜，等来的是余强。

岑颂宜竟然跟余强说岑芙暗恋他很久，所以来牵线搭桥。

余强步步逼近，把岑芙堵在小树林里。岑芙一个劲地道歉否认，殊不知这副惊慌的样子反而引发了余强更强烈的占有欲。

本来他没能追到岑颂宜有些意兴阑珊，可是见到岑芙第一面以后直接来了意思，所以一直跟着她，想给她主动接近自己的机会，谁知道岑芙却一直躲着他。

哪怕余强知道或许岑芙没有暗恋他，也就着这个由头毫不顾忌地要流氓，坐实岑芙就是喜欢自己。

“你姐说了，我对你做什么你都愿意。

“岑芙，我是真喜欢你，跟了我吧。

“你要什么我都给你。

“你身上抹了什么，怎么这么香……”

岑芙现在还记得余强那双手摸到自己身体上的感觉，犹如被毒蛇缠身。她断了话语，忍不住打了个哆嗦，但还是硬着头皮继续。

余强把她摁在树上，校服外套的拉链在争执之间被他扯坏。岑芙疯了一样求救，却被捂住了嘴。

就在岑芙绝望的时候，年级主任恰好路过。

在办公室里，岑芙和余强完全不同的说辞让老师蒙了。

岑芙强调是余强强迫自己，可余强却说他们在谈恋爱。

她拒绝承认早恋并且坚持要报警，惊动了家长和民警。

岑芙还记得妈妈进了教导处，看见她后那火冒三丈、恨铁不成钢的眼神。

她感觉委屈，只能低下头避开。

她把话重复了一遍，克制着嗓音里的颤抖，尽量保持冷静：

“我没有早恋。

“他对我动手动脚，他强迫我。

“跟他恋爱的根本不是我，是岑颂宜。

“是我姐姐在说谎，是她让余强干这些事的。”

她记得很清楚。

岑颂宜抵达教务处的时候，那一脸茫然的表情，真是演技精湛：“谁？余强？我不认识啊。”

下一刻。

“你个坏心眼的！”何芳华揪着岑芙的耳朵，气不打一处来，当着那么多大人和同学的面怒骂她，“早恋还不够丢人吗？还泼脏水给你姐！你良心被狗吃了！

“你姐现在正是关键时期！你这么给她造谣！你不想活了！

“我当初就不该生你！你个只会给我丢脸的东西！”

老师把发疯似的何芳华拦住，岑芙的头发被妈妈的手指戳乱。散乱的发丝挡住了她的视线，她终于绷不住，掉了眼泪。

公园那处地方没有摄像头，没有人相信她，岑颂宜和余强是串通好的。

她没有任何办法，只能眼睁睁地看着自己的亲姐姐把自己推给混混纠缠欺辱，看着自己的亲妈面对有可能遭受欺负的小女儿，完全偏袒相信了大女儿的一面之词。

她对原生家庭所剩无几的感情，也许是在那一瞬间消失的。

之后，岑芙和余强的传闻在学校里越传越厉害，她都不知道自己是怎么熬过剩下的一年高中生活的。

因为闹大了，警察也开始警觉，余强直接离开崇京避风头。

他离开崇京的前一天晚上，岑芙防不胜防地被他截在半路。在昏暗潮湿的巷子里，她的脖子被余强掐着，呼吸一寸寸变得微弱。

也是那个时候她得知，岑颂宜给了余强一笔钱，让他保守认识岑颂宜的秘密，咬死和岑芙的恋爱关系。

“你姐说了，像你这样的，被我弄死也没人管。”

他恶毒肮脏的语言犹在耳畔，岑芙不明白，亲姐姐为什么会恨她到这种地步。

她勉强睁开眼睛，忽然露出一抹淡漠的笑。

“是，我是没人管。

“但是我敢死，你敢吗？”

绝望之际，她从背包里抽出一个尖锐的东西，反握住，刺向他的手。

余强眼疾手快，迅速放手，红了眼把她踹倒在地，又踢到她的手腕上，让利器脱落在地。

“老子今天就弄死你。”他从地上把利器捡起。

岑芙倒在地上，麻木地瞪着他，只剩一腔孤勇。

如果不是一个男生及时出现在附近，她无法想象自己如今还能不能坐在这里。

余强逃跑之前留给岑芙一句话，成了她未来两年梦魇的根源。

“你这辈子都完了，岑芙。

“我一定会回来的，等着。”

她明明大一结束就要离开这座城市了，可没想到余强此时回了崇京。

把所有事都说完，岑芙重重地松了口气，一直僵硬的肩膀塌了下去。

“我说完了，你……”岑芙说着抬头，瞬间愣住。

此刻视线之内，她的正对面，许砚谈一双半耷的丹凤眼深邃，幽暗到吓人。

岑芙没见过许砚谈这样的眼神，以往无论遇到什么，他总是优哉游哉的，抑或是满含揶揄嘲讽的。

此刻他靠坐在沙发里，双手插在外套的兜里，长腿大大咧咧地敞着。

明明是这么慵懒的姿势，可是那眼神阴鸷得好似能隔空扼杀他看不惯的一切。

岑芙的唇还微张着，如扇的睫毛扇动了一下，因为不堪回首的往事不断下沉的心冷不丁被他撼动。

世界腾空了一秒。

许砚谈缓缓开口，嗓音低沉：“岑芙，别哭。”

岑芙猛地抬手，摸到自己眼角，有些湿润，这才发现，自己在讲述过程中不知不觉间落了泪。

那段回忆对她来说，有多么可怕，可怕到再次讲述时她身体都会自觉给出悲伤与惊悚的反应。

“我、我……”岑芙低下头，表情淡得似乎不是在讲她的亲身经历，执拗地说，“我不哭……”

我不哭，不哭。

说着说着，岑芙心里的某根弦骤然断裂。她忍不住噘起唇瓣，豆大的眼泪伴随着发抖的肩头开始不止地掉。

积压整整两年的恐惧，在此刻全部发泄出来。

岑芙用手背匆忙地擦眼泪，不想在他面前丢人。

一小包饭店纸巾被扔过来，在半空中划过一道弧线，砸在岑芙手臂上，最后落在她怀里。

岑芙握着这包还未开封的纸巾，视线不断模糊重叠，滚烫的泪珠掉在纸巾的包装上。

下一刻，她听见他说：“别哭，把饭吃饱了。

“踏实睡一觉。

“然后等着。

晴朗的下午，阳光穿过树叶筛到地面上，画出光斑。

落叶洒了一地，路过的学生踩在枯叶上，发出清脆的声响。

纤纤背着单肩包不管不顾地从外面飞奔进教学楼，中途差点撞上几个打闹的男同学。

正好赶上下课的时间，一楼靠近电梯间和大门的地方人群拥挤，纤纤穿梭在人流中，嗓门洪亮：“不好意思，借过！”

她绕过密密麻麻的人，钻进一楼的咖啡自习间，可算是透了口气。

纤纤眼睛扫了一圈，最终定格在远处一张小圆桌上。几个学生围坐在那里，电脑和一些纸张摆在桌面上，岑芙坐在他们边上，正在认真听同学说话。

岑芙最近正在和同学以及几个学姐学长忙一个和崇京市青年团合作的普法视频活动。

“静园前面的花坛多合适啊，趁着这会儿还有花开着。”一个学姐坚持已见。

另一个学长还是不同意："哎哟大姐，你看看老师说的，拍摄地点必须选能突出崇大的，你选的这破花坛哪个学校没有啊。"

岑芙和其他几个大一的同学哪敢说话，默默翻着资料听他们辩论。

"岑——芙——"纤纤站在远处小声叫她。

她手里还拿着材料，闻声抬头找了一圈，最后和纤纤对上视线。

纤纤表情显得有些急切，冲她招了招手。

岑芙看着学姐学长这边暂时讨论不出什么结果，悄悄放下东西溜了出去。

"怎么啦？"她走过去，被纤纤拉着手带出了自习室，一脸茫然。

自习室的外面，靠近电梯，有一片挨着落地窗的小空地，立着几台自动售货机。

纤纤把岑芙带出来，跟她说："余强完蛋了，你知道不？"

自上次商场事件以后，岑芙就抽空把余强的事跟纤纤说了。纤纤人脉网广，所以这阵子一直在帮岑芙打听和盯着余强。

纤纤这话一出，岑芙说不惊讶是假的。

那天和许砚谈分开以后，两人就没再联系过，风平浪静的每一天都让岑芙无时无刻不在想他。

想他当时在湘菜小馆跟她说的那几句话。

"他……怎么了？"

"我还要问你呢，你不知道？"纤纤凑近她，"他好像惹了许砚谈。"

原本滞停的心跳在听到那个人名后陡然起伏。

"许砚谈跟余强发生争执打起来了。有人见着许砚谈脸上都挂彩了，不过余强伤得更重。"纤纤语气夸张，"这两个人压根联系不到一起呀，所以我就想是不是因为你。许砚谈知道你和余强的事吗？"

——"别哭，把饭吃饱了。"

——"踏实睡一觉。"

——"然后等着。"

那天晚上许砚谈的话此刻回荡在岑芙耳畔，她扶着落地窗前的栏杆，眼神有些空洞。

许砚谈受伤了？

“这还没完呢，后面的事儿更大快人心。”纤纤继续说自己打听到的，“架是昨天晚上打的，人是今天上午被抓的。”

岑芙瞬间抬头，声音都提高了：“谁被抓了？”

纤纤无奈，瞧见岑芙这副担心的模样，赶紧解释：“放心，是余强被抓了，躺在医院直接被抓的。”

“听说是因为组织赌博，开地下赌场，涉事金额不小呢。”她摸着下巴，若有所思，“余强在别的城市偷偷做这事没被发现，来了这儿一下子就被告发了，而且证据确凿。”

“你把这两件事放在一起想。”纤纤看着岑芙，露出皱眉的表情，“不觉得后背有点发凉了吗？”

这确实有些细思极恐，可岑芙是多少了解许砚谈的人。两件事撞得这么凑巧，一看就是他的手笔。

太有许砚谈的做事风格，用最正义的方式，解决掉惹到他的人。

可是……如果真的是为她解决余强……

岑芙下压眉头，开始不懂了。

许砚谈只要去揭发余强的犯罪事实就足够，完全没必要打架。

他明明是那种做事不脏自己手的人。

余强被警察控制，她已经没有了任何危险，可岑芙听完一点也不轻松，心像是被什么压着一样，反反复复的，只有许砚谈被打伤这一个信息在叫嚣。

晚上。

香草和橡木香气交织缠绵，琥珀色的轻泥煤味威士忌在剔透的矮杯里摇晃，许砚谈抿了口酒，突出的喉结微微滚动。片刻之后，威士忌尾调的醇厚扑鼻而来，在味蕾中编织出一种奇异的平衡。

酒吧私人包间里，他所坐的开放式吧台正对面铺着一块投影幕布，正在播放颇有年代感的电影。

他垂着眸子在看，细密的眼睫遮住了近半情绪。胖猴坐在他旁边，凑近打量着他侧脸上的一块擦伤，“啧啧”出声：“瞧瞧，瞧瞧。”

许砚谈偏头，无声地瞥他。

“哥们儿，我可有些年头没看见过你揍人了。”胖猴贼笑，逮着个机会就使劲嘲讽，“不知道的以为你金盆洗手了呢。

"不该啊，他又没什么能耐，你这伤受得蹊跷。

"你啥情况，那人怎么惹你了？"

胖猴说着突然想起那天被许砚谈护在身后的岑芙，一拍脑门，满脸震惊："大哥！你不会吧……"

许砚谈被胖猴这一嗓子吵得耳膜震荡，手指抚摸着琉璃杯壁的动作不耐烦地停住，轻飘飘地甩了句："狗叫什么。"

"畜生啊，许砚谈。"胖猴指着许砚谈，想起那天这人扛着人家妹妹拔腿就跑的场景，"那不是颂宜美女的妹妹吗？你这么贪婪啊！姐妹俩你都……"

话没说完，胖猴的嘴就被许砚谈甩过来的一记眼刀封住了。

许砚谈冲门口的方向歪了歪头，漫不经心道："再说屁话就给我滚到外面去。"

胖猴傻眼了，瘫坐在椅子上："你什么时候看上的……不对啊，明明姐姐更漂亮，你什么眼光啊？"

电影中的男女主角正在雨幕里深情对望，诉说着彼此的情意。

许砚谈摆着毫无情绪的脸，敛着视线出神。

灯光照在他轮廓立体的侧脸上。

在那张完美无瑕的脸上，红色的擦伤略显突兀，却也为他增添了些许野性，宛如一只为所有物撕斗搏杀的狼。

一阵风拂过。

许砚谈突然抬眸，看向包间的门口，只见一抹倩影闪过。他起身走过去，走廊上却空无一人。

许砚谈低头，视线定格在门把手上挂着的塑料袋上。

他拎起那袋子，瞧见里面的东西——消毒水、棉签、创可贴、纱布……

全是处理外伤常用的药品。

格格不入的是袋子里的那包糖。

胖猴灌了口啤酒，歪头看向杵在门口迟迟没有回来的许砚谈。

只见他低着头站在门口，背影挺拔，单手拎着一个小塑料袋，另一只手拿出手机像是在打字。

不知是不是他的错觉，胖猴好像看见许砚谈笑了。很短暂的一笑，与平时憋着坏劲儿的那种笑不太一样，散发出一股愉悦的气息。

胖猴惊愕得差点没端稳酒杯，也正是这一幕，让他回想起昨天晚上。

他太久没见过许砚谈那么发疯似的打架了。

余强身边的人都被他们撂倒，而许砚谈却有意不让任何人掺和他和余强。

之后，余强被许砚谈踹倒在地，喘着粗气，怒瞪着许砚谈。

许砚谈低头，瞧着自己有些擦破的关节，一步步缓缓走上前，眉眼阴沉狠戾，像是即将降落审判的阎罗。

他蹲下身，在自己破了皮的手背上，轻飘飘地吹了口气，漫不经心地开口："岑芙，你这辈子都完了——这话，你说的是吧？"

下一秒，许砚谈抬眼，眸光带着刀子似的，嗤笑一声："我听听，你想弄谁啊？"

余强是知道些情况的，尤其是特别打听了许砚谈这个人。他捂着胸口，克制着对许砚谈的恐惧："你，我知道你……你是岑颂宜的男朋友。

"岑芙就是个贱人，当年就是她勾引我！她来来回回就知道钓自己亲姐的男人。"

余强见许砚谈没有说话，变本加厉地咆哮："你还看不出来！她利用你！这你忍得了！"

就是在那个时候，许砚谈伸手，攥着余强的领口，一把将人从地上扯起来。他手背上的青筋暴起，爆发出令人恐怖的力量感。

"是吗，她利用我啊……"他语气淡漠，盯着余强的眼神杀意不减。

胖猴站在许砚谈的侧后方，如果不是他亲耳所听，绝对不敢相信。

许砚谈勾起了眼尾，脸上的伤口渗出了鲜血，无奈的话却用足够狂妄的语气说："我心甘情愿，你管得着吗？"

酒吧包间的门被关上，许砚谈拎着那袋子药出了房间，关门的声音也打断了胖猴的回忆。

他盯着门口的方向，诧异十足，虽然是混在一起多年的兄弟，但还是有些难以理解。

这家伙，还故意伤到脸，就为了跟人家小姑娘装可怜吧。

这大名鼎鼎的许砚谈，真就这么栽了？不能吧……

当意识到自己做了什么的时候，岑芙已经站在了酒吧的门口，而手里是买好的药。

自从听说许砚谈因为余强受了伤，岑芙就一直心不在焉，根本无法专心做事。

万一，万一真的是因为她呢。

万一，那人不管不顾不记得处理伤口呢。

所以，她结束了所有课就跑到外面去买药，又托纤纤打听许砚谈的去向。

当她站在包厢门口，隔着门板听到了几句。

“那不是颂宜美女的妹妹吗！你这么贪婪啊！姐妹俩你都……”

岑芙想，她应该不太合适进去了，而且本来莫名其妙去给他买药就很奇怪，不是明明决定……要跟他保持距离吗？

所以她只把买来的东西挂在了门口，这样他估计也不知道是谁买的，然后没有犹豫地转身离去，算是用这些来填补内心难以平复的愧疚。

岑芙刚上公交车，兜里的手机就传来振动。她拿出来一看，许砚谈发了语音信息过来。

讨厌说话：“管给买，不管给抹啊？”

公交车里，机械女声正在报站。

身体随着惯性前倾时，她的心跳因为这条微信恍然踩空。

岑芙忘记了掩饰，惊愕地发消息回问：你怎么知道是我？

她发完消息，过了半分钟，对方才慢悠悠地发过来一条视频。

岑芙点进去，是他用手指勾着塑料袋的画面。

许砚谈右手的食指勾着袋子，转着，给岑芙展示了一下她的包装系扣方式，低沉的嗓音带着几分揶揄：“除了你，谁还会这么系袋啊？”

岑芙后知后觉。因为她在上一家咖啡店兼职时间久了，平时负责打包外卖的咖啡，为了保证密封，所有的塑料包装袋她都会把两个提手绑在一起，留一个可以用手指头勾住的圆环，有点像被揪在一块的两只兔耳朵。

她没有想到，许砚谈竟然在那么短短几次的接触里就记住了她系袋子的习惯。

就在岑芙还没有消化完这点的时候，对方直接打了个电话过来。

讨厌说话的通话请求弹出屏幕，伴随着振动声，瞬间吓了她一跳。

岑芙喉咙突然发干，心跳也“怦怦怦”地往上如涨潮一样涌到了嗓子眼。

公交车发动，岑芙握着手机往后仰，后背撞上座椅的椅背。窗外的街景开始移动，时间正在流转。

她犹豫再三，还是接通了电话，放在耳畔。

公交车里略显嘈杂的声音无法让她隐藏自己的故意沉默，许砚谈也没有等她开口，声音不紧不慢地传过来，揶揄意味十足："为什么给我买药？"

为什么？

明明是两人都心知肚明的事，他偏要装傻借此来笑话她。

明明她紧闭着嘴巴，连呼吸都放轻了，可是岑芙还是觉得他依旧能捕捉到自己紧张又害臊的情绪。

多么奇怪。

许砚谈又继续道："怎么知道我受伤的，嗯？"他步步逼近，偏要听到自己想听的答案，"心疼我了？"

岑芙望向窗外，直接转移了话题："余强进去了，你要我等的是这个吗？他非法赌博，是你查出来的吗？"

想说的话一问出口，就收不住地一个劲吐出，岑芙继续问："还有，你为什么要和他打架？"

这次，沉默的人身份对调。

许砚谈并没有立刻回答她，隔了一会儿才带上点儿赖皮劲来了句："哟，还挺关注我。"

"不、不要转移话题。"他那沙沙的烟嗓贴在自己耳边，听得岑芙耳根连着脖子都发麻了，忍不住说话打了磕巴。

她抓住这话题不放："我问你……"

岑芙是想要知道答案，可此时此刻，她也不知道自己问的究竟是许砚谈，还是问她自己。如果真的得到了令她棘手的答案，她又该如何回应。可是冲动比理智要快太多，岑芙还没考虑好，嘴巴就已经给出了决断。

"是不是……因为我？"

会所走廊尽头的窗边。

周围氛围安静，交响乐隔着门板偶尔飘散出来，袋子里的药被搁在窗台上，塑料袋被人打开，药品崭新，唯独糖果袋已经被撕开。

垃圾桶顶端弹烟灰的凹槽里，格格不入地躺着一枚撕开的糖果包装纸。水果味的硬糖在口腔里融化，顶起他一侧的腮颊，随着说话的动作，硬糖和牙齿碰出清脆的声音。

电话那边，小姑娘柔柔腻腻的嗓音伴随着公交车的报站声催促而来。

“许砚谈，你……”

许砚谈长身鹤立，单手插兜，保持着往常吊儿郎当的臭脸，方才揶揄她的口吻早已逃逸无踪。

别扭，鲜见地出现在他的脸上。

“岑芙，你话怎么这么多？”

那晚，她靠在他怀里吓得浑身发抖，为了摆脱余强，连爱他这种鬼话都敢大着胆子说出来。

“别问了。”许砚谈合上眼，稍稍仰起脖子，说话间喉结上下滚动。

他在按捺他不肯承认的事实。

许砚谈用浑不论的含糊语气，继续伪装：“你不是知道我是什么人吗？”

他怎么会为无关紧要的人亲自动手。

他许砚谈这么一个人。

怎么会为一个女生，这么不计后果地大动干戈。

所以，岑芙。

是你多想了。

下了公交车，一路走到小区门口，岑芙脑子里都是刚才和许砚谈打电话的内容。

那个话题，自然而然地停在了“你不是知道我是什么人吗”那一句。

没有承认，也没有否认，留她一个人胡思乱想。不过岑芙明白，她心里已经有了偏向的答案。

电话挂断前，她记得许砚谈问她。

“还给我买糖吗？”

他的声音有些含含糊糊的，断断续续间，她能听见糖果和牙齿碰撞的声音。

他在吃她买的水果糖。

“受伤……很疼吧？”岑芙垂下眼睫，放纵了克制，温声道，“上药疼的话，吃糖会不会好一点？”

手机听筒被手摁着紧贴耳郭，她能听到许砚谈的很轻的呼吸声。

良久。

“嗯。”许砚谈笑了声，再开口又是那般野腔无调，暗有所指，尾音勾缠，“甜着呢。”

岑芙心头忽热，半边身子都被他这句调戏弄得麻了。之后她臊得直接挂了电话，不算得体，他在那边绝对要笑话自己。

岑芙盯着屏幕上显示的两人通话时间，往单元楼门走去，红着脸把通话记录删掉。

电梯门打开，她踏入一抬头，看见了镜子里挂着一脸笑的自己。

岑芙僵住，被自己无意间的愉悦惊愕到了，立马转身背对镜子，按下楼层键。她强制着把嘴角的弧度压下去，在心里唾弃了自己好几句。

岑芙，你不能这么没用。

绝对不可以上了他的钩。

岑芙一进家门，扫视一圈屋内的同时瞬间皱紧了眉。

鞋柜、茶几上摆着与家庭气氛格格不入的招财摆件，某些特殊位置的地方还贴着符咒类的东西。

何芳华戴着一双白手套，正在擦拭她的玉石手串，见岑芙回来了，瞥了一眼没搭理。

岑芙忽然有些不祥的预感，她换了鞋往自己房间走去，刚走到门口就被面前的场景吓了一跳。

自己的房门上也贴着那些乱七八糟的东西，她推门一看，胸口起伏顿时猛烈起来。

大冷天的，自己的房间大敞着所有窗户，墙壁上也贴了些抄着奇怪经文的符咒，黄色的纸条和红色的字搭配在一起令人瘆得慌。桌子上还放了一个看不出是什么动物的玉石摆件，张着血盆大口，瞪着眼。玉石摆件正对着她床的位置，她一睁眼就会看见。

岑芙连背包都没放下就转身冲出屋，质问道：“妈妈，为什么要放那些东西在我房间里？我晚上睡觉会害怕，您能不能拿走？”

“哎呀！有什么可害怕的，呸呸呸！”何芳华瞪了她一眼，“那都是我请来的！最近你爸和我这不顺那不顺的，不知道为什么啊！

“这破房子气运太差，晦气死了。大师来一趟不容易，我看你敢动那些东西试试！

“生了你这么个五行克全家的……”何芳华扭过头，继续擦拭自己的招财宝物，嘴上嘟囔不停，“你要不是我亲生的……早把你赶出去了……”

岑芙从小就害怕那些装神弄鬼的东西，一想到自己卧室那个样子，急得快哭了，倍感无力：“妈，那些都不科学，您不要信……”

话没说完，何芳华就一记眼刀飞过来，岑芙瞬间把嘴巴闭上了。

“什么科不科学！你不懂就闭嘴，就知道给我败坏福气的东西。

“你爸来崇京发展一夜暴富，你姐当童星发财成名，那不全是大师当年给算出来的？没有人家，能有你现在这么舒服的日子？”

这些话犹如夺命藤蔓，一分一寸地禁锢她的呼吸。

岑芙垂在身侧的手缓缓攥起，默默转身，进了卧室。

深夜了。

卧室里只开着一盏台灯，岑芙缩成一团窝在床上。

周围乱七八糟的迷信摆件因为偏暗的光更显得怪异，她抱紧自己，努力克服心里的恐惧。

放在一旁的手机刚刚熄屏，熄屏前停留在和许砚谈的聊天框界面。

她找不到任何可以驱赶恐惧的东西，唯独想到和他说的那些话，想到他站在自己面前的各种模样。他那双护着自己的手，他逮着话题就嘲笑自己的表情，还有他那些漫不经心却足够撩动她心弦的话……

想着这些，心奇异地可以得到片刻安宁。

这些东西不是第一次出现在岑芙的身边，从小到大，隔一阵子妈妈就要闹一次。

小的时候，岑颂宜身体有一阵子不太好，妈妈也是请了大师到家里看风水。

结果是被视为“命克”姐姐运命的她被关在全是这些乱七八糟的东西的房间里，不许吃饭，唯一能进食的东西是符条烧成灰泡的水。

足足三天三夜。

为了岑颂宜的一生顺遂，她的妈妈不管不顾要拿那些莫名的东西“克制”她，美其名曰是平衡相性。

岑芙还记得那些挂画上的牛鬼蛇神，记得满窗户满门的符咒贴条，记得那些眼睛、嘴、手掌正对着自己的怪物摆件，还有夜里反光的奇怪镜子……

大师曾经说过，父亲在三十七岁这年去到崇京发展事业必能发家致富，之后父亲带着一家人从榆安搬到崇京，生意越做越大。

大师曾经说过，岑颂宜五岁有一良机，指向她未来大富大贵的一生，之后她在五岁那年参演了一部大热的电影，成为童星。

大师曾经在妈妈怀二胎的时候看过，说如果是个男孩，肯定是个能帮助岑颂宜骨髓配型的男孩，后来却生下了她，作为女孩毫无用处又五行克家人的她。

所以在母亲眼里，她就是横空出世阻碍他们一家人富贵的劫难。

母亲的迷信，大师的话，就如吹不散的阴霾笼罩了岑芙将近二十年的人生。

不该是她，如果出生的不是她就好了……

“刺啦——刺啦——”

卧室门板突然传出声音，吓得岑芙一哆嗦。

她裹紧了自己，脚尖着地，蹑手蹑脚地靠近门口。

门板上的纸张被撕扯的声音依旧在响动，岑芙小心翼翼地打开卧室门，视线从缝隙中看到了父亲的脸。

岑康发身上的西装还没换掉，脸上露出疲惫，弓着腰，用手指在抠贴在她房门上的符条。

岑芙一愣，小声开口：“……爸爸？”

“吵醒你了？”岑康发看见女儿，压着声音问，顺势把抠下来的符条折起来塞进兜里。

她看着父亲这个举措，原本已经平静的心情再度掀起波澜。岑芙有些为难，提醒他：“爸爸，这些是妈妈请的，您还是别随便撕掉吧，不然她会生气。”

“没事，我跟她说，大不了就是挨一顿数落。”岑康发看了女儿一眼，侧身进了女儿的卧室，把她桌子上那些乱七八糟的迷信摆件都收起来了。

“姑娘家家，哪有在卧室摆这些的……”

岑芙看着他这番动作，一时间不知道该说什么，只觉得眼热。

“你妈也是想咱们一家都好，别难受。”岑康发拍了拍她的后背，示意她，“来，帮爸爸一块，把这些都撕下来。”

岑芙低下头，把泪意憋了回去，使劲“嗯”了一声。

父女俩在卧室里小心翼翼地把所有的“神通广大”都塞入囊中。

翌日傍晚。

如果最后不是爷爷亲自打电话，许砚谈估计还会接着用各种理由拖着不肯回去。

一个叔叔，一个爷爷，许砚谈是真拗不过，拿他们没办法。

老爷子那么大岁数，他要不依着，谁知道会不会给气出个好歹。

许家老宅在近郊，许家买下了金山别墅区这一片最好的地界，构建了一座专门给许家两位老人养老和后辈休养度假的中式庄园。

许砚谈难得回来，整个后厨都忙活起来，准备做大餐给他们家这位金贵的大少爷享用。

今天恰好是周末，许砚谈的爷爷把他叔叔和他姑姑都叫了回来。

许砚谈姑姑的儿子刚十二岁，这会儿正跟许砚谈待在客厅。

叔叔和爷爷在楼上谈事情，他也是回来才发现自己大一大二的那些专业书都被人翻出来放在客厅当茶余饭后的读物了。

许砚谈随便抽出一本，瞧了一眼——《民法总论》。

他轻嗤一声，把书扔回去，拿法学概论书当茶余饭后的读物，论变态还得是自己家人。

小表弟许向臻趴在他旁边的沙发上，坐没坐相，抱着本《中华人民共和国刑法》看得津津有味。

许砚谈探身，给自己斟了杯清茶，端着小瓷茶杯，抿着甘甜的茶水，眉眼沉顺，回到许家的他与在外的时候俨然不同，收敛了往常的散漫慵懒，行坐端正，周身散发着矜贵疏离的气质。

“哥，我有个问题。”许向臻捧着《刑法》，天真又激动，“我现在未满十四岁，明天要是去抢银行是不是不用坐牢？”

“是不用。”许砚谈放下茶杯，连个眼神都没施舍给他，撂了句，“但我会把你的头打爆。”

许向臻翻开《刑法》护头，吓得哆嗦，大叫：“我也懂法！哥你这叫家暴！”

许砚谈偏头看了他一眼，挑眉道：“我这叫为民除害。”

许向臻把书放下，掏出自己的游戏机：“可怕，我还是玩我的游戏吧。”

“你妈呢？”他问许向臻。

姑姑许竺有自己经营的公司，不过喜欢当甩手掌柜，活都交给团队去做，经常世界各地旅游。姑父更别提了，整天神神道道的，许砚谈最烦那人，所以一般都不主动提他。

“哦，她打牌去了。”许向臻看了一眼自己的儿童手表，继续打游戏机，“刚说在路上，马上到。”

“谁这么想我呀？说我什么了？”

正说着，一道嘹亮的女声从别墅外面飘进来。

许砚谈一听见姑姑的大嗓门就头疼，叹了口气，继续给自己续茶，慢悠悠地来了句：“许竺女士，你儿子明天要去抢银行。”

许竺把自己的丝巾摘下来和皮包一同交给保姆，踩着高跟鞋走到客厅这边，坐在沙发侧边扶手，一把搂住自己儿子，拍拍他脑袋：“傻儿子，有没有点出息。

“去你外公的书房随便翻翻都比银行肥。”她跟自己儿子挤挤眼，“挑个日子，我给你把门。”

许向臻得到亲妈鼓励，激动起来了：“好啊好啊。”

许砚谈坐在一边，不着痕迹地扯了扯唇线。

服了，就这家庭教育，能教出什么好货。

许竺过去坐在许砚谈身边，放松地呼了口气，碰碰他胳膊：“给你小姑我倒杯茶，渴了，那帮富太太真能侃。”

她喝完茶，十分嘚瑟：“不过钱赢得挺爽。”

许砚谈这时候偏头，和许竺的视线隔空对上。姑侄俩淡然的目光有一瞬间的交流，意味不明。

“说起打牌，那岑太太可真是瘾大。”许竺浅笑，挥挥手，“听说只要有局她一定来，而且越输越不下桌，你说说这人，也是较劲。”

许砚谈漫不经心地搭话，语气有些不屑：“不过是消遣，能玩多大？”

“嘿哟，你可不知道，那些女人的胃口可不小。”许竺摇摇头，不以为然。

她向后靠在沙发椅背上，放松了整个脊背，舒服得喟叹一句。

“听说岑家最近生意不太好。这种暴发户就是这样，稍微不顺就动摇根基。本来生意就难做，自己老婆还天天往外输钱，这岑老板有得操心了。”

许砚谈双眼盯着远处液晶电视屏幕上的节目，单手掂着个红富士苹果。苹果一上一下在他掌心跳跃，细冷的果皮逐渐染上了温热的体温。

许竺闭着眼休息，忽然想到什么，睁开眼说：“说到那家子人，岑太太是不是有个小女儿来着……”

苹果旋转，直上直下在半空中划过一道线，最后精准落在许砚谈手里。

许砚谈回头，瞥了她一眼。

许竺的神色变了变，倒不是因为她认识岑芙，而是对何芳华那人略有耳闻。

“那孩子也挺苦，摊上那么一个偏心眼的妈。”

一些画面在许砚谈脑子里过了一遍。许砚谈微微皱了皱眉头：“什么意思？”

许竺看着自己的侄子，有些意外，这小子什么时候对别人家的八卦感兴趣了。

“哎哟，那岑夫人可迷信得要死。大概是算到小女儿八字跟自己犯冲，加上当年产后抑郁……魔怔了似的，从自己身上掉下来的肉自己都不疼。”

许竺摆摆手，这种话题说着没劲，本来打算不提了，又突然回忆起了一件事，不知怎的露出一抹微笑：“记得那孩子都快会说话的岁数了，还没个名字呢。”

许砚谈无聊地用手指转苹果玩的动作一顿：“您怎么这么清楚？”

那会儿岑家人可还没和他叔叔搭上关系。

许竺说起这个来了兴趣，对他莞尔一笑：“你说巧不巧，他们家小女儿的名字，还是你姑父给起的呢。”

晚上九点半，跟家里人吃完饭后，许砚谈没留下过夜，走到后面的停车场开自己的车准备回城中公寓。

“好不容易回来一趟，真不去看看你爸？”

临走时叔叔的问话在许砚谈耳边重复了一遍。

拇指按下车钥匙解锁的触控，黑色的奔驰大 G 闪烁车灯。许砚谈握上车门把手的那一刻停了下，回头。

在黑夜里，深棕色的瞳孔被染成深邃的墨色，他生冷的视线投向远处靠边的那栋独立别墅。

二楼最西侧的房间亮着灯光，经过距离和夜晚的削弱，显得十分微弱。

只寥寥瞥了一眼，许砚谈便面无表情地收回视线，如劲松般的背影莫名有几分孤寂。

抛开杂乱无章的思绪，他回想饭前和叔叔的那段对话，右手伸进大衣的兜里，去摸索手机。

“听说，你最近和岑先生的小女儿走得很近。那孩子叫岑芙是吧？”

许砚谈解锁屏幕，手机的光亮打在他挺直的鼻梁上。

“我不喜欢被人监视的感觉，就算您是我叔也不例外。”

手指在列表里滑动，找到了目标，他点进和岑芙的微信聊天框。

三天了，一句话也没有。

小姑娘，架子够大。

“遇到了喜欢的人，说明你长大了，砚谈。

“不过……我想你爷爷那边大概会有些不乐意。他可能是唯一不希望你动真感情的人。”

许砚谈毫不犹豫地拨通了电话，单手捏着手机，贴到耳郭。

“嘟——嘟——”

“喂？”小姑娘柔柔软软的嗓音传来。

天气冷了，许砚谈靠着车门，将另一只手插进兜里暖和。他稍稍仰起头，将满天的碎星攫入眼底，喉结缓缓滚动。

“岑芙。”他叫她。

“怎么了？”岑芙的语气带着疑惑。

叫第二遍的时候，许砚谈的语气镀上了一层他自己都没留意的笑意，嘲讽自己的那种笑意。

“岑芙。”他又叫她。

岑芙那边安静了几秒。

她再说话时，带着鼻音的软音夹杂着明显的难为情：“你……你到底干什么，没事就……不要打电话。

“到底打电话干吗？说事呀。”

耳畔被她的嗓音撑得满满当当，近郊金山上空再璀璨的星空都无法夺走他半分注意力。

许砚谈往后仰脖子，整个后脑靠在发凉的车窗上。他合上眼，所有真实的情绪得以被掩藏。

“没事儿，我纯属抽风。”

挑起的眉梢、略勾的嘴角，是他不着调的慵懒谎言。

自嘲自讽，自甘堕落。

“岑芙，想我没？”

这次和崇京青年团合作的大学生普法视频宣传活动学校领导很重视，他们整个制作组由不同届的二十四个学生组成，光是第一期视频策划就忙活了足足两周。

今天下午岑芙没课，就跟着摄像组在偌大的校园里奔走拍摄。纤纤本来没选上，但是有个女生中途退出，她幸运地补位了进来。

下午两点半正是阳光最好的时候，岑芙和纤纤跟着学长学姐先把方案里的几个校园景物特写镜头拍完。

纤纤拿着剧本遮阳，蹲在一边，闷得心躁。

秋天这都快结束了，怎么突然这么热。她看向一直跟在学姐后面，有机会就凑在摄像机前看画面的岑芙，感叹：“蝴蝶，你好有热情啊。”

岑芙的眼睛始终停在摄像机里，回看刚才拍完的东西，漫不经心地应她：“还好啦。”

纤纤直接坐在路边的台阶上，手肘支着腿，双手托着自己的脸，眼巴巴地看着岑芙，嘴上不停地搭话：“哎对了，亲爱的，你为什么学这个专业啊？你有摄影摄像特长吗？还是很喜欢新闻什么的？”

岑芙听到这句问话，缓缓回过头来。她想了想，只是说：“嗯……因为我很喜欢电视。”

纤纤不解：“啊？电视啊？”

现在还有年轻人会抱着电视吗？

岑芙走过来，坐在纤纤身边，松了口气，一直站着走动，小腿连带着脚踝都有些酸了。

“嗯。”她弯腰用手揉捏自己酸胀的小腿肌肉，回忆道，“小时候我经常一个人在家……”

记得最清楚的一次，崇京新开了一家很有名的游乐场，但那个时候正处于全家人为了给岑颂宜治病掏空了家底，家里不富裕。

为了省下一张票的钱，最后妈妈只带了岑颂宜去玩，她就只能留在家里看电视。后来岑颂宜演电影成为童星，妈妈带着岑颂宜到处跑通告，更是没空管她。即便是生病发烧，她也永远是被排在后面关注的那个。就这样，经常被丢在家里的她，唯一的娱乐就是看电视。

那个时候，手里切换频道的遥控器对于岑芙来说就是接触全世界的桥梁。

新闻，电视剧，电影，综艺节目……

“所以后来上了高中考虑大学专业的时候就想着，如果能学传媒方向。”岑芙停顿了一下，只觉得接下来想说的话似乎显得有些假大空，不过她还是由衷地道出，“以后工作了做出些好的节目或者影视作品，或许能让更多人获得快乐。”

午后的阳光斜照，秋末的阳光是暖色的，满地的落叶闪烁着金光。

岑芙眼里满是笑意，又糅着几分难为情，似乎羞于对外人坦白自己这般简单直白的抱负。

专属于少女的动人，此刻盎然跃现在她脸上。

人在诉说梦想的时候眼睛会发光。

纤纤此刻看着岑芙，终于能真切体会到那话的意思。

“很不错啊，正能量！”纤纤在鼓励岑芙的同时，更进一步了解到岑芙的家庭情况。

她揽住岑芙的肩膀，挥动手里的剧本，信心满满：“虽然咱们现在还是三脚猫，不过我相信你以后肯定能做自己想做的事，而且会做得很好！”

岑芙太少受到这样不加修饰的鼓励，生涩地笑了两声，使劲点头：“嗯，我会努力。”

外面的特写镜头拍完，他们要去大礼堂和另一个拍摄组会合，一起负责有演员出场的小剧场情节拍摄。

“演员都就位了，你可不知道，就咱这个普法系列片，学校表演系的都是争着抢着报名。”纤纤抱着相机包走在岑芙身边。

岑芙看了眼待会儿要用的台本：“这么夸张？”

“可不是嘛，参演这种正能量、正风向的片子，那都是可以写进履历的。”纤纤“嘿嘿”一笑，“咱们制作人员也一样，写进简历里都是浓墨重彩的一笔。所以我才不管给不给钱，累不累我都要来呢。”

岑芙若有所思地“嗯”了一声，装作恍然大悟：“原来你不是为了陪我呀。”

她突然狡黠地逗趣了一下，让纤纤有些措手不及。

纤纤笑出一声，赶紧贴上去撒娇：“是是是，也是为了陪你！”

岑芙忍俊不禁：“开玩笑啦。”

两人这么一逗一笑地拿着器材进了礼堂。

空荡荡的大礼堂只有靠近舞台那边有一群人在活动，是负责拍摄的摄像组以及正在聊戏的表演系学生。

“按照策划上的，最后呈现不就是先是情节小剧场，然后是普法讲解嘛。”纤纤干活干得不麻溜，事儿倒是听说不少，“说后面那部分请的是咱学校法学系的学生，挺厉害的一个人。”

“谁？”岑芙搭了句。

“不知道，会不会是咱学校的在读博士之类的，感觉怎么也得是硕士、博士才配得上……”纤纤边说话边抬头，话音一点点弱下去，最后停滞。

岑芙没听见纤纤说话了，也随之抬头，看着纤纤。

纤纤嘴巴还张着，视线笔直地看着远处某个方向，随后她干笑一声：“我收回刚才的话……他还真是最合适的人选。”

岑芙偏头，顺着她的视线去找，最后一眼落在坐在一边优哉游哉玩手机的许砚谈身上。

周围人都在忙，交谈声嘈杂声不断，唯有他一身黑衣恹恹地窝在礼堂第一排的座椅里，一张冷着的脸恨不得把“生人勿近”刻在脑门上。

“应该是他吧，哟嘿。”纤纤扭屁股顶了下岑芙，附在她耳边揶揄，“你俩有缘哈。”

“你可闭嘴吧。”岑芙实在受不了纤纤这起哄的样子，低着头抱着器材往前走去。

只要不和许砚谈对上眼，她就权当自己没看见这人。

小剧场的部分要先拍，而且不在礼堂里。虽然都是专业的表演系学生，但预计依旧要花掉很多时间。

岑芙把器材摆好，问旁边的学姐，只想尽可能多做事：“学姐，还有什么可以帮忙的？”

“有。”学姐从笔记本电脑屏幕上抬起头，给她指了一个方向，“你看见那个人了吗？”

在看见学姐指的人是许砚谈时，岑芙有一瞬间超级想说“对不起，我瞎了，我看不见”。

“嗯……嗯。”没办法，岑芙窘然回话。

“法学系的，大帅哥，化妆省事，你带着他稍微弄一下，等我们这边拍完回来直接接他这部分。”学姐给她下派任务。

学姐刚说完，有两个学长学姐听见凑过来搭话，埋怨这学姐：“哎，这活你让这么柔弱的小学妹去，刚才那么多人三请四求的他都不肯化妆，小姑娘怎么请得动啊？”

“是啊，你换个人吧，别再让许砚谈把咱小学妹吓哭了。”

“哈哈哈，是啊。”

学姐一听也觉得有道理，不过现在大家都忙着，实在腾不出人手专门和许砚谈去磨了，她挠着头发显得有些焦急。

岑芙将学姐这般神色看在眼里，她心底叹了口气，还是主动出来承担：“没关系学姐，我试试吧。”

学姐意外：“你确定？别勉强。”

“他既然答应来拍摄，总不能一直不配合。”岑芙眼角余光瞥了一眼那边，语气里丝毫听不出对许砚谈的畏惧。

下一刻，岑芙挺直腰杆子走向许砚谈，刚才在许砚谈那儿吃过亏的人都将视线追随着。

从第一次见面开始就这样，于她而言，许砚谈的周围好似有一层层无形的强力磁场，自身无法抗拒的吸引力控制着岑芙不自觉地被他吸引。而当岑芙走进那磁场时，又会感到一股压迫心脏的震撼。

许砚谈自始至终没抬过头，单手举着手机，表情淡漠，低垂的眸子也没有任何波动，似乎不管是谁来都不会施舍任何一个眼神。

她站到他面前，双手自然而然背到身后绞在一起，缓解压力。

在昏暗处，许砚谈用指腹缓慢摩挲着手机机身的金属边框，动作慢条斯理，敛藏的眸光闪过一丝意味不明的笑。

“那个，你好。”岑芙开口，“待会儿拍摄，需要你稍微做下妆发。”

许砚谈右手拇指和食指捏着手机一转，利索干脆，把手机横放下去，同时抬眸。

两人视线隔空相撞。

多么奇怪，明明是她主动向他走去，却仿佛他才是那个运筹帷幄的狩猎者。

许砚谈没说话，就沉默着与她对视。现场好多人都在暗戳戳地看，氛围很是默契地静下去几分。

岑芙能感受到很多人都在看她，她紧张地抠手，站在原地窘迫到浑身难受。

她知道，他又在报复，懒洋洋地宣泄不满。

报复什么？

在分秒之间，岑芙快速回忆那天的事。那天晚上，许砚谈给她打电话。

“没事儿，我纯属抽风。

“岑芙，想我没？”

面对他这挑逗意味十足的话，岑芙那天的回话是——

“……你神经病。”

然后把电话挂了。

她还以为这几天许砚谈没搭理她，是无所谓那天她直接挂他电话的举动，没想到，他在这儿等着呢。

真是睚眦必报，坏蛋。

许砚谈这个人最可怕的，是他洞察人心的能力。拿捏了目标人的心性，就能精准地找到对方最不堪一击的弱点，再慢悠悠地出手，绝无失误。

他早在刚认识的时候就知道岑芙是什么样的人。像她这种表面文静，不喜欢出风头的人，怎么会受得了众目睽睽之下被甩脸子还不能离开只能干站着的场合。等她几乎快受不了这种无声的煎熬时，许砚谈捏准时机，漫不经心地开口：“你给我弄？”

这场恶劣的调戏算是结束了。

而岑芙明知他有多么恶劣，却找不到方法反击，一口怨气堵在胸口，只能忍下回应：“你不介意的话。”

其他人听不见他们两人的交谈内容，看许砚谈没动弹没出声，是用态度拒绝小学妹的劝说，本以为岑芙要垂头丧气地以失败告终，谁知道，下一刻令大家瞠目结舌的事发生了——

许砚谈老老实实地收起手机，站起身，唇边带笑，吊儿郎当地伸出手，示意岑芙先走。

流氓和绅士极其扭曲复杂地出现在那一瞬间的许砚谈身上。

学姐和学长面面相觑，好奇得要死——这文文弱弱的小学妹到底跟许砚谈说了什么？

岑芙带许砚谈到礼堂后台的化妆更衣间里。

她把学姐带来的化妆箱放到桌子上，低着头说：“你随便坐吧。”

许砚谈环视周围，然后坐在岑芙身边的高脚椅上，默默看着她捣鼓各种东西，唇线压着又翘，半带惬意。

岑芙把东西摆好，想了想，不着急动手化妆，而是转头倚在桌边，静静地端详坐在自己面前对着镜子的他。或许许砚谈的不配合也有些道理，就他这张脸来说，就算是上镜也没什么“浓妆艳抹”的必要。

许砚谈的长相和气质已经走入了介于男生和男人的中间段，挺直的鼻梁和走势漂亮的剑眉是他凛冽的男性荷尔蒙溢出的隘口，多情的丹凤眼和薄润的嘴唇又成了他妖孽勾人的源头。脸型也是，虽然偏瘦，但是该刚硬的线条一丝都没少。

真是一张无可挑剔的脸。

岑芙的目光从他的眉毛一点点往下滑，将许砚谈的脸打量了一圈，最后再次从下巴往上移，这才意识到对方也一直在看自己。

许砚谈稍稍牵起的唇如羽毛扫面，激起了她的心。

再向上，岑芙的目光终于被他灼热的视线揽入怀中，两人对视。

她在认真地客观审视。

他却轻浮地主观勾引。

许砚谈动了动眉尾，虽是问话，却没多少虚心求教的态度：“还行吗，我这张脸？”

岑芙仓皇逃开对视，去化妆箱里拿东西，强装淡定：“上镜的话，勉强够用。”

她低着头，没看见他是什么神色，不过却听见他不着调地用鼻息哼笑了一声。

下一秒，她又听见。

“那做你男朋友够用吗？”

呼吸频率骤然被打乱，岑芙惊愕地偏头，看见他懒散却认真的眼神。他眼里闪着的是对猎物的绝对执着。

握着修眉刀的手指禁不住抖了抖，岑芙不自然地转动眼珠，有些僵硬地凑上前，直接不理会，装傻说别的：“虽然不用上全妆，但眉毛还是要修一下。”

许砚谈坐正，配合她。在看见岑芙握着修眉刀的手凑近自己脸颊的时候，他悠闲地讽刺一句：“岑芙，每次都使同一招是吧。”

装傻充愣，逃避话题。

“闭一下眼吧，我修起来比较方便。”岑芙眼睫频颤，硬着头皮接着说别的。

就在她手中的修眉刀即将碰到许砚谈的眉毛的时候，许砚谈突然伸手直接攥住她的腕子。

岑芙吓到后第一反应是把修眉刀尖锐的部分握在手心里。

她整个人被他拽过去，惊得瞳孔放大。因为站不稳，她另一只手撑在他的肩膀上，隔着衣服手指感受到他身上的温热，串串火苗烧着她的肌肤纹理。

许砚谈握着她的手腕，指腹下是她跳动的脉搏。他本就不喜欢别人用这么拙劣的手法逃避与他的对弈，这对他的认真是一种轻侮。

许砚谈脸上没了轻佻的笑，垮着的脸上却也没有多少真正动怒的迹象，只不过是蹙眉，攫住她有些怵怕的眼神不肯饶过。

许砚谈用力按着手指，指腹压着她柔软的腕间脉搏，缓缓使劲向下碾压，略带惩罚意味。

“岑芙，我跟你说什么呢，嗯？”

化妆更衣间外，有人捂着嘴转身，蹑手蹑脚地离去。

表演系的任馨掏出手机给同学打电话，语气激动：“我看见那个许砚谈和传媒系的一个女生在更衣室拉拉扯扯的，绝了。

“许砚谈那眼神，绝对是看上她了，可惜我没看清那女生长什么样。

“笑死了，那许砚谈不是岑颂宜口中的男朋友吗？要么根本就不是她男朋友，要么就是她那三句不离的男朋友在外面拈花惹草。

“平时就受够了她，快把这事传到我们那个小群里，下节表演课看我怎么笑话她。

“我真想看看，岑颂宜知道许砚谈已经跟别的女生勾搭上了会是什么表情。

“不怕她说我们造谣，我拍了照片。”

化妆更衣间内。

近距离对视的两人，氛围因为交缠的呼吸而变得旖旎起来。

岑芙还以为自己可以这么蒙混过关，谁知道许砚谈这次不依不饶。纤细白皙的手腕被许砚谈握在手中，他稍稍用力，就能攥得她发疼。

“我……”岑芙移开视线，心里焦急。

许砚谈的眼神如猎鹰，盯着她的脸，眼见着就要把她逼入难以抉择的垭口。

忽然，他缓缓垂眸，把岑芙的手拉近些，用另一只手的手指挑开她紧握的拳。

岑芙抗拒不了他的力气，低头看着自己的手摊开。

许砚谈瞧着她紧紧握在手心里的刀片，因为力道有些大，刀刃已经在她手心软肉刻下了一道浅浅的红痕，没有破。

刚刚这刀片就停在离自己眼皮最近的位置，他冷不丁去拽她，她第一反应是用自己手心先把刀片包上，不然，刀片有可能会伤到他。

许砚谈再次抬眸的时候，眼底已然染上几分笑意，似乎在用眼神说：你还是对我上心了，岑芙。

岑芙怎能读不懂他那眼神，她紧张得视线乱飘，趁这会儿把自己手腕抽出来。

许砚谈顺势松了手，仰靠在椅背上，缓缓合上眼："弄吧。"

他不再揪着刚才那个话题穷追猛打，又一次在她明晃晃的搪塞下放过了她。

岑芙心里松了口气，重新捏起修眉刀，一手扶着他的眉头，另一只手捏着刀片靠近。

因为修眉的动作需要，岑芙往前探身靠近他。

毕竟许砚谈这张脸还要代表崇大上镜，她必须好好给他弄才行，不能破坏了他这颜值。

岑芙能感受到，自己吐出去的呼吸洒在了他的面颊上。

不知为何，她甚至能想象到那股有些痒有些热的触感，不过仰头靠在椅背的他却始终淡定。

借着这样的近距离，岑芙再次看见了他右眼皮上那条很浅的疤。

究竟是为什么，才会伤到这么脆弱细小的地方呢？

她稍稍有些愣神。

就在这个安静的时候，闭着眼的人忽然开了口："前几天还说爱我爱得死去活来呢。"

许砚谈轻嗤一声，表面无奈，实则嘲讽："岑芙，你嘴里到底有几句是实话？"

又这样，看上去是不计较了，可还是非得找个话茬噎别人几句才痛快。

岑芙悄然噘起嘴："学长，拿一件事来来回回说显得很没有气量。"

他笑了一声，变着法损她："哟，又不叫姐夫了？"

岑芙捏刀片的手蠢蠢欲动。

她小心翼翼地帮许砚谈把眉形外的杂毛修掉。如果说所有人都是女娲娘娘捏出来的，那许砚谈这种人应该是女娲娘娘扬扬得意捧在手心里给别的神仙展示的骄傲作品。

这人，连眉毛的杂毛都长得规规矩矩的，就算不修饰也丝毫不会影响眉形原本抖擞凛冽的气质。

他这么一提，让最近一直忙碌的岑芙想起了那天晚上。

如今一回想，她还真是胆大，敢把所有赌注都押在许砚谈这个定时炸弹身上。

拼命往他怀里缩，抱着他的胳膊，仿佛那就是救命浮木。

——“她只是喜欢你。我比喜欢还要多，多很多。”

——“我是爱，真的。”

——“我是爱你的。”

当晚急迫之下她对他说的那些糊涂话像单曲循环一样在耳畔来来回回播放，岑芙懊恼羞耻的同时，有个念头也油然而生。

“许砚谈……”手边没有棉签，她只能用自己的手指帮他扫去修掉的眉毛。

指腹触碰到他眼皮上方的皮肤的时候，犹如电流酥麻了岑芙的神经末梢。

许砚谈的皮肤比她想象中的要更细腻，眼睑的这块肌肤很薄也很细，凉凉的，竟让她的指腹上瘾般想多摩挲几下。

许砚谈听见岑芙又用那副柔腻的嗓子叫他，眉心泛痒，他缓缓睁开眼：“嗯？”

岑芙修了几笔，然后挪远一点观察他的眉，同时继续问：“你为什么要帮我？”

她利用了许砚谈，利用他的强大处理掉了余强，而许砚谈也肯定已经知道了她的目的。

她心道：可是为什么，你还是按照我的计划去做了？

“什么？”许砚谈重新把眼睛闭上，语气轻飘飘的。

“余强。”她说完，重新凑近，修理眉尾。

许砚谈靠在椅背上，那副矜贵休闲的架势好似正躺在什么高端美容室里，因为他合着眼，岑芙探不到他眼眸里的情绪。

"这不就是你想要的吗？"他说。

岑芙的心跳漏了一拍。

两人彼此，心知肚明。

可你明明不是那种心甘情愿被别人利用的人。

岑芙心想，却没把这句话说出来。

就在岑芙心绪混乱的时候，许砚谈的下一句话，直接把她的心池搅得翻天覆地。

"比起看见你被吓得浑身哆嗦，"许砚谈抬手，修长干净的手指轻描淡写地摸了摸自己的眉尾，他睁眼，盯着她的脸，"我喜欢看你蛮横点儿。"

随便什么垃圾都能把她吓成那样，揪着他衣领子亲他，动手动脚揍他的时候怎么没见她发怵。

许砚谈散漫的语调仿佛是岑芙的天生过敏原，他轻描淡写的一句话，惹得她浑身发烫、发热。热从心脏内部诞生，顺着血管，涌到她的颊下，涌到耳根，涌到眼底。

岑芙仓皇低头，手指捋掉刀片上粘着的碎屑，语气别扭："我……我哪有蛮横。"

许砚谈手指点了点自己的眉心，半眯着眼瞥她，骨节分明的手指在灯光下滑动，随便一个动作莫名地溢出几分欲来。

"你揍我的时候，不挺蛮横？"

在那个巷子里对他拳打脚踢的画面瞬间冲进她脑海中。

——"你怎么可以这么欺负人！"

——"我要打死你！"

岑芙脸颊骤然一红，憋了口气，靠近："还没弄完。"说着举起修眉刀再次贴近，装作恶狠狠地来了句，"你不要说话了，小心我的修眉刀不长眼。"

威胁的话都说得软绵绵的，在许砚谈的耳朵里一点威慑力都没有。

他放下手，合眼，随她怎么摆弄自己，悠哉道："嗯，现在也蛮横着呢。"

岑芙：……真想一刀下去。

没想到就单单修个眉的时间，许砚谈三言两语就能撩拨得她一颗心七上八下的。岑芙俯着身，近距离观察着他的侧脸，方才的羞愤慢慢褪去。

她盯着许砚谈的眼、鼻、唇。

半晌，极难自抑地流露出羞涩的情绪。

敛下去的目光闪过流绪微梦般的情绪，用浓密的眼睫遮藏。

许砚谈稍稍眯眼，想起件事："最近看你不戴眼镜了。"

岑芙赶紧冷回脸，生怕他捕捉到什么，轻咳一声："嗯，在戴隐形眼镜。"

"挺好。"许砚谈重新闭上眼，而后嘴角缓缓勾起，补充道，拖腔拉调地逗弄，"挺好看。

"我喜欢。"

岑芙：……你别说话了。

一天后，中午下课。

岑颂宜戴着墨镜站在传媒专业教学楼的楼下，挺胸抬头，环抱双臂站着，用睥睨的眼神寻找着目标之人。

她来找岑芙。

岑颂宜眉头压得很低，虽然用墨镜遮住了眼睛，但依旧掩盖不住她焦虑又愤懑的情绪。

一切都要从昨天上表演课时说起。

本来最近心情还算可以，谁知道自由组队展演剧本的时候，有几个人跑过来搅黄了她的心情。

任曦拉着几个人故意站在离她很近的地方，手里扇着台词本。旁边那个同学故作惊讶，拔高声调："啊？你说真的啊？许砚谈不是咱们颂宜的男朋友吗？怎么会跟个传媒系的混在一起，都是瞎说的吧？"

另一个女生搭了一句话："哎哟，任曦不是都说亲眼看见了吗，还能有假。"

下一秒。

"啪——"一道巨响。

岑颂宜把自己的台词本甩在旁边的椅子上，站起来，几步走上去一点客气没有，厉声道："你们说什么！"

"自己男朋友都看不住，别把气撒在别人身上。"任馨是最不服岑颂宜的，冷冷一眼瞥过去，露出一抹嘲笑，直接回怼，"还是说，人家许砚谈根本没问题，是你到处吹牛。"

任馨随便一句猜测就直接打中岑颂宜的软肋，她一口闷气堵在嗓子，气得头脑发昏："没证据凭一张臭嘴胡说，如果你是来找事的，我可没那工夫陪你。"

"我也没那么无聊。"任馨笑道。

这个岑颂宜，仗着自己有名气、有资本，外面的资源就已经享受不完了，还要霸占学校里同学们的各种机会。

这次展演，同学内部投票明明是她当女主角，最后老师一句话，就成了岑颂宜。

因为岑颂宜演了主角，展演才能有流量有热度。

"我两只眼睛都看见了，还有——"任馨走到岑颂宜面前，亮起自己的手机屏幕，"它也看见了。"

手机屏幕里照片的景象刻进岑颂宜的眼底。

许砚谈拽着一个女生的手腕，眼里那种认真和灼热，是岑颂宜根本没见过的。

那女生背对着镜头，身材娇小，穿着拍摄组的工作马甲。

黑色软发，皮肤白皙，单看个背影就能感觉出是那种文文弱弱的小女生。

岑颂宜盯着传媒系从教学楼出来的学生们，恨不得从其中把那个女的揪出来。

她心里轻嗤一声，许砚谈真正喜欢的原来是那种类型的吗？

可明明之前围在他身边的女生都是性感明艳的。

就在这时，一抹娇小的身影出现在岑颂宜的视线内。岑颂宜结束回忆，直接叫她："岑芙！"

岑芙正跟纤纤聊天，听见这句喊声吓得肩膀都哆嗦了一下，她回头，看见站在一边姿态高傲的岑颂宜。

纤纤也看见了岑颂宜，她瞧见岑颂宜那样儿就看不惯："准没好事。"

岑芙对纤纤说："你先回去等我。"

纤纤点头，接过她的书抱着，顺着人流继续往前走。

岑芙乖乖往岑颂宜那边走去。

"姐，你怎么来啦？"岑芙换上那副无辜又期待的模样，问一句，"是想我了吗？"

岑颂宜根本没心情理岑芙这茬，直接拿出手机，调出那张照片，放在她面前。

岑芙看见那张照片的瞬间，感觉周围的空气瞬间都被抽空了，浑身血液倒灌，后背凉得彻底。

“岑芙，”岑颂宜目光死死盯着她，察觉到她细微的僵硬，眯起眼睛，“这是怎么回事？”

手机屏幕上的照片，显然就是昨天她和许砚谈在化妆更衣间拉扯时的场景。

她被拍到一个背影，岑芙不敢想象如果那个瞬间自己偏头了，被拍到脸，那么现在这个时候，岑颂宜大概就不会只是像只无头苍蝇一样只知道愤怒，而是直接杀了她，她也不再有还能辩解周旋的可能。

“这……”岑芙探头端详两眼，故作惊愕，看向岑颂宜，“这不是姐夫吗……”

“许砚谈跟别的女生纠缠不清。”岑颂宜皱紧了眉，把火都撒在软包子妹妹身上，“你怎么不告诉我！等着别人拿这些东西过来笑话我吗？”

岑芙瞬间红了眼，声音发抖：“姐，我、我也没想到……我不是不帮你看着姐夫，我那个时候不在这个组，我出去拍摄了。”

岑颂宜收起手机，眉头皱得快能夹住筷子了。她左右踱步几下，长发随着走动微荡。

她转过身来正对着岑芙，瞧着岑芙这副畏畏缩缩的模样，下命令似的说：“她穿着你们拍摄组的衣服，就是你们传媒系的，把人给我找出来，听见没有？”

岑芙心里烦躁，表面却露出感到困扰的神色：“啊……这……姐，我们拍摄组像这样体型的人挺多的，我怎么问啊……”

岑颂宜表情瞬间冷下去：“岑芙，你的意思是不管吗？”

岑芙红着一双眼睛，低下头，双手扣在一起：“不是……我会找的，姐姐，你别生气。”

“你最好别让我等太久。”岑颂宜上下扫岑芙一眼，警告道，“我跟许砚谈要是有差池，妈不会有什么好脾气，你也没好日子过。”说完，她便踩着高跟鞋头也不回地走远。

岑芙盯着岑颂宜远离的背影，松了口气，将后背重新挺直，眼神恢复清亮的同时皱了皱眉，烦闷地白了一眼。

背着包往宿舍的方向走，岑芙一路上一直低着头，心绪乱成一团。

岑颂宜的话和许砚谈那张脸同时在岑芙的脑子里互相冲撞。

她倒是提醒自己了，许砚谈的存在，许砚谈对自己的兴趣，本就是岑芙逃离原生家庭最大的阻碍。

岑芙悄然咬紧自己柔软的下唇。

而自己在昨天与他接触的时候……却那么难以控制地反复心动。

岑颂宜真像是一桶及时泼下的冷水，把岑芙被许砚谈撩拨得晕晕乎乎的头脑泼得清醒。

她必须要远离他，为了自己的未来。

“嚓——”

岑芙想着想着，脚步骤然停住。

——“不戴眼镜了？”

——“挺好看。我喜欢。”

岑芙细密卷翘的睫毛在秋末的微风中轻颤着，像踩在寒冬临界线的夏日蝴蝶，面对即将死亡的冷季，踌躇着，为难着，无法抉择。

唯有踏入隆冬方能延续生命，可是回首过去，那春夏的温暖缱绻，却迟迟难以放手。

明明是普通的行走运动，可她仿佛经历了剧烈运动般，总觉得呼吸沉重。

岑芙吞咽了几下喉咙，撕扯掉心里那不想承认的不舍，再一次坚定了目标。她抬头挺胸，平视着远处的景色，继续往前走去。

之后的普法节目拍摄，岑芙主动要求跟室外组去拍，室内有关于许砚谈的部分她全部避开。所幸想跟许砚谈近距离接触的女生很多，有个女生很痛快地和她交换了位置。

岑芙正跟着学长拍摄，踮着脚很努力地举着反光板，一直保持一个动作，小腿肚都酸了。

“卡！好！”学长叫停，“休息五分钟，下一条！”

她松了口气，立刻把反光板放下，擦了下额头沁出的汗，从兜里掏出手机，有新微信消息。

讨厌说话：跑哪儿去了？

讨厌说话：化妆师跑路了，回头我上镜太丑谁负责啊？

岑芙原本平和的眸光冷不防地晃动起来。

光是看文字，她就仿佛能想象到许砚谈那副拖腔拉调的懒散语气。

她沉默地盯着屏幕，半晌，默默点进他的界面选择“屏蔽消息”，然后锁屏将手机扔回口袋里。

岑芙想着，只要自己看不见，就能渐渐不再去想，就能把自己的那些思绪强硬地从他身上剥离开。

许砚谈的部分在那天全部结束，他不会再来剧组。

而之后他再发给岑芙的微信，她也一条都没有回复过，之后他就不再发了。

岑芙知道他那种脾气的人肯定不会惯着自己，不过在两人彻底断联之后，她还是会不自觉地感到别扭。偶尔也会在深夜，偷偷点进两人的聊天框，点进他什么都没有的朋友圈，甚至点进转账界面去测试他有没有删掉自己的好友。

下意识做出这些举措的时候，岑芙才清晰地明白。

远离许砚谈，忘记许砚谈，单单屏蔽好友消息……

根本不够。

这天下午，岑芙在秘密书店打工。

随着她越发熟悉业务，骆杭来店里的次数越少。等下一位调酒师上岗，他就会彻底离职。

据她了解，骆杭学长是隔壁崇航航空系飞行器设计专业的高才生，辞职也是因为要专注科研和研究所的事。

因为高考的分数只够上榆安传媒，有幸参与国家教育的双培计划，她才有机会在崇大念一年书。才不过入学两三个月，岑芙就明显地感受到全国数一数二学府的那种独有的学习氛围。周围都是非常优秀的人，连整天就知道吃喝玩乐的纤纤，那也是专业成绩十分过硬的优秀学生，对传媒和影视制作都有独特的见解和抱负。

偶尔岑芙会想，如果她没有想逃离原生家庭，没有想离开这座城市的夙愿，出生在一个和谐普通的家庭里，她是否能在高三的时候再努力一些，考上崇大这样顶尖的学府，本科四年都能在这里念书。可惜，万事没有如果，她只能尽全力过好眼下的日子。

于是岑芙比任何人都要珍惜现在的各种机会，珍惜每一天。

在崇京的最后一年，她不想留下任何遗憾。

遗憾……

为了让自己原本的计划顺利进行，选择放弃对许砚谈的那些探不清深浅的心动。

算遗憾吗？

——“岑芙，你记清楚，是你先招惹我。”

——“岑芙，别哭，等着。”

——“岑芙，想我没？”

岑芙站在点单台前，盯着平板上的点单系统，视线不断发散。

那个人如同强力磁场，不断干扰着她的心。

眼底发热，找不到缘由。

“岑芙。”

回忆里的声音和现实中响起的声音产生异次元的重叠，岑芙呼吸停滞，倏地抬头。

隔着点单台，她这段时日一直刻意躲避、刻意遗忘的人就站在面前。

许砚谈一身黑色冲锋衣，领子拉到顶部，嘴唇有些许被领口挡着，锋利的眼直勾勾地盯着她，锐芒逼人。他周身带着外面的尘土味道，更携了几分深秋的冷，与他此刻的气场融为一体。

岑芙因为他的眼神而无法动弹，她搭在台面上半握着的手指感知着这股凉薄的风，食指指尖神经反射般地轻颤。

无人知晓。

许砚谈丝毫没有压抑骨子里的阴鸷，似是忍耐许久，较劲许久，最终还是站到了这里：“你又抽什么风？”

他刺人的语气和话扎在岑芙心上。

许砚谈的态度和前阵子在化妆间懒洋洋地勾着笑逗弄她的时候完全不同了，恍如把她推入冰窖般的冷。

是她自找的。

岑芙无法回答，她抿紧唇瓣，头一寸寸低下去，手指触摸在点单机屏幕上。

空气安静了一秒。

“您需要……什么？”她颤着嗓音问。

远离，远离他才是对的，岑芙。

对方迟迟没有回复。

半晌。

“呵。”他笑了。

轻蔑的，不屑的，自嘲的。

很浅一声，足够剜心。

岑芙不敢抬头看他，眼里摇晃着难堪。

许砚谈一只手插在兜里，兜里的烟盒被他有力的手指捏得变形。烟草的味道被挤压，融进空气里。

无人知晓。

他舒缓了眉眼，眸色却越发无情，扯着几乎没有情绪的声音说：“岑芙，装傻充愣这一招，我看烦了。”

岑芙满是心虚和委屈。她知道，在许砚谈的眼里她就是个说不理人就不理人的神经病。

她总是在许砚谈的各种撩拨下动摇，岑芙想，自己或许应该再一次明确告诉许砚谈自己的态度。

早说明白，早死了心。

岑芙嚅动唇瓣，垂着视线，缓缓开口：“我们真的不要再联络……”

一阵风掀动——

她恍然抬头，面前的人已然没了踪影。

岑芙望去，只看见了缓缓合上的书店大门，还有那个消失在店里，风里的黑色背影。

喉咙里的酸苦泛起，岑芙攥紧拳头，把剩下的话又生生吞进肚子里。

不能怪她，她明明……早就拒绝过他了，早就说得很清楚。是他一直纠缠不放。

岑芙揉了揉自己发涩的眼眶，调整呼吸，因为现在还在工作时间。

“你们吵架了？”骆杭的声音忽然响起。

她偏头，被吓了一跳。

骆杭穿着调酒师的衣服从后面进来，他环胸，睨了一眼店门口，饶有意味地“嗯”了一声：“他发了不小的火儿呢。”

岑芙皱起的眉就没有舒展过，她扯出一抹笑，解释：“不是吵架。”

哪里算得上吵。

“他……真的很生气吗？”岑芙问。她知道骆杭和许砚谈是很多年的朋友，应该很了解他。

骆杭一边系围裙的带子，一边点头：“嗯，以往有人惹他，他不会怒形于色，都是慢慢悠悠报复回去。”

他抬眼看她，温和一笑：“跟你明着这么发火，说明他实在不愿意整你又憋不住了。

“要么是没招，要么是舍不得。”

许砚谈那个人，是最喜欢借着别人惹他的由头狠狠报复，然后笑着观摩他人遭罪的。

他这么昭然地把愠怒摆在台面上，只是说句狠话又转身离去的窝囊样几乎已经是把心情写到了脸上。

写什么？

写了：岑芙的所作所为已经触及了雷区，他有一万种法子让她哭着去求他饶恕。

可他许砚谈舍不得。

那个浑蛋舍不得。

几天后。

常春路商业街街角，岑芙之前兼职的那家咖啡店内。

小杨手里捏着吸管，摇晃着塑料杯里还剩下一半的桃子果茶，冰块随着旋涡搅动，发出“哗啦哗啦”的声音。

他低头嘬了一口果茶，喟叹一句，然后瞥了一眼坐在自己旁边喝咖啡的胖猴，问：“哥，咱今天晚上不是约了砚哥吃饭吗？待在这儿干吗？”

“啧。”胖猴左看看右探探，嘟囔，“没想到这么快就走了。”

“谁走了？”小杨纳闷。

胖猴握着杯子，牛饮似的灌了口咖啡，略带嫌弃地看了眼手里的咖啡，感觉真没岑颂宜妹妹做的好喝啊。

最近有点事，他看上个新项目，可惜启动资金有点不够。虽然许砚谈每次入股出钱都痛快，但总得在他这儿找点乐子才算情愿。

胖猴左想右想，几乎想不到还有什么能让许砚谈那人高兴的事。他不缺穿的不缺吃的，学业更是胖猴根本看不懂的高深玩意儿，帮不上忙。思来想去，他忽然想起个人，准能让许砚谈见着就高兴的人。

把小妹妹带过去，许砚谈没准一高兴，他那点事也就不叫什么事了。

结果谁知道一打听人早就不在这儿打工了。胖猴没想到扑了个空，说实话，他也没想到许砚谈会看上那么个女生。唯唯诺诺的，看上去就一点脾气没有，一推就能摔一屁股的小软妹。谁知道能不能受得住许砚谈那狗东西，还是人家岑颂宜的妹妹。

畜生啊……

胖猴“啧啧”两声，然后叹了口气。

“到底谁啊，哥？”小杨问。

胖猴看了眼手机新来的消息，放下咖啡，拍拍兄弟的肩膀：“走，还得跟我去趟别的地儿。”

偶遇妹妹去。

恰逢要周末了，又赶上月末，秘密书店今天要举办万圣节的活动，很缺人手，所以岑芙上完课下午四点钟就跑去书店支援。

这份兼职岑芙很喜欢，虽然工作量不小，但氛围很好，店长和其他同事都很照顾她。有时候店里人少的时候，她还可以在书店里看书自习，什么都不耽误。复古风格的小书屋经过装饰物的点缀，瞬间有了万圣节诡异又可爱的感觉。

晚上六点四十分，岑芙终于做完了所有活儿。本来今天没有她的班，但是万圣节书店里都是变了装的年轻人，特别热闹，所以岑芙图新鲜又在书店里待了会儿才动身回学校宿舍。

虽然是周末，但她不想回家。岑芙边背上小背包边推门出了书店大门。

室外呼啸的风一下子吹乱了她的刘海。

崇京季节交替时常常伴随着无止境的大风，好似是这座城市的脾气。

等风过了，冬就来了。

感觉好像有一大把尘土随着风扑到了自己脸上，岑芙摸了摸脸，眼神搜索着附近的共享单车。

这个天气，骑单车真的是好选择吗？

站在风里，岑芙不知怎的，忽然往某个方向望去。强风肆意吹乱她的软发，视线被发丝一阵又一阵地遮挡。

她愣了好一会儿，直到双腿感到寒冷时，才缓缓回身低头，落寞和复杂的眼神被下敛的睫毛遮盖。

没人看得见。

最后她还是选择了坐公交车回去。

三十分钟后，岑芙在崇京大学站下车。就在她刷卡回学校的时候，从一边突然窜出来两个人，吓了岑芙一跳。

岑芙看见是胖猴和小杨，松了口气，好久不见他们了。

胖猴抬手："哈喽，妹妹，是我，还记得吗？"

她戴上自己外套的帽子抵挡大风，扯着声音问他们："你们……有事吗？"

胖猴在心里打了打算盘，然后往前探了一步，故作很急的模样："我是来接你的，等你半天了，你姐让我带你去吃个饭！"

"我姐？"岑芙蹙眉，发出质疑声。

岑颂宜怎么会突然找自己吃饭，难道是要问找人的事？毕竟自从上次她让自己找和许砚谈暧昧的传媒系女生到现在，自己也没告诉她什么。

胖猴隐藏自己那几分不自然，摸了摸鼻子："啊，对。嗐，妹妹一块吧，热闹热闹。"

"对啊，一块玩吧。"小杨也邀请她，虽然不知道为什么，但是跟着胖猴哥说就对了。

岑芙想了想，就怕真的是岑颂宜要求她去，她不去反而会惹到岑颂宜。毕竟她们姐妹俩平时几乎不会微信联络，谁知道岑颂宜是不是早就把她屏蔽掉了。

等岑芙上了出租车，车子启动，她才恍然意识到——她敢这样和胖猴这种并不算熟悉的陌生人走，只是因为胖猴是许砚谈的朋友。光是这一点，就给了她毫不怀疑的信任和安全感。

岑芙抬头望了一眼坐在前面副驾驶的胖猴，然后转眼看窗外。

许砚谈给予她的影响，早已渗入了她的皮肤肌理，牢牢地融于一体。

多么恐怖。

岑芙被他们带到兰亭湖酒吧街，这边在万圣节这样的节日是最热闹的。

穿着各种 cos 服装的年轻人挤在酒吧里、街道上，还有不少驻唱歌手直接到店外面表演，随处都是热闹的声音。

胖猴攒的这个局也是个变装局，她一走进宽敞的大平层包间时，就被里面穿着奇装异服唱歌喝酒的陌生人惊到了。包间里有二三十个人，各种嬉笑嘈杂交织在一起，吵得岑芙脑子发蒙，她忽然有些后悔过来了。

“妹妹，这边。”胖猴给她示意，去前面那个包间里的小房间。

她跟着他过去，开门踏进去的瞬间就感受到了里面相对舒服的宁静，下一秒抬头，眼底映上了窝在沙发里小憩的许砚谈的侧脸。

他一半的脸被阴影隐藏，挺直的鼻梁骨骼走向被光线勾勒，滑到嘴唇，往下到喉结。

鬼斧神工般的比例和线条。

许砚谈听见胖猴的声音，缓缓睁开眼，偏头的同时开口，语气略有些不耐烦：“这么久，死外面了？”

“哎呀，我这不接人去了嘛！”胖猴不知道许砚谈和岑芙前两天刚不欢而散，现在还以为自己干了好事，急着跟许砚谈挤眉弄眼，在邀功似的。

岑芙始终望着许砚谈，站在原地浑身发僵，双手背到身后绞在一起。

她没想到许砚谈也会在……不对，她怎么能想不到呢。

而许砚谈却只是草草瞥了她一眼，然后起身去拿放在茶几上的酒杯，连句话都没有说。

小包间里一下子陷入一片死寂。岑芙缓缓垂眸，感觉脸上火辣辣的。

胖猴一看许砚谈这态度明显不对，正纳闷呢，穿着红丝绒裙子从外面进来的岑颂宜正好看见了岑芙。

她先是皱眉，然后偷看一眼气定神闲呷酒的许砚谈，然后小声问岑芙：“你怎么来了？”语气里的不满很明显。

岑颂宜一问出这句话，岑芙瞬间就知道胖猴在说谎，略带埋怨地瞪了胖猴一眼。

胖猴心虚，直接装傻跑去跟许砚谈坐。

包间小，这个时候又没人在唱歌，所以谁说句什么话都能被所有人听得一清二楚。

胖猴这一举措直接把岑芙丢到了两难的尴尬境地。

她手指捏着衣角，眼神暗了暗，再抬头时换上那副无辜的表情：“是胖猴哥带我来的呀。”

“他说今天有聚会，邀请我来。”岑芙直起背，虽然是面对着岑颂宜，下一句话却是有意无意说给某人听的，“我们是朋友，对吧胖猴哥？”

胖猴对上岑芙那双明澄澄的眼睛，不知为何突然后背起了层鸡皮疙瘩。

小姑娘的眼神无辜又单纯，可是他就是莫名感受到了一股胁迫。

好恐怖……

“哈哈，对啊，是我带着妹妹来的。”胖猴边倒酒边打哈哈。

“你俩啥时候成朋友了？”岑颂宜虽然不解，但也没多管，挥挥手打发岑芙，“这儿太乱，你先回家吧，谁都不认识你在这儿玩什么啊？”

这句话简直成了免死金牌，岑芙心里松了口气，笑脸相迎：“好，那我就……”

话没说完，小包间里响起另一道声音——

“认识认识，不就都熟了？”

岑颂宜和岑芙齐刷刷地看向许砚谈。

岑芙一口气憋在胸口，许砚谈一句话，直接把她从安全区再次拽入了危险的地域。

视线笔直望去，他俯着身，手肘支在膝盖上，单手指腹摩挲着古典琉璃杯的雕刻纹路，澄黄色的威士忌在杯中摇曳。

许砚谈抬眸对上她的视线，缓缓勾唇。

岑芙记得这抹笑，脑子一激灵——不好。

刚才她说自己是为了胖猴才来聚会，许砚谈不高兴了。

“岑颂宜妹妹，过来，”他举起酒杯停在唇边，喝酒前落下命令，悠哉痞气，“跟我认识认识。”

岑颂宜一听许砚谈这暧昧又“柔和”的语气，眼神瞬间变了，望向身边妹妹的眼神带着审视。

岑颂宜马上笑着阻止：“砚谈，我妹她不会聊天……”

许砚谈懒洋洋地飞了一记眼刀过去，岑颂宜瞬间闭了嘴。

心中莫名的情绪往怪异的地方发酵。岑芙已经无法选择了，她惶惶地看了眼许砚谈，然后僵着后背一步步走向他，脚步甚至可以在包间踏出回音。

岑芙就在岑颂宜的注视下坐在了许砚谈的身边，保持一定距离。她感觉自己的四肢都是麻木的，好似灌了铅般难以动弹。

许砚谈给她拿了只杯子，是和他一样的玻璃雕刻古典杯。

他盯着那杯子，伸手去拿威士忌的酒瓶，问：“能喝酒吗？”

岑芙直接摇头，有些害怕，细声软糯：“不……”

下一刻，许砚谈就跟没听见她拒绝似的，往杯子里倒了三分之一的威士忌。

“哟呵。”胖猴还在一边添油加醋，“好家伙，砚哥你这交朋友真够诚意。“妹妹，你可得好好品，这酒一支好几十万，一口就是一顿饭。”

岑芙心里一颤，想到自己还没还清他的那些钱。

许砚谈倒完酒，偏头看她，示意。

岑芙与他对视着，试图让他察觉到自己眼神里的恳求，求他不要再这样为难她。

可是许砚谈的眼神冷如荒漠，一丝情绪都寻不到。

这时候小包间里又进来了不少朋友，一下子热闹起来，终结了原本安静窘迫的气氛。

岑芙余光瞥见岑颂宜还在看自己和许砚谈。

然而许砚谈却像是丝毫察觉不到一样，如盯上猎物的黑豹，攫住岑芙的魂魄不放。

下一刻，她在这热闹里颤着下唇，伸手捧起那杯子。

冰凉的琉璃凸纹在她掌心肆意散播绮靡，岑芙低头，闭着眼强迫自己含了些威士忌入口。

醇厚的烈酒刺激瞬间攻占了岑芙的嗅觉和味觉，蜡质感冲袭了她的舌苔，随后就是蹿上鼻子的难受。

岑芙双手抓稳杯子，偏开头忍不住地咳嗽，生理泪水都被呛出来了。

这是她人生第一次喝烈酒。

威士忌，许砚谈。

她大概会记一辈子了。

“好喝吗？”他问。

烈酒的攻击性还未褪去，喉管到肚子都火辣辣的，岑芙倍感委屈，只顾着摇头。

许砚谈唇边的弧度更深，略带气音的嗓音蛊惑力十足：“这么近着看……”

岑芙眼眸瞪圆了，不知道他下一句要说什么自己接不住的话。

这时候包间莫名安静了几分，许砚谈缓缓眯起眼，装作微醺酒醉，睨着她的目光镀上不加修饰的直白缱绻，任他人随便就能看出。

他故意的。

“你好像比你姐长得漂亮。”

岑芙的心跳停了——

岑颂宜几乎没有延迟的眼刀直接扎在岑芙身上，不敢置信的，瞬间起怒的。

许砚谈还不罢休，拿出手机晃了晃，搭讪调戏：“跟我加个微信？”

岑芙“唰”地站起身，有些晕乎乎的。酒杯倒了，昂贵的酒液弥漫在桌面上。她脸色苍白，根本不敢看岑颂宜那边。

许砚谈再多说一句过分的话，她的好日子就要没了。

她匆忙退了几步，直接远离他，低着头去拿自己的外衣和背包，跟岑颂宜说了句：“姐、姐姐……我、我先回家了。”然后不等岑颂宜有什么反应，便转身慌慌张张地离开包间。

其他人还在玩纸牌游戏，扎成一堆，仿佛没人留意到这边发生的一切一样。

许砚谈还保持着原来的姿势坐在那儿。

他垂眸，盯着那杯倒了的酒，意味深长，无人能探出他的真实情绪。

溢出的酒在桌面上漫延，沾到他手边的这杯。

一片灼眼的辣醇蒸发在空气中，最后留下甜腻的余韵钻进他的呼吸。

岑芙都不记得自己是怎么回来的。她喝了酒，头脑昏沉，又被吓坏了，出去拦了一辆出租车，报了自己家小区的地址就开始大脑宕机。

窗外街景穿梭，而她大脑里反反复复都在演练今天这一出之后，自己会遇到的各种麻烦以及解决的办法。岑颂宜对自己多出的每一点警觉和审视，对岑芙来说都是麻烦，是阻碍她计划的绊脚石。

岑芙缩在出租车后座，抱紧自己，把脸埋下去无声哀怨。

不该的，她不该去惹许砚谈。

一开始就错了。

临近深夜，风又开始叫嚣起来，气温也降了下去。

岑芙付完钱，头重脚轻地进入小区，往单元楼慢慢悠悠地走，身边偶尔路过几个在小区里散步的邻居。

今天的事，岑芙越想越觉得委屈，借着酒劲，那股泪意翻涌在眼底。

风抽在她发热的脸庞上，她吸了吸鼻子。

眼见走到了自己家单元楼下，岑芙抬手刚要去擦眼泪，从暗处突然伸出一只手，揽住了她的腰，倏地把她拽进楼侧暗处。

“啊！”她吓得叫出半声，还没反应过来，后背撞上了坚硬的墙面，撞得她脊柱酸痛。

岑芙惊悚地抬头，直接栽进许砚谈深邃的眼底。

她惊愕得说不出话来，他怎么会在这里……

许砚谈伸出左臂撑在她旁边的墙上，拉近和她的距离。此刻他的双眼根本没有当时的微醺混乱，在黑夜里清亮得仿佛有光，带有侵略性的光。

“你……”岑芙翕动唇瓣。

许砚谈抬手，用指腹擦去她眼角的湿润。

岑芙浑身战栗了一下，肩膀不自觉地缩。

“喝多了？”他开口问。

她偏开，不肯看他，摇头。

“还认得我是谁吗？”他又问。

岑芙想起那杯难喝到要命的酒，心里来气，略有情绪地瞪了他一眼，含含糊糊地叫他名字：“许砚谈……”

殊不知，她其实已经醉了。

而这样半清醒半迷醉的执拗模样落在许砚谈眼底，化为另一番风情。许砚谈为她擦掉眼泪的手往后伸，擦过她耳后那块胎记，最后，那些虚假的温柔烧成了强势，他略用力地掐住她的后颈。

岑芙整个人被迫抬起了头与他对视，身子被往前带了几分，眼底瞬间染了红。

许砚谈控制住她，在月光和冷风之下，俯身偏头，凑近她的脸。

她看着他一点点靠近，眼睫簌簌眨动。

他在近于咫尺的时候停下，就这么审视着她。

许砚谈冷着脸，嗓音醇厚稳平，却比震鼓还能令她心悸。

“岑芙。”

岑芙心跳快得要蹦出嗓子眼，下意识屏住了呼吸。

他略带气音的嗓调混着说不清的性感，意味不明地来了句：“晚了。”

太晚了。

你现在想跑。

许砚谈说完后，盯着她红润微颤唇瓣的目光逐渐炙热。

两人的呼吸已经近到如藤蔓般交织，喝的同一种酒，他酝酿出的浓烈和她沁出的甜香冲撞在一起。

“我忍你很久了。”他说。

岑芙紧张得有些缺氧了，呼吸禁不住加重。

那不只是害怕，在触碰到他的瞬间，自己的五脏六腑连带着毛孔都给出了反应。

敏感，又期待，并难以控制地被吸引。

“猜猜，”许砚谈这个时候才缓缓变了表情，嘴角勾起了弧度，“猜我会不会吻你？”

她震惊得瞪大了眼睛，眸子里写满了恐惧。

不要……不行……不能这样……

“不……”她开口，嗓音又抖又软。

“会。”

许砚谈俯首，落下惩罚。

万圣节，野风起，怪盗夜行，掠夺的预告函早已堆叠在她心里。

此刻，他来偷走属于自己的那颗心脏。

第五章

/

咱俩就这么算了

H U D I E Y I S H I

和酒吧那晚一样，许砚谈的吻从来不会温柔。

岑芙在第一时间就吓得闭紧了眼，视觉全黑，其他感官被无限放大。

许砚谈的外套是敞着穿的，她双手抵在他温热的胸膛上，手心感知着他沉重的心跳。

他温热厚沉的唇碾在她唇瓣的瞬间，岑芙脑内无数神经立即炸成白色烟花。

许砚谈控在她后颈的手缓缓上移，扣住她的后脑。路灯应声亮起，微弱的光斜打过去，将他手背上凸起的青筋暴露在月亮眼眸之下，和她柔软的、飘起的黑色软发纠缠在一起。

岑芙根本挣扎不开。

好似惩罚，许砚谈咬在她下唇上，力度不小。岑芙疼得叫出声，因此主动打开了齿关，他顺势攻入，野风从黏腻声中逃逸穿过，湿润又禁忌，她越是逃避他越是侵犯。

威士忌的浓醇清香渡进她口中，岑芙根本受不住他这么来势汹汹的吻，在听见自己不可控地发出声音时羞耻地红透了脸。

而他另一只手早就扶在她后腰上，帮她稳住，还捏了两下，像是嘲笑。

他灼热的呼吸喷在她脸上，脸颊与她的相蹭，擦出旖旎的火花。

仅仅是一个吻，就让她几乎灵魂半抛，飘在空中。

要死了……感觉快不行了……

许砚谈用嘴巴、用手、用怀抱把她禁锢束缚住。她被怀抱着，亲吻着，病态的化学反应在心里炸开。她在与正确的选择背道而驰，她在做不能被自己原谅的事。

可是许砚谈对她的这股强硬和束缚，也让她感受到前所未有的偏爱和安全感。

而所处的位置就在她家的楼下，岑颂宜随时会回家，她的父母也有可能会路过。

多么危险，多么刺激。

这一吻把岑芙的神经理智逼到了疯狂的临界点。

粗粝和柔软合二为一，许砚谈用舌尖席卷走她的全部，还在不断加深，时而爱抚时而惩处，又咬又亲，根本没什么技术含量，直白的野性和掠夺，攻占了她的身体和心。

除了乱撞的心跳，岑芙逐渐感知到自己身体发生的变化，既新奇又害怕。她腿软得站不住，最后倒在他怀里，鼻尖顶到了他的锁骨。

这是两人第一次正儿八经的拥抱。

许砚谈把人搂住，小姑娘的鼻头软软地抵着他颈下的位置。

岑芙揪着他的衣服，羞得快哭了，垂着眼帘，看都不敢看他。

许砚谈接过吻的唇也是湿润的，摩擦后有些红。他的视线从岑芙的眼睫扫到红透的脸蛋，最后到水光泛滥的唇瓣，许砚谈的痞气又融进语气里：“小软脚虾。”

他没有再强迫她与自己对视，而是扯着沙哑的嗓音引诱她：“岑芙，看我。”

不知道为什么，有一股感觉直冲头顶，岑芙就像中了他的蛊，听话地一点点把视线抬起来，对上他炙热的眼。

刚柔对撞，月光的冷调瞬间被焚烧成暖调。

岑芙一逃再逃，一躲再躲，耗尽了许砚谈对她的所有耐心。她逃一步，他就逼近两步。总有一刻，她会躲无可躲。

就譬如现在。

许砚谈抬起拇指，用指腹抹掉她嘴角沾着的略显狼狈的湿润。她被欺负惨了的可怜模样让他有些控制不住自己。

他按捺住跳动的眉头，轻勾嘴角，缓慢地问：“喜欢吗？和我接吻。”

许砚谈平日里是无情的，那双锋利的丹凤眼会捏碎所有人试图冒犯他，接近他的勇气。

他对所有人都淡薄，却在她面前倾泻所有欲望。这样独有的偏爱，成了岑芙根本控制不住想去摘取的禁果。

岑芙在两种思绪里被推来挤去。

一个声音叫她远离他，一个声音又告诉她你拒绝不了他。

她难为情地沁出眼泪，拼命摇头："不喜欢……"

许砚谈审视着她的眼神，忽而挑眉，直接戳破："小骗子。

"骗了我多少次了？"

下一刻，他再次俯身，把唇凑近。

许砚谈亲昵地用自己的鼻尖去蹭她的，感受这股痒："再亲会儿，嗯？"

岑芙瞬间警觉，用手推他，羞愤得打磕巴："你要流氓，不行。"腿还软着，她根本没力气。

"知道什么味儿吗？"许砚谈没有真的落下唇，而是在这样近的距离与她交谈。

岑芙一顿，眨了眨眼。

他敛眸，紧紧盯着她的唇不放，意味深长地调情："甜的，让人特别上瘾。"

突然一下，她的脸连带脖子又烧起来了——

许砚谈这次没有再强迫，而是一分一寸地低头，把嘴唇递过去。

也不闭眼，就半眯着，看着她。他一步步靠近，就等着她的反应。

他在用行动问她：岑芙，是接受我，还是推开我？

岑芙看着他的脸一点点放大，睫毛开始轻颤，手攥在他衣领上，手指一点点蜷紧。

推开他，推开他，推开他，她的理智一遍遍命令着她。可是她浑身上下没有一处能够准确执行指令，理智和身体的连接系统全线崩盘。

如果可以抛弃一切顾虑该有多好，让她尽情地享受他狂烈的亲吻，享受他危险的怀抱，岑芙在瞬间冒出这样的想法。

岑芙就这样看着他接近，直到近到没有任何距离，都没有做出任何抵抗的动作。

许砚谈的眼神深邃，再也没有任何犹豫地攫住她的唇瓣，奖励般地、温柔地吮吸。

然后他稍许松开，低沉而短暂地呵笑一声，再吻住她。

他收紧自己的手臂，把她圈到怀里，抱紧。

清冷的月光下，拥抱的二人难舍难分，情绪肆意。

那天晚上，岑芙几乎一夜未睡安稳，朦胧的睡梦里，反反复复都跟许砚谈有关。

他触碰在自己耳后的指腹，他喷在自己脸颊上的温热鼻息，还有他低声说的那句——

“为什么躲我？

“岑芙，你在怕什么？”

经过大风三四天的席卷，崇京的气温彻底冷了下去。

岑芙今天出门加了条围巾，盘算着再过一周把羽绒服拿出来替换棉服外套。

那天晚上的荒唐胡闹究竟是怎么结尾的，岑芙后来都无法清晰回忆。那一口威士忌的威力远超出她的想象，晕乎乎的醉感把她所经历的回忆撕成碎片。

她甚至都怀疑，那不会是她做的一个梦吧，结果第二天醒来的时候，她一摸手机就看到许砚谈发来的短信。

没错，是短信——还是条图片彩信。

他早就猜到岑芙已经把他设置成消息折叠不提醒，所以故意发了条古早的彩信。

而图片的内容更是让她瞬间清醒：许砚谈举着手机，镜头对着自己的嘴唇，把下嘴唇被咬破的一块地方拍得清清楚楚，嘴角还挂着若有若无的笑，单看一张嘴就能感受到那股子浑劲。

没有任何配字，可岑芙却精准地接收到他的意思——

你咬破的，别想赖账。

一定是这个意思。

明明是他拉着她亲个不停，把她惹急了，她生气之下咬了他。可怎么感觉许砚谈好像很享受很得意？

流氓，浑蛋，坏种！

萧瑟秋风把枯叶带到地上，掠过她的小腿。明明行走在初冬之中，身上衣物都泛凉，可她只要一回想有关许砚谈的那些事，就会难以自控地浑身发热，尤其是耳朵。

岑芙把手从兜里拿出来，使劲地拍了拍自己的脸蛋，拼命让自己清醒一点。

不能再想他了！本来那晚做的所有事都是不该的！没有好好想对策就罢了，竟然还恬不知耻地一直沉沦……

又走过一个路口，她转向进入巷子，抵达秘密书店的后门，开始今天的兼职工作。

岑芙换上书店员工的工作服，一边系围裙，一边走出员工休息室。正准备往饮品台走去，却遇到想去上卫生间的同事，他拍拍岑芙的肩膀说："小岑，饮料做出来了，你帮忙给送一下，客人坐在4–5书架旁边那个位子。"

"好的，我去就好。"岑芙微笑回应。

她端起放着饮料的托盘，稍稍低着眼，走到那儿把饮料放在桌子上，收回号牌，抬头熟络道："您好，您的饮料齐了……"

话没说完，在看清坐在自己面前的人后，岑芙嘴边的礼貌微笑和剩下的尾音一同僵住。

视线正前方，岑颂宜穿着一身枫叶红的风衣，戴着顶法式的大帽子，鬈发漂亮，明眸妖媚。

她端正地坐在椅子里，看向岑芙的眼神在瞬间绽放锋芒。

岑颂宜将岑芙这副呆愣的神色纳入眼底，然后一点点抬起下颌，眼里飘过很明显的嘲讽。

两姐妹就这样一站一坐对视着，谁也没说话。可是气氛已经在瞬间变了味道，火药味和威胁意味一触即发。

岑颂宜点了点头，示意她："坐。"

那瞬间，岑芙只觉得仿佛被人抽空了所有靠山和底气，灭顶之灾就在眼前。

她后背凉得彻底，扶着桌边，缓缓坐到岑颂宜对面。然而，被她知道自己打工并且当场撞破并不是最糟糕的。

糟糕的永远在下一秒。

岑芙刚坐下，脑子还没梳理清楚思绪，就听见岑颂宜更为刺骨冷酷的话响起："你一直在跟我装，其实你和许砚谈走得很近，对吧？"

岑芙垂着的眼神彻底暗了下去。

完了。

书店里整体氛围柔和美好，唯独4–5书架边的这一小片范围却格格不入地陷入了冰冷的死寂。

岑芙听见岑颂宜冷冰冰又笃定的问话，只觉得浑身血液倒灌，双腿如沉了铅般难以动弹。

最喜欢也最擅长逃避的她，坐在这里没有任何办法逃脱。她强撑着挺直后背，尽量不让自己露出过于明显的心虚。

调动出剩下的所有勇气，岑芙抬起头，压低眉头，让无辜和焦急充满自己这双虚伪的眼眸中。

“姐……不是那样的，你听我解释。”她颤着声开口。

岑颂宜的眼神不曾动摇过，用刺骨的审视考究岑芙每一分表情和言语，没说话。

那天胖猴喝多了，她在他的嘴里听到了关于岑芙和许砚谈走得很近的消息。

她让岑芙去打听那个女生，岑芙还支支吾吾地用不熟敷衍自己。

许砚谈对岑颂宜来说是绝对要占有的人，哪怕是这个毫无威胁的岑芙，也绝不许她靠近许砚谈半分。

而且……岑颂宜脑海里闪过那张偷拍照的内容。那个女生的背影，怎么看怎么眼熟。

她忽然有一种很荒唐、很离谱的猜测，几乎不可能，可又好似成立的猜想。

岑颂宜眼神锋利地盯着岑芙。

岑芙放在桌下的双手绞在一起，指尖刺进肉里，用疼痛激发自己的冷静。她强装无辜：“只是因为学校那个普法节目，我不是也在拍摄组里吗？要不是因为你是我姐姐，他估计都不会赏我一个眼神，而且他能配合我工作也肯定是托了你的福。”

岑芙喉咙里泛出紧张的酸苦，她咽了咽嗓子，继续说：“姐，我跟你保证，我跟姐夫真的是前两天才熟起来的。”

岑颂宜听完，表情并没有什么变化。与岑芙一母同胞，她也是个敏感又多疑的人，心思和思维都缜密十足。

岑颂宜当然不会只凭岑芙几句话就相信。她轻扯嘴角，直接开口：“是吗？可我怎么听胖猴亲口说……”

她把那天胖猴醉后说的话原封不动地复述：“本来以为把你带过去，许砚谈会高兴。”

岑芙的心跳倏然被抽走一拍，这句话几乎绝杀到她无法为自己开脱。

她干笑一声：“姐，胖猴哥喝多了以后说的话……你确定他没有把咱们两个弄混吗？”

岑芙眸色一闪，忽然抬起头直视岑颂宜，露出一抹释然的笑：“姐，你觉得胖猴哥说的可能是我吗？

“我去聚会，姐夫有什么可高兴的？你不是说他一直都不待见我吗？这太不合理了呀。

“姐，你最近是有什么心事吗？”

只要比岑颂宜理直气壮，比她更笃定，即便是谎言，也能让她的武断动摇几分。

果不其然，岑芙这些话说出去以后，岑颂宜瞬间流露出怀疑自己的神色。

确实，岑芙每天除了在学校读书就是回家待着，再不济就是去图书馆自习。她这个无趣的妹妹和许砚谈完全不在一个世界里，不可能有任何交集。

可是……她是问到许砚谈经常会来这家书店喝咖啡才摸过来，想试试看能不能偶遇。前两天她过来的时候站在门外，却一眼看见了在这里偷偷打工的岑芙。

这是巧合吗？

心里这股奇怪的感觉始终没有散去，岑颂宜眯起眼睛，脑子里浮现一个想法。她陷进沙发椅的椅背里，叠起腿，带着命令的语气不容置疑：“我们最近有点小矛盾，在冷战。”

岑芙垂着眸，只听了一句前提，心中就响起警铃。

“这样，你既然因为学校的事跟他交集比较多，那就帮我把他约出来，其他的你别管。”

岑芙抬眼，试探着问：“约到……哪儿？”

岑颂宜没有说话，只是递给岑芙一个暧昧的眼神。

已经说明一切。

不知怎的，犹如一块巨石从天而降砸在她心上，压得岑芙有些透不过气：“这……”

“不愿意帮忙？”岑颂宜伸出手指，做了漂亮美甲的指尖点了点桌面，笑了一声，“你打工的事儿……”她笑得明媚，“我可得跟妈说说了。

“你偷着在外面挣那几个破钱，总得有什么原因吧。只要你愿意帮我，这事我就当不知道了，平时在家里也能帮你打打掩护。”

怒火从心底直接涌上嗓子眼，烧得岑芙舌苔发干。她拼命压抑着自己的愤怒，桌子下的手攥成拳。

就知道，只要自己不任由她差遣，她就会拿这个威胁自己。岑颂宜有了这把柄，以后可以无数次、无底线地要挟自己为她做事，只要这份兼职对自己足够重要。

焦急和走投无路交叠在一起，衍化出了叫作恨的因子。如果不帮她，她一定会把自己打工的事抖搂到家里人那边，最后不仅工作没了，没准挣到的钱也要被没收。这样一来，出去租房度过寒假的计划将会彻底泡汤，惹了妈妈生气，自己在家里更不会好过。

如果帮她，那么自己也就再一次欺骗许砚谈。

岑颂宜要干什么，她根本就不知道，真惹怒了许砚谈，自己会好过吗？也不会。所以对于她来说，岑颂宜抛给她的选择从不是愿不愿意帮其约许砚谈出来。

岑芙很清楚，在许砚谈和逃离原生家庭计划这两者之间，她必须要抛弃一个。

次日。

岑芙跟着拍摄组讨论第二期的策划方案，因为这次项目的重要性，法学系的老师和传媒系的老师也加入进来参与策划。她跟其他大一的同学基础知识还没有打牢，也没有这方面的经验，就站在旁边听着学姐学长和老师们讨论，学习旁听。

岑芙正听着，耳畔忽然扑过来一阵温热。

“怎么不坐着？”许砚谈压低的气音，引得岑芙耳后一整片肌肤战栗。

她回头，对上他淡笑的眼神。只见他双手插兜，俯着身靠在她耳边的位置。这么多人在场，别人随便一个扭头或是抬头就能看见距离暧昧的他们两人，他却坦荡自如。

岑芙默默往旁边挪远了一步，小声回：“没有椅子了。”

许砚谈吊儿郎当地点了下头，瞟了一眼那些坐着交谈的大二大三学生，低声说：“他们屁股底下不都有椅子吗？”

岑芙：……你以为谁都跟你似的嚣张跋扈，走到哪儿狂到哪儿啊！

这时候，法学系的教授一抬头看见了许砚谈。他脸上挂着和蔼的笑，眼神能看出对许砚谈的喜爱，提高声音突然插话：“哟，砚谈来了。你说说，对这几个案例怎么看？”

这个教授是法学系最有名、最有威严、最受学生们爱戴的老教授，他一发话，小会议室里所有人瞬间将眼神齐刷刷投向站在岑芙身边的许砚谈。

虽然都是看许砚谈的，但在旁边的岑芙却能感受到那股万众瞩目的灼热感。

要是换作她被这么多人盯着，早就吓得浑身出汗了，但许砚谈本人却跟方才一样没有任何变化。

他一副顽固不化的悠闲模样，眼尾一挑，直接跟教授开玩笑：“您都在这儿了，我哪敢造次啊。”

他这话一出，会议室里很多学生偷着乐，氛围一下子变得更加活跃和谐。教授伸出手，指了指他，无奈地笑：“你啊，平时跟我少造次了？”

岑芙望着许砚谈，只觉得现在被学生钦慕、被老师欣赏的他，也那么吸引她。

在许砚谈低头捕捉她视线前一秒，岑芙匆匆躲开，假装没有留意他看自己手里的资料。

会议开到一半大家休息闲聊的时候，许砚谈把岑芙叫了出去。

岑芙手指触着身后冰凉的白墙，有些不敢看许砚谈，却又在心里提醒自己要自然一些，不然任何破绽都会被他发现。

“微信什么意思？”许砚谈神态惬意，并没有隐藏自己愉悦的情绪，“约我呢？”

两人对立而站，岑芙却不如他那般悠闲自得，一颗心一直在往下坠，坠落。

是的，昨天晚上，她发微信邀请许砚谈今天晚上去休闲会所的贵宾包间玩。

就是岑颂宜预订好的地方。

“怎么挑了这么个地儿？”他又问。

岑芙抿了抿有些干燥的嘴唇，轻松一笑，怯生生地抬眼对着他扯谎：“我舍友纤纤，邀请我去玩的。

“就想问问你……有没有兴趣，你要是看不上就算了。”

“哦？”许砚谈往前走近一步，语气肯定，“突然献殷勤，有事求我？”

岑芙使劲摇头，谎言就快撒不下去了。她伸手推了下许砚谈，赶忙逃走：“随你来不来吧。”

不来更好，反正她已经听岑颂宜的话邀请他了。

她背对着他快速离开，心脏“怦怦”地跳。

傍晚，崇京上空毫无征兆地被乌云笼罩，狂风大作。

岑芙正在秘密书店打工。

窗外是狂乱无章的风，行人被掀起的衣服，自行车行进得吃力，都在印证这场风的肆虐。

眼前这一块吧台已经不知道被她擦了多少遍，岑芙眼神木讷，心脏像是被什么悬吊在半空中，始终不踏实，莫名难受。她根本就控制不住自己去幻想岑颂宜会拉着许砚谈做什么，他们孤男寡女会做什么。

岑芙讨厌自己现在这个样子。

除了心虚乱想，她还感到脚底发麻般的害怕。她不知道许砚谈发现又被她骗了后会是什么反应。

会生气吧，会报复吧？

岑芙手指收紧，抹布里的水被力度压榨出来，流在桌面上。

几乎就在一瞬间，铺天盖地的雨如珠帘般从天而降——

天地间顿时一片吵闹，厚实的玻璃墙也无法抵御这样的喧嚣。

她没有办法。

在许砚谈那摸不清有几分真的“喜欢”面前，傻子才会选择和岑颂宜对着干。她只能毫不犹豫地一次再一次地，选择抛弃一切，保全自己。即便她自己明白，她对许砚谈，是有心动和喜欢，可这几分动心和自己自由的未来相比，多么不值一提。

在各种纠结难挨中，天幕逐渐暗沉下去。

岑芙走到后面，发现还有一堆垃圾没有扔。

后门有垃圾桶，从出门到丢垃圾都有房檐保护不会淋到雨。岑芙怕自己不及时处理这些让店长看到会让人家不高兴，于是拎起两大袋子垃圾用后背推开门，顶着风雨去倒垃圾。

她刚出去，就被一股强风打得差点没站住，紧接着又有一股强风扑来，垃圾袋脱手落地。

等到自己的后背撞上湿哒哒的墙壁时，她才意识到出了幻觉，那不是强风，而是许砚谈的手。

她惊愕地抬头，对上他愠怒的眼神。

“轰隆！”

一道惊雷从天而降。

岑芙瞬间打了个寒战，肩头缩起。

许砚谈握着她手腕的手背青筋暴起，随风飘来的雨打在那起伏不平的手上，最终携带着炙热滚落。

两人周围的雨声如鼓喧阗。

可即便再喧闹，也无法侵入他们之间死寂一般的对峙氛围。

许砚谈手上用力，把她拉向自己。岑芙抵抗不住，后背离开墙面。

下一秒，他眉头一皱，再次把她推向墙上。

“咳！”她痛得咳嗽出声。

岑芙眨着含着眼泪的眸子望许砚谈，这才发现他的身上几乎浸透了雨水。可即便被淋湿，他身上却不见任何狼狈。好似他身上的那股烈火般的阴鸷已经击退了铺天盖地的雨。

连雨都对他俯首称臣。

“你……”还没等她说出话，岑芙的下半张脸被他一手掐住。

柔软的脸颊被他湿漉漉的指腹挤压，疼得她轻轻呜咽。

岑芙抬手，双手扯住他的手臂，想反抗却发现根本不是他的对手。

许砚谈不再对她这副无辜模样心软，脸色冷得如同把人置入冰窖。

他开口，攻击性张扬，嘲谑道：“岑芙，你拿我当傻子玩是吗？”

他句句带刺，字字发狠：“你真以为我舍不得动你，嗯？”

她的胸口犹如压了千万斤石头，令人窒息，稍微呼吸都十分痛苦。

岑芙无法反驳，更没脸解释。她只能任由情绪将自己的眼底染得越来越热，越来越红，浑身发抖。

掐着她比水还软的脸蛋的指腹有些颤抖，许砚谈嗓音低得骇人：“说话！”

岑芙只是看着他，眼眸转着脆恸，下唇瓣发抖，愣是半个字都吐不出。

此刻，她已经半句谎言都说不出了。

“岑颂宜答应了你什么条件了？”许砚谈很敏锐，见她不说话，他扬起的眸子镀上释然，勾唇笑得更冷，“还是说你巴不得这么玩我。”

说罢，他直接撒手。

脸上的压力骤然消失，失去了他的制约，岑芙的一颗心终于落了地，摔成一片碎渣。

“轰隆！”

又是一道雷劈下。

许砚谈后撤一步，雨水洒在他黑色马丁靴的周围，溅起水花。

“恶心我就直说，我不是什么闲得慌的流氓地痞。”

一滴冰冷的雨飘到他脸颊上，顺着他的眼尾，往下淌，划过一道水痕，到下颌处滴下。

一滴滚烫的泪从岑芙的眼眶滚出，热度瞬间被夺走，融在雨里，隐介藏形，鼻子也塞住，喉咙随着颤抖在缩窄，她快要窒息了。

许砚谈偏头，最后只用余光草草瞥她一眼，已经不再施舍认真的注视。

“岑芙，咱俩就这么算了。”

第六章

/

如果畏惧，就无法自由

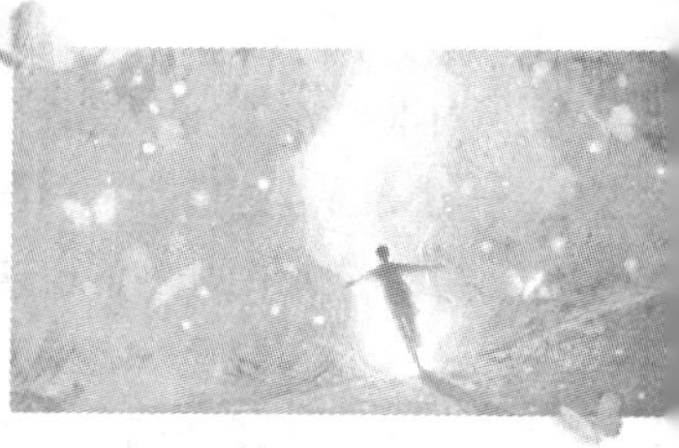

H U D I E Y I S H I

许砚谈举起酒杯示意，服务生小步走过来帮他续酒。

“岑颂宜，我有必要提醒你。”

餐厅中央的萨克斯独奏结束，表演者向台下所有品酒用餐的宾客鞠躬，安静的清吧骤然响起了还算整齐的清脆掌声，沸腾的氛围将许砚谈开口说的话吞没。

他并未因为周遭的音量而有意提高自己说话的声音，反而从未变化的眼神和语气，让人不禁被他无形的沉着气场压住。

许砚谈知道，岑颂宜一定会听得一清二楚。

岑颂宜还记得自己听见那句话的瞬间，耳畔是发空的。他一个冷眼投过来，即便不说话也足够伤人。

“许家没人承认过咱俩有婚约。”

原本已经打成将半的算盘，被他轻飘飘一句话击溃成碎片。一向擅长表情管理的岑颂宜，在他面前展露了裂缝。

今晚似乎要下雨。

模糊的视线逐渐聚焦收回，岑颂宜抱臂站在一面光洁的落地窗前，窗外的霓虹编织成如群星璀璨的血管脉络。

房间里昏暗一片，只有暧昧的香薰蜡烛飘着脆弱的火苗。自从那天之后，岑颂宜就没睡过一个好觉。这件事她也不敢跟自己妈妈说，说了妈妈肯定要歇斯底里地质问自己是不是惹到了许砚谈。烦躁和慌张一层叠着一层，让岑颂宜几乎有些丧失理智地去决策。

许砚谈虽然一直都没有跟她确定关系，但是从来不拒绝她在他身边，对那桩婚约也没发表过任何意见。她本以为许砚谈是默认的。谁知道他突然说出那种话，而她却都辨不清他话里到底是什么意思。

是明确拒绝？是警告？还是什么……

胸口沉沉浮浮，岑颂宜竭力运气，合上眼，抓着自己胳膊上衣料的手不断收紧。不是说许砚谈的叔叔许衡对他很重要吗？她爸舍命救了许衡。这么多年岑家也不曾要过什么，就许诺一桩婚事，难道他们能说没就没？

自清吧那晚许砚谈走后，岑颂宜在那刻突然闪出一个想法。

他对自己一直不上心，会不会是因为自己太拿架子了？也许妈说得对，她的演艺事业都可以暂时放一放，许砚谈那边绝对不能出任何岔子。所以她推掉了好几个本子，每天待在学校里，寻找可以接近他的机会。

可是，他还真是一点情面都不给。

岑颂宜缓缓睁开眼，眸子里透出一丝狠，决然之意坚如磐石。

妈妈对许家有目的，她就没有吗？她也同样对许砚谈，对这个婚事有着绝对不能撒手的理由。

“咔！”

她背后方向，远处的包厢门板应声开启。

岑颂宜骤然回头。

…………

这是家综合性的休闲会所，集休闲娱乐、住宿休憩于一体。如果是VIP独立包间更是囊括了所有的会所功能。

许砚谈按照岑芙给的包间号找上来，一身黑衣。靴底将柔软的毯踩得微陷，他与周遭穿着休闲睡衣走过有说有笑的客人产生鲜明的对比。来到103包间门前，大手刚扶到门把手，许砚谈动作忽然一顿，盯着面前门板，细密的眼睫将他审视的鹰光遮住了一半。

三四秒后，他压下门把手，推门而入。

门被推开，许砚谈的眼前被一片昏暗充斥，发现屋内和预想中一样寂静无人后，他眉头微皱。

空气中飘着馨香旖旎的蜡香，余光瞥见桌子上摆着的烛光晚餐和这一地的精致浪漫摆设后，他眉头皱得更紧。

下一秒，岑颂宜从一旁的浴室走出来。

她身上裹着白色浴袍，领口故意敞成V字，哪怕房间里只有暗淡的光线，依旧把她整个人映得白皙透亮。

岑颂宜的外表条件无疑是一等一的，几乎没有男性能够拒绝她这样曼妙的身段和勾人的眼睛。

两人的眼神隔空对上。

“砚谈，你来啦。”岑颂宜一步步靠近他，笑容里掺杂着细微的羞涩。

天衣无缝，难辨真假。

许砚谈扫了一圈房间，半点客套不给：“岑芙呢？”

岑颂宜的表情差点没挂住，听到这个名字，她心中莫名的火拱了上来。她贴上去，用手去摸他结实的手臂，干笑一声：“你什么时候跟妹妹这么熟了？是我想给你个惊喜，让她帮我约你过来。”

听到这儿，许砚谈的表情已经很臭了，他连个眼神都没给她，直接转身要走。岑颂宜见状立马急切地扑上去，毫无顾忌地将双手环绕他的腰间，搂住他，用患得患失的语气道：“你去哪儿？”

“砚谈，我心情不好，你陪我好不好？”她用自己的身体贴着他的，若有若无地蹭。

“做什么都行。”

一片柔软覆到后背上，低头瞧见她的柔荑缠绕在自己腰上，许砚谈彻底没了对一位女性的最大限度的耐性，一把抓住她手腕，转身倏地将人扔到了地上。

岑颂宜失声叫了一声，然后摔坐在房间柔软的地毯上，大腿和臀部都摔疼了。

经过这一摔，她所有的骄傲自尊都被许砚谈摧毁，浴袍松开，烛光摇曳，身上的黑色紧身内衣勒紧了她的白皙肌肤，把令人血脉偾张的性感挤压出来。

可惜无人欣赏。

许砚谈弯下腰，脸上带着明显的愠怒，捞起旁边的浴巾，用力地甩在她身上。

即使是柔软的布料，经过他手中的力度，打在她身上的时候也发出了令人战栗的闷响。

可见他的愤怒。

浴巾把岑颂宜的脸和大半身子遮盖住。她听着脚步声和衣服窸窣的声音，颤抖着肩膀把浴巾扒下来，露出自己的眼睛和脸。

许砚谈一步步走近，像降罪的厉神。

他俯身，在岑颂宜面前单膝蹲下，冷漠莫测的眼神直直盯着她，光是气场就能震得人后背发凉。

“我……”岑颂宜嘴唇张张合合，说不出话来。

“是我那天没说清楚，还是你脑袋有问题？”

他指的就是那天在清吧对她说的那句话。

岑颂宜脸色煞白。

许砚谈说完，缓慢地上下打量她一圈，最后将视线落在她狼狈受辱的眼睛上，勾唇：“岑颂宜，不必小瞧我，也别高估自己。”

你贬低了我的审美，也高估了自己的魅力。

这话中之意，精准地打在岑颂宜心上。

她从没受到过这样的羞辱，看着已经走到门口的许砚谈，瞠目大喊道：“你突然这么对我，是不是因为别的女生？”

许砚谈打开房门，外面的灯光铺洒进来，将他半侧身子照亮。他颀长地立在那儿，偏头看回去。明暗同时出现在他英俊的脸上，像吞噬天使的恶魔之子。

下一刻，许砚谈抬起一只手，屈起食指指了指脑袋，勾唇坏笑，给予对方毁灭性的精神打击。

而后他转身，毫不犹豫地关门离去。

——“岑芙，咱俩就这么算了。”

铺天盖地的雨没有终结的迹象。

许砚谈已经走远，而岑芙还被困在恐惧和心酸的梦魇之中。

在雨天，只要有风，哪怕躲在屋檐下也难逃劫难。

岑芙抹去飘到自己脸上的雨，心中苦涩难言，但理智告诉她，她只能这么选择。

她不知道许砚谈和岑颂宜之间发生了什么，但对她来说，等这场雨停了，一切都将结束。

周一，岑芙下课后先去食堂排队买饭。纤纤要和老师讨论一些事情，稍后会过来。

岑芙把纤纤最喜欢的砂锅米线摆在自己对面，用温热的手揉了揉还没消肿的眼睛，叹了口气。她刚想拿手机问纤纤什么时候结束，余光就瞥见一个发型怪异的身影在密密麻麻的人群中穿梭，飞奔过来。

她默默放下手机。

感觉未来和纤纤出去玩，就算走散了也不怕，就她那种发型风格，根本不会找不到。

纤纤今天把长发盘成两个甜甜圈似的造型立在头顶，不知道的人还以为她戴了两个金属扫描仪在头上。她跑过来，坐在岑芙面前，第一眼看过去的时候，表情有些不太对劲。

“吃吧，要金针菇不要香菜对吧？”岑芙没察觉到对方的不对。

纤纤看了看周围，凑上前小声问：“亲爱的，你最近……和许砚谈见过吗？”

岑芙心跳一顿，眨了眨眼：“啊？”

“‘啊’是见没见过？”纤纤挑眉。

岑芙抿了抿嘴唇，没打算对她隐瞒，点头：“嗯，昨天晚上刚见过。”

这次反倒是纤纤惊讶了，差点没收住声：“啊？怎么会昨天晚上……”叫到一半，她发觉自己声音太大，噤了声。

岑芙意识到有什么不对劲，蹙眉问：“有什么问题吗？”

纤纤和她对视着，从大衣兜里掏出手机，边说边点屏幕：“因为你不怎么关注学校那些八卦……不对，你可能都不怎么看热搜。”

她依次点开学校八卦公众号和微博热搜给岑芙看，在岑芙浏览的过程中，她解释：“昨天有人突然在学校八卦墙爆出岑颂宜夜邀许砚谈去那种半酒店式的休闲会所。

“你看，她穿着浴袍站在落地窗前被人拍下来了，绝对是记者，不然相机镜头不会这么好。然后这张是许砚谈走进会所的照片，拍得还挺清楚的，有大半张侧脸。”

岑芙看着那些帖子上的照片和言论，脸色如纸。

“也不知道是不是学校有人和记者串通好了，这东西一发到八卦墙许砚谈就被认出来了，紧接着岑颂宜这丑闻就上热搜。

“现在说他们什么的都有，”她说着眉毛都皱起来了，“有说许砚谈和岑颂宜恋爱的，有综合过去传闻总结说岑颂宜单方面纠缠许砚谈的，说这两人只是巧合在一起的很少很少……

“然后还拍到岑颂宜脸上有些红，不知道是不是被打的。许砚谈对女生动手的说法就出来了，简直是火上浇油。

“岑颂宜那边的影响就不用说了，听说许砚谈今天被教授叫到办公室了。”

纤纤猜测着，觉得这事越来越大：“那个和青年团合作的主旋律普法视频许砚谈不是代表学校法学系出镜吗？如果许砚谈的形象真的受舆论影响，好像都不只是他被撤下来，我们的视频估计……”

岑芙握着手机的手指不自觉地发起抖来，细微的，无人察觉。她颤着下唇，一点点抬起眼，望着纤纤，眼睛忽然蒙上了热泪。

她无法去设想许砚谈真的因为这事受了影响，干扰未来前程会怎么样。

“纤纤……”万般后悔如千针落下，扎穿了岑芙的心脏，她带着焦急的哭腔，“我好像做错了事……”

岑芙将事情的所有经过都告诉了纤纤。纤纤听完眉头锁紧迟迟没有松开，最后伸手安抚地拍了拍岑芙的手背，鲜见地带着稳重温柔：“亲爱的，别自责，这不怪你。不管是不是意外，这都是岑颂宜自己作的，你和许砚谈都是受害者。”

纤纤压低眉头，骂了句字正腔圆的脏话：“还是亲姐姐吗？心真黑，我第一次见到姐妹两个人之间的相处会出现威胁这个词。她当自己是谁啊！”

喊出这句，纤纤的甜甜圈发型都要奓毛似的。

岑芙被她的话安慰到了些，眼里的红褪去稍许：“你说，我要不要跟他道个歉？毕竟我不该骗他。”

纤纤摸着下巴：“如果你只是想为这个欺骗道歉，我支持你。但是如果你想为之后的事道歉，没必要，这与你无关。”

正听着这话，岑芙抬头望去，恰好看见一抹熟悉的身影从食堂二楼走下来。

她都不管自己还没吃完的饭，“啪”地站起来。

纤纤吓了一跳，筷子刚夹起来一根米线就抖落回去。

“你先吃，我……”岑芙匆匆背起包，视线一直望着远处，几乎没有犹豫地追了过去。

纤纤回头，望着岑芙娇小又坚定的背影，默默笑了。

岑芙追了出去，瞧见几米之外走着的许砚谈。

天气冷了，他身上穿着黑色薄呢大衣，立体的大衣将他颀长又有型的身材突显得淋漓尽致。

周边某些学生看见他的脸，忍不住凑在一起窃窃私语。

想也知道其中的内容。

洞察力那么强悍的他怎么会察觉不到周围复杂又刺人的眼神和窃语，而他充耳不闻，挺直的后背透着说不出的倨傲。

从未在意，从未低下半分头颅。

不知为何，看到这个背影，岑芙的胸口突然开始发闷。

下一秒，她迈步向他小跑而去。

说什么已经无所谓了，她现在疯狂想做的事，只是单纯地走在他身边。

轻快的脚步踏在路面上，她急着跑了好几十步，终于来到他的背后。一靠近，岑芙就立刻被他那股杳然的冷肃气质所吸引。

岑芙连着翕动两三次嘴唇，却始终叫不出他的名字。

难堪、愧疚在她唇齿间阻拦，她伸出手想去扯住他的衣袖，白皙瘦弱的手停在半空中，迟迟没有下一步动作。

"许……"岑芙鼓起勇气张开嘴巴，就在这时，她的身后出现了一道声音。

"许砚谈！"

许砚谈回头。

那生冷锋利的眼神吓得岑芙一激灵。

岑芙仰头望着他，保持着半张开嘴的姿势，想顺势把心里话说出来。

道歉的话，只要被说出来，她就不会愧疚得心肺都要被撕扯开那么难受。

然而下一秒，岑芙的血液瞬间凝固。

明明她就站在许砚谈的面前，而他却视她为空气，视线连一毫厘都没有向她偏移。

他直直地望向远处叫他的男同学，下一刻抬腿走向对方。他路过岑芙身边的时候，大衣里面那股山林的木质清香混着淡淡烟草味，清冷中带着攻击性，借着风向她袭来。

不知为什么，岑芙再也感受不到他身上给予自己的那股灼热难耐的牵制感。相反，这股尤为疏离的冷漠，毫无偏差地传递给了她。

岑芙回头，望着许砚谈刚硬的背影，嗓子一片苦涩，化开了，全是难以下咽的酸。

他说就这么算了，然后，就真的再没看她一眼。

随着几场大风和突如其来的雨，崇京的秋季彻底成为过去式。

岑颂宜和许砚谈的绯闻事件爆出来之后，岑芙就一直在关注，第一次当了“坏学生”，在上课的时候完全走神，一直在偷看手机。

然后她发现，当天下午，不知从什么时候开始，互联网平台的风向就骤然变了。热度比较大的地方，关于许砚谈的负面评论和诽谤消失得一干二净，只剩下岑颂宜私生活混乱的丑闻。

这当然不会是巧合，能够悄无声息地以这么快的速度做完危机公关的，大概只有许砚谈背后的家族势力。不知怎的，岑芙忽然想起许砚谈那位浑身透着儒雅温和的叔叔。能够执掌那么庞大的商业版图，在事业上一定是杀伐果断的。

她能看出许叔叔对许砚谈的在乎和骄傲，自然不会任由事情发酵，即使许砚谈不会主动去求他叔叔帮自己解围。

浓厚的药味和消毒水味道飘在鼻息间，岑芙缓缓收回思绪，眼前的药品标签逐渐清晰。

此刻她正处在学校附近的一家药店。

换季的力度太狠太快，再加上最近情绪起伏太大，容易让寒气抓到侵袭的空隙。一觉醒来，她只觉得头晕，到了下午这会儿胃又开始疼。

一去药店发现人还不少，店员要一个个帮忙答疑解惑，然后挑选药品。流感总是在这种季节更迭的时候一波一波地闹。

岑芙自小就独立，站在货架前徘徊挑选。

她倒是知道胃疼要吃哪一大类的药，不过货架上的药品太多，名字又拗口难懂，让她找不到熟悉的那个。

“身体不舒服？”一道温柔的男声突然响起。

岑芙一愣，扭头。

一个面生的男人站在她身边，这位先生拥有温柔清秀的模样，斯文的气质从他的无框眼镜和米色大衣中展现出来。

他看着岑芙，任由她打量，眉眼的笑意不曾有半点变化。

有那么一瞬间，岑芙甚至以为这是个有着风雅人设的 AI 仿生人，面对这样的笑容莫名有些别扭。

陌生人突然来这么一句，她一时不知道该不该回话。

“不记得我了？前两天你还来送体检表呢。”周霁成微微俯身，降低自己高个子的气势，提醒道，“你是大一传播一班的卫生委员对不对？”

他这么一问，岑芙想起来了，眼神瞬间刷清了一层清明，微微躬身：“老师好。”

这人是学校的校医，还负责心理咨询处的事务，虽然只比他们大个十岁左右，却很有说服力。

“出了校门就不是了，不用拘谨。”周霁成摆摆手，看向她所观察的药品货架，微笑的表情带上几分认真，“现在可以告诉我你哪里不舒服了吗？”

既然是校医，岑芙就放心了，说：“我胃有点疼，不知道为什么。”

他扫了一眼货架：“具体怎么疼，能形容出来吗？”

岑芙把自己的感觉说出来：“就是有些发酸，有时候会胀。”

“恶心吗？”

“不怎么恶心。”

“嗯，吃这个吧。”周霁成马上挑出一款药，递给她，并且嘱咐，“最近气候变化较大，注意保暖，保持心情舒畅稳定，不要有太大压力。”

岑芙接过药，捏在手里，面对着这么温柔的人心里舒服很多，微笑起来：“谢谢老师。”

“上次也在这家药店看见你了，”周霁成问得很自然，“看你买了些消毒包扎的，是受伤了吗？”

他问到这里，岑芙温煦的眼神有一时间的停顿。老师说的，应该是她给许砚谈送药的那一天。

——“为什么给我买药？”

——“怎么知道我受伤的，嗯？”

——“心疼我了？”

他那么恶劣，总以她的为难和难堪为乐，喜欢看她的笑话。

他那么可恶，揪着一两个痛点步步为营，步步逼近。

让他主动放弃对自己的兴趣，解脱，是她从一开始就希望的。

可是同时，只有他在她惊慌失措的时候告诉她，别怕，等着。

只有他在她无声落泪的时候告诉她把饭吃饱了，睡一觉，然后等着。

只有他哪怕知道她在利用，却依旧亲自动手，将她那梦魇彻底根除。

只有他，会穿过那么多人，目光灼灼地，目的强烈地看着她。

岑芙的微笑化为苦笑，指腹按着药盒，将纸质的药盒按下去一个小小的凹痕。

“我没有受伤。”她缓缓开口。

对啊，自始至终，他对她无恶不作。可是，她从未受过半分伤害，别人也未能伤她毫厘。

牛奶过敏的刘小姐家人没有伤害到她，前来报复的余强连她的发丝也没有碰到过。

一颗心酸涩彻底，她拿牙齿咬住嘴唇怎么也无法转移痛觉。

岑芙对周霁成摇摇头，只是简单解释：“帮人买药。”

没说帮谁。

朋友？同学？

此刻，她连对许砚谈的一个称呼都无法自信道出。

周霁成眼见着她在自己的面前，短短几秒钟变了好几种神色，哪怕极力掩饰也无济于事。

不知是演技拙劣，还是情绪太难掩盖。

他若有所思地缓慢眨着眼，眼神始终温和，微笑却越来越浓郁，越浓郁，就越虚假。

半个小时后。

许砚谈坐在咖啡店里，捏着手机一直在听电话那边说话，时不时淡淡地“嗯”一声作为回应，说不上认真。

胖猴从外面进来，隔着玻璃跟他挥手打招呼。

许砚谈看见他，懒洋洋地抬起胳膊，弯着两根手指头摇了摇，下一秒收回视线，继续听电话。

不管岑颂宜被记者拍到这整件事是不是她在主导炒作，但是事情爆出来以后，她们的第一意向竟然是直接对外承认岑颂宜是许家未来的孙媳妇，直接曝光他和岑颂宜的婚约。这样既澄清了岑颂宜私生活混乱，倒贴男生献媚的丑闻，又能用许家孙媳妇这一身份为自己贴金。

何芳华母女打的算盘，他坐在家里都能听得一清二楚。

电话那边许家聘用多年的律师在向他汇报所有法律诉讼追责警告的反

馈，而那些网络臭虫会怎么反应他用脚指头都能猜到。这通电话几乎没有任何意义，只不过是为了配合律师的工作流程。

别人明晃晃的利用，他许砚谈又怎么会轻易顺从。

何芳华母女这将计就计的伎俩甚至都忘了稍微装装样子。

许砚谈和许衡这对叔侄虽然性格迥异，但同样都是不允许他人随便骑到自己脖子上算计的人。

许砚谈想着，本来按照他叔那脾气，会看在岑父的面子上顺便把岑颂宜的绯闻一并帮忙打扫打扫，结果这母女这一通闹下来，饶是许衡也没了耐性，最后只解决了自己侄子的麻烦。至于岑颂宜怎么解围，那就要看她团队的本事了。

许砚谈本想给岑颂宜身上烧着的这把火加点料，结果他一看现在舆论愈演愈烈，倒是不需要再插手了。

毕竟……

就像猫，不会把老鼠直接吃掉，而是先玩。要留着半口气，日子还长，慢慢玩。

“大哥你电话打完了没？”胖猴进店以后都没有直接去点饮料，而是有些急切地直直冲他而来。

许砚谈潦草说了几句跟对方结束了对话，他低头一边挂断电话，一边悠悠地问：“急什么。”

“不是！我看你这样好像不知道啊。”胖猴说话语速很快，“我刚刚路过崇文街，一个药店外面，看见你那小妹妹上了你家的车！”

许砚谈捏着手机发微信的动作一顿，没有抬眼，而是蹙起眉问：“你确定是我家的车？”

“我还能看错吗？”胖猴坐下，有些猜测地观察他的表情，“崇A00999，是不是你爸的车牌号？”

听到车牌号的瞬间，许砚谈猛地把手机拍在桌子上，“啪”的一声。

力度大到手机仿佛要在桌面上碎裂成两半。

再抬眸时，许砚谈鲜见地对人暴露了自己的惶急和认真，愠怒烧在他棕色的眼瞳中。

“你再说一遍。”

车子开进别墅区，靠近许家府邸的时候，岑芙透过车窗都看得有些发愣。

她了解过许砚谈家里应该很殷实，却没想到到了这种程度。

实际上真正的显贵不会在吃穿住行上过度铺张和炫耀。许家老宅的别墅和园内设施已经能看出年头，却仍能感受到一股沉淀的底蕴，不可动摇的，无须多言的贵气。

岑芙见过这位司机，在上次她一家人和许衡叔叔吃饭的那天。他说许砚谈想请她吃个饭，特地让他来接。司机肯定是许家的，而且车牌和车也都是许家的，行驶在城市里，安全倒是不用担心。

不知道为什么，或许是在药店的感慨，或许是想赶快将道歉的话告诉他。本来还以为他永远不会再理会她，没想到这么快就来了机会。岑芙并没有问什么，二话不说跟司机叔叔上了车。

岑芙在保姆阿姨的带领下进入了靠西边的那栋别墅。保姆阿姨很热情，跟她介绍三栋别墅住的人不一样：西侧是许砚谈一家，中间的主宅是许砚谈的爷爷奶奶在住，东侧是他叔叔许衡的住处。

岑芙一进院子，就看见了一侧建立的巨大的透明温室，一整室血红的玫瑰在这个院子里盛放着，和苍白的冬季产生了鲜明又刺眼的对比。

“您这边请。”保姆阿姨的声音将她拽回现实。

岑芙收回视线，赶紧跟上。两人走进别墅一楼的一间书房。

细腻又敏感的观察力在这个时候发挥了作用，岑芙有些意外，这栋别墅的二三楼被荒废了似的。

虽然楼梯扶手、地毯和楼上的灯罩都是一尘不染的，但如果常有人使用肯定会留下痕迹。

明显二楼以上根本不住人。

“您在这里稍等。”保姆阿姨给她倒了杯茶，然后退出了房间。

岑芙在书房里坐稳，琉璃茶几上的茶杯飘着带有茶香的薄雾。

她环视了一圈这间欧式装修风格的书房，没等一两分钟，书房的暗门突然被打开。

岑芙抬眼，映入眼帘的，竟然是一个推着轮椅过来的男人。那推着轮椅的双手略显粗糙，略显年岁感，薄毯盖在他的腿上，即便是在家里，他也穿得很整齐利落，毛衫西裤，有些发白的头发打理得一丝不苟。

这位叔叔拥有和许砚谈十分相似的眉眼。许砚谈眉骨里的锋利、冷漠、凌厉，都能在他的脸上看到源头。

不一样的是，岑芙与他对上眼睛的瞬间，不知怎的后背一阵发毛发麻。

人与人之间会有磁场，这个人让岑芙感受到了危险。

岑芙瞬间就站了起来。

“您……”她翕动唇瓣，眼里含着警惕，“请问许砚谈是住这里吗？他找我来的。”

声音越说越小。

许项的目光始终停在岑芙的脸上，露出一抹没有情感的笑：“是我请你来的。”

“可司机……”岑芙说。

许项一手扶在自己腿上，慢慢道：“——许家少爷请你一坐。”

“说到少爷，我也算，曾经。”说完他还笑了一声，好像觉得这一句很幽默，病态扭曲感更泄露几分。

“我是许砚谈的父亲，许项。”

许项看着岑芙，突然伸手对她招了招：“你是岑芙，对吧，孩子？”

许项那双眼睛拥有能把人刺穿的洞察力。

如果说许砚谈是一头驰骋草原的豹子，意气风发，尽展锋芒，那么作为他父亲的许项就是越过无数高峰的秃鹫，几乎了解所有猎物的习性，傲视尘世。

岑芙很相信自己的第一感觉，这个叔叔让她感到害怕，让她根本不敢靠近。说不上哪里怪，只觉得许项的周围有一圈阴沉悚人的气场，这和许衡的儒雅温和是完全不同的。

许项感受到她的抗拒和害怕，嘴角挂着的笑更深了，意味深长地说：“砚谈很喜欢你，对不对？

“孩子。”

岑芙肩膀开始发抖，快要不敢跟他对视了，努力让自己站直身子。

许项的眼角忽然神经质般地痉挛抽了几下，好像在压抑什么情绪，接着说了一句奇怪的话：“你让砚谈……变得完整了。”云里雾里的话，却似有所指，“完整，即是毁灭的开始。”

紧接着，他的眼眶突然含起了眼泪。

许项望着天花板，苍老却英俊的脸上挂着病态的笑，“咯咯”笑了两声：“媛媛……他也一样……他也会一样……”

岑芙吓得心口狂跳，母亲哪怕是信奉那些神仙道法，在家里摆东西拜来拜去念叨不停的时候，也不曾像这个人这样恐怖。

不正常，简直像个冷静的疯子……

许砚谈的父亲怎么会是这样……

恐惧让眼睛下意识分泌出了泪花，岑芙一步步往门口的方向退，鞋底踩在柔软的地毯上几乎没有声音。

可是仰着头的许项却精准捕捉到，他保持着原来的姿势，突然冷声开口："孩子，你是在怕我吗？"

岑芙浑身一颤。

许项缓缓地低下头，盯着她，还是微笑："过来，让我好好看看你。"

他见岑芙迟迟不动，又道："孩子，过来，听话。

"晚饭前，陪我聊聊。"

岑芙只觉毛骨悚然，死咬着自己的嘴唇，盘算着跑出去。

可是，万一门是锁的怎么办？自己的这个举动会激怒他吗？

就在许项推着轮椅走向岑芙的那一秒钟。

"砰！"

书房的大门突然被踹开。

岑芙偏头，视线里是许砚谈那张阴沉愤怒的臭脸。

对方先是看了一眼她，随后一记眼刀射向许项。

父子俩的眼神对冲在半空。

一阴一阳，一冷一柔。

许砚谈往前走了几步，二话不说伸手攥住岑芙的胳膊，把人护在身后。

岑芙还没理清思路，她的视线就被他宽厚的后背遮住。只属于许砚谈的那股炙热、冲烈的气场久违地扑面而来。

她悄然抬眼，望着他绷直的下颌线，感受着他攥着自己手腕的力度。

"许项，"许砚谈毫不留情地直接叫自己父亲的大名，看似吊儿郎当的语调里是绝对的警戒和攻击，"你又要干什么？

"聊天是吧？

"我陪你聊，聊到你死为止。"

许砚谈松开力度，大手沿着岑芙的胳膊一路向下，径直包住了她的小手。

岑芙还没来得及反应，两人的手就这么紧密无缝地牵在了一起。

许砚谈眉头颦得很紧，犹如在林间遇到天敌的黑豹，眼神警戒又凶狠。

“我只说一遍，离她远点儿，不然咱俩没完。”

面对自己亲生儿子的威胁，许项的表情并没有任何变化，双目平静得接近死寂。半晌，他才露出一个很无奈的表情：“砚谈，我只是想见见她。

“自己儿子喜欢的人，我这个当父亲的还不能看看了？我要帮你把把关，不要再……”

“她不是宋媛月。”他话没说完，就被许砚谈毫不留情地打断了。

听到陌生的名字，岑芙一愣，她能明显感受到，在提到这个名字的时候，许砚谈将她的手握得更紧了。

岑芙悄然蹙眉，仿佛能通过两人相触的肌肤，同频接收到他的情绪，那是压抑的、烦躁的。

可她一个外人，却无法继续深探这情绪的原因。

“我也不是你。”

说完，许砚谈回头，对上岑芙掺杂着担心的目光，他下意识地错开了视线。

少见，几乎是第一次。

他躲避了别人的视线。

岑芙纤细的眼睫颤动了一下。

许砚谈原本牵着她的手改为攥住她的手腕，拉着她走到门边，拉开书房的大门，将她往外送。

书房有些昏暗，他那双深棕的眼眸此刻呈现出深邃的墨色。

“出去等我。”许砚谈嘱咐她，“离远一点，去别墅门口。”

岑芙不敢再往里面看，很听话地点点头，然后转身出了书房。

看着她走远，许砚谈一挥手，厚重的木门划过一道半弧，“砰”一声重新合上。有光斜射进来，空气中散发着书籍和浮尘的味道。

父子两人已经不知道这样对峙过多少次。

只不过从某个时间开始，许砚谈不再是仰望他，而是笔直地站着，睥睨他。

“想见我，不必用这种手段。”许砚谈眯起眼，眉宇间是明晃晃的敌意，“跟旁人有什么关系。”

许项把岑芙这么请到家里，自然不只是请到家里这一层意思。

他们二人都心知肚明，在这栋房子里，越是血脉相连的人，越讲不该讲的词汇。

威胁，逼迫，试探，束缚。

“你回来，只去主宅，还有东院，”许项双手放在膝盖上，偏头望着窗外，怅然道，“偏偏不走进自己家半步。我本不想大动干戈，只是因为太想念自己的儿子。

“砚谈，你什么时候能理解我？”

许砚谈插在兜里的手指攥得发硬。

许项见他沉默，继续说着，语速很慢，像毒蛇在阴暗潮湿里爬行：“以后如果见不到你，我就只能请岑小姐到家里坐坐，陪陪我这个老人。

“我挺喜欢那孩子，确实干净。”

“哧！”许砚谈忽然就听乐了。

许项缓慢抬眼。

只见许砚谈半倚在门板上，用一副实在瞧不上眼的神色打量自己的父亲。沉默良久，他同样用凌厉又嘲笑的口吻说：“许先生，你没发现吗？这么多年了，你真是一点长进没有。”

还是只会卑劣地威胁、捆绑，将自己病态的神经质摆在全世界最善良最无辜的位置。

“宋媛月的死，还没让你反省？”

许砚谈这句话一出，许项的表情瞬间变得恐怖起来，他瞪大了眼，脸色“唰”地变苍白，搭在膝盖上的手也开始不自觉地发抖。

“那……那是你妈妈……”许项说完就开始剧烈地咳嗽，表现出很痛苦的神色，手抓在自己胸前的衣服上，“你怎么能……这么说她……”

许砚谈见许项不舒服也没有任何反应，而是默默地瞟了一眼墙角还在运作的摄像头。

他挂在嘴角的坏笑淡了下去，眼睫之下是全世界最为寒冷无情的眼神，同样的话说多了也烦，但他还是如往常一样复述：“妈？她配这个字吗？”

许项狼狈地转着轮椅去拿茶几上的药瓶。瓶中的药丸在他颤抖的手里晃荡出“唰唰”的相撞声，他疲惫地看向许砚谈。

许砚谈用肩膀顶开沉重的门板，同时脸上重新扬起恶劣的笑。

“你也别偷着乐。

“差点弄死自己儿子，这个爹你当得也不赖。”

许砚谈鼻息轻嗤，离开书房之前撂下最后一句：“想拿她威胁我，有种你就试试。”

“你……”

“你慢一点……”岑芙细弱的声音在偌大的园子里飘荡。

从书房出来以后，许砚谈一路阴着脸拉着她往停车场走。

西院离停车场还有一定距离，但是因为许砚谈的步速，让他们马上就到了目的地。

岑芙几乎是被许砚谈连拉带拽拖过去的，而他攥在她手腕上的力度，也让岑芙察觉到了未知的危险。

她本能地想要挣脱，然而下一秒——

“砰”的一声闷响，她的后背抵在了许砚谈那辆黑色大G的副驾驶座的车门上。

而面前的男人也俯身压了过来。

岑芙屏住呼吸，下意识地缩起肩膀偏头。

一秒，两秒，三秒。

她缓缓睁开眼，试探着抬起头，然后直接撞进许砚谈炽烈的目光里。

许砚谈的眼神她总是辨不清，有时候好似沸腾翻滚的熔岩，有时候又好似南极的冰川，好像要吞噬她，又像在审视她。

“躲什么？怕我打你？”

许砚谈这次是真的对她发了脾气，声音压得很低：“岑芙，胆子要真这么肥，在岑颂宜身上使使你也不会让她欺负成这样。”

“什么车你都敢上。”他伸手捏着她半边脸，惩罚性地使劲揉捏，还不解气似的，“你生怕不知道自己怎么死的是吗？”

他这些话说得一点情面没留，让岑芙听了，觉得自己好像没脑子一样。

不知道是被他捏疼的，还是难堪羞臊作祟，她眼睛瞬间红了。她扯着嗓子吼他：“我还不是因为你！”

这一声喊出来，许砚谈直接愣住了。

“如果不是司机说是你找我，我会跟他上车吗？”岑芙说话含含糊糊的，然后抬手打开他捏着自己脸的手，委屈和生气完全体现在脸上，“我又不傻！都是因为你……我不就是想见你一面……你凶什么啊！”

她只顾着自己情绪上头，并没有留意到，站在她面前的许砚谈早在她这一声声抱怨和哭腔中卸掉了周身戾气，恢复了往常那副散漫的模样。

他收回手插进大衣兜里，冷傲中混着几分不羁：“见我干吗啊？”

没等岑芙回答，他再次俯身。

冬天的寒气凛冽席卷，当二人距离拉近后，肆意的寒气被挤压，被禁锢在他们交缠的呼吸中，静待升温。

他再凑近一些，两人的鼻尖或许就要碰上。

岑芙连呼吸都不敢了。

过近的距离，会让人下意识地压低音量。为了听清对方所说，另一人则会无限放大自己的听觉神经。于是，许砚谈的每一缕呼吸，吐露出来的每一个字，她都捕捉得一清二楚，刺激着她的神经，摧毁着她的理智。

“岑芙，我离你远远的，这不是你想要的吗？”

许砚谈盯着她的唇瓣，用这个促发她更高阶的紧张感。捉弄她，用这种克制的办法，发泄自己的恶劣：“你现在又想干什么，吊着我？”

岑芙的眼角更红了几分，泪腺开始活跃，传递给颤动的下唇。她缓缓抬手，纤细的手指冒着寒气靠近他，扯住他敞开的大衣一角，然后手指收紧，不断地用力，直到关节都泛了白。

说不清的情绪，是否能通过这动作表达出去？

“我只是，”岑芙停顿，咬着牙，颇为复杂地继续说，“想对你说声对不起……”

许砚谈听着她带有哭腔的话，神色淡然，伸出手一掌覆盖到了她抓着自己衣服的手上，然后一收，扯开。

被他强硬地扯开手的瞬间，岑芙的心跳漏了一拍。她抬着雾蒙蒙的眼睛望向他，最终，眼眶里的泪被他越来越炽热的目光烧干。

许砚谈握着她的手，不曾放开，问道：“冷？这么一会儿手就僵了……原来你也知道冷。”

岑芙几乎要窒息，心脏被抓紧。

“我还以为像你这种狠心的人，不知道什么叫冷呢。”

她张开嘴，想说什么，却无法溢出半个音节。

许砚谈用力一拽，岑芙直接惊愕地扑进了他的怀里。

这是两人完完全全相贴的第二次拥抱，浓厚的男性荷尔蒙和体温从他大衣里面传出，覆盖在她周身。

“不记得了？”许砚谈开口。

岑芙被他圈在怀里，抬头，眼底一片茫然。

“我对你廉价的对不起没兴趣。”许砚谈握着她的手，手指有意无意地摩挲着她冻僵的关节。

“岑芙，你怕了。”

岑芙抖了抖眼睫。

“从开始到现在，躲着我，要我，不过是想让我早点儿放弃你。”他把话说开，一点蔽体的云雾都不再留给她，“你口口声声说不喜欢我，是真的吗？

“你怕的是我，还是你自己？”

许砚谈从来都是奉陪的那一方，他奉陪，不过是想看着她怎么在他的眼皮子底下耍心眼，挣扎难堪。

当他真的主动往前，收起那些恶劣，毫不留情地把她好不容易经营起来的堡垒攻破的时候，把她的一切打碎，撕开，真正的许砚谈才算出场。

许砚谈一手圈着她的后腰，岑芙根本没有逃跑的余地，只能这么接受他一声又一声的逼问。

这次，他再也不给她逃避的机会了。

“岑芙，”许砚谈颔首下去，凑近她的鼻尖，有些发凉的鼻梁蹭到她的脸，你对我真没感觉吗？

“还是因为别的，哪怕忍不住上了头……”许砚谈想起那天晚上在她家楼下，与自己缠吻的她，扯唇轻笑，“也要硬说不喜欢。”

他这么说，岑芙便知道，他大概已经把她家里的情况摸得一清二楚了。她为什么屡次拒绝许砚谈，为什么那么忌惮妈妈和岑颂宜。可是他生来顺遂，又怎么会理解她的处境？

岑芙还是选择继续逃避隐瞒，极力否认，拒绝他也暗示自己：“你说得不对……我就是不喜欢你。”

许砚谈却直接打断她：“接吻吗？”

岑芙彻底愣住了，不敢置信地瞪着他。

原本酸涩的心骤然激起了欲望的海浪，他一句邀请，她就激动得想要应承。

不用再多辩论，许砚谈这一句话，足够证实一切，让她自己彻底明白。

她中了他的蛊，已失去控制，陷入疯狂。

许砚谈松开已经帮她暖好的手，用自己的指腹，暧昧地点了点她柔软的下唇瓣。

“小姑娘，你得知道，”在某个瞬间，许砚谈露出了他前所未有的柔和，“如果一直畏惧，就永远无法自由。”

他这句话高深又通俗，深奥又易懂。

许砚谈不是会经常说这种话的人，当他说出这番话的时候，岑芙突然就想起之前纤纤对许砚谈的评价——与生俱来的号召力、信服力。

生来顺遂？

岑芙忽然对自己给他的刻板印象产生了疑惑。

因为如果他只是一个称心如意走过二十余年的富家子弟，那么在装模作样安慰他人、说教他人时，言语和眼神一定是空洞又自大的。可是许砚谈不一样，在他这双眼睛里，藏着厚重的过往。岑芙从他这一句笃定狠厉的话里尝到了沉郁的哀伤。

是……因为他父亲吗？

就在这时——

“咳咳。”一道刻意的女声突然在他们身后响起，打破了两人之间在寒冬中黏稠的气氛。

岑芙抬头看见许砚谈身后站着一位摇着车钥匙看戏的阿姨，对上她揶揄又暧昧的眼神时，岑芙一下子红了脸，慌忙偏开身。

想干的事儿还没干，话也没算说完，即便知道背后的人是谁，许砚谈还是不耐烦地皱起眉，转身的同时开口：“许竺女士，装看不见不会？”

许竺伸手虚虚地掩嘴，绚烂的美甲在晚上亮着碎光，装作一副恍然失礼的模样：“哎哟，不好意思，实在没忍住。”

岑芙偷偷地瞧了许竺一眼，眼角禁不住抽动，这已经明摆着说，我就是故意的。

不知为什么，她在这位阿姨身上看到了某些许砚谈的特质……

许砚谈没好气地给岑芙介绍：“我姑，许竺。”

岑芙懂事懂礼，赶紧微微躬身颔首叫人：“姑姑好。”

许砚谈知道她是情急之下没过脑子。

不过听见她没叫“阿姨”，而是随着他叫了“姑姑”，他敛下眼眸的瞬间，悄然升起一抹坏笑。

还别说，感觉不错。

“来都来了。”许竺收起车钥匙，短暂打量了一眼被自己侄子护得严严实实的女孩，笑道，“去你爷爷那儿吃个饭再走吧。”说完，她直接背着包转身往主楼走，根本没给两个小辈答应与否的机会。

岑芙吓得瞪大眼睛。

嗯？不要吧！

她凑近许砚谈，祈求似的：“我想回去，我不要……”

“有个事儿要提醒你。”许砚谈慢悠悠地开口，“我姑老跟你妈打牌，不当面请她隐瞒你来过许家，还跟我纠缠在一起这档子事儿，我姑那人……可说不好。”

只有他会用这么一副为你好的嘴脸堂而皇之地说出威胁人的话。

岑芙抿着嘴巴瞪他，无声地骂人。

然后，她故意撞开许砚谈的肩膀，率先跟着许竺的脚步往主院走去，背影透着气呼呼的可爱。

许砚谈插兜杵在原地，随意瞧了瞧附近，吸了吸发凉的鼻子，散漫地跟上。

岑芙本以为自己走得够快了，脸上都能感受到嗖嗖的风，可是许砚谈三两步就跟到了她的身边。

她回想刚才他姑姑的模样，又见识过他父亲的架势，有些忐忑，问他：“我这么突然拜访，你家里会不会介意？”

“别多想。”哪怕她说得很委婉，许砚谈依旧能从她的话里捕捉全部意思，他扯动嘴角，“她那人就那样，应该挺喜欢你的。”

岑芙意外：“只见一面就？”

许砚谈并不急着告诉她，她的名字是他那个假道士姑父起的，只是说：“有些渊源。”

岑芙想着他们两家有这层关系，也许他姑姑早在什么时候见过自己。

两人走在去往主院的路上。冬天了，院子里没有其他人，寂静又空旷，两人踩在鹅卵石小路上的脚步声滑顺又清脆。

许砚谈沉吟片刻，没什么前提地突然跟她说起自己的家人：“我爷爷的爸爸……”

岑芙再次抬头，望向他的眼。

许砚谈语速不慢，却能让她准确地听清每一个字，不失沉稳，讲故事的嗓音带了几分漫不经心，比专业的男播音腔都要好听：“生在务农家庭，那时候一整个村都只种地。他动了做生意的‘歪’心思，全家人连骂带劝，全村人把他当异类，他还是坚持要走出去，最后荣华富贵，曾经看不起他的人最后连仰望他都不配。

“我姑从小什么都听我爷爷的，然后青春期开始叛逆，倔得像驴，不接家里生意，非要自己搞艺术，拒绝商业联姻，非要和一个神经兮兮的假道士鬼混。

“前十年一直和我爷爷断绝父女关系，她无所谓，多难都没回过头，现在家庭圆满事业顺利，和我爷爷重归于好，再也没人敢用只会傍着家里背景做事这标签定义她。”

岑芙听着这些，心中莫名沸腾，眼睛在寒冷的天气里燃起了微弱的光。

她好像……能明白许砚谈在说什么。

许砚谈偏头，扬起下颌，意气风发：“当然，我也是。”

“你家里的人，都这么叛逆吗？”岑芙忍不住问，“许衡叔叔也是？”

“不。”许砚谈轻斥一声，丝毫不觉得惭愧，“一家子反骨就全乱了，总得有个老实人。”

岑芙：……也是哦。

快走到主院了，许砚谈突然停住脚步。

岑芙跟着顿住，又一阵刺骨的风袭来，吹拂起她鬓角的碎发。缩在羽绒服兜里的手是冷的，可是一颗心“怦怦”地跳，越来越热。

如果任由她缩在原本的地方，一切都无法进展，许砚谈也已经耗光了对她的耐心。

“岑芙。”他叫她。

许砚谈目光虽带有审视，却不伤人：“你是真想走吗？”

他指的是她离开原生家庭的愿望。

岑芙从未怀疑过自己在这方面的执念，为此，她不知道放弃了多少，努力了多少。

如今被他这样用有些嘲讽的语气质问，让她有些生气。

“我怎么会不想？”岑芙反驳。

“如果一直怕她们，”许砚谈一点圈子不绕，一语道破，“你就永远走不出来。”

足够远的距离，不够。

足够多的钱，不够。

只要你永远惧怕她们，惧怕那个家，你就永远走不出去。

许砚谈往前一步，俯身，让岑芙看清自己的眼睛，把她扯进自己如海底漩涡般的眼眸。

“想听听我的事吗？”邀请，但更多的是引诱。

想了解我更多？

来了解我更多吧。

许砚谈忽地勾唇，很浅：“来，说句好听的我听听，就告诉你。”

岑芙最受不了他这样的蛊惑。

他拥有勾勾手指就能让别人乖乖听话的招数。

冲动的话都拱到嘴边了，正反两种决策在心里打架，虽然他只是挑逗，可她的潜意识却十分认真。

最后，岑芙一偏头，躲开他继续往前走，略带心虚地说：“我对你的过去不感兴趣。”

许砚谈脸上的坏笑更深，也不恼，吊儿郎当地点了两下头，跟着她往前走。

岑芙走进别墅一楼，进门就被温暖的气息覆盖，楼里面暖气开得很足，身上的羽绒服一下子就穿不住了。

许砚谈从鞋柜里给她拿出一双女士拖鞋扔地上，动作又快又流畅，岑芙甚至没有反应过来。

“快进来，就这么几步路，瞧让你俩走的。”许竺刚好从厨房出来，手里捏着个啃了一口的苹果。

她瞥了一眼许砚谈，非常明了地用眼神嘲笑自己的侄子。瞧这臭小子，遇着喜欢的不也还是这损样儿。

“许砚谈，我那屋的热水器坏了，你去帮忙瞅瞅。”许竺指了指楼上。

许砚谈根本不搭理她这茬，撂了句：“打一个电话专业工人就来了，你非得指使我？”

“维修工上门现在要预约，你个没生活常识的。”许竺回话更是字字呛人，“让你去就去，这么多废话。”

岑芙在旁边听得腿都软了。

虽然知道可能他们姑侄就是这么交流的，可还是好像吵架啊……

许竺骂完许砚谈，扬起笑脸，拉着岑芙往客厅走："别理他，晚上就跟家里吃点简单的，可以吗？"

岑芙使劲点头，哪敢说不。

许竺把她安顿在沙发上，给她塞了一把车厘子，然后转身跟许砚谈上了楼，一边上楼一边数落他，大嗓门能回荡好几波。

不一会儿，姑侄俩的声音就消失在楼上。

岑芙坐在这宽敞的客厅，身边没了熟悉的人，只觉得坐立难安。

她把手里的车厘子放回桌子上的琉璃盆里，悄悄打量周围。身子往后坐的时候，手恰好碰到个硬角。

岑芙回头，发现是本书被随意地夹在那里。她抽出来，看了看封面，然后靠着沙发背翻开。有一页是折了角的，岑芙顺势翻开，打眼瞧见几行字：

《刑法》不仅要面对犯罪人以保护国家，也要面对国家保护犯罪人，不单面对犯罪人，也要面对检察官保护市民，成为公民反对司法专横和错误的大宪章。

"好看吗？这书。"一道年迈有力的声音突然在她耳边响起。

岑芙吓得差点没拿稳书。

她抬头看见一位穿着家居服走到旁边单人沙发落座的爷爷，头发花白，但是精神矍铄，从刚刚他开口说话就能感觉得到。

许健伶用他那双精明的眼睛不着痕迹地打量着岑芙："哟，来了客人也没人说一句，我穿着这衣服就出来了。"

然后他跟边上的保姆嘱咐道："上茶。"

岑芙猜到这是许砚谈的爷爷，率先打招呼："爷爷好。"

"嗯，叫什么啊，姑娘？"许健伶扶着自己的拐杖，开口问，语气庄重但不严肃。

"岑芙，山今岑，芙蓉的芙。"

"跟谁来的？"

她乖巧地回："许砚谈。"

许健伶慢慢抬眼，似乎变了态度，再次审视她。

岑芙莫名开始紧张，后背绷直。

许健伶慢慢垂下视线，还是问她："好看吗？"问的是她手里的书。

岑芙低头重新看了一遍那几行文字，点头："好看，但是有些深奥，要反复品读。"

他点点头，意味深长，这时候保姆送来两杯茶。

许健伶接过，用瓷质杯盖拨动茶面，抿了一口。

保姆走了以后，客厅的气氛一下子又冷了下来。

岑芙还是第一次这么不希望自己没话说，让场面这么尴尬，她强迫自己找话题："我看到那边还有些法律书，都是许砚谈的吗？"

许健伶缓慢地"嗯"了一声，把茶杯放到茶几上，说："都是以前他看剩下的，就在外面堆着。"

岑芙点点头，挂着微笑假装继续看书。

话题又结束了……好快。

她是不是该继续说什么呢？

让她意料之外的是，许爷爷竟然搭了话。

"没想到他那种野性子学法吧？"

岑芙恍然抬头，一时间好像没太听清，方才沉浸在自己的世界里。

她含糊地点点头："嗯，是有些。"

虽然许砚谈这种人无论学什么都会很成功，但毕竟他出生在商贾家庭，世代经商，就算不做这个也应该会学理科类的专业。

没想到他一个傲慢恣意的人，却去学了法律。

她确实不懂，这是许砚谈自己的选择，还是家里的要求？

"姑娘，反正吃饭还得有会儿，"许健伶瞧着她单纯无害的小脸，品出她踏实文静的性格，莫名多了些舒坦的心情，"给你讲个故事吧。

"就关于这小子的。"

许砚谈狂妄不羁的性子从小就绽放得淋漓尽致，除了爷爷许健伶，根本没人能管住他。加上一些童年不好的经历，让这个孩子变成了一个十足的小魔王，任性已经不足以形容当时的他。谁敢想，一个本该懵懂的小孩，发起疯来却能让身边所有大人都发怵。

那个时候，许家上上下下一致认为这棵独苗就这么废了，也绝对不能把许家的未来交到这么一个不服管教的"坏种"手上。

一开始，许健伶并不认为，可是随着孙子屡次管教不听，他也逐渐动摇了念头。对他而言，一个孩子的好坏不在于他未来是否能继承家业发扬光大，而是这个孩子的心性是否正直，本质是否有雕塑的潜力。

只要留有一根正骨，做什么都不会差。倘若根子已经坏死，再怎么养育施肥，终究会是一场徒劳。

直到某一天，许砚谈的一个举动，一句话，彻底改变了许健伶对他的看法。

许砚谈上小学二年级那年，某天放学的时候司机没有接到人，反而是校领导把电话打到了家里。

叔叔许衡工作中途赶去医院，看见了把三个男同学打得鼻青脸肿头破血流的许砚谈。

许砚谈那么小一个孩子，还背着书包，嘴角脸蛋也都是青肿的，握紧的小拳头沾着血。在三家家长的指责唾骂下，他就站在那里，稚嫩的眼神坚定，甚至还要拿出课本写作业挑衅，一副根本不在乎的模样。

许砚谈在学校会和同学起争执、打架，对这事许家人根本不意外。

令人意外的是，没想到这孩子会拼命。

以往许砚谈做什么任性的事，都是点到为止，只是为了给自己找乐子。许砚谈这次真的很生气，许衡从他的表情里看出来了。

沟通赔偿以后，许衡把孩子带回家。

回家后的许砚谈都没来得及吃一口饭，许健伶就罚他在书房长跪反省。

也许是没想到他会惹出这么大乱子，许健伶一怒之下失了分寸，连连问他："你知道错了吗？"

许砚谈就跪在那儿，一声不吭，说什么都不认错。

爷孙二人就这么僵持了三个小时。许健伶被孙子跪在那儿倔强的背影触动了，他走过去坐在孙子面前，语重心长地说："砚谈，你如果还把我当你爷爷，你就老老实实告诉我，为什么打人家？"

许砚谈从进来开始一直都是一副摇头晃脑、吊儿郎当的不服气模样，却在听到自己爷爷这么庄重，甚至是快失望的语气时沉默了，也板正了。

半晌，许砚谈说了一句超出他这个年龄的人会说的话："他们活该。"

过了很久，他才扯着干涩的童声把事情经过全部告诉爷爷。

许砚谈所在的小学旁边挨着一个烧锅炉的厂子。

今天放学的时候，许砚谈照常背着书包往外面走，找司机的车。就在他走到半路的时候，亲眼看见那三个同班的男同学扯着一条流浪狗走进了厂了。

许砚谈去晚了一步，当他追过去的时候，那条狗已经被他们扔进了火烧火燎的锅炉。

那是一条怀了宝宝的母狗，肚子鼓鼓的。

从上学以来，没几个人愿意理许砚谈，上学放学的时候，只有那条狗时常陪他玩。就在今天早上，许砚谈刚刚把家里给他带的营养饭盒都喂给了它。

恨意在极度愤怒的灼烧下冲破了稚嫩的理智防线。

那时候，许砚谈根本没有想过自己也会挨打会疼，也根本想不到去找老师或家长去教育他们。他要靠自己的拳头去教训这些畜生，哪怕自己也被打得站不起身，他也不会停下。

其他人只看见他麻木又冷静，冷酷无情，或许，难过的眼泪，早就在他揍人的时候流在了不经意的地方。

听完全部以后，许健伶叹了口气，还是率先教他正确的处理办法："你应该去找老师。"

许砚谈的浑劲儿上来，根本不把爷爷的劝说放在眼里，发狠似的："就得把他们打怕了！"

下一刻，他说的话，令许健伶震惊了——八岁的许砚谈跪在自己爷爷面前，眼神坚定，字正腔圆，明明白白地说："今天他们能杀狗，明天他们就能杀人。"

就在那一刻，许砚谈骨子里藏着万千恶劣之中的那根"正"，实实在在地打在许健伶的心上，让他惊愕不已。

外人都说这孩子生性薄凉，不懂情义，相反，许砚谈是最重情的那个，他的情从不像雨一样廉价泛滥，铺天盖地地给予，而是像针一样，精准，深入，甚至带着些刺痛。

谁动了真心对他好的人，他就会发了疯地回报。

可是这样的孩子，这样的性格，是极端的，如果不加以管教引导，许砚谈总有一天要毁灭在自己这野狼般的性格里，会酿出大祸。

"站起来。"许健伶突然说。

许砚谈抬眼，阴鸷的眼神顿然消失，有些茫然。

"我说让你站起来。"许健伶抬抬手，看着孙子手上还没洗掉的血迹，还有那被打得像花猫似的脸，也有些心疼。

“许砚谈，你就记住，这件事我们就此翻篇了。

“但是这件事过去，从今往后，你得听我的。”

也就是在他说出那两句话的瞬间，许健伶看见了最适合这孩子的一条路。

法。

等他几十年后归去，总得有东西管住这孩子。

人？管不住的，唯有铁律的法。

能束缚住他的野性难驯，发扬他的正义，让这头天生王者的豹子，找到行事的界限，找到自己存在的使命。

这个孩子得学法，看上去最不适合的人，往往为此而生。

许砚谈天生就适合学法。

岑芙只是听爷爷讲述，就已经被震慑到难以置信，许砚谈这个人的多面性一次次地突破她的认知。

这才是他吗？

八岁的他，漠视身边的人，却会为了一条流浪狗不计后果地冲上去，哪怕被所有人误解……

“这件事，他姑都不知道。”许健伶又喝了口茶水，年迈的嗓子得到滋润。他上了岁数，只是连续说了这么会儿话都能让岑芙明显察觉到他的疲惫。

岑芙不懂，如果是连他姑姑都不曾知道的往事，许爷爷为什么要当作茶余饭后的闲话讲给她听。

“这小子现在还没找到他需要的东西，还是一匹随时可能脱缰的野马。”

许健伶重新看向小姑娘，意味深长的眼神让人根本猜不透，像是嘱咐，又像是玩笑：“如果以后他有走错路的迹象，孩子，希望你能拉他一把。”

岑芙听着这话，一股奇怪的感觉涌上心头，好像未来许砚谈会发生什么事一样，而她这个现在和许砚谈算不上什么关系的人，被许爷爷这么叮嘱后，莫名觉得……自己和许砚谈更脱不开关系了。

就在她胡思乱想的时候，许爷爷忽然抓了一把车厘子，递到她面前。

岑芙一愣，有些惶然地看向许爷爷。

“这水果好，甜，多吃。”许健伶严肃了半天，这个时候终于露出了和蔼的笑容。

岑芙将双手合在一起，接过了他递来的车厘子。

“谢谢爷爷。”她答谢，将一颗车厘子塞进嘴里，牙齿咬破果皮，甜酸的汁水溅到口腔里。

“以后没事多来家里坐。”许健伶拄着拐杖站起来，看样子厨房那边已经准备好晚饭了。他拍拍岑芙的肩膀，笑着说，“回去替我问你爸好。”

原来爷爷知道她是谁。

岑芙微笑着大方应下：“我会的，爷爷。”

等许砚谈和许竺姑侄俩从楼上下来的时候，岑芙已经陪爷爷去餐厅坐好了。

虽然许竺说的是随便吃些家常菜，但是岑芙面对着一桌子山珍海味的时候，明显能猜到许竺刚刚进家门以后就是去嘱咐厨房今天做得丰盛些。

岑芙看着从远处过来的许竺，还有她身后的许砚谈。她低头，手里还攥着一颗车厘子，刚刚忘了放到茶几上，就带过来了，此刻，倒有些爱不释手。

许砚谈拉开她身边的椅子，坐下前假借俯身的动作，凑在她耳畔，用低沉的气音来了句：“坐我的位子了。”

玩笑般的恶劣挑逗。

岑芙抬屁股就要给他让位子，结果又被他一手按了回去，假惺惺地说：“没事儿，今天让给你。”

岑芙在心里翻了个白眼。

说得好像他这位子是什么宝座似的，坐这里难道吃饭会更香？

幼稚，许砚谈。

许健伶宣布开动后，许竺率先动筷，自己吃自己的。岑芙坐在原位左右看了看，压低声音问身边的许砚谈，带着小心翼翼的试探：“你……你爸爸不来吃吗？”

许砚谈云淡风轻地举起筷子，挑开自己面前这盘清蒸鱼的主骨，力度又快又准，他眼神平静：“不用管，吃你的。”

岑芙回想起那位有些恐怖神经质的叔叔就害怕，也不再多问了，先吃饭要紧。

她抬眼扫了一圈，确定这家的三位主人都已经动筷开始吃了，才迟迟举起筷子，夹起面前的炒青菜，放进嘴里细嚼慢咽。

就在这时，许砚谈的左手出现在她视线内，他单手端起盘子，稍一用力，手背的青筋就会凸起得更明显，显露着力量感。

许砚谈把已经剔完鱼骨的清蒸鱼放在了她的面前。

岑芙意外地瞧着他。

“吃，看我干吗？”许砚谈收回手，轻悠悠地继续吃别的菜。

去夹菜前一秒，他偏头睨了一眼还维持原动作的岑芙，歪了歪自己举筷子的手，勾着轻嘲调侃一句：“放心，筷子我没沾过。”

小姑娘吃个饭事儿挺多。

岑芙耳颊一热，局促地收回视线，用自己的筷子分夹鱼肉，小声嘟囔：“我……我不是那个意思……”

她之所以停着没动，是因为……如果她没记错的话，许砚谈应该是喜欢吃鱼的。那天第一次和家里人与他们叔侄吃饭时，他就在吃鱼。私下被岑颂宜带着和他聚餐那天，他也在吃鱼。

岑芙也不知道，为什么这么一眼而过的细节，她会记得这么清楚。

他那么喜欢吃鱼，却把自己的给了她……

岑芙夹起一筷子鱼，塞进嘴里，嫩嫩滑滑的清蒸鲜鱼的味道咸香弥漫。

她迅速又夹了好几口，都不给自己慢慢咀嚼的时间，吃得很快。

饭后短暂陪着爷爷和姑姑又聊了一会儿，时间也不早了，许砚谈便带着岑芙离开许家。

岑芙很少和长辈们聊天，虽然许爷爷和姑姑都是性格很特别的人，可是实际交流起来却能感受到他们的照顾与和蔼。

许家人真是奇怪，明明生活在一起，爷爷、叔叔和姑姑都是很好的人，偏偏许砚谈的爸爸却……

“哎哟！”岑芙太投入想自己的事，没有看前面的人，许砚谈猝不及防地停下，她直接撞上他的后背。

她捂着撞疼的额头，没好气地瞪他，嗓音软软的：“你干吗呀？”

“想什么呢，不怕掉沟里。”许砚谈一眼看破她的心事。

“哪有沟？”岑芙反问他，左右看看，理直气壮地说，“没有沟我掉哪儿去？”

许砚谈伸手隔着厚羽绒服握住她的胳膊，把人扯到自己身边，漫不经心地说："我不是你的司机，也不是你的导游，你背着手跟我后面，视察我的工作呢？"

岑芙隔着衣服似乎都能感受到他手掌的热度，总感觉他的手比常人的要温热。

她撇撇嘴，没说什么，乖乖地走在他身边，也对，"狗"的体温本来就比人要高。

今天的风确实比之前要大，一到了晚上更放肆。

许砚谈颔首，余光恰好瞥到了身边的女孩。迎面的冷风将她的刘海吹到两侧，露出光洁的额头，圆润的鼻头和鼓起的两颊都有被冻得泛粉的迹象，雪白的肤色在凛冽之下衍生出了柔软的粉。

许砚谈的手指忽然有些发痒。

此刻她抬头，黑如葡萄的眼睛望着他，宛如两颗灵动的、干净的黑珍珠。

许砚谈攥紧了藏在大衣口袋里的手，把那股痒压抑在掌心深处。

"我爷爷跟你说什么了？"

"没什么，说了些你以前的事。"岑芙摇摇头，想到下午听到的故事，看向许砚谈的眼神更复杂了。

"具体？"许砚谈可不会让她这么糊弄过去。

反正是他的事，她没什么好遮掩的，岑芙如实道来："就讲了你八岁那年，在学……"

话还没说完，岑芙的脸蛋忽然被他一把掐住，力度很轻。

"唔……"岑芙瞪大了眼睛，一下子把话噎住了。

许砚谈眉心跳了跳，往下压的唇线暴露了他的不耐烦和无奈："行了，我知道了。

"糟老头子怎么什么都说？"

手指陷进她柔软的脸颊，仿佛有细腻的旋涡缠绕着他。

他松手，品味指腹还残留的柔软触感。

岑芙用手指揉着被捏疼的脸颊，借着话题问他："所以你是听你爷爷的才学法吗？"

许砚谈会是那么听话的人？

"不完全。"许砚谈没深说，如果详细解释，要追溯的可就多了去了。

学法的确是他爷爷最先提出的，但还有一个很大的原因是，高三报考的时候他只有一个念头：如果学法，未来进入国家司法单位……

谁都知道，公务员是无法从事商业经营的，如此一来，许家产业掌权分配就跟他没关系了。这样他那个恨不得自己继承所有许家产业的爹，会不会因此气厥过去？想想就兴奋。

“他既然跟你说了那事儿。”许砚谈收回发散的思维，凑近她一步。

黑色马丁靴擦在地面上，逼近她白色板鞋的领域。

岑芙不知道他为什么又扬起这抹浑不论的笑，伸手在寒气中抵住他靠近的胸膛。

“你……”

“那你应该知道了。”

许砚谈在亲口说出这番话的时候，眉、眼、唇，没有任何情绪表达上的波澜，冷静又麻木，像是说过千百次的闲谈：“我父母都不是什么好人，我身上带着他们的基因，天生就是坏种。”

岑芙微愣，抵着他胸口的手脱力下垂，却被他一手握住。

骤然的温热侵略，让她浑身一颤。

许砚谈紧紧盯着她，试图将她的灵魂探空，直到寻找出他要的答案。他握住她手的力度一点点加大，拷问她，也同样审视自己。

他再次开口，低沉的嗓音扯上几分烟沙的磨人：“怕我吗？

“还打算继续喜欢我这浑蛋吗？”

第七章

/

要抱吗

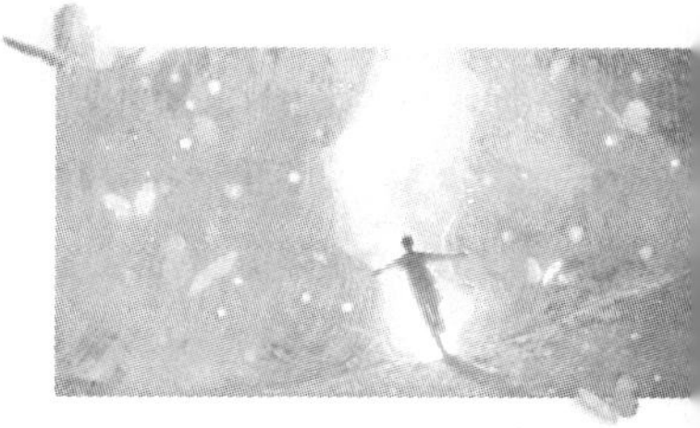

H U D I E Y I S H I

“我父母都不是什么好人，我身上带着他们的基因，天生就是坏种。”

究竟是经历过什么，才会这样形容自己的亲生父母，会这样贬低自己。

许砚谈把自己藏得太深了，宛如一颗洋葱，她恰巧得了一把刀一斩而下，将他切开，却发现里面百层千层，层层辛辣。

即使她见到他千层的面目，尝到其中的刺痛，却依旧不知道这辛辣为何而生。

许砚谈握着她手腕的手，是寒潮中唯一一抹热。自从他说出那些话，岑芙的眉头就紧锁在一起。

但即便是他略带嘲讽的自述，也并未让她忘记两人时刻在进行的博弈对局：“什么继续喜欢……自作多情。”

“不喜欢我？”许砚谈稍稍歪头，去追她的目光，不让她躲。

岑芙转身继续躲，满脸别扭。

许砚谈往前一步，接着追。靴底摩擦在石板路上，发出“哧哧”的声音，他嗓音带笑：“真不喜欢？

“真不喜欢干吗愁眉苦脸？

“又心疼我呢？”

岑芙快被他逗来逗去地问毛了，眉宇并未因为他的玩笑而放松：“那你说说，你跟你父母到底怎么了？”

即便知道这是他的私事，是很私密的问题，但听到他这么贬低自己的时候，岑芙还是忍不住想要知道更多，去发现所有人都没见过的那个许砚谈。

见她真心发问，许砚谈反而后退一步。只见他双手插兜，眯着眼睛慢悠悠道："真想知道？"

岑芙点头。

他面不改色，还在引诱她以达到自己的目的："还是那句话，说句喜欢我，我陪你聊一宿。"

明明应该是很严肃的一件事，怎么到他这儿全成了调情的工具！岑芙忽然觉得自己的忧心和认真都白费了，气得鼓起了脸："那要让你失望了，我这人求知欲并不强……我要回去了。"

说完，她转身往他那辆车停靠的位置走去。

许砚谈站在原地没动，眼神逐渐淡去了玩世不恭的揶揄，平静又深邃地看了她半晌。

然后，他抬腿，一步步跟上岑芙。暖白色的灯光将他形单影只的身形无限拖长，染成黑色，画在干净的石板路上。

延绵，由粗到细，直至尽头。

岑芙被许砚谈送回学校，这个点正是学校最热闹的时候。

她一路往宿舍走，路上有结伴去室外澡堂的，有打完球在超市门前喝饮料的，还有从快递点回来手里捧着大包小包快递的同学。

身边众多人与她擦肩而过，岑芙却无心去看别人。她目视前方，嘴角在毫无意识的情况下扬了一路。有些事情岑芙自己都没有准确认知到——即便她一直把许砚谈视为自己追求自由路上的一个意外、一个绊脚石，可不知从什么时候开始，与许砚谈接触，说上那么几句话，听他逗自己几句，与他拌几句嘴，都成了她无力又疲惫的生活里的调剂品。

岑芙就这么怀着轻松的心情进了宿舍楼，等电梯的人太多，她转而去走楼梯。

方才在许家经历过的那些愉快回忆还在她脑海里持续作用，岑芙眉眼舒展，心情正舒畅的时候，兜里的手机突然传来振动。

岑芙停住上楼的脚步，靠到一边不妨碍别人上下。她从兜里拿出手机一看，原本展开的眉宇顿时又挤在一块。

姐姐：明天有空吗？找你有事。

姐姐：回家吧，我在家里等你。

是岑颂宜发来的两条微信。

岑芙第一时间想做的事就是把岑颂宜屏蔽拉黑。

她利用自己给许砚谈找了那么多麻烦，岑芙都还没有说什么，现在还想干什么？

回完消息，岑芙把岑颂宜发的短信内容告诉纤纤。

“不对劲。”纤纤反坐在椅子上，双臂搭着椅背，刚洗完澡头发还有些湿漉漉的，正帮忙分析岑颂宜的微信。

“你有什么想法？”岑芙洗完脸走出来。

另外两个室友在看电视剧，没注意她们。

两人坐在一张桌子前，面对着岑芙的手机。

“这很明显了，她不会无缘无故找你。”纤纤推理猜测，“应该是为这次她那个丑闻事件，找你麻烦呢。”

“事是她让我做的，她还要找我的碴儿？”岑芙蹙眉。

“她那种无耻……”纤纤半句话刚喊出去，意识到自己声音太大，赶紧压低声音，“她那么无耻的人根本不讲道理的呀，谁知道她又要你做什么。”

岑芙始终垂着眼睫，分析信息，琢磨思考，忽然问她一句：“她那件事现在有什么影响？”

纤纤撇撇嘴，露出一个幸灾乐祸的笑：“掉粉巨多，她本来就有童星滤镜，这几年又在搞高岭之花人设，掉的都是男友粉、事业粉。

“其他的比如会不会影响她拍戏我就不知道啦，但我觉得多少会吧。”

纤纤说完，打量岑芙的神色，说：“我觉得没好事，要不你找借口别回去了。”

岑芙摇头，非常理智：“躲得了一时躲不了一世，我总不能永远不回家。”

——“如果一直畏惧，就永远无法自由。”

不知怎的，许砚谈站在寒风里对她说的那句话，萦绕在她的耳畔。

岑芙抬眼，投给纤纤一个安慰般的笑容，水汪汪的眼眸弯起来说服力极强：“放心吧，见招拆招就好。”

“这次她说什么我也不会唯命是从。”岑芙说完，再开口声音小了些，像是自言自语，又像是在对谁说，“我不会再怕她。”

翌日傍晚，岑芙结束兼职后不紧不慢地回了家，令她意外的是今天大家都在家。

爸爸在卧室打电话，妈妈在客厅算账本。虽然是各忙各的，但是她能感受到，家里弥漫着一股非常紧张又压抑的气氛。爸爸生意上受挫，妈妈最近又染上了打牌的嗜好，现在连岑颂宜的演艺事业都遇到了危机。

她刚进家门，就和从卧室出来的岑颂宜对上了眼。姐妹二人的视线隔空对接，岑芙瞪着眼睛直直地看向她，气势上一点也不退让。

岑颂宜看到岑芙这样的眼神，忽然感觉怪怪的，好像被她那一眼镇住了似的。

这岑芙，今天吃错什么药了？

“跟我进来。”岑颂宜说完，转身进了自己的屋子。

岑芙悄悄瞥了一眼妈妈，见妈妈聚精会神地算着家里账本，时不时发出“啧啧”的焦躁声，她低头，快速走过客厅。

岑颂宜的卧室是家里最大的房间，向阳，有一个宽敞明亮的飘窗，装潢家具更是梦幻奢侈。岑芙走进去的时候，一时间有些不适应，好像不在自己的家似的。

“把门关上。”岑颂宜背靠着自己的化妆台，双手环胸。

岑芙回头关上了门。

“知道我和许砚谈最近那事儿吧？”岑颂宜直击主题。

握着金属门把手的手指顿住，指腹感受着金属传递的凉意，岑芙的眼神逐渐变得冷静冷淡，她干笑一声，语气透出惭愧弱小的味道：“嗯，我同学跟我说了。”

岑芙露出惶恐又不敢置信的眼神，问：“姐，你让我帮你把他约出来，竟然是想跟他发生关系吗？”

她用一种“没想到我的姐姐竟然是这么不懂得自爱的人”的表情看着岑颂宜。

满满的道德绑架，道德批判。

岑颂宜瞬间急了，一拍桌子：“你说什么呢你！”

岑芙装作被吓得缩起肩膀，不敢说话了。

“你少瞎猜，别被网上那些带节奏的骗了！”岑颂宜一步步上前，还在狡辩，“我跟许砚谈都什么关系了，还用得着我干那种事儿吗？”

岑芙赶紧点头。

“现在外面争议太大，你手机不是有约许砚谈出来的记录嘛，拿来给我用。”岑颂宜恢复心态，没有忘记自己最初的目的，冷言道。

岑芙心中一顿，装傻：“姐，你什么意思呀？”

“废话，是你约的许砚谈去那个地方，跟我有什么关系。”岑颂宜一本正经，试图用这个把自己摘干净，“我只是跟许砚谈恰好在一个会所，都是记者杜撰内容。只要你把这些发出去，证明是你和许砚谈约在那里，我自然就没事了。”

岑芙的心一点点凉下去了，伪装的表皮融化脱落。

“你的意思是，让我当背锅的？”岑芙开口，柔软的嗓音透着冷。

如果她对外澄清岑颂宜的清白，她和许砚谈的聊天记录曝光，不仅会侵犯许砚谈的隐私，而她作为岑颂宜的妹妹，私约姐姐的暧昧对象去那种酒店会所，勾引姐姐暧昧对象的头衔也就戴得明明白白了，那以后……她还怎么在学校里生活？

这些岑颂宜都知道，但是她都不在乎，因为她根本没把岑芙当回事，只顾自己脱身就行了。

“委屈你一次，这关系到我未来发展。”岑颂宜面不改色，堂而皇之地要求她。

“你要是不答应，你打工那事我可就告诉妈了。”

宽敞的闺房里陷入了一阵死寂，偶尔有手机振动的声音，是房间里最“震耳欲聋”的动静。

高二的时候，岑颂宜为了自己的名声，把她推向混混余强。时隔不到三年，岑颂宜自导自演想引诱许砚谈不成，还不愿担负责任，又要把她推出去背锅，拿着一个把柄，来来回回地要挟她做事。

她这个姐姐，到底有没有把她当成人看啊。

就在岑芙难过的时候，她的内心阴霾中突然闪出一双倏地睁开的眼睛，如鹰隼般，在夜里也能冒光的丹凤眼。

岑芙。

一退再退就是对自己的轻贱。

“我拒绝。”岑芙骤然开口，没有预兆。

岑颂宜先是惊讶，然后火气就冒了上来：“你说什么？”

岑芙直视着岑颂宜，虽然个子没有岑颂宜高挑，但是气势一点也不弱于她。

她口齿清晰地再次强调："我不要。"

岑颂宜眯起眼，自以为拿捏着她的命门："你凭什么不要？你有什么资格跟我说不要，你的兼职不想要了是吧？"

"不。"岑芙侧身，用余光扫了她一眼，肯定道，"我一样也不会失去。"说完，她转身打开门便走。

岑颂宜震惊了一秒，然后气急败坏地大喊："岑芙！你给我回来！"

她追上去，扯住岑芙。岑芙却一把挥开她的手，挺着腰杆走到客厅，来到何芳华的面前。

这个时候何芳华和岑康发正坐在一起商量公司的事。岑芙深吸一口气给自己壮胆："妈妈，我要向您坦白。

"我现在在外面兼职打工。"

何芳华手头的事刚想到一半，听到小女儿这句话第一时间都没有反应过来。过了三秒，她才眯起那双精明的眼睛，脸色变得不好："你说什么？"

岑康发也露出意外的表情，赶紧打量妻子的神色。

"我说我在外面打工，想早点独立给家里减轻压力，希望妈妈您能支持我。"

说完，岑芙还补了一句："我绝对不会影响学习的。"

"啪！"

何芳华将手里的资料摔在茶几上，发出沉重的拍打声。

岑芙吓得抖了一下。

"我发现你现在是长大了啊！学会先斩后奏了是不是？"何芳华一生气，脖子和脸上都发红，但是额头和眼部却是青白的，看上去有些恐怖。

"之前跟我说天天去图书馆也是去打工了是吧！"

岑颂宜看了一眼岑芙，义愤填膺地插话进来："妈，要不是我在外面亲眼看见她打工，她估计打算一直瞒着家里！"

岑芙一记眼刀瞪过去。

下一秒，她的右脸就挨了一巴掌。

"嗡嗡——"

岑芙捂着耳朵和脸往后退，从小到大刻在骨子里的恐惧让她浑身开始发抖，湿润的眼眸流转着委屈。

岑康发拦住何芳华："别打孩子！"

何芳华两只眼睛瞪得凸起，把在其他事上的怨气全发泄在小女儿身上："你还敢瞪你姐姐！你再瞪一个看看！"

"你就护着她！"何芳华指着岑康发，一说起来没了分寸，"她现在就学会撒谎了！回头等她哪天跟外面的人鬼混搞大了肚子，我看你还护不护！"

"你不要乱骂！小芙是那种孩子吗！"岑康发也听不下去了。

何芳华换了个方向指着岑芙，命令着吼她："你，你现在就把钱都给我拿出来！偷着挣钱不学习，谁知道你要干什么！"

岑芙忍着满腔的眼泪摇头，倔劲上来了，第一次在家人面前做自己的她，一旦放肆就收不回来。

"钱是我自己挣的，我不能给您。"

"你个该死的崽子！"何芳华又要冲上去打她，再次被岑康发拦住，"你个孬种！就是因为有你这种爹！你放开我！"

恐惧仿佛把岑芙浑身的毛孔都打开了，冷气攻进她身体，仿若置身冰窖，暗无天日。

她看着头发和衣服都被妈妈扯乱，拼命拦着的爸爸，眼泪冲出眼眶，那种"现在这样都要怪我"的念头再次泛起。

"滚！你不是会挣钱吗！从今天开始老娘一分钱不给你！"

何芳华对岑芙骂着脏话，指着门口："给我滚！永远不许回来！"

岑颂宜就懒洋洋地靠在一边，双手环胸看着这一切，目光带着挑衅，然后，她转身，直接回了卧室。

岑芙惶恐着，忽然对上父亲那一双疲惫的眼睛。父女二人在那瞬间进行了眼神的交流。

下一秒，岑芙抽泣着，小跑着夺门而出。

跑出来得急，岑芙甚至都没有换鞋，羽绒服也没有穿，手里攥着的手机是她唯一的安全感。

今天天气冷，刺骨的风缓慢地、无孔不入地钻进她身体里。

岑芙抱紧了胳膊，想不到从来都害怕他人目光、生怕成为焦点的她，有一天会像个流浪汉一样在外面，在所有路过行人的异样目光下，在偌大的寒冷都市里寻觅去处。

身份证在学校，住不了酒店，而现在回学校也已经过了门禁的时间。

因为停下来就会冷，所以岑芙就这么在大街小巷里走着，转着。当她再抬头的时候，意外地发现自己走到了一个熟悉的地方。

第一家打工的咖啡店的附近，她曾经给许砚谈上药的地方。

——“嗯，你优秀的‘姐夫’打架去了。”

——“帮个忙呗。”

——“岑芙，摊上我这种人。”

——“你不怕我跟你纠缠不休？”

曾经的一幕幕在岑芙眼前闪过，他说过的话还没褪去任何色彩。

岑芙低头，轻轻地、释然地笑了一声。

还真的纠缠不休了。

早知道……就不说那句“我可以对你好一点”了。

许砚谈。

岑芙收起笑意，盯着自己脚下的石板路，视线里是自己匆忙穿出来的棉拖鞋，和脏兮兮的街道路面格格不入。

许砚谈。

她在心里默默叫着那个名字，视线逐渐模糊，眼泪晃动，喉咙往上泛酸。

下一秒，滚烫的眼泪泉涌而出，弄湿了她捂着嘴的手指，抽泣声又细又小，脆弱无助。

许砚谈。

我怎么……有点想你呢。

“又偷着哭呢？”

熟悉的嗓音忽然出现在她身后。

岑芙弯着腰流泪的动作一僵，第一反应是自己出现幻听了，有些不敢置信地转头。

被泪水浸透的双眸含着惊愕，倒映着远处五六步开外站着的男人。

许砚谈的视线穿过寒冷的空气，将她全身扫了一遍。就连岑芙眼角细腻的绯红，都被他一丝不落地纳入眼底。

他似是叹了口气，将自己身上的黑色羽绒服脱了下来，几步上前，利落干脆地披在岑芙身上。

他的羽绒服，那么大，还带着他的体温，把她团团包住。

岑芙感受到这股疯狂的安全感，眼泪更忍不住了，无声地一串串地往下掉。

许砚谈弯腰俯身，给她把羽绒服的拉链拉好。

将拉链拉到了顶端，许砚谈的眼睛也对上了岑芙混沌的双眼。

两人的眼神撞到一起，万千情绪一触即发。

岑芙细密的眼睫上还挂着几滴摇摇欲坠的泪，被水洗刷过的眼眸已经没了往常那层伪装，虽然看起来可怜巴巴的，却纯粹坦荡。

岑芙的眼睛会说话，而他许砚谈，是全世界唯一的破译者。

他轻轻牵起嘴角，略带坏劲儿："想我了？"

岑芙颤抖着眼睫，就这么看着他，不说话。

许砚谈抬起右手，靠近她腰侧稳稳落下，单手足够扶住她腰肢，动作和询问同时进行。

他始终带笑，却不温柔，用自己目空一切的浑劲包容她全部的难过。

他似乎用眼神在说：你也离不开我了，岑芙。

到底是谁溺死在谁的眼波中，冷酷的冬夜也无法评判。

下一秒，他问她——

"要抱吗？"

拥抱。

这对岑芙来说是多么匮乏的经验。

她忘了，哭泣的孩子，本是可以得到家人拥抱安慰的。

岑颂宜的威胁，妈妈的斥骂，还有爸爸那疲惫的协调，这是她试图勇敢之后所收获的。

岑芙哭出了声，声线颤抖甚至叫不全他的名字："许砚谈……"

听得人心都快碎了。

许砚谈在听到这委屈的一声呼唤后，原本扶在她腰间的手倏然收紧。

岑芙只感到腰后的那只大手，把自己推进了他的怀里。

许砚谈脱掉了外套，只穿着一件黑色的冬季卫衣，她与他的肌肤只隔着一层布。岑芙栽进他怀里的时候，他身上那股烟草混着洗衣液的香味扑鼻而来。许砚谈的怀抱就像是整个太阳系的中心，对她有着无穷大的吸引力，以及焚烧一切阴暗的安全感。

她脸颊贴上他温热的胸口，顿时滚烫了自己这颗颤抖难过的心，豆大的泪珠洇进他的卫衣面料中。

恰好，是黑色，只有黑色可以藏匿泪水的踪迹。

许砚谈也没有这样拥抱过别人，另一只手停在半空中不知道该放哪儿，在岑芙看不见的地方，鲜见地暴露出几分生涩。

干巴巴地僵了五六秒，许砚谈收紧搂着她腰的右手，虚虚地用左手的指腹揉了揉她脑后的软发。

“想哭就哭，哭痛快了。”他根本不会安慰人，随着心让她尽情。

岑芙用手揪着他的衣服，大半张脸都埋在他怀里。也不知为什么，万千的委屈难受在扎进他胸口的时候瞬间就消失了，也许，是被另一波更壮大的悸动覆盖了。

听见这一句，岑芙假兮兮地又抽了几下鼻子，装作自己还没哭完，埋在他怀里不肯离开。

冬夜变得安静，比往常都要静谧，一抹冰凉落在许砚谈的眼皮上，化开，他一顿，悄然抬眸。

在路灯的照明下，周遭飘散的雪花在视线内清晰十足，铺天盖地的白色斑点坠落，比雨轻，比雾浓。

雪花飘落到地面的瞬间，天地又冷了几分。饶是身强体壮的许砚谈，也察觉到自己指尖的几分僵硬。他垂眸，捏着岑芙的后颈，把人从自己胸膛处拉开。

岑芙拗不过，被他扯开。

随后，她涨红着脸，眼角早已干涸了泪渍的心虚模样就暴露在许砚谈的眼底。

许砚谈动了动眼梢，装作没看懂，冠冕堂皇地问她：“哭够了？”

说着，他伸手把羽绒服的大帽子给她戴上。帽子很大，一下子把岑芙半张脸都遮住了，留着一张朱润粉嫩的嘴唇在他视线里。

那张嘴缓缓翕动，柔软的嗓音从里面逸出来：“下雪了？”

“嗯，既然哭够了……”

岑芙的视线被帽檐遮着，刚要抬手掀开一点帽子，结果下一秒，自己的双腿突然离地。

“啊！”她吓得失声叫出来。

许砚谈直接把人拦腰抱了起来。

岑芙只得顺势搂住他的脖子，两人以这样的姿势对上视线。

许砚谈挑动眉梢，抱着她的手并没怎么用力，嗓音沉沉的：“哭够了就跟我走。”

岑芙第一次被人公主抱，臊得面红耳赤，晃动了两下腿：“走……你倒是让我下去走呀。”

“瞧瞧你穿的什么鞋。”许砚谈看了眼她脚上的拖鞋，嘲笑道，“这雪天，走两步就全湿了。”

“老实点儿。”说完，他便抱着人往自己停车的地方走去。

岑芙圈着许砚谈的脖颈，已经尽可能与他保持距离，不要贴那么近。可是随着许砚谈走动的动作，她还是随着惯性一次次撞到他身上。

而许砚谈像是故意的，走着走着忽然往上颠了她一下。岑芙抬头瞪他，结果眼见着自己的脸往他的侧脸贴去。

鼻尖在这初雪夜中，蹭到了他有些凉的侧脸皮肤。

岑芙立马受惊般地躲开。

这时，许砚谈偏眼看过来，攫住她躲闪的眼神，半晌，他忽然噙上两分笑。

岑芙雪颊通红，揪着他卫衣帽子的手不自觉收紧。

许砚谈抱着她走到奔驰大 G 的副驾驶门口，把人放下，开了车门。

岑芙上车前，忽然仰头，望了一眼这铺天盖地降落的雪花。她伸手去接，雪花到了手心里马上就融化了。

并不冷。

气势磅礴的黑色大 G 穿梭在大雪覆盖的城市，各自摇曳的汽车雨刷，打破了原本陷入寂静的雪夜。

岑芙趴在窗边，隔着车窗看着眼前穿梭而过的城市街景，方才那种被世界抛弃的流浪感早已消失无踪。此刻她坐在他的车里，仿佛待在屋子里，围着毯子烤壁炉那么舒适又困倦。

岑芙悄悄回头，看了眼许砚谈，只见他单手扶着方向盘，路过的车灯掠过他手背浮起的青筋，目光漫不经心地盯着前方路况。

岑芙又装作无事般扭回头继续看窗外。

只是许砚谈的模样，通过她的脑海投射在结雾的车窗玻璃上，怎么擦都擦不掉。

岑芙缓缓合上眼，就这么靠着窗，逐渐沉入了睡眠。

再醒来的时候，车子已经在地下车库停稳了。

岑芙睁开惺忪的眼睛，带着还有些蒙圈的意识，跟着许砚谈下了车，走进电梯。

电梯停在七层，一梯一户，电梯门左侧规矩地摆着一些鞋柜和杂物，右面是入户大门。许砚谈输入指纹，带人进了家。

一楼客厅和餐厅开着一半的灯，像是有人在。

岑芙小心翼翼地踏进去，目光打量了一圈，看样子这应该是个两层的大复式，白金色为主色的装潢，大气又明亮，哪里都很宽敞，设施齐全。

最亮眼的是餐厅和客厅中间，立着一面高大的封闭玻璃方格墙，每一个玻璃格子里都摆放着形状各异、花纹不同的酒杯。灯光一照，这些玻璃杯反射出不同的色彩和光斑，整整两人高的墙架，颇为壮观，夸张到怪异。

“我不怎么来这边，现在有人租着。”许砚谈换了鞋，又从鞋柜里找出一双一次性拖鞋给她。

岑芙赶紧收起目光，拆开包装，脱掉那双自己在外面踩得很脏的拖鞋，换上新的，问：“租？”

“我偶尔也住，他算是跟我合租。”许砚谈看了一眼墙上挂着的时钟，来了句，“明天介绍你们认识。”

她赶紧捂住自己的嘴，压低声音道：“他休息了？那我是不是打扰他了？”

许砚谈不知在想什么，哼笑一声，拉着她纤细的胳膊往里面走，说：“是休息了，但不会打扰。

“你就是在客厅放鞭炮，他都醒不了。”

岑芙：“哎？”

所以你是找了个睡美人合租吗？

许砚谈转身从冰箱里拿出一瓶水，拧开瓶盖大口往嘴里灌。这里是属于他的领地，岑芙走进来以后也不敢乱走动。他喝水，她就在旁边站着。

岑芙手指扶着餐桌的边缘，余光瞥向他。矿泉水把他的嘴唇润得发亮，喝水的动作让他的喉结跟着上下滚动，说不出的性感。

她匆匆收回视线，忽感不自在，喉咙也有些干。

“今天晚上，麻烦你了。”岑芙也没想到最后会演变成住到他这里，不过都进了他的家门，还是先客套一下。

许砚谈不知道什么时候放下了水，两步走到她身侧，学着她将右手撑在餐桌边缘，松松垮垮地与她面对面站着。

“就麻烦一晚上？”

他虽然不知道发生了什么，但是能让她以那副德行走在街上，已经能说明很多问题了。

许砚谈细细端详她的表情，慵懒地审视着，直接道出：“你现在没地儿去了吧？”

岑芙被戳中难堪的心事，连忙摇头：“就这一晚上，我平时住宿舍的。”

“放假呢？”许砚谈接着问。

她哑口无言。

是啊，本来假期住校就需要家长同意签字，而且现在已经十二月了，再申请也已经来不及。

许砚谈瞧见她被问住的表情，眼里得意渐起。他微微俯身，随口一言，却隐藏着引诱：“住我这儿。”

一点废话没有。

即便她猜到他会这么说，可是真听到的时候，心脏还是会因为这意料中的欣喜而跳动。

“楼上有空房，租给你。”许砚谈拉开距离，直起身环胸，往楼上瞥了一眼，“你一开始不也是想这么干吗？

“攒钱，出来自己住。”

岑芙回忆起了，是那次刘小姐过敏的时候自己在医院告诉他的。

他记性也太好了吧。

岑芙问：“你不怎么常来这边吗？”

许砚谈点头。

岑芙了然：“那可以考虑一下。”

许砚谈：嗯？

在他的注视下，她深吸了一口气，又打量了这房子一圈，很是理智：“那，你打算……租给我多少钱？”

“等他明天醒了你们再商量。”许砚谈没有直接咬定租金，握着人的手腕往楼上带，“看看你的房间。”

“你别拉我呀。”岑芙被他带着走楼梯，中途她往下面望了一眼。

看着这间略显空旷的大房子，幻想着自己未来住在这里所发生的许多画面，她心中泛起奇怪的情愫。

翌日，岑芙因为有些认床，在新的环境里没有睡得太沉，所以早早就醒了。醒来时看手机此刻才七点出头，一般周末她不会起这么早。

岑芙坐在床上，看着房间里的大飘窗。白色的纱帘摇曳着，清晨的暖光洒到床上，照得她睁不开眼。

她有些出神，原来屋子里有这么大一面窗户的感觉这么好，心神都是开阔的。

虽然许砚谈说这个房间一直都空闲着，可是所有设施都齐全，桌子上连灰都没有。

屋子里有个小浴室，她洗漱完走下楼。

绵软的拖鞋踩在吊板式木楼梯上，发出微微的轻响。她走到一半，忽然看见楼下餐厅饮水台那儿站了个人。

岑芙停下脚步，扶着楼梯扶手蹲下身，探头偷偷看。

是个男生。个子跟许砚谈差不多高，但是身材要比他更清瘦些，一身灰色的家居服把他匀称的身形衬得立体。他的皮肤白得超乎常人，站在厨房的窗边整个人像是会发光。握着玻璃杯的手指匀称漂亮，像是雕刻艺术家的完美作品。

景淮也拥有超乎常人的觉察力，他感觉到自己背后有一道视线，握着杯子，回头精准地望向楼梯上。

两人的目光在半空中交会。

岑芙偷看被抓了个正着，吓了一跳，双眼流转清澈，梗住脖子动也不敢动。

就在她刚想开口问候的时候，站在楼下的那个男生忽然对她笑了一下，原本清冷的气质因为弯起的桃花眼瞬间变了。

景淮一笑，他五官的和谐度就淋漓尽致地体现了出来。不过他的笑意总是很浅，刚刚达到谦和温柔的临界点，能让人感受到和善，却也同时让人意识到——他是个无法靠近、深不可测的人。

景淮把玻璃杯放下，对于在自己家里见到岑芙这件事根本就不意外。

他笑着对岑芙开口，嗓音也是温温凉凉的，低沉悦耳："早安。要吃些早饭吗？"

许砚谈睡醒出屋的时候，发现他斜对面岑芙的房间门是敞开的，空气流通舒畅。

他穿着一身黑色睡衣，拖着拖鞋走下楼，瞧见景淮还在看着手机视频吃早饭。

许砚谈一眼瞥见他对面摆着的餐具，还有喝得剩下一半的牛奶，走下楼的同时问他："你们见过了？"

"起得挺早。"景淮咽下嘴里那口面包片，面不改色，露出一副能理解的神色，"嗯，和心思不老实的人同住一个屋檐下，女孩子确实会睡不好。"

许砚谈从袋子里拿面包片的动作一顿，一记冷眼扫过去，而后继续动作，咬了一大口全麦面包，才云淡风轻地回了句："不错，现在损人知道拐弯抹角了。"

景淮莞尔："厉害的是你。我没想到，你动作这么快。"

这么快就把人家小姑娘拐回家了。

许砚谈对室友的"夸奖"充耳不闻，左右看了看："她人呢？"

"她爸爸打电话来，"景淮瞧了一眼门口，如实告诉他，"应该是来找她了。"

许砚谈维持着咀嚼的动作，微微蹙眉，没说什么。

岑芙出了小区门，在路边看见了爸爸的车。

岑康发站在车边，身边立着一个行李箱，正在等她。

就那么远远看着，岑芙忽然觉得爸爸好像又老了些。经历了昨晚的事，她现在再见到爸爸，还是委屈得想哭。

岑芙压下所有情绪，露出笑容，向爸爸招招手，小跑向他。

"小芙啊，我给你稍微收拾了些东西，你看还有没有其他要紧用的，我再给你送。"岑康发把行李箱递给女儿，看着女儿有些苍白的小脸，只觉得惭愧，说话有些迟疑，"最近啊……家里不安稳，你妈也是因为家里的事急得情绪不稳定，你在外面住一阵子也好。"

岑芙没想到爸爸还会给自己送东西来，她听到爸爸这样为难的口吻，也替他难受。她勉强笑笑，点头："没事的爸爸，我会照顾好自己。"

"你和同学合租是吗？"岑康发看了一眼小区，"确定没问题？租金无所谓，如果贵爸爸给你出，别被人骗了。"

岑芙点头："放心吧，没事。"

岑康发看着女儿这么坚定的表情，放心了。他摸出一张卡，二话不说塞到岑芙的兜里："爸爸藏的一点私房钱，钱不多，你这阵子的生活费肯定够了。"

她心中一动，伸手去兜里摸那张银行卡，只觉得好热好烫，爸爸的生意最近明明那么不好做，把这钱给她了，真的没事吗……

岑芙的担忧都写在眼睛里，她抬头和爸爸对视，一时间百感交集，说不出话来。

"你受委屈了，孩子。

"打工你愿意去就去，爸爸支持你。"

岑康发摸了摸她的脸蛋，突然偏头咳嗽了好几声。他想了半天，最后只说出一句："记得好好吃饭。"

听到这里，岑芙的眼眶里已经蓄满了眼泪，她赶忙低下头，使劲点头。

"岑芙——一起去超市吗？"有人在远处叫她。

岑芙回头，看见景淮和许砚谈都出来了，就在远处站着。

两个高挑的男生站在一块，出挑又养眼。

岑康发远远看了一眼，问她："是你同学吗？"

他年纪大了眼睛花了，所以并没有看清远处站着的许砚谈的脸，只看见是两个高个子的男生。

岑芙抬手抹了把眼睛，带着哭腔与岑康发告别："我走了，爸爸，您注意身体。"说完，她拉着行李箱，背对着爸爸，转身走向他们。

虽是深冬，但今天的太阳很大，暖阳洒满大地，连风都被削弱了威力。

岑芙从模糊的视线里，突然看到了自己明媚的未来。

鲜活的，生活。

十二月二十四日，周日，早上。

岑芙照常起床后把自己房间和楼下客厅、餐厅打扫一遍。因为起初商量租金的时候，景淮承担了大部分的费用，岑芙推脱多次无果，所以平时就多做些家务，勤买一些日用品和果蔬，借此报答景淮的照顾。

许砚谈真的没有骗人，他好像很忙，并不是很常过来住。而景淮似乎每天都要睡很久，活动时间不定，她更是很少能在家里和他碰上面。一来二去，岑芙好像跟独居似的，一个人享用这么大的复式楼。

巨大的酒杯墙映着她弯腰拖吸尘器的身姿，瓷砖是白金色的，稍微粘上灰尘就会很明显。好在许砚谈家里的吸尘器和拖地机器人实在给力，家里的地面总是很干净。

岑芙直起酸涩的腰，疲惫地哼哼一声。

她抬起眼睛，盯着许砚谈这面酒杯墙，吃力地眯起眼睛，默默嘟囔了一句："没事买这么大房子干吗……"

话刚落音，电视柜那边突然传来"嗞嗞"的电流声，然后许砚谈的声音在安静的客厅响起。

"又偷着骂我呢？"

岑芙吓了一跳，瞪圆眼睛回头，看着电视柜上的智能家用监控。

差点忘了还有这玩意儿。

岑芙不满地顶了顶唇瓣，捞起旁边的一块抹布走过去，直接盖在摄像头上面："请你不要偷窥他人私生活。"

随后那个被抹布盖头的监控继续传来许砚谈的嗓音："脾气这么大？看两眼不行？"

都没见到本人，光是听着这浑不论的带笑语气，就能把岑芙撩拨得浑身难受。

想到自己在客厅和餐厅做事的时候，他可能在远方监控另一端带着玩味眼神打量着她，岑芙半边身子突然起了层鸡皮疙瘩，小声坚持道："……不行。"

"哧！"他乐了一声，然后继续说，"下楼吧。"

岑芙一愣："什么？"

许砚谈坐在楼下车里，车里的暖气开得很足，他单手扯开大衣的拉链，露出里面的卫衣。

他往前探头，仰着视线，望向七楼客厅落地窗的方向，继续说："明天他们不是要来过圣诞吗，不用买点东西？"

岑芙这才想起来，对哦。

明明只在他这里住了不到两周，她一下子就认识了很多朋友。

起因是一周之前，那几天一直连着下雪。

骆杭忙碌的航空实验室就在他们小区附近，他忙得太晚又感冒中招，就索性不奔波了，到许砚谈那里借住了几天。

骆杭住在这里的第二天，回来的时候已经咳得停不下来，岑芙帮他在家里翻找药箱。

就在这时，门铃响了。

自己朋友病得这么重，许砚谈都不知道回来看看，岑芙本以为是他良心发现回家了，急忙去开门。结果门一开，她却看见了一个女生。女生穿着一件酒红色的毛呢大衣，围着奶白色的围巾，杏核眼明亮又柔韧，看上去有些焦急。

在看到岑芙的瞬间，女生露出了诧异的表情。

云迹是骆杭的女朋友，因为担心他感冒严重，所以买了药跑过来看望。她心里认定了这栋房子里除了许砚谈就是骆杭，不会有别人。所以在看到打开门的是个白白嫩嫩穿着家居服的小姑娘时，云迹一下子愣在门口。

眼前的岑芙穿着一身珊瑚绒的淡紫色家居服，似乎跟她年纪相仿。

黑发扎着，一双清澈见底的眼睛会传神，鹅蛋脸白嫩，小鼻子小嘴，是让人一眼见了就舍不得说硬话的长相。

“你……”云迹想着是不是自己走错了。

下一刻，门里传来骆杭咳嗽的声音。

云迹转而睁大了眼睛。

岑芙似乎懂了什么，赶紧摆手：“哦，你别误会……”

她之前在书店打工的时候听骆杭说起过自己的女朋友，想来就是这位了。

岑芙给云迹敞开大门，声音软软的：“你是骆杭学长的女朋友吧？请进。”说着带人进了家门。

正好这时候骆杭走到玄关，看见女朋友的瞬间，原本被感冒压得皱起的眉也舒展开：“你怎么突然来了？”

“我怕你身边没人照顾，你又不爱吃药。”云迹接过岑芙给她找的拖鞋，“谢谢。”

骆杭看了看，感觉他有必要给云迹介绍一下，拍拍云迹的肩膀：“介绍一下，这是岑芙。”

岑芙微微笑着，跟云迹颔首。

“人家住这儿，跟许砚谈恋爱。”骆杭含糊地说着。

岑芙看他们俩之间眉来眼去的，不再当电灯泡，捧起自己的马克杯道别：“我先回房间了。”

她还没上到二楼呢，那对情侣的八卦声就传到了她耳朵里。

云迹："咋回事？"

"许砚谈追的那个。"骆杭的声音缓缓的。

"啊？还追着呢，就拐回家了？"

"人家倒是愿意接受他，算是合租。"骆杭轻哼一声，"这回他算栽了，我还没见他在谁面前那么低三下四过。"

云迹感叹："哎哟，这才过了多久……"

岑芙听着这些话，无奈地眼角抽动。这对情侣……好歹等本人彻底离开了再聊她的八卦啊！

就这样，岑芙就跟着骆杭认识了他的女朋友云迹，在隔壁崇京航空航天大学比她大一届的学姐。

今年的圣诞节在周一，几个朋友就撺掇着到许砚谈这里一块热闹热闹。

一开始定的是景淮、许砚谈、岑芙和骆杭小两口，结果后来消息传开了，纤纤一听有热闹也要来，胖猴自掏腰包负责所有酒水，这才被许砚谈同意参加。

这场小聚会一下子扩大到了七八个人的规模，哪怕大部分餐品都点外卖，但是他们还是要准备很多东西。

景淮一睡就不醒，麻烦他和自己一块去超市是行不通了。

岑芙没想到许砚谈会赶回来特地接她去买东西，听到他说下楼的时候，她确实冷不防地被撬动了心跳。

岑芙赶快换了衣服下楼，电梯下降的过程中，她不自觉地对着电梯里的镜子拨弄了半天刘海。

最后她左右照了照，才出了电梯。

出了单元门，岑芙被冷风吹得往帽子里缩了缩。前几天一直在下雪，哪怕放晴了，小区暗处的积雪也堆得十分壮观。

她一抬眼，就看见了许砚谈那辆黑色大G毫不讲道理、霸气地停在单元楼门前，比车更霸气更不讲道理的人就靠在副驾驶门边。

下过雪的城市更清冷、更踏实。

雪花把所有的浮躁都掩盖了下去，随着雪水融进地缝里，白色和枯枝相配是冬天独有的浪漫，败落的浪漫。

他的大衣似乎扔在了车里，他就穿着一身卫衣黑裤站在外面，也不嫌冷。

冬日的暖阳打在他身上，在他周身营造出一圈柔光。

许砚谈始终靠在车边，依旧是往常那张没表情的脸，不过他投向她的视线，永远，比冬日的暖阳要烈。

岑芙被他看得发毛，还以为是自己太磨叽了，赶紧小跑几步到他面前："没等太久吧？"

"久，"许砚谈摆着一张臭脸，挺像那么回事的，"冻得我都动不了了。"

岑芙是最怕给人添麻烦的人，她"啊"了一声，有些失措："那，不好意思……"

道歉的话还没说完，面前的人忽然低下头来，温热的呼吸打碎了寒冷的空气，喷洒在她面颊上。

岑芙瞬间住嘴屏住呼吸。

许砚谈一改脸上的严肃，眼尾挑起，顽皮流露出来："亲我一口，补偿。"

宛如投掷在沸水里的温度计，一股热流从脚底冲到头顶，岑芙羞得抿起嘴唇，偏开头要去拉副驾驶的门："快……快走吧！"

怎么一大早就要流氓啊这人！真想报警了。

他不慌不忙地让开，哼笑一声，慢悠悠地放狠话："岑芙，回头我真得找个机会治治你这逃避话题的毛病。"

岑芙：……你别说话了。

到了超市，岑芙按照清单一样样拿东西，许砚谈就推着购物车在后面慢慢悠悠地跟着。

岑芙走两步还不忘回头看他，招招手："这边，你快点。"

许砚谈瞥了一眼快被塞满的购物车，一脸无奈地用力推车跟上。如果这个时候但凡多一个认识许砚谈的人在场，估计都会吓得眼珠子掉地上。

谁会想到，那个只要摆张臭脸就没人敢惹的许砚谈，现在竟然在闹哄哄的超市给一个小姑娘推购物车，还无怨无悔，甚至有点享受，简直是世界级名场面。

岑芙路过一个正在推销新品牌柠檬汁的摊位，她想着当天他们似乎要点比萨、烤肉这样油腻的食物，有些解腻的饮品是最好的。

推销小姐姐递来一个透明的一次性杯子请她品尝。她盯着里面的黄色果汁，双手捧着凑到许砚谈的身边。

许砚谈正低头看手机呢，视线里突然多出一双手，还有一杯果汁。

他抬眸，对上岑芙亮晶晶的眼眸："嗯？"

"尝尝，好喝就买一提。"岑芙怕酸，想让他"试毒"。

许砚谈盯着那柠檬汁，腾出一只手，直接攥着她的腕子往上抬。

岑芙被吓了一跳，眼见着许砚谈握着自己的手腕，让她"喂"他喝饮料。

不知是巧合还是故意，许砚谈的下嘴唇蹭到了她握着杯沿的手指，引起一阵酥麻。

他喝了一整杯，面不改色地松开她的手腕。

"好喝吗？"岑芙问。

许砚谈收起手机，推着购物车往前走的同时轻飘飘地甩了句："没什么味儿。"

这叫什么评价啊！完全没有参考价值！岑芙瞪着他的背影，无奈地又跟小姐姐要了一杯自己品尝。

刚含了一小口，岑芙一张小脸瞬间拧起，五官皱在一块，酸得牙都要倒了。

她听见许砚谈若有若无的笑声，眼神带刀，端着杯子边追他边控诉："许砚谈，你还说没味道，你故意的……"

许砚谈精准躲开她砸过来的一拳，购物车依旧在他的控制下往前滑动。

他嘴角噙着揶揄，将她生动的眉眼纳入眼底，还不断招惹："生气了？又动手。

"瞧瞧你这样儿，还说自己不蛮横。"

岑芙：……哎？

次日傍晚，岑芙下了课匆匆忙忙回家。

宴请朋友到自己家里吃饭这样的事对岑芙来说还是第一次，虽然在他们眼里只不过是普通不过的一次小聚，可是在岑芙看来却新鲜十足。

小区附近就是热闹的商业街，一到了晚上，整条街都亮起圣诞主题灯光，氛围十足，以圣诞碎铃为基调的音乐成为垫在行人脚下的云朵，欢跃着人们的心情。

岑芙回到家的时候，发现景淮已经把家里布置得七七八八了。她看见客厅和餐厅都摆好的餐食和装饰，惊讶得张了张嘴巴。

景淮站在餐桌前，听见玄关处有动静，回头，笑着打招呼：“回来了？”

“这些都是你弄的？”岑芙走进来，看见客厅落地窗边摆着一棵亮着彩灯的圣诞树，更惊愕了。

“嗯。”景淮压低了眉头，挂着微笑的脸上露出几分略带惭愧的意思，“之前应该陪你去买东西，让你辛苦了，抱歉。”

作为室友相处这一周多，岑芙对景淮身上的绅士风度和善解人意是最满意的，他虽然看上去疏冷隔世，却拥有让人无法对他产生负面情绪的魔力。

岑芙赶紧摆摆手：“没关系。”

她说着，发现了问题的本质，有些不满道：“按道理说应该是许砚谈来做这些，毕竟大部分都是他的朋友。”

他可倒好，躲了个清静。

景淮只是笑笑，没说什么。

岑芙进了厨房，她记得景淮晚上是要做意大利面的，通心粉在最上面的橱柜里。

她抬头，望着伸手够不到把手的橱柜，眨了眨眼睛。

果然，这家的主人在装修的时候就没考虑过未来会有矮个子的人居住，一点余地都不留呢。

岑芙搬了个板凳进去，放在橱柜下面。板凳面不大，她双脚踩上去勉勉强强站稳。

她站在板凳上，踮着脚去够橱柜的把手，把柜子打开。通心粉放在比较靠里面的位置，岑芙踮起脚，扒着柜子去拿，就在她拿到通心粉的瞬间，腰间突然覆上一只大手。

许砚谈不知道什么时候出现在岑芙身后，有力的胳膊圈住她盈盈一握的腰，单臂就把岑芙从凳子上带了下来。

岑芙都还没来得及反应，双脚已经着地，带着蹦跳的心跳转身，她对上他深邃的目光，手里捏着的通心粉的塑料包装发出“咯吱咯吱”的脆响。

许砚谈太知道距离对她的蛊惑了，故意不拉开身位，单手撑在她身后的料理台上。

他压低胸膛，凌厉的眼神可以搅碎空气，酝酿出暧昧，细沙般磨人的嗓音考验着岑芙的心脏承受力：“又在背后骂我。

“下次面对面来吧。”

明明是冬天，穿着那么厚实的衣服，可岑芙总能感受到从他身体里袭来的那股温度，燥得她难耐。

岑芙想躲，却发现自己逃离的路线早被他识破封锁。

她本以为他不在家，说话心虚：“你什么时候……”

“刚刚，你说我不干活的时候，我就在楼上的楼梯口。”许砚谈从不给她台阶下，乐于观看她的表情变化。

他蹙了蹙眉，为自己证明：“你真以为那些都是景淮弄的？自己调监控看看，是谁把那棵树扛上来的。”

那么大一棵圣诞树，竟然是许砚谈买来弄上楼的？岑芙有些意外，她一想象许砚谈冷着脸扛着棵挂满彩灯彩带的树一路上楼的画面，就忍不住笑，“扑哧”一下弯了眼睛。

笑完，她赶紧慌张地双手捂嘴。

见她笑了，许砚谈原本问责要说法的臭脸有了丝丝缕缕的变化。他挑了挑眉梢，视线从她的眼到唇，上下缓慢扫了一圈：“高兴了？”

岑芙确实心情很好，不过还是别扭地说：“还好。”

许砚谈收回撑着料理台的手，收回的动作在中途绕了个弯，手指在她头顶胡乱揉了揉，冷淡地甩了句：“下次开橱柜叫景淮，租户在家里摔残了房主不负责啊。”然后转身离开了厨房。

岑芙拨弄着被他弄乱的头发，忍不住翻了个白眼，怎么有人永远不会说人话呢。

备好材料以后，她走出厨房，看见景淮坐在餐桌上安静地摘草莓的蒂叶。岑芙拉开椅子跟他一起坐下，一边摘一边问他：“刚刚回来的时候，你怎么不告诉我这些也有许砚谈的份？”

景淮手里捏着一颗鲜红漂亮的草莓，忽然抬起视线，流露出几分耐人寻味的笑：“嗯，就是想看看他默默付出半天结果不讨好的窘样。”

岑芙盯着他这副人畜无害的闲适模样，忽然觉得一阵恶寒。现在网上说的“白切黑”，就是景淮这种吗……

就在这时候，玄关的电子门铃响了。

她眼睛一亮，赶紧站起来跑去开门。厚重的大门被她推开，门外站着的朋友们一下子映入岑芙的眼帘。

纤纤、胖猴、云迹和骆杭。

不知怎的，这些人竟然凑在一起同时到了。

他们手里提着不同的东西，有的是外卖盒，有的是酒水箱，还有零食袋。

几个人瞧见岑芙，不约而同地举起自己带来的东西，同时笑着问好。

“圣诞快乐！”

“圣诞快乐！”

岑芙心中涌起一股暖流，她不自然地咧开嘴露出一抹微笑，握着大门把手的手时而攥紧时而放松。

她轻轻笑出一声，双眼快弯成月牙，声音轻软：“圣诞快乐。”

大一的第一学期进入尾声，学校即将进入期末考试周。

岑芙和朋友们过完愉快的圣诞节后，就投入了忙碌的复习中。传播学大一的课程又多又杂，有笔试的科目，有交拍摄作业的科目，还有一些论文调查的科目。

这段时间，岑芙在学校、书店兼职和家三点一线埋头奔波，偶尔时间不够就住在宿舍里。

好不容易迎来了元旦假期，跨年那天她还跟着学校作业小组出去拍作业，最后合力在网咖剪辑完整个作品上交，凌晨一点才回到家。她到家以后，家里只有壁灯开着，想必景淮已经睡了。

岑芙一觉睡到第二天上午十点。昨晚在外面吹风拍摄有些着凉，直到睡醒了，岑芙依旧感觉头脑晕沉沉的，不太清醒。牙膏的薄荷清凉为她夺回些许神志，岑芙洗漱完拉开卧室门出去，抬眼，瞬间清醒了。

许砚谈恰好从他卧室出来，上身光着。

二楼有一小块的挑空设计，对应着一楼的客厅位置，于是阳光就可以借着一楼和二楼挑空的这块空间洒到二楼走廊。

这会儿阳光正是充足，将他上身每一段肌肉轮廓都描绘得清晰漂亮。

他像是刚洗完澡，略短的黑色寸头还湿着，一滴水顺着他的锁骨向下，岑芙的视线就跟着这滴水，往下滑。

从饱满的胸肌往下，到起伏有致的腹肌，两侧的鲨鱼线顺着向下滑到灰色长裤的领域，藏匿的男性荷尔蒙仿佛是世界上最无解的蛊药。

即使是世间再娇贵的花，在遇到自带吸引力的帝王蜂时，都会克制不住地想要敞开蕊心等待撷取。

许砚谈眼见着懵懂的小姑娘盯着自己的身体发呆，眼神惊讶又涣散，不躲反乐。

他双手揣进裤兜里，然后直接后退一步背靠墙壁，懒散地站着，大剌剌地把自己的身体坦然展示给她看，享受着她观摩自己身体的表情。

岑芙也并非衣冠整齐，睡衣因为睡觉有些发皱，上衣第一颗纽扣松开了，露出小巧又漂亮的锁骨。

她单纯又直白的打量，配着几绺散乱在颈边的软发，勾起许砚谈一股无名的火。

这一场意外的视觉碰撞，究竟谁才是早餐前最蛊惑人的诱饵。

没有答案。

“还行吗，我这身材？”他勾扯唇线，嗓音沙哑。

岑芙瞬间回神，意识到自己对着他的身材犯花痴，她瞬间羞红了一张脸，赶紧低下头，控诉道：“你！你在家为什么不穿衣服？”

许砚谈没羞没臊地直起身子，在她面前晃来晃去，毫不避嫌，慢悠悠地说：“衣服洗了，在楼下呢。”

说什么骗傻子的话呢！岑芙在心里骂他。

一柜子的衣服不穿，偏要穿楼下晾干的？

岑芙抬起手遮住脸，率先往楼下走，憋了半天才骂出一句：“许砚谈，你……你自重一点吧！”

潜台词就是，你穿件衣服吧！

许砚谈拧了拧眉，看着她下楼，低头瞥了一眼自己的上半身。

在她眼里，他已经黔驴技穷到需要脱衣服求爱的地步了是吧。

下一刻，他将计就计，往前两步搭着楼梯扶手，勾着坏笑逗她：“看了我身子就得负责，岑芙。

“待会儿跟我回家，跟我爷爷吃顿饭。”

他越说越离谱：“不同意也行，我见人就说你……爽完不认账。”

岑芙到了一楼，气得抬头瞪他：“你胡说什么！”耳朵烧得要冒烟了。

许砚谈低头，双手手指不急不缓地系着自己灰色长裤的裤带，动作莫名暧昧，笑着反问：“嗯？刚才是没看够吗？”

岑芙羞得脑袋要宕机，指着他的手指发抖。

胡搅蛮缠！流氓思维！

许砚谈系完裤带，在转身回屋前心情甚好地嘱咐她：“赶紧收拾，待会儿出发。”

完全不给她拒绝的机会。

最后岑芙还是跟许砚谈上了车，并非真的被他那流氓思维说服，而是听到姑姑和爷爷想见自己才去的。

在元旦这样和家人团聚迎接新年的日子，岑芙也不想一个人孤单地在家待着。

今天许家的人比那天多，或许他们家就有元旦相聚的习俗。

岑芙看见别墅一楼忙活热闹的一家子人，忽然有些发怵，往许砚谈身后躲了躲。

许砚谈刚要开门，感觉到身后人的动静，把人又揽到前面：“跑什么。”

“你没说今天这么多人呀……”岑芙抬眼看他，有点发愁。

许砚谈开了门，俯身在她耳畔说：“进去直接找姑姑，别人不用搭理。”

说完，他率先进了门。

岑芙得到指令，二话不说找准坐在沙发上吃水果的许竺就要过去，结果刚好撞见要上楼的许衡。

许衡在家里也穿着西装马甲，看见他们，并未感到意外，反而微笑道：“欢迎来家里玩。”

岑芙赶紧低头问好：“许叔叔好。”

“嗯。”许衡抬头看了一眼许砚谈，然后又问她，“你父亲最近还好？”

想起上次和爸爸见面的场景，岑芙皱了皱眉，勉强笑道：“都还好，就是偶尔看他很累。”

她不能说家里生意不好做，如果真的和许叔叔这么说了，反倒有种想借着机会让人家帮衬自家生意的意思。

那样的话会被人看不起。

许砚谈目光平静，随他们聊，转身去鞋柜边拿拖鞋换。

“年纪上来了，还是不要太拼。”许衡摸了摸岑芙的头发，有些安慰的意思，“回头我会抽空去拜访，不要太担心，岑大哥会照顾好自己。”

岑芙很少得到男性长辈这么体贴的对待，心里暖暖的，笑意更深，点头：“劳您费心了。”

说完，她就听见许竺在客厅那边叫自己：“小妞，来啦，过来陪我坐。”

岑芙羞赧地点头，换了鞋赶紧过去。

许砚谈狂傲惯了，见到这些趁着节假日跑过来巴结攀附的旁支远房堂亲表亲连招呼都不打，直接自己找地方坐着喝茶。

许衡收回视线，走上楼。

恰好许老爷子从二楼书房出来，他走过去想扶，许健伶挥挥手没让本腿脚不好的他插手。爷俩就站在二楼楼梯边，看着楼下热闹的一家子。

"那姑娘来了？"许健伶拖着年迈的嗓音问。

"嗯，您上次见过了。"许衡挂着清朗的神色，偶尔打量一眼自己父亲的表情。

"见过。"许健伶双手拄拐，虽然后背不如以往挺得直，却依旧能感觉出如劲松般的抖擞，"小竺叫的，孩子嘛，人多热闹。"

许衡扬起下颌，有些意外，他倒是有些看不懂自己父亲了。

他垂着视线，俯视着楼下的一切。

岑芙正在陪许竺说话，肉眼可见的开心。

许砚谈不知什么时候坐到了岑芙的身边，手里抛着个山竹玩，余光却一直停留在她的身上。

许砚谈对那小姑娘的态度全家人都看在眼里，已经不用再说什么，许衡动了动嘴角："我以为，您会反对。"

许健伶许久都没有说话，就这么安静了很久，突然一语道破："你以为，我不知道那小子背地里都在干什么？"

许衡抬眼，目光深邃难测。

半晌，他颇为无奈地轻叹："砚谈那孩子，是个认死理的。"

许健伶拍了拍二儿子的肩膀，拄着拐，一步步往楼梯走，先是笑了两声，随后意味深长地吟诵了一段诗："采薜荔兮水中，搴芙蓉兮木末。"

许衡听着，明白了父亲的意思，慢步跟上。

岑芙陪着姑姑聊着，再回头原本坐在身边的许砚谈不知道去了哪里。

姑姑的儿子许向臻非常不认真地趴在沙发上写英语作业，故意捣乱似的拉着妈妈问各种单词的解释。

许竺被问烦了，刚想甩他一部手机让他自己查，但是又怕儿子摸到手机偷着玩游戏。

她眼珠子转了转，突然扭头跟岑芙说："小妞啊，帮姑姑个忙？"

“您说。”岑芙自然愿意。

“你帮我去二楼许砚谈房间里拿本《英汉词典》出来，给这兔崽子查单词用。”许竺坚持要岑芙去，轻推着岑芙的后背催促，“上楼梯右拐最里面那间哈。”

岑芙本想说她这个外人随便去别人房间里翻东西会不会不太好，但是看许竺这么坚持，就没有推脱，站起来往楼梯走去。

许砚谈爷爷家的这栋别墅年头也不短了，随处的实木装潢虽然年代久远，但上等的木材经过常年的养护依旧散发着漂亮的光泽。岑芙扶着光洁圆润的实木扶手上楼，脚下踩着绵软的地毯，走到安静的二楼，直接右转走向最里面的房间，对其他并不多打量，保持自己的修养和礼貌。

岑芙摸到门把手，蹭了一手的灰。她看着自己手指上的灰尘有些意外，因为据她的观察，就算是不用的客房也会被保姆们时常打扫，根本不会出现连门把手都落灰的情况。

由此可见，许砚谈根本不让外人接近他的房间，他自己不住，别人也不许碰。

岑芙站在门外，忽然有些犹豫，不知道自己该不该进去拿词典。

万一让他不高兴了怎么办？

岑芙眸光波动，脑子里浮现出早上他痞里痞气逗弄自己的神情。

他会因为这个跟她生气吗？

会吗？

直觉给出答案的下一刻，岑芙扭动门把手，开门进去。

进去之后，岑芙顿时被一股弥漫在空气里的灰尘扑了一脸。她咳嗽几声，挥挥手，环顾整个房间。

许砚谈在老宅的房间比她想象中要小，装修也不是很讲究。

书桌上的一体式电脑屏幕上也落了灰尘，桌面整洁，几乎没放什么东西。床上也是，灰色的床单和叠得整齐的方块被子。到处都显得极简的卧室里，唯一厚重的地方就是书架。许砚谈不算宽敞的卧室里，竟然整整有两排两人高的书架，上面密密麻麻堆满了书籍。

岑芙在书架前缓慢地走着，两排书架中间正好隔着一面窗，棱纹窗户将阳光折射成许多形状，洒到书架的每个角落。

她伸出手指捋过一本本书的书脊，摸着那些带着灰的书名，仿佛能想象到年少的许砚谈坐在这里看书的画面。

年少的许砚谈会是什么模样的，这么喜欢看书，会不会比现在的她乖一点？

岑芙莞尔一笑，难以想象“乖”这个字和许砚谈沾上边。

岑芙在边角的地方发现了厚厚的《英汉词典》，她抽出词典的时候不小心把旁边的一本书也带出来了。

是一本棕色皮封面的《安徒生童话》，她有些意外，没想到他还会看这种书。

岑芙下意识地想要翻开，她擦了擦表面的灰尘，随手从中间翻开——

下一秒，岑芙的心脏骤然震颤，瞳孔放大。

塑造着孩童内心世界的经典童话故事书，一页页，被类似于锋利刀刃般的东西划得稀烂。

她颤着手指，一页页地翻。

每一页都被划得破败不堪，有些字都难以辨认了。

岑芙忽然后脊发凉，她有一种直觉，随后望向其他书籍。

她跪在地板上，随手抽出几本书，剩下的书几乎全跟法学和哲学有关。

《论犯罪与刑罚》《人性论》《审判》……

岑芙的手心已经出汗了，她翻开一本本书，结果一样，每一页都被划得乱七八糟，但奇怪的是里面却没有任何一页被撕掉或缺失。这些内页文字就以糜烂的状态，完完整整地留存在封面里。

岑芙从这些书里感受到了它们的主人变态又扭曲的破坏欲和追求完整的强迫症。她抬起头，看着面前的两排高大书架——

这些数不清的，成百上千本法学书、哲学书……恐怕翻开里面都是破碎的。

许砚谈是全部看过的。

岑芙的眼前忽然闪出一幅画面：面容还稚气的许砚谈靠着书架，安安静静阅读完以后，面无表情地把书全划烂，最后放回书架归类珍藏。

没人能参透他的意图。

为什么这么做？

或许有原因，或许……根本没有原因。

没有理由，往往是最恐怖的。

岑芙哆嗦着把手里的书都放回书架上，抱起《英汉词典》，一步步逃出了卧室。有些事但凡细想，就让她感到惊悚。

往下走的时候，岑芙看见从房间里走出来，正和表弟斗嘴、一脚踹在表弟屁股上的许砚谈。望见他锋利又淡漠的眉眼，岑芙的心沉得更深。

配合着之前爷爷跟她讲的关于许砚谈小时候的那件事，岑芙压低了嘴角，抠着《英汉词典》封面的手指泛白。

许砚谈……以前到底经历过什么?

她疯狂地想要知道。

从许砚谈爷爷家回来之后，岑芙就一直窝在家里复习。许砚谈已经一天多没有回来，景淮好像去学校了，所以今天就她一个人在家。

晚上七点多吃完饭，岑芙学累了，打算休息一会儿。正好她住进来这么久，还没有好好享用过许砚谈家那台巨大的液晶电视屏。

她打开电视发现里面所有软件的 VIP 都是齐全的，因为她很喜欢安妮海瑟薇，于是挑了部略有童话色彩的轻松电影《公主日记 2》，盖上薄毯开始看。

一个多小时以后，影片放映到公主在皇家联姻订婚仪式之前逃出城堡，和心爱的尼古拉斯跑到宁静的湖边彻夜畅谈。

两人手握着手，玩着交换秘密的游戏，深情对视着。

“告诉我一个愿望，告诉我一个秘密。”

“那不是一个意思吗？”

“但人人都知道你的愿望，没人知道你心里想的是什么。”

“我喜欢看《我爱露西》的重播，有时候会做黑白的梦。”

“我曾在要考试的时候装生病。”

“我害怕水母，非常害怕。”

…………

“砰！”

玄关处传来门板被撞上的声音。

岑芙躺在沙发上探头去看，望见穿着黑色大衣、撑着鞋柜俯身换鞋的许砚谈，眼睛焕然发亮。

许砚谈眉宇间少见地露出几分疲惫，他换完鞋抬眸对上岑芙眼巴巴的眼神，随口搭话：“看电影呢。”

“嗯。”岑芙藏在下面的手揪着薄毯，故作镇定，“你要一起吗？”

还没等他回话，岑芙脑子里忽然灵光一现，从电影情节里获得了灵感。

元旦那天在他房间里看到的那些被划烂的书太过震撼，导致岑芙这两天心始终是悬着的，想问他，却无从开口，又怕冒犯，触及他的逆鳞。

岑芙抱住一个靠枕，因为过于认真谨慎，怕被拒绝，连眼睛里那直白的目的性都忘了隐藏。

她就顶着这样清澈又直勾勾的眼神叫他：“许砚谈。”

许砚谈脱大衣的动作一停，回头：“嗯？”

岑芙弯了弯嘴角，自以为隐藏得很好，平和地邀请。

“刚才这电影里有个情节很有趣。

“我们……也来玩个游戏吧？”

客厅的薄纱帘垂着，云层遮掩月光，世界遁入黑暗。

暖气透过地砖蔓延到空气里，电影还在播放，角色之间的英语对话成了背景音。

“刚刚看到电影里面男女主角在玩交换秘密的游戏。”岑芙看着在自己身边落座的许砚谈，试探着问，“我们要不要也玩？”

“交换秘密？”许砚谈瞥了一眼。

“嗯，告诉对方一个秘密，后者说的要和前者的分量相等。”

他当然不是那么好哄骗的人，听见这个条件，扫了一眼液晶屏幕上还在放映的电影，轻嗤一声：“怎么突然想跟我玩这种情趣了？”

听到“情趣”这么暧昧的词汇，岑芙脸颊热了热，感觉自己好像也有些心急没逻辑了：“那、那算了。”

刚要走，她的手腕忽然被握住。感受到温热，她意外回头，对上许砚谈深邃的眼瞳。

许砚谈学着电影里男女主角的动作，挑开她的拳头，手指与她的手指紧扣在一起，用这样不算正经的姿势与她牵着手，颇有种奉陪到底的架势：“来吧。”

岑芙没想到自己这没头没尾心血来潮的“游戏”提议会被他接受。

下一刻，一股强力迫使她往许砚谈身前栽去，导致她差点直接倒进他怀里。

“你干吗？”岑芙赶忙用另一只手撑住沙发，调整姿势盘起腿来与他对坐。

刚才还不显，现在这样一弄真的很暧昧。

许砚谈不曾放开过她的手，扣着她的四指，拇指在她的虎口处摩挲着，抚摸着，用反问的方式调侃她：“不是要复刻？

“他们的姿势不学学？”

最后认真的反倒成了他。

岑芙真是低估了他借题发挥的能力，低头舔了舔发干的唇瓣，然后坐正，抬头看他：“那好，我先来吧。

“说好，一定要说秘密哦。”

许砚谈眉眼上挑，看上去兴致不错。

为了让他愿意说出自己想知道的事，岑芙愿意拿出藏在心底最不想翻开的东西交换。她垂下眼睫，慢慢地说：“岑颂宜一岁时，查出了再生障碍性贫血，血液病，在儿童群体中还是挺多发的。当时家里生意还没做起来，只能算一般的经商家庭，我爸妈掏空了家底给岑颂宜治病。

“所幸这种病是可以治愈的，只要通过造血干细胞移植手术就可以稳定情况。”

听见她主动提起岑颂宜，许砚谈原本上挑的眉梢一点点垂了下去，眼神也冷了下来。

不仅是因为她主动掀开伤疤而阴沉，而是听她所说的话题，他已经猜到岑芙想从自己口中得知什么了。

岑芙没有看到许砚谈的神情，沉浸在自己阴霾般的人生经历中，一字一句地讲述：“为了给岑颂宜做骨髓移植手术，当时全家人都参与了配型测试，能请的亲戚全请了，可是从最亲近的亲生父母到远房亲戚，没有一个配型成功。

“骨髓库很紧张，他们也不知道要等多久，岑颂宜年纪太小，根本就顶不住高强度的治疗，病情恶化得很快。

“然后，我爸爸就想到了同胞兄弟姐妹的脐带血配型。”

岑芙垂着头，手指揪扯着薄毯，扯得毛丝都飞了出来：“同胞兄弟姐妹之间，脐带血配型完全相合的概率是 25%，比亲生父母的概率都高。之前不也有类似新闻吗？夫妻二人生孩子用脐带血救老大成功的案例。

“我爸妈太着急了，岑颂宜的病等不了，所以……就有了我。”

说到这儿，岑芙停顿了一下，再抬头看许砚谈的时候，露出一抹苦笑：“可我不是那 25%。”

她另一只手还在许砚谈的掌中，他能准确地察觉到她的心情转变，因为她的手正在逐渐变冷。

岑芙强撑着继续往下说，要说到最残忍的部分："当时全家人几乎都把希望放在我身上，我出生以后脐带血配型失败，经济和心理双重压力砸在我爸妈身上，我妈一下子就患了产后抑郁。

"听说，那个时候我妈看见我就生理性恶心，奶也不肯喂，见着我就骂，把我丢给我爸爸。

"她说我是来杀人的丧门星，不仅克岑颂宜，也克她。

"所以许砚谈，你知道吗？"说到这儿，岑芙的喉咙已经酸涩彻底，她拼命按捺着颤抖的声线，可是悲恸难过却又从她晃着波光的眸子里流出来，"我是承载着他们对岑颂宜的爱诞生的，因为没有帮到岑颂宜的忙，我妈妈恨我，我爸爸肯定也在某个瞬间把我视作累赘。

"他们不是因为爱我才生我，我的出生没有意义。"

这些话岑芙憋了整整十八年，从未跟他人说过，这样坦然毫不保留地道出，反而成了阴霾的排放口。她边说着眼泪就边忍不住往下掉，而且有越发控制不住的趋势。

泪珠如雨幕簌簌往下坠，打湿她细密如蝶翅的眼睫，细小的抽泣声是全世界最惹人怜惜的旋律。

她面前的薄毯接住豆大的泪珠，洇染出了一个个圆点痕迹。

她想抬手去擦，有人比她更快。

有些粗糙的触感叠加在她的肌肤之上，岑芙愣在原地，任由许砚谈用拇指的指腹抚去她的泪痕。

他以前根本不会为人擦泪吧，那么生疏，甚至把她的脸蛋弄得生疼。

他的眼神很冷很淡，可是为她擦泪的神色却那么认真。

谁会想到，能让许砚谈这种人做得最认真的事，居然是给岑芙擦眼泪。

"谁说人必须带着意义从娘胎里出来？"许砚谈手指还停在她的脸颊上，抬眸，接住她泪光粼粼的目光，"命是自己的，活出意义不就完了？"

他知道她缺的是什么。

只要她点个头，她要多少偏爱，他许砚谈都给得起。

但他不是那种犯贱的人，她想要，就得自己过来拿。

许砚谈收回手，盯着手指上还没干掉的泪渍，缓缓戳破她的目的："你说了这么多，就是想听我家里的事，对吧？

“元旦那天，你进我屋了吧。”

岑芙瞬间止住眼泪，她翕动嘴唇，惊愕得说不出话来。

他……他怎么会猜到？

许砚谈这个人，真的很恐怖。

“既然岑小姐这么有诚意。”许砚谈说到一半，叹了口气，随后靠在沙发里，“那我就给你讲个故事。

“说好，听完不许哭鼻子。”

许家长子许项从小就被人视作异类，因为先天腿脚不好，从小就与轮椅为伴，无论多少名医看诊，他的腿疾都无法得到治愈。

许家的两个儿子，大儿子残疾且性格阴郁，二儿子健全且温和，一番对比下来，所有人善意的目光都在许衡身上。而两个孩子的母亲，也就是许砚谈的奶奶，更是个掐尖好面子的主，淡漠亲情，从小对许项就是严苛教育。哪怕许项努力做好了所有，都难以在自己母亲那儿得到半句奖赏。

一切罪孽的开始，要从许项高中的时候说起。

在一个阳光和煦的下午，许项推着轮椅路过操场的时候，看见了穿着一身啦啦队超短裙的宋媛月。

正值青春的高挑女孩肆意展示着自己完美玲珑的身段，露在外面的长腿和细胳膊在光下白得刺眼。宋媛月漂亮得令人舍不得挪开视线，尤其是那双深棕色的眼睛，如琉璃般深邃漂亮，站在阳光下明艳大方，一举一动都在闪光。

她的模样，在那个瞬间刻进了坐在阴影里的许项心中。

宋媛月像是沼泽潭边的野花，背后的家境烂得能让听闻者窒息。

几年后，她那个破落家庭出现了前所未有的危机，犯法在狱中的大哥还没出来，作孽的亲爹又欠了高利贷，母亲前阵子刚累倒住院，全家唯一清醒并且有劳动能力的人就只剩下她了。

就在讨债的流氓即将拆掉宋媛月家里的防盗门的时候，许项带着保镖们赶到了。

许项愿意帮助宋家渡过难关，宋父的高利贷、宋母的医药费，在他眼里根本不值一提，唯有一个条件——他要宋媛月这个人，他要和宋媛月结婚。

蛰伏多年，许项迟迟不出手，也不出现在宋媛月面前，就是为了今天。

宋媛月的父亲一听简直高兴得犹如天上掉馅饼，根本不顾女儿的意愿，巴不得把她赶紧推出去。而宋媛月看着病态又阴沉的许项，根本不愿意把自己一生的自由葬送在这么一个残疾的陌生人身上。

可是没有办法，只有许项愿意救她。

而宋媛月不知道，许项执意和她结婚的这个举动，在许家闹出了多么大的风波。许项娶一个野花般的女人为妻子，不听父母阻止，用断绝关系来坚持自己的真爱。所有人都觉得许项脑子有病，许项疯了。可是他只要宋媛月，不顾一切要把这团光关进自己的金丝笼里。

就这样，宋媛月跟了许项，成为他的妻子。

之后，宋媛月就疯了。

许项不许宋媛月接触外面的世界，她的阅读、见识，跟什么人接触，都由许项把控。

许项不止一次地在深夜，跪在她床前抚摸她的脸，告诉她，他会好好爱她，好好修剪她这枝美丽的玫瑰花。

把碍眼的杂叶都除掉，把扎人的刺剪掉，让宋媛月成为他理想中最美丽的玫瑰。

可是宋媛月根本就不领情，后来，许项用还在接受治疗的宋母威胁她，要她给他生个孩子。

他以为有了孩子就会好。

宋媛月没有退路，因为她的世界被许项搞得一片空白，她只能依靠他。怀孕期间，她更像是被放置在真空环境里，伺候的保姆一点没有做好，哪怕只是多跟她说了一会儿闲话就会被许项辞退。后来，没有任何一位保姆愿意陪她说话，宋媛月从原本的灵动活泼，最后成了一个呆若木鸡的活死人。

支撑她整个孕期的就是还在医院的母亲，与此同时，她无比厌恨肚子里的孩子和孩子的父亲。

恨到了极致。

宋媛月只后悔自己当初为什么不干脆死在讨债人的棍下。而那个在自己母亲怨恨之下出生的孩子就是许砚谈。

不知从什么时候开始，宋媛月就想开了，玩命地报复性发疯放肆。生完孩子没多久，她就开始跑出去混，把无法治愈的抑郁用别的方法去发泄。

许项的保镖追到酒店门口，一次次敲门，而她就和陌生男人在门那边。

最后，她真的成了他人口中的浪荡女人。

许项忍无可忍对宋媛月发火，而宋媛月却笑他不过一个残疾。她深知他的痛处，于是找准了使劲践踏。就是那次许项动手打了宋媛月，而她也被打开了暴力的开关，把许项推倒在地，不停地掌掴。

保镖冲进卧室阻挠的时候，年纪尚小的许砚谈就站在门口，看见了这一切。

他的父母在互殴。

暴力的，疯狂的，血腥的画面。

轮椅的轮子腾空旋转，链条扭动的声音击溃了小孩子的心理防线。

而许家主院那边对此根本不过问，以此为耻。

许砚谈记得最深的那次，是半夜听到声音下楼去父母卧室，门没有关，里面的画面永远地刻在了他的骨子里，多少年都洗不干净。

他的父亲连人带轮椅被绑在一边，而他的母亲在和别人亲热。许砚谈的眼睛红得像从地下爬上来夺命的厉鬼，而宋媛月趴在地上，看见门口站着的儿子，眼神冷淡得一丝亲情都看不见。她笑得顽劣，对自己儿子说着最令人作呕的话："小家伙，看什么热闹？"

他浑身哆嗦，求妈妈把爸爸放开。

许砚谈永远记得宋媛月回他的那句话——

"跟你有什么关系？"

病态、阴郁、罪恶、野性，这些就是许砚谈基因里的东西，只需要一个契机，即可激活那些恶魔根源。

许砚谈六岁的时候，宋媛月去世——死于艾滋病。

宋媛月死的那天，就是许砚谈坠入深渊的开始。从那之后，许项就把所有的怨恨和执念都倾注在他身上。

六岁，许砚谈没能去上学，而是被关在家里上私教课。一开始，他憎恨母亲要多于父亲，后来，他才体会到宋媛月发疯的原因。

白天，许项把许砚谈当作掌中宝物般细心照顾，悉心教导。

晚上，许项就会毫无理由地进入卧室，把许砚谈扯起来就是一顿毒打，殴打他的时候，还流着泪质问："媛媛……为什么要这样对我……为什么……我那么爱你……"

到了白天，他又会恢复正常，对许砚谈身上的伤毫无愧疚。

有时候许项喝醉了，看见许砚谈那双神似宋媛月的眼睛就会红了眼，打碎所有漂亮的酒杯，将那些碎片握在手里，往许砚谈脸上扔。

许砚谈躲了，但还是被铺天盖地的碎片扎伤了脸。那些伤口逐渐愈合，唯一划伤在右眼皮的那一道口子，留了疤很难淡去。

随着他长大，力量的增强，反抗的念头如野草般繁生。

讽刺的是，他也像宋媛月一样，在遭到殴打选择反抗的时候，把许项连人带轮椅推翻在地。

多么相似的场景。

他被保镖关进房间，上锁静默处理。

他拒绝一切餐食，在一轮接着一轮的噩梦中发烧了，浑身上下的汗一遍一遍地发，可是身上却越来越冷。如果不是最后叔叔许衡带着人冲进了别墅，许砚谈可能就死在那个小屋子里了。

许砚谈从这场大病中捡回了命，康复以后发现，自己被那场高烧夺去了将近30%的味觉。

之后哪怕离开了许项，他扭曲的心理已经成型。

他答应爷爷学法，并且也通过那些规矩的、绝对的、铁血的秩序，寻找可以平衡自己邪恶病态的砝码。

那些看完的却被划烂的法学书，就是他年少时与另一个自己纠缠挣扎的最佳证据。

而爷爷许健伶希望许砚谈这辈子能专注于自己的抱负和事业，很早之前就与他谈过，要求许砚谈的婚姻对象交给他来挑选。

爷爷这么做的原因是害怕许砚谈跟许项一样，动心后如果心爱之人不愿和他在一起，他就会变得偏执，疯不可控，成为第二个许项。

也正是叔叔许衡之前说的那句“他是最不希望你动真感情的人”。

“所以他们说我是坏种，是劣根，”许砚谈讲完所有，盯着天花板，表情依旧轻松，甚至笑了一声，“也没什么问题。”

岑芙听完，坐在原地完全傻眼了。

许砚谈偏头，看着岑芙逐渐泛红的眼睛，皱起了眉，就知道她受不了这些。

他勾唇，露出一抹轻松的坏笑，还在开玩笑：“所以岑芙，别以为全世界就你特殊。

“我也不赖。”

你不过是没帮上忙的小可怜。

我可是怀恨出生的坏种。

我们的诞生，都没什么意义，不被祝福。

岑芙原本已经干涸的泪腺此刻再次敏感发作。

原来，原来……

他吃面要单加一次盐，喜欢柠檬，喜欢胡椒，喜欢苦涩的冰美式，喜欢泥煤味厚重的威士忌，不过是因为……那些东西都能给他带去明显的味道。

许砚谈就这么把破碎的自己敞开在她面前，说着最残忍的往事，扬着比看热闹还开心的坏笑。

她心脏疼得要窒息。

“你……”岑芙“啪嗒”掉了眼泪，她赶紧抬手去抹，“你……你别笑了。”

岑芙心道：你又不是什么爱笑的人，不要再笑了，我好心疼。

许砚谈灼热的目光看着她，半晌，又笑了两声。

岑芙悲伤到极点生了气，不管不顾地凑过去，直接跨坐在他身上，用手去捂他的嘴，声线发抖：“你不许笑了！不许！”

他一点点地敛去笑，顺势伸手握住了她的腰，指腹摁进去的力度逐渐加大。

许砚谈的目光烫到了岑芙，岑芙放开了捂着他嘴唇的手，自然地放在他的宽肩上。

两人就以这么近的距离对视着。

电视屏幕上的电影已经播到了结尾，英文对话作为背景音依旧那么合适。

两人的眼神互相吸引，互相吞噬。许砚谈不是爱笑的人，他笑的时候，往往都在隐藏心情。

就像现在。

岑芙看见了他瞳孔深处挣扎的、不愿承认的难过。她缓缓靠近，将自己的额头贴上他的额头。

两人的呼吸交叠纠缠，冰冷的往事逐渐升温成暧昧的旖旎。

破碎的两人，都渴望着拥有对方来填补自己。岑芙听着自己狂乱的心跳，用手指抚摸他颈后的粗糙发尾，勾起他的欲。

岑芙搂住他的脖子，随着自己身体的冲动和下意识想安慰他。

想让他不再沉浸在那些事里，想转移他的注意力。

她颤着睫尖："许砚谈，接吻吗？"

这将是两人第三次亲吻。

饶是许砚谈这样见过大风大浪的人，在听见岑芙亲口问自己"接吻吗"的时候，也感到十分意外。

岑芙对他的怜惜，岑芙对他的欲望，许砚谈照单全收。

他揉捏着她腰后的软窝，抬起下巴，滚动的喉结引诱着她。他的视线先是落在她红润的唇瓣上，然后上移，撞进她的黑眸当中，搅翻她纯粹干净的眼波。

"岑芙，吻我。"他的嗓音沙哑得不像话。

岑芙得到同频率的渴求，往前探了点身子，圈住许砚谈的脖子，盯着他的嘴唇生涩难动。

第一次是酒后，第二次是他全程强势带动。说到底，她根本不会接吻。

岑芙压了压唇珠，学着他之前吻自己的架势，凑到他温热的唇前，先是软软地贴上去，然后微微张开嘴，亲了一下他的下唇。

可能是力度没有控制好，安静的客厅响起了非常明显的碎音，岑芙的脸瞬间红得像山楂果。

在她羞愧难堪想要推开他逃离的时候，许砚谈扶在她腰后的手一个用力，配合着自己起身的动作，直接把岑芙压进了自己怀里，甚至让她被迫仰着些身子，承受着他铺天盖地的强势亲吻。

明明是她坐在他怀里，更高一些，最后亲着亲着，岑芙的身子就软下去，整个人陷在他怀里，揪着他后衣领的手是唯一还能使上力气的地方。

许砚谈才不会只尝于表面，刚才她主动的那蹩脚的一吻也远远不够解馋。

他搂着岑芙肩膀以及后背的手指陷入了她的衣料，两人的脸颊、鼻梁时不时蹭着，带起一串又一串的火花，燎烧着岑芙的理智。

她明明穿得并不厚，却热得仿佛在三伏天里。

"唔……"岑芙又招架不住了，眼泪沁了出来，用呜咽声叫苦，指尖都在发麻。

第一次是酒后，两人还未完全了解彼此，只不过是单纯的吸引力。

第二次是在他忍无可忍，不许她再后退再躲避的angrykiss（愤怒之吻），是泄愤惩罚的。

这一次，她不知道许砚谈在想什么，她只是想靠他更近一些，去化解他骨子里哪怕半分的寒意，并且，她也迫切需要他这颗太阳立刻拥抱寂寞又破碎的自己。

于是这第三次接吻，更多的是缠绵，是怜爱，是自己对他再无法伪装的动心的臣服。

许砚谈抚摸着她耳后的那块胎记，她也像模像样地摸着他的脖颈，蹭了蹭他的喉结。

下一秒，岑芙就感知到许砚谈的变化。

她一下子就害怕了，一种在认知范围外的危险紧逼在自己面前，而她又无法衡量许砚谈理智和放肆的边界。

许砚谈察觉到岑芙身体的僵硬，缓缓睁开眼。两人唇瓣分开，他浓烈的眸子里烧成一片，盯着羞赧又害怕的她，噙了一抹笑："你先勾的，不能赖我。"

事到如今，她对许砚谈的所有感情已经瞒不过他的眼睛了。

最近日子太平，岑芙索性破罐破摔，直接搂着他的脖子靠在他颈窝处，和危险保持一定距离，软绵绵地叫他："许砚谈。"

她不叫还好，这么一叫，许砚谈才觉得自己快守不住了，浑身烧得慌。

他搂住她后背，带着人一块往沙发上倒，回应道："嗯。"

岑芙不知自己的眼睫毛正在如羽毛似的扫着他的脖颈，还在试图安慰："你别太难过了……"

那些事过去太久了，许砚谈再说起来的时候早就麻木多于怨恨，可眼下怀里的小姑娘心疼得紧，他倒是愿意再装一装。

许砚谈叹了口气，故作疲惫，低头将自己的嘴唇又凑到她唇边，哄她骗她："再亲我一会儿？嗯？"

这话落在岑芙耳里让她只觉得他还需要自己，于是十分听话地微张唇瓣，再次仰头承受他。

电影早就播放完毕，自动进入重播，剧情回到一开始。

沙发上拥吻的两人也像重播的电影一样，没有真正结束的预兆。

…………

岑芙凌晨的时候做了一个梦。

梦里许砚谈拉着她在那个旧房间里接吻，他把她抵在书架上，架子上的书被她一不小心碰倒。掉到地板上的书摊开书页，上面密密麻麻全是少年许砚谈用笔尖划过的痕迹。

一个天翻地覆之间，她后背着地躺在了地板上，那些被撕扯得破败不堪的书就在自己的眼前。

一股奇异的扭曲和缱绻糅合在一起，而始作俑者正捏着她的后颈，时而细密、时而粗鲁地啃咬着她的嘴唇、脸蛋，还有耳后……

岑芙惊醒的那一秒，许砚谈的嗓音还犹在耳畔。

她听见他说："怕不怕我？

"爱不爱我？"

…………

岑芙跑去卫生间，发现是自己生理期到了。揉着有些酸胀的小腹，她再倒回床上，一觉睡到早上。

这一夜睡得并不算好，岑芙头脑晕乎地起床洗漱。她记得冰箱里有黑咖啡，打算喝一口醒醒神。下午要回学校考试，这种状态怕是要挂科。

岑芙换完衣服出来，发现一楼有动静。她扒着栏杆往下看，瞄见穿着燕麦色睡衣的景淮站在下面煮咖啡。

"你回来啦。"她站在二楼跟他打招呼。

景淮在家里总是懒洋洋的，如果要用一种动物形容他，岑芙应该会想到猫，一只懒洋洋、总是睡不够觉的缅因大猫。

景淮闻声回头抬眼，轻轻弯唇："昨天夜里回的。

"今天起这么早？"

岑芙往下走，叹了口气："嗯，今天有门考试，待会儿回学校。"

"加油。"景淮说着，这时候瞥见一个黑影从楼上下来。

许砚谈有晨练的习惯，这会儿刚从屋子里洗完澡，浑身清爽地下楼。

岑芙下意识追随景淮的目光看过去，正好对上许砚谈的视线。触及他深邃目光的瞬间，岑芙的脸颊和耳根就忍不住开始发热，她倏地转身背对着，手忙脚乱地把面包片放到面包机里，差点塞错地方。

而许砚谈将她的反应全部纳入眼底，黑黢黢的眼睛垂着，放松着的眉眼飘着明显的愉悦。

景淮手里端着温热的咖啡，目光懒懒地从他俩身上扫了一圈，然后温温一笑："昨天我不在家，你们两个发生了什么有趣的事了吗？"

“咳咳！”岑芙一下被自己的口水呛到，抚着胸口剧烈咳嗽。

许砚谈才不知道害臊，抛给景淮一个只可意会不可言传的眼神，声音有些欠揍：“不该知道的，少打听。”

景淮扯了扯嘴角，摇着头拉开椅子坐下，他抿了口咖啡，云淡风轻地开口：“岑芙，我才是你的室友。

“如果你被房东骚扰了可以告诉我，我来报警。”

许砚谈对景淮这种软刀子早已习惯，毫不费力地回怼：“没嫌你碍事儿，你就该谢天谢地。”

他走到岑芙身边，十分自然地直接拿起她手里的咖啡灌了一口。

不顾岑芙的反对，他捏着咖啡杯对着景淮的方向示意：“回头合同到期赶紧给我走人。”

说完，他又低头对上岑芙羞愤的眼，扬起一抹浑厚的笑，似乎在问：亲都亲了那么多次了，喝你口咖啡还害羞？

而景淮就在旁边暗戳戳地看戏。

两人斗起嘴来，反倒把她夹在中间来来回回地调侃。岑芙在心里骂人，推开许砚谈，红着半边脸走到玄关：“你们够了！我走了！”

这家她是一分钟也待不下去了。

虽然一宿都没睡好，早上也没能踏踏实实地喝咖啡吃早饭，不过这天的考试岑芙发挥得不错，不仅可以过，说不定还能拿个不错的成绩。

出了考场她一身轻松，伸着懒腰往教学楼外面走。今天没有书店的兼职排班，她打算早点回家补个觉。

“蝴蝶——芙芙——”有人在远处叫她。

岑芙回头，看见穿梭在人群中向自己跑来的纤纤。她顿时眉开眼笑，伸出手去接纤纤：“怎么了？”

纤纤一看她这模样，搂住她的肩膀先调侃一句：“哟，心情不错？”

“考得还行。”岑芙弯弯嘴唇。

“看你最近气色蛮好，脸都圆了点。”纤纤摸着岑芙光滑细嫩的脸蛋，进一步揶揄，“行啊，许砚谈的房子挺养人。”话中有话，不能再明显了。

没想到到了学校还有人揪着许砚谈这点来笑话她，岑芙猝不及防喉咙一梗，羞得结巴：“没……没有。你快说你的事儿。”

“哦对，咱前两天跟拍的第三期普法视频，审核说有两张照片不能用，要替换。”

纤纤跟她说着急事：“我记得照片是不是全拷在你U盘里了？你能尽快拿给我吗，我还得修一下再交。”

说到那个U盘，岑芙一下犯了难，因为那东西在她家里房间的抽屉里。

“离家出走”这么长时间，除了爸爸没人关心过她的去处，岑芙就知道那对母女对自己的态度了。

上次妈妈骂得那么难听，把话都说绝了，她要怎么在不挨骂不挨冷嘲热讽的情况下回家拿东西呢？

岑芙咬起下唇，脑子里思考办法，先把这件事答应下来：“好，放心吧，我尽快给你。”

纤纤点头：“嗯嗯！”

然后岑芙第一次在搬出家里以后麻烦爸爸，她边出学校边给爸爸打了个电话，询问今天妈妈和岑颂宜的行程。

岑康发询问助理以后告诉她，今天下午何芳华陪着岑颂宜去试镜，确定是不在家的。岑芙豁然开朗，抓到了回家拿东西的机会。

岑芙摸回小区，上楼，怀着忐忑的心情打开了家门。开门以后她先是探头进去听了听，确定家里面一片寂静，又看见玄关处摆着三双拖鞋，说明确实没人在家。

她松了口气，没有换鞋，直接踩着进了里面。

不知为什么，岑芙那一刻选择不换鞋的理由是——她怕自己打开鞋柜，里面早就没有了给自己准备的那双拖鞋。

回到房间，自己的卧室早就成了杂物间，岑颂宜装包包、鞋子的密封盒，还有快递盒都堆在她房间里。

岑芙蹲下拉开抽屉翻找U盘，东西确实还在，她给纤纤拍了照片发过去，刚打算转头出卧室走人。

这个时候，外面突然传出动静来。

何芳华和岑颂宜交谈的声音立刻在起居室里响起。

岑芙握着门把手的手一哆嗦，赶紧蹲下身。不是试镜吗？怎么这么快回来了？

门是关着的，她暂时可以躲在屋子里，但就怕她们进这间房。

然后，岑芙听见说话声。

“到底怎么回事？经纪人说之前给你推了很多好本子！为什么全

推掉！

“岑颂宜！你脑子是不是被糨糊堵了？

“现在好了，一个丑闻，你看看人家导演还给你好脸色吗！

“要什么好剧本！都被你自己作没了！”

岑芙有些意外，这是她第一次听见妈妈这么凶岑颂宜。

之后，岑颂宜的反驳声也不小，带着不耐烦和急切：“妈！您现在怪我了？当初是您说现在就把心思放在搞定许砚谈身上，只要跟他订了婚，以后我要什么剧本有什么剧本，现在呢！许砚谈不理我了，剧本没了，您来怪我吗？”

岑芙跪在木地板上，悄悄地把整个耳郭贴在卧室门上，恨不得打开门听热闹，眼珠转呀转的，有些幸灾乐祸的诡谲。

“你这死丫头！”何芳华伸手推了下岑颂宜的额头，气不打一处来，“你就会骗我！说什么许砚谈那儿一切顺利，谁知道你白长一张脸，连个男人都拿不下！”

一听到这话，许砚谈对自己的那些藐视和羞辱一股脑儿重演在脑海里，岑颂宜顿时带了哭腔，扯着脖子抱怨：“您以为他是一般的男的吗？我一直在努力！我连勾搭他开房这种办法都使了啊妈！您还要我怎么办！”眼泪决堤而出，一哭就停不下来，最近受的所有冷落、白眼，还有在圈内的风评都让她承受了巨大的压力。

“妈……呜呜呜……许砚谈说我跟他根本就没有婚约……怎么办啊……妈……”

何芳华又气又急，搂住宝贝女儿安慰：“没事没事，不哭啊，妈想办法。什么没婚约，我说有就得有，你生来就是大富大贵的命，信妈。”

岑颂宜其实也一直不算知情，带着泪眼问：“您告诉我……这婚约到底怎么回事……为什么您说有，他又说没有？”

何芳华没想到许家人中途变卦，她听说许衡那个侄子和他关系比亲父子还要好，所以万万没想到，变卦的话竟然是许砚谈亲口说出来的。

她眼神变得狠厉，一股股气从鼻孔冒出，精明的眼珠转动着。

“那件事摆着，你爸爸就是他许家掌权人的救命恩人，婚约就必须有！”何芳华咬着重音说，“他们就是养咱们一辈子那都是应该的！”

岑颂宜没见过妈妈这样阴狠的表情，有些愣了：“当年爸爸救了许砚谈的叔叔，到底是怎么回事，您……快跟我说说。”

岑芙紧紧贴着门板，听着外面母女二人讲述的那段过往，表情逐渐变得愣怔，扶着门板的手缓缓滑落。

然后不敢置信。

最后是悲愤难平。

晚上八点多。

许砚谈在家里，今天难得没事儿，他健身回来想煮个面吃。景淮又在屋子里睡死了，不用管他吃饭。

"叮咚——"

门铃响了。

许砚谈抬眸，以为是点的蔬菜外卖送来了，趿拉着拖鞋慢悠悠地走过去开门。门一打开，却没看见外卖小哥。

许砚谈看着站在门口，垂着头、刘海遮眼的岑芙，蹙眉疑惑："没事敲什么门，密码忘了？"

下一秒，岑芙倏然抬头，在许砚谈还没看清她眼神的瞬间踮脚，扯住他的领子直接吻住了他的嘴唇，带着力度，没有技巧地胡乱啃咬。

许砚谈没想到自己也有被岑芙亲蒙的一天。

她搂着他的脖子，而他的手臂环绕着她的腰肢。许砚谈被她急促地亲了会儿，忽然觉得不对，捏着她的后颈把人拉开。

两人唇舌分开，许砚谈这才看清她的脸，原本染上情欲的眼眸骤然冷静几分。

"岑芙，怎么了？"他放轻几分嗓音，难得有温哄的意思。

岑芙就静静地站着，然后再次贴上去，搂紧他，不让他撒开自己。

两人的身体蹭到一起，许砚谈眉心拧得更深，逼问："说话。"

惆怅、愤怒，还有对他们未来绝对悲哀的结局的预见，这些把岑芙的所有克制理智全压垮。

她无法倾诉，也无法疏解。

要怎么跟你说呢，许砚谈？

我不想失去你，可我似乎……终究会失去你。

岑芙竭力压制着自己的情绪，就怕他发现端倪，她眯起眼睛装作动情，手指在他脖颈上摩挲着。

她坠入他的深邃眼潭，反倒成为搅动波涛的海妖，因为害怕失去的不安全感，让她把胆量放到最大。

岑芙踮起脚，轻啄他的唇，贴着他紧闭的唇瓣，用含糊的软糯语气勾引——

“许砚谈，你亲亲我。

“好不好？”

滚烫岩浆从火山口喷涌冲天，躁动整片蓝天。

许砚谈额头青筋迭起。

快疯了。

蝴蝶轶事（下）

JUDIEYISHI

醇白 著

江苏凤凰文艺出版社
JIANGSU PHOENIX LITERATURE AND ART PUBLISHING

有爱的青春陪伴者

第八章
/
给我个盛大夸张的告白

H U D I E Y I S H I

剥开，敲碎了一层又一层硬壳，许砚谈终于见到了自己想看见的岑芙。

圈着自己脖颈的、赖在自己怀里的、大胆又热烈的岑芙。

可就像甲鱼离了壳，里面的肉体是脆弱又柔软的。

许砚谈猎鹰一般的洞察力，在岑芙踮起脚迷离索吻的那一瞬间，就抖动了警觉的翼尾。

可他是浑蛋，是头脑清晰、明知故犯的浑蛋。

许砚谈掐着岑芙的腰，带着她转身，直接单手搂着岑芙的腰，将她提起来放到矮玄关柜上。

在岑芙还没反应过来时，许砚谈就将身体挤进了她双腿之间，一只手撑在台面上，另一只手则扣着她的后脑，强势又急促地攫住她的唇瓣。

岑芙只得顺着姿势舒服地将双手搭在他的肩头，一口气还没换上来，近半的氧气就被他夺走。

她迷迷瞪瞪地半睁开眼，第一次看见了许砚谈接吻时的神情，看见了他舒展的眉，看见他合着的眼。而他右眼皮上始终不褪的伤疤，刺伤了岑芙的心。

他味觉淡漠，却在那天晚上与自己低喃，形容两人亲吻的甜味。这样的许砚谈，让她喜欢到快要发疯。

与他接吻这件事是岑芙十八年来最大的瘾，碰了就戒不掉。

岑芙的头脑逐渐变得雪白一片，紧接着许多揣着回忆画面的雪花飘进来，妈妈和姐姐的对话回荡在耳边：

妈妈：“这件事我告诉你，你就给我烂在肚子里。

“当年厂里的事故不是意外。

“你爸那个死脑筋，如果没我，他估计到死都是给人打工的命！”

姐姐：“妈……您的意思是，许砚谈叔叔的伤腿，是……”

“哎呀，那东西本来就砸不死人！

“我就知道你爸什么脾性，他指定冲上去。

“你妈我这辈子就冒那一次险，还不是保了你和你爸下半辈子富贵。

“你爸这些年不受许家帮衬，我为什么没意见？还不就是为了把这个恩情攒着给你攒婚约。许衡那个时候只是个帮衬的，过去这些年，现在已经是许氏掌权人了。为了他，你爸把腰累废了，我们家是许家掌权人的救命恩人，什么都不要，就求能把你娶进家门照顾好了，他们能不答应？”

…………

悲哀如岩浆热流般，从脚底喷到岑芙的眼底。她并拢双腿，更贴近地与许砚谈相拥，睫毛扫着他的脖颈，热泪在眼眶里打转，嘴唇不停地颤抖。只要一个眨眼，滚烫的“珍珠”就会落进他深深的锁骨窝里。岑芙就快要伪装不下去了，她本以为尽全力抱紧他，和他亲吻，就可以抵消自己心头的哀伤。

可是为什么不行？

许砚谈越是抱紧她，越是揉捏她，越是亲吻她，岑芙就越难过。

许砚谈任由岑芙靠在自己怀里，听着她细细的喘声，如绝妙旋律，顺耳舒心。他垂眸，睨了一眼岑芙，双手托着她的腿弯，把人面对面抱起来，往客厅走。

岑芙就搂着许砚谈的脖子，随他抱着自己走，发呆的眼神看着越来越远的玄关。

最后许砚谈在沙发上坐下，捏着她的腰，让她直起身与自己对视。

岑芙坐在他腿上，膝盖顶着沙发，熟悉的姿势和地点，仿佛还是那天看电影接吻的场面。

许砚谈的目光一直热烈，但是今天在岑芙眼里尤为滚烫，仿佛能把她所有的隐瞒和愧疚都掏出。她已经不敢再看他。

岑芙闭上眼，又去找他微凉的嘴唇。

这个时候，许砚谈欲擒故纵般轻飘飘地偏开头，岑芙的嘴唇落在他的脸颊上。

她茫然地睁眼，对上他揶揄又迷人的目光。

许砚谈轻拍她的后背，把人摁在怀里，左手指腹轻点着她的下唇瓣，摁压出一个小凹陷。他在她波动的动情的鹿眼中寻觅着，嗓音沙哑：“这么喜欢跟我亲？”

岑芙乖乖看着他，没有说话，只是点头。

“不行。”许砚谈撤回手，果断回绝，“这么没名没分跟你亲，我奉陪不了。我得为我未来女朋友守身如玉。”

他收起吊儿郎当的语气，认真问她：“你打算什么时候给我个说法？”

方才在她脑海里飘过的那些自己亲耳听到的不堪事实，再次横在了冲动之前，无助的泪意又冲上来。她已然知晓许砚谈的过去，已经知道许衡叔叔对他的重要性。

岑芙相信丧良心的事就如纸包不住火，总有一天会大白于眼前。到那个时候，他们全家人都会因为何芳华的蓄意伤害成为许砚谈乃至整个许家人的仇敌。

到那个时候，对她照顾有加的许家人还会接受作为岑家人的她吗？

极度重情的许砚谈，又会为了叔叔怎么报复他们？

她和许砚谈，会永远站在黑与白的两侧。

岑芙靠在许砚谈肩膀上，手指绕着他卫衣帽子的抽绳，带着无法掩饰的鼻音，小声开口：“你还没有对我表白。”

是的，他们虽然已经亲密无间，却都还没说过“我喜欢你”这句话。

“现在想听吗？”他毫不犹豫，直接问。

岑芙摇了摇头，柔软的刘海蹭着他的脖子。她跟随自己的直觉，继续说：“不要这么草率。

“许砚谈，我活了十八年一直是多余的那个，不被重视。

“我之前也没有谈过恋爱。

“如果你真喜欢我，就给我一个盛大到夸张的告白。”

岑芙说完以后，客厅陷入了寂静。

只有彼此的呼吸声。

岑芙看不见许砚谈的表情，这几秒的沉默让她有些煎熬，当她想开口找补的时候，脑后突然覆上一只大手。

许砚谈用手指揉了揉她后脑勺的软发，声音笃定沉稳：“等着。”

如果是听说，岑芙都不会信。

可是亲耳听到那些话从妈妈口中说出，岑芙不信都得信。

原来在接到和许家产业有关的大订单后，何芳华贪念许家的殷实，设计了一场英雄救人的好戏，而岑康发就是里面毫不知情的主演。

她坚信岑康发的憨厚善良会驱使他在巨大的板子坠落的瞬间扑上去推开许衡，尽管结果是许衡伤了腿，但岑康发也依旧成了许衡的救命恩人，岑家自此站进许家的庇护伞下顺风顺水。

又下雪了。

岑芙裹上围巾，走出教学楼。她抬头，望着白茫茫一片看不到太阳的天际，呼出一口白雾。

她无法忍受，无法原谅。

只要一想到爸爸永久损伤的腰，想到他随着年龄增长会引发的各种后遗症，想到他疲惫的脸、变白的头发……

岑芙咬紧了腮颊，对那对母女彻底失望了。如果可以，岑芙甚至想把生命还给何芳华，不愿认她这个妈。岑芙不知道，如此信命念神的妈妈，会不会也在某个夜晚，因为害怕业力回馈而难以入眠呢？

她迈出步伐，走进雪幕中。

或许她现在还没有能力，可是她默默做下一个决定，她一定要让何芳华为自己曾经造下的孽付出代价。

在某些方面，岑芙和许砚谈是一样的人，一样细针般的重情重义。

因为真心对他们好的人，真的太少了。

真心对她好的爸爸，真心对她好的许家长辈们，是岑芙退让的底线。

"岑芙——"

岑芙陡然停住脚步，抬头，看见前面路口，穿着黑色羊绒大衣、站在路边的许砚谈。那一刻，岑芙仿佛看到所有落下的白色雪花都被他身上的黑色吞没，如他的气质，如他的目光。

许砚谈就是一团黑色的火焰。

路口人很多，冰天雪地里，所有人都行色匆匆，只有他不惧风雪，懒散地站在那里，目光穿过人群注视着她。

岑芙撩开羽绒服的帽子和围巾，让许砚谈看清自己的脸。她看着远处的他，缓缓露出了笑。

如果幸福的时间已然进入了倒计时，那么最后的这段，能不能让他陪她走完？

她顶着雪小跑向他，雪化掉，些许打湿了她的刘海和睫毛。

岑芙撩起湿漉漉的睫羽，抬头看他："怎么了？"

"一块儿回家？"许砚谈也不避人，就站在马路边上，跟她说这么暧昧的话。恰巧在这一秒路过的学生都忍不住回头看了看他们。

"你今天没事吗？"岑芙问他，心里纳闷，并没有察觉到不知从什么时候开始，许砚谈回公寓住的频率越来越高，明明离学校又不近……

许砚谈点头，余光往某个角度扫了一眼，然后伸出手半拥着她往前走：

“走吧，买点儿水果和菜回去，家里什么都没有了。”

岑芙：“好吧，我问问景淮有没有想吃的东西……哎！你干吗呀？把手机还我！”

许砚谈：“问他干吗？要吃让他自己买。”

“许砚谈，你懂不懂什么叫‘室友情分’啊？你这样真有人愿意跟你交朋友吗？”

“哟呵，岑芙，现在学会怼人了？你再来一个给我听听，嗯？”

“……不理你了。”

许砚谈开着车，在小区附近的果蔬店停下，去买东西补充家里库存。

岑芙本来就会一些日常料理，然后在家里跟景淮又学了一些，现在做饭喂饱自己是没有问题的。

她拎着一个塑料袋，在堆起来的土豆里挑选大小合适的，嘴里念念有词：“土豆、番茄，还有扁豆……许砚谈，扁豆怎么样？”

许砚谈那么一个高峰冷松般的存在，高高大大地杵在热闹的果蔬店里显得格外扎眼。

他在做饭这方面几乎没入门，顶多煮个面，完全是从小被伺候到大的少爷做派。

“哦，对。”岑芙回头，想起来，问，“你不吃带皮的番茄对吧？还有蒜也不怎么……我记得你还不喜欢猪肉和羊肉？羊肉只能涮，不能炒、不能炖？”

“都能吃。”许砚谈往前一步，把手从兜里拿出来，给她挑了个圆润好看的大土豆，放进袋子。

老板娘看许砚谈长得周正，乐呵呵地招呼：“小伙子啊，今天蒜苗新上的，可嫩了！买回去和鸡蛋炒炒吃下饭的嘞！”

许砚谈看着箱子里摆着的嫩蒜苗，点头：“称一斤。”

岑芙站在他旁边，两人胳膊蹭在一起，她看着此刻被染上人间烟火的许砚谈，心里泛起阵阵涟漪。

许砚谈给老板娘付完钱，等她装袋这会儿，低头看向岑芙，面不改色道：“我实际没忌口。”

岑芙：“哎？”

“上次你见的那个湘菜馆老板娘，是许家之前的厨师，我从小吃她做的饭长大，后来她退休了出来开店。我吃东西没那么讲究。”他说到一半停了嘴，挪开视线，眺望远方，故作高深地辩解，“在外面跟人说的那些吃饭的臭毛病，不过是为了不让别人觉得我好对付。”

这确实是叔叔许衡偶然间教给他的，当时许砚谈不知道什么意思，不过这样确实可以让很多不必要的人自然而然地疏远他，正合他心意。

岑芙听完，眨了两下眼睛，然后忍不住“扑哧”一笑。

许砚谈斜了她一眼，没好气道：“笑什么？”

“笑你好奇怪啊。”岑芙抬头，眉开眼笑，圆嫩的苹果肌都笑鼓起来了，丝毫不给面子地揭露，“毕竟你不用这些加持就已经很难对付了。”

许砚谈拉下脸，臭着脸瞪她，威慑力昭然。

岑芙被瞪得瞬间闭了嘴，默默认㞞，她感觉惹急了他，他一只手就能掐死自己。

“等着，我买梨。”许砚谈说完，径自往水果区去。

岑芙悄然噘嘴，买水果怎么不一起了，她刚要抬腿追他，这个时候兜里的手机振动起来。

她拿出来一看号码，眼神一愣，犹豫了一下才按接听，岑颂宜的声音顿时从听筒传出来。

“岑芙，你怎么跟许砚谈在一起？还一起买菜？”电话里传来毫不留情的质问声。

岑芙眉头一紧，回头隔着玻璃墙往外看，果然，岑颂宜就站在店外，身上穿着名牌套装，墨镜被她攥在手里，直勾勾又含怒的眼神像是能吃人。

她现在一见着岑颂宜也一肚子火，想立刻发作却又要克制自己，因为还不到时机。

不过，岑芙已经不会再受岑颂宜摆布欺负。

这些日子住在外面，和景淮、许砚谈相处，她已经爱上了这种独立生活的感觉。

“因为我在租他的房子，我们算室友，有事吗？”岑芙隔着玻璃直视着岑颂宜，气势完全不输，直接坦白。

岑颂宜一听，胸口的火简直要烧干嗓子眼，气得头发晕。就在刚才，她站在门外看着许砚谈和岑芙站在一起挑菜买菜的场景，岑芙眉眼带笑，许砚谈虽然依旧散漫不羁，可舒展的眉眼骗不了人。这两人在一起时各自的状态，都是岑颂宜从没见过的。

“你别告诉我，你喜欢许砚谈？”岑颂宜咬牙，说出口的瞬间已经知道自己这个猜想有七成真。

“岑芙，我劝你好好想想，你有没有资格跟我抢。”

店里放着宣传用的音乐和促销信息，伴随着嘈杂的人群交谈声，声音“五彩斑斓”地萦绕在岑芙的周身，而沉默地举着手机看向外面的岑芙，就像是色彩中灰白的一团。

她握着手机的手指僵直，而后缓慢地抚摸了两下手机的金属背面。岑芙冷下表情，非常镇定又认真地看着岑颂宜，对着手机听筒开口：“我不会。”

黑色的火焰在她娇嫩的心里烧着，熊熊不断，燃烧不绝。

“我不会和你抢的，你大可放心。”她再次强调。

说完，岑芙的手垂落，挪开手机，对着窗外的岑颂宜露出一抹意味深长的笑。

我自然不用和你抢。

她挂断电话。

“因为——”

许砚谈。

“本来就是我的。”

不远处，低着头挑梨的许砚谈正捏着一个梨，修长的手指抚过梨略粗糙的果皮，像是端详，又似是满意。

在无人察觉的地方，他蓦地挑起了唇。

岑芙转身去找许砚谈。

见他在水果摊那边挑梨子，她故作无事发生地过去问：“怎么突然想着买梨吃了？”

许砚谈手边的袋子里大概装了十几个圆润漂亮的梨，他低垂的目光平淡，注意力似乎还在挑选水果上，只分了几分关注给她，回话轻飘飘的：“天干，火大。”

他手里握着一个梨，往上抛着玩的同时对上她视线，略有几缕意味不明的揶揄：“刚你跟谁打电话呢？”

岑芙双眼怔松：“你看见了？”看见岑颂宜了？

“看见了，我看见你表情严肃，不知道的还以为要债的追来了。”许砚谈说。

岑芙心里松了口气，随手挑了个梨想往许砚谈袋子里装，结果他直接封口转身，去称重结账。她握着梨蒙了：“再来一个呀。”

许砚谈背对着她往前走，手指勾着塑料袋晃了晃，漫不经心道：“你挑的不好看。”

岑芙：“哎？”

你是选美，还是挑水果？

两人结完账一起开车回家。进电梯后，许砚谈却没有按七楼的楼层键，而是停在原地。

岑芙探头过去按了七楼，问他：“怎么了？”

许砚谈的目光停在手机屏幕上，忽然蹙眉，有些无奈：“来了个人。”

岑芙：“谁？”

电梯门缓缓打开，岑芙率先出去，结果在门口看见个熟悉的身影。许竺脚边堆着大包小包的东西，身上穿着夸张的名牌鹦鹉毛皮草大衣，五彩斑斓地站在那儿，闻声回头看他们，吹了声口哨：“哈喽啊，同居中的小情侣。”

岑芙脸顿时热了，憋着一张红脸说：“姑……姑姑，不是啦……”

许砚谈无视姑姑向他投来的暧昧的眼神，沉着气率先往前走去开门，臭着脸甩给许竺一句：“东西放下就给我走人。”

岑芙进门以后，先从鞋柜里给姑姑拿了拖鞋，还试图辩解：“姑姑，我是和另一个学长一块儿租的许砚谈的房子啦。”

“人呢？没看见就当没有。”许竺胡搅蛮缠的本事比许砚谈还要炉火纯青，眯眯眼，笑着摸摸岑芙的头发，“谢谢侄媳妇，真乖。”

被长辈摸头夸奖，还被叫侄媳妇，岑芙觉得自己浑身都要烧起来了！

她刚打算回房间龟缩，一转身就被许竺拉住了手。

许竺抓着小姑娘的手就不放：“别走啊，姑姑还有东西给你。陪我聊会儿。”

岑芙内心呐喊：姑姑你放过我吧！

被拉着去客厅坐下，许砚谈正忙着把买的东西分门别类地整理好，人在厨房里弄出各种声响。

许竺拉着岑芙，把自己带的那一箱子东西扯过来：“前两天在南城，去滕静……我朋友的公司玩了下，她干潮牌的，我瞧着好多衣服都挺好看，就给你拿了一些。”

岑芙一看那些衣服，就知道不便宜，而且这个潮牌是国内外都知名的，经常看明星穿。她赶紧摆手：“姑姑，我不用……我衣服够。”

“够？女孩子哪有嫌衣服多的。”许竺瞥她一眼，第一眼是严肃纠正，然后马上又换上不太正经的笑，把衣服堆到她怀里，“你瞧瞧，我审美倒是没问题，就不知道合不合你的尺码。”

“哦，对了，还有。”许竺又从箱子里拿出好几个袋子。

岑芙一眼看去，竟然全是大牌护肤品。

“姑姑告诉你，别看你现在年轻脸上胶原蛋白多，崇京冬天这气候，不注意护肤就完蛋了。”许竺将护肤品拿出来，一样样给岑芙介绍用法，最后放在她手边，话说多了累得换了口气。

许竺看向小姑娘，在看见她眼神的时候，心里一顿。

岑芙目不转睛地看着许竺，澄澈的眼睛里流转着复杂的情绪，飘着感动，含着受宠若惊，最后拨开里面——是从没被这样宠爱过的害怕。

许竺行走社会，什么人什么事都见过经历过，忽然看见这般连一丝杂质都挑不出来的眼睛，一直被抛弃在角落的纯粹感情也被召唤了出来。她柔下眉眼，释然地抬起手摸了摸岑芙的脸蛋，带着爱怜："姑娘，我就一个傻儿子，难得有你这样好的姑娘在身边，就什么都想带给你点儿，你别嫌姑姑太唠叨。"

许竺姑姑这么好，好到让岑芙惭愧了。在她的手抚摸到自己脸蛋的瞬间，在感受到那股来自家人的温暖的时候，岑芙的脑海里忽然浮现出前两天听到的事。

许家人对自己越好，岑芙就越恨那对母女。从小到大得到的宠爱太少了，别人给她一分，她就会当作三分去对待回馈。

爸爸、许家爷爷、姑姑……还有许砚谈。

惊喜，受宠若惊，感动。

下面埋葬的是——心痛，羞愧难当，怨恨。

岑芙握着昂贵护肤品盒子的手，逐渐用力，任由那盒子的尖角硌疼自己的手心。

就在她沉浸在复杂情绪里的时候，自己另外一只手的手心忽然被塞了几个塑料方片。

岑芙低头一看，呼吸一窒。她瞪大眼睛不敢置信地看着姑姑，羞得话都说不出了。

姑姑！我刚惆怅一会儿，你就破坏气氛呀！

许竺抛给她一个意味深长的眼神，凑过去小声说："你俩……那个了吗？"

岑芙赶紧摇头，急切地否认："我们真不是！"

姑姑把他们想得也太那个了吧！

许竺点头："那正好，收着。"

岑芙："哎？"

许竺瞥了一眼站在厨房里收拾东西的许砚谈，搂着小姑娘的肩膀，教给她这方面的东西："我估计你家里也没人告诉你这些，姑姑跟你说，姑娘家在外面要保护好自己。

"许砚谈这小子什么脾性，我不知道？一撅屁股我就知道他要拉什么屎，就怕他横冲直撞的。

"这事儿，你不愿意就明确跟他说。他是浑，但基本家教我们许家没缺着他，他不会勉强你。

“姑娘，这不是什么坏事儿。”她看着岑芙红扑扑的小脸，笑了好几声，很认真地告诉岑芙，“跟喜欢的人干这个，也是人生之一乐事，得会享受。”

许竺想了想，又补充一句：“你要跟许砚谈真不是那关系，这东西你也留着，早晚用得上。”

岑芙脸颊的红已经蔓延到了耳后和脖颈，她埋着的脑袋点了点，表示明白了。

手里的塑料方片虽然有些烫手，可是那是烫的。

烫——是暖升温后的产物。

岑芙对许竺露出羞赧却坦然的微笑，诚然开口，声音软软的，很是好听。

“谢谢姑姑。”

两天后。

下午，崇京大学附近商业街某家咖啡店，独立包间内。何芳华坐在桌前，面前摆着一杯咖啡。她看着窗外，手里拿着手机通话，手上的金镯子随着动作，在阳光反射下映着刺眼的光。

“小宜啊，那你倒是告诉我原因啊，非得是你妹妹?

“这么大的事，你自己去多好，人脉啊就得自己去拓宽，说你多少次了，不该懒的时候你犯懒。

“行吧行吧，等我见着她再说，挂了吧。记得晚饭不许吃了，你最近又胖了，你的健身教练都给我打电话了。”

“吱呀——”

小包间的门被打开。何芳华扭头，对上自己小女儿防备的眼神。岑芙没有想到母亲竟然还会联系自己，而且还把自己单独约出来。不过，她并没有感到高兴，在接到电话的瞬间，心中的警铃就已经敲响。岑芙已经不再对自己的母亲有任何期待，答应赴约，是因为自己也有想说的话、想做的事。

这么想着，岑芙关上包间的门，转身叫了句“妈妈”，然后坐到她对面。何芳华端起咖啡抿了口，因为喝不惯，皱了下眉头，然后没好气地放回去。

“明天你跟我去个应酬，我来接你。”她直奔主题。

岑芙眉头微皱，很谨慎：“是爸爸那边的应酬？”

“你姐的，你陪我一块儿跟导演组吃个饭，你姐去海晏拍摄了。”何芳华说，饱满富态的手指抚摸着自己金镯子上的纹路。

一听是岑颂宜的事，岑芙微微一笑，直接拒绝：“妈妈，我学习很忙，还要去兼职。”

"你那都算什么事！"何芳华一听她不肯直接急了，对小女儿突然学会的反抗非常不满，"你爸生意不好做，你帮不上忙就算了。你姐这边这个戏这么重要，让你陪我一块儿去吃个饭你都不肯！岑芙，你是不是真不想在这个家里待了！"

听完，岑芙在心里笑了。

是啊，没有一秒钟想在这个家里待。

"妈妈，我跟您去帮忙应酬，可是姐姐接到了这部戏，最后也不给我分成呀。"

她委婉地说着，还是不想把话说得那么难听。不过，妈妈竟然能为了岑颂宜的戏路豁出去过来求她帮忙，可见岑颂宜在妈妈心里的地位有多么重要。

既然如此，岑芙抬眸。

"妈妈，这个忙我可以帮。"她说。

何芳华一听眼睛亮了，还没等她说话，岑芙又开口了。

"作为交换条件，"面对从小到大都敬畏的人，岑芙强撑着让自己挺直了后背，指甲尖嵌进指腹的肉里，她死死盯着何芳华，用尽气场，"您要去许家认罪。"

此话一出，何芳华整个人愣在了原地。

"你……你说什么呢你？"

"我那天正好在家，都听到了。"岑芙毫不隐瞒，把何芳华干过的肮脏事亲口复述，"当年您制造了一场意外，冒着爸爸或是许叔叔有可能重伤的风险，造就了爸爸救下许叔叔的事实。

"这是蓄意伤人，我们不仅没有付出代价，竟然还白白地受了许家十年的恩惠照顾。"

岑芙说着，愤懑带着冷席卷心脏，她无法保持冷静，眼尾都染了红："妈妈，您这么信奉神佛，不怕遭报应吗？"

"你说什么！"何芳华怒不可遏，可是面对事实却无法反驳，想抄起面前这杯难喝的咖啡泼到岑芙脸上让她清醒清醒。

她刚握住咖啡杯的把手，还没端起来，眼疾手快的岑芙直接按住她的手腕。

母女二人眼神对峙，在半空中擦出火花。

岑芙盯着何芳华，按着她手腕的力度逐渐加大，呵斥道："妈！"

"你知不知道你在说什么？"何芳华眼睛都红了，脖颈上的青筋气得鼓起来，"我去承认，那是要坐牢的！你想让我坐牢是不是啊？孽障！

"让许家人知道有你什么好处！按他们的手段，你爸和你明天就得出去要饭，你信不信！

"我怎么生了你这么一个败家东西？"

被自己妈妈骂得如此难听，就算是已经习惯，岑芙也还是会感到悲痛。她忍着一切情绪，继续追问："您不答应？"

何芳华挥开她的手，吐出一口气，态度很明显。

岑芙点头，坐回去，继续说："您不答应的话，这顿应酬我不会陪您的。妈妈，做了错事，是要付出代价的。"

如果不是因为大女儿强烈要求必须带着岑芙，而这个应酬对她们母女俩未来的事业、财路又十足重要，否则，这么赤裸裸被拆穿曾经犯下的罪孽，她肯定不会还在这里忍耐。

何芳华急得额头冒汗："你……你不要逼我……"

桌下的手指搅在一起，岑芙垂着眼睫，没有任何动摇。

他帮了她那么多，教会她那么多。

许砚谈，这次轮到我来为你做些什么了。

岑芙从包里拿出纸和笔，还有摁手印的红色印泥，有备而来。

"请您亲手写下当年设计一切的过程，承认自己的罪行，保证，自愿承担后续许家人对此的所有追责。"

岑芙抬头，坚定道："明天，我会带着您，带着这份保证书，登门道歉认罪。"

何芳华看着这些，气得连指着岑芙的手指都在半空中发抖。

果然，果然啊，大师说的话一点错都没有。

岑芙就是来毁他们全家的！

"妈妈，我只是想让您知道，"岑芙神情悲怆，惹人怜惜，"陪您去为了岑颂宜的未来出力应酬，这是我为这个所谓的家做的最后一件事。"

事实上，岑芙让何芳华主动去坦白、去认罪，是在给自己妈妈最后一次机会。

这份保证书，更像是掐灭岑芙对原生家庭最后一缕希望的诀别信。

如果到时候她出尔反尔，不管是逃窜、躲避，都无所谓。

岑芙会代表全家人拿着这张承诺书，对许家人坦白。

她会笑着亲手斩断和许砚谈连接关系的那条细细的红绳，然后沦为他所心有芥蒂的人。

…………

岑芙收起妈妈亲手写的保证书，离开咖啡店。

一月份的崇京室外寒冷，一阵风过，岑芙的鬓发和羽绒服帽子上的绒毛一同飘动。她回身抬头，望向咖啡店二楼的小包间，眼神复杂。

血脉相亲的一家人，最后却成了互相牵制、互相利用的对象，传出去让外人听了都觉得好笑又讽刺。

岑芙溜达到公交站，开始思考要什么时候告诉许家人关于当年意外的真相。如果说了意味着什么，她很清楚。

许家不会再给他们任何好脸色，不追责都是妄想。许叔叔因此伤了腿跛脚，这是无论赔偿多少都换不回来的。作为告密者的她，也会彻底成为家人眼中的背叛者，本就疲惫的爸爸也许会更辛苦，家里的公司会倒闭，岑颂宜和妈妈说不定都能掐死她。

岑芙缓缓蹲下身，在公交车来之前，在寒风中抱紧自己，想从杂乱无章的思绪中理出一个正确答案。

然而，她寻来寻去，这道题的参考答案却是个“略”。

岑芙一想到偶尔说话都咳嗽、头发见白的爸爸，想起他给自己塞银行卡，想起他支持自己兼职打工出去住的样子……

她一下又开始犹豫起来。

“嗡嗡……”手机振动了几下。

岑芙断开思绪，从兜里拿出手机接通电话，是许砚谈打来的。

“喂。”

“你在哪儿？怎么这么吵。”

岑芙抬头看了看周边嘈杂的公交车站，一辆辆公交车来了又走。

“学校旁边的公交车站。”她往羽绒服帽子里缩了缩，呼出一口白气，少见地问他，“你今天回家吗？”

电话那边传来打转向灯的机械声，伴随着《白色风车》中途间奏弦乐的悠扬。

许砚谈的嗓音很是悠闲。他越闲散的状态，他那低沉的嗓音说出的话就越蛊人：“怎么着，想我了？”

尾音上挑，勾人得紧。

“才没，你不回来我就约景淮吃大餐了。”岑芙被他的声音蛊惑得耳根子发软，别别扭扭不肯承认。

许砚谈轻哂一声：“你在那儿待会儿，我去接你。”

岑芙忽然抬头看向远处路口：“不用了吧，车马上来了。”

“抬头。”

她一愣，骤然抬头。

“往右看。”

岑芙跟随着他的指令向右前方看去，一眼就看见了停在路边的黑色大 G。随后，驾驶位的车窗玻璃缓缓降下，一只指节修长的手伸了出来。

许砚谈伸出两根手指，对她的方向懒散地招了招。

都没有看到人，仅仅一个再自然不过的动作，都让岑芙猛然心动，探不清原因。

她恍然地扬起了嘴角，抬腿跑向他的车。

最后的，这样能毫无顾忌随着内心奔向他的每一秒，岑芙都视作珍宝。

等到明天，过了明天，灰姑娘的南瓜马车、晚礼服、水晶鞋，就会像那沙漠里的蜃楼，飘散而去，不留实际。

打开车门，车里充足的暖气扑面而来，冲击着岑芙冻僵的耳尖。

在干燥而又无趣的寒冬里，一份不回头的决心，一通没有商量的电话，一段并肩回家的路途，让岑芙徒增对许砚谈的不舍。

她坐进车里，系安全带的时候差点撞上许砚谈的脸。

他不知什么时候探身过来的，就在与她咫尺的位置。

“你……干什么？”

“不要吗？”许砚谈的视线落在她的嘴唇上，暗示明显，“不是想我了？瞧瞧你刚才看我那眼神，跟要吃了我似的。”

要什么……他以为，她想接吻吗？

岑芙被他三两句玩笑话撩拨得心神荡漾，坠入他的眼眸深潭，理智深陷其中，失去灵活的反应，于是脑子一热，随着自己的冲动抬起了手。

纤细白净的手指揪住他的衣襟，岑芙探身，毫无征兆地把自己柔软的嘴唇贴了上去。

岑芙的吻技是比较浮于表面的，只是用自己的嘴唇贴上他的，然后小幅度动了动唇瓣。只不过，这样生涩而羞涩的试探，对于许砚谈来说，早已足够。

岑芙仿佛是他的过敏原，只需要沾染一星半点，每一根没有克制功能的神经便会大肆发作。察觉到她要离开，他直接上手扣住她的后脑勺，延长这个突然的吻。

许砚谈是懂得怎么“折磨”岑芙的，他单手轻捏着她的后颈肉，不让她退缩，然后压过去……

明明是坐着接吻，可岑芙双腿发软，连带着脚指头都酥酥麻麻的，浑身不对劲，他碰到哪儿，那里就跟被点燃一样。岑芙的额头顶着他的肩膀，轻轻喘着，绯红的面色是投降的见证。

她突然的主动对于许砚谈来说算是惊喜。

只不过——

许砚谈揉捏着她柔软的后颈，靠在岑芙耳畔，加深她的羞赧："道歉。"

岑芙还有些愣怔，用软绵绵的嗓音开口："……嗯？"

"之前没说吗，我只给我女朋友亲。"许砚谈轻笑一声，"所以，耍流氓的人得道歉。我的清白都被你玷污了。"

岑芙听着他令人脸红心跳的调戏，忽然垂下了眼帘。她揪着他的衣服，将头埋进他颈窝里，话里有话地、言不由衷地、缓慢地、轻轻地乖巧道："对不起……"

许砚谈，对不起。

翌日傍晚，岑芙按照约定跟何芳华参加应酬，帮助岑颂宜谈下剧本。她事先了解过，这次应酬的剧组确实很有名气，尤其是这部片子的导演，在业界享誉多年，不少演员都是靠他的戏走红的。岑芙跟着何芳华进入包间之前已经做好了心理准备。

这次应酬她不过是个陪同的，全程只要帮着夹菜倒酒，尽量降低存在感就成。她跟着妈妈进入包间，坐在中间的就是这部戏的导演，看着四十来岁，留着长发扎小辫，艺术范十足，一双小眼睛满含打量，落在岑芙那张素净的小脸上。

何芳华自我介绍完，跟导演交代了在外地拍摄的岑颂宜的情况："今天就是请您吃个便饭，刘导，千万别跟我客气！"

她回头，拍了拍小女儿的后背，动作有提醒的意思，然后扬着笑脸道："这是小宜的妹妹，小芙，跟刘导问好。"

岑芙短暂地和刘导对视一眼，莫名觉得不舒服，低下头，微笑道："刘导好。"

"都是漂亮姑娘。"刘导盯着岑芙的眼神略有暗光，笑了笑，招呼大家坐下点菜。

饭过三巡，岑芙手边莫名其妙多了个酒杯。何芳华不喝酒是因为不能让自己醉了，醉了就不好谈正事，所以就让岑芙挡酒。

可岑芙的酒量很差，她迂回着喝一口吐两口，勉强撑着。饭桌上聊的都是演艺圈的事，她不感兴趣，因为洋酒的后劲不小，弄得她越听越晕。这个时候，何芳华的手机响了。

她看了一眼来电人，赶紧站起来，走之前，她俯身嘱咐了岑芙一句："我接个电话，你机灵点。"说完，她边接通电话，边出了包间。

何芳华走出包间，听完大女儿说的话，非常不解："这么晚了，你什么活动需要那些东西？

“明天拍照寄给你不行？我现在正给你谈剧本呢。你瞧瞧你，又不分主次。”

千里之外，海晏的摄影棚内。

岑颂宜穿着待会儿拍摄的名牌套装，站在远处靠窗的位置。她盯着窗外的璀璨海景，拢紧外套，眼神复杂又狠厉，语气硬得很：“妈，我让您做什么您去做就是了。

“这些东西待会儿访谈人家马上就要用，助理在我身边，只能麻烦您跑一趟。”

她说完，顿了一会儿，忽然弯起了嘴唇，意味不明地告诉妈妈：“妈，您放心，这个剧本一定是我的了。刘导那边，我提前打点过人情。”

岑颂宜稍稍仰起头，眼影的碎闪随着她眨动眼睛泛着璀璨的光芒。只不过，她那明媚的笑颜就如同有毒的美丽花卉，银质的蝴蝶落在上面，还未来得及采撷便被沾染了一身的黑。

“妈，您放心吧。”

她说着，眼神和嘴角的弧度一同冷了下去。过了今晚，她倒要看看，许砚谈还会不会接受那样的岑芙。

她挂断电话，握着手机的手骨节泛白，力度大到好似想要把手机捏碎。

岑颂宜骄傲一生，没料到有一天竟然会败在曾经自己最看不上的岑芙身上。

她几乎要把自己热爱的演艺事业放下，把所有的希望和未来都赌在许砚谈身上，可是这一切都被岑芙毁了。

岑芙毁了她的大好前程，那她就毁掉岑芙。刘导浪迹圈内，稍微打听过的都知道，为什么这些年刘导清正专注作品的人设不倒，除了有人罩他，不过是因为这个刘导，从不与圈内人传绯闻。

曾经听到的一些传闻让岑颂宜有过片刻的犹豫，可是当岑芙和许砚谈站在一起眉眼传情的画面闪在她脑海里的瞬间，怨恨和愤怒冲垮了岑颂宜仅剩的那一点良知。

连何芳华都不知道，岑颂宜早就和刘导私下沟通过。

岑颂宜把手机收起来，余光瞥了一眼窗外的美丽夜景。不知道那边进行得如何了，按照时间推算，如果顺利的话……

“小宜，到你了。”助理在远处叫她。

岑颂宜转身，裙摆划出圆弧。她踩着高跟鞋走远，大气漂亮的五官一笑起来艳丽又纯粹：“来啦。”

这一幕不在场的局外人的角色，她演得炉火纯青。

岑芙的视线模糊，已经醉得东倒西歪，胸口好像有一团火在烧，脑子很晕很蒙，腿脚发软，整个人头重脚轻的，仿佛踩在云上。

岑芙扶着墙边想去远处的女厕所，可是越来越困难的呼吸让她有些坚持不住。

两分钟以前，她在聊天过程中，喝了一口刘导倒的酒，之后就觉得不太对劲。

一般来说就算一口酒喝猛了，酒劲也不会上来得那么快，更不会有这种铺天盖地夺去神志的感觉。

在刘导的手摸到她细腻的胳膊时，岑芙终于发觉了不对。

她压抑着恶心，克制着害怕，扬起一抹无辜的笑：“刘导，我先去一下洗手间，回来继续陪您聊。”

其他人早就心领神会地离开包间去别的地方娱乐，刘导笃定岑芙一个天真的小姑娘察觉不到醉酒和药劲的区别，便放她去洗手间。

于是就有了岑芙逃出包间，扶着走廊的墙艰难前行的这一幕。

岑芙喘着粗气，双眼通红。

不行了……走不到厕所了。

岑芙推开旁边一个空包间的门，整个人踉跄进去，直接跪倒在地毯上。空包间里几乎没有灯光，只有壁灯昏昏暗暗的，她不敢开灯，缩在角落里，用不断哆嗦的手指拨打求救电话。

此刻她的脑子发热又混沌，已经无法理智地思考，岑芙就随着自己的下意识行动。

岑芙拨通了一个电话，难受得眼泪不停地掉。对方接通的瞬间，她的心就如同被打开的窗，一开口带着颤抖的哭腔：“许砚谈……

“救救我……

“快来……”

通过手机听筒传过来的许砚谈的嗓音如三伏天里的薄荷凉茶，又如寒冬里的篝火。

“怎么了？你在哪儿？”

她没听过他这么急切的语气。

岑芙把自己所在的地点告诉许砚谈，抽泣着摸着黑去看门板上的安全疏散图，确定了自己所在包间的位置。

“许砚谈，我难受，我头疼……我好像吃了不好的东西。”

她越说越委屈，包间的门锁好像有些问题，怎么都锁不上。铁质的锁“咔啦咔啦”碰撞，就是对不上锁芯。

药的效用越来越大，别说锁门，短短一两分钟，岑芙连手机都拿不稳了。

“砰——”

岑芙腿一软，再次倒地。

“嘟——嘟——”令她更恐惧的是，许砚谈突然把电话挂了。

那就好像是小女孩手里最后一根火柴熄灭时的场景。

那是彻底遁入漫漫长夜，只能等待寒冬夺命的绝望。

岑芙使劲地抠嗓子，催吐都没了力气，眼泪和津液同时出来，脸色苍白得吓人。隔着门板，她好像听到刘导追出来寻她的声音了。如毒蛇爬身，他暧昧地呼唤着她的名字，似乎还有剧组其他人的脚步声和交谈声。

这是一场鸿门宴，何芳华早就走了。

岑芙那瞬间只想着，她死了也不会放过他们。

她艰难地爬起来，用自己的后背顶住包间的门板，哭得上气不接下气，她用手捂着嘴，心里一遍又一遍呼唤着许砚谈的名字。

视线越来越模糊，她快要撑不住了。

许砚谈……

许砚谈……

你不会出现的……对吧？

那是奇迹，不会发生在她身上的奇迹。

“砰！”

岑芙四肢脱力，整个人侧倒在地毯上，眼前天旋地转，有些翻白的迹象，刘导的声音在门口响起。

“哐！”包间的门被人推开。

肆意的、夺人魂魄的光打在近乎昏厥的岑芙身上。她的眼睛保持着眯成一条缝的状态，浑身上下几乎已经全部麻痹，动都动不了。

唯一还能动一动眼皮。

在她确确实实地看到了刘导的时候，支撑跳动的心脏彻底坠入了冰冷的深渊。

可就在下一秒，一抹高大的阴影笼罩住了岑芙，紧接着，她被人抱了起来。

那是一股生冷的气质，陌生的双手，用自己的臂膀护住她身躯的男生有着一张轮廓过于俊逸的脸庞。

他藏在黑色帽檐下的眼眸疏冷，为了面前绝望的女孩，有意地收敛了刺人的锋芒：“许砚谈让我告诉你。

“别怕。

“他们都得完。”

岑芙服用了一定量的迷药，送去医院的时候人已经不省人事。迷幻药对身体的危害很大，幸好她只服用了很小的剂量，在接受洗胃等一系列治疗以后就等人醒来。

岑芙前脚刚进医院，后脚网上就有人爆出著名导演在崇京某会所遭人殴打的照片。据知情人透露，是因为该导演欺负了人家的女朋友，给女生下药，所以挨打是活该。

紧接着，刘导涉及行业潜规则的一些爆料铺天盖地地袭来。

之后，勇敢站出来发声的被害人如雨后春笋，把刘导曾经干过的丧尽天良的事尽数爆出。

而许砚谈，当然不满足于只毁掉刘导一个人的“逍遥”人生。

医院住院楼的电梯升到8楼，电梯门缓缓打开，许砚谈单手握着手机从里面出来。

安静的住院楼走廊，黑色马丁靴踏步的声音格外明显。医院里柔和的奶白色装潢，被他一身的戾气夺去温度。

“敢这么明目张胆干这些事，这么多年，娱乐圈谁在罩着他？

“还有这种违禁药品，谁卖给他的？

“连根带蒂，全拔出来。”

许砚谈抬眼，和江峭对上视线，寡淡的姿态仿佛是运筹帷幄操控整个棋局的棋手，他对着电话那边说：“找出证据，连人带东西一块儿提交警方。”他嘱咐完后，挂了电话。

江峭多少听到了一些，虽然两人认识的时间不长，不过以他敏锐的观察力，大概能知道许砚谈的做事风格。

一切都很巧，江峭这几天来崇京办事，正好在会所里参加聚会，刚好就救了岑芙。

如果不是江峭，那个时候许砚谈根本没有朋友在那附近，他自己也距离颇远，岑芙就只有等着被欺负的份。

许砚谈隔着玻璃往病房里面瞥了一眼，泄了口气，紧锁的眉宇没有松懈的势头：“还没醒？”

“我没进去。”江峭眼梢和嘴角都耷拉着，看似什么情绪都没有，说出来的话却能品出几分嘲笑许砚谈的意思，“你恨不得放真空里护着的人，我可不敢进去乱看。”

许砚谈听完，不但不恼，还挺骄傲地嗤他一声：“你懂什么。”

笑完，许砚谈收敛散漫，郑重地向江峭伸出手：“谢了，兄弟。”

江峭眼神淡然，和他相握：“走了，再联系。”

许砚谈目送江峭离开。

岑芙醒来的时候，只觉得浑身酸得慌，像是睡了很久，醒来却没有轻松的感觉。

胃里也难受，感觉像是被掏出去再塞回肚子里那样不舒服。她艰难睁开粘在一起的眼皮，眼前白色的天花板在眩晕的视线里竟泛出几分彩。

岑芙试着动了动手指，流动略慢的空气在她指尖缝隙中穿梭，有些凉，吹干她纹理中的汗。

一阵刺痛传来，她低头，盯着自己手背上还插着的输液管，一些回忆像是翻页动画似的出现在脑海里。

刘导侵犯欲极强的眼神和不慎服药后浑身不受控的昏沉带给她的恐惧还萦绕在心头。

而救自己的那个男生并非许砚谈，她不知道自己昏迷以后都经历了什么。

岑芙皱起眉头，因为害怕后背冒出一层汗。

就在这个时候，病房门被打开。

岑芙浑身抖了一下，眼眸死死地盯着门口的方向，直到看见许砚谈的瞬间才松懈下来。

许砚谈手上拎着一个保温桶，这样富有人间烟火的物件与凌厉风行的他搭配起来有些滑稽。

两人隔着空气对上眼神。

他率先收回视线，仿佛没有多余情绪，淡得岑芙心里酸涩。

许砚谈过去，把保温桶放在床头柜上。

岑芙受不了他这副冷淡的模样，不知道自己做错了什么。逃过一劫的后怕宛如将她抛在涨潮后的孤礁上，她疯狂地渴望他给予的安全感。

岑芙顾不得手背上嵌入的针管，挣扎着坐起来，抓住他的衣摆，急着张嘴：“许……”

柔软的嗓音脆弱又沙哑，他的名字消逝在她的唇边，因为昏迷太久，刚醒来，她的嗓子已经干涸到发不出声音了。

而这一声未叫全的名字，也彻底打碎了许砚谈表面挂着的那层阴郁。

他又怎么舍得对她摆脸色。

“嗯。”许砚谈应她，同时偏头，再次给予她眼神。

这次的眼神不再冷淡，而是化成了一股喷涌的灼热。

在被他抓进、坠入这样的眸色的顷刻，岑芙原本麻木的心骤然掀起波涛，委屈和恐惧攻破了她单薄的心防，泪意说来就来。

岑芙扯着发不出声音的嗓子，有些泛白的嘴唇张了张，咸涩的眼泪滑到唇边。

她就那么用口型，再次叫了许砚谈的名字。

许砚谈俯身，撑在她身边坐下，长臂一揽，极有力量感的手掌握在她穿着病号服的腰间，放轻力度把人摁进怀里。

靠入他温热胸膛的瞬间，岑芙心里的那片冷海瞬间退潮而去，承接她脚步的不再只是一座孤礁，而是广袤滚烫的沙原。

只要在他怀里，无论遇到什么她都不怕。

这是此刻岑芙脑海中的念头。

岑芙腾开输液的那只手，用另一只手搂住他的脖颈，急切地往他怀里贴，几乎忘记羞耻。

咸咸的泪水滋润了她的喉咙，岑芙扎在他怀里，噎出了碎碎的哭声，可怜又无辜。

吓死我了，许砚谈，吓死我了。

许砚谈紧握着她细瘦的腰，在她头顶叹了口气，手上用劲，有警告惩罚的意思。

他压低了声线，再怎么威胁也没了往日的压迫感，反而露出了舍你其谁的无奈：“你以后再敢跟着她们乱跑，我就揍你。

“有点脾气行吗？她们让你干吗你就干吗？”

岑芙的眼泪止不住地流，更用力地抱紧他。

许砚谈身上的淡淡味道好闻，厚重的木质香，与他自身慑人强大的气质混作一体，幻化出他独有的气味。

岑芙的鼻尖凑近他的脖颈，亲昵又暧昧。

许砚谈拍了拍她，想起还有粥没给她吃，抬手想拉开两人的距离，结果刚一动作，岑芙就收紧了力道，勾着他脖子抱得死死的。

许砚谈垂眸，乐出一声：“不是，怎么啦？”

岑芙眨着还挂着泪花的眼睛，忽然贴着他的嘴唇亲了一口，特别突然。

不得不承认，她对许砚谈的瘾已经到了无法控制的程度，他笑一声，看自己一眼，都在更加蛊惑她的心。

“别招我。”许砚谈忍下想把岑芙摁床上亲的冲动，胸口的起伏肉眼可见地更重了些。

他圈住她的腿弯，直接把人抱起来放怀里，然后支起桌板去拿保温桶：“先吃点东西。”

不管干什么，反正能在他怀里就好，岑芙乖乖地看着他做事。

许砚谈打开保温桶，把小菜一个个拿出来，最后给她倒粥。

岑芙的刘海额头贴着他的下颌，扯着嗓子努力问他：“我……”

话说得不完整，可是许砚谈却能精准地猜到她想问什么。

他将盛好的粥递给她，直接回答：“你没啥事，就是吃了点乱七八糟的，都给你洗胃了。之后静养，观察有没有别的不良反应。”

一听见这话，岑芙松了口气。

她一手输着液，另一只手搂着他脖子，没手端碗了，只好眼巴巴地看着许砚谈，试探他的底线。

最终，许砚谈被她打败，端着碗的那只手臂收紧了她的后背，另一只手拿勺舀粥喂给她。

岑芙弯了弯眼睛，笑意如甘露清泉似的往外挤，探头张嘴喝粥，裹着袜子的脚丫动来动去的，很是愉悦。

味蕾一接触粥，鲜香浓郁的牛杂粥味道一下子让岑芙感到熟悉。她咀嚼着粥里的肉，用目光询问许砚谈。

许砚谈垂敛着眉眼，舀了一勺粥，在碗边晾着温度，再次默契地接收到她询问的信号，直接回答：“嗯，景淮给你煲的，等他忙完过来看你。”

这牛杂粥是景淮的拿手好菜，他是南方人，这种咸咸的肉粥只有他才能做得这么地道正宗。岑芙一个只吃无味米粥的北方人，因为跟景淮住在一起久了都爱上了这种肉粥。这种被人照顾被人惦记的感觉实属不错，朋友的关心扫清了岑芙的恐惧，她甚至不顾粥烫嘴的温度，吃得很快。

滑润的粥垫满了她空荡荡的胃，也滋润了她干涸的嗓子。岑芙轻咳两声，能说话了。

她原本是打算陪何芳华完成那场应酬，然后就告诉许砚谈和许家人当年真相的，却没想到中途出了这样的事。

此刻在他的怀里，贪恋着许砚谈给的安全感和爱护，岑芙几次张口，却发现难以启齿，太难了……实在不舍。

说了就意味着会失去他。

不说，对她那么好的许家人一辈子被蒙在鼓里，让何芳华母女受一辈子福报。

岑芙抿了抿嘴唇，勾着他脖颈的手缓缓收了回去，决心已定。

许砚谈正在收饭盒，感觉到她退离的动作，他捏着饭盒的手也停在半途。

“许砚谈，我……有事要和你说。”岑芙忽然觉得有些冷了，也许是病房里的窗留有缝隙，让风吹了进来。长痛不如短痛，这个时候说也好，不要让她再沉溺于他身上了。

“你叔叔当年……”她声线颤抖，说到一半，突然被许砚谈打断。

“我知道。”许砚谈的声音截断了她的坦白。

岑芙抬头，眼神里全是惊愕。

许砚谈把饭盒放进保温桶里，一系列动作云淡风轻，听到那事后连眉头都没皱一下，一丝探索和好奇都未曾露出。

半晌，他偏头，正对上她的视线。

“我一直知道。”他说。

岑芙完全愣在了原地。

许砚谈默默收回视线，目光停在半空，不知在思索什么。

他这样疯狂起来没底线的人，面无表情地沉默才是最令人恐惧的，因为不知道他下一秒会说什么，会做什么。

岑芙不知道的是，因为她这个意外，早已让许砚谈原本的计划偏航。

这场戏，他本是要往后留一留再看的。

他没想到那对母女没完没了地挑战他的禁区，直到方才岑芙在自己怀里哭泣，许砚谈才真正落下决断。

他本来就不是什么好人。

许砚谈早就疯了，只不过藏在理智之下。恰有那不怕死的人触犯了他零星几个在意的人，他的恶和疯就如打开的潘多拉魔盒，天王老子来了都压不住。

许砚谈懒散地歪了下头，再次与她对视。

许久不见的，他露出那抹令岑芙熟悉的坏笑，很淡，却极具攻击性。

“岑芙，陪我玩一场。”

白色窗帘微微飘荡。复式公寓二楼的走廊安静，风随处穿梭，最终顺着楼梯滑到楼下，瞧见她们。

岑芙穿着一身粉白色的珊瑚绒睡衣瘫坐在沙发里，手里抱着一碗还热乎着的蔬菜粥。

纤纤盘坐在她身边，戴着塑料手套一边啃炸鸡，一边刷手机。

“已被立案调查……”纤纤念着网上的新闻通告，“啧啧”感叹，“听说这个刘导背后的人也要被揪出来了，没想到这么多无辜女生受害。”

她抬眼，有些不敢置信，问着：“这些都是许砚谈揭发的？”

“怎么会。”岑芙笑了两声，明显不太信，“那些女孩子都是自发出来揭发的，他哪有那么神通广大。”她说完，垂下眼帘，碗里的粥向掌心传递着热量。

岑芙想起那天许砚谈在医院对自己说的那话，还有那眼神。

“岑芙，陪我玩一场。”

之后过了三四天，也没有动静。

她倒不会觉得许砚谈只是随口一说，他要“玩”什么，也不知道他究竟暗指什么。

许砚谈的恐怖，她此刻才有些体会到，明明是为了她报复坏人，可岑芙却被许砚谈这样闷声沉脸干大事的架势吓到了。

任凭随便一个外人看去，都会觉得他是个疯子。

“未必吧，这么多女孩子敢在这个时候出来指证，背后肯定是获得保护，确定自己揭发也能安全才会出来的。”纤纤直接指出关键所在。

她说完，凑到岑芙身边，眉飞色舞地描述：“瞧瞧，许砚谈完全被你降服了呀。这一副主人受欺负不顾死活冲上去报复的疯狗样儿，说实话，有点帅！

“刘导完了，这次不仅解决了他，还把跟他沾边的人都拉下水。

“只要跟他有关系的人没有一个能逃过。

“这种手段，只有许砚谈能干得出来。

“既流氓又正义。”

岑芙听着，觉得许砚谈确实很狂，可是一想着是为了给自己出气，她也忍不住会觉得愉悦。

她低着头又抿了口粥，景淮煲的蔬菜粥虽然是咸味的，但毕竟只是粥。

岑芙悄悄瞥了一眼纤纤手里的炸鸡，默默地问：“能给我一块吃吗？闻着好香。”

纤纤瞟了一眼自己手里的炸鸡，然后贱兮兮地在她面前咬了一大口，吃得香喷喷：“那可不行！

“景淮大帅哥都嘱咐过了，你现在胃还没养好，不能吃这么油腻的，我替你都吃了哈。”

岑芙气得噘嘴：“不理你了，明知道我吃不了还来我家点外卖。”

纤纤笑得四仰八叉的，假模假样地安慰她几句。

话题还没聊完，岑芙放在抱枕下面的手机忽然振动起来。她抽出来看了一眼来电人，眼神忽然戒备起来。

纤纤眼见着岑芙的表情变了。

“喂。”岑芙接通岑颂宜的电话。

岑颂宜那边环境很嘈杂，还有机场内语音播报的回荡音，她很是急切，用愤怒的语气呵斥质问：“岑芙，你都干了什么！”

岑芙眯起眼睛，敏锐地编织思路，毫不示弱地反问：“你凭什么质问我？

“刘导的事，是你安排的吧？”

“你到底把妈搞哪里去了？”岑颂宜直接避开话题，逼问的语气中有几分颤抖，辨不清是畏惧还是愤怒，“我已经一整天联系不上她了！你……啊！”

岑芙反驳：“跟我有什么关系，找不到人你报警啊。”

话刚说完，听筒“嘟”的一声，电话突然断了，预示着某种暗潮涌动的危险。

她心一跳，耳畔一阵“嗡嗡”声。

不对劲，不会要出事吧？

“怎么了？”纤纤担心地问。

岑芙眨了下眼睛回神，带着手心里沁出的汗重新捞起手机，重新给对方拨回去。

结果无人接听，手机已经关机了。

岑芙的第六感告诉她，何芳华和岑颂宜，好像遇上事了。

最坏的猜测落入脑海中，下一刻，她立刻给许砚谈拨打了电话。等待接通的这数十秒是最漫长的心理折磨，心跳“咚咚咚”不断加快。

手机振动一下，对方接通了。

岑芙声音都在发抖，急着开口：“许砚谈，你在哪儿？你在干什么？”

没有岑芙猜测的那么坏，她们俩出事与许砚谈无关，但是……

一个小时后，岑芙坐着许家司机的车来到了目的地。

这里已经偏离了崇京市中心，像是城乡接合部的一个地方。过去这里有很多商业仓库，不过因为搬迁，已经被荒废了。地面生着枯色的杂草，随着寒风摇曳摆动。

岑芙打开车门，一股冷风陡然掀起她鬓边的软发，她冷得眯起眼睛，看向远处正前方的旧工厂。

许家司机对她示意，陪她进去。岑芙拢紧身上的羽绒服，抬腿几乎是跑着往工厂入口赶去。

她使劲推开工厂的铁门，抬眼，视线里的画面差点让她站不稳。

工厂里货物整齐地摆放着，应该还在使用，完全看不出是个废弃的仓库。

吊货机吊着一块巨大的钢板，并不厚，悬在半空中随着风微微荡来荡去，令人忍不住去幻想它坠落的破坏力。

而在这悬吊的钢板下，坐着两个人。

岑颂宜和何芳华。

她们被紧紧地绑在椅子上，眼神都透着惊恐。她们的嘴巴并没有被东西堵着，却是一声动静都发不出，瞪着眼睛，脸色苍白，浑身在抖。

而离岑芙最近的位置，有人扯了把椅子坐在这儿，静静看着远处绝望的两人。

许砚谈懒洋洋地坐在皮椅里，跷着二郎腿，扬着下颌闭目养神。

修长的手指交叠在一起，他用指腹缓慢地抚摸着自己的手背，享受着空气里死寂般的紧张。

恰好一束灯光自他头顶打下来，将他荫翳的眉眼、立体轮廓，灰白分明地体现出来。

俨然一个无情无欲，主宰命格的地府厉神。

听到工厂的门被推开，许砚谈保持着闭眼的姿态，唇线微动，喉间溢出一声轻笑，玩世不恭，病态又慑人。

下一秒，他缓缓睁开眼，深邃的眼神里藏着万千情绪。

这对母女亏欠许家，亏欠岑芙的东西太多了，可惜，都不用他亲自降罪，就有人率先挥动镰刀。

岑芙给他打电话的那刻，他也刚好要打过去。

事情很简单，这对母女惹了人，对方蓄意报复，而许砚谈刚好听到了走漏出来的消息。她们的行事风格跋扈蛮横，应该是在业内挡了别人的道。

对方刚绑了她们还没来得及做什么，许砚谈中途拦截，于是就有了这一幕。

谋划绑架报复的人已经逃窜，而他却没有着急解救她们，也没有选择拦住幕后之人，而是就这样坐在这儿，等岑芙过来，也用慢吞吞地欣赏这种方式来纾解多年来对何芳华的怨恨。

因为许砚谈最清楚，她坐在那钢板之下的每一秒，才是最折磨心神的刑罚。

许砚谈回头，看向站在工厂门口满眼震惊的岑芙："来了？"

岑芙皱紧眉头，有点说不出话，脚底发软。

许砚谈起身，高大的黑影投射在地面上，像拖动镰刀的死神。

他一步一步走向她们。

黑色的鞋底踏过地面，每一步都像踩在多年仇恨的放映屏上，走出一步，当年的过往就亮起一幕。

他语气虽平稳，却好似能将人心碾碎："何女士，你们当年买通仓库工人，在我叔叔到岑家仓库谈生意当天制造意外。"

岑芙就站在原地听着，呼吸逐渐急促。

“导致我叔叔右腿落下终身残疾，下半辈子与拐杖为伴。

“制造岑康发先生英勇相救的事实，利用我叔叔有恩必报的品行，换来你们一家三口数十年的滋润日子。”

岑颂宜被绑着，绷不住对未知危险的恐惧，放声大哭。

豆大的汗珠从何芳华额头滚落，她嘴唇和脸色都煞白，始终不敢抬眼，眼神飘忽。

“许……你见死不救是犯法的，你……”

许砚谈陡然停住脚步，靴底在水泥地上擦出沉闷的声响。

他嘴角勾着的冷笑更深了：“我，犯法？”

岑颂宜眼泪横流，脸上的妆容全花了，鬓发贴在脸上，几乎要被逼疯，她哆嗦着求他：“求求你，救救我吧……我错了，我真的错了。”

“绑你的人不是我，跟我道什么歉，我不过是路过。”许砚谈俯身，扶着自己的膝盖，半蹲在她们面前，鹰隼般锋利的眼神击溃了她们心底的那道最薄弱防线。

“你不该跟我道歉，你该跟我说谢谢。如果不是我来了，现在你会成什么样儿，不难想象吧？”

他盯着何芳华，挑起眼尾，继续问：“何女士，刚才你说，我犯法？

“咱俩之间犯法的是谁啊，嗯？”

何芳华被绑在这里度秒如年，整个人瞬间老了好几十岁般，灯光下，苍老又吓人。

许砚谈就如那潜伏在深潭里的黑蛇，当它浮出水面的那一瞬间，猎物已然没有任何活路。

“你干的事，我早在五六年前就知道了。”

许砚谈歪头，吊儿郎当地露出看似和善的笑：“你猜猜，现在我手里有没有你的犯罪证据？”

他压低声音，控制在一个岑芙听不到的音量，眯起眼故作善意地感叹：“做了坏事，要遭报应的。”

许砚谈用视线缓慢折磨着她们的心情，从岑颂宜的颤抖，移到何芳华的恐惧。

他笑了。

“何女士，你们家，尤其是你，最近不太好过吧？”

何芳华忽然就僵住了。

岑颂宜心里骤然发毛，一股说不清的，后背发凉的感觉袭来。

许砚谈竖起食指，放在自己唇前，轻轻对她们母女“嘘”了一声。

他直起腰板，转身，往岑芙身边踱步，恢复原本的声量。

“你们应该听说过我的脾气。”

岑芙眼见着这一幕幕，大脑已经一片空白。

她没想到许砚谈竟然那么早就知道这一切，可他为什么要明知道她们被仇家绑架，却还是跑过来阻拦？

就在岑芙胡思乱想的时候，许砚谈已经走到了她的身边。他伸出大手，一把搂住她细瘦的腰，往自己身边拽。

岑芙呼吸一滞，半跌进他怀里。

许砚谈的怀抱依旧温热，连气息都是熟悉的感觉，并没有因为这一层往事变得陌生冷漠。

为什么？她不懂。

“我这人向来睚眦必报，不计后果。”许砚谈握着她腰的力度逐渐增大，弄得岑芙有些疼。

他笑了下：“我活着不图什么意义，就忍不了别人给我找不痛快。”

许砚谈俯首，贴在岑芙耳畔，侧目盯着她们：“也忍不了，我的人挨欺负。”说完，他攥住她的手。

岑芙想抽手，却被许砚谈狠狠握住。

她眼角沁出泪，望向许砚谈，用眼神询问他。

许砚谈生冷的眼神变了，恍若冰封多年的冰川逐渐融化，取而代之的是热烈的岩浆。

“我对你们如何，岑家的生意如何，岑颂宜的演艺生涯如何，”他握着岑芙的手，因为用力，手背上的青筋凸了出来，“全听岑芙一句话。”

岑芙惊愕地抬起头看他，从头到脚的血液瞬间滚烫起来。

她的眼底冒出火光，泛化出眼泪。

未知源头。

手始终在颤抖。

许砚谈克制本性多年，最终却因她溃败理智。

原本的许砚谈，是决不会因为别人放弃能纾解仇恨的机会。

他把自己的仇恨交到她手上，让何芳华母女的命运全被她捏在手里，全凭她一句话。

如若岑芙懦弱圣母，因为是血脉相连的家人就放过她们，那么许砚谈多年的怨恨，许叔叔受到的伤害，又都算什么。

这对母女曾经对自己的欺辱，自己在原生家庭里压抑的种种，一幕幕在岑芙面前重演。

她也不是什么“好孩子”，岑芙恨不得趁这个机会把自己过去的那些眼泪，几次三番差点遇到的危险，全报复回去。

岑芙一步步走上前，盯着她们，前几天险些被侵犯的恐惧感化为愤怒。

娇小的身板迸发出了惊人的胆量，她走进阴影之下，走进与她们同样的危险之下。

当她陷入仇恨的边缘，一道苍老又和蔼的声音骤然响在她的耳畔。

——“如果以后他有走错路的迹象，孩子，希望你能拉他一把。”

紧张和纠结压迫着她的神经，岑芙禁不住粗喘起来，有些喘不上气的征兆。

悬吊在半空还在摇曳的巨型钢板投射下来大片阴影，何芳华母女的性命掌握在他们二人手里。

岑芙颤抖的心情忽然平静了。

她回头，看了许砚谈一眼。

很淡的一眼。

他的目光也深深扎在她的身上，审视着她的一举一动。

岑芙的选择，关乎着多人的命运，也关乎着他们两人的关系究竟会走向哪个岔路口。

“我救你们，你们当我们没来过。”她掷地有声地开口。

此言一出，何芳华母女对视一眼，有些意外。

许砚谈的眉眼并没有任何异动，只是静静地看着她。

“要追责，去找蓄意绑架你们的仇家，对方为什么突然逃窜的、你们怎么脱险的，跟我们没有关系。”岑芙往前走了一步，红着眼睛，控制着哭腔，强调道，“你们听懂我意思了吗？”

何芳华马上喊话：“懂了！你快把我们身上的绳子解开！万一钢板掉下来连你也要砸死的！”

岑芙看着她们，主动斩断了最后对家人的感情。

再次抬起眼睛的时候，眼底已经没了一丝感情，岑芙没有挪开吊货机，而是再次开口：“你们还要答应我一件事。”

岑颂宜脱口而出：“你说！多少钱？什么条件都可以！”

她快被吓死了。

岑芙缓缓摇头，看着自己的亲生母亲，终于说出多年心愿：“从今往后，我与你们断绝母女关系、姐妹关系，你们荣华富贵与我无关，我是好是坏也与你们无关。

“你们懂我的意思吗？

“你们答应吗？”

岑颂宜扭头看向自己妈妈，发现何芳华望向岑芙的眼神竟有几分松动。她推搡了一下妈妈，尖叫道：“妈！你干吗呢？”

何芳华回过神来，音量小了些，却也果决：“行……行！

“断绝关系就断绝关系！以后你和我们家没关系了！

“断绝关系你要什么手续，要什么声明合同我都配合你！”

在得到自己母亲几乎没有犹豫的同意后，岑芙的身子忽然瘫软，踉跄一步，几乎没站住。

是许砚谈一把扶住了她，让她的后背重新靠在他的胸膛。

许砚谈递给旁边司机一个眼神，司机立刻替她们解开绳索，并且马上拨通报警电话，让何芳华与警方对接，早些追捕绑架犯。

何芳华母女安全后抱在一起痛哭流涕，很是狼狈。

岑芙艰难开口，已经没了力气，气若游丝：“许砚谈……对不起啊。”

你想要的应该不是这些吧。

“不。”许砚谈单手捧着她的脸，让岑芙与他对视。

他略粗糙的指腹摩挲着她细腻的肌肤。

安抚的，垂怜的，没有任何怨言抚摸。

岑芙抬起自己的脸，试图用眼神传递最准确的感情给他。

两人目光对接，情绪一触即发，万千深意交汇相融。

他们对彼此如何选择，心知肚明。

许砚谈放过了她，换了岑芙下半生的自由。

岑芙放过了他，换来许砚谈未来的正直航向。

她答应过爷爷，不能让许砚谈走错路，在这关键时刻，她得拉他一把。许砚谈光明坦荡的未来，不能被这一步错路染污。

或许爷爷早就料到，继承了许项为爱疯狂脾性的许砚谈会在他真正爱上一人时再次体现出来。于是他提早找到了唯一能解开难题的人，将这一份嘱托交给岑芙。

岑芙是唯一能扣住许砚谈的枷锁，也是令旷世魔王心甘情愿步入牢笼的驯服者。

“岑芙。”他忽然叫她。

岑芙抬眸，回神，耳畔还回荡着那对母女痛哭的声音：“嗯？”

就在这有些混乱、差点酿出祸端的现场，许砚谈伸出手臂揽住她的腰背，将她带到自己身前。

他俯身，终于舒展了眉宇，温热的吐息卷带着缱绻的告白。

“别道歉了。

“我喜欢你。”

——“如果你真喜欢我，就给我一个盛大到夸张的告白。”

他从未忘记。

下一秒。

“嘭！”

一阵近乎爆炸般巨大的声音响彻工厂。

原本吊在空中的钢板在被司机挪远以后骤然下坠，砸烂了下面的一众建材和成品模具。

方才还在哭哭啼啼的那对母女直接吓傻了。

尘雾骤起，从远处蔓延过来。

像荒原夺命的沙暴，连空气都遮蔽。

许砚谈偏头，用自己的鼻尖轻蹭着她温热的鼻头。

他噙起坏笑，气音卷着笑声，淡淡的，勾人心魄的。

“盛大的告白，还成吗？”

盛大到危险。

夸张到恐怖。

尽管岑芙已经怕到腿软，但这股说不清的疯狂，让她感到愉悦。

岑芙憋了半天的眼泪终于决堤而出，她边笑边泣，扯着他衣襟的手始终收紧。

“许砚谈……许砚谈……”

岑芙只觉得无奈，无奈他已经彻底把她的身心都抢夺干净，无奈她已经无法再拒绝他任何，也无法再远离他分毫。

“说话啊，别光叫我。”许砚谈轻嗤一声，搂着她腰的手加大力度。

他本以为，这种肉麻话他这辈子都不会说。

岑芙，你好大的排面。

岑芙踮起脚，伸出手搂住他的脖颈，凑在他的脸边，睫毛扫他的颊侧，唇瓣贴着他的嘴角。

“许砚谈，做我男朋友。”她说，“吻我吧，就现在。”

何芳华母女留在仓库等待警方抵达现场，司机离开，车子留给许砚谈和岑芙。

两人驱车来到附近一处景点。

此事过去，岑芙算是彻底与何芳华母女撇清了关系。从现在开始，她终于能好好地、坦诚地爱他。

四下无人，岑芙双手勾住许砚谈的脖颈，见他迟迟不回答自己当时的话，有些着急地踮脚凑近他，娇嗔的语气里带着些催促："刚才我问你的问题，到底好不好？你说话呀。"

不会不答应吧！

许砚谈单手搂着她腰，见她越往跟前凑，他越是抬头避开，故作犹豫："嗯……"

"许砚谈，你刚刚明明说喜欢我！"岑芙不高兴了，噘起嘴巴质问。

他哼笑一声，语气有些无奈："当初让你当我女朋友，这个不行，那个不愿的。你磨了我那么久，现在这么会儿你都等不了？"说完，他放在她腰后的手不轻不重地拍了下，不满昭然。

岑芙想起之前种种，忽然有些理亏了，勾着他脖颈的双手缓缓滑落，最后搭在他胸前，揪着他的外套，偏开视线，怪委屈的："那你考虑，就现在，我等你。"

他最瞧不得岑芙这副模样。

生动、可爱又蛮横。

许砚谈没绷住，露出忍俊不禁的神色。

"行啊。"他忽然答应。

岑芙再度抬头看他，眼睛亮了。

许砚谈才不会这么轻易放过她，故意挑话茬："女朋友，倒是来句'我喜欢你'听听啊。

"对我也太恶劣了，一句喜欢都不给？"

岑芙这才意识到，原来自己都还没有跟许砚谈表白过。

虽然她在心里已经说过千千万万遍"我喜欢你"了。

但仪式感要有的，她点头："那好吧，我确实欠你一句。"

岑芙刚要很正式地说"我喜欢你"的时候，许砚谈突然收紧搂着她后腰的手。

在她瞠目往前扑的瞬间，许砚谈俯身甩来一句："岑小姐，用行动证明吧。"

他在与她嘴唇咫尺之遥的地方停下，似笑非笑，眼神似蛊，岑芙哪里招架得住。

她很配合，也不扭捏了，扯着他衣服把人往下带，同时把自己的嘴唇贴上去。

这个吻，是交往后的第一吻。

到底是谁更渴望到心肺奇痒难耐，是藏在轶事里的不解之谜。

许砚谈最喜欢岑芙来主动对他动手动脚，不过也只是一个起点。

岑芙干这些事这么笨拙生涩，还是要将接力棒交到他的手上。

他吻得缓慢耐心，太少见。

岑芙一开始还意外，后来才想明白。

这又何尝不是许砚谈的一种把戏？在习惯了狂风暴雨的时候，突然给她缱绻温柔的、磨她心性的慢吻。

事实是，许砚谈“报复”她蛮横的手段很成功。

秒针还没转动几轮，岑芙就被他流氓的温柔勾惹得胸膛发热，根本就没有得到她想要的感觉，气得她小幅度跺了两下脚。

许砚谈吻着都笑出声，气音沙哑又性感。

他摸着她耳后那块胎记，把人拉开，哄着：“乖。冷，回车上亲。”

岑芙怀疑许砚谈是不是早就想在车上接吻，一到了车上，他的风格就换成了截然相反的急促。

“许……”岑芙话都没来得及说完，就又被他席卷吞没。

岑芙对许砚谈的强势也无心抵抗，甚至有些喜欢。

安静的车里时不时伴随着轻轻碎碎的吻声，就在许砚谈的手不安分地伸到岑芙毛衣边角之时，一声“咕咕”的肚子叫声不合时宜地响起。

两人如火如荼的吻戛然而止，许砚谈抬起眼，对上她有些尴尬的目光。

岑芙干笑一下，用指腹搓弄他的后颈安慰，小声道：“我……我饿啦。”

许砚谈颇为荒唐地哼笑一声，脸臭得不行，又实在拿她没办法。

他起身在驾驶位坐好，利落地启动车子，嗓音沙哑：“安全带系上，去周姨的湘菜馆。”

岑芙瞧见他这一副没吃饱被打断的憋火模样，唇线抖动，撇嘴憋笑。

她乖乖地伸手去系安全带，带着笑同意：“好嘛。”

许砚谈之所以那么青睐周姨湘菜馆的饭馆，原来是因为周姨是从许家退休出去开饭店的。许砚谈小时候不爱吃饭，因为味觉受损更是对食物非常抵触，讨厌吃不出很多东西味道的自己。在他快要罹患厌食症的时候，是周姨的一手家乡菜把许砚谈的胃口调养出来了。

所以许砚谈从小到大就吃惯了周姨做的饭菜，不过因为她的个人原因，最后从许家退休，和老伴单独开了一家湘菜馆。他偶尔会去光顾，而周姨之前关心他的那些话也就有迹可循了。

这次再见周姨，她瞧见两人进店时不自觉牵在一块的手，笑得合不拢嘴。

她一笑，岑芙才意识到自己不知何时把手塞到了许砚谈掌中，舒服又温热，自然到仿佛是交往多年的情侣。

岑芙一下子羞得想要抽出自己的手，结果许砚谈反握得更紧，不许她抽离，目睹她的羞赧享受旁观。

吃饱饭以后，许砚谈开车带岑芙回家。

岑芙路上跟纤纤报了平安，这件事知道的人越少越好，于是就没有和纤纤细说。

她只是告诉纤纤，以后自己再也不用受那对母女的气了。纤纤信她，也不问发生了什么，还说回头要给她庆祝。

一上了电梯，岑芙回完消息放下手机，正好对着镜子看见了站在自己身边侧目盯着电梯数字的许砚谈。

今天发生的一切过于玄幻，以至于岑芙还在想，许砚谈现在……真的是她男朋友了？

确定是真实的吗？

他身上穿着的黑色鹅绒大衣某些地方还留有她的指纹，凌乱的尾发也是她的杰作。

许砚谈薄润的嘴唇，紧实的脸颊，刚硬的下颌角……都有她目光和指腹流连过的痕迹。

就在这时，许砚谈忽然回头，抓住她偷看的眼神。

“偷看？”许砚谈往前逼近。

岑芙后退直到后背贴上电梯里的镜子，才眨眼：“没偷看，挺光明正大的。”

“倒是实诚。”电梯还在缓缓上升，许砚谈搂过她，二话不说又吻了上去。

他饭后吃的那枚柠檬薄荷糖的味道，渡入岑芙口中，余韵化开，满溢浪漫。

和喜欢的人接吻会上瘾，这个从网上看到的经验之谈此刻在岑芙身上也印证了。她睫毛轻颤，只希望电梯能升得再慢一点。

许砚谈在电梯打开前放开她，岑芙不用看也能凭温度猜到自己的脸到底有多红。她垂着眸子喘息，不敢看他。

“哟——”许砚谈故意弯腰低头去找她的视线，恶劣地逗，“年都过了，怎么电梯里还有大红灯笼呢？”

岑芙一听，两耳直冒热气，快赶上蒸汽火车的烟囱了。

还没等她骂他，电梯门开了。

“趁我开门前，你多喘两口气。”许砚谈拽着她往家门口走，抬起门锁盖录指纹，话里暧昧的暗示明显。

指纹正确，许砚谈迅速打开门，把人扔进去，然后自己迈腿利落带上门。

随着一声“砰”的撞门巨响，终于回到家的两人再次黏在一起。

昏暗的玄关，飘散着香氛蜡烛静置挥发的小苍兰味道。

新鲜的威廉梨卷着小苍兰和广藿香，令热爱果香的人醉了嗅觉。

岑芙被顶在玄关柜上，踉跄着用手扶稳身后抽屉的把手，被迫仰头接受他的掠夺。

两人吻得忘乎所以。也不知道是谁给谁下了蛊，自从确定关系以后，两人只要对视几秒就会酿出这样的“祸乱”。

谁都控制不住了。

她站不住了，他就及时地伸手托住她，用胳膊夹紧她的腰。

岑芙随时感知着自己身体的变化，也感知着他的动情。

许砚谈因为自己而变得情绪外露的模样，也让岑芙喜欢得头皮发麻。

她的手指在他的后颈摸索。

还以为他忙着亲她不知道。

许砚谈哪会吃亏，尤其在这方面。他的手掐着她腰间毛衣衣摆的位置，因为岑芙抬手臂的动作，短款毛衣上提，露出了一小截腰部。他手指摸到她腰的瞬间，肌肤相触，岑芙大脑瞬间空白了。

并无恐惧，尽是期待与兴奋。

就在许砚谈的手继续往里的时候，岑芙一个激灵，忽然躲开他的嘴唇，肿着唇瓣，颤着眼睫，糯着嗓音问：“我……我们是不是，有、有点快？”

许砚谈耐着火燎的目光，抵着她的额头，反问：“你觉得快吗？”

岑芙喘得比他厉害，接个吻好像比测八百米长跑还要累，混沌抚脑子正在认真思考的时候——

屋子里不知哪里突然冒出一声轻咳。

岑芙瞬间吓得钻进许砚谈怀里，差点叫出声，捂住自己的脸。

许砚谈稍一合眼，护着小姑娘，不耐烦地攥拳敲打开客厅的灯。

他一记冷冷的眼刀射过去，骂人的话都到嘴边了。

景淮规规矩矩地坐在沙发上，手里还捧着一杯冒热气的咖啡，略带温笑的眼睛弯得恰到好处，扫了一眼他们二人，友善地发表自己的看法：“我觉得有点快。”

许砚谈：跟你有毛关系。

…………

岑芙受不了了，羞得呜咽一声捂着脸，连鞋都忘了换，推开许砚谈撒手就往楼上跑。

许砚谈吊儿郎当，装作被推得用力了，往后慢悠悠地踉跄几步。

他盯着岑芙一蹦一跳往楼上逃，然后递给景淮一个问责的眼神。

景淮无奈一笑，低头吹了吹带着咖啡香味的热气，单手端着杯子抿咖啡，完全一副我无辜的闲适姿态。

“进展不错。”景淮默默夸奖一句，先往楼上瞥了一眼，然后看着许砚谈的神色淡了几分。

“我说起来也算岑芙半个朋友。说实话，我还真不想就这么把人交给你。”

许砚谈挑眉，扶着玄关柜换了鞋，说：“怎么着，我不配啊？”

“配。”景淮有些不屑一顾，反问，“什么样的女孩子和变态配？”

许砚谈嗤笑一声，趿拉着拖鞋往厨房走，走到冰箱前，伸手打开冰箱门：“变态？”

他回头，睨了一眼景淮手里的浓咖啡，勾唇：“咱俩谁说谁呢？”

景淮垂眸，盯着杯子里还剩近半的黑咖啡，咖啡的香醇随着温度的散去，越发浓郁，飘进他的鼻息之间。

本来三人同住，两人是情侣这件事就容易产生一些很尴尬的状况。

但是岑芙没想到和许砚谈确定关系第一天，甚至还没够二十四小时就被景淮撞破亲热。

这种事，谁害臊谁尴尬。很明显，岑芙是最难受的那个。

她冲进房间以后怎么都平复不下来，想去浴室洗个澡换换心情，于是抱着换洗衣服走进浴室。她先洗了脸，伸手去花洒下试温度，水放了半天都没有热起来的迹象。

“嗯？”她疑惑，又把水温调到更高，水还是冷得一如既往。

岑芙叹了口气，想着只能去楼下大浴室了，刚走到楼梯口，左手臂突然加了一股强势的力度。

岑芙瞪大眼睛还没出声之际，人已经被探出房间门的许砚谈拽了进去。

“砰——”

二楼走廊重新恢复平静。

房间里的淡淡松木味道充斥鼻息，岑芙被许砚谈拽入他的领地。

她后背抵在墙边，睁开眼睛，眉毛动了动，一脸不懂："你干什么？"

"热水器坏了？"许砚谈抬下巴示意她卧室的方向，问着。

他怎么会知道？

岑芙没有藏掖情绪，什么想法都表现在脸上。

许砚谈换了身家居服，杵在自己卧室里的他露出柔和，懒散更加："二楼隔音一般，你那儿用水我能听见。"

然后就能猜出她热水器坏了？

岑芙捋了捋耳边的头发，偏头稍稍打量了一下他的卧室，只是扫了一眼，然后说："对，应该是坏了。"

"我去下面洗，你休息吧。"她抱着衣服刚要转身去开门，被他一手揽着腰拽了回来。

岑芙差点没站住，急着洗澡，伸手捶了他一下："干什么呀你！把我弄来弄去的。"

许砚谈睥睨着她，默默运了口气，舌尖舔下唇瓣的动作满含无奈，眯眼道："岑芙，你缺心眼儿？"

"你才缺。"她拧眉，这人干什么又犯毛病。

"楼下大浴室景淮用着，"许砚谈伸手捏住她半边嫩脸蛋，指腹揉搓，不满地提醒，"你男朋友这儿就有热水，你跑去别的男的那儿洗？"

岑芙一愣，才想起来他这边也有浴室。

可是比起楼下公共卫浴……她瞄了一眼身旁敞着门的小浴室。

怎么感觉用他的更容易害羞。

"唔……"岑芙还被他捏着脸蛋说话很不方便，皱着眉使劲打了两下他的手背，"啪啪"的声音响在卧室里，"那怎么了吗，又不是一起……"

许砚谈一听直接气得改换手捏住她的鼻子，沉着嗓子警告："嗯？"

弄得岑芙是又喘不过气鼻子又红，他才慢悠悠地收手。许砚谈推着她进浴室，撑在门边，关门前告诉她："我下去洗，你就在这儿洗，洗完给我发微信我再上来。"

岑芙站在温暖的浴室里，还没反驳，就见他直接关上了浴室的门，还用指关节"咚咚"敲了下门板，嘱咐："自己锁门。"

然后就是他关上卧室门离开的声音。

岑芙站在浴室里，静默了。

她缓缓回头，眼睛眨巴眨巴的，环顾整个浴室。

许砚谈的……浴室。

良久，岑芙的嘴角忽然怪异地露出几分弧度，情绪难辨，羞赧狡黠。

…………

热气弥漫整个浴室，从上到下，模糊了女孩玲珑的身段。

扑到镜子前，挡了它的视线，不许他者窥探。

岑芙擦干身体，换好睡衣，吹干了头发，对着镜子照了半天，伸手把自己长度到肩膀的头发拨弄来拨弄去，突然埋怨自己为什么不会像纤纤那样每次吹完头发都能搞个发型出来。

黑色的发丝软趴趴地搭在额头上、肩膀上，衬得她一张素白的小脸干净又诱人。

岑芙对自己的五官颜值没有认知，从来不觉得自己漂亮，一直以来也用不着这张脸。

不过现在，她突然开始对自己的脸有了摆弄的心思。

也不知道许砚谈……觉得她好看吗?

她对着镜子，撇着嘴吹口气，刘海飘起来又趴回去。

热水澡洗久了浴室不透气，穿着衣服就热了，岑芙收拾干净浴室的水和地板上的掉发，确定没问题才转身开门出去。

许砚谈说过洗完给他发微信来着，岑芙刚掏出睡衣兜里的手机，一抬头被躺在床上玩手机的许砚谈吓了一跳，手一抖脏衣服都掉地上了："你！"

许砚谈也洗完了澡，黑色的短寸还有湿漉漉的迹象。

听见声儿，他慢慢悠悠抬起视线，心安理得的样子欠揍得很："洗完了？"

他什么时候回房间的!

那她洗澡的动静，他都听着了?

她刚刚好像边洗边哼歌了啊!

"你又骗人！"岑芙瞬间涨红了脸，比刚刚在浴室蒸得还要红，赶紧弯腰捡起衣服，指控他，"不是说我洗完你再上来吗？"

"哦。"许砚谈张开手臂枕着，流氓耍得理所当然，"我改主意了。"

恶劣的话他是一点都不收敛，势要把岑芙羞哭才罢休，继续说："听女朋友洗澡，感觉不错。"

一股火拱上来，岑芙把衣服放回卫浴，冲过去要揍许砚谈。

她冲到床边，伸手握拳揍他，还没沾到人，就被许砚谈握住手腕借着巧劲儿直接抱上了床。

岑芙人仰马翻，天旋地转间直接窝进了柔软的被褥中，一切发生得快到她都没来得及反应。

再回神，她已经在他怀里，后背沾床。

"啪嗒！"

她的拖鞋滚落在地板上，砸出声响。

卧室里鸦雀无声，她的手紧紧抓着他的衣服。两人风格各不相同的沐浴露味道融合纠缠在一块，融化成两人专属的香料，前调是纯粹心动，后调是勾引冲动。

岑芙也不知道自己为什么开始呼吸急促，他的眼神太烫，她不敢看，可往下移又对上了他的嘴唇。

更是奇怪。

再往下看吧，目光滑到他衣领处。

修长的脖颈，漂亮的锁骨……

更活色生香。

许砚谈搂着她臂膀，把人往怀里塞，仿若大漠风过，那般粗粝又细致的嗓音："往哪儿看呢？"

他低头拿鼻尖蹭她温热的唇瓣。

太过亲昵的暗示。

这种姿势，岑芙稍微动一动嘴就构成了亲吻他鼻尖鼻梁的"犯罪事实"。

被他半搂着，侧扎在他怀里的感觉实在太好。对于许砚谈下的蛊，岑芙本就没有解药，于是她伸出手，点了点他的脸颊，欲拒还迎："放开我啦。"指腹娇嫩，小火燎原。

"不行，你走不了。"许砚谈滚紧喉结，下颌角在不经意时绷直，他直接埋头在她柔软的颈窝处。

小姑娘身上玫瑰味的沐浴露香愉悦着，也刺激着他的神经。

"我得病了。"

他温热的吐息洒在自己颈窝，好痒好奇怪，岑芙打了个激灵，声音都软塌了，像被捣烂的甜芋泥："……什么？"

许砚谈抱紧她，带着她彻底陷入柔软的被褥里，夺走她身上所有的甜香味道，然后用低沉嗓音磨她，耍着无赖。

"得了一种……不抱着女朋友睡就会死的病。

明晃晃的调情话术，她却无比受用，眉毛都快压不住甜涩的情绪，羞赧着骂了一句："……流氓。"

"嗯。"许砚谈抱着人不撒手，快要把她揉进自己身体了，短短笑出一声，配合着沙哑的嗓音性感无比，"怎么知道我小名儿的？"

岑芙"扑哧"笑了出来，实在斗不过他的厚脸皮。

许砚谈抬起脸，用对视询问她。

两人就躺在床上面对面看着，将时间的尾巴无限拖长。

岑芙只能用转动眼球来摇醒自己的理智，不让冲动驱使自己扑到他身上放肆。

两人各自起伏的胸口像涨潮的前奏，暗起汹涌。

许砚谈见她没有说话，腾出一只手，粗粝的指腹摁在她粉色的下唇瓣上。因为今天亲了太多次，洗完澡以后她的唇瓣比平时看上去要厚一些，有些轻微发肿。

许砚谈摩挲着岑芙的嘴唇，她浑身发痒，听见他垂着眸子问：“想吗？”

时机成熟，千浪激起，狂乱的心跳如潮涌至。

岑芙大脑已经宕机了，磕巴着提醒他：“许……许砚谈，我们才交往第一天……”

只要沾上这个男人，她就越发放肆没边界了。

所以这句话，不仅是警告他，也在提醒自己。

许砚谈缓慢地撩起眼皮，瞥了一眼旁边的投影仪。

把坏劲藏好，他故作遗憾地挑起眉头，问着：“交往第一天，不能一块看个电影？”

岑芙：你刚才那个眼神是在说电影吗？

许砚谈看出了她的心思，打算给她个台阶下，撑起身子拉开了两人的距离。

他都起身下了床，却又趁岑芙松口气的时候猝不及防地压过去，凑到她耳畔，贴着她耳郭磨蹭低语了一句。

岑芙听着，挨着他嘴唇的那半侧脸“轰”地红了。

“知道你急。”许砚谈自己没忍住乐出一声，还在拿这个逗她，“让我准备准备。”

“我……你！起开，我要走了！”岑芙推搡他的肩胛、胸膛，说什么都要起来回自己房间。

真是没法待了！她实在敌不过这种根本不要脸皮的人！

许砚谈一脸得逞的样子，搂着她的手加大力度，偏不让她走，哄着：“得，不说了。”他把平板电脑塞给她，“找个片连投影仪，一块看，我下楼找景淮一趟。”

关门声响起，许砚谈彻底走后，原本镇定窝在床上的岑芙突然扔了平板电脑。她捂住自己的眼睛在床上不管不顾地滚了两圈，攥拳在柔软的被子上使劲捶打好几下。

灰色的被褥被她滚动的动作弄乱，岑芙枕着许砚谈的枕头，手指抚摸着他的被子、床单，奇妙又充盈的感觉布满心头。

平板解锁锁屏，停留在许砚谈上次打开的界面里，是音乐软件的播放界面——周杰伦的《白色风车》。

岑芙拨开被自己滚乱的软发，点下继续播放，然后退出，看到最近播放。

许砚谈似乎经常听周杰伦的歌。

“《白色风车》啊……”岑芙喃喃，重新躺进床里，盯着天花板，听着远处立式音响里悠扬旋律，笑弯了眼。

日子只要愉悦起来，时间就趁机加速。

一眨眼新年已经走到第三个月份，春天撕碎了冰封的河面，把生机带回世界。岑芙跟着许砚谈回许家做客，这次再去，她的身份已然不同，弄得她还有些紧张。

她有意要自己掏钱买些东西，问了许砚谈半天，最后他就让她买了些爷爷最喜欢的百年老店的糕点回去。

许砚谈带着岑芙进门的时候，正好看见了从楼上下来的岑康发。

父女二人皆是非常意外。

“……爸。”岑芙愣怔着叫他。

事情闹那么大，岑康发一定已经知道了自己妻子当年做的肮脏事。按理说他应该没有脸面再代表岑家见许家人，不被报复就感恩戴德了，岑芙想不到他竟然还敢来找许叔叔。

许砚谈瞟了一眼楼上，确定他是来找自己叔叔的。

他伸手拍了拍岑芙的后背，然后低眉顺眼藏匿自己的真实情绪：“你们聊聊。”

他说完抬腿走上楼梯，与岑康发擦肩而过时微微颔首，给予对方最基本的礼数。

罪魁祸首不敢出面，只有自己父亲出现在许家这件事让岑芙感到胸闷。她望着岑康发黯淡了眼神，对他示意户外。

意思是出去说。

他们一家愧疚，就不要心安理得地坐在人家家里说了。

岑芙带着父亲来到许家别墅外面的小花园里，父女二人坐在石凳上。

“爸，您过来干什么呀？”她悄声打开话题，悄然打量岑康发。

只是将近一个月没有见他，岑芙总觉得他又老了很多，面相没有改变，更多的是外露的，状态上无法掩盖的疲惫。

“找你许叔叔……谈了点事。”岑康发说着，右手摩挲着自己大腿上的裤子面料。

“是妈妈当初伤害许叔叔的事吗？”岑芙直接道破。

岑康发听到，脸上露出了十分复杂的神色，眉头皱紧，都能夹死蚊子了。

他人到中年，努力做事业养家，没想到却依旧要如此唯唯诺诺，肩膀缩着说话:“我代表咱们家……跟许总道了歉,也跟他谈妥了这件事的解决办法。”

岑芙瞬间站起来，情绪憋不住了，直接质问：“爸，您不会求许叔叔放过妈妈了吧？您……您怎么还不能看清她吗？”

“爸……”她气得声音都在颤抖，“当初她可是连您的性命都赌进去了！”

“那块板子……砸不死人的。”岑康发还在软弱地狡辩。

他抬头，疲惫的眼睛里竟有几分湿润，举手投足尽是艰难：“小芙……没有你妈妈，爸爸也不会有今天。

“你妈妈她以前真不是这样的人……”

当年，他就是一个任劳任怨，勉强算读过几年书，在榆安市建材家居城里给人打工卖家具的小弟。如果不是认识了何芳华，凭借着她独到又敢拼的商业头脑一步步独立做生意，然后把生意搬到崇京去，怎么会有他半生富贵的今天。

在岑康发心里，何芳华不仅仅是自己的伴侣、孩子的妈妈，更是改变他一生的恩人。

他怎么会不懂得何芳华的过分，可他还是念着何芳华的好，低三下四地在许衡面前，用自己这些年攒下的恩情，求人家放过何芳华，私下和解。

“砸不死人，许叔叔的腿伤治不好？”她指着他大声喊，“砸不死人，你的腰伤这么多年越来越严重？”

岑芙听着这些，摇着头后退，满眼尽是失望。

不对，不是的，不应该这样思考问题！

“爸……不能这样。”

岑康发听着小女儿颤抖的声音，深深地垂着头，长叹一口气。

之后，他说出了一句让岑芙永远也无法理解，永远也无法原谅的话。

“小芙……你妈妈她也是……想为咱们家好。”

宛如一枚针瞬间扎穿了岑芙的心脏，她永远惦念父亲对自己的照料，可是面对大是大非的事情，父亲这般软弱，这般黑白不分的观念，让她无法苟同。

“呵。”岑芙倍感荒唐，冷笑一声。

她再也无话可说，转身的瞬间，再次听见父亲猛然间剧烈地咳嗽，像是快把心肺都咳出来的撕裂声。

她万般担心，可还是强忍着，强迫自己不能回头。

半晌，岑芙咬紧牙关，也只是说出一句：

“您照顾好自己。”

说完，她离开了父亲，带着千般万般的失望、愤恨。

楼上，书房。

许砚谈就倚在落地窗旁边的复古风格的书架边，俯瞰着楼下所发生的一切。

他深沉的目光追随着岑芙离开岑康发的身影，走向别墅，深棕色的瞳孔藏着思绪，探不明，挖不透。

“拄拐半辈子，您真忍得了？”他开口，声线偏冷。

许衡坐在书桌前，手里捧着一本全英文小说，书很旧，能看出他的热衷。

他看书的时候会戴着一副金丝边眼镜，金色的细挂链垂着，给他整个人增添了一层矜贵又书香儒雅的气质，仿若欧洲出身传统贵族家庭的公爵。

“咚咚——”

书房的门忽然被敲响。

许砚谈抬眸，然后看着人送茶进来：“先生，您的茶。”

许砚谈下楼的时候，恰好看见站在别墅门口迟迟没有进来的岑芙。

她侧着身，脸对着外面院子，整个人缩在羽绒服里，低着头看不清表情。

老一辈的往事就像秤砣，压在岑芙的心里，同样，许砚谈也不曾有半刻是好过的。

他就站在楼梯上，默默地看着她。

过了一会儿，他走下楼梯，一步步走向她。

“岑芙。”他站在别墅门口叫她。

岑芙转头看过来的时候，一滴眼泪随着她呼出的白雾一同降落凡间。

恰好落在他的眼底。

望向喜欢的人的瞬间，一定是想要藏住所有负面情绪的，只可惜，她转头的速度太快，没给眼泪蒸发飘走的时间。

眼神也没来得及扮演无事回首的轻松。

意识到自己没有藏好情绪的瞬间，岑芙憋不住了，见着许砚谈一下子就开始委屈，嘴唇噘起，眼泪瞬间就冒了出来。

许砚谈反而笑了，眉眼全展，向她展开自己的臂膀。

清冷的空气从他的指缝间流过，拖腔带调的：“哟——谁又让我女朋友受委屈了？”

岑芙晃着模糊的视线就扑了过去。

叹息在心底演奏。

许砚谈就站在原地，敞开怀抱。

“来抱。”

岑芙扑到许砚谈怀里，使劲去闻他身上那股清洌厚重的木质味道，只有他的味道，才会给她片刻安慰和安心。

许砚谈虚虚地把手放在她腰臀曲线处，另一只手熟练地用指腹去揉她柔软的头发，他笑道：“又干吗啊这是？”

“唔呜……”鼻音已经淹没了岑芙的嗓子，她飀着声线，闷在他胸膛来了句，“气死我了……气死我了……”

这么窝囊又娇愤的话，配合着哭腔，戳中了许砚谈的笑点。

他沉着嗓子絮絮地笑，胸腔震颤，把岑芙的鼻尖和脸颊也弄得痒。

“彼此欣赏，彼此陪伴照顾，这是家人。

“无法苟同三观，可又无奈被血亲牵连。”

他淡去了笑，揉她后脑的指腹从揉变为稍许用力的摁，用自己的方式去慰解她：“这也是家人。

“接受就好，没必要改变自己。”

一听到这样的话，岑芙原本已经消退的眼泪都返潮似的冒出来，她把掉出来的眼泪藏在他的灰色针织毛衣里。

她不知道爸爸是怎么和许叔叔达成和解的，在岑芙看来，这是永远没有完美答案的一道难题。一想到许叔叔拄拐却依旧挺拔的背影，她的鼻子和胸腔就酸涩难耐。

“对不起。”岑芙无法再道出任何，只是无奈、悲愤地重复，“对不起……”

许砚谈听着，直接将自己的指腹移到她的颈后，带有惩罚意味地使劲捏了下她颈后脆弱的软肉。

他一点都不温柔，吓唬她：“岑芙，再让我听见‘对不起’这三个字，我跟你没完啊。”

威胁的凶话，在岑芙听来却那么温柔。

她双手紧紧圈着他的腰，感受他紧实的肌肉曲线，听着他稳重的心跳。

“嗯。”她小声答应着。

这是最后一次。

“走吧，去姑姑卧室的洗手间把脸洗洗，她那屋什么护肤品都有。”许砚谈拉开她，俯身给她抹了抹泪，将稀缺的认真全投注在凝视她的目光中。

说完，他为了逗她开心，坏笑着补了一句：“别让我叔待会儿下来吃饭的时候看见你花着一张脸，以为我虐待女朋友。”

岑芙抬手抹着眼泪，另一只手去揍他，动作里尽是娇嗔。

洗干净脸用了一点姑姑的护肤品保湿，岑芙从楼上下来，看见爷爷和叔叔都已经到一楼了。

爷爷和叔叔餐前下了一盘象棋，两人对坐对弈，一个老谋深算，一个笑里藏刀。

而许砚谈则拉了张椅子坐旁边观战，姿势懒散，能看出他神态的放松，时不时使坏似的，对爷爷发出三两句的嘲笑，指手画脚地捣乱。

“老头子行不行啊，脑瓜子转不动了吧。”

许健伶伸出两根手指指着许砚谈，吹胡子瞪眼地笑骂：“嘿！瞧这孙子，观棋不语没教过你是不是！”

许砚谈往后一靠，胳膊架在脑后，一副不讲道理的浑样儿：“没听说过。”

许衡听着这爷孙俩互怼，笑着摇头。

岑芙胳膊架在二楼的栏杆上，整个人靠着楼梯注视着下面这一幕。

这幅三世同堂的画面任谁看了都会觉得温馨。

她深知许砚谈的过去，此刻觉得，如果没有爷爷叔叔，还有姑姑这些真心为他的家人，仅凭许砚谈身体里那根还未强壮的“正”骨，真能自己把自己从濒临疯狂的边缘拽回来吗?

岑芙偏向于不能的答案。

她眯起眼睛，看着他们，光是看着都觉得幸福。

哪怕自己还是一个外人。

这时，许砚谈就好似能心电感应她所处位置，忽然抬头，对上她的视线。

许砚谈勾起嘴角，吊儿郎当地用口型催促她下来。

这一步轮到了小儿子走，许健伶空闲这会儿也随着孙子抬头，看见了小姑娘。

岑芙看见爷爷瞅自己，瞬间紧张起来，怕他因为何芳华的事对自己怀有负面意见。

谁知，下一秒，爷爷露出了依旧和蔼的笑容，连花白的胡子都显得可爱。

他对自己招了招手。

岑芙瞬间绽开了眉眼，使劲点头。

三月初，新学期开学。原本冷清的学校重新热闹起来，再踏进学校的时候，岑芙总有种恍惚的感觉。

不由感慨时间的魔力。

上次在这里活跃的时候，她和许砚谈的关系还水深火热着，与他有关的所有场景都浸染着拨不开的回忆。

学校里的树还没有抽芽，岑芙走在学校的梧桐大道上，忽然意识到，这会是她第一次，也是最后一次陪着这些树新绿成荫了。

以前只希望时间走快点，再快点，这样就能减弱她痛苦的力度。

可是现在她有了许砚谈，却无时无刻不在向上天祈求让时间转动得再慢半拍。

哪怕半拍，都能再给她一些时间抛下所有顾虑去与他温存缠绵。

分离逼近，她轻叹了口气，收紧背包带，前往下一个目的地。

校医办公室内。

室外薄冷，向阳的室内却温暖肆意。岑芙弯着腰，澄亮的目光从窗台上一排奇形怪状又丰满的多肉植物上扫过。

说是办公室，这里完全被主人弄成了温室小植物园。

除了窗台上的多肉，还有架子上的长叶植物，都在温暖的环境下长得正好。

岑芙只要见着这多肉植物，总是忍不住想去捏它肉乎乎的叶瓣。反正屋里也没人，她手痒痒就动了指头。

岑芙伸手用指尖使劲捏着多肉肥厚的叶瓣，用力到指尖都泛白，心里那股奇怪的癖好被满足，她悄悄笑。

阳光从玻璃窗洒进来，驱散了空气里的寒冷，肆意地用自己的温暖去抚摸少女的脸庞。

舒适和惬意是岑芙与这般暖阳的携手作品，纤细白皙如葱白的指尖在植物叶瓣上流连。

她一侧的头发别在耳后，露出轮廓漂亮的耳朵，白皙的颈子，一切都是美好的代名词。

“喜欢就选一盆。”男人清朗的声音忽然出现在身后。

静谧的弦乐背景音戛然而止，岑芙吓了一跳，回头，看见了站在门口穿着白大褂的周霁成。

一两个月没有见这位温文的校医，再见竟也没有觉得很陌生。

他依旧时刻挂着那纹丝不变的温柔笑容，只不过身上的利落白大褂给他塑造了一层更理性的光环。

周霁成无框眼镜后的那双眼睛扫视着岑芙，不着痕迹地打量，笑着用肯定的语气说：“最近心情不错吧？”

“啊，对，您怎么知道？”岑芙双手在身前十指相扣，欣欣而笑。

周霁成走进屋子里，偏眼瞧她，然后笑意更深：“人的心理状态会从面部表情、五官肌肉的放松程度、身材，甚至是头发长度上体现出来。”

岑芙不禁惊讶：“老师，这算是心理学的范畴吗？平时您给别人做心理咨询的时候，也会看这些？”

“当然，有些患者起初的时候都不太愿意对医生敞开心扉，能够理解，所以我们要主观去观察评测。”周霁成走到她身边，背手弯腰，看了看自己养的这些植物，“喜欢这些？”

“嗯。室内绿植多了人心情也会好。”岑芙点头。

在聊天时候，她发现这位周老师刻意与自己保持着不远不近的距离。

尺度把握恰到好处，既不会太远，显得疏离，也不会太近，让她感到冒犯。

他身上完全没有强壮男性生来的那种对女性的压迫感和威胁，整个人好似被一团柔和的泡沫包裹着，像一碗清水。

可是水至清则无鱼，越清可见底的潭，才越是可疑。

只是岑芙并没有想到这一层。

“喜欢的话可以挑一盆带走。”周霁成拿着喷壶蹲下，看着放在矮架上的那盆漂亮的紫白色蝴蝶兰，轻微皱了皱眉。

这是周霁成办公室里唯一一盆带花的植物。

岑芙从包里把同学们开学上交的表格掏出来，回头就看见他蹲在花面前小心翼翼地喷洒水雾，担心地说：“好像就这盆蝴蝶兰长得不太好。”

花朵盛放没多久，就露出了干枯的迹象，一点也不饱满了。

“不是所有花都能适应过于温暖的环境。”周霁成给蝴蝶兰洒了洒水，意味深长地说，“我们认为的温暖，对它而言，可能是烧伤根脉的炙热。”

说完，身后许久都没有声音，他缓缓回头，看向站在一旁举着手机看消息，面露喜色的岑芙。

因为他在浇花，没人注意她，所以岑芙并没有掩饰自己的真实情绪，外露得一干二净。

是那种只会出现在情窦初开的、花季少女脸上的笑容。

周霁成回身，眼眉微压的动作藏在瞬间起身的动作里，再抬头又是温润微笑，问她：“谈恋爱了？”

今天和纤纤、云迹、骆杭他们约了在外面吃饭，待会儿许砚谈来学校接她。

岑芙赶紧关上手机屏幕，有种心事被大人戳破的既视感。

“啊。”她害羞地短笑，然后点头，用动作作答。

“怪不得最近这么开心。”周霁成坦然一笑，接过她递过来的表格，走到书桌前坐下，一页页翻着检查，“个人信息让同学们反复检查过了吗？如果有问题返回去，还得你来回跑。”

“应该是没问题的。”岑芙点头，说着话的工夫，手机又振动一下。

她顾着此刻要专心跟老师说话，打算待会儿再看消息。

“咱们学校的男孩子？”周霁成毫无征兆地又继续刚才的话题。

搞得岑芙一下子都没反应过来，想了下才意识到他问的是自己谈恋爱的事，她心里嘀咕着这老师也怪八卦的，不熟的学生谈恋爱也要问吗？

“是，算是学长吧。”她还多说了些。

三十多人的表格，周霁成翻得很慢，他的目光始终落在表格上，语气悠悠：“上次你帮忙买药的那个？”

虽然是问句，但他语气里的肯定几乎到了岑芙都不用回答的程度。

没想到这个老师一猜就猜中了，岑芙再次被周霁成推理和猜测人心的能力惊讶到。

不知怎的，岑芙有些不太想继续待下去了，她礼貌地回答：“对。老师，表格没问题吧，没问题我就先回去了。如果有需要我再来，您随时通知我班主任就好。”

周霁成没有抬头，语气淡淡：“行，你回去吧。”

岑芙如获大赦似的在心里松了口气，转身往门口走，同时迫不及待地拿出手机打开微信。

是许砚谈发来的，一条语音。

估计是开车到学校附近了，让她去某个地方找他的消息。

岑芙一边走向门口，一边点开放在耳畔听。她喜欢许砚谈给自己发语音，因为喜欢他的声音。

几秒过后，岑芙脸上的笑意凝固，整个人愣在了校医室的门外。

她没听过许砚谈这样的嗓音。

隐忍着快要崩塌的情绪，犹如即将面临毁天灭地般的沙尘暴的大漠。

甚至，她能嗅出其中一丝，对未知之事的恐惧。

“岑芙，我在医院，爷爷……不太好。”

第九章

/

许砚谈，别怕

H U D I E Y I S H I

岑芙马不停蹄地打车赶到市医院。北方的春天一如既往，总是在给予温暖和骤然降温中反复横跳。

因为小跑而急促的呼吸，远不及岑芙不断下沉的心跳。她向护士询问了抢救室所在的楼层，快速辗转几个拐角，最终被血红的“手术中”灯光刺到眼眸。目光下坠，她看见了坐在长椅上垂首沉默等待的许砚谈。

外面就他一个人等着，其他家属似乎还没有赶到。

许砚谈哪儿这么低过头，完全把自己脆弱的一面展现在外面。他双手撑在膝盖上，坐姿依旧板正，直挺的腰背像是折不弯的劲竹。

有一股劲儿在吊着他，不能在这个时候倒下。

灯光打在他身上，投射出一片黑色的影子，像是揪扯着命运之神不放的黑蟒。

意外发生得太快，让岑芙几乎来不及消化信息，接受前两天还对自己笑呵呵的爷爷如今就躺在里面接受紧急抢救的事实。

她望着许砚谈，刚刚坐在出租车里满腔的安慰话荡然消失在嘴边。

她没有经历过家人渡过生死之劫，此刻说什么都觉得无力。

岑芙重新抬起步伐，一步步走向他。

她只能，也只想，赶快走到他身边，静静地陪着。

岑芙走到许砚谈面前，鞋底踏地的声音消失在安静中。

光是看下半身他定能认出她，只不过，他并未抬动脸颊，依旧垂着视线那么静默着。

唇瓣随着情绪下抿，岑芙缓缓蹲下了，恰好蜷起来的身子在他敞开的腿之间。

她握住他冰凉有力的手，第一次感受到了许砚谈身上这么低的温度。

他明明是一团黑色的火焰。

可这火焰，如今冷得刺人。

而她，企图将自己手掌心这一点温度传递给他。

就在岑芙将自己的手塞到他手掌里的瞬间，许砚谈倏地收手，抓紧她柔软的小手，包在掌中，使劲地收紧，紧到两人的肌肤都泛白，用力度向她传达自己的情绪。

岑芙不怕疼，只要是他给的，她都接受。

不知该说什么，她只有轻轻地叫他的名字："许砚谈……"

岑芙好听的嗓音很特别，像荔枝果酱，甘甜不腻，再调入一杯凉茶里，放上一枚薄荷。

如丝绸般的柔韧质感，加上几分甜度，连说狠话都没力度。

这样的嗓子现在轻轻地叫他的名字，一下子把许砚谈从未知的阴霾里拽了出来。

许砚谈缓缓抬起视线，光线打入他那双深棕色的眼瞳，照进他冰霜万年的心海。

他平直地扯着她的目光不放，喉结上下浮动，无言亦有言。

岑芙抚在他手背上的拇指指腹若有若无地摩挲着，用小动作安抚着。

半晌，许砚谈僵硬的肩膀软了下去。他扫了一眼，沉默许久后再次开口说的却是——

"起来，地上凉。"

岑芙低头，看着自己跪在瓷砖地板上，膝盖是什么时候抵到地板上的，她自己都没发觉。

他手上用力，一把将岑芙从地上拽起来。

岑芙起身的同时问他："到底是……"爷爷的身体和精神状态明明看上去很好。

"脑血栓。"许砚谈告诉她，"好多年了。"

直到到了医院，家里的司机才告诉他实话，老爷子这些年的身体状态一直在下降，只不过因为妥善保养表面上不显。

可是心脑血管病，病发都是很突然的。手术的风险太大，他年岁已高，请了最权威的医生都不能保证手术的成功率。保守治疗是老爷子自己选择的，因为这些年情况一直稳定，也把家里产业都交给许衡叔叔去做，所以养得很好。

老爷子在家里昏倒也吓坏了家里的保姆们，太过突然。就在刚刚，许砚谈一来医院就直接签了许健伶的病危通知书。

两人并肩坐在医院安静的走廊里，肩膀碰着肩膀。

岑芙牵着他的手，轻轻摇晃着，小声说："爷爷会没事的。

"吉人自有天相。"

许砚谈偏眼看她，语气平和，浑身透着一股稳重的成熟感："知道我刚才想什么吗？"

"什么？"岑芙歪头。

"我在回忆。"他重新望向前方，看上去是在盯着医院的宣传栏，实际上深邃深沉的目光却在透过实物探寻更多。

"老爷子还有没有什么遗憾。"

她听着，心骤然被揪了一下。

"事业有成，儿女幸福，三世同堂，吃过苦也享尽了富贵。"许砚谈一句句道来。

说到最后，他似乎是想到了什么。

"没看着我叔成家。"

说完，许砚谈颇为惭愧地勾了勾嘴角，弯起的唇线尽是数不尽的压抑："也没看着我穿检察院的制服。"

他还记得爷爷跟他说过的最严肃的一句话。

"许砚谈，永远不能让私情牵制住你的步伐、你的理想。

"这辈子，活出个模样给我看。"

许健伶是许砚谈人生的摆渡人，一开始许健伶把许砚谈从许项手里接手过来的时候，就做了两件事，掰正了许砚谈扭曲的心性。

第一，让许砚谈多看书。

第二，辞了精英家教，让许砚谈去公立小学报到。

看似很常规的两个决策，却引领着许砚谈走向了光明。

许家人个个精明才干，手段百出，可是他们的城府永远对外施展，用于实现自己的人生价值，壮大家族产业。

只要进了家门，他们一如普通平民百姓的家庭那样相处，温馨中带着深度。后辈们仅仅是看着长辈们的所作所为，就足以成为品格端正的人。

正是因为这样，这一家子人才会让岑芙这么喜欢、这么留恋。

看着许家人，她不仅会得到温暖，甚至在某些时候，她有些羡慕许砚谈，羡慕他有这么好的家人。

岑芙握着他的手，直直望向那还亮着的"手术中"的灯牌。

她盯着那抹亮眼的血红色，决然的气场逐渐散发开来。如果可以，她也想献出自己的一份力，从病魔手里把爷爷夺回来。

密密麻麻的踏步声从远处传来，岑芙和许砚谈齐齐偏头，看向从不同地方赶过来的许衡和许竺两兄妹。

长辈们来了，他们二人几乎是同时松了口气。

许竺比许衡急迫，拉着旁边的司机就开始嚷嚷着了解病情，急得快哭了。

许衡搂着妹妹的肩膀，提醒她冷静。

岑芙随着许砚谈站起来。视线的余光里，许砚谈侧脸的轮廓依旧立体，那下颌线绷得很紧。一股悲痛漫上心扉，她只得再牵紧一点他的手。趁着走廊吵闹的这会儿空隙，在这弥漫着紧张气息的地方，她开口的声音并不大，却能精准地钻进他的耳中。

她对他说："许砚谈，别怕。"

别怕，我在呢。

这一句柔柔软软的话，成为敲碎冰面的最后一锤。

冰面上的裂痕蔓延开来，成为死寂中绽开的枝芽，几乎崩坏的声音震耳欲聋，溃败的窒息感喷涌而出。

许砚谈仰起头，一手摁着她后背，直接把人拢进怀里，又快又狠。

岑芙都没反应过来就被拉进这紧到几乎窒息的拥抱里，脸颊撞到他的胸膛。

憋了很久，她听见头顶飘来许砚谈的嗓音。

他对她说："岑芙，陪着我。"

不加任何修饰的需求，他需要她。

岑芙抬起手搂住他的腰，手拍在他的后背上，微微抿唇："好。"

多久我都陪着你。

就在这个时候，"咔"的一声轻响，门上的"手术中"灯牌熄灭。

所有人齐刷刷地将希望的目光投向手术室门口。

对结果的渴望与恐惧，在灯灭的瞬间升到顶点。

…………

许家能来的人全来了。

想来的人，也都来了。

病房外，众人面色严肃沉重。岑芙安抚啜泣的许竺，带着她坐到旁边长椅上。年纪尚小的许向臻还穿着校服，站在旁边有些不知所措。

来的人有许家亲属，也有这些年跟着老爷子做生意的许家企业高层，都是为了趁老爷子还在，赶紧来看看，说上最后几句话。

许爷爷已经无法自主呼吸，手术的结果不尽如人意，现在人靠机器活着，不知什么时候就会驾鹤西去。

重症监护室的门被推开，许砚谈一步步从里面走出来。

岑芙抬头与他接上目光的瞬间，犹如巨石砸心，她的心跳骤然踩空。

那瞬间，岑芙在他黑深的瞳里，在那布满冷霜的眼中，看到了破碎近半的他。

一向强大的人，恍然被上帝折伤了脊背。

如若不是有生人在场，她真怕他没办法坚持挺立在原地。

滚烫生于他的心底，最终却从她的眼角冒出。

许砚谈往外走了几步，草草收回视线，然后背对着所有人，双手撑在窗台上，望着窗外，沉默着。

他背影挺拔，头颅微抬，留给黑白之间一抹孤傲的背影，冷得带刺。

没人敢探寻他的神情，也不会有人知道，他独自与自己最尊敬的爷爷说了什么。

岑芙抬手抹了把眼泪，见没人进去了，她在无人察觉的时候，独自一人走进了病房。

单人病房空荡荡的，响着各种机器运作的声音。

除了机械声、她的脚步声，整个房间毫无生机，弥漫令人窒息的悲伤。

她无法接受，前几天还同桌吃饭谈笑的人，如今就躺在这里。

岑芙见到爷爷的瞬间，眼泪就忍不住地决堤而出。她咬着嘴唇不让爷爷听到任何哭泣的声音，把所有哽咽拼命往肚子里咽。

戴着呼吸面罩的许健伶已然没有平时在家里的那般精神气色，没了抖擞的骨劲，人的苍老就如攻破堤坝的洪水，在肌肤的每一寸纹路中体现。

唯一不变的，是他那即使合着也仿佛有笑意的眼，那些成年累积的笑纹，也有对岑芙的那一份。

她就这样，眼泪一串串地掉，用模糊的视线，用自己的心，记下这位老人最后的模样。

想把这位对自己好的人的脸庞，永远刻在心底。

半晌，岑芙伸出手，在爷爷苍老的，快失去温度的手背上轻轻抚摸。

“爷爷……”她夹着哭腔，鼻喉酸苦，豆大的眼泪掉在乌白的床单上，想着自己能为爷爷做的唯一一件事。

“您放心吧……

“您托付给我的事，我一定做到。”

——“这小子现在还没找到他需要的东西，还是一匹随时可能脱缰的野马。”

——“如果以后他有走错路的迹象，孩子，希望你能拉他一把。”

“我一定……做好。”她抽噎着，反复，重复。

许砚谈还有我们，您放心吧，爷爷。

谢谢您。

两天后。

许健伶先生的葬礼紧锣密鼓地举办着，因为身份的尊贵，在商圈的地位，这场葬礼非常盛大。

整个许家忙前忙后几乎喘不上气，岑芙就陪在许砚谈的身边，他做什么，她就帮衬着。

每一次亲人的离去，都是小辈人心性的一次脱胎换骨。

老人走了，还在的人就不得不赶快成熟起来，担起责任。岑芙甚至能感知到许衡叔叔的变化，沉重中，他的独当一面在此刻显现出来。从老人的后事料理，到维持安排整个集团的秩序，他忙碌中游刃有余。许家的主心骨从今往后，就要换为许衡了。

许砚谈跟着许衡在招呼前来吊唁的亲友。

葬礼现场剩下许多白色菊花，地上也散落了一些，岑芙一人无所事事，就弯腰挨个捡起，在手中聚成了一捧白色的菊花花束。

寒潮过去了，三月的风已经没有伤人的力度，一股风过来打在人脸上，余韵都含着温暖。

岑芙捧着花，沿着墓园的草坪边缘走着，黑色皮鞋踏在石板路上，风吹乱她的刘海和碎发，一阵一阵地挡眼睛。

视线前方，她散步的路线被一双皮鞋阻拦，岑芙愣住，抬起眼睛，对上眼前中年男人的视线。

这位叔叔虽然穿着一身黑色西装，可打眼看去怎么都觉得他的气质和笔挺的西装不搭。他笑得亲切，眼尾形成一个小钩子的形状，眼神清澈得有些过分，仿佛将天地变化都参悟般的透彻。

头发有几绺见白，不过他本人似乎并不在意，就那么露在外面毫不遮掩。

手里捏着串木珠子，手指一动一动地盘着。

能参加葬礼的一定是许家人，可是面前这位她还真是从未见过。

“您好。”就算不知道是谁，问句好总归没错。

对方端详着岑芙的五官，尤其是她那双眼睛，并没有回应她的问候，而是就这么静静地盯了十几秒，然后徐徐露出一抹欣慰的笑容，怪异地答非所问道：“你成长得很好，很好。”

岑芙没听懂：“……啊？”

徐洪将自己的木手串抬起，一边拨转，一边笑着往前走，嘴里念念有词，带着愉悦的语气琅琅诵读："小池南畔木芙蓉，雨后霜前著意红。犹胜无言旧桃李，一生开落任东风……"

徐洪往前走，恰好正面遇到出来找岑芙的许砚谈。

许砚谈瞧见他，没给什么情绪，出于礼貌，也算给自己姑姑面子，叫了一声"姑父"。

听见这声"姑父"，岑芙才恍然大悟那个怪叔叔的身份——原来他就是许砚谈口中那个假道士姑父，许竺姑姑的丈夫。

果然是神出鬼没，非得等到爷爷葬礼这么大的场合，才出现一次。

怀里的白菊花盛放纯净，岑芙望着姑父离去的背影，尤其是他手上垂在半空摇来摇去的木手串，有种说不出的奇怪缘分在心中缠绕。她以前真没见过这位叔叔吗？怎么总觉得熟悉？

岑芙扭头，望向走到自己身边站着的许砚谈。这是她第一次见到许砚谈的眼下有着乌青，身体依然疲惫，可愣是靠着心里那股劲在撑着，人的神态与平时相比没有任何松动。

或许，这也是他想给爷爷看的，即使爷爷离开，他许砚谈也能担得起责任，走得顺自己的路。

岑芙只觉得自己怀里这些白色的花是有温度的。

许砚谈目送着姑父离开，回眸，瞧见她一直在看自己。

他一身黑色西装笔挺帅气，双手插兜，站得松散，似是到她身边才能歇口气，他扯着淡哑的嗓音问："怎么？"如若说他是岑芙眼眸的破译者，那么许砚谈之身心，这同样也仅对她开放翻阅。

他一个随意的举动、一句无关紧要的话、一个疏淡的眼神，她就知道他累了。

她看着许砚谈，用她的温柔承接住许砚谈如沙尘暴般的哀伤，她向他张开一只手臂，露出一抹微笑，如荒漠里新生的新月。

"要抱吗？"

爷爷的葬礼已经过去一周多了。所有人都重回正轨，该做什么做什么，大家都各自努力，这也定是老爷子想看见的。

岑芙开学，投入了密密麻麻的课程表安排里，也成了众多怨气早八人的一分子。

挑高宽敞的教室窗外，麻雀三五成群地在抽绿的枝头之间蹦着飞。偶尔一只喜鹊飞过，嘹亮单调的"喳喳"声伴随着老师的授课，谱写了初春校园宁静的氛围感。

“爱森斯坦的蒙太奇理论用电影画面构图，节奏的物理性特征对应其产生的美学特征来实现镜头组接后的视觉冲击……”

身边的纤纤脸上妆容倒是精致，可人早就如小鸡啄米点着头打瞌睡。

岑芙低头看着课本上的字，也有些发昏，不过勉强还能挺得住。

纤纤被喜鹊的叫声弄醒了，咕哝一句，翻着课本，云雾梦里地问她：“讲哪儿了？”

“爱森斯坦，蒙太奇。”岑芙举笔做笔记，小声说着。

“啊……”纤纤又被困意席卷，趴下去的时候还不忘吐槽一句，“什么爱因斯坦，达·芬奇啊……乱七八糟……”

岑芙忍不住笑了一下，无奈。

岑芙把老师讲的重点誊抄在书上，顺便折上角。课堂氛围太安静，以至于她记完重点以后有些出神。

书上的黑色铅字在视线里模糊移位，岑芙垂下纤密的眼睫，落寞油然而生。

她掏出手机，看着微信置顶和许砚谈的聊天框里的记录，叹了口气。自从爷爷走了以后，许砚谈几乎就没回过家，一周多了，问就是在外面忙。

她打去电话他照样会接，也会告诉她他在哪里、做什么，可就是不见她。

岑芙能猜到原因，应该是他自己一时间无法调整心情，但是又不想把控制不了的情绪压在她身上。

可是伴侣的作用不就是要在这个时候凸显出来吗？

但是面对他明显的疏离躲避，岑芙又怕提及他哀痛之事，所以不敢把自己的不满表露出来。

吃早饭的时候，她又给许砚谈发了微信，答复依旧：今天也忙，不回家。

“芙芙……”纤纤半醒不醒的声音打断了岑芙的惆怅。

她偏头，看到纤纤枕着胳膊，偏着脸看着自己，岑芙挑挑眉，小声回：“干吗？”

“就是舍不得……”纤纤噘嘴，重新闭上眼，再次酝酿睡意，然后说，“想到再过半年就没人给我记笔记了……好难过啊……”

纤纤随口的一句话，更是给岑芙的心上压了一块石头。她听着，没有回话，默默回过头继续看书，缓慢眨动的眼掩藏着落寞和伤怀。

是啊，九月份她就要离开他了，明明在一起的时间就那么有限，他还要这样不见她。

岑芙想着，自己在崇京大学算是双培借读一年的事还没有跟他提过。

两人未来必定会面对的问题，是该说说了。

“许砚谈？许砚谈。”

教授的嗓音伴随着敲桌子的声音响起。

许砚谈倏地将走神的思绪从手边始终亮着的手机屏幕上移开。

开会时发呆被逮着，他倒是坦诚，笑道：“走神了。”

教授颇为无奈地瞪他一眼，继续刚才的话题。

许砚谈重新投入国际商事仲裁庭辩论赛的筹备会议，听着旁边老师和同学们的讨论，整理思路。

空隙间，他再度看向放在手边的手机，屏幕上的对话停留在今早。

以他一句“今天也忙，不回家”结束。

直到现在，双方没有继续通信。

他短暂地合眼，将杂绪和疲惫掩藏于眸底，再睁眼，又恢复成那个冷面随心，行事稳重的许砚谈。

当天下午，岑芙被同学们邀请去团建庆功宴。

因为她所参与的那个青年团合作的普法视频到今天就彻底完工了，十期普法稿件全部通过审核交稿，整个制作组的工作圆满完成。

这将会是所有参与的同学们履历上浓墨重彩的一笔。

二十几个人几乎把学院路那家 Tube Station 比萨店包场了，店里一半席位都是他们的地盘。

这里面的同学大部分是比较外向的性格，喝了点酒以后更会来事，一阵阵嬉笑吵闹。店里其他顾客一开始还投去颇有意见的眼神，后来发现根本无法阻止这帮年轻人沸腾的闹劲。

岑芙观察到其他人不满，不过她忽然觉得，在年轻的时候干些“打扰别人”的任性事，好像也不错。

不知道是谁带来了一瓶威士忌，要弄可乐桶。

不锈钢矮桶里的冰块晃荡出“咯啦咯啦”的清脆声，哄闹中两个男生把可乐和威士忌同时倒了进去。

服务生给他们提供了柠檬片，扔进去以后不仅提香，更会加浓可乐桶的口感。

“难得高兴，喝点吗？”纤纤搂着岑芙问，还担保后续，“你要是想喝，那个张颖不喝，待会儿能送咱们回去。”

岑芙一开始还没有喝酒的意向，但她今天确实被团建的氛围感染了，并且她的视线盯着那瓶空掉的威士忌，莫名想到了许砚谈。

“好。”她拿定主意，莫名就想试试这酒，“那就喝一点。”

“好嘞！我陪你！”纤纤一听她愿意跟着喝酒更高兴了，张罗着让他们搞可乐桶的快点，“快点啊！我芙今天都要小酌了！几个大老爷们儿！干点事这么费劲呢，让大伙都等着！”

最后岑芙喝了两杯可乐桶里的那个酒，然后又自己偷摸着喝了一听啤酒。

等最后出比萨店的时候，她走路都不成直线了。

夜幕降临，八点半正是崇京春夜成熟的前奏。

比萨店门口恰好有棵孤零零的桃树，粉嫩的桃花随着晚风摇曳，零星几瓣花瓣飘落下来，乘着温暖的风，落到醉醺醺的女孩肩膀上。

岑芙垂头丧气地坐在路边的石墩子上，整个人看上去软趴趴的。纤纤正在和其他同学商量着打车，让她靠着自己的腰打盹。

谁知道下一秒，岑芙毫无征兆地大喊大叫，语气带着醉酒的黏糊，仰头大喊：“许砚谈！”颇有撒娇撒泼那样儿，“……许砚谈！”

吓了纤纤一跳。

所有人都看向岑芙，其中听说过许砚谈的人更是露出非常惊讶和八卦的眼神。

纤纤对他们干笑一声，拿出自己手机，低头问她：“芙芙，你要许砚谈来接你吗？我给他打个电话？你跟他回去是吗？”

岑芙听着，耷拉着嘴角摇头晃脑：“不要……”

神态还怪委屈的。

“不找他……

“他都不找我……我也不找他！

“我要回家……”

说着她连连跺脚加噘嘴，像个不给买玩具而闹脾气的小孩子。

“我不找他！”

纤纤叉腰，叹了口气，心想着早知道就不让她喝酒了，谁知道是个喝多了撒娇的主儿。

“好好好，我送你回公寓。”

最后是怎么上的车、经过了哪里、怎么进的家门，岑芙一概不记得了，只记得随着一声关门声，纤纤已经走了。

再回过头来，自己独自一人站在灯光通明的公寓客厅里。

她右手脱力。

“啪嗒——”

装着书的布包掉在地板上。

只有今天，她特别讨厌家里的安静，于是她站在客厅里大叫："景淮！"

没有回应。

岑芙愣了几秒，扯着嗓子又拖长音喊："景——淮——"

还是没人回应。

她晕乎乎地迈着步子，没有往自己卧室走去，扶住墙边，看到他卧室的门是敞开的。

说明人不在家。

岑芙用发热的脸蛋贴着冰凉的白墙，盯着景淮敞开的卧室门，像个没人陪着玩的失落小孩，哭戚戚地发出两声哼哼。

日常里不吵闹却温馨的地方，此刻却只剩她一人在。

醉酒时，心中感受到的那股冷清被放大无数倍。

她扭头，歪歪扭扭地往厨房去，酒喝多了，口渴。

原本是要去拿水的，但是走到中途，不知道脑袋里哪根筋搭错了，岑芙踩上椅子扒在这面玻璃格子墙上开始观摩。

如果不是喜欢到一定程度，谁会在家里构建这么一面夸张的透明玻璃架墙，谁会一掷千金收罗各式的酒杯陈列其中。

这面三米高的玻璃墙藏有设计，只要摁下侧边按钮，整面墙的侧边玻璃就会缓缓向右推开，里面的杯子可以任由拿取。

每一个格子里的酒杯都昂贵精致，她就隔着玻璃这么看，哈气融在剔透的玻璃上，扑上又化开。

这里摆放的酒杯都是艺术品，欣赏价值要远远高于实用价值。

看着看着，岑芙的心情好似沉浸海底的石头，一落千丈，眉梢和嘴角都垂了下去。

这不是她第一次观摩他这些易碎宝贝。

她吃力地弯腰，从桌子上拿起自己的手机，翻找手机里的通讯录，打出电话。

电话响了十几秒才被接通，许砚谈的嗓音立刻在她的耳蜗里回荡。

"怎么了？"似乎还有些回音。

有时候岑芙也很讨厌自己，不管有多生气，多不满，只要一听见他的声音，原本憋了好久的火立刻就消了一半。

岑芙鼓着脸蛋，语气冷静下来，威胁意味更浓了："许砚谈，你还想不想要你这些玻璃宝贝了？"

抓住对方在意的点要挟，也是岑芙跟许砚谈学坏的地方。

“你回不回家？不回家，我就……我就都给你摔了。”

说到最后她自己都心虚了，心虚的余韵是颤抖的委屈。

那边安静了几秒，然后精准地挑出端倪，许砚谈似乎笑了一声，问：“喝酒了？”

“没喝酒。”岑芙一下塌了肩膀，下意识反驳，“才没喝……

“你回不回家？我真的要干坏事了。”

就在这个时候，门锁突然开了。

岑芙听到声音扭头往玄关处看去。

许砚谈身上穿着薄薄的黑色风衣，同样色系的休闲西裤把他的腿修饰得笔直修长。

他单手还举着手机，另一手揣在风衣兜里，往前走了两步。走到能与她隔空对视的距离停下，他还贴着手机嗤笑一声，丹凤眼含情又凛冽：“让我瞧瞧，你要干什么坏事儿啊。”

“你……”岑芙显然对他的出现措手不及，放下了手机，“怎么回来了……”刚刚，听到他声音削去了一半火气，而剩下的一半，在见到他脸的瞬间也被丢到了角落。

许砚谈挂断电话，随手将手机扔在玄关柜上，然后脱风衣、换鞋一系列动作行云流水，有种说不出的帅气。

他趿拉着拖鞋走进来，在她面前站定，目光自下往上扫了她一圈。

岑芙酡红的颊色染进他沉漆的眼底。

他蹙起眉，问：“谁让你喝这么多的？”

岑芙没回答他，因为不记得了。趁这机会，她把心中不满道出：“为什么不回来……为什么躲着我？”

许砚谈压着的嘴角有瞬间的僵硬，他愣了会儿，然后伸手，想去牵她的。

逃避话题，他也是老手。

然而，他的手还没碰到岑芙的手背，就被她一个偏身躲开。

一个躲避的动作，揪的是两个人的心。

岑芙忍着眼泪，使劲摆手：“不是……不是。”

她拍拍脸颊，让自己清醒，不看他，却继续说着：“许砚谈，你、你看。”说完，她按下玻璃墙侧边的按钮，紧接着，玻璃墙一侧的玻璃缓缓打开。

这些琳琅满目的漂亮玩意一下子没了遮挡展现在她眼前，在灯光的照耀下反射着璀璨的光。

岑芙怎么会不知道许砚谈心里的纠葛。自从她听说他从小的经历之后，当天晚上，她就明白了这些玻璃酒杯存在的意义。

这是许砚谈的安全感。

他喜欢味道浓厚的威士忌，也喜欢这些漂亮完美的酒杯。

这面被封存好的酒杯墙，是许砚谈心底的、扭曲的安全感，只有将这些漂亮又易碎的东西永远没有危险地封存在这里，许砚谈心里某个地方，才能勉强维持正常运行。

可是再多安全摆放的酒杯，也抵不过失去爷爷给予他的打击。

离开了病态的生父，指引许砚谈人生的、能拴住他野性恶性的，不过只有爷爷和叔叔二人。

现在爷爷走了，他要继续在人生长途中走下去，不仅要记着那些教诲，还要比以前更努力，去活出模样。

这是男人之间，隔着生死的约定。

只不过从小到大，真心对他好的人太少了，失去了最重要的人，却还不愿露出悲痛到几乎发狂的情绪，他只能把自己藏起来，不对她暴露尖牙利爪，只怕吓着她，给她负担。

岑芙怎么能不知道这些，所以她才更不满，也更难过、心疼。

下一秒，岑芙当着许砚谈的面，伸出自己的手，触碰到其中一个杯子。

她双手捧住，然后小心翼翼地拿出来，问他："许砚谈，这杯子叫什么？"

许砚谈不知道她要做什么，紧皱的眉眼不曾松开，却还是回答她："大场硝子的恶。"

岑芙听着，点头，然后捧着这杯子，将其稳稳地放到餐桌上。

许砚谈的手一直举在半空她腰畔的位置，不是怕她摔了杯子，而是怕她喝多了站不稳。

他眼神追随她，任由她胡来。

然后岑芙又去拿第二个杯子，还是问他："这个叫什么？"

"江户切子的曙光。"

"这个彩玻璃杯呢？"

"意大利手工吹制的，圣家堂。"

岑芙就这么不厌其烦地，用双手捧着，把里面封存的漂亮杯子一个个拿出来，稳稳地放到外面。

一开始并不懂她的许砚谈，在看着她一趟趟机械式又虔诚的动作后，原本紧着的神色一层层裂松开来。

他护在她腰旁的手，神经质地抖了下。如碎裂的冰面，如破壳的雏鹰。

他似乎懂了。

就这么拿出了二十多个杯子以后，岑芙终于累了。她喘着气，偏头对上他深邃的目光。

看着他这般动容的眼，岑芙忽然就掉了眼泪，同时笑道："许砚谈，别怕。

"你看，我护它们护得好好的呢。"

你的阴暗、怨怼、狂性，此刻被我捧在手心里，重见天日。不要憋在里面了，不要怕被摔碎，不要怕再听到那声音。

我都会保护好。

所以——

岑芙探身，搂住他的脖颈，把自己的脸埋到他的颈窝处，委屈一拥而上："不许离开我。

"也不许……不需要我。"

就算有一天他们都离去，你还有我。

许砚谈再也无法控制住那喷涌的浓烈情绪，摁着她的腰把人抱进怀里。

他小看了岑芙，也做错了事。

此刻的她，柔软又强大。

想不到他许砚谈也有一天，会这么需要一个娇娇弱弱的女孩，缺了她就无法呼吸。

"错了，"他额头恰好抵在她心脏的位置，听着她的心跳声，他合上眼，扫去疲惫，认栽，"我错了。"

岑芙搂着他的脖子抬起脸，迫使两人额头相抵。她酒醺的气息和他干净的清冽融合在一块，互相包含。

"我也需要你。"

岑芙喝醉了酒，不仅大放天性，而且不再扭捏，把心里话全掏了出来，她贴着他的嘴唇，在吻上去的前一秒说："我也会想你……"

一天见不到，她都辗转难眠。

许砚谈眉心一跳，搂着她腰的手臂直接下移，把人整个从椅子上托了起来。

岑芙被吓到搂紧了他的脖子，整个人就以考拉抱树的姿势被他吻住了唇瓣。

以湿润交换的亲吻，湮灭了所有隔阂和别扭。

…………

许砚谈尝到了岑芙口中残留的酒味，调笑道："威士忌？

"少跟他们喝这种次酒，掉价儿。

"你男朋友有的是好酒。"

他的吻和气息扑落到她颈侧，岑芙浑身的火就烧了起来，她控制不住地加粗了呼吸，心和身体都察觉到了需要什么的那股麻痒。

期待在这个夜晚，与恰好回来的许砚谈，再深一度的坦白与灵魂交流。

岑芙对他的依恋，逐渐成为迷恋，再化为不可控的占有欲。

她双手重新勾住他的脖子，指腹摩挲着他发尾下的肌肤。

“许砚谈。”她糯糯地开口，口齿还有些模糊。

许砚谈双目灼灼地盯着她，坏劲儿和任由她造作的惯宠融在一块，成为他眼里的光。

“我们……”即便还有几分醉酒撑着胆子，可真当开口的时候，岑芙又羞了起来。

为了给自己壮胆，也为了给自己再考虑一次的时间，岑芙低头，又含住他的嘴唇，亲了亲。

“我想……”她承认坦白，想全部拥有他。

岑芙对他展露出自己盛大的愿望，几分撒娇，几寸渴求：“好不好？”

…………

夜风将白色的窗帘掀起。

少女的房间空寂无人，隔壁火热。

呼吸剧烈，袜子里的脚趾忍不住发蜷，岑芙咬着嘴唇感知全新的体验，真是如浪潮般。

崇京的供暖即将结束，这个时候地暖已经没有深冬时那么充足了，可是屋子里空气却热得如五月花繁。

岑芙早就在其中醒了酒，害怕的时候，她偏头对上他灼烈的眼神，又被他牵引着向前。

她明明未被束缚，可是任何动作都做不出来，像个没有行动力的娃娃，只会扑扇着眼睫，瞧着他，揭开自己。

也享受着他，享受其中的餍足神色。

明月高挂。

他将蝴蝶的最后一层蝉衣褪下。

…………

从没睡得这么踏实过，许砚谈那张床暂时收拾不出来了，所以岑芙是在自己房间醒来的。

她迷糊睁眼的时候，映入眼帘的是随风鼓动的乳白色窗帘，风缠绕到她的指尖，清清凉凉的，给予她无尽缱绻后的清爽。

身后覆着强烈又温热的男性气息，她低头，看见搭在自己腰间的手。

家里温度足够，许砚谈是穿着半袖睡的，所以整条蕴含力量感的手臂一览无遗。

她身上穿着他的长袖卫衣，即使隔着布料他的手掌依旧能传递给她温热。

想起昨晚的大段回忆，岑芙害羞的同时忍不住弯动嘴唇，她低头，用自己的指尖去碰触他的手背。

她想转身面对面扎进他怀里再睡会儿，可是刚一动弹，浑身的酸痛瞬间袭来。

还有一些肿胀的别扭。

一瞬间的扯动，让岑芙没忍住哼哼出声，弄醒了她身后的许砚谈。

听见小姑娘暗暗的吃痛声，他顿时从深睡中清醒，睁开眸子的同时把自己的额头抵到她肩膀处，放轻语气："哪儿不舒服？"

岑芙忍着不适转身扎进他怀里，摇摇头，凌乱的头发软乎乎的，小声回应："没事……"

"昨晚看着有点肿，给你买药了。"许砚谈低头亲亲她的嘴唇，哄着问，"你自己弄还是我帮你？"

她闻见他呼吸中那股薄荷漱口水的清冽，哼哼一声，环着他的腰还在赖床："原来你都起过一次了……"

他起床她都没感觉。

"等我一会儿……"说着说着，她又紧闭了眼。

岑芙再醒的时候，已经是下午了。她庆幸今天是周六，否则就自己这个状态怎么起得来。

艰难下床以后，她用了许砚谈给买的药，下楼的时候，看见景淮和许砚谈都在楼下。

景淮盘腿坐在地板上正在组装画架，要把自己的几幅新作品暂时放到客厅晾着。许砚谈则在厨房，好像在煮面条。

他们两人也不说话，但是同处一室各忙各的模样，在岑芙眼里却鲜活温馨。

这是她如今的家人。

许砚谈听见动静回眸，与正下楼的岑芙对上视线。

完全清醒后，无间亲密后给予她的那股羞涩驱使岑芙低下了头，躲开。

许砚谈反倒坦荡，瞧见扶着扶手一步步走得缓慢的岑芙，放下筷子，三两步走到楼梯口去接人。

岑芙又往下踩了一级台阶，抬头就看见许砚谈走到自己面前，勾着手指把她的碎发归到耳后，气定神闲地问："抱你下去？"语气里的暗示和揶揄不能再明显。

景淮还在，她怎么会依他，再难受也要自己走下去好吧！

岑芙刚要开口拒绝，面前的人行动更快，二话不说抄起她的腿弯就把人横抱起来。

“你！”她吓得叫出声，搂住他脖子的同时拍打了下他的肩膀。

想着景淮还在，她羞得不知所措。

“放我下来，我没事。”她小声央求。

许砚谈就跟没听见似的，抱着人往餐厅走，然后把她放在餐椅上，没忍住凑近又吻了下她的唇瓣，尝到她嘴唇上柔软的甜味。

亲完，他故意勾起让她害羞的坏笑，揉了下她的头顶，直起身往厨房走：“等着吃面。”

岑芙红着脸根本不敢往景淮那个方向看。

而坐在客厅弄画架的景淮用余光将方才那对情侣的一系列互动尽收眼底。敏锐的他又怎么感知不到他俩之间与往常截然不同的气氛。

他继续往画架里塞螺丝，叹了口气，有些想笑。

这许砚谈，显摆得还能再明显一点儿吗？

“岑芙，”景淮拿起旁边的螺丝刀，在自己修长的指尖转着玩，平稳的语气与他下意识勾起的眼尾并不相配，“有些话我觉得我有必要提醒你，如果……”

“没必要，把你嘴闭上。”

说到一半的话被许砚谈冷漠地打断。

岑芙心跳一顿，差点以为这两人要打起来。她偏头看向景淮，瞧见他歪着头也在看自己。

习惯穿浅色衣服的景淮身上总有一圈柔和的气质，他的笑常常令人感到深不可测。

他耸耸肩，指尖转着的螺丝刀骤然转向，尖头指向许砚谈所站的方位。景淮扬了扬眉，示意她，笑得无害：“瞧瞧，连话都不让人说完。就这种狗脾气没礼貌的，还是不要对他太好。”

许砚谈握着汤勺在锅边抖了抖汤汁，“梆梆”两声敲打在锅边上，而后转身，拎着汤勺隔空指他：“找揍是吧，景淮。”

景淮摇头，露出遗憾的神色，又给岑芙加上一条：“甚至还目无尊长。”

岑芙坐在餐椅上，悻悻地眨着眼，无声地看热闹。

说实话，这两人打起架来什么场面，她还挺有兴趣。

想到那个画面，她忽然心花怒放，“扑哧”一声笑了出来。

岑芙这一笑，原本虎视眈眈的两人之间谁也看不上谁的胶着气氛瞬间被这一朵随风飘来的白嫩花瓣温柔打断。

两个男生短暂对视一眼，各自继续做自己的事。

岑芙将脸蛋靠在椅背上，侧着坐，时而看看景淮，时而瞧瞧许砚谈。

只觉得当下的时间，无比惬意。

自那以后，岑芙度过了一段无尽快乐的时光。除了平时上课，她所有的课余时间几乎都和许砚谈还有朋友们一起度过。

跟着许砚谈，岑芙见识到了人生的另一种活法。平常的周末，要么他带着她去崇京郊区露营，要么她拉着他窝在家里看电影看书。每逢小长假，或是两人都没课的连休日，许砚谈就带她出去。

他乐于让她去挑战一些在接受范围内的极限运动，尤其乐于看她疲惫时示弱的模样，或是吓得往他怀里缩的架势。

穿越荒漠、跳伞、潜水、徒步，也是因为有许砚谈在身边，岑芙才会有勇气尝试这些。

一些跟队爬山攀岩的活动，岑芙根本就比不过徒步队那些队员的体能，走到一半就撑不住地扶着登山杖喘气，哭丧着脸。

这时候许砚谈就会回头，站在距离她几米开外的位置，双手揣在冲锋衣的兜里，满眼戏谑地欣赏她的狼狈。

然后在她生气之前恰到好处地往回走，到她面前蹲下，无奈又享受："上来吧，姑奶奶。"

许砚谈的体能极限似乎是个未解之谜，就算背着岑芙也能迅速跟上徒步队的进程，甚至还要背着她走到最前面，臭屁又欠揍。

徒步队的几个大哥大姐瞧见，直笑这对小情侣，打趣不断。

岑芙累了，被调侃也只会红着脸往许砚谈颈窝埋，搂着许砚谈的脖子不带撒手。

趴在他后背上，听着他轻而稳的呼吸声，岑芙满足得眼睛比月牙还弯，时间久了她不仅不害臊，还理所当然地把许砚谈当成自己的登山工具，趴在他背上欣赏风景，时不时晃荡小腿，指来指去，问个不停。

人是自己一手惯出来的，许砚谈只能无奈地继续惯。

5 月 22 日那天是朋友云迹的生日。

骆杭在郊外围湖租了一片草坪，包下整栋别墅民宿，支帐篷布景给她庆祝生日。

然而，许砚谈带着岑芙开车出去买东西，买完却将大 G 开进了湖对面的树林里。

夜晚的树林里，草木繁盛，飞蛾与萤火虫掺杂在一起被原本不属于这片草林的动静惊得纷飞。

厚重的车胎把娇嫩的蛇莓草挤压破碎，汁水渗到雨后湿润的土壤中。

车窗旁的野蔷薇闭合着花瓣，像是低头遮羞。

湖对面，朋友们围坐烧烤，沿湖放着烟花仙女棒，嬉笑声阵阵。

车里呻吟声阵阵，春色迷人。

这一天，成了岑芙未来多年，一度又一度反复品尝，不愿醒来，沉浸其中的梦境。

六月初，崇京那股不顾人死活的热劲上来了。

周六，岑芙赖在家里，提前为期末周要交的作品做准备，做完一半便身心疲惫，于是跑到楼下找电影看。

刚下楼梯，她余光扫见有人坐在餐厅。

岑芙扒着楼梯扶手，对楼下的许砚谈开口："你什么时候回来的？"

许砚谈坐在餐桌前，面前摆着一台笔记本电脑，抬眸前修长的手指还在键盘上翻飞。因为他的注意力都在电脑上，所以回话的语气慢悠悠的："刚才。"

岑芙往下走，拖鞋踏着木质楼梯发出的声音，透着轻快。

"我想看会儿电视，影响你吗？"她往客厅走，回头望他。

"没事儿。"许砚谈说着，食指的指腹触摸在笔记本电脑的触控板上，动作缓慢，有着说不清的犹豫。

他缓缓偏头，注视着窝在沙发里摆弄遥控器的岑芙。

片刻，他收回视线，盯着自己的电脑屏幕，一时缄默。

选择太多反而挑不出想看的，想到此刻已经成为自己男朋友的许砚谈，岑芙打算再看一遍《公主日记2》。

上次看这部电影，岑芙用影片里的桥段勾出了他过去的经历。

那个有着伤痛，有着亲吻的凛冬深夜。

听着餐厅那边许砚谈敲击键盘的声音和原本剧情就比较平缓的影片，岑芙有些发困。

客厅中央空调给的冷气很充足，岑芙扯过薄毯合上眼小憩。不知道是空调的温度太低了，还是她身上的毯子不够厚，岑芙总觉得越躺越冷，吸了吸鼻子，动了动身子沉浸睡意。

就在下一刻，她忽然感到陷落感，再睁眼的时候，自己已经被许砚谈半搂起。

身板贴上他怀抱的瞬间，方才的那股薄凉感瞬间消去，空调的冷风中有着他恰到好处的体温，岑芙这才满足。

岑芙睁开眼，把毯子扔开，双膝跪起来，伸手去环抱他的脖颈，直接坐到他怀里，然后用被空调冻冷的鼻头使劲蹭他温热的脖子，自己发笑。

许砚谈抱她入怀，调整最舒服的坐姿，一系列动作行云流水。

他用手背推开她乱蹭的鼻尖，嗤笑："哪儿来的坏妞？"

岑芙扭头看了一眼电影进度，公主为了国家的治理权，不得不和贵族公子男二敲定婚约。

她来了兴趣，继续带着他代入剧情，搂着许砚谈的脖子问："许砚谈，如果有一天你发现我是王室留在凡间的公主，并且我和邻国王子早就定了世纪联姻，你怎么办？"

她细密的睫羽微微扇动着，问："和王子公平竞争吗？"

不远处巨幕的电视屏幕里还响着电影男女主互动的英语对话，开口间，许砚谈悄悄把右手放到她腿窝的位置，语气拖腔带调的："……公平竞争？"

他哼笑一声，攫住她视线："想得挺美。"

下一刻，岑芙忽然被他推倒在柔软的沙发上，黑色柔软的头发铺散开。

许砚谈欺身而上，膝盖跪在她身侧。

他大手掌压在她颈后，指腹掐着她柔软的脖子，强迫她正面与自己对视，力度不大，却极有强取豪夺的反派味道。

许砚谈手上用劲，眼神却闲适。他知道岑芙最喜欢自己什么，于是挑着那疏冷又勾人的嗓音缓慢磨人："我会把公主殿下占为己有。

"使尽浑身解数，把人伺候舒服了。"

岑芙听到自己"怦怦怦"乱撞的心跳，盯着他滚动的喉结，感知自己又如浪潮般扑过来的冲动。

听着他补充最后一句攻下自己心房的情话。

"让公主半步都离不开我。"

…………

不知过了多久，电视系统自动播放的下个爱情电影已经到了尾声。

呼吸没有平复，岑芙窝在沙发里裹着毯子休息，瞧着许砚谈起身，走到电视柜前蹲下，重新把家庭监控摄像头的插头连上。

她一时羞窘。

他起身回来，在她额角亲了口，问："洗不洗？"

岑芙点头。

许砚谈去二楼给她放水，她总喜欢在那之后泡一泡浴缸，一来二去他就记住了她这习惯。

他上楼以后，岑芙也没有再多躺着，重新穿衣后感觉干掉的汗都是粘的。

她撑着沙发站起来，重新扫了扫周围，确定许砚谈都收拾干净了，这才往餐厅走。

有些口渴，想喝冰箱里的凉果汁。

岑芙走到餐桌，看见他电脑还亮着。

她不怎么看他学习工作上的东西，只用余光扫了一眼。

就一眼。

岑芙愣在原地，身上的血液循环都停止了，散在肩膀的发丝都露出僵硬的趋势。

电脑屏幕上赫然显示着国外留学的 offer（录取）信息。

许砚谈的。

第十章
/
别不理我，别不爱我

H U D I E Y I S H I

一室的温存旖旎还未完全散去。

岑芙去洗澡的这四十分钟，几乎是两人交往后的第一段冰点时间。

自从看见他的 offer，然后撞上许砚谈下楼来后发现她偷看过的沉静目光后，岑芙的脑袋就一片空白了。

知道他马上要离开就已经够五雷轰顶的，而许砚谈面对这一切，面对自己震惊又生气的眼神，却依旧淡定平静，这更让岑芙窝火。

本来应该好好享受的泡浴，也被这一个突如其来的插曲搞得毫无兴致。洗完澡，岑芙的思绪依旧没从这事上脱离过一秒钟，穿衣服吹头发的全过程也像丢了魂一样。

直到开门前一秒，她都还在“躲屋子里逃避”还是“直面问题去谈”两个选项里反复横跳。

然后她打开门，走出去，看见靠在外墙等候已久的许砚谈。

岑芙一顿。

他什么都没多说，只道：“我们谈谈。”

岑芙跟着许砚谈进了他的卧室。

刚洗完澡，岑芙身上穿的是中长款睡裙，她还晃着白皙的腿走在他屋子里还觉得有些凉。

许砚谈走到书桌边，拿起遥控器自然而然地开了小风。

两人都没坐，面对面站着。电脑的屏幕还亮着，就停留在电子版 offer 邀请函的界面。

岑芙看着那多少人都梦寐以求的 offer，问：“什么时候的事？”

许砚谈只看她，电脑上的东西似乎不值得他施舍半分眼神，回答：“大一开始准备的。”

岑芙沉默了。

心“嘭”地往下掉。

近三年的筹划，数所全球顶尖的法学院接连递来的 offer。是既定的事，是他早就规划好的人生路程，是无论她这个人出不出现在他许砚谈的人生里，都不会受影响的重要计划。

卧室里安静得吓人。

片刻后。

“我要是没看见，”岑芙一开口就带着气，莫名开始较劲，不肯看他，说着气话，“你估计上飞机前才想起来跟我说吧？”

“没有。”许砚谈一听见她说话的语气，眉头瞬间压了下去，他嗓音也低了，“岑芙，我们好好谈。”

不说还没感觉，许砚谈稍微压低的嗓音语调，一下子让岑芙更委屈：“好好谈，是啊，好好谈。那你说，你一开始打算什么时候告诉我？”

许砚谈难得遇到不知如何回答的问题，他喉结滚动，深深地盯着她，没说出话来。

岑芙抬头对上他的眼睛，神色尽是受伤和委屈，急促道：“你知道我是交换的吧，我是交换生，我大二要回榆安上。”

“我本来……本来还以为我们顶多只是异地。”岑芙自嘲一声，把残酷的事实说明，“谁知道……是异国。”

异地的分别就足够让她痛苦，如今再加上万里之外的异国，白昼黑夜的相隔，社交环境和生活内容的完全差异。

多少人是因为距离走散的，岑芙在网上搜索异地恋看了无数帖子。

她垂下眸子，眼神飘忽不定，赌气的话说得更重：“早知道……早知道我就……”

许砚谈的神色瞬间冷了，知道她要说什么，警告的语气不能再明显：“你就什么？”

“岑芙，你别告诉我，”他眯起眼，倚靠在桌边，骤然松垮了肩膀，吊儿郎当中含着强势的威胁，“你要早知道是异国，就不跟我好了。”

岑芙当然没那么想，可是气话就像沾了水的肥皂，根本抓不住。

她又气又急，又不想承认自己说的是气话，往后退了一步。

见她退后一步，许砚谈直接直起身，拉着人往自己面前拽，不许她有任何想躲避逃掉的动作。

岑芙挣扎，握拳捶打在他身上撒气。

许砚谈就皱着眉任岑芙打，直到她打累了才一手摁着她后背，把人往怀里塞。

贴上他温热怀抱的瞬间，岑芙害怕分别、害怕失去的眼泪跟着掉了下来。

“我不对。”许砚谈把人紧紧抱在怀里，眉头依旧蹙着，语气却缓了下来，“一直在找合适的机会跟你提。”

许砚谈：“我有个想法，听听？”

岑芙想不到这有什么解决办法，在她这里，这就是无解之题。

她没有回应他。

许砚谈等了会儿，先把自己的想法告诉她：“短暂异地，然后继续一起生活。

“我会帮你找榆安传媒那边去我那边的留学交换生计划。

“你成绩足够优异，到了那边继续跟我一起住，你什么都不用管，我会安排好。”

他说得笃定，几乎是已经在心里落地成型的计划，只需要她一个点头，计划就能开始实行。

这些话，把岑芙都听愣了。

紧接着，她在他怀里，听见他强硬得有些过分的话：“只要你在我身边就行，其他的我来搞定。”

两人在卧室拥抱着。

时间不知静止了多久。

岑芙忽然用力，推开许砚谈，从他的怀里退开。

许砚谈挑眉看她，有些疑惑，在等她的下文。

这已经是最好的处理办法，没错。

他把一切都考虑周到了，可是唯独，没有把她的意愿考虑进去。

岑芙抬眼，再与他对视的时候，她眼中是绝对的独立和果断：“我不想。”

这次换许砚谈愣在原地，原本自信笃然的神色逐渐松动。

这是他没想过的发展。

岑芙再次往后面退了一步，摇头：“你有你的留学计划，我又怎么没有我自己的打算。

“你的计划很好……

“但是——”

哪有这么容易。

她忍着难堪和难以抉择的悲痛，说出了最后一句：“这不是我的人生规划。”说完，在下一波眼泪坠落之前转身离去。

这一场原本应该拥抱着畅谈未来的谈判，以不欢而散结尾。

之后的日子，两人不约而同地进入了冷战期，日子过得煎熬又无趣，空白又难过。

岑芙的生日要到了，这原本是她计划的，会与许砚谈一起度过的浪漫日子。

可是临近生日，却闹出这么一出。

生活似乎总是这样，越期待的日子，越容易被乱糟糟的意外拦截。

事与愿违。

这一周多的时间，许砚谈倒是每天都回家，躲避的人成了岑芙，她在家也尽量躲在屋子里不出来。

要不就尽可能扎在宿舍里，找理由不回去。

纤纤问岑芙怎么了，岑芙也不愿多说，把自己闷在情绪里，越来越难过。

6月24日这天，恰好周六。

早上岑芙跟纤纤出门的时候，纤纤还问她："你确定今天这个日子，不跟许砚谈谈？"

岑芙看了一眼纤纤有些担心的表情，露出一个安抚的微笑："嗯，谁说生日必须情侣一起过呀，我想跟你们过不行？"

"那当然可以了。"纤纤系上安全带，启动车子，用怪调逗她，"走，带你坐我这新提的小轿车！

"今天姐请你吃大餐！"

岑芙笑了两声，说"好"，却又在扭头看向窗外的时候感到眼底一热。

也不知道怎么了，自己的情绪仿佛根本不受控制，难过说来就来。

浑蛋，他不理她，他还真就这样冷落她这么久。

明明有错的人是他，就不能再主动一点吗？

岑芙抬手，不着痕迹地抹了抹眼角，调整情绪，不在朋友面前失态。

纤纤带岑芙去了餐厅，她那大小姐的做派在帮朋友筹备生日派对这方面体现得淋漓尽致。

关系比较好的几个朋友都来了。

托他们的福，岑芙暂时忘记了和许砚谈的不愉快，这顿饭吃得很开心，也收到了很多礼物。

下午，纤纤和骆杭两口子开着车带岑芙出去，说要去上次去过的那个郊区湖畔烧烤，胖猴忙完手头的事就过来一起。

坐在车里，岑芙抱着手机看着和许砚谈的微信对话框，好多次想给他发消息问他要不要一起来，却又碍于面子，一次次关掉。

到了湖畔，岑芙有些后悔。

因为这个地方满满都是五月份时和许砚谈留下的回忆。

朋友们在后面准备烧烤，不让她插手。

岑芙蹲在湖畔发呆。

她在想，自己和许砚谈会不会就因为这个最后闹到分手，跟大部分面临异国的情侣一样。

夜幕垂下，今天的时间进入倒计时。

湖畔的湿雾沾染了她频颤的睫毛，岑芙抬眸，眼神瞄准一个方位，忽然有些意外。

湖对面，树林北面，有个白色的瞭望塔。

之前来她竟没有注意到。

“纤纤，那里是有个塔吗？”岑芙指着远处，回头问。

纤纤张着嘴“啊”了一下，笑意更深：“对啊，一直有，听说在上面能看见整个民宿小镇的夜景，可漂亮了。”

岑芙起身，蹲太久了小腿很酸，她动了动僵硬的双腿，兴致忽起：“我想去看看，一会儿就回。”

纤纤连忙问：“用我陪你吗？不过这儿有点忙，这胖猴咋还不来？”

岑芙摇头，摆摆手，往露营地出口走：“我自己就行，有事微信联系我。”

说完，她走远。

殊不知，她一走，几个人忽然停下手里的活，面面相觑。

纤纤耸肩，看着骆杭和云迹，感叹：“还是许砚谈了解她，就这么断定她肯定想去那个瞭望塔看看。”

骆杭深深望了一眼瞭望塔，拨通了给胖猴的电话，对那边说：“岑芙往那里走了，跟许砚谈通个气。”

“我们快弄吧，弄完好赶紧给他俩腾地方。”云迹把小冰柜里的食材都搬到桌板上，笑吟吟地催着大家快干。

即便是在六月酷暑，夜晚的郊外山林依旧会让人感到几分清冷，岑芙往半坡上走的时候就后悔没带外套了。

这条通往瞭望塔的路明显经过修饰，一路的石板台阶，两侧也有矮桩路灯的暖白光相伴，不会乌漆麻黑影响视线。

起风了，淡淡的，只够掀动她的鬓发。

岑芙登上半山坡，站到瞭望塔面前，拿出手机拍了两张照片，然后低着头边检查照片边进去。

瞭望塔一楼除了一个空的保安室没有别的，岑芙直接上楼梯往上走。

因为一直盯着手机屏幕，没有留意身边的环境，直到走到二楼，岑芙才发现楼梯扶手两侧缠绕着漂亮的桃红色木芙蓉花，此刻正散发着淡淡的香气。

木芙蓉，拒霜花。

同样是蔷薇科属，它却不同于玫瑰的娇柔和艳丽，淡雅而坚韧。

夏去秋来，无论其他花花开花落它始终在那儿盛放，即便到了霜降时节，迎来雨雪它依旧不会被冻谢。

可一旦木芙蓉凋落，就印证着凛冬的彻底降临。

她喜欢这种花，不仅是因为它存在于自己名字里，更是因为这种低调的美，坚韧的美。

她喜欢这种花，只跟许砚谈说过。

白色灯塔，芙蓉天梯。

如果不是他，岑芙想不到谁还会不厌其烦去哪里找这么多木芙蓉装点楼梯。

岑芙往上看，所有楼梯都装点着几乎多到令人惊叹的木芙蓉花，花与花之间还藏着白色的小灯串，像是在花卉中诞生的闪烁星屑。

呼吸忽然变得急促起来，岑芙收起手机，小跑着往上，鞋底踏在铁板楼梯上，“噔噔噔”的脚步声荡出回音。

三楼是瞭望塔的顶层，她跑出楼梯间，顿时被一股风吹乱了黑发。

一眼望去，塔下的民宿小镇围绕着整个湖和河流，星星点点连成串的灯光建筑像地面上的星轨。

岑芙已无心赏景，左右寻找，只想看见那个在自己心里折磨已久的身影。

瞭望台没有明亮的灯光，昏暗一片的环境再度加剧了她的急切。

下一刻，那个再熟悉不过的声音从她左侧响起。

“找我呢？”

岑芙还没看向他，泪意就从眼底冒了出来，牙齿打战。

她缓缓偏头，许砚谈长身伫立，靠在白色墙边，身形修长有型。

身上黑色皮衣的银色拉链在夜晚泛着碎光，脚上是她送他的那双篮球鞋。

越是在黑暗的环境中，他眼神透出的气场就越能凸显。

即使站姿松散，他看她的目光却无比认真。

六月清暑，夜风习习，灯塔寂静。

见岑芙不说话，许砚谈直起身，一步步走向她，阔别多日终于再次对她露出笑容，闲散地审视：“真以为我不来？”

"今天，从中午你们吃饭到这儿的所有，可都是你男朋友报销。"他走到她面前，弯腰与她平视，语气里有认输的无奈，"先高高兴兴过生日，成吗？"

"你叫我怎么高兴。"岑芙也不憋着了，两人的距离很近，幸好黑暗能藏匿自己无能的眼泪，她质问他，"你都不在，你让我怎么高兴！"

短短一句话令许砚谈不禁动容，多年冷硬的心被她轻易扯痛，捣碎。

眉梢的肌肉和脖颈的青筋同时跳动，是他再也无法克制的前兆。

许砚谈伸手抚摸她的脸颊，然后吻住她有些湿咸的唇瓣……

岑芙也用力地抱住了他，沾不到他怀抱和身体的这短短一周多，让她难过得快疯了。

这样的许砚谈，她半步都离不开的人，叫她怎么熬过多年异国。

就在这时，许砚谈捏着她下巴暂停了这火热的吻，两人额头相抵，身形相拥的剪影映在白色墙壁上。

许砚谈看着她动情的眼眸，忽然笑了一声，说："芙芙，等会儿亲，往右看。"

岑芙听话地看向右面，只有一片夜空。

就在她想问看夜空做什么的时候。

远处"轰"的一声闷响——随后过了三秒，四秒，又响起一声"嘭"！

漆黑的夜空中，骤然绽放了一束巨大的，几乎能媲美四尺玉的烟花。而且随着时间推移，烟花的末端还在不断地向四周蔓延，大得令人瞠目结舌。

最特殊的是——这是一束紫蓝色的烟花。

两种最昂贵，最稀缺的烟花色。

绚烂，梦幻，璀璨。

蓝色的烟花，有多么稀缺珍贵，只有真正探究过它的人才会知道。

因为唯一可以制造蓝色烟花的化学物质是氯化铜，而这种物质在高温极其不稳定，脆弱得像是蝴蝶的翅膀。

其他的化学物抵达七八百度都不会分解，可是氯化铜不一样，一旦它达到能产生蓝色的温度，538 摄氏度，就立刻分解、褪色。

为了保持这股蓝色在天空中绽放的时间，要加入更多化学物质，可大多数含毒，无法被使用。

所谓烟花易冷，大抵说的就是蓝色的烟火。

这个，也是岑芙曾经偶然和许砚谈说过的话。

只是因为刷到了一个科普类短视频，她说如果有一天能见到蓝色的烟花就好了。

所以今天，他私下不知请了多少专门研究烟花的工匠，花了多少钱，给她定制了这一枚紫蓝色的烟花。

华贵的紫色散去，如花蕊中心般的那么一点纯粹的宝石蓝，呈现到她的眼底。

烟花易冷，他心滚烫。

许砚谈这个认定了就不松口的混账，又怎么会因为一点小坎坷，就动摇对她的心。

他对她的占有欲，就是一团永远不会熄灭的火，如一生一世的荒漠野狼。

就在岑芙目不转睛看着漫天飞舞如流星坠落般的烟花时，他的怀抱从背后覆来。

"生日快乐。"

十九年前，一个不被需要的小可怜出生了。

他许砚谈的药，他的爱，他的枷锁，诞生了。

许砚谈浓烈的吻，小心翼翼地落在她右耳后的那枚蝴蝶胎记上。

沙哑的嗓音，磨着，抚着岑芙酸涩的心。

"岑芙，你对我怎么都成。

"但别不理我。"

别不爱我。

生日那一夜岑芙过得很漫长，一周多的冷战，两个人都憋疯了。

岑芙第二天睡到快到下午才醒，许砚谈都起了两回床，睡过一次回笼觉了。

她迷迷糊糊地睁开眼的时候，脑子里闪出来的记忆都是自己昨晚的狼狈样子。

岑芙羞耻得捂脸哀叹，一开口，发现自己嗓子哑了，身上更别提，动一下到处酸痛。

过分了。

而她还躺在郊区民宿的房间里，幸好今天是周日。

岑芙摸着自己脖颈上戴着的项链，指腹摩挲着锁骨中心的银色蝴蝶吊坠。

是他送给她的生日礼物之一，昨晚亲自帮她戴上去的。

而她和许砚谈的那点别扭也暂时过去了。

尽管隔阂的源头并没有彻底解决，那件事也没有讨论出结果，但是两人很默契地都不再提及。

如果九月份注定要分开，那么也说明两人能这样面对面肆意相拥的时间，已不足三个月。

身体过于不适，所以从郊外民宿到崇京公寓的家里，岑芙全程都是被许砚谈抱上抱下，脚就没沾过地面。

她就喜欢不顾礼数地在他面前娇纵，因为知道许砚谈不是那种会伺候人的人，所以岑芙才无比享受。

享受他学着他人照顾，惯宠自己的模样。

别扭，独一无二。

许砚谈只用三年就完成了双学位本科四年的所有课业，并且获得了数不清的国际法学类赛事的金奖。

就是为了在大四这年出国留学，在国外最好的法学院做交流学习。

这种成绩，这种履历，放在全国数一数二的学校里都挑不出几个。

而许砚谈的留学计划，承载的已经不只是他一人的理想。

爷爷的希冀、叔叔的栽培，还有整个崇京大学法学系赋予的厚望。

而了解到这些的岑芙，之所以果断地拒绝了他带着自己出国的计划，不仅仅是因为出国不在自己的人生规划之内，而是……在某个瞬间，她意识到了自己与许砚谈的差距。

而这份退缩，也只到 6 月 24 日的前半夜。

和许砚谈破冰和好后，岑芙在回崇京市区的路上悄然有了动摇的念头。

“啊？”纤纤惊讶得差点没咬住吸管。

一周后的周五，胖猴和许砚谈不知怎的突然把大家聚在一块，在兰亭湖酒吧街经常去的那间会所，包了个大房间供大伙吃喝玩乐。

纤纤和岑芙下了课先过来了。

纤纤眨了眨眼，消化刚才岑芙对自己说的设想：“你想出国？”

“嗯，就他那边的学校，我想回榆传以后试一下能不能交换到那边去，我听说优等生交换是给补助的。”岑芙捧着果汁杯。

“我家里应该不会资助我，实在不行，到那边勤工俭学就好。”

既然不愿分开的愿望强烈过了其他所有，那她就率先让步。

“你不是认识榆传的师哥师姐吗，要不你帮我问问？”岑芙心生惭愧，皱了皱眉，说着，“我大一在这边上，根本不认识榆传那边的人。”

“可以倒是可以……”纤纤爽快地答应，犹豫的语气是对岑芙这个决定的惊讶。

她没想到，一向胆小又谨慎的岑芙，竟然能为许砚谈做到这个地步。

“榆传虽然比不上崇大名气大，但在传播传媒这块也已经是国内前端了。能出国的机会应该不少。”

纤纤并不想泼岑芙冷水，但她还是如实说：“万一申请到的学校还没榆传实力强，这本科就这么几年……你不怕过去以后后悔？”

她一番话，确实让岑芙原本热情满满的情绪冷却下来。

就聊天的这会儿工夫，又进来几个男生，他们瞧见纤纤便主动乐呵呵地打招呼。纤纤也自来熟，随便调侃了几句。

岑芙瞥了他们一眼，问着：“你认识？”

说是朋友聚会，怎么今天来了这么多她不认识的人。

“认识，都是圈里的公子哥，有几个小时候住一个大院里那种。”说着说着，纤纤也觉得不对劲了，“不对啊，今天什么局，怎么把他们都请来了？”

“怎么不见骆杭和云迹？”岑芙问。

“嗐，他俩，一个准备考研一个准备保研。”纤纤挥挥手，感慨，“两口子忙着呢。”

这时候，许砚谈和胖猴走进包间，大家瞬间站起来招呼他们。

许砚谈一进来，淡然的视线扫视着包间，第一时间寻找岑芙的位置。

在与他对上视线的瞬间，岑芙就忍不住雀跃起来。

然而就在岑芙刚要抬胳膊向许砚谈招手的时候，他的身后突然钻出了一个女生。

一个过于漂亮的、明媚大气的女生。

她穿着一身简约的小香风短裙套装，耳尖的珍珠耳坠不大却精致，浑身透着贵气。

鬈发随着动作飘动，肌肤如雪，一笑皓齿。

“哈喽，朋友们，好久不见。”

包间的氛围瞬间被炒到最热。

大家都叫她——费一鸿。

她举起双手装作煽动气氛，然后放在耳边合眼享受大家的欢迎，好像舞台剧上翩翩起舞的仙子。

岑芙被她的灿烂笑容触及灵魂，举到一半的手，停在了半空。

公子哥们不知道从哪儿变出来一堆手捧花，还有蛋糕，争先恐后地送上去，簇拥着费一鸿到沙发最中央叙旧。

费一鸿过于耀眼，以至于岑芙都没注意许砚谈是什么时候走到自己身边的。

“看谁呢？”

他的嗓音在她耳畔响起的时候，岑芙一激灵，回神了。

许砚谈把自己手臂架在她背后的高脚椅椅背上，懒散地站在她身边，半拥着，低头亲昵：“来多久了？”

“没多久。”周围的环境太闹腾，岑芙偏头，在他耳边低语，问着，“那是谁？”

“从小玩到大的一朋友。”许砚谈语气缓慢地给她解释，“初中她就定居美国了，回来休假。”

并不是岑芙小气，而是女孩子难免会对男朋友从小认识的邻居、同学、青梅一类的女生抱有说不清的芥蒂心。因为他们共同拥有这一段岑芙不曾入场的记忆，所以初次见面时会有这样危险的磁场警告。

男生亦然。

“你去接她了？”岑芙说这话的时候，带着自己都没意识到的吃味。

许砚谈比她敏锐，听见小姑娘别别扭扭问出这句的瞬间，眼尾勾起了似是满意又恶劣的弧度：“哟。吃醋呢？”

岑芙撇嘴，瞪他一眼。

他抬手揉揉她头发，放轻语气哄人的话混着他清冽厚重的男性荷尔蒙，让人无法再迁怒。

“没去。

“胖猴接的，我哪有那闲工夫接她。”

岑芙点头，表面装作不在意，实际上心里稍微舒服了点。

就在这个时候，那边玩的人不知道聊到什么了，大家忽然齐刷刷回头看向许砚谈，八卦地坏笑：“是不是啊？许砚谈！”

岑芙根本没听他们在聊什么，许砚谈的心思也扎在她身上，哪知道他们起什么哄。

“是什么？是你大爷。”许砚谈撩起眼皮，骂了他们一句，懒洋洋的，“说什么呢。”

其中一个从小一起玩到大的男生拆台，没眼力见地当着岑芙的面就调侃当年：“当初全年级不都炒你和费一鸿的绯闻嘛！”

“哈哈哈，对啊，你俩真没谈过？”

“谈过吧，我听到的版本谈了半年呢。”

“那会儿你俩谁追谁来着？”

“就许砚谈这德行，大鸿怎么可能看得上他。”

“哈哈哈……”

费一鸿吃着水果，笑眼盈盈地听着，仿佛不是自己的八卦似的听得津津有味。

“对呀许砚谈，我们谁追的谁？”她还添油加醋地开玩笑。

许砚谈颇不耐烦地扫他们一眼，尤其瞪了一眼费一鸿以作警告，话都懒得说。

他一偏头，对上岑芙视线。

岑芙环着胸，呼吸沉下去，一副“让我猜到了吧”的架势，用眼神审问他。

许砚谈察觉到岑芙兴师问罪的态度后，停了几秒，架着胳膊扶额，满脸无奈。

“哗——”

温水顺着水龙头泻下，滑过岑芙细腻的手背，最后顺着盥洗盆的坡度流走。

她洗着手，余光在镜子里瞥见费一鸿从洗手间里面出来，手掌都随着毛孔的神经变化而变得僵硬。

费一鸿却更坦荡，瞧见她之后还笑了，走到她旁边洗手。

费一鸿根本没给两人留有尴尬的空白时间，上来直接解释误会：“他们开玩笑的，我和许砚谈没有谈过，暧昧都没有过哦。

“他不喜欢我，我也不喜欢他。”

她太过真诚坦率，让岑芙意外。

岑芙笑了一声，点头：“许砚谈跟我说了。”

“哦，他还挺着急。”费一鸿“咯咯”地笑，像是在背地里偷偷嘲笑许砚谈，“总之你没误会就行。”

她把水龙头关上，“啪”的一声闷响，水声消失。

费一鸿偏头看岑芙，笑意冷了几分，她那漂亮的五官一收敛明媚之后，骨子里的温柔成熟就散发出来。

费一鸿和许砚谈同龄，两人都比岑芙大上三四岁，但她气场里的开阔和知性却远远不止于二十二岁的年纪。

“不过，我这次回来确实是为了接他的。”

岑芙原本放松的情绪再次收紧。

费一鸿抽出两张纸擦了擦手，说：“我原本打算回来休假，九月份跟他一块回德国。

“不过，他都不告诉我他谈恋爱了，真小气。”

两人从卫生间往外面走，溜达到了露天走廊，这里氛围安静，最适合聊天。

岑芙一直在打量费一鸿，终于忍不住问：“你……”有些话，她根本不知道该怎么问出来才合适。

而费一鸿作为姐姐，怎么会不懂小姑娘眼里几乎不会掩饰的疑问。

夜风习习，她靠着栏杆，望着酒吧街环绕着的这面湖，微风掀动她的鬓发，掠过她的发香时都像是醉得慢了步调。

岑芙本以为岑颂宜就足够漂亮了，但费一鸿不一样，她是那种从内到外，连灵魂都优秀的女孩子。

是用无数努力和经历堆砌出来的坦荡，是真的见过世面的淑女。

而费一鸿接下来的话，更让岑芙感到震撼。

她说："许砚谈确实足够优秀，不仅是当年放在我所接触的圈子里，就算是现在，他也是顶尖的。

"可谈感情又不看这些，我俩脾气不对付。"

费一鸿耸肩，一副无所谓的模样："他是厉害，但我也不差，谁愿意忍他那种臭脾气，我又不是离开恋爱活不了的人。"

"我那个时候坚信，"她偏头，眉宇间放松的尺度容纳着宽阔的心怀，"世界这么大，他一定不会是我接触过的最优秀的男性。"

费一鸿托着下巴，微醺的醉意却将她的大眼睛衬托得更清澈。

"正是因为我见过许砚谈，所以我才要更坚定地去认识大千世界。

"这样以后在他面前，我才不会下意识地仰视。"

岑芙听着这些，心中震颤，已经无法用言语表达自己此刻的心情。

她漆黑的瞳仁动摇着，抬头时，发现费一鸿的眼神已经等待已久。

两个女孩在夜风中温柔对视。

费一鸿的眼神坚定，她多少听说过他们的事，也能猜到他们面临的困境。

在向她解释自己确实对许砚谈没有私心后，费一鸿将自己真诚的劝告讲与岑芙。

"妹妹，比起你自己的人生，他许砚谈算个屁。"

…………

之后，岑芙和费一鸿聊了很久。

费一鸿的经历，岑芙光是听着都觉得开阔眼界，从在学校里参加各种活动，到飞去法国办展，因为被偷窃和朋友们笑着露宿街头，和几任外国男友交往的秘事，不同人种不同国家之间的文化差异，还有到非洲参加动物援助的惊险经历。

她告诉岑芙，不是一定要有像她这样复杂的经历才叫活出意义，而是努力进入自己理想的生活模式，无论激烈还是平淡，就叫活出自己。

相识不过一晚，岑芙却在费一鸿身上学到了很多。有那么几个瞬间，她在费一鸿的身上捕捉到了姐姐般想依赖的光环。

在钦佩费一鸿的优秀，学到某些思维后，岑芙因为看到这样耀眼的费一鸿，而深深地感到了洪水般拦截不住的自卑。

因为高兴，岑芙和费一鸿喝了一些香槟，聚会结束的时候，岑芙已经有些歪歪扭扭了。

还好许砚谈没喝酒，结束的时候在门口当着众人的面把她背起来，往停车场走。

许砚谈在岑芙身上展现的几乎没有底线的惯宠，惊煞了一众旧友。

费一鸿站在原地凝视着他们两人离开，良久，才叹了口气。

岑芙一喝酒就浑身酸软，感觉很沉，所以到了家就往床上一躺。

洗漱都是许砚谈抱着去的。

洗漱完一身轻松，岑芙窝在床上酝酿睡意，虽然眼皮发沉，可是今天费一鸿给她的冲击实在太大，让她的精神一直处于不断思考、持续兴奋的状态。

许砚谈从浴室出来的时候，就看见岑芙穿着睡裙小小一团在床上窝着，也不知道想什么。

岑芙听见脚步声，回头，对许砚谈张开臂膀，懒洋洋地撒娇："许砚谈，抱！"

许砚谈走到床边，一边掀被子，一边把人捞进怀里。

一进到他怀里，岑芙就像条毛毛虫一样往上钻，双手搂住他脖颈就要亲。

亲吻对于二人来说已经如家常便饭般平常，岑芙也跟着许砚谈学得有模有样。

许砚谈一边亲吻她，一边把被子给她掖好了，一点铺垫没有，习惯性地往下摸。

她穿的是睡裙，他太过方便。

岑芙打了个激灵，回应他的动作都迟缓下去。

像六月这样的季节，雨说来就来，顿时湿润了整片山林。

就当岑芙以为今晚会和以往的夜晚同步发展的时候，许砚谈忽然停下了。

她慢慢睁开迷离的鹿眸，用疑惑和不满足的目光询问他。

"先说事。"许砚谈侧撑在她上面，克制自己的冲动，嗓音沙哑。

"什么事？"岑芙故意在被子里用脚趾勾他的腰和睡裤的松紧带，俨然一个天性放肆的小妖精。

许砚谈看着她的眼睛，直接说："我不去了。"

岑芙愣住："你不去……哪儿？"

"南城政法大的保研出国项目，我不去了。"许砚谈埋头在她颈窝，话说得一点波澜没有，似乎像是丢枚硬币般那么无关紧要，"报考榆安那边的法学院也一样。"

卧室原本旖旎蒸腾的氛围，因为他的一句话骤然降至冰点。

岑芙忽然用力，推开他的脑袋，挣脱他的怀抱，力气大到不管不顾。

许砚谈被她推开，蹙起眉。

因为费一鸿，岑芙确确实实地见识到许砚谈身边的人究竟都是多么优秀的存在。

本来就意识到自己与许砚谈的差距，再看见费一鸿的明艳自信，岑芙的自卑拱到了极点，这样的她，能值得许砚谈这样吗?

许砚谈是多少人倍加期待的天之骄子。

她自己都觉得不值、不配，更不能这样。

他们两人，都不能为了那片刻温存而改变原本的人生规划，许砚谈比她更不能。

她冷下脸，心在滴血，胸脯起伏，倍感荒唐，骂他："许砚谈，你疯了。"

南城政法大是国内最好的法学院校，榆安一个二线小城，那个地方学校的资源和名头根本没办法和前者比拟!

"这是最好的解决办法。"许砚谈也坐起来，目光沉静，带着压迫感。

"这明明是最烂的解决办法!"岑芙捞起身边的枕头砸到他脸上，恨不得让他清醒一点。

许砚谈一把抓住枕头扔到地上，力度又狠又大。

他眯了眯眼，气场沉下去，情绪也拱到了顶点："让你跟我一块儿出国你不肯。

"成，那我去陪你，你也不许。

"岑芙，你要我玩是吗?"

他把话说得太明白，刺得岑芙喘不过气。

她忍着眼泪，转身下床，趿拉着拖鞋回自己房间，头也不回。

"咣!"

把卧室的门板撞得震天。

许砚谈依旧坐在床上，维持着刚才的姿势，唯一变化的是他越来越冷的眼眸。

撑在被褥上的手攥着拳，攥得泛白，手臂的青筋都冒了出来。

另一个房间。

岑芙抵着门板，任由眼泪往下掉。

明明是好事，明明两个人都在为这段关系退让。

可是为什么她这么难过?

因为这全是迁就，用前途和未来作为手续费的改签。

这是一道没有最佳答案的题目。

他们都无法解开。

许砚谈提出自愿放弃保研计划的提议，让好不容易缓和关系的两人更加疏远。

岑芙只觉得心里仿佛搁了块消化不掉的大石头，横在心房中间，每呼吸一下都觉得疼。

许砚谈是公派出国交流的重点推荐对象，这个机会千载难逢。

她又怎么能让他就这么放弃筹备许久的规划。

许砚谈大抵是没有料到她会这么反对，甚至是生气。

他那么一个自尊自傲的人，好不容易为他人退让一次，却遭到这么剧烈的反对，骄傲的骨性很难迅速翻篇。

只有许砚谈能给她的那股安全感，此刻又消失了大半。

岑芙再次站上了涨潮后的孤礁，周遭无路，背后空荡。

两人就这么僵着，有愈演愈烈的架势。

而这场更恐怖的冷战的源头，竟然是对彼此的依赖和爱。

蝉藏在片片绿荫里，伴随炙热的阳光，乱鸣成网。

恰逢雨后，所以空气没有那么燥得慌。

和煦的午后，暑热褪去，温度难得舒适。

岑芙蹲在学校的小道边，欣赏着这块被圈起来的区域种植的花草，被人架了很专业的伸缩花棚。

这里种的花和学校里种的都不一样，学校里大多喜欢用月季这种明艳的、开放持久的花作为点缀。

而这里却种着芍药花，类似月季，却没有月季那么富贵。

还有矮山茶花、虞美人。

少见又娇气的花在这一小块少被人熟知的小道里绽放得肆意。

岑芙蹲着，与花们平视，她没有采撷的念头，只是轻轻探头，把鼻尖凑过去。

合眼嗅花香，眉眼舒展，得到片刻松懈。

金色的光筛过绿叶，成碎片状，将她的侧脸照得亮白。

她露在T恤外的胳膊纤细又漂亮，仅仅通过视线，就能感受到她的柔软。

“这次就算你喜欢，可能也没办法让你带走了。”

周霁成的嗓音出现在岑芙身侧。

岑芙忽然睁开眼，偏头，在有些逆光的方位仰视着他。

周霁成穿着白大褂，背着光，替她挡住了刺眼的阳光。

他的眼镜挂在口袋边，那双深邃的笑眼没有遮挡地与她相接。

她利落地站起来，却因为久蹲踉跄了一步。

周霁成往前走，抬手想去扶，见她自己站稳了，又缓缓收回手。

“老师，这不会又是您种的吧？没想到您还有学校花匠的兼职。”她失笑，问着。

周霁成露出无奈的神情，给她指着小花丛正对着的一楼窗户，说：“墙那边就是我的办公室，我每天上下班都会从这里经过。”

岑芙都忘了校医务室的位置，而且这条小道偏僻，她一时没想到，尴尬地眯了眯眼睛。

“当初搬到这间办公室的时候，发现窗外这块地方明明还算宽敞，夏天的时候却没有植被点缀，有些可惜。于是就种了些喜欢的花。”

岑芙颔首，也不知怎么了，可能是最近心情比较低落，遇到周老师这样并不熟又年长的人，感觉找到了情绪的发泄口。即便是说些不相关的话，也总比一个人憋着要好。

她往前走了走，视线一直流连在花丛中。岑芙略懂一些花卉的品类，于是念叨着：“芍药花，虞美人……

“芍药又名别离草，有难舍难分的花语，所以是七夕节的代表花卉。

“虞美人，据说是为了缅怀虞姬，所以代表着生死离别，是离歌之花。”

说完，岑芙回头看向周霁成，笑了：“老师，您是悲观主义者吗？”

周霁成听着，面对岑芙的调侃，反而很是欣赏地笑着点头：“看来你很懂花，我遇到伯乐了。”

“不过呢，”他也望向那盛开妖艳的虞美人，内敛又艳丽，说着，“我总认为，花语是不能为世人所框架定义的。

“同一种花，不同的人会寄托不同的情绪。

“你说它是离别之花，不过是因为心中多是这样的苦闷，恰好遇到了合适的花卉，于是将心中不能说、不愿说的字眼吐露出来罢了。”

周霁成平平淡淡一番话，搅得岑芙心海泛起波涛，悲伤突袭，眼底说热就热了起来。

岑芙默默转身，不让周霁成看见自己的失态。

“还有这山茶，我也很喜欢。”周霁成伸手，用自己微凉的指尖抚摸花瓣，“你知道，山茶花凋零通常不是整朵枯萎的。

“它凋谢时，是一片一片地掉。这缓慢的凋落，好像是对无法抵抗的衰败露出的依依不舍。

“试图对抗自然，也试图挽留什么。”

周霁成收回手，看着面前侧着身子低头不语的女孩。

像是自我解读又像是在暗指什么，他始终微笑："所以山茶如果代表爱情，大抵是……无法改变结局而又眷恋不舍的爱情。"

岑芙握拳将自己发抖的指尖藏起，难以控制心中跌宕的情绪。她调整着激动的呼吸，抬眼，向周霁成投去求助的目光。

"老师，玫瑰和面包只能选一的问题，我想知道您会怎么解？"

隐晦的询问，是她对这份少女心事最后的掩饰。

这是他代他们班上大学生心理课的那天，让他们自由讨论的问题。

玫瑰代表爱情，浪漫，抛弃一切的，与爱人的温存。

面包即代表现实的，生活的，自足果腹之理想。

周霁成看着她眼眸里如涨潮般明显的泪意，微笑逐渐淡去。

他没有立刻回答，一步步走向她，仰头感慨：

"六月，是个美好又悲伤的时段啊。

"最近倒是给不少即将毕业的情侣学生做过心理疏导，这确实是个很难抉择的难题。"

他不打算顺着她的隐晦和代指讨论，而是直接明说。

芍药和虞美人在旁悄然观察着，落日之下，周霁成从口袋里拿出一块干净的名牌手帕，递给她。

在动作的同时，周霁成扬起了浓郁的笑，极其有治愈力，令人忍不住对他放松，想要信服。

他说："小同学，银莲花跟着凤凰木去南方绽放，可是会被长江以南的阳光烤死的。

"他人固然可以带给你安全，可有朝一日离开了温室，你依旧会感到冷。

"人之价值，人之自信，只有自己能给自己。

"在追随他人之前，不妨先低头看看自己的影子，够不够黑。"

岑芙接过他的手帕，盖住了自己再也拦不住泪水的双眸。

眼睛被盖住，颤抖的肩膀和下巴暴露了她所有的崩溃。

她知道，她明明知道最正确的选择。

却可以这样掩耳盗铃地一遍又一遍，问着自己身边的人，然后一遍又一遍地听着这剜心的现实。

是在寻求什么呢？她自己都说不清楚。

在她看不见的时候，周霁成就站在她面前，双手插兜，眉眼间掉光了所有笑意与柔和。

"嗡嗡——嗡嗡——"

就在这个时候，兜里的手机突然疯狂又急促地振动起来。

岑芙赶紧擦了擦眼泪，对周霁成道了声歉，红着鼻子拿出手机。

她看了一眼来电人，皱起了眉，迟疑地接通，放在耳畔。

岑颂宜焦急的哭腔传来：

“岑芙，你快回来吧。

“我……爸爸……咱家出事了。”

医院走廊的颜色苍白，即便是再温暖的光，投进窗子以后也会被这一室的消毒水味漂得苍白无力。

岑芙手里捏着单子，往外走着。

这张确诊单，她本来该留在病房里，但是不知怎的忘了，就这么带了出来。

上一次来医院的时候，是许砚谈爷爷病重。

岑芙没想到，短短时间内，她会再次怀着忐忑苍茫的心情走进这里。

而这一次，是她的爸爸。

随着风飘荡的白色确诊单上的铅字印得清楚又残酷。

岑康发，四十九岁，肺癌 III 期。

时间太久了，已经扩散到胸腔中心，外科手术已经无法将肿瘤切除干净。

何芳华坐在长椅上，低头扶额沉默不语，岑颂宜泪流不止绝望失措。

而岑芙作为仅剩的能维持理智并能行动起来的人，现在捏着确诊单，双眼发直地往医院外走，回家给爸爸收拾行李住院。

前阵子的幸福，好像是她从上帝那儿偷来的。

最近的一桩桩事像是对她贪恋快乐的惩罚和报复。

人影穿梭的医院大厅，少女单薄的身影缓缓停下。

岑芙徐徐地弯下腰，双手撑着自己的膝盖，垂着头，头发将她的脸遮住，路过的人只能瞥见她急促的呼吸和抖动的肩膀。

岑芙就这么弯着腰在原地驻足了很久，极度的绝望和害怕麻痹了她的神经，整个人还处在无法接受的懵然中。她半滴眼泪都分泌不出来，只觉得喘不过气，一口一口大喘气，夺取氧气。

良久。

岑芙再次直起腰，扬着那麻木的表情继续往外走。

还有要做的事，不能倒下。

不知是上天故意设计，还是缘分就如此巧合。

医院大厅那么多出入的玻璃门，偏偏让她与许砚谈在同一个出口差点撞上。

他进得匆忙，她低着头没看路。

岑芙一头撞进他怀里，往后退了两步，在闻到熟悉味道的时候，她愣了一下。

她缓缓抬头，用不太敢置信的眼神望着许砚谈。

“你……怎么在这儿？”

许砚谈身上带着点风尘仆仆的味道，他皱眉，呼吸还没完全平息，像是一路跑来的，没平时的悠哉样。

“你给我发的消息，说在医院。”他说。

自从三个月前起，他对医院这个地点就有些敏感。收到她说自己在医院却没有后续的消息，他想也没想放下手里所有事赶了过来。

岑芙“啊”一声，还是呆愣愣的，像是丢了魂：“我给你发过消息吗？我不记得了……”

许砚谈看了一眼门口不断进出的人，拉着岑芙走到旁边。

“怎么了？”他放柔语气，问着。

她太不对劲了。

两人又冷战了这么长时间，原本再说话应该会感到别扭，可因为另一件事的冲击力过于强大，让岑芙都忘了去计较两人之间的冷战。

她本是不打算告诉许砚谈的，可竟不知道自己是哪个瞬间本能性地给他发了消息。

像是求救，是撑不住需要依靠的信号。

岑芙颤抖着手，把确诊单递给他，越说呼吸越急，含着哭腔：“我爸爸……我爸爸……

“肺癌……三期。

“你不知道……他就躺在那儿……脸色那么差……我不知道他什么时候就瘦成那样了……”

说着，她像是被抽去支撑力般瞬间发晕。

许砚谈一把扶住了她，搂到怀里。

触碰到他的瞬间，岑芙的眼泪，决堤而出。

“呜……呃……”剧烈的哭泣让她几乎喘不上气，双腿发麻，她指尖抠着他的胳膊，不管不顾地用力。

“许……许砚谈……”岑芙眼泪和鼻涕融为一体，哭得狼狈，绝望得大脑空白，“我爸爸……”

她因为四肢无力一点点往下滑，许砚谈只能更使劲，圈紧她的腰稳住她。

岑芙绝望的哭声几乎剜了他的心，许砚谈眉头锁紧，摁着她的脑后安慰，也用足了力度。

“别怕，我在。

“会有办法，会有办法。”

岑芙已经哭昏了脑子，跟着自己的思绪胡言乱语。她淌着眼泪，语调含糊地抽噎：“许砚谈，救我。

“救救我……”

许砚谈抱着她，下巴搁在她头顶，不知在隐忍什么，额头的青筋都暴了出来，搂在她腰间的手指，在收紧时轻颤。

最后，岑康发住院需要的东西都是许砚谈差人收拾完送过去的。

岑芙当晚的情绪和身体状态实在撑不住她这么来回折腾。

因为过于波动的情绪，岑芙先前没有感冒的症状，回家却突然开始发烧，浑身滚烫。

许砚谈和景淮一个伺候一个做饭，来回照顾。

半夜的时候，岑芙迷迷糊糊醒了，勉强吃进去的退烧药终于起了效果。

她睁开粘住的眼皮，先是感觉到自己后背有只手一直揽着，随着清晰的视线，岑芙看见许砚谈近在咫尺的睡颜。

他似乎睡得不踏实，即使已经进入睡眠，眉头却一直锁着。

岑芙悄悄伸出手，而在她动弹的时候，许砚谈立刻睁开了眼睛。

两人躺在床上，拥着，平静地对视着。

许砚谈眼神深邃，就这么看着她抬起手指，任由她的指尖抚摸在自己的眉宇之间。

岑芙用自己的指腹描摹着他眉毛的走向，小声开口，嗓音有些哑：“我没事的……”

不要为了我，把眉头皱成这样。

许砚谈平静地看着她，看了很久。

最后，他收紧手臂，把人紧紧拥在怀里，合上眼，不让她看见自己逐渐暴露的混乱复杂的眼睛。

两人拥抱着入眠。

各为彼此的栖息地。

第二天岑芙就退了烧，然后她就马不停蹄地跑去医院照顾爸爸。

岑康发醒了以后精神状态不错，尽管人已经消瘦，气色也不好，但是他看见岑芙之后，依旧扬起了往常那和和气气的微笑。

爸爸越是这样笑，越是这么安慰她，岑芙心里就越难受。

岑芙坐在床边给他削苹果，削掉的苹果皮在半空中转了一圈又一圈，漂亮又利落。

她一脸平静地专注地削手里的苹果，而后猝不及防地听爸爸开口。

“小芙啊，爸爸有个事要跟你说。

“我跟你妈妈……打算离婚。”

岑芙削苹果的动作一顿，缓缓抬起视线，心里泛起不好的预感：“您说……什么？”

岑康发躺在病床上，被小女儿用这般质问和不解的眼神看着，忽然一阵愧疚：“其实……”

话没说完，岑颂宜踩着高跟鞋走进病房。

岑芙偏头，看着她拿着一堆单子走过来。

岑颂宜看了一眼岑芙，直接问岑康发：“爸，我去缴费，用哪张信用卡？”

岑康发打开自己的钱包，挑了挑，抽出一张递给她。

岑颂宜拿着信用卡刚要转身离开，突然被岑芙叫住：“你等等！”

岑颂宜回头，压低眉头：“干吗？”

“不对，”岑芙看了看这父女俩，找到关键，“为什么缴费不用储蓄卡，要用信用卡？这次治疗的钱明明不多，家里又不是没有钱。”

她这话一出，岑颂宜露出意外神色，然后看向自己的爸爸，想让他解释给岑芙听。

病房里安静了。

“你妈……今天早上跟我提离婚了。”岑康发一低头，腰背就弯了下去，苍老的感觉骤然出来。

他维持着干笑，像个只知道吃亏的老好人，满眼苍凉：“她说……你姐姐现在演戏刚出头，正是需要钱打点的时候。

“我这病这么治下去，耽误她们母女。”

“咔嚓——”

岑芙直接把水果刀扎进苹果里，动作又快又狠。她起身，指着岑颂宜，气得双眼通红：“岑颂宜，你们还是人吗！

“你们还有心吗？你是畜生吗？

“这是你亲爸！他从小到大怎么对你的？”

岑颂宜咬紧了牙，对她的辱骂无法忍耐，大声反驳：“你以为我想？我要是不管爸爸，我还能在这儿！”

岑颂宜偏开头缓了口气，然后看着岑芙，烦躁地开口：“你知道妈这阵子在外面打牌输了多少钱吗？现在家里能动的钱都让她还债了！我是要拿我的片酬垫医药费的，是爸不让。”

岑康发抬着无力的手，去拉小女儿的胳膊。

岑芙带着愤恨的眼神回头，差点吓到了岑康发。

岑康发叹了口气，劝着岑芙：“小芙啊，离了好，我把能动的钱划给她，让你妈赶紧把账还了。我不给她钱，她就会拿你姐姐好不容易攒的积蓄去还……”

岑芙听到了自己父亲隐忍的哭腔，那是一个男人的绝望。

“离了好，我给她钱……我不拖累她……算是还了她当年扶持我做生意的恩。”

岑颂宜听着，忽然仰头看天花板，胸口起伏着，忍无可忍般地合上了眼。然后她转身，拿着信用卡出了病房。

“爸……”岑芙倍感无力，一腔愤怒根本发泄不出去。她不得不照顾自己爸爸的情绪，怕他身体扛不住。

她撑着床边，酝酿很久，也只是吐出一句，带着悲凉的笑意：“您何必呢。”

您把何芳华视作恩人，可我只觉得，是她毁了您的一生。

岑颂宜交完钱返回住院楼，走在楼道里，远远就看见岑芙坐在病房外的长椅上。

经历过之前那件事，两人已经没了姐妹亲情。

她把缴费凭证放回病房就准备离开，就在岑颂宜的手已经扶上门把手的时候，“岑颂宜，我以前觉得你只是瞧不上我。”岑芙的声音骤然响起。

她低头坐在长椅上，说着话，抬起带着恨意的眼睛瞪着岑颂宜。

“我现在觉得，你畜生不如。”

难得骂了脏话。

在即将烧钱治病的父亲和还有利用价值的母亲之间，岑颂宜毫不犹豫地选择了继续跟何芳华搏富贵。

岑颂宜听着以前那么懦弱胆小的岑芙，现在竟然用这样恶狠狠的眼神对自己骂脏话。

她笑了，往前一步，高跟鞋在地砖上踩出尖锐的声音。

“岑芙，我告诉你，你恨错人了。”岑颂宜想到那些，也红了眼睛。她伸出手指，戳着岑芙的肩膀，一下比一下重。

“要不是因为许砚谈，爸爸至于今天躺在这儿？”

岑芙神情一愣。

心跳都停了。

许砚谈排队买了岑芙最喜欢喝的竹荪汤，拎的东西太多，他腾出一只手，输入指纹解锁大门。

随着智能锁的一阵铃声，他肩膀顶着门进去。

家里有些昏暗，但是客厅那边开着壁灯。

许砚谈低头瞥见岑芙的鞋，说明人在家。

他偏头，扫见了她立在门边的两个行李箱。

许砚谈蹙眉，歪头，看向坐在沙发上看手机的岑芙，开口问："这两个箱子干什么的？"

岑芙将视线从手机上抬起，看着他淡淡笑了下："回来了？

"你先过来，我有事问你。"

许砚谈扶着玄关柜把鞋换了，拎着外卖袋子往客厅走，脚步踩在瓷砖上，声音很轻。

"什么事儿？你先把饭吃了再说？"

他把外卖放在茶几上，岑芙看着那些。

都是她爱吃的。

岑芙眼底暗淡，突然开口："你满意了吗？"

许砚谈还勾着外卖袋的手指一顿，他整个人停在了原地。

他眉头压得更深："……什么意思？"

紧握在一起的手缓缓松开，手心里的汗逐渐挥发在空气里，岑芙抬眼，那双常常含情的眼睛已然没了任何情愫和依赖。

此刻，她半带自嘲地微笑，生硬又难看："许砚谈，我全知道了，岑颂宜告诉我的。

"我怎么没想到呢，你本来就不是那么容易放下仇恨的人。"

客厅里陷入寂静。

僵硬了几秒，许砚谈松手，后退一步，坐进单人沙发里。

他没有说"岑颂宜说什么你都信"这样的话，他的沉默，他的不辩解，让岑芙的心越来越冷。

事情追溯到五年前……

许砚谈初中毕业，因为转户籍的手续没有及时办下来，他不得已要回南城上高中完成高考再回来。而就在这个时候，他意外得知，自己叔叔当年的意外有可能根本不是意外，而是所谓的恩人——岑家人的杰作。

那时的许砚谈比现在还要气盛，根本就无法容忍。许衡再三强调让他回南城好好读书，不要掺和这些事，不要被仇恨冲昏头脑，大人的事交给大人解决。

许砚谈表面答应，可根本就没有忘记这桩事。

回到南城以后，他也一直在背地里调查这整件事，寻找所有的证据。

叔叔对他来说太重要，重恩的许砚谈，默默在心底酝酿着计划。

关于报复岑家人的计划。

如今往回看，许砚谈的手段就像潜伏在浅湖里的毒蛇，早已渗透到了每一个细节里。

岑颂宜大一刚进入崇大校园，就恰好见到了风流倜傥的他。

而许砚谈什么都没做，只是悠哉地当着所有人的面主动提及两人过去是旧识。岑颂宜本就虚荣，这一下，更成了动心的催化剂。

两家人当年根本没有婚约，而岑颂宜的动心，许砚谈的抛枝，让何芳华开始打起联姻的算盘，让岑颂宜放弃所有演艺事业，将人生的希望全部寄托到许砚谈的身上。

对这一点，岑颂宜曾经抗拒过，最终还是选择了孤注一掷，还自己闹出丑闻，丢了大好的机会，而这正好迎合了许砚谈最初的想法。

经商多年，精打细算，连对家里开支都如此吝啬的何芳华，为什么突然染上了牌瘾?

这一切，早在那天许砚谈回许家，他和姑姑许竺随意的话题及意味深长的对视中，藏匿着答案。

最后，是岑康发。

自从巴结上许家，岑家的家具建材生意蒸蒸日上，这些年也积累了不少人脉，又怎么会在一年内突然出现生意难做，步步维艰的境况。

然后，当他需要周转的时候，就会发现自己的妻子已经把家底败了个精光。

将一切收网，逐点击破。

岑家每个人都乱了套，散了架，自然无法迅速扶持彼此重整旗鼓。

这才是许砚谈的手段。

可是，唯一的意外，是岑芙。

许砚谈不是忘了岑家还有这号人。

或许连岑芙都已经忘却。

许衡和岑康发生意外的那天，许家人和岑家人都扎在医院里。

那是岑颂宜口中的，第一次见许砚谈的场景。

可那也是许砚谈，第一次见到岑芙的场景。

他跟着家人赶到医院，确定了叔叔没有生命危险。就在许砚谈厌烦何芳华对自己爷爷阿谀奉承的虚假时，他偏头，看见了站在角落里的岑芙。

身形清瘦的许砚谈，站在原地，偏头看着角落里的小姑娘。

他的影子被灯光拉长，蔓延到她的脚下。

她被自己家庭排挤得格外明显，妈妈搂着大女儿在笼络关系，她就像个局外人一样，穿着校服，站在一边。

女孩消瘦，低着头在发呆，手指不知所措地抠着。

在他瞥见她眼神的瞬间，许砚谈莫名地被触动了。

因为岑芙的那个眼神，空洞又淡然，是对自己家庭和人生的漠然、麻木。

与他还在许项身边的时候，一模一样，她身上有他曾经的影子，冷漠又可怜，像是个没有灵魂的娃娃。

所以，去年夏天，在南城酒吧的走廊上。

在他看见她打扮得像妖精一样，搭讪他时她的眼眸流转着狡黠和直白的欲望，好似心中某条封冻的河流瞬间破了冰，许砚谈在对她产生说不清理由的兴趣的同时，有一丝欣慰。

她这株小芽苗，竟也能在那夹缝里，偷偷活出自己的模样。

岑芙就像一阵温柔的风，拂过的时候，打碎了他原本坚如磐石的计划。

他不会想到，有一天他会这么喜欢她。

喜欢到破坏计划果断拒绝岑颂宜的接近，喜欢到在仓库里救了何芳华，做了换她自由的交易，喜欢到真的有几个瞬间想放下怨恨。

可是，棋局既成，他已经无法停下。

就像岑康发对于岑芙而言，是重要的人。

他的叔叔，也是他无法让步的存在。

他们是一种人。

都没有得到过太泛滥的爱，于是才极端，于是才无法收手。

许衡和爷爷早就知道许砚谈背地里在做什么，他们也知道，许砚谈一旦决定做什么，几乎没人能拦住他。

况且，是被触及底线的问题。

所以，爷爷没有第一时间反对许砚谈和岑芙在一起，因为他早就知道，这两个孩子走不远。

所以，爷爷才会格外怜惜单纯的岑芙，她是无辜的。

而那天许衡在书房，对许砚谈所说的——

“你不是已经为我做很多了吗？

“做人留一线，别把人往死路上逼。

“我只有卖岑大哥一个面子，让往事翻篇。你和那姑娘才能有好结果。”

正是在提醒许砚谈，如果继续下去，结局就是他终究会和岑芙不欢而散。

所以岑康发有意和解，许衡才爽快答应。

岑芙眼底干涩，得知一切真相后，竟然连一滴眼泪都流不出来。

她眼睫颤着，眼眸却冷静得吓人。

“所以，我能理解成，是你把我爸爸累成这样的，对吗？

“如果不是你，他不会躺在那儿，对不对？”

许砚谈少见地低了头，他双臂撑在膝盖上，垂着眸子，扣在一起的双手紧得泛白。

他开口时嗓音已经发哑，只为自己辩解唯一一句：“我一开始并不知道你父亲没有参与。”

直到后来，他才知道岑康发也是当年的受害者。

如果不是岑康发的勇敢和善良，叔叔的结局就不止跛脚。

岑芙咽了咽嗓子，只觉得尝到了血腥味。

她逐渐恍惚的视线里，看见了他刚刚排队给自己买的竹荪汤。

“所以，”她笑了一声，“所以你才无所谓那天在仓库救她们。

“因为你的报复早就成功了。

“许砚谈，你怎么没报复我？

“让我喜欢你，喜欢到半步都离不开，然后某一天让我知道这一切，是你对我最恶毒的报复。”

岑芙抬头，撞上他猩红的眼。

两人的心，都碎成了玻璃碴。

最终，是岑芙仓皇地躲开了视线。

已经没什么可说的了。

她伸出颤抖的手，把脖子上戴着的蝴蝶项链摘了下来，放在茶几上，然后起身，一步一步地走向门口。

每走一步，她就觉得身上越发寒冷。

自己好像踏在季节和时间的银河带上，从今年的六月，一步一步，走回去年那狂风呼啸的九月。

夏，春，冬，秋。

爸爸是她出生以来第一个对她好的人，即使这样的照顾伴随着怯懦，伴随着动摇，她也视作珍宝。

而她这样珍惜的人，最终却倒在她最爱的人手下。

岑芙曾经幻想，她收拾好的行李会有机会原封不动地再放回房间。幻想着他会向她证实岑颂宜所说的一切都是虚假。

此刻，幻想破灭，她终于也从这场美好又幸福的梦里醒了。

即使心如刀割，决绝的话，她也说得果断。

岑芙明白，在这件事上，他们二人，谁也无法让步。

“许砚谈，我们分手。

“这辈子……我不想再看见你。”

她柔软又残忍的话落入他耳中的瞬间。

许砚谈只觉得自己身上好像有什么地方，塌了。

岑颂宜还有一年毕业，最近因为丑闻失去了很多机会，把大女儿当作摇钱树的何芳华意识到现在正是需要资金造势的时候。

而丈夫确诊癌症的消息，无疑是给原本完美的计划来了当头一棒。

无情如何芳华，她一面承诺与岑康发还会是家人关系，一面劝说他与自己离婚。

实际上，与即将步入星途开始赚钱的大女儿相比，这么多年容忍她、纵容她的软包子丈夫不过是绊脚石。

夫妻伉俪，女方却为了自己的荣华富贵抛弃了身患癌症的丈夫，这叫哪个外人听去，都会横眉愤恨。

有的人拥有精明的头脑和技术，却连部分动物都有的基本情感都舍了去。

最后，岑康发和何芳华协议离婚。

两人在岑康发出院的那天办理了离婚手续。

两人将婚后财产平分，房产平分，那岌岌可危的公司留给了岑康发。

岑康发深知自己的身体已无力再经营生意，而恰好这时候有个商人对公司有收购意愿，希望能收购岑康发的公司，对方开出的条件意外的好，于是他就撒了手，将自己经营半辈子的产业转了出去。

岑颂宜自然是跟着何芳华继续生活。

而岑芙，毫不犹豫地选择了病重的父亲。

为了治病，岑康发把崇京的房子变卖，虽然医疗资源全国上下都要数崇京最好，但是他想回榆安了。

正好方便小女儿回去上学。

榆安是岑康发的老家，也是他最开始起家的地方。

他十几岁从山区出来，在榆安的家具城里给人打工。

那个时候他挣得很少，就是一个孑然一身的打工仔，自己吃饱全家不愁。

虽然日子过得拮据，可是如今他却觉得，每天抱着盒饭坐在气味浓重的家具城里笑眯眯地招揽客户的日子，是最幸福的。

已经回不去了。

他不再是那个身强力壮的二十岁小伙，也不再是那个仅仅吃饱饭有钱拿就感到幸福的岑康发。

这二十多年，他始终把希冀的目光投在大女儿身上，可最后当自己沉疴难起的时候，却是小女儿坚定地陪伴身边。

岑康发看着任劳任怨的小女儿，忽然发觉，他错了，大错特错。

忽略小芙长大的这十九年，他做错了太多事。最悲哀的，莫过于人到中年，发现自己一路走来，回头恍然，尽是遗憾和错误。

岑芙和许砚谈分手的消息不胫而走，而且传的都是岑芙甩了许砚谈，这让所有人都大吃一惊。

有人看见许砚谈跟朋友在酒吧里喝得人事不省的模样。

许砚谈平时品酒的乐趣大于饮酒，所以没见过他把酒当水似的不要命地灌。话都不说一句，谁来瞪谁，眼神能吃人。

朋友们都吓坏了。

如果不是因为许砚谈，岑芙大概就是个藏在成千上万的崇大学生里最名不见经传的一个。

就这么一个看上去弱弱小小的普通女生，不仅降服了他，最后玩够了还把人甩了？

不知情的外人都说，早就猜到这两人走不长，看上去就完全不是一个世界的人。

况且，明明是岑芙“抢”了她姐喜欢的人。

交往四个月，已经超出好多人的预测时间。

崇大的表白墙上，逐渐又开始出现关于许砚谈的帖子，其他女生知道他单身了，都蠢蠢欲动。

这些暗自发酵的话题，只有外人们聊得火热，两个当事人，谁也没心思去管这些。

岑芙把自己投入密不透气的忙碌中，麻痹自己的神经，哪怕每天晚上洗脸的那一两分钟，她都要同步去听书，或者看视频学习。因为大脑只要闲下来一秒钟，就会神经性地开始想那些她已经不愿意再想的人和事。

她忙碌着结业，办理转学手续，离开学校以后还要为自己在书店的兼职收尾，然后就是马不停蹄地回家照顾爸爸，收拾搬家的行李。

天气炎热，岑芙累得好几次都有些低血糖发晕。

可是她宁愿自己这样，至少，比闲下来强。

闷了一周的天气，终于盼来了一场雨。

下雨前，岑芙到了菜市场，等她买完菜出来雨已经下大了。

暴雨伴随着风，岑芙撑着伞勉强走到楼门附近的时候，身上已经湿了一大半。

好不容易撑到了单元门，老旧小区的防盗门一般都形同虚设，锁早就坏了，一推就开。

而她家这栋楼的防盗门直接被居民用铁丝拴着门把手，固定在一边，让大门保持持续畅通的状态。

防盗门敞着，让风雨灌进了楼道里，淅淅沥沥呈散射状的雨水在地上如泼墨斑点，使得整个楼道都散发着潮湿的土腥气。

岑芙收了伞，狼狈地溜进去，单手抖落着伞面，任由自己手背上的雨水往下滴。

她轻轻叹了口气，转身的瞬间，整个人骤然停住。

一楼楼道，昏暗的地方停靠着一堆破旧得快报废的自行车，落满了灰尘。在湿润的，布满脚印的水泥地延伸的前方，许砚谈靠在墙边，浑身湿透。

她没见过他这么狼狈的模样。

他应该是迎着暴雨走进来的，头发全湿了，还未干的水顺着他立体的眉弓滚到脸颊，最后到下巴。

他眼下是一片乌青，脸似乎都消瘦了，哪还有往常倜傥恣意的样子。

身后的暴雨声嘈杂而强势，声势浩大，像是能把整片大地砸下去几分。

两人目光撞在一起，比这铺天盖地的暴雨还要迅猛、强烈。

一冷一热，一淡一烈。

无声，亦有声。

有声，亦无声。

岑芙拎着菜袋子的手在背后收紧了，她那双惯会流转眼波的眸子失去了任何情绪。

“别挡路。”她说。

岑芙拎着东西往前走，没有任何理会他的意思。然而，在两人擦肩的时候，许砚谈没忍住直接伸出手，攥住了她纤细的胳膊。

她又瘦了。

许砚谈蹙眉，说得又快又急：“我错了。给我个机会，成吗？”

“你错了？”岑芙松了松眉毛，好像有些不能理解。她毫无情绪地笑了一声，轻描淡写地瞥了他一眼，“你怎么会错？”

“你没有错，”岑芙回头，盯着自己前方的水泥楼梯，“我也没有错。

“别再纠缠下去了，没有必要。就算没有这回事，我们也走不远，你还不明白吗？”

就从当下的态度来看，两人之间，好像岑芙才是那个最冷血最狠心的人，她每一句话都平静得让许砚谈窒息。

“他们说得没错，就是我把你玩了。没有我爸爸这件事，我迟早也会跟你分手。”

“你为你叔叔出了气。”岑芙胳膊使劲，挣脱他的手，往后踉跄一步，走上台阶，一步一句地说，“我们享了不该享的富贵，现在全家遭了报应。

“这样结束最好。

“我不耽误你的前程。

“你也别打扰我的人生。”

岑芙停下脚步，站在楼梯上俯视着他，睥睨着他：“许砚谈。”

许砚谈的视线已经埋到了地下，昏暗笼罩着他，她看不清他的表情。

“放过我吧。”岑芙强撑着最后一丝勇气，指尖掐着自己的手心，用疼痛支撑，说出能说出的最狠的话，“别让我到最后，恨你恨到恶心。”说完，她踩着步子，往楼上而去。

岑芙的脚步声越来越远之际。

杵在原地的许砚谈突然咳嗽了一声，嗓子冒了血腥味。

下一刻，他像是被抽筋拔骨，一个没撑住单膝跪在了地上，肉体和粗糙地面碰撞的闷声令人心悸。

地上积攒的雨水，再度打湿了他的裤子。

嘈杂的雨声中，他张了张嘴唇，用无声的唇形，最后对着空气叫了一遍，岑芙的名字。

岑芙走上四楼，步伐开始越来越慢，走到上面一个平台转角的时候。

她缓缓地蹲了下去，双手撑地，塑料袋“啪嗒”摔在地上，里面的西红柿滚了出来，沾上泥土。

好似被夺去了所有的力气。

心如刀割。

岑芙哭得连声音都没有，热泪滚流，抽噎着，要把心肺都噎出褶皱。

她太恨了。

恨命运，恨为什么要是这样的两个家庭，为什么要是他们这样的两个人？

爸爸的癌症是三期，许砚谈这不到一年的暗中手段根本不会是爸爸患癌的原因。

她知道，她都知道。

可那又如何，只要岑芙一想到自己在许砚谈怀里骄纵快乐时，她的爸爸正在疲劳地强撑着维持整个家庭和产业。

即便知道这样想不对，可是她自卑的潜意识还是觉得……

她不配幸福，她的幸福，会让他人付出代价。

她觉得自己好可恶，可恶到都恶心自己。

她也是赎罪者。

从今往后，断掉最爱，沉入凡世，舍弃天马行空的梦想，只为柴米油盐而活，为爸爸的未来而活。

这就是她要吞下的恶果。

八月中旬，岑芙一个个单独告别了所有在崇京认识的朋友。

纤纤、云迹、骆杭、景淮、费一鸿，甚至是胖猴，唯独不见许砚谈。

她坐在前往榆安市的小面包车里，车里没有空调，于是就吹着窗外燥热的风。

爸爸坐在旁边和司机在搭话，岑芙看着眼前不断飞掠而逝的崇京街景，无声地做着告别。

因为她知道，如果可以，她永远都不会再回到这座城市。

面包车缓缓驶离崇京市区。

岑芙前十九年麻木又空白的悲催人生，结束了。

后来，记忆随着时间淡去。

岑芙只记得，那年夏天天气很热，太阳比往年都要大上一轮，但是秋天一到，又冷得很快。

亦如，她与许砚谈的那场恋爱。

不欢而散，没有结局。

热烈，浓稠，疯狂。

冷淡，愤懑，辛酸。

像蝴蝶标本般脆弱，手指碰触一下就会灰飞烟灭。

是一段，不为人知的，难以宣扬的，已经被她封锁的轶事。

第十一章

/

单身对你而言很丢人吗?

H U D I E Y I S H I

“两杯。”

许砚谈是来找岑芙的。

岑芙总觉得自己哪儿在发抖，越来越模糊的视线里，是扶在自己手边的右手。

他的手比她的手要大上一圈，屈指，手背上盘绕着青筋。

隔了一个小时，他说话的语气已然没了在婚礼场地时那般野调无腔，连不悦的戾气都隐忍得不着痕迹。

“跟我说两句话就这么委屈?

“岑芙，别哭。”

并不算宽敞的咖啡店，店门紧闭，锁住了空气里浓郁的咖啡香味。

咖啡机运作的声音和店内音响里悠扬的英文歌交织在一起，充斥着小资情调。

短暂的三两分钟，岑芙好像在目光涣散的这会儿工夫做了一场梦。

一场走马灯似的，翻飞书页般的回忆梦。

如果不是离开崇京后的这五年，所有经历都足够复杂又充实，她望着在等咖啡的许砚谈的背影，差点就以为自己还在十九岁。

许砚谈拿起那两杯冰美式转身的时候，岑芙偏开了眼，看向窗外。

商场外面，好多男性杵在那儿吸烟。

直到咖啡杯与桌面碰撞，直到听见杯子里的冰块随着摇晃“哗啦啦”碰撞的声音，岑芙才缓缓回眸，盯着他放到自己手边的冰美式，没说话。

崇京又入秋了。

那些在外面抽烟的男人的衣领被秋风掀动，隔着玻璃仿佛都能感受到扑面的清冽。

许砚谈拉开岑芙旁边的高脚椅，坐下。

温暖闲适的咖啡店气氛，到他们这里戛然而止，绕道而行。

明明在婚礼现场走廊的时候，还能唇枪舌剑地对峙。

短暂的伪装她勉强能撑住，可没想到，又被他撞破自己溃败时的模样。

岑芙心里躁得慌，伸出手去端咖啡，指尖还没碰到杯子，许砚谈的嗓音就响起了。

他方才阴郁的情绪也消失弥散，再说话的时候语气柔和很多："为什么是冰美式？"

许砚谈的视线无时无刻不在观察着岑芙，都忘了克制，几乎将自己提审犯人时用的那套神色用在了分析她扑朔迷离的态度上："我记得你不爱喝这个。"

这是他爱的。

语气里的引诱和愉悦十分明显，也参不透真假。

岑芙的手有一瞬的僵硬，然后，她用手指勾着杯子往自己这边拖了拖。

她也已经不是那个单纯的小女孩了，岑芙笑了一下，抿了口冰美式，忍强迫自己吞下不喜欢的苦涩，然后扬起视线，随口说："是，因为最近有点便秘。"

许砚谈微眯眼眸，缓慢地眨着，被她这意料之外的搪塞弄得有些哑口。

但他是什么人？

许砚谈更是步步逼近，笑了一声："便秘就便秘，你哭什么？这么痛苦，不如去医院挂号。"

岑芙眼睫一抖，唇边的笑快挂不住，回击得更快："我跟我男朋友……有些小别扭，跟你没关系吧。"

听闻她这番说法，许砚谈伸手环胸，稍稍后仰，左腕的腕表在动作间折射微光。

他眼里飘过一丝费解的情绪："岑小姐，单身对你而言很丢人吗？明明没有男朋友，扯什么谎。"

被拆穿的瞬间，她心脏猛跳了一下。

岑芙无意识地偏开眼，盯着邻桌笔记本电脑背面的logo，语气依旧冷静："谁跟你说的？"

"你。"许砚谈眼尾弧度更翘，气定神闲，"你刚刚的反应告诉我了。"

眉头下压，脸部肌肉松动，眼神第一反应躲避。如果伸手去试，她现在掌心应该有汗，很薄的那种。

岑芙骤然瞪向他，纯粹的愠怒。

上学时候他的洞察力就那么敏锐，再加上现在长期在检察一线，早就锻造了观察他人微表情获取信息的可怕能力。

许砚谈悠悠地捏起杯子，含了口美式咖啡，下咽的时候喉结滚动莫名漂亮。

“你还单着……”语气玩味，眉眼愉悦。

你装得刚知道似的。

岑芙坐不住了，端着咖啡站起来，眉宇间尽是对他的不耐烦：“许砚谈，我跟你很熟吗？如果你找我就是为了说这些，那不奉陪了。”

对比她的急促和生气，许砚谈的漫不经心就凸显得更加昭然。

她话音刚落，许砚谈掩盖无奈后的语调也终于加上了该有的速度：“我和卓佳佳没关系。”

岑芙刚要抬腿离开的动作停住。

她偏头，重新看向他。

许砚谈与她对视，徐徐解释：“就婚礼跟我一起来的那个女人，她是小杨的媳妇，怀着孕呢。”

这倒是让岑芙意外了。

她对卓佳佳的印象，还停留在大学的礼堂，她一副迷恋许砚谈而对她和纤纤横眉怒骂的时候。

卓佳佳怎么……和小杨结婚了？

看出她正在惊讶中回忆，许砚谈举止优雅地又啜了一口咖啡，顺带补了一句：“我现在也单身。”

特地用了“也”。

岑芙怎么听不出他的暗示，没好气地斜他一眼，根本不理这茬，权当没听见。

她翻开自己的包：“我不想欠你的，咖啡多少钱？”

许砚谈缓慢地“哦？”了一声，说着：“加微信还我？”

岑芙没理他，在许砚谈拿出手机就要亮二维码的时候，忽然掏出一个钱夹子，拉开拉链，翻出一张五十元纸钞。

她轻飘飘地将钱放在桌面上，然后端着咖啡直接走人。

连个眼神都不屑给他。

目光尾随着她离开咖啡店，彻底消失在自己视线里，许砚谈缓缓看向桌面上这张钞票。

片刻，他扯了扯嘴角，不明意味。

岑芙直接打车回了自己订的短租房。

来到崇京的第一天就赶去参加婚礼，根本没来得及收拾房间。她时间很紧，明天就要去新单位报到，今晚还不能太晚睡。

回家以后，她和纤纤打了个视频电话。

说起纤纤，也是缘分，自从她离开崇京回到榆安上学，和纤纤的联络也并没有因为距离而变得稀少。

反而放假的时候纤纤还会跑到榆安来帮她一起照顾爸爸，在很多地方帮衬了她家。

毕业后，岑芙应聘到一个圈内很不错的团队里跟着做影视制作，工作了一段时间后，她在剧组遇到了许久未见的纤纤。

纤纤是另外一个制作团队的，两人就以全新的身份进行了一次合作。后来纤纤索性辞了那边的工作，跑到岑芙这边跟她做了同事。

原本疲惫奔波的工作，也因为纤纤的加入变得轻松鲜活了很多。

如果不是她突然离开影视行业投身到民生节目制作组，或许她和纤纤会成为周导团队里的金牌搭档。

“你接着跟我说说啊！后来你和许砚谈怎么样了？”纤纤在那边很是激动，脸庞都快穿过屏幕探过来了。

岑芙一边收拾家里，一边跟她说：“你说邪门不，我跟他没微信，也没说过会去哪儿，他偏偏就直接精准地到这家咖啡店来找我了。”

因为她正在背对着手机搬东西，所以并没有看见纤纤在屏幕里明显心虚的神色。

纤纤干笑两声，找了个由头：“呃，没准是他跟着你出来的呢，一路开车尾随那种。”

岑芙停下，抬头望着天花板，愣了几秒，然后继续干活：“不知道，无所谓。”

“不管怎么样，至少知道他跟卓佳佳没关系！还是单身！”纤纤使劲把话题往许砚谈身上引，明里暗里地试探，“所以……你现在对他什么态度呀？你看他都追过来跟你解释了。”

岑芙收拾累了，索性一屁股坐在地毯上，松了口气。她盯着屏幕里的好友，神色淡漠，一歪头又露出几分没有伴随年纪消失的可爱劲：“没什么态度？”

“你之前是误会他跟卓佳佳好了，说早该过去，但现在你……”

纤纤还没说完话，就看见岑芙坐在手机前，微笑着摇摇头，纤纤的话停在嘴边，不再逼她。

岑芙想让自己放空，于是去看开着的电视。

巧合的是，这个频道正在播最近很火的电视剧，女主角不是别人，正是岑颂宜。

如今她也在影视圈工作，经常会听到岑颂宜的一些消息。

岑颂宜这些年不仅拿了最佳女主角，还开始涉足电影圈，不仅是爱情电影，最近有些想往正剧电影转型的意思。

这部电视剧应该是近期她拍的最后一部偶像剧了，一播出营销的声势浩大，很快就在网络上引发热度。

不过也有部分人一直在诟病她的演技和台词功底。

但这些在当下的娱乐行业根本不算硬伤，综合比较，她是近几年最火的流量小花。

"芙芙，你在看啥，这么入神？"手机里的纤纤在问。

"岑颂宜，"岑芙低头，回道，"电视里正在播她那部剧。"

她离开崇京以后，又发生了一件大事。

那就是何芳华入狱。

事情几乎是前后脚发生的，她刚离开，许衡和许砚谈叔侄二人就起诉了何芳华蓄意伤人。警方在获取了充足的证据后，正式批捕了她。

最后即便许家宽恕了很多，却依旧让何芳华赔得倾家荡产，还判了四年有期徒刑。

之后，岑芙还拿着这件事和爸爸说。

幸亏他早早和何芳华分清了财产，撇清了关系，不然还要被何芳华连累。

何芳华入狱后，岑颂宜换了团队直接大火出圈。

这一系列事件衔接得如此丝滑，让岑芙生疑。

只不过那个时候她一心照顾爸爸，也就不再关注了。

岑颂宜整整风光了四年，现在她的身价和片酬已经到了令人咋舌的程度。

这几年里，她一次都不曾去榆安看过爸爸，只在爸爸走了之后，回来过一次，又因为档期太满，磕了几个头就走了。

而岑芙也不再怨恨她，不过一介陌生人，她有她的风光，自己只信良心报应，因果必随。

挂断电话以后，岑芙站起身，走到客厅的落地窗前。

她纤细又坚韧的身形在玻璃上映出虚影。

岑芙半垂着眼眸，俯视着楼下街道上的车水马龙，以及远处的斑斓万家灯火。

公寓靠近学院路，明明是寸土寸金的地界，竟然有人会把房子搞出去做短租，而且租金也并不贵。

这片区域曾经是她最熟络，也印了最多回忆的地方。

她睥睨着这片夜景。

岑芙伪装了整天的平静淡定，终于在夜晚独处时，在看到这城市一隅时，像山茶花凋谢一般，一瓣一瓣地脱落。

翌日，岑芙到节目组报到。

市电视台推出制作的这档普法民生节目以及后续的微纪录片，采用了内外联合制作的方式。

岑芙就是那个外聘团队的其中一员。

早上九点，他们一行拍摄人员随着小组领导坐车来到市检察院，在大厅里等待接待。

刚来的时候，他们恰好遇上检察机关的同志们上班。岑芙看着一个个穿着整齐制服的人走进检察院大楼，他们胸前戴着象征着责任和身份的检察官徽章在清晨太阳的照耀下泛着微光，晨露都无法沾染。

“来了！”旁边的同事突然激动起来。

岑芙回神抬头，顺着同事的视线看过去。

一行人正向他们拍摄组走来。

而她一眼，就在这一行人里，看到了走在最后却依旧出挑的许砚谈。

岑芙的神色怔忪，拎着摄像包的手不自觉地抖了两下，心跳都有些滞空。

这是她第一次看见许砚谈作为检察官的模样。

“哇，小岑，”同事在她耳畔激动地说，“有帅哥，帅哥检察官，最右边那个。”

不同于大学时候的寸头，如今稍长的短发依旧利落帅气，把许砚谈立体的五官衬得淋漓尽致。

黑色的制服笔挺，紧箍着他紧实有型的身材。

红色的领带，白色的衬衫，金黄的检徽佩戴在制服外套的左驳头装饰扣眼处。

一板一眼，规规矩矩，分毫不差。

他那张谁也不惯着的臭脸，他的不苟言笑用到了最合适的地方。

这头不被任何人驯服的野兽，最终向人民，向国家低头。

这个曾经以他人糗相为乐的顽劣男生，最终选择代表国家成为公诉人，守护一方正义。

用金灿灿的检徽，亲自束缚住自己生来的桀骜。

这位眼神和身姿都蕴含着令人忌惮的气势，正装革履的年轻检察官——

是许砚谈。

而走到哪里都受人瞩目的许砚谈，将他的视线轻轻抬起，越过众人，穿过嘈杂，与岑芙微红的目光对撞。

负责协助这次节目制作的是宣传部的组长张瓦，岁数看上去三十五六，见着人就笑呵呵的，带着后面的几个同事迎接他们。

“齐导。”他跟小组领导齐导握手。

九个人里四女五男站成一排，都是年轻的检察官，穿着制服精神抖擞。

猝不及防撞上许砚谈的目光后，岑芙匆匆挪开视线，有些窘迫。

随后，张瓦带着他们进了准备好的会议室，一行人在大气宽敞的会议厅落座。

张瓦侧身，伸手示意身后的年轻同事们，给节目组介绍：“这是我们检察部精挑细选参与这次协作的九位同事，你们都认识一下。

“你们挨个儿简单做个自我介绍。”

他说完，忽然想到节目组的朋友可能并不是很了解检察院内部的机关职能，而这次的节目又是按照不同检察部分类内容，于是他补了一句：“这样，你们顺便介绍一下自己部门的基本职能，我们迅速熟悉。

“从一检开始。”

岑芙一眼扫过去，视线里离自己最远的，坐在张瓦旁边的许砚谈单手撑着桌面站起来，他站姿没那么板正，却未减损他态度里的正经：“第一检察部，许砚谈。”

他嗓音不大，刚好能让所有人听清楚，语气缓慢又不拖沓：“一检负责审查的案件主要涉及危害国家安全犯罪、邪教类犯罪、重大人身伤害类犯罪、毒品犯罪、诈骗犯罪等。”

组里有个活泼的年轻女同事，本来就好事，又有些花痴，许砚谈一说完，她立刻鼓掌，“啪啪啪”的声音响彻会议室。

弄得大家很尴尬，纷纷跟着鼓掌。

岑芙有些没纳过闷来，就没鼓掌。等她扫了一圈再望向许砚谈的时候，又被他灼灼又直白的视线攫住。

唇瓣随着骤然的紧张下抿，岑芙清澈的眼瞳倒映着他的身影，还有那张脸。

她看着，许砚谈朝着自己这边，几不可察地挑动了下眉梢。

很浅。

岑芙平稳地挪开视线，假装没看他，跟着鼓掌。

许砚谈颔首，坐下。

下一位起身的是位年轻的女性检察官："大家好，我是二部的曹雯，第二检察部主要负责的案件涉及职务犯罪和经济犯罪检察……"

伴随着节目组的掌声，后面的人紧随其后介绍自己。

"我是第三检察部的……"

会议开的时间不短，主要围绕着他们节目每一期的大概选题，检察院这边线上通过了选题，但线下会议的时候还是要做一些修改和补充意见。

之后就是涉及每一期的人员分配，包括节目组需要检察院的伙伴们做出的配合和协同工作细节。

因为涉及出镜，所以这次选出来的这几位检察官都是精神面貌良好，能够代表检察院新一代风貌的优秀代表。

不过他们自己开玩笑，说是因为师父们都在忙案子，抽不出空来。

等散会的时候，岑芙都快直不起腰了，本来开会就是件体力活，而且又跑到检察院这样严肃庄重的场所，她更是正襟危坐。

从洗手间出来，她一边打开水龙头，一边活动着颈椎，对着镜子照了照，累得蹙眉皱鼻的。

洗手间隔壁就是茶水间，隔着一层薄薄的墙壁，又都敞开着门，所以隔壁交谈的声音直接就传到了这边。

本来岑芙还没在意，不过越听，她越觉得说的是许砚谈，于是悄悄把水龙头关上，默默竖起耳朵听墙脚。

"听说那位可厉害……"

"怎么怎么，我只关心能不能加到他的微信！"

"哎，你还听不听了！"

"听听听。"

岑芙挑起双眉，辨别出这两道声音属于自己节目组的女同事。

"听说他硕博连读，才四年就完成了学业，还是从南城政法大学毕业的。

"他家境不错，学了法去做个律师什么的其实更好，现在要求多严呢，但他非要考检察院，还是从基层做起，刚升到市检察院。

"厉害是厉害，不过就是有人笑他太拧了，好像没什么晋升心。"

岑芙原本舒展的神色又染上复杂，心中生疑：为什么?

对方也在下一秒问出："这是为啥?"

"不知道，就听说他简单的案子不搞，专与那些老大难的案子磕，搞不好就被领导批评。

"以他的能力，换个路子没准还能往上走走，他才二十八岁啊，年轻着呢。"

听到这里，岑芙靠在墙边，心里浮起一个念头。

那就是许砚谈本就是一个喜欢挑战困难的人，征服难题，比晋升什么的对他而言更有成就感。

可是，下一秒她又自我否定。

或许有这样的原因，但一定不全是因为这个。

因为许砚谈已经不是当年那个年轻气盛、狂妄恣意的他了。

岑芙后背抵着墙，环胸深思。连她自己都没意识到，自己潜意识地开始关心许砚谈的行为。

“哟，吓我一跳。”这时，进卫生间的人看见岑芙藏在这儿发呆，被吓了一跳。

岑芙赶紧回神，悻悻道歉，赶紧低着头逃出卫生间。

在检察院的食堂用完了丰盛的午餐，他们签了保密协议，领了近期进出检察院的临时通行证，下午开始工作。

正式录制要从明天开始，因为要给检察院的伙伴们留出背台本的时间，所以今天他们要把一整个系列的节目定妆照拍了。

岑芙二十二岁本科毕业，但实际上很早就进圈工作了。

那些年家里的钱不够用，她必须在学习的同时出去打工补贴家用。

岑芙在剧组里什么活都干，从一开始的场工、后勤，到后面的后期宣传，人设团队，她什么都做过，所以这些经验也成为她毕业就能进入周导团队的原因之一。

进入周导团队后仅仅两年，岑芙就凭实力从一个人设组里只负责设计穿搭妆容的小职员，成长为团队里参与选角和指导的副导演，眼光独到，柔中带厉。

岑芙也不再是以前的那个岑芙，那些曾经说她软弱可欺的人，如今看见她谁不得称她一句都市独立女性呢。

不过进了电视台的节目组，自然不会一上来就给她很高的职位。

岑芙站在化妆间，看着自己手里的这些化妆用品，摸着化妆刷的长柄，有种久违的熟悉感。

她也无法解释清楚自己为什么突然退出电影制作行业，放弃了高薪的团队。

或许是在某个夜晚，她忽然发现自己这五年来一直都没为自己而活。

爸爸还在的时候，为爸爸活。

爸爸走了，为团队活，因为伙伴们都说需要她，她推脱不开。

可是她忽然发现自己忘了，自己为什么一开始不管被何芳华打骂都要学这个专业。

可以说是犹豫许久，也可以说是一时脑热，就有了她现在这样从头开始的勇气。

临时化妆间的门被敲响，她断掉思绪回头："请进。"

几位检察官走进来，挨个等着让她化妆整理仪容。

在帮他们化妆的时候，岑芙发现在检察院工作的这些伙伴并不像自己想象的那样一板一眼，工作之外他们就如现在二十六七岁的年轻人一样，聊着热议的话题，偶尔也会说两句抱怨工作累的话。

但是她发现了，在这里的人，尤其是年轻人，无论嘴上说着什么，眼里一直有光。

送走一位化完妆去拍摄的检察官，岑芙收拾着东西，而后，她听见安静的化妆间外响起有些轻而远的脚步声。

岑芙握着化妆刷清理，眼睫颤动，没有抬头，因为她知道是谁。

只剩一个人还没来过了。

许砚谈站在门口，看着远处站在化妆桌前的岑芙的背影，单手关上门。

"嘭"一声，房间空气停止对外流通，岑芙顿时心悸，倏地回头。

许砚谈后背靠着门板，静静与她对视，在只有她的空间里放松了自己在外绷紧的弦。

他稍稍上抬的下颌，勾动眼尾的微动作，是片刻的放松，更是她时隔五年越过时间捕捉到的熟悉。

两人的对视作为燃料，说不清的浓郁氛围在封闭的房间里蒸腾而起。

岑芙放轻自己所有的举动，只怕被他观察剖析。

她稍微咽了一下喉咙，抗拒的意思在语气里很是明显："关什么门，打开。"

"你确定？"许砚谈挑眉，没多说。

含笑的眼神却已经告诉了她所有暗语：我不保证不会说出外人听不得的话。

他伸手，手已经握上了门门把手，作势要去开门。

岑芙败下阵来，赶紧说："过来坐吧。"

她并不想让团队里的人知道她和许砚谈认识。

许砚谈松开握着把手的右手，往她身边走去。

她按捺着生理性的紧张，可随着他越近这种感觉越强烈。

许砚谈拉开椅子坐下，与站着的岑芙对视，低头看了一眼自己制服外套扣眼处的金红检徽。

再抬眼，他问她："还行吗？"

岑芙稍怔，反问：“什么？”

“我这身制服。”他的嗓音很低，比前些年更成熟稳重，微微的语气起伏，就像是大漠里随风波动的细沙。而其中，又莫名溜出几分如少年人般希望在乎的人能钦佩自己的恣意感。

话里有话。

他说的是制服，实际上，他也是第一次以检察官的身份出现在她面前。

从戴上检徽的第一天，许砚谈从来都认为这身制服给他带去的是沉重严肃，是责任。

可今天他对自己身上这套衣服有了不一样的感觉。

他也会有期待。

期待她的反应。

为了他如今身上的这身衣服，许砚谈、岑芙，乃至他们共同认识的长辈和朋友们都付出了多少。

岑芙知道。

哪怕两人之间还有隔阂，她也不会在这时候再说反话。

但是……

岑芙看着他，目光流过检徽没有说话。她最终只是点了点头，表示自己的态度。

许砚谈的眼神略有暗淡，不过同时出现的是勾起的嘴角。

还奢求什么，这已经不错了。

他并不是念旧的人，但在她身上，什么赖招都拉得下脸来用。

许砚谈随口一问，却是旧事重提：“这次还用修眉吗？”

难以忘记的回忆被他一句话勾出，岑芙低头在包里找工具的动作有减缓的趋势，缓慢眨眼。

可能是因为门关着，她总觉得有些不透气。

许砚谈见旁边的人没有任何反应，缓缓合上眼，借着这会儿工夫小憩，撂了句：“弄吧。”

每一步，每一句话，每一个动作，都像是当年的情景再现。

岑芙从化妆包侧面抽出修眉刀片，转身，看着合着眼的许砚谈。

那个在化妆间，被他一个眼神一个动作就弄得脸红脖子粗，心动羞臊的她，那么弱小，又那么单纯。

那种感觉，已经随着十八岁的她定格在五年前，永远死了吧。

岑芙在心里自嘲般问自己。

她走近他，将发凉的手心使劲在身后的衣料上蹭，蹭干净。

岑芙抬起手，暗示自己：不许露出破绽，不许出洋相。

而当她的指腹触碰到他额头的瞬间，体温的传递，又让岑芙的心尖狠狠地颤抖了。

他的身体，每一寸她都触摸过。

隔了五年，就像是蓄满了磁力的磁石对撞，迸发出了人类心脏无法承受的能量。

他温热的鼻息，喷在她露在外面的胳膊上，弄得岑芙的毛孔都在战栗，敏感发痒。

许砚谈什么都没做，就坐在这里，甚至连眼睛都合上了，她却不由自主地开始产生敏锐的“不良反应”。

岑芙右手捏着刀片，缓缓抬起，就在刀片刚刚举到与他眉毛齐平的高度时，与她近在咫尺的许砚谈，徐徐睁开了眼，瞬间，眼眸深情。

深棕色的眼瞳，如浓稠的琥珀，褪去了少年的冲劲，演化出了更硬的成熟，坚如磐石，像深邃陈酿的雪莉桶威士忌。

比二十三岁的他更迷人。

许砚谈一个眼神，岑芙仿佛瞬间被推进了时间的海洋隧道。

“咚——咚——”

哪里的海底火山活动了？

是她的悸动，不受自己控制的荷尔蒙反应。

许砚谈悄悄抬起自己的大手，伸出一根手指。

区别于五年前他攥住她手腕的动作，五年后，他散漫地探了探她的掌心，有意地勾挠一下，又收回。

而后，他故作正经，绷住一秒，然后再笑：“你的手，出汗了。”

火山喷发，一股滚烫的炙热从脚底直蹿到她的天灵盖，耳后一片通红。

岑芙一只手用力摁着他的额头，另一只手开始修整他的眉形，有些凶地提示他：“闭眼。”

她知道自己无法完美掩饰，于是只能露出刺来面对他，对自己刻在骨子里的反应表示排斥：“请你不要影响我工作。”

许砚谈最后看了一眼她认真的神色，再度合眼。

也算听话。

许砚谈整理完仪容，出去拍照，岑芙一个人留在化妆间里收拾东西。

纤纤给她订了个餐厅，说是庆祝她新工作入职，请她吃一顿。她正盘算着怎么去那家餐厅，是乘地铁还是打车，这时，桌面突然传来几声振动。

吓了岑芙一跳。

她回头，看见桌边摆着的黑色手机，不是她的。

难道是许砚谈落在这里的？

手机一直振动，岑芙有些烦，打算给它挪个地方让振动声小一点。

就在她探头过去的时候，正好看见他锁屏的手机上弹出来的新微信。

他的微信没有私密设置，锁屏上就能显示出微信消息的所有内容。

包括联系人。

于是岑芙就看着纤纤的微信头像一直在给他弹消息。

纤纤：餐厅已经订好了，她今晚会去，你装偶遇就行。

纤纤：谨言慎行！芙芙对你态度还没放宽呢！

岑芙站在手机旁边，双手环胸，眯起眼睛。

片刻后，随着逐渐消停的手机通知，她冷哼一声。

她说呢，怎么哪里都能碰见许砚谈。

行啊，许砚谈，连她身边的人都收买了。

许砚谈拍摄完才发现自己手机没在兜里，思绪转了一圈，唯一可能在的地方就是化妆间。

他和同事们先分开，折回去。

化妆间的门开了个缝，他本以为屋里应该没人，用手背推开门一瞥。

正好看见岑芙双手环胸靠在桌子边，安静无声，似是在发呆。

手里还捏着部黑色手机——他的。

很明显是在等他回来。

许砚谈意外地挑了挑眉，神色意味不明。

他侧身进屋，十分自觉地又把门带上。

听见有动静，岑芙偏头，瞧着他一步步走向自己。

她问："拍完了？"

莫名主动。

许砚谈颔首："手机忘了拿。"

岑芙敛下眼睫，拇指在他手机的音量键上随便摁着玩："是忘了还是故意落在这儿的？"

"在你心里我这么心机？"许砚谈笑着说了这么一句，根本没解释的意思，伸出手要手机。她捏着手机递出去，他伸手来接。

就在许砚谈马上要碰到手机的时候，岑芙一个收手，手机重新回到她手心里攥紧。

许砚谈的手尴尬地滞留在半空，神色紧下去的瞬间露出质疑和警告的态度。

岑芙才是那个占理的，她抵着桌边站起身，虽然个子只到他的肩膀，可她的气势并不输多少。

“说说吧，”她歪头，颇有兴师问罪的意思，“什么时候和纤纤通气的？

“餐厅都订好了，合起伙来把我骗过去，有意思？

“还有婚礼，不会也是你们商量好的吧？

“我就说，她那么好的朋友结婚，她都不舍得请假过去，偏要我代礼。”

一想到各种巧合，岑芙觉得后背发毛，说不上真的动怒，但总觉得有股被耍的感觉。

一急之下，她就“噼里啪啦”地说了一堆。

小说和影视剧里双方对峙的时候，有一大忌讳。

谁话多，谁就输了。

这并不是什么衡量标准，只不过话太密的话……不够酷。

许砚谈是赢家，太过明显。他就默默地听着，越听眼角的弧度越往上。

会咬人的兔子即使攻击性再强，到了老虎面前，依旧会被天然的种族压制。

此刻的画面就颇有种老虎卧在树下打盹，任由尖牙的兔子在自己面前作祟的既视感。

许砚谈将方才停在半空的手揣进制服裤的兜里，换了一只手，继续跟她要手机：“说完了？”

“说完给我吧。”尾音上挑。

完全不理她的质问，让岑芙一拳打在了棉花上。

岑芙喉咙瞬间一堵，原本不怎么生气，现在直接蹿了火。她直接把手机摁进他怀里，力度很大，眼神警告：“我只说一遍，你最好离我远点。

“如果你忘了五年前我对你说过的最后一句话是什么，我不介意再复述一遍。”

她这句话一说出口，许砚谈的表情瞬间变了变。

她指的是那句——别让我到最后，恨你恨到恶心。

说完，岑芙转身拎上收拾好的所有东西，头也不回地走人。

气得脸都鼓起来了。

她非要和纤纤好好算账！

晚上，今日在检察院的工作全部完成以后，除了负责把设备放回电视台的同事要一起走，其他人就在检察院门口解散了。

岑芙坐上了出租车，本来都告诉师傅要回短租公寓。结果车堵在晚高峰的市区街道时，她开始饿得心慌，犹豫了好久，最终决定还是改路线中途停在纤纤给自己订好的餐厅大厦。

她一想这钱都花了，不吃白不吃。

而且她对许砚谈的态度那么强硬，他们的计划也被她戳穿，她就不信许砚谈还能厚着脸皮过来。

餐厅在大厦高层，如果是临窗的位子还可以看见整片崇京市中心的夜景。

而纤纤给她预订的位子，又恰好是靠窗。

夜景斑斓之上，餐桌上的花瓶边点着一根法式香蜡，细小的火苗酝酿着浪漫。

岑芙看见这餐厅的规格，还有这单独空出来的黄金观景席位，不禁在心里骂了句纤纤。

为了撮合她和许砚谈，可真是“舍得花钱”。

她刻意巡视一圈，没看见许砚谈的身影，便放心地落座请服务生安排上菜。

等了十几分钟，前菜被服务生一道一道呈上来。

岑芙拿出手机拍照，拍完刚打算吃的时候，视线里，自己面前的桌面忽然罩上一片阴影。

岑芙一愣，抬头，迎面看见一束以粉白色木芙蓉为主花的捧花。

这种常常以盆栽花卉、花园草丛花卉种植的花种，用来配花束竟然也这么好看。

淡雅坚韧的木芙蓉，一点也不比市面上常用的玫瑰花束逊色。

单手捧花的人，手修长匀称又有力，手背若隐若现的青筋浮动的是难掩的男性荷尔蒙。

岑芙的目光一点点上移，最终对上许砚谈的视线。

他换掉了检察院的制服，黑夹克灰卫衣，简约帅气，恣意放松，根本不像已经二十八岁的人。

木芙蓉，让她瞬间就想起自己十九岁生日那天的芙蓉天梯，配合着餐厅浪漫缱绻的氛围，让她无法对不请自来的许砚谈横眉怒目。

两人各自含有复杂情绪地对视着，半晌，许砚谈率先开口：“想骂我，我也先待会儿。”

他勾了下嘴角，把花束倾斜向她，把这捧她最喜欢的木芙蓉递给她。

许砚谈还是那个运筹帷幄的人，他笃定岑芙会舍不得放弃已经花钱订好的餐厅，所以只需要不紧不慢地、准备充足地站到她面前即可。

五年过去，经历沉淀的是他狂妄不修边幅的缺点，巩固的是他吃定目标不松口的狼性。

对事业是这样，对感情亦如此。

岑芙是这个世界上唯一能降服他的人。

他本就在赎罪之途，所以无论她对自己说什么做什么，许砚谈都对她狠不起来。

一句冷话，一个瞪眼他都舍不得使。

许砚谈俯身，将自己的姿态压低，隐藏着猜测和忌惮，深棕的瞳色最适合演绎深情，配合着他过于蛊惑的低嗓。

“欢迎回来。”

那瞬间，岑芙只觉得自己身上什么东西被倏地拽了出去。

脑袋发蒙，一阵耳鸣，她好像听见了回忆里，爸爸那气若游丝的话。

“芙啊……别怪他……别怪人家……”

鬼使神差地，岑芙伸出了自己的双手，接过了他的花，却没有说什么，只是视线下垂，盯着花，心里苦涩。

许砚谈见她接了花，直起身拉开椅子坐到她对面。

岑芙见他还气定神闲地坐下了，瞥他一眼，意思很明显：我没有邀请你一起吃。

“这桌的餐食是我花钱订的。”

许砚谈反客为主，伸手指了指桌子上精致的前菜，故意露出几分赖皮，笑道：“岑小姐给个面子，一起？”

岑芙扫了一眼已经被自己动了一口的鱼子酱，嘴角撇了撇。

玩不过他。

两人最终还是同桌共进晚宴了。

精油蜡烛还在燃烧着，试图用自己的微温将两人之间冰封五年的隔阂融化些。

岑芙不再和他较劲，慢用前菜。等待正餐的这会儿工夫，她看着坐在对面，慢条斯理吃东西的许砚谈，借机了解一些积攒多年的疑问：“是你后续又追究了何芳华当年的罪责吧？”

许砚谈放下餐叉，抿了口气泡水，没张嘴“嗯”了一声。

不知想到什么，他眼神有瞬间的迟疑，抬眸，看着岑芙：“有件事，我觉得还是应该告诉你，当年那场意外，其实……何芳华并不是主谋。”

岑芙愣住了，没有想到那件事还能有更深层次的内幕：“什……”

“你走了以后……”许砚谈偏开视线望向高楼下的璀璨夜市，陷入回忆。

岑芙离开了以后，他一个人消沉了很久，每天昏昏沉沉时，内心在无比后悔和自我遣责中撕扯，精神都快被摧毁。

后来他拿到了何芳华的犯罪证据，回到许家把证据交给许衡，让许衡起诉何芳华。

许衡答应下来，却告诉了他这件事藏在更深处的肮脏。

一句“何芳华并非主谋”，几乎把许砚谈推向了更深的海底。

因为这一切，都跟许项相关的利益集体脱不开关系。

兄弟二人本就涉及家业的继承竞争，掌舵人只有一位，而许项在生理条件上已然失去所有优势，一旦某天权力彻底交由许衡，许项背后所有人的利益都会受影响。

于是，许项的合伙人将罪恶的矛头指向了许衡。

他找到了岑华家居的老板娘何芳华，用金钱和人脉诱惑她。

当时背后黑手让何芳华下的是死手，他要许衡永远消失，这样一来许项将会成为许家产业的第一继承人。

他保证事发以后会帮何芳华撇清关系，许家人要怪要告也只能赖在岑康发头上。

何芳华答应了。

但是，她不是没脑子的人。

如果她真的策划杀人，到时候真查到，对方怎么会保她。

所以，何芳华悄悄换掉了吊起来的那块钢板的材质，笃定自己丈夫会英勇救人。

最终让许衡落了个残疾。

事后许衡第一时间清算了许项背后的所有势力，背后黑手被追责入狱。只是因为岑康发的英勇出手，许衡愿意放何芳华一马。也因为这件事，许项彻底失去了所有竞争力，守着那荒芜的院子了却残生。

这件事就那么落下了帷幕。

所以，背后黑手早已归案，而许砚谈也恨错了人。

许衡早早就劝他收手，就是因为……何芳华不过是别人手里的刀。

用尽了手段报复他们，最终只会让许砚谈失去岑芙。

当时许砚谈几乎是第一次跟自己的叔叔发了火，他质问许衡为什么不早点告诉他?

许衡也有自己的无奈。

他不想让许砚谈知道，伤害自己叔叔的人，是为了帮自己父亲夺权。

这件事经过多番调查清楚，确定许项是不知情的。但许衡知道，许砚谈这样重情又偏执的人，不管怎样都一定会恨透他父亲。

许衡不希望这样，于是隐忍着伤痛，瞒着父亲许健伶，瞒着侄子许砚谈，维持着这个家岌岌可危的平衡。

所以他只能蒙着一层纱，让许砚谈放下对岑家的恨，让往事翻篇，不要再让后辈因为这件事继续纠缠痛苦。

可是许砚谈是个不听劝的，不听劝，也不听话。

最后还是闹了个天翻地覆。

岑芙听完，震惊到几乎连眼睛都忘了眨动。

不知为什么，她的心脏随着他说的话，他的语调，也被压得难受。

她望着许砚谈的侧脸，翕动嘴唇："那你……为什么还要告何芳华？"

她问完这句话，许砚谈才缓缓把头转回来。

他眼眸如一汪深不可测的冰川潭水，倒映着桌面燃着的蜡烛的细小微光，好似海洋悬空的火焰。

"无论前因后果，她都有罪，不是吗？"许砚谈腔调笃然。

而何芳华曾经怎么对她的，这些年让她受了多少委屈，许砚谈比岑芙本人记得还清楚。

所以，为了你，更为了正义。

玻璃杯里的柠檬茶在晃动，她心底波澜也在晃动。

原本无味的舌苔被人猛地泼了一杯柠檬汁。

那么酸，那么刺。

许砚谈把岑芙最喜欢的鹅肝推到她面前，和沙拉换了个位置。

做出动作的同时，他硬着腮帮，闷声道："是我对不住。"他错了。

这句道歉，不知憋了多少年。

"岑芙，再给我一次机会。"

给我个赎罪的机会。

岑芙握着餐叉的手，更抖了。她垂着眸子，眼角的热泪漫延开来。

有几个人见过许砚谈这么卑微的模样？

估计就她一人吧。

许砚谈把所有的过错，都揽在自己身上，可是……

这件事，太多人选错了。

岑芙无法第一时间说话，隔着这些年，她已经没有了再次走向他，抛弃隔阂与他成为爱人的勇气。

纤纤说得没错，她迈不过去的不是长辈们恩怨的那道坎。她迈不过去的，是自己心里那道较劲到扭曲的坎。

岑芙故作淡然，举起叉子去吃菜，伸到中途的时候，她扯出一声干笑，开口：

"许砚谈，我们就算当……"

"朋友没得做。"他突然抢先截断了她要说的话。

这下，岑芙是彻底没法吃东西了，她下压的眉头在痉挛，克制泪腺的同时听见许砚谈的声音。

如巨石坠落般笃定地、断然地，明确告诉她。

"岑芙，这辈子我只做你男人，别的没戏。"

勉强吃完了晚饭没算浪费，岑芙终于能结束今天的波澜起伏。

原本许砚谈要送岑芙，但是岑芙实在不想再跟他待在一块，她需要冷静，于是决定自己打车离开。

上出租车之前，她回头对许砚谈做最后警告："回去我会找王纤纤算账，以后不要再这么耍我。如果让我发现你再跟着我，我就报警。"

上了车，岑芙没忍住回头，透过玻璃窗往后看。

那抹黑色的颀长身影还站在路边，久久驻足，看不清表情。

直到她看不见为止。

岑芙回神，弯下腰捂住了自己的脸，闭着眼，调整着逐渐紊乱的呼吸。

难以纾解，难以解脱。

出租车送她到楼下，岑芙进了单元楼。

在电梯合上的前一秒，岑芙好像听到一楼大厅又进来人了。

她想着一楼有两部电梯，就没给那位居民留住电梯。

电梯徐徐上升到十二楼，岑芙走出电梯门，走到1202这间房门口，掏钥匙。

因为是短租房，所以智能门锁的指纹和密码都没有启用。

"嗯……"岑芙翻着自己的托特包，一时间没找到钥匙。

这时候，电梯停在十二楼的声音响起。

"叮——"

岑芙下意识地回头，然后就看见从另一部电梯里走出来的许砚谈。

她翻包的动作都因为震惊而顿住了。

岑芙眯起眼睛，把找不到钥匙的愤懑加码在他身上，十分不理解，脾气很冲："许砚谈，我刚才没跟你说明白吗？"

许砚谈一步步走向她。

"我说你再跟着我，我真的要报……"她话说到一半，就见许砚谈与自己擦肩而过。

他走到对面的1201，摁下了指纹密码。

门板打开。

许砚谈回头，挑起令她无比熟悉的恶劣微笑，仿佛还是那个一笑就没憋好事的坏种。

他语气散漫又无赖：“报什么？”

岑芙傻眼了。

得知许砚谈就住在自己隔壁之后，岑芙甩上门直接打电话给纤纤，气得胸口起伏。

对方接通了电话以后，她一通骂“噼里啪啦”砸过去。

最后说累了，岑芙叉着腰歇口气，非常无奈地命令她：“我让你帮我找房子，结果你让我跟他做邻居。

“把房租钱赔我，我出去住酒店。”

纤纤一听马上劝道：“哎，这可使不得啊，你租了那么久，我最近手头很紧的。”

“王纤纤，你现在彻底成他好朋友了是吧。”

岑芙双手揉脸上的卸妆膏的力度都加大了，对着手机那边警告：“咱俩还处不处了？你给句话吧。”

纤纤知道岑芙来真的，一下子为难起来，也没想到会被这么发现。

她愣了很久，最后叹了口气。

“芙芙，我一开始真不想理他的。

“我实在被他打动了，以前的时候哪怕算是朋友，我都不敢跟许砚谈说硬话，更别说见他那么……卑微的样子了。

“就为了通过我照顾你，知道你的情况，他特地来见我，面对面恳求我。”

岑芙抬手打开水龙头：“什么时候开始的？”

纤纤回：“大概就是……咱们大二大三那会儿吧。”

所以也就是说，这五年来，只是她单方面断绝了他的消息。

岑芙洗脸的“哗哗”流水声不断，纤纤就自顾自地嘟囔起来：“其实，当初叔叔那公司能那么顺利转让出去，是有许家人帮忙来着……

“我都是后来才知道的。

“你还记得叔叔病最重的那时候吗，就你大三的时候。那时候你为了打工省钱连自己身体都不顾了，一个月因贫血昏倒了三次。

“有一次你在剧组昏倒，是他悄悄去看撞见你昏迷，抱着你去医院的，后来我为了瞒你才说是个不认识的男场工。

“你不知道吧，他抱着你去打车的时候，眼睛都红了。

“他这几年到处折腾也瘦了好多，气色不好。我看见许砚谈那个样子，我心里都不得劲。

“后来我总给你带金满楼的饭菜、鸡汤补身体什么的……也都是……他买的。后来他必须飞回去了，就把钱给我，让我请你吃些好的。

“你那年夏天跟剧组，被虫子蜇了浑身过敏起疹子，医院开的药根本不管用的时候，我给你的特效中草药膏也是他托人寄来的。

“芙芙，我是觉得你可以拒绝他。”

纤纤说到最后，语气都很沉重了，带着劝说：“但是总归要给他一次机会。”

“啪！”

水龙头被岑芙一手扣上。

水珠顺着她纤长的睫毛尖往下掉，像承不住甘露的绿芽叶子。

岑芙一下接收不住这么多试图修改她过去五年部分回忆的强势行为，她抽出一张洗脸巾，草草留下一句“我有点累，先睡了”，然后就挂了电话。

夜晚，月光刺雾，拨开重影。

岑芙这一夜睡得很不安稳。

思绪埋入柔软枕头的瞬间，她便被拽进了无尽的回忆梦中。周遭闷热难耐，好像又回到了父亲去世之前那个难熬的酷暑。

太阳把人影都烤得扭曲，那会儿为了方便干活，她将自己的黑发高高扎起，时间一长头皮都被勒得疼。

汗将她的鬓发打湿成缕，虚虚地垂在额间，单薄得快如纸一样的身形好似随时会被打散。

那一阵子，岑芙的大脑几乎是麻木的，她什么都不想，除了赚钱就是跑医院。

身体和神经都已经抛弃了疲惫这种感觉，她看着状态一天不如一天的父亲，连悲伤都忘了，只知道课余继续更拼命地打工。

她只有一个念想：只要有多一点钱，爸爸说不定就能再多留些日子。

“衣服！衣服谁拿着呢？”导演叫她的声音从远处传来。

岑芙搬完这一箱子道具，就得马上跑过去。

可是她刚一转身，抬腿，眼前却瞬间换了场景。

梦境转变，她竟跑到了病房里。

那是父亲语重心长，对着她把过去的所有一一道来的场景。

她原本在劝他多睡一会儿午觉，可是不知怎的，他那天情绪波动很大，拉着她的手，让她一定要听完自己说的话。

“芙芙，你听爸爸说……

“爸爸，其实在你小学那会儿啊……我得过一次肝癌。那时候瞒着你和你姐姐做的手术，发现得早，医生说情况好不会复发。

“我这是潜伏扩散的肿瘤……刚查出来的时候，已经晚了，这次治不了了，我知道……所以我跟谁也没说。”

岑康发费力的话语伴随着剧烈的咳嗽声，每一句都像是踩在生命的心跳线上。

但他坚持说完：“爸爸罪有应得啊……我该遭的报应……”

说着这句的时候，岑康发年迈的眼角有了泪光：“当初你妈害了许总……我知道。但是我糊涂了……我为了钱……为了前途……我帮着你妈一块瞒着。

“我享了不该享的福气……都是报应……我该遭报应……”

他无声落泪，悔恨不已。

许砚谈找上岑康发之前，岑康发就已经知道自己癌症复发已久。

而正是因为许砚谈对岑芙的感情，让许砚谈在那个时候，动摇过自己报复的计划。

那场私下的会晤，没有任何人知道。

他面对岑康发，没有任何仇恨，没有任何气愤，冷静到连岑康发这个游走商场多年的中年人都后背冒虚汗。

“如果您愿意配合出庭做证，指证何芳华，”许砚谈撩起眼皮，手指轻叩桌面，“以往的事我不再计较。”

明明作为受害者一方的许砚谈，却主动向岑康发递出了求和的邀请。

他愿意自剪渔网，让岑康发和岑颂宜都从漏洞里逃走，只针对何芳华一人。

为了岑芙。

可是，岑康发却没有回应。

在大是大非前，岑康发再次选择包庇自己的妻子，无视许砚谈的主动。

之后，许家收回了对岑家的照拂，失去了庇护的岑康发一点反抗手段都没有。

岑康发也曾想过抛弃自己的产业，拿着赚到的钱去过清闲养老的日子。

可是每当他想放手的时候，妻子何芳华就会逼着他，不择手段地搏富贵。

“别怪人家，芙啊，永远别怪许家人。

“是许家……一直在宽容我们。

“这是我们这辈的事……我拿命还上……你不要再过不去。

“过去吧，芙啊，让这件事过去吧。”

岑芙听着，原本麻木的人“唰唰”地开始落泪，消瘦的肩膀缩了起来。

岑芙跟着这些故事，恨了一圈又一圈的人，到了最后，她都不知道自己该怨谁了。

好无力，好可悲。

眼泪流着流着，她忽然感觉被人横抱了起来。

梦境瞬间变化，她又回到了因为低血糖在剧组晕倒的那天。

搂着自己后背的大手，还有那强壮的手臂，都那么熟悉。

而这次，她睁开疲惫的眼睛，在勉强拨开的缝隙里，看见了许砚谈的脸。

两人已经分开了一年，在榆安，在完全没有与他有回忆的地方。

许砚谈的侧脸显得那么陌生。

他猩红的眼角，因隐忍而皱起的眉，也那么陌生。

岑芙其实都明白，一开始她把爸爸的病重全部赖在许砚谈身上，只是她的逃避。

许砚谈有他的不对，即便是足以横亘在两人爱情之间的错误，也绝不足以称之为害得岑康发患癌的诱因。

她不过是在逃避，逃避自己忽视家人的事实。

何芳华、岑颂宜母女狼心狗肺，她明明那么摒弃厌恶，最终却还是和她们一样，只顾自己快活而忘记了关心爸爸。

也曾在一些时候，她把对原生家庭的厌恶，施加了一部分在爸爸身上。

于是之后，那股罪恶感就像泼在身上的油漆，怎么也洗不掉。

她曾无数次陷入那样的噩梦无法摆脱。

梦见自己在许砚谈怀里只图享乐，欢愉无度的时候，爸爸在旁边为了整个家消耗着生命。

得到爱这件事太过奢侈，这个观念已经刻进了岑芙的骨子里，融为一体。

她是罪人，她该赎罪。

到头来，她恨的人不是许砚谈。

她恨的人，是自己。

迈不过去的，也不是许砚谈和岑家的坎，是她对这份愧疚、这份罪恶的坎。

哪怕爸爸离开了她，已经不在人世了，她的罪孽，也并没有终结。

它限制着她对幸福的欲望，束缚着她感情的波动。

它让她在无数黑夜中惊哭，它让她不敢再想念许砚谈。

梦境的最后，岑芙回到了十九岁的那个夏天，刚得知爸爸患癌的那个午后。

崇京的医院。

人影进进出出的医院大门，她抓紧他的衣领，倒在他的怀里哭到抽噎。

岑芙听见自己的声音，那么细碎的，那么可怜的，对许砚谈发出求救信号。

——“救救我……”

——“许砚谈……救救我……”

下一刻，有人突然拽住了她的手腕。

“哗！”

把她扯出了吞没她多年的深邃海底。

岑芙倏地睁开眼睛，张开嘴巴，猛地吸气。热泪从眼角滚落，眼前是模模糊糊的卧室天花板，窗帘那边已经有些透光，天已破晓。

她伸出无力发虚的手指，触摸自己眼角汩汩不断的眼泪。

越哭越起劲，岑芙轻轻抽噎，这一场翻来覆去不断转变的梦，几乎把她折磨崩溃。

床头柜上的智能闹钟还在一圈圈转着秒针，逼近发作的精准时间。

这样的梦岑芙不是第一次做。

可因为昨天晚上纤纤说的那些，实打实地打在了岑芙的心上，让她既惊愕又惊喜，于是，这场噩梦更冗长沉重些。

岑芙不打算继续在床上躺着回味，于是起身，把闹钟关掉，翻身下床。

早上六点半，一杯冰镇黑咖啡，将岑芙的红肿眼皮安抚下去一些。

八十平方米的短租公寓她一个人住太过宽敞，在清晨这样的时分，显得尤为孤单寂静。

噩梦的内容千篇一律，她醒了就忘。

只不过。

“哗——”水龙头倾斜，噪声响起。

她冲干净脸上的洁面泡沫，任由水珠滚落，盯着洁白的盥洗盆。梦里的那句话就像鬼魅似的在脑子里挥之不散。

——“救救我……”

——“许砚谈……救救我……”

“啪！”

岑芙使劲把水龙头关上，眼底暗淡。

她已经做好了与这心魔缠斗撕扯一辈子的准备。

没人能救她。

岑芙没了胃口吃早饭，不紧不慢地收拾完东西，换上衣服出门。

住的地方距离市检察院还有一定距离，坐地铁也要二十多分钟。因为没有睡好，所以出门的时候如同忙碌一晚回家那样疲惫，她叹了口气，背上包出门。

打开房门的瞬间，隔壁住户的大门同时被推开。

岑芙抬头，正对上许砚谈的眼睛。

他本就是衣架子的身材，个高腰窄腿长，穿着检察官制服更是衣冠楚楚，配上他那难以挑出瑕疵的五官，让人很难移开视线。

察觉到岑芙观察自己的眼神有些入迷，许砚谈甚是享受，抬起单臂架在门把手上，整个人歪倚一些。

散漫不羁的劲儿从他制服外套的缝隙中逃逸出来。

岑芙意识到自己的失态，一眨眼，回了神。

下一秒，她回过神的目光对上他等待已久的视线。

一夜痛苦的噩梦竟在看见他的瞬间尽数消弭，她也说不清楚，只觉得身体里好似有什么在涌动。

视线里，许砚谈靠在隔壁房门的边缘，一身制服。

他笑得有些懒。

“岑导，上班啊。”

岑芙没理他。

许砚谈也不尴尬，往外迈腿转身把门关上，看似提醒实则揶揄：“半路退租不退定金，合同上有吧？”

他早就猜到昨天晚上她得知自己和她是邻居以后会做什么打算。

把人猜得明明白白。

被戳中心事的岑芙喉咙一梗，好几千块的押金，她就算再富裕，也舍不得白丢那么多钱。

何况，许砚谈明摆着猜准她打算搬走。

岑芙逆反心理上来，直接反手把自己家门关上，随着巨响，直接否定：“谁说要退租。”

许砚谈回眸，轻嗤一声，却说：“轻点儿关，我那门挺贵的。”

岑芙看着他往电梯口走的背影，震惊得瞪大了眼睛。

他……他的？

她回头，看了一眼自己住的这间。

她租的……是他的房子？

岑芙跟着他走进电梯，许砚谈一边摁电梯，一边轻飘飘地说：“我把那房子代理给中介了，所以租的时候你没见着我。”

五年前当他室友，五年后又当了他邻居。

岑芙在心里仰天长叹，心情很复杂。

电梯在不断下沉，岑芙瞥了一眼许砚谈，冷嘲似的开玩笑挖苦他：“昨晚上吃饭的时候还求别人给机会，今早上就拿押金威胁我。”

电梯抵达一层，许砚谈迈出去之前回头看她一眼，轻笑一声，有些恶劣：“你不是知道我什么样儿吗?

“我这人对女朋友一向慷慨，对朋友……”许砚谈咬重“朋友”这个字眼，同样在挖苦她昨晚说继续做朋友的提议。

他话说到一半就打住了，最后，只是吊儿郎当地摇摇头，耍赖似的笑让人心悸。

岑芙看着他的背影，缓缓眯起眼。

她忽然就觉得，这人的痞气如今已经随着年龄增长越发浑然天成，哪怕是正气凛然的制服都束不住。

“岑导。”许砚谈忽然在远处叫她。

岑芙猛然抬头，瞧见他站在自己几米之外，手指勾着车钥匙摇晃，不厌其烦地再次发出邀请：“一块儿上班啊。”

刚刚被他噎了话，岑芙没好气地瞥他一眼，扭头就往小路走，背对着他摆了摆手。

莫名有些潇洒。

许砚谈瞧着她走路带风似的背影，自喉间发出一声短笑。

含着阔别已久的爽朗。

岑芙所在的节目组负责制作的这档民生普法节目不仅会在崇京市电视台播出，更会投放在各个短视频和长视频平台上。

虽然当代年轻人的文化水平日益增高，可是经过调研，结合部分社会现象，发现人们缺乏法律意识这一点几乎是全社会的弱点。

而这就是他们节目后续，对于检察院的微纪录片的拍摄意义。

之前在电视剧制作组，岑芙也是全国各地，世界各地地跟着剧组跑。

可是无论接什么样的剧组，她都是在已经搭建好的摄影场地、拍摄棚工作，见着的也都是为了演绎剧本而绞尽脑汁、费尽功力的演员们。

可是现在不一样了，她进了这样的节目组，可以自由地出入这样神圣的地方，用自己的镜头传播人情和法律。

虽然奔走疲惫，薪酬也不如以往，但做着这些事情的时候，岑芙觉得自己是鲜活的。

岑芙跟着节目组，跟着检察院的公职人员们也学到了很多法律知识，不仅在工作中输出，也在工作中输入。

一忙就到了周五，这天节目组收工，正好那几个配合节目制作的检察官想撺掇节目组的伙伴们一块吃个饭。

一起共事一周多都还没有吃过饭，又都是年轻人，大家越商量着热情就越高涨。

岑芙本来打算直接下班回家好好休息一下，结果最后稀里糊涂地就被带着一块团建了。

出检察院的时候，岑芙看见检察院那边的人开了两辆车前往约好的餐厅。

许砚谈的车里，后座坐了三个大男人挤挤挨挨的，偏偏副驾驶空空如也。许砚谈也迟迟不发车，也不知道在等什么。

这时岑芙拎着摄影包和同事出来，许砚谈将车窗全部降下，胳膊搭在车窗上，默默地看着她。

换下制服的许砚谈坐在这辆车里，仿佛与五年前那个按着她在车里胡来的他分毫未变。

岑芙还记得，当年他就是这样，把车停在路边，胳膊搭在窗边耐心地等她一起回家。

许砚谈一挑眉，岑芙就猜到他的意图，二话不说地转身钻上了同事的商务车。

余光追着她逃离的纤细身影，许砚谈颇为无奈地“啧”了一声。

“哥，咱还不走？”后座其中一同事催道，不知道他愣在这儿干吗。

“走。”许砚谈启动车子，掀眸往后视镜一瞥，疏冷嗓音中带着散漫地警告另一个同事，“敢在我车上抽，就把你踹出去。”

坐在窗边刚拿出电子烟的男同事瞬间愣住，然后悻悻耍赖：“哥，电子烟。”

许砚谈单手扭转方向盘，带着车子猛地转向，把后面那三人摇晃得“咣咣”撞在一起哀叫出声。

“你试试呗。”

同事：不让抽就不抽！吓唬人干什么！

一行人相聚在餐厅。

这家餐厅偏西式，价格适中，环境也比较热闹，适合团建。

餐厅里是半点单半自助的形式，大伙交了自助的钱落座以后就纷纷去拿吃的。

岑芙留下来给同事们看包，让相熟的同事小姐姐随便给自己弄些吃的回来就好。

对方和其他人有说有笑地排着队去拿吃的，看见不错的菜就给岑芙的盘子里夹一点，瞧见前面新上的菠菜乳蛋饼看上去不错，拿起夹子刚要去夹，身后突然响起一道声音。

“这个别夹了，她对菠菜过敏。”

同事小姐姐回头，就见许砚谈在身后，吓了她一跳，一下子没反应过来。

许砚谈手里端着个盘子，往岑芙坐着的位子抬了抬下颌，示意。

然后他与同事小姐姐擦肩而过，轻飘飘地补充：“她吃不了，别浪费粮食。”

同事小姐姐：“哎？”

这怎么回事？

同事小姐姐怀着很复杂和好奇的心态端着两个盘子回来，刚想抓着岑芙问个彻底，结果就被大家叫去边吃边玩游戏。

岑芙累了一天实在饿，就不参与他们的联谊游戏，埋头猛吃，时不时端起啤酒罐跟大家碰个杯。

许砚谈坐在岑芙的斜对面，一抬眼就能纵观一整张团建长桌，方便他光明正大地偷窥。

因为驾车，所以他手边是罐汽水。许砚谈用拇指和食指捏着罐口，抬头饮用的时候，下敛的眸子投向斜对角，细密的眼睫挡住了他如瞄准猎物般直白而暗沉的目光。

岑芙的头发现在是长到胳膊关节的长度，乌黑的发色带着一点法式的波浪卷，配着她白皙细腻的皮肤，纤细有致的身材。

岑芙一个不经意将黑发拢到耳后，露出大片细白脖颈，无声地撩拨他的注意力。

她握着啤酒和其他人笑着浅饮，大方又开怀，谈笑自如，完全不似五年前那般自卑怯懦。

那只被困在笼子中长大的白蝶，此刻正肆意飞翔，见过无数景色，被阅历泼上了迷人的花纹。

而见着这样的岑芙，许砚谈捏着铝罐的手指轻轻一摁。

因为他意识到，现在的岑芙，优秀又自信，一定吸引着数不清的男人的青睐。

他已经没有了自信，她还会选择他的那种自信。

——“许砚谈，如果有一天你发现我是王室留在凡间的公主，并且我和邻国王子早就定了世纪联姻，你怎么办？和王子公平竞争吗？”

——“公平竞争？想得挺美。我会把公主殿下占为己有。使尽浑身解数，把人伺候舒服了，让公主半步都离不开我。”

…………

“许检！”

正在兴头上的节目组伙伴试图把许砚谈拉进话题。

许砚谈收回思绪，瞟着大伙看向自己的目光。

喊他那人有些喝多了，脸稍稍红，嬉皮笑脸地问：“听说许检还没女朋友，把微信号分享一下，我们帮你找找啊，电视台里美女可多了！”

大家跟着笑，一两个偷偷对许砚谈有兴趣的女同事眼睛都亮了。

许砚谈没喝酒，可那慵懒又散漫的架势令人品出几分微醺的感觉。

他的视线缓慢扫过一桌子人，到岑芙那里的时候，停了很久。

那视线太过炙热，刺得岑芙熬不住躲开了眼。

见她低下了头，许砚谈扬了扬眉，惬意地若有所指道：“不用麻烦大伙儿了，追着呢。”

大伙瞬间起哄：

“哟！”

“哪儿的人啊？也是院里的吗？说说啊许哥！”

“漂亮吗？有照片吗？”

岑芙手心都沁出汗了，她稍稍抬眸，发现许砚谈还在看自己。

那眼神，简直不能再明显了。

心跳在作乱，岑芙实在受不了了，把头埋得更低。

他付诸一笑，有种甘愿被俘的赖劲：“漂亮，大美女，把我弄得五迷三道的。”

大家起哄得更剧烈了。

得知些许内情的女同事一偏头，瞧见低着头的岑芙，只见她耳后连着脖颈红了一大片，心里恍然。

许砚谈再次捏着罐子灌了口汽水，看见岑芙的每一秒对他而言都是享受。

方才一直萦绕在心头的问题有了答案。

重新追呗，玩命追。

不管是谁，谁来他弄谁。

看谁敢跟他许砚谈抢人。

…………

酒过三巡，这场团建也来到尾声。

喝得东倒西歪的人要么打车，要么被开着车的伙伴们送回家。

许砚谈身边那几个同事也有点喝多了，刚要死乞白赖求许砚谈送他们回家的时候，被许砚谈一个眼神瞪了回去。

哪怕是醉着，他们也不敢再造次，纷纷掏出手机晕乎乎地戳屏幕，说话大舌头："打车……我、我打车……"

岑芙和另外几个同事的家都不在一个方向，她不打算麻烦别人，刚要掏手机打车，突然站出来一个人。

许砚谈高大的身影染黑了她娇小的身子。

身边的几个同事声音都小了。

"走吧，送你。"许砚谈没多废话，抬手想去扶摇摇晃晃的她的腰肢，手伸到一半忽然察觉到不太合适，又转了方向去扶她的手臂。

岑芙抬起脸，一个猝不及防的、带有强烈驱逐意味的瞪眼，含着微醺后的娇媚，向许砚谈攻去。

"用不着你。"

许砚谈也不恼，安安静静地看了会儿她，然后骤然俯身，当着几个还没走的同事的面，将唇瓣靠在她耳畔，轻轻地询问，悄悄地威胁——

"是上我的车，还是让他们知道咱俩住一块儿？

"选一个，嗯？"

岑芙只是稍微喝了点酒，并没有醉到失去理智。

所以她最后还是跟许砚谈走了。

走之前，还掩耳盗铃似的装作什么都没发生，跟后面的同事解释："我，我跟他一个方向，他捎我一程。

"走啦，周一见。"

同事们更是配合，假笑着用明显八卦的眼神目送他俩离开。

岑芙小小的一个走在许砚谈身边，步速很慢，许砚谈迈着那么长的腿却奇异般地跟她有着一样的步调。

她晕晕乎乎，稍一歪身，许砚谈就立马伸手攥住她的胳膊帮她稳住身形。

岑芙越挣扎，他抓得越紧，两人就这么别别扭扭地并肩走着。

等他们彻底走远以后，同事们面面相觑。

"正在追。"

"大美女。"

"把他弄得五迷三道。"

"是岑芙！"

岑芙被许砚谈拽着，一路上都在想怎么才能摆脱许砚谈不坐他的车，就这样慢吞吞地走到了停车场门口。

下一秒，根本没有任何前兆地，许砚谈抄起她一条胳膊搭在自己脖颈，单手搂起她的腿弯把人抱了起来。

动作连贯得连气都不带喘的。

岑芙浅醉，胆子也被酒精泡得肿大了起来，双脚离地时，失声叫了出来：“啊！”

她本来就晕，这下彻底勾着他脖颈不敢动，不过双腿一直在不安分地晃动挣扎：“许砚谈！你干什么？”

“就你这速度，走到车那儿得周一早上了。”许砚谈毫不留情地损她，搂着她腿弯的手更用力。

手指感受到久违的触感，他好久都没抱她了。

岑芙扯着他的衣领控诉，以为自己很严肃，实际上酡红的脸上透着羞愤：“放我下来，你看看你自己什么样子，你这是耍流氓。”

“你还真说对了，我就是耍流氓。”许砚谈一脸坦荡，甚至还俯身用力，把人稍稍颠起来吓她。

他对着她的双眸，挑眉不服：“报警吧，让警察把我铐走。”

岑芙伸出食指，指着他的脸，气得说不出话。

“许砚谈，我们五年前就分了。”

“嗯，我知道。”

“你知道，那你现在这样合适吗？”

“我在追你。”

“你追我？那你把押金和租金都退给我看看诚意。”

“不退，没得商量。”

“许砚谈……你脑子有毛病……”

“骂我也不退。”

“你……”

“我说了——”许砚谈抱着她走到车边上，替她打开车门之前，与她近在咫尺地对视。他嗅着她肌肤散发出来的淡淡酒香，用自己的鼻尖去蹭她的鼻头，亲昵中带着欲望，他笑了，“我只对自己女朋友慷慨。”许砚谈挑眉，“你还不是呢。”

崇京秋季的夜风是凉爽的，一阵阵飘过来，带着绿叶的土腥味，掀起她鬓角的碎发，也带着他灼灼的目光，拨动了她的心弦。

岑芙扇动着如蝶翅般的眼睫，暴露了动摇的情绪。

她纵容自己的骄矜脾气，压低眉头不禁道：“许砚谈，你幼不幼稚。”

许砚谈把她放到地上站好，一手打开车门，伸出掌心挡在车顶，在夜幕中亮着眼眸，浅笑地邀请她：

“请吧，岑导。”

崇京的秋天是个扭曲又和谐的季节。

白昼时模仿着暑夏的灼热，夜幕时，又开始偷取凛冬的清冽。

让人捉摸不透，让人罹患风寒。

让人在半袖和厚卫衣中难以抉择。

许砚谈调了调副驾驶的座椅，让昏昏沉沉要入睡的岑芙靠得更舒服。

时隔五年，许砚谈的副驾驶再次拥有了女主人。

驾驶途中，许砚谈频繁地望向身侧。

心里丝丝绒绒的，说不出的躁动和舒坦，弄得他只能狼狈地将嘴角的弧度藏在车厢的昏暗中。

岑芙眯了一会儿又醒了，听见交通广播里主持人在聊最近比较热门的电视剧，就又提到了岑颂宜参演的那部电视剧。

她有些怀疑是不是电台有目的性地宣传。

思维跳跃，她就又想到了岑颂宜和何芳华。

安静的车厢里，忽然响起岑芙有些疲惫发哑又柔软的嗓音：“你上次说……之后才告何芳华，是因为之前没有直接证据。”

许砚谈转动方向盘的时候，借着看右侧后视镜的动作看了她一眼，也没打算隐瞒：“嗯，那东西是岑颂宜给我的。”

岑芙一愣，没有想到两人在她走后竟然还有交集。

“那天，她主动找上我。”许砚谈望着前方有些拥堵的路况，带着她步入回忆……

岑芙走后一周左右，岑颂宜拨通了许砚谈的电话，把他约出来。

如果不是她说“我能帮你把何芳华送进监狱”，许砚谈估计不会理会她。

也是那次，许砚谈才看清了岑颂宜的真实面目。

所有人一直以为岑颂宜是何芳华手里的傀儡、挣钱工具。

实际上，岑颂宜才是青出于蓝，她比何芳华更狠、更自私，也更无情。

两人约在咖啡店见面。

岑颂宜点的咖啡许砚谈没有动，让她直奔主题。

岑颂宜从包里拿出一个U盘，道：“这里面，有我录的音频，何芳华跟我说当年真相时的全部过程都在里面了，从策划到后续，清清楚楚。”

许砚谈听完没有动，甚至看不出几分兴趣。

他缓慢抬起下颌，看透岑颂宜：“说吧，你想要什么？”

岑颂宜神色瞬间僵硬，而后恢复自然，笑了一声。

她看着许砚谈，明确道出自己的目的："我希望何芳华能在里面多待几年，最好出来以后，这个行业没人再敢聘用她。"

如果说岑芙是被何芳华抛弃的、厌弃的、视如累赘的，那岑颂宜就是被何芳华捏在手心里几乎喘不上气的傀儡，她没有一刻不想脱离何芳华的掌控。

她需要更专业的团队，而不是何芳华这么一个半路出家、狗屁不懂还垄断一切的霸道经纪人。

喜欢的人已经得不到了，那她就要得到更多，更多她想要的。

她要成为最火的女演员。

"你答应她了？"岑芙听完，问。

"嗯，然后我就这么拿到了最后一个证据。"许砚谈说完，补了一句，"之后我跟她就没见过了，联系方式删得干干净净。"

岑芙听到他后补充的这句，突然笑了一下。

然后，她坐起来，望着窗外的夜景，叹了口气。

活该啊，何芳华。

算计来算计去，良心、人性全扔了，结果竟然败在了自己最信任、最爱的大女儿手里。

这些光是听着就觉得解恨。

岑芙："你知道她现在在哪儿吗？"

许砚谈："不知道，但是她今年出狱以后应该会被岑颂宜控制在什么地方，不会让她出来见人的。"

这样的人，让她活着才是最痛苦的吧。

出来以后，演艺行业没有人聘用她，手里也没了任何产业金钱，没了东山再起做生意的本钱，已经年迈的岁数，想干什么也来不及了。

"活该……"

许砚谈听到岑芙略带哭腔的话，握着方向盘的手指一僵。

岑芙窝在副驾驶里，抬手用手背挡住自己的眼皮，掩盖流泪的眼角。

她一边笑，一边流泪："真活该……"

许砚谈知道，她想到岑康发了。

她在为自己的爸爸感到解恨。

许砚谈从一旁的收纳盒里拿出一包纸巾，放到她怀里，继续开车。

岑芙抽出一张纸，把眼泪擦干净，恢复冷静。

她仰靠着，有些疲惫。

"可惜了，她这个狼心狗肺的东西……如今却风光无限。"这个"她"

说的是岑颂宜。

与病重的父亲同甘共苦的岑芙摸爬滚打才能满足温饱，而抛弃父亲的岑颂宜却享受着鲜花掌声，赚得盆满钵满。

应该遭报应的人活得滋润，这是谁都不想看见的事。

许砚谈瞥了她一眼，酝酿沉默了一会儿，忽然开口："等等看。"

岑芙有些愣怔，望向昏暗车厢里，他线条刚毅的下颌和侧脸。

"什么……"

许砚谈也没多说什么，只是告诉她。

"她不会逍遥太久。"

车子稳稳停进小区的专属停车位里。

岑芙打开车门，蹦了一下才下了车。他的车什么都好，就是太高了。

晚风稍稍吹散了她的醉意，一天忙得头都转不过来，明明应该很疲惫的身体，却在此刻忽然轻松。

可能是因为他那自动加热的副驾驶椅背，可能是因为椅背倾斜的角度刚好靠得舒服。

可能是因为今夜猝不及防的拥抱，也可能是因为得知恶人如今狼狈的消息。

岑芙合上眼，抬起双臂，感受着这股风抚摸自己的眼皮。

再睁开眼，她看见许砚谈一直靠在车门边注视她。

周遭唯一的光亮就是远处的路灯，还有上空高挂的月亮。

许砚谈倚靠着车门，看着她闭眼感受晚风的奇怪举动，却没有露出任何疑惑，就那么陪着她。

陪着她干奇怪的事。

"有个提议。"风打乱他的头发，却撼不动他眼底的深邃，许砚谈语气随意，"下周跟我一块上班呗，顺路的事儿。"

每天跟着他的车去检察院？这不是把八卦送到同事们嘴里去品吗？

岑芙背好包，自顾自地往前走着，扯起长音："驳——回——"

许砚谈盯着她往单元楼前走得摇摇晃晃的背影，扯了扯嘴角，拿她没什么办法。

也为自己这么死乞白赖上赶着一次次热脸贴冷屁股的行为，感到荒唐。

不过，他乐在其中。

许砚谈抬腿去追她，刚走出几步，兜里的手机忽然振动了一下，他拿出手机一看，收到了新的邮件。

点开，在看到邮件内容的瞬间，许砚谈的脸瞬间冷了下去。

邮件里都是照片，角度全是偷拍的。

而照片的主人公。

是岑芙。

赫然的警告邮件，第一次，出现在了他的眼前。

他的软肋，被对方抓住了。

许砚谈很久没有做过梦了。

自从那件事后，他做好了随时面对意外的准备，所以每夜都睡得坦荡无畏。

当他看见那封威胁邮件后，向来处变不惊的心态有了波动……

敦煌虚空之地，月牙湾沉淀着沙砾世界唯一的澄澈。

秋风席卷，细沙漫天，扎进了圆月的眸中，在黛蓝的夜空中，挤出了哀伤又慈悲的眼泪。

干燥又冷酷的荒漠，因为这一滴泪，留下小片潮湿的痕迹，渗透深处。

他又梦见了那天。

电话里同事颤抖的声线，骤然脱手摔在地上的盘子。破碎的声音，穿透了他的耳膜。

苍白的医院走廊，医生摘下的口罩，哭号的声音，还有自己大脑的那种麻木。

一切都像是单曲循环般一遍又一遍，一幕又一幕地在许砚谈的心屏上践踏。

男人躺在太平间，脸色嘴唇都已经泛了白，那颗痦子还挂在脸上，昨天才又被人调侃过。

那句“检察官是社会最后的良心”，仿佛还在耳畔。

许砚谈记得，记得自己双膝跪在地上时的那股痛感。

再怎么用力，都无法焐热他的手。

医院地板上还未擦去的血迹，刺红了他的眼，激发了他执拗疯狂的骨性。

周围的亲属同事都在哭，可是许砚谈握着他的手，只觉得一直有人在笑。

得意的，阴冷的笑声。

他恨不得握起刀刃，抄起棍棒，举起拳头。

可是下一秒，他又被一个又一个人扑过来压住，他无能咆哮着，却怎么也碰不到罪魁祸首的身体。

他双手十指抠地发力，弄得指甲都在流血，血迹顺着手指流下，在地上留下蜿蜒的痕迹。

就在他暴起青筋，挣脱一切，举起拳头挥向面前无脸人的时候，岑芙惊恐的脸忽然出现在眼前，她纤细白皙的脖子上，架着闪光的刀。

她吓得浑身颤抖，对他摇着头。

“许砚谈……

“我怕……”

…………

许砚谈倏地睁开双眼，从床上惊坐起来。

灰色的被子被他掀在一旁，隔着衣服，精壮的胸脯剧烈起伏着。

寂静的卧室被他凌乱的呼吸打破，许砚谈抬手一抹额头冒出的汗，从枕头底下捞出手机，翻找通讯录拨出岑芙的电话。

深夜，等待接听电话的“嘟嘟”声格外清晰。

然而电话刚响了两声，许砚谈却挂断了电话。

手臂脱力，手机被他随便扔在了床上。

这样的回忆梦，许砚谈这一年来不是第一次做。

可是每次当他深陷梦魇的时候，最终，都是岑芙叫醒他。

有时候是她一闪而过的笑容，有时候是她抚摸他脸颊的手，有时候是她绵软的嗓音。

即便都是记忆里的碎片，却依旧能对他产生精准的药效。

可是这一次，岑芙在哭。

他乱了分寸。

许砚谈单臂撑着床，扶额沉默。

他合上眼，忽然厌恶家里的安静。

越安静，他的思维转动得就越快，头脑运作得越快，各种有可能发生的预知场景就在脑海里构建，令他徒增焦虑。

——“许砚谈，别怕。”

五年前，在医院走廊，她握着他的手蹲在他面前。

那般单薄又可靠的眼神，那么细弱的声线，撑了他这么多年。

许砚谈抬手，摸着自己锁骨间挂着的蝴蝶项链。

女士纤细的项链戴在他身上，莫名给他精壮的男性躯体增添了一抹细腻的性感，璀璨的钻石蝴蝶迎着月光在他锁骨间停歇，留恋着他的温热。

指腹抚摸着蝴蝶项链，许砚谈垂着视线，在回忆里翻找她的声线，幻想着，岑芙窝在他的颈边，一遍又一遍地安慰他。

——“别怕。”

周一，岑芙照旧跟着在检察院忙，一早上也没见到许砚谈。

本来还想问问他为什么那天半夜打了电话又挂断。她睡觉的时候一向开着静音，第二天早起看见未接来电时有些蒙。

而那天团建一闹，大家私下都在聊许砚谈和岑芙不为人知的八卦。

结果许砚谈这个当事人却没来上班，大家只能把原本放在两个人身上的目光和注意力全集中在岑芙身上。

那股大伙明明想拉着她八卦却又不知该怎么提起的眼神快把岑芙折磨死了，她无语又无奈。

现在这样，怕也是许砚谈想要的吧。

暗示所有人，她和自己有匪浅的关系，但具体不明，勾着大家越来越旺盛的求知欲。

这个人不管干什么，多大岁数，骨子里的“坏”还真是始终如一。

中午，岑芙跟着几个关系不错的检察官去食堂。食堂的菜品丰盛，每日午餐是以自助的形式呈现，各个菜系都有。

节目组的几个伙伴恨不得一日三餐都在这里吃，胖了不少。

岑芙低着头慢条斯理地吃着饭，听旁边的同事们聊天。

这时候一个关系好的检察官，手里拿着一份牛皮纸袋装着的文件过来吃饭，他拍拍正在吃饭的检察官同事，问：“哎，许检呢？有东西给他。”

被问的检察官小哥咽下一口饭，说：“今儿上午他都没来，你不急就等下午。”

岑芙举着筷子扒饭的动作停顿了一下。

送文件的小哥看了看手里的文件，揶揄道：“翘班啊？”

他刚说完，吃饭这个检察官向他招招手，送文件的小哥低头，听着吃饭的小哥在他耳边悄悄低语：“你忘了今天什么日子……”

明显是几位节目组伙伴不能听的话题。

送文件的小哥听完，眼神变了变，不再开玩笑：“哦，这么回事……那行吧，我下午再找他。”

说完，他拿着文件找其他地方吃饭去了。

岑芙抬眼，扫了一眼他们，心中考量。

忘了今天什么日子？

什么日子……

几个小时前，清晨。

温煦的阳光穿过水雾，洒在静谧沉睡之地。

崇京第二公墓，许砚谈一只手里捧着菊花，另一只手上拎着一盒上好的五粮液，一步步走上公墓的石阶。

除去清明这样的节日，平时进出公墓的人很少。

公墓本就在城市偏远的地方，四周围绕山林，这个时节，早上能冷得人打寒噤。

墓碑上镶嵌着黑白照片，照片上的男人微笑着，身上还穿着检察官制服，金黄色的检徽失去了所有色彩。

他脸型偏瘦，眼睛细长，右脸上有颗痦子。

就是这样一个因为长相，一直被同事们笑称贼眉鼠眼的耗子警官，看上去好像小心眼、精于算计的人，却干了一辈子“蠢事”。

许砚谈单膝跪着蹲下，用湿纸巾把路真义的墓碑、墓台都擦拭干净，替他斟上一杯好酒。

他垂着视线，语气淡然仿佛就是在跟人说话似的，还有些散漫：“老路，这酒好好品啊，从我家老爷子留下的酒窖里给你偷的，敢浪费我跟你没完。”

五粮液一开瓶，醇香浓厚的味道就从玻璃瓶里冒出来，融到空气里。

许砚谈把盛满的白酒杯，放在黄白菊花的旁边，正对着他的照片。

“最近案子多，你要听说我请假过来看你，估计又得骂我。”许砚谈说着，自顾自地嗤笑一声。

他正说着话，背后传出来一道声音。

“砚谈在这儿呢。”

许砚谈回头，瞧见自己师母也拿着差不多的东西——捧花和保温桶。

他起身去迎：“师母。”

“哎。”师母汪兰答应，把花给他，两人重新走到路真义的墓前。

汪兰蹲下，把保温桶里给丈夫做的，他生前最爱吃的几样菜一样样摆放出来，还唠叨着：“检察院事儿那么多，你还跑过来瞧他，大周一的。”

“没事儿。”许砚谈把花摆在另一端，和自己送来的那束对称，“本来张瓦他们要跟着一块来，我没让。”

“回头，叫他们上家里吃饭。”汪兰嘱咐他。

许砚谈往后看，问：“继慈呢？”

问的是路真义的女儿路继慈，正上大二。

汪兰说：“走了，回学校了，她课太多我没让她回来。”

两人把祭品都摆好，站在墓前说话。

太阳又升高了，菊花细密的花瓣舒展开来，起了一阵风，吹动他风衣的衣摆。

师母是个坚强的人，事情过去一年，她已经恢复了往常生活的状态，一个人撑着家。

可是那件事就像个疙瘩，一直长在他们心里。

许砚谈开口，跟自己师母说："那案子公安那边最近又有新取证，马上就能结了。

"等回头开庭，我带您去。"

汪兰听着，脸上虽没有太多波动，可是脊背却好像弯了下去。

"好……好。"

又是一阵沉默。

风卷过许砚谈有些复杂的眼神，他望着师父的脸，鲜见地踌躇，却又想要寻求指导。

"师母……"

汪兰没听过许砚谈这么犹豫的语气，她偏过头去，瞧见这小伙子低着头，锋利凛冽的眉眼中酝酿着抉择。

"她回崇京了。"

汪兰有些意外，她知道，这孩子心里一直惦记着一个姑娘。

经过这些年的接触，她多少知道些。在她刚要说这是好事的时候，就听见许砚谈又说："前天晚上，我收到了一封匿名邮件。"

许砚谈离开公墓以后，接到领导电话，又开着车去办了些公事。

直到快下午六点的时候才弄完，开着车回检察院交完东西下班。

车子西侧映照着夕晖，车窗是降下的，光没有任何阻拦地打进车里，为许砚谈一身的黑色镀上一圈橙黄色的碎影。

夕阳扎进了他深棕色的瞳孔，调和出混血人种那样的浅棕色。

光波肆意流转，却无法从他紧蹙的眉宇间过。

——"孩子，我知道你一向是个注重大局的人，可是，人家姑娘那么好，这再一撒手，可就真的留不住了。"

——"你要是真有困难，说出来让大伙一块帮你。"

师母对他说的话在许砚谈耳畔一遍遍地响起。

而横在眼前的问题，却依旧无法解决，是再次放手保她安全无虞，还是冒着风险不断接近？

他能保护好她吗？

路真义车祸现场的惨状，他面无血色的脸，医院走廊里众人的悲痛。

几乎是许砚谈前半生最大的阴影，路真义的死，让他在这条路上既坚决，又迷惘。

深夜梦魇里，岑芙被人架着刀子对自己哭的模样恍然闪在许砚谈眼前。

他眉头一动，在宽阔的道路上狠踩油门，发泄着纠缠的疯狂。

车子开进检察院附近街区，在靠近停车场入口的时候，许砚谈一个偏头随便往检察院大门附近看了一眼。

这一眼，让他猛地踩了刹车。

正是下班的时候，检察院门口进进出出很热闹。

就在门口附近，树下。

岑芙与一个成熟男人站在一起有说有笑，她侧着身，可脸上那扬起来的温柔笑意刺到许砚谈的眼。

而许砚谈，恰好认识那个男人。

他握着方向盘的手缓缓收紧，紧到手背上的青筋凸起。

许砚谈忽地回想起和岑颂宜做交易的那天。

分开的前一刻，岑颂宜叫住了他。

“许砚谈，我再告诉你一件事吧，你知道当初是谁告诉我你报复我们一家的计划的吗？

“那个人的名字，叫周霁成。”

岑芙坐在周霁成的车里，看着窗外的街景。

两人一同前往订好的餐厅。

周霁成借着看右侧后视镜的动作，对看着窗外发呆的岑芙说：“庆祝你换了新工作，今天请你吃点好的。”

“啊？”岑芙还在想今天中午同事议论许砚谈的事，闻声马上回神，压低眉头，有些惭愧，“不用啦，只是换个工作，我怎么好意思让你破费。还是我请你吧。”

“那家餐厅的老板我恰好认识，会给我们打折。”周霁成与她对视，缓慢地眨眨眼，温柔中带着风趣，“他认人不认账，付钱的人如果不是我，折扣可就没了哦。”

周霁成是岑芙这些年为数不多保持联络的男性友人，他身上那股让她察觉不到任何危险的气场确实令岑芙与他相处起来比较和谐。

当时她离开崇京以后，没多久就在榆安再遇到他了，周霁成辞了校医的职位，到榆安开了一家诊所。

这些年她和爸爸都受到他不少照顾。

“好，那下次我请你。”她说。

周霁成见她松口，满意地点头，又道：“说起来，我得跟你道歉。”

岑芙疑惑：“什么？”

“松恒的事我听说了，如果不是他弄得剧组里外都在传闲话，你也不至于换工作吧。”周霁成说着，眉头压低了些。

周松恒即是岑芙原本所在团队的那个周导，是周霁成的亲弟弟，只小他一岁半。

当初是周霁成介绍岑芙到周松恒的团队做事，没想到岑芙进入团队后，周松恒竟逐渐对她产生了感情。

岑芙本来就在剧组里上升比较快，即便大部分人都认可她的拼劲和能力，可当周松恒追求她的动作开始明显起来后，还是不乏有人在背后嚼舌根。

自那之后没多久，岑芙就断然离职，连犹豫都没有过。

什么高薪酬、高待遇的团队，什么跟她感情好的同事们，岑芙狠起来什么都可以不要，潇洒又果断。

岑芙听着，视线始终落在窗外。

她望着外面，忽然发现这条街是她五年前和许砚谈恋爱时经常来逛的。那时候他皱着眉头嫌这些街边小吃不好，结果最后还是老老实实充当她的垃圾桶，她吃不完的都到了他肚子里。

想起这些，岑芙露出了连自己都没察觉到的微笑。

她说：“没关系的，也算是感谢机遇，让我能鼓起勇气辞职。

“我并不是被迫的，如今的工作虽然薪酬不高，但是我真正想做的。”

而她这副嘴上说着工作，实际上却在想别的事的神色早就落入了周霁成的眼里。

他做心理医生那么久，怎么会看不出岑芙眼里的那种笑是什么成分。

周霁成眼神略暗，在绿灯亮起的时候踩下油门，驾驶车子迅速离开这片街区。

他勾起嘴唇：“回崇京，你很开心？”

岑芙表情僵了僵，回头，干笑道：“怎么会。”

“不同的环境会给人不同的心情，回到熟悉的城市，人的状态都会下意识松弛。”周霁成将车子开进餐厅外的停车场，瞥着她白皙的脸庞，“你现在比在榆安和南城的时候，脸色要好太多。”

他笑道：“果然，无论多少滋补食品，也不如一方水土。”

他说到这里，岑芙想起，那些年她打工成狂，连续疲惫昏倒后，也是周霁成帮忙照顾她，又照看爸爸。

她那副弱不禁风的体格之所以能撑到最后，也是因为周霁成常常带给她补品调养。

交不上治疗费的时候，周霁成给垫了好几次。

这些她都记在心里，不过……

岑芙一边解安全带，一边望着他的侧脸反问，笑了一声："怎么感觉你今天说话怪怪的？"

周霁成拔车钥匙的动作有几分不可察觉的迟缓，他毫无破绽的表情始终带笑："哪有？走吧。"

岑芙在餐厅席位落座，看着周霁成和服务生确定今晚的菜单。

服务生上来为他们倒上鲜榨果汁，店内有聘请的管弦乐团现场演奏，令氛围静谧的西餐厅飘荡着浪漫而舒适的基调。

周霁成观察到岑芙又在看手机，好似在毫无目的地翻看通话记录，挤压隐忍的情绪似乎也终于靠近了临界点。

他维持多年的等待、从容，也终于染上了焦灼。

这是周霁成人生里，为数不多感受到危急的时候。

她仅仅是回到了这片土地，心就已经不知飞到谁身上去了。

周霁成抿了口果汁，毫无征兆地提起："你和他见面了吧？"

岑芙盯着手机屏幕的眼神一愣，嘴唇翕动。

"就是你在大学时交往的那个男生。"周霁成点明。

"工作原因……见了。"岑芙迟缓作答。

"我知道他在你心里的位置，如今我还能想起当年你站在我办公室外，因为他无助地掉眼泪的样子。"

周霁成抚摸着玻璃杯的杯壁，直白地审视着她此刻的神情变化："我很少那么明显地感受到自己的愤怒，但碍于身份，我不方便说什么。

"再续前缘固然是佳话，不过你们之间隔了很重要的五年，这五年内，无论是你还是他在各种观念上都有了改变……再者——"周霁成看着脸色变得不太自然的岑芙，叹了口气，"你自己都知道，有关他的所有，你都已经无法再靠近。

"你要问问自己，现在对他的感情，到底是喜欢，还是执念？"

桌子下的手捏得泛白，岑芙如坐针毡，已经不愿再听。

"你应该明白我想说什么，我之所以匆匆赶来崇京……"周霁成说到这儿，自嘲地笑了一声，"连当初周松恒告诉我他喜欢你的时候，我都没有慌张过。

"因为我知道，你不会喜欢他。"

周霁成那张严丝合缝如AI人物般的标准笑脸有了裂缝，他对她沉下目光，终于露出了自己的目的性："岑芙，你是个聪明的女孩，即便我这些年照顾你的心情，保持再合适不过的距离，你也应该能感受到我的心意，对不对？"

周霁成镜片后的眼眸透着光，精准地穿透一切去窥探，温柔的神色似乎有蛊惑他人丧失判断的能力。

"有时候你理想的，不一定是适合你的。

"芙芙，考虑一下我吧。

"我不会让你伤心。

"我会给你安稳的幸福。"

晚上九点半左右，岑芙在小区门口告别周霁成。

她一边往回散步，一边深思，手里拎着的背包随着步伐一晃一晃的。

从大学开始，每当她迷惘或者需要帮助的时候，周霁成总会非常及时地出现。

她怎么会看不出周霁成对自己的意思。

从榆安再遇以后，他超出朋友范围的帮衬就让敏感的岑芙感受到不对。

可是当她发觉的时候，周霁成对自己的温柔、照料，已经渗透到了她生活的方方面面。

细致得令人感到恐怖。

周霁成事业有成、温柔体贴、成熟稳重。曾经，他对岑芙的人生规划，心性成长有着非常到位的指导。

毫不夸张地说，就像纤纤他们一样，周霁成也是她命里的贵人。

像她这样没有得到过原生家庭的偏爱，半生都有些颠沛的人，体贴的周霁成当然是最合适的男友，甚至是丈夫的人选。

周霁成在各个方面都很适合她。

可是……

岑芙按下电梯键，思绪也偏转了方向。

周霁成对她而言，到底是合适，还是将就？是统筹各方面都是最喜欢的人选，还是……不愿再触碰许砚谈那根刺的退缩？

她步入电梯，等待到达十二楼，盯着屏幕不断上升的数字发呆。

在脑内问自己这些问题的时候，岑芙就已经有了答案。

显而易见。

"叮——"

岑芙走出电梯，拖着疲惫走向自己家的大门。

就在她低头在包里掏钥匙的时候，身后传来房门打开的声音，还没等岑芙回头，一股强势的力气攥住她的胳膊。

瞬间天旋地转，岑芙眼眸紧闭，被许砚谈拽进他的家门。

“嘭！”

房门撞上，楼道恢复安静。

岑芙惊吓有余，再睁开眼的时候，自己已经陷入了他的领地。

身后是抵着的玄关柜，身前是他强势的压迫感。

房间很暗，他一盏灯都没有开。

只有客厅落地窗外微弱的光，弥漫到这里，勉强让她视物。

他在玄关柜上摆了香薰摆件，是很高级的木质香调，浓稠了空气。

岑芙抬眼，撞上他在黑暗中发亮的眼眸。

如狼似虎，情绪偏冷。

明明没有激烈的动作，可两人的呼吸却不约而同地变得急促。

他的右手捏在她的腰上，隔着衣服滚烫了岑芙的肌肤。力度越来越大，直接越过了该克制的边界。

岑芙挣脱开他视线里的束缚和蛊惑，开口质问：“你干什么？”

许砚谈左手撑在她头顶的柜门上，整个人以俯身的姿势，将她困住。本就与她近在咫尺，开口前，许砚谈更近了一分，把声音压得更低：“去见谁了？”

岑芙手有些颤抖，她握紧拳。

许砚谈一定是看见什么了才会这么问，她蹙眉：“跟你有什么关系。”

她刚说完，呼吸一滞，因为许砚谈直接偏头凑近，几乎是停在了接吻的距离。

“他找你说什么了？”他嗓音发哑，绷着情绪。

岑芙的呼吸逐渐急促起来，她咬紧下唇，想抬手推他。

她刚伸出手，许砚谈就立刻握住。

两人的手相握，缱绻不显，多的是她的战栗和他的焦灼对撞。

许砚谈忍着精神的疲惫，将额头抵着她的，像是哄劝又像是恳求：“岑芙，别选他。

“别跟他好。”

岑芙的眼底忽然有些热，不知为何。

情绪已然攻到临界点，许砚谈一点点将自己的鼻息挤进她呼吸的领域，用鼻尖和嘴唇去贴近。

他这样没完没了的人，一旦越过了边界，只会得寸进尺地想要更多。

就在许砚谈的嘴唇即将碰到她的唇瓣的时候，岑芙突然爆发了难以控制的急促呼吸。她喘息嘶哑，有些吓人。

许砚谈愣住了，只见岑芙浑身开始不由自主地神经性颤抖，蹲下身哭着喘气。

他立刻退后一步，蹲下去伸手扶她。

岑芙立刻挥开他的手臂，喉管在变窄，有种即将窒息的感觉，眼泪一直掉，话语破碎："别、别靠近……靠近我……

"别、别碰我……"

原本缱绻的氛围被冷酷地打断，岑芙终究还是在他面前露出了最不想露出的模样。

无论许砚谈说什么，她都哭着摇头，抽抽噎噎地说着没事。

她脆弱又应激的剧烈反应落在许砚谈眼底，狠扎了他的心。

他伸到半空的手，僵在了那里，无法再接近。

周霁成晚上对她说的话在岑芙耳畔回响。

——"你自己都知道，有关他的所有，你都已经无法再靠近。"

自从离开崇京后，岑芙就患上了对那件事，对有关于许砚谈的一切的创伤后应激障碍。

只要想到他，或者想到有关他的事，她就会不自觉地颤抖、畏惧，甚至恶心、流泪。

因为许砚谈对她来说，就代表着幸福。

她已经畏惧了幸福，恐惧靠近它，拥有它的那种感觉。

一开始岑芙和他接触时身体的反应还比较稳定，她本以为症状缓解了。

可刚刚被他抱在怀里，甚至接吻这样过于亲密的举措即将发生的时候，岑芙的 PTSD 还是发作了。

心坎成了魔，永远地横在了她走向许砚谈的这条路上。

纾解不了，也逾越不过去。

两天后。

岑芙约了周霁成下班时间见面。

不管她和许砚谈如何，她都要先明确回绝周霁成的告白。

她不想将就，这对周霁成也并不尊重。

她去周霁成在的地方找他，他与朋友在一家茶馆叙旧，两人会合。

茶馆开在巷子里，巷子狭窄不好停车，周霁成的车停在马路对面。

两人一边聊一边等待路灯。

行人道的路灯变绿，两人往马路对面走。

就在这个时候，岑芙听见汽车的轰鸣声，她偏头，看见右侧隔着十字路口对面的一辆无牌越野车看见红灯却没有停下，速度非常快，像是把油门踩到了底。

车子正横冲直撞地冲他们而来——岑芙看见它的瞬间只有一个念想，司机想要了他们的命。

可是面对危险身体却不能灵光地做出反应，就在岑芙吓得浑身毛孔骤开，瞳孔猛然放大的瞬间，周霁成突然搂住了她，带着她猛地往马路对面躲开。无牌越野车没能得逞，直接开过，留下一串白烟。

周霁成全程把岑芙护着，两人因为惯性扑倒在地。

“呃！”

岑芙听见一声闷哼，晕乎乎地撑着地赶紧转身。

周霁成难得露出有些狰狞的表情，半倒在地，擦破流血的胳膊和额头映入她眼帘。

刺到了岑芙的心窝。

岑芙坐在急诊大厅的休息区发呆。

命悬一线的危险与自己擦肩而过，现在她脑子还有些发蒙。

急诊大厅不如医院楼里面那么有秩序，这里无论白天黑夜，无论工作日节假日都那么热闹，一转眼的工夫医护车又送进来一批因车祸受伤的，还戴着头盔穿着黄色工作服的外卖小哥脸上胳膊上全是血，吓得岑芙倏地低头，咽了咽喉咙。

岑芙扯了扯自己的针织外套，袖口处沾染的血迹，已经干涸。

她本以为自己这辈子已经了无牵挂，可是当死亡与自己擦肩而过的时候，她还是害怕了。

她也觉得自己是疯了。

在被推出去的前一秒，岑芙脑海里想到的唯一一件事，竟然是——前天晚上，她不该那样推开许砚谈，一句话都没有说地夺门离开。

有点后悔。

岑芙想到这儿，有些自嘲地弯起了嘴唇。以前和朋友聚会的时候总做帮他人排解感情坎坷的人，自以为活得清醒，足够自私冷漠。

现在这算什么样子。

就在她正胡思乱想着这些的时候，听见一阵急切的脚步走向她这边。

在她抬眼看见风尘仆仆赶过来的许砚谈的时候，他已经健步如飞地走到了她面前。

许砚谈一把将她从椅子上拽起来，但力度很轻。

在瞥见她手腕上贴着的纱布时，他原本就阴沉的表情更难看了些。

听说她遇袭，又见着她平安无事的时候，他心底油然而生一股失而复得的冲动。

这股冲动燃烧着他，让他在见到岑芙的第一眼就想将她拥到怀里。

可是……

许砚谈脑子里闪现出那晚她蹲在地上抱着自己颤抖的模样。

于是，他没那样做。

岑芙莫名地任由许砚谈转着圈检查，眨了眨眼。

“哪儿受伤了？都检查过了吗？”许砚谈也顾不得那么多，直接上手去检查她的各个骨头关节，“疼吗？”

“我没事……”岑芙说话都迟疑了，始终盯着俯身摆弄自己的许砚谈，“你怎么会知道我在这里？”

她看着他身上还穿着的制服，平静的眼里有些动容。

他怎么这么慌里慌张的，连制服都不知道脱了再来。

岑芙在心里念叨。

“你给我打了电话。”许砚谈撩起眼皮看了她一眼。

岑芙恍然，自己什么时候又给他打了电话……

随后想到什么，她小声找补：“哦，我……我那个时候想打急救电话来着，可能是误触吧。”

她自己明白，明明是遇到危险后下意识就想联络他。

跟五年前一样。

医院大厅来往的人看见许砚谈那身检察官制服，都纷纷投来打量的目光。

许砚谈却丝毫不在意那些投到自己身上的目光，他摁着岑芙坐回去，单膝蹲下与她将将平视。

岑芙视线下移，定在两人不知什么时候握到一起的手上。

他温热的掌心透着那股担忧和急切，她透过肌肤纹理感受得很清楚。

她把刚刚发生的事一五一十地告诉许砚谈。

“看清楚车牌了吗？”他问。

岑芙试着动了动手指，却被他握得更紧。她在心里叹了口气放弃了，摇摇头：“那车没有车牌。”

“司机呢，有看到吗？”

岑芙还是摇头：“他开得太快了。”

许砚谈放开握着岑芙的手，站起身来，转身背对着岑芙。

他对着墙壁，三两下利落地解开制服外套的纽扣，双手叉腰，站姿虽然有些颓废的松散，却含着一股说不清的愠怒。

岑芙看见他绷得发硬的腮颊，望着他这样的背影，翕动唇瓣小声问："许砚谈……你怎么了？"

她有些不安。

许砚谈垂着头，盯着脚下的地砖，胸腔的怒火已经拱到了嗓子眼。

那个印在他心底的匿名发件人，几乎快被猛兽的尖牙撕碎。

同事里面，家里妻子或是女儿遭到骚扰的，小孩险些被拐走的，最后到师父路真义的身死……

一样一样都在提醒许砚谈，他们面对的敌人到底有多么阴险和难缠。

他本以为自己做足了准备，可当岑芙陷入旋涡的时候，他还是险些绷不住理智。

"没事。"许砚谈运了口气，把所有情绪都隐藏起来，转身，动作干净地脱了制服外套，盖在她膝盖上。

因为擦伤，岑芙的裤子在膝盖的地方有些破了。

他与她担忧的目光对上，许砚谈眼里含着万千复杂："怪我。"

岑芙虽然不知道发生了什么，不过听到这样的话不免心里有些酸涩，歪头笑了下："怪你什么？不怪你啊。

"只不过是遇到个神经病罢了，只希望警察能把他逮捕，别让他再这样伤到别人。"

许砚谈颔首："会的，他跑不了。"

两人聊到这里时，前面治疗室里的护士出来了，说明周霁成已经接受完治疗。

岑芙与许砚谈对视一眼，赶紧站起来。她把他的制服外套整理好抱在怀里，赶紧跑进治疗室。

许砚谈望着她，迈腿跟着她一起进去。

岑芙进了治疗室，看见周霁成坐在病床边，身上到处是包扎的痕迹，眉头皱得很紧："周老师。"

周霁成一愣，嘴角扯了扯："怎么突然就开始叫这个？"

他抬眼，余光扫见许砚谈，心中恍然。

男性，尤其是对同一个女生有倾慕之意的男人之间会产生非常剧烈的磁场碰撞。

何况是许砚谈和周霁成这样性格上就极其排斥的人。

两人虽是第一次见面，可这些年早就不知在私下观察、调查对方多少次了。

这不是第一次对弈，他们两人都心知肚明。

是狼和狐狸的相遇。

一个凶狠，一个狡诈。

许砚谈后退一步，后背靠在治疗室的墙边，姿态慵懒，用上抬的目光睥睨着周霁成，那架势是根本没打算打招呼，而只不过是作为岑芙的陪同人，在旁边等待罢了。

周霁成缓缓收回目光，眼神因为伤痛更深沉了。

本就是清风霁月的书生气质，此刻再添上些伤损的味道，成熟的人冷不丁脆弱，反差感更令人心疼。

岑芙愧疚不已，上前一步，关心："没事吧？伤得重吗？"

"还好。你没事就行。"周霁成摆摆手，扬起安慰人的微笑。

岑芙看见他手边的单子，主动承担责任："我去帮你领药吧，你不要走动了，待会儿我帮你打车送你回去。"

说完，她拿起单子往外走，短暂地看了杵在原地没动的许砚谈一眼，出去了。

当治疗室里只剩下两个男人的时候，气氛直接冷到了极点。

没了岑芙，他们彼此都不必再披着那层伪装。

两人的目光不仅一同变得冷淡，并且那股敌意，就像泼了油的火，正在蒸腾着烧。

最终，是周霁成先开的口。

他捂着手臂上包扎的伤口，嘲谑般地说："你连基本的安全都不能保证，我不知道，你有什么脸面还站在这里。"

许砚谈敛眸，盯着自己胸前这条只有公检法人员才会拥有的暗红色领带。它板正地系着，束缚着他的野性、他的冲动。

也代表着他的万千无奈和愤怒。

周霁成这句话刺到了许砚谈的痛点，可是，许砚谈也不是轻易会落下风的人。

经过调查，他多少了解一点周霁成，再加上……当年他和岑芙分开，周霁成在其中可添了不少佐料。

许砚谈勾唇一笑，完全没有被他人戳到痛处的那种心虚，反而坦然又自信。

他偏眼，一眼如出剑，气势如虹，语气冷冽又准确："那也总比一些人实在没招了，就拿苦肉计拖延人来得体面。"

周霁成挂在脸上的淡然瞬间变了。

“这事儿到底是有人要蓄意威胁我，还是某人的自导自演？”许砚谈越说，眼神越冷，逐渐露出了狼兽的戾气，揣在兜里的拳头越来越硬，“你真有种。那车但凡偏点儿角度，她的命就可能没了。”

周霁成听完，不怒反笑，轻轻地笑，令人后背发凉。

他抚摸着自己身上的伤，像是抚摸好不容易得来的功勋。

“许同学，你现在可是公检人员，没有证据的话，我劝你不要说的好。”

“你最好别让我逮到证据。”许砚谈甩给他一句。

随后，治疗室又陷入死寂。

正好这个机会让他能和周霁成面对面对峙，许砚谈直接点破，质问他另一件事，是岑芙不知道的另一桩秘事。

“东西被你拿走了吧。”他说。

周霁成没有任何动摇：“我不知道你在说什么。”

“岑叔留给她的东西，被你拿走了。”许砚谈很笃定，他眯起眼，嗤笑了声，“许家几辈的镇家之宝，你都敢偷。”

周霁成眉心一跳：“我并不在乎那什么镇家之宝。”

许砚谈点点头，得逞地动了动嘴角，拖腔带调道：“还是拿了。”

他凝视着周霁成明显棋差一着的慌措，句句狠准：“你是不在乎那件东西，你在乎的是——

“一旦那些东西落到岑芙手上，你就彻底没机会了。”

许砚谈伸手，拧开治疗室的门，在离开的前一刻，他回头。

“周霁成，你信不信……”

他眼神发亮，眉梢上挑，不再是年少时对岑芙如对猎物般的目的性，而是沉淀多年，对这份缘分，对这份深情的自信和笃定。

“她还会选我。”

她还没开口说不要我。

我俩没完呢。

你少捣乱。

第十二章
/
你要光芒万丈

H U D I E Y I S H I

到了傍晚，成团如棉絮般的云挂在紫红色的天空。

起风了，吹散了秋天粘在人身上的最后一分暑热。

许砚谈站在医院外的路边，树枝随着风发出“沙沙”声。他单手握着手机，另一只手插兜，对电话那边说着：“还不确定，当事人受了伤，今天就别折腾了。”

“嗯，麻烦你们了。”

不知道对方说了什么，许砚谈压了压眉头：“我没事，放心吧。”

然后，对方又和许砚谈聊了一些话题。

他刚挂了电话，拿开手机。

身后传来一道年迈的声音。

“小许同志……”

许砚谈回头，瞧见老太太一头花白的头发，看向自己的神色和蔼又惊喜。

他立刻认出来人，是之前一桩刑事案件当事人的母亲。因为案子涉及时间太久，很多东西早就模糊无法取证，老人的儿子被诬告强奸，结果意外失踪，强奸致人死亡还潜逃的罪名就扣了他十年，连带着一家人，儿媳妇、孙女都过不安生。

如果不是老人连年申诉，坚持相信自己儿子清白，公安机关根本就不会将这桩案件翻出来，更别提和那件迟迟破不了的连环奸杀案勾连上。

而在老人几乎绝望的时候，接受她申诉并且不嫌这件案子麻烦的人，就是许砚谈。

案子在去年春天翻了，老人儿子的尸身找到了，一家人也终于得到了精神的解脱，获得了赔偿。

“您怎么到这儿来了？”许砚谈露出礼貌的微笑，瞥了一眼前面的医院。

老人笑着指了指手里的袋子：“老毛病，到省城来开点儿药。”

许砚谈抬腕看了一眼表：“我找车送您回去吧。”

老人赶紧摆手，拍拍他的胳膊：“别麻烦，现在回村里的车特别多，方便得很。”

“小许，”她看着许砚谈比去年开春时瘦了不少的脸，叹了口气，“你师父那件事，我都听说了。”

许砚谈神色有些变化，又笑了笑，只不过过于刻意。

刻意的坚强。

“我刚听见你打电话了。”老人岁数已经大了，手有些抖，她扶在许砚谈的手臂上，“奶奶，说句不太好听的。

“我是真瞧不得你们这些好人受欺负……连命都丢了……都是好人家的儿子，干什么不好……

“可是你说，如果不是你和你师父，我们家这案子……”

老人纠结踌躇的劝慰，正是许砚谈此刻迷惘的。

他知道老人想说什么，许砚谈握住她的手，心里是暖的：“我知道，奶奶，您放心吧，我没事儿。

“去年就算不是我，换谁都会帮您。

“我也要谢谢您，一直都相信我们这些人。”

老人刚刚听到的话题，是他和同事聊起他最近想和领导申请下调的事。

从匿名人给他发威胁邮件到岑芙险些出事这短短几天出的事，让许砚谈心中的天平逐渐出现了偏斜。

可就在砝码逐渐加在了个人私情那盘子里的时候，他一转身又看见了自己曾经帮过的当事人。

老人的存在，让他意识到自己当初为什么不图仕途也要不断往上走。

从基层走到市检察院，未来甚至还想登上更高级别的公检法单位。

因为他发现，站得越高，越能帮到更多的人。

可怜又执着的老人就是一个。

可是师父不明不白殉职，岑芙回来后遭到威胁，又让许砚谈前进的步伐再次摇摆了。

崇京的秋天是壮烈的，狂风打碎了所有落叶，也减慢了他的步伐。

风沙挡了他的眼，他继承了路真义的衣钵，更不想放开岑芙的手。

所有的难以抉择，都藏在他紧绷的情绪里。

许砚谈目送老人离开，秋风细细，温柔地推着老人走向回家的路。

就在许砚谈察觉到自己眼角逐渐升上温度的时候，一道声音叫停了他喧嚣的神经。

“许砚谈。”轻柔又灵动。

他回头，对上站在几步之外岑芙的眼睛。

她怀里，还抱着他的制服外套。

风撩起她的碎发，即使风的阵仗逐渐在加大，可岑芙站在他身后的身影却从未动摇。

“那人呢？”许砚谈问的是周霁成。

“他已经上车了。”岑芙走近他，把外套递给他，望着老人已经走远的背影，“那是你认识的人？”

“以前案子的当事人。”许砚谈接过外套，感受到她用体温焐热的衣服。

岑芙是敏锐的人，加上她刚刚又听到了只言片语，她望着许砚谈始终紧皱的眉宇，试着问：“我这次的事，是跟你有关吗？”

许砚谈抖开外套的动作有些僵硬，他垂着视线，偏开身子穿上外套。

如果她知道，他会给她带去威胁，她或许会这样远离。

许砚谈明知道有这样的可能性，却还是选择了——承认。

“有可能。”他很明确地告诉她。

岑芙看着他不敢看自己的这副模样，喉咙有些泛酸，继续追问：“许砚谈，你是被威胁了吗？”

许砚谈抬手，双手将自己外套左驳头上的金黄检徽调整摆正，毫不犹豫：“是。”

经历危险的那种惊心动魄的感觉还刺激着岑芙的神经，她体会过了那种被人索命的恐惧。所以只觉得许砚谈现在的平静宛如一把锤子砸在她心里，快把她建立的防线砸碎了。

“许砚谈，你抬头，看我。”她突然严肃起来。

听见她冷冽的嗓音，许砚谈立刻抬眸，撞进她柔和又泛红的双眸里。

他的一颗心瞬间就被捏皱了。

“我问你，”岑芙声音有些颤抖，“你这些年，都是这么冒着危险过来的？”

那些并不被他放在心上的过往，此刻却一幕幕地浮现，被她眼里的泪光润色。

许砚谈竟有些迟疑了，他动了动唇，说话少见地有些犹豫：“也……不全是。”

岑芙抬手，用指关节擦掉那稚气的眼泪。

她往前走了两步，走到他面前，神色坚定。

许砚谈不知道她要做什么，就看着她，没说话。

下一刻，岑芙抬起自己的双手，停在他的制服外套前。

然后，岑芙低头认真地一颗一颗地，帮他把制服的纽扣扣上。

许砚谈原本平静的眸色闪动，垂在一侧的手指弹动。

沉寂又浩瀚，足以容纳万千生物的海洋骤然掀起骇浪。

正如此刻，许砚谈的内心。

她帮他扣上外套纽扣，扯平他的衣襟，只说了一句话。

“许砚谈，我不怕。”

我都不怕，你也不许怕。

许砚谈紧绷的弦被她轻易拉松，连这股秋风都没了攻击力。

他再也克制不住，伸手一把将她拽进怀里。

岑芙没反应过来，一下子就撞进他怀里，他太过用力，把她鼻梁都撞痛了。

一瞬间，她就被他身上的那股木质淡香充斥，久违的安全感铺天盖地地袭来，遇到危险后需要的安抚，终于在此刻全部获得。

原本以为会产生的应激反应却像是被麻痹了，迟迟没有来。

岑芙踏踏实实地享受他的怀抱，在感受到他稳重的心脏跳动后，她后知后觉的害怕也翻了出来。她露出几分哭腔，小声嘟囔一句：“还是……其实还是有点点吓人的……”

许砚谈靠在她耳畔，听见这么一句，忍俊不禁，嗤笑一声。

他用自己温热的唇瓣浅吻了她耳郭一下，亲昵深情。

“出息，那还说什么大话。”

“但是，”岑芙拍拍他的后背，从他怀里探头，看着他，“我不会有事的，你忘了吗？你又不是一个人。”

她给许砚谈指了指他的身后。

许砚谈松开她，回头，看见了许家的车。

车外面，站着许衡的私人助理。

助理走向他们，在许砚谈和岑芙面前浅浅鞠躬：“许董让我送二位回去。”

助理直起身，看着许砚谈，明确转达许衡的指令：“从今天开始，许董的私人保镖会全天二十四小时保护岑小姐的安全，当然，不会影响到岑小姐的生活，直到您这次的案子结束。”

“许董还让我转告您一句话，”助理看向许砚谈，将许衡的原话告诉他，“他让您永远不要忘记，您的身后，永远有家人可以依靠。”

自从许砚谈知道叔叔对自己隐瞒事情真相以后，他不仅和亲生父亲彻底决裂，也很少再回许家看叔叔了。

这些年，许砚谈一直是独自一人在外打拼，遇到什么困难也从来不和家里提及。

没想到，叔叔一直在暗自关注着他们。

岑芙看着这一幕，只觉得心里暖暖的。

明明是好事，叔叔却不肯亲自过来告诉许砚谈，叔侄俩的这股别扭倒是蛮像的。

她愿意给搭个台阶，凑到许砚谈身边，小声嘱咐："你以后有空了，回家时可要替我亲自谢谢叔叔。"

许砚谈瞥了她一眼，眼神似乎在说：也不知道你到底是哪边的。

不过，他始终解不开愁绪的眉宇，也终于有了松动的迹象。

许砚谈对助理点头，带着岑芙上了许家的车。

轿车挡住了傍晚的秋风，载着二人奔赴回家的路。

之后的两天，岑芙的思绪一直在许砚谈这件事上来回萦绕。

即便她想去想些别的，最后也会莫名其妙地再次拐到他的身上，而关于过往的噩梦，再也无法插缝而入。

因为之后，她的梦反反复复都跟他有关。

梦里，他穿着那一身精神制服，却被坏人以各种方式"惩罚"，他那倔强的脸上，从未有过任何屈服的神色。

她动都动不了，只能眼见着他被殴打，被撞飞，被打碎。

吓得岑芙半夜惊醒，一摸眼角全是泪。

她从床上爬起来，连鞋都忘了穿，开门跑到他家的大门前。

刚要敲门的时候，她伸出的手停住，又迟疑了。

岑芙光着脚站在他家门口，就那么站着。

站得楼道里的声控灯亮了黑，黑了又亮……

最后，她冷静下来，转身回了房间。

怀着踌躇和犹豫，因为找不到合适的理由和身份去心疼他，又执拗于自己的那点面子。

岑芙带着这些别别扭扭地再次入睡。

一夜折腾，弄得她醒来时都挂上了黑眼圈。

刚想急匆匆收拾东西上班，一拿手机发现今天检察院那边集体出去调研学习，他们工作停摆，休息一天。

她松了口气，整个人又松懈了。

醒了也睡不着，岑芙想着出去买点小笼包、米粥什么的吃个早饭。

简单洗漱换衣服以后，岑芙推开门，正好瞧见对门的大门处站了个妇人，体态很端正，虽然头发见了白，但是光看侧面都能感受到她身上的那股挺直。

她出于好意，率先打招呼："……您好？"

汪兰手里拎着一个保温桶，她回头，看见岑芙的时候，扬起了笑："姑娘，我找这家的人。"

"他今天应该工作，您是……"岑芙虚掩房门走出来。

"你是不是叫……"汪兰打量着她小巧漂亮的五官，缓缓地将眼前人和曾经在手机上看见过的照片重合上，"叫芙芙啊？"

岑芙愣了，没想到这个阿姨竟然知道自己的名字，她点头："对，我叫岑芙。"

"我是砚谈的师母。"汪兰主动介绍，她看着岑芙这张纯善的小脸，心里越发满意。

她一眼看见就喜欢的女孩，也难怪让那小子惦记这么多年。

汪兰也是不兜圈子的人，直接笑着问："孩子，方便跟你聊聊吗？"

许砚谈不在家，岑芙就把师母请到自己家里坐。

因为是临时租住的房子，岑芙还没来得及买家用品，家里也没有备茶，她就只能给师母泡了杯热的柠檬水。

她端着杯子出来的时候，却见师母站在餐桌前，将自己带来的保温桶里东西一样样拿出来，摆在了餐桌上。

汪兰见岑芙出来了，说着："既然他不在家，姑娘你要不尝尝我做的这些。没吃早饭吧？"

岑芙把热水递给她，悻悻笑着摇头。

两人在餐桌前坐下，岑芙已经很久没吃过这么有家里味道的饭菜了，一下子还不知道怎么下筷子。

有些局促。

"这些都是许砚谈爱吃的几样，你看看合不合你胃口。"汪兰看着岑芙，似乎还有些期待。

岑芙夹起一个煎饺尝了口，是白菜牛肉馅的。她都等不及咀嚼完，就抬起头来笑着称赞："特别好吃。"

汪兰听见，眼尾的皱纹都笑出来了，还把粥给她推过去："好吃你就多吃点，喝粥，别噎着。"

师母虽然看上去是个做事说话都利落的人，但是相处起来十分亲和，让岑芙不会有任何尴尬。

岑芙喝了口温热的米粥，不禁问："您今天找许砚谈是什么事呢？"

这么突然的上门，还没见着人，说明事前并没有通知许砚谈。

"哦，我也是脑袋一热就过来了，有些事我想着电话里聊不如当面说。"汪兰说着，垂下视线，忽然叹了口气，"还不是因为我前两天听他师父同事告诉我，这小子正打算跟领导打报告调走，所以我过来想好好跟他谈谈。"

岑芙听见申请调走几个字，惊得连粥勺都捏不住了："什、什么？"

许砚谈那样一个满腔抱负又骄傲的人，怎么可能主动申请下调。

她迅速在脑子里串联思绪，试探着问："您……知道他最近被威胁的事吗？是因为这个吗？"

"这种事以前也有，他那种干起来豁出命的孩子，不至于。"汪兰见她主动往自己想说的方向走，顺水推舟，直接说穿，"我猜是因为你，孩子。"

岑芙的心跳恍然间踩了空。

"他是那种宁愿别人把狠都往他身上使，也容不得别人惦记他在乎的人的性格。

"更何况，许砚谈比其他人更怕这个。"

汪兰想到一些事，神情更加沉重。

汪兰决定将那段砸在大伙心上，尤其是几乎让许砚谈崩溃的无法排解的过去，告诉岑芙。

"孩子，你不知道吧，我丈夫，也就是许砚谈他师父，去年没了。

"车祸。"

…………

一切要从许砚谈刚认识路真义说起。

那是许砚谈刚进入区检察院的时候。

许砚谈求学四年，享受了国内最好的法学院的教育资源，他没有辜负教授、长辈的期待，把一切都做到最好，也成了无数人仰望的宛如站在金字塔尖端的天之骄子。

可是，许砚谈没有再在学术这条路上继续走远。

或者说，在不断研究学术、扎根基层、一头扎进这项事业的过程中，许砚谈也迷茫了。

他自年少向往法学，无论多疲惫多困难，爷爷的一句话，还有他想利用法学束缚自己恶劣本性的目的、叔叔的期望、岑芙曾经的支持，这些都足够他坚持下去。

可是，这些原因仅仅足够支撑他征服学术，然后爬进公检法这个大门。

像他这样的新人刚来，自然接触不到什么案子，基层单位事务烦琐忙碌，工作单调枯燥，成天扎在档案室里，一次又一次让许砚谈怀疑，他到底是为什么拼了命也要干这行。

野兽是向往广阔荒原的，是渴望驰骋领地，征服目标的。将它困在训练营接受日复一日的枯燥训练，只会把它逼疯。

就在这个时候，从上面抽调下来支援的路真义出现了。

路真义人长得瘦小，地地道道的崇京人长相，脸盘瘦小，眼睛细长，尤其是右脸颊上还有一颗很大的痦子，见着谁都贱兮兮地乐，没一点气场和架子。

所以总让检察院同辈的检察官们叫他外号“耗子”。

许砚谈人长得高大，眉眼锋利，一看就是一头谁也降不住的狼，所以好多老同事都不想碰这个刺头。

结果路真义一见着这批新人，头一个就相中了许砚谈。

谁也想不到，最后初出茅庐的野狼竟然和老奸巨猾的老鼠成了师徒搭档。

一开始，许砚谈瞧不上这个耗子师父。

路真义没有半点市级检察官该有的样子，办个案子，到处当孙子。

调查的时候跟各个方面求和说笑，面对明显胡搅蛮缠的当事人，他还赔着笑当孙子。

许砚谈一开始把这些全当作是他没能力。

不过，路真义不跟许砚谈这血气方刚的小伙子唱反调，反而是他想做什么，路真义就让他做什么。

路真义把许砚谈从沉闷无趣的档案室带出来，许砚谈想碰案子，他就给。许砚谈想跟着刑警队去一线，他也让。

结果是，许砚谈工作经验不足，到哪儿都碰了一鼻子灰。

最后路真义这个师父挨上头领导训的时候，让同事们都笑了好久。

结果，大伙儿不知道的是，路真义等的就是这个。

他看出许砚谈超出常人的自尊心，所以让许砚谈去碰壁，却发现自己以为自己多牛，结果就是个愣头青。

最后让他看见自己瞧不上的师父却替自己挨骂，让他背这个人情。

这股火气，足够让许砚谈沉下心来夯实基础了。

许砚谈最喜欢挑战，路真义给了他挫败感，让他对当下的事业产生了澎湃的征服欲。

之后短短时间，许砚谈彻底地改变，多基础的活他都干，不仅要干好，还要干细致，不放过任何一个可以增加经验的机会。

狼和老鼠混成一团，莫名地产生了合作默契。

师徒俩走到哪儿，一个唱白脸一个唱红脸，“戏本”就演到哪儿。

一只狡猾老鼠，一头浑蛋野狼。

路真义经验丰富，许砚谈洞察力异于常人，于是各种难题案子在他们手里查得又顺又快。

最后提拔的时候，路真义带着许砚谈直接升到了市检察院。

跟着师父到了市检察院以后，许砚谈知道了更多事。

例如，他这个耗子师父看上去是个油嘴滑舌的，实际上，他比驴还倔。

跟路真义同届的同事这个岁数早就高升或者稳居办公室了，他快年过半百的岁数，都还在啃案子，跑一线，跟那些老大难的案子较劲，多少次挨批评，被威胁，被下调。

许砚谈跟着路真义，见了太多阴暗，太多危险。

有很多次路真义问他，如果他不愿意，路真义就给他调到其他部门。

许砚谈没有回答这个问题，反问师父，他一个有老婆有孩子的人，明知道干这个有风险，为什么不走？

路真义的回答，是响彻动摇许砚谈事业观的关键。

他告诉许砚谈："我能去哪儿啊？我哪儿也不去。"

路真义用手指头捻着自己痦子上的那根须须，眯起眼睛笑。

"所有跟人性打交道的职业都有危险，真怕死，直接回家吃老本算了。"

警察，律师，法官，检察官。

"许砚谈，你记住。检察官，是这个社会最后的良心。"

检察机关是连接公安和法院的链条。

这根链条要是断了，那就是多少无辜，多少罪恶被掩藏。

所以在这里的人，常常被人笑称吃着一样饭却比在法院清闲的人，必须拥有着比他人纯洁正直一万倍的心。

一根正骨，不管经历多少磨难诱惑都不折不弯的，才能站在这里。

才配得上是国家公诉人。

而最后，路真义用自己的生命，向许砚谈证实了他的决心。

而不是老鼠口中狡猾的一句空话。

那件刑事案子牵扯太多，是前所未有的大案。

路真义为此奔波调查了好几年，终于在快要破晓的时候，他开始频繁地遭到威胁，不仅是他本人，还有家里的妻女。

许砚谈也是第一次，在路真义那张常常笑呵呵的脸上看到了即将崩塌的愤怒。

那天，许砚谈下班去师父家里，说要一起包饺子吃。

路真义临时还有事要办，让他先去。路真义是那桩案子的公诉人，当天傍晚，该案子的当事人的家属想跟路真义寻求确认一些事，约他出去谈。

也就是在赶去的路上，路真义出了车祸。

大货车直冲他的小轿车而去，车身都被撞变形了，碎片飞到十字路口的各个角落。

路真义在里面，当场死亡。

明明该是温暖舒适的周五傍晚，天边却染了血的颜色。

电话里同事颤抖的声线，骤然脱手摔碎在地上的盘子。

破碎的声音，是许砚谈挥之不去的阴影。

苍白的医院走廊，医生摘下的口罩，师母和家人哭喊的声音，还有大脑的那种麻木，是许砚谈一整年梦魇的根源。

已经盖了白布的病床，他单膝跪在路真义的身边。

路真义是他的师父，是师，亦是父。

许砚谈再怎么焐，都焐不热路真义已经凉透的手。

他多么要强的一个男人，握着师父的手，背着所有人掉了悲痛的热泪。

恶魔的根种被怒火复苏，他每一根神经都在叫嚣着想去亲手撕碎罪魁祸首。

可是不能，他不能。

让许砚谈至今一直都过不去，也一直不肯放弃地埋头寻找线索的是——

路真义意外死亡的案子很快结了，货车司机疲劳驾驶，依法判刑赔偿，跟路真义作为公诉人的案子没有任何关系。

但正因为路真义的去世，那桩案子主理人没了，案件不得已要中断进度，等同事接手重新整理。

无论许砚谈强调多少次这两件事分不开的巧合，公安同志还是一次又一次遗憾地告诉他，没有任何证据可以证明，货车司机与案件当事人有直接联系。

那么一个为了检察事业连命都不要的人。

执法为公，执法为民，他刻在了骨子里。

埋葬到了地下。

路真义的死，如秋天的风沙，再次蒙了许砚谈的眼。

那一阵子，所有人都说许砚谈疯了。他听不得任何关于路真义的事，听不得“耗子”这两个字，只要听见，他就会不自觉地开始全身痉挛、发抖，控制不住自己的情绪。

某次同事无意间提起“耗子”，开了句玩笑，甚至跟路真义无关，都被许砚谈揪着领子摁在墙上，差点打起架来。

年少时，他人将许砚谈视为异类、坏种、神经病。

那样的眼神在这个时候，再次投射到许砚谈的身上。

可是许砚谈不是一般人，他在迷惘的同时，从未停下脚步。

他的愤怒、憎恨，化为了即便和师父一样赴死也要把罪人送上法庭的决心。

那个时候，岑芙已经在周导的团队当上了选角导演，无论是收入还是事业地位，都到了颇有成就的位置。

她的人生正在步入幸福。

许砚谈也相信，她身边一定不缺倾慕她和照顾她的人。

这一年间，许砚谈接手了路真义的案子，继承了他的衣钵，把自己全身心都投入进去。

随着案件逐渐攻破，危险系数加大，他也被逼到了师父曾经站过的山崖。

只不过他比路真义更要勇敢一些，因为他不过孑然一身，了无牵挂。

他原本打算放手，只不过在转身之前，他想再亲眼，面对面地，见一次岑芙。

于是，岑芙与他重逢的那天，是许砚谈刻意选好的一天。

可惜，许砚谈高估了自己的潇洒。见到她脸庞的瞬间，与她对视的瞬间，放手的念头，许砚谈怎么都提不起来了。

而危险，也迅速如毒蛇一样爬上了岑芙的身体。

他无法想象，那天如果不是周霁成在，岑芙现在会是什么状态。

许砚谈已经无法再经受失去身边珍惜之人的痛楚，于是，勇士第一次产生了缴械的念头。

为了软肋，为了心爱。

吃过午饭后，两人又聊了很久。

汪兰一直待到了下午，岑芙把人送走。

下楼的时候，恰好遇上许砚谈穿着一身正装回来。

三个人在单元楼门外面碰上了。

许砚谈没想到师母会来，扫了一眼她们，看着汪兰：“您来怎么不说一声？”

“你一开起会来就关机，我怎么联系你？没事，我跟小岑聊得也挺好。”汪兰提着保温桶，跟岑芙告别，“回头上家里吃饭啊。”

她也没让许砚谈送，拍了拍他的肩膀，把时间留给年轻人。

秋天傍晚这会儿正是气候宜人的时间，微风温柔，夕阳炽热。

岑芙侧身揉了揉自己的眼睛，只怕被他看出自己哭过。

然后她故作淡定，冷着一张脸走过去。

许砚谈不知道她又要干吗，眼看着她走向自己，问道：“你们都聊什么了？”

“申请呢？”岑芙向他伸手，非常认真，甚至有些凶，“你的转职调走的申请报告。”

许砚谈顿时就知道师母都跟她说了些什么。

他看着她明显不悦的目光，冷静又悠哉，把自己右手捏着的文件夹递出去。

岑芙眼神一变，赶紧夺过来，然后拿着文件夹打在他身上，声音很大。

打人的是她，眼圈变红的也是她。

“我真想打死你……”

一如六年前，他顽劣地把她逼到墙角，岑芙气得一边哭一边跳脚打他的画面。

许砚谈懒洋洋地抬起一只手护在自己胸膛前，无奈地笑出一声：“干吗啊，喊打喊杀的。”

岑芙挥着文件夹，打得直喘，她顾不得滑落的眼泪，颤抖着声线质问：“你脑子有问题是吗，你傻了是吗……”

他师父递给他的，那么沉甸甸的责任和衣钵，他竟然为了她就能这么轻易地放下？

就在岑芙气得想上脚踹他的时候，许砚谈一手攥住她的胳膊，直接把人拽到怀里牢牢锁住。

岑芙滚烫的眼泪掉在他深蓝色的西装外套上，隐没形状。

她在他怀里颤抖，却再也无关应激反应。

“值得吗……我配吗……”岑芙越说，哭腔越浓烈，几乎要喘不上气。

许砚谈有些粗糙的指腹捏在她颈后的软肉上，一下一下，帮着她放松神经。

他听着她破碎的哭声，心里软得快塌了，可又真的发自内心地愉悦。

因为许砚谈看见了裂缝。

她逐渐对自己敞开的裂缝。

“我当不了英雄。”许砚谈搂着她，将下巴搁在她颈窝处，眼角有些发红，嗓音很低很闷，连扬着弧度的嘴角都有些僵硬。

“我没你不行，我这辈子就只有你了。

“岑芙，是我窝囊废。”

这一下，两人的身体都开始发抖。

岑芙在他怀里摇头，伸手将他抱得更紧，扣在他宽厚后背上的指腹泛白。

“许砚谈……你已经是……我们所有人的骄傲了。

“你真的好棒，许砚谈。”

她稍许挣脱开，在傍晚的风中，与他额头相抵。

岑芙看见他猩红的眼角，心里扎着疼。她伸出双手捧着他的脸，用指腹去擦拭他脸颊上的眼泪。

你这些年，怎么也过得这么苦。

真狼狈啊，许砚谈。

面对强大的敌人，在大义面前，两人之间那点狗屁算不上的隔阂太不够分量。

至少岑芙是这样认为的。

她明确地告诉他。

“你要是真交了这报告，我才看不起你。”

即使是那草原领头的狼王，也会愿意对配偶袒露自己的咽喉、肚皮，献上自己所有的脆弱。

亦如许砚谈此刻的眼神，他卸下了所有的坚强和骄傲，与他性格极为不相符的柔和在他棕色的眼瞳中荡漾。

手搂在她腰上，缓慢地抚摸，他这么看着她，诚实地回：“没打算交。”

岑芙知道，她再靠近，自己那藏在身体里的应激反应就要发作。

可是她顾不得那些，即使是这样，她依旧要送上自己的唇瓣。

岑芙克制着，试探着自己神经的界限，用嘴唇轻轻地，一下一下地，贴着亲他的薄唇。

亲了两下，她咽下所有哭泣带来的酸苦，蹭着他的鼻尖，言语与温热的气息混作一团。

她带着眼泪笑了，眼神十分坚韧，有着脱胎换骨般的霸道。

“我不怕，你也不许逃。”

去做完你师父没做完的事。

去实现你的价值，许砚谈。

你要光芒万丈，要成为最酷的检察官。

这样，才配得上现在的我。

岑芙哭得脑袋发蒙，也不知道是怎么被许砚谈牵着走去的停车场，最后莫名其妙地被他扔进副驾驶，在车上跟他亲了起来。

幸好他的车足够宽敞，不然两个人全窝在副驾驶真的会磕碰。

许砚谈先坐进副驾驶，然后拽着她让她趴在自己身上。

或许是顾及会让她难受的心理障碍，他也小心翼翼地，让她在上面俯瞰着自己，减少他对她的压迫感。

而正是意识到他的这份顾忌，岑芙的心脏更热。

也是想到五年前两人曾经有过多少缱绻和旖旎，让这场猝不及防的、毫无征兆的落日激情有了更厚重的伏笔。

光从西侧的车窗打进来，穿过两人相抵的额头，金色描绘着他的山根眉峰，也勾勒着她的唇珠下颌。

许砚谈的手放在她的腰上，岑芙的手圈在他的脖颈处。

两人亲昵熟悉得好像从未分开过。

与心爱的人亲密的时候导致对方颤抖窒息，这样的场面，岑芙只怕许砚谈会受挫。

她很自责，所以不敢靠太近，也不敢放肆。

就是这份彼此都呵护着对方心情的细腻，让当下的场景说不出的柔情。

岑芙比许砚谈更焦急一些，她捧着他的脸，一下一下地啄吻。

她想深入一点，可是当她贴近他的时候，感受到他身体的变化，感受到嘴唇上的濡湿后，岑芙的手就不自觉地开始颤抖。

许砚谈立刻睁开半眯着的眼眸，他握住她的小手，在掌中揉捏着、安抚着。

岑芙在自责，眼神闪躲，只想要横冲直撞，顶着自己的心理障碍要强吻他。

而许砚谈懂得及时叫停，他另一只手扶在她脑后，揉着她的发丝，让她与自己额头相抵。

两人交换着呼吸，一方是醇厚的木质凛冽，一方是清甜的蜂蜜味道。

许砚谈给予她安抚的轻笑，可他那面容一扯起笑，尤其是露出几颗皓齿，溢出的全是坏坏的劲头。

不过岑芙喜欢的就是他这样子。

“芙芙乖。”许砚谈那野狗般的性子，却说出这么温柔的话，那痞气的低嗓好似和这样的旖旎格外相配。

“我们不急，不急。”

岑芙紊乱的呼吸随着他这话一点点平静下来。

她腰撑不住了，搂着他的脖颈塌了下去，直接趴在他胸膛上，鼻梁顶着他脖子，感受他脉搏的跳动。

岑芙享受着这怀抱，含着深深的自责，嗫嚅道：“对不起……”

许砚谈品味着她的语调，手指在她纤细的腰间掐了一下，有明显惩罚的意思。

岑芙疼得哼一声：“干什么……”

他仰头，喉结滚动，目光与她抬起头的眼神对接。

许砚谈扯着沙哑的嗓音，按捺着身体里的欲望，化为眼眸里明晃晃的调戏和威胁：“你还记不记得我说过什么，嗯？

“再让我听见这三个字，我跟你没完。”

那么久远的事，连岑芙都快忘了。

她有些意外地缓慢眨眼，心里软化一片。

她不知道，许砚谈到底有没有意识，意识到他很懂得怎么变着法地让她心软。

还是说，他天生就懂得怎么猎服她。

许砚谈伸出手指点了点她的唇瓣，目光发沉，像怪盗投掷顽劣的盗取预告函。

“等你彻底不排斥我了，再罚你。”

“我那不是排斥你……”岑芙说到一半，突然撑着他的胸膛坐起来，伸手轻轻拍打他的脸，鼓起脸，质疑，“许砚谈，你懂不懂时刻摆正自己位置。”

是你在追我哎。

你敢“罚”我？

她心想。

说完，岑芙打开车门，跨过他下了车，毫不犹豫地往单元楼大门走去。

像极了亲完人就拍拍屁股走人的渣女。

许砚谈还敞着长腿靠坐在副驾驶位里，车门开着，他望着潇洒走远的岑芙，颇为荒唐地呵笑一声。

撩完人不负责，坏姑娘。

“等会儿我呗，”他目光往下瞥了一眼，叹了口气，还懒洋洋地喊她，“岑芙——”

他们是全世界，唯一最懂得捕捉对方的人。

谁都没有意识到。

…………

岑芙明明早走那么久，最后却还是跟许砚谈一块上的电梯。

她瞥了一眼他那长腿，不知道是怎么倒腾的。

电梯升上十二楼，电梯门一打开，嘈杂声顿时涌进来。

岑芙走出电梯，看见一个阿姨和物业人员站在自己家门前，表情很是着急不耐烦。

那阿姨看见他们，也不知谁是1202的主人，对着他们劈头盖脸就是一句：“你们家漏水了知不知道啊！都渗到我家墙上了！”

岑芙一愣，和许砚谈面面相觑。

接收到他兴师问罪的悠悠目光，她缓慢地眨眼，干笑一下。

本来岑芙以为这是难缠的突发事件，许砚谈倒是解决得又快又轻松。

该道歉道歉，该赔偿赔偿，楼下阿姨见许砚谈长得不好惹，就没多计较。

把人劝走了以后，岑芙看见从电梯间回来的许砚谈。

他边走过来，边解自己外套的纽扣，仰着脖子泄气，纾解浑身的疲惫。

他一抬眼，正好对上靠在家门上的岑芙，单纯又无辜的如小鹿一样的眼神。

重逢后整天对着他的那股蛮横劲儿荡然无存。

他心底发笑。

她一犯错就开始装可怜，多大人了还来这套。

可无奈，他许砚谈太吃这套了。

许砚谈投去一个闲散的眼神，语气平淡："那房子太久没人住，水管忘了维修，崩了就崩了，不赖你。"

岑芙一听，眼神瞬间变了回去，靠在门边可怜巴巴的身子直了起来。

"哦，确实……"她摸了摸鼻子，好死不死还要补一句，"自己的房子，怎么都不知道定时维护。"

许砚谈刚走到门边，听见这话彻底乐出声了。

给个台阶不下，还要蹬鼻子上脸。

他单臂撑着门边，拇指点着铝木门的框边，审视的眼神更多揶揄意味："房产太多，缺个女主人管。

"你有兴趣吗？"

岑芙喉咙一哽，不自然地偏开眼睛。

许砚谈见她又开始龟缩逃避，也无所谓，打开自己家门，告诉她："木地板泡成那样，修好之前没法住人，搬东西到我这儿住。"

跟他住？

岑芙一眼看过去，那意思很明显，不是很愿意。

与狼共住，擦枪走火的，她只怕自己会早早被他拿下。

结果，许砚谈抛来一个有些凶、更有些幽怨不容置疑的眼神。

"刚刚抱着我啃个没完，这下又不愿意了？

"岑芙，你对我的态度比天气预报还邪门儿是吧。"

她小声狡辩："我没……谁不愿意。

"你凶什么？"

激将法装委屈明显有效，许砚谈露出了心满意足的神色，脑袋往她家那边歪了歪，怪痞气的。

"那就别傻愣着了，收拾东西去啊。"

然后岑芙就这么莫名其妙地从他的邻居又成了他的舍友。

直到床单铺上次卧的床上时，她才恍然。

许砚谈这只狗，又把她诓得迷迷糊糊的。

这个人，上了岁数才不会变得稳重实在，只会坏得更理所当然，不露痕迹。

生活回归原本的平淡轨道后，岑芙找了个时间单独约周霁成出来。

而见面地点，就在周霁成在崇京开的诊所里面。

岑芙不仅要来郑重回绝他的表白，更是要作为他的患者，认认真真地面对内心深处积攒已久的障碍。

为了许砚谈。

岑芙在他诊室的沙发床上躺下，仰视着旁边准备做心理疏导的周霁成。

他工作时穿着白大褂，一如她第一次见到他的时候。

“谢谢你对我的照顾，谢谢你的指导……”

周霁成无框眼镜后的那双笑眼透着哀伤，惭愧地笑着：“我并不是很想听到这样的答复。”

“不管如何，”岑芙躺着，依旧对他这种毫无破绽的笑容有些发怵，诚心道，“我永远记得你对我的这份恩情。

“对不起啊，周大哥。”

“不仅为了他拒绝我，现在还为了他，甘愿面对痛苦吗？”周霁成在她身边坐下，用音箱开始播放催人入眠的白噪音。

周霁成看着岑芙闭着眼睛一点点放松了神经，盯着她那张小脸的眼神逐渐深了下去。

他忽然想起第一次见她的时候，那会儿，她还穿着蓝白色的校服，背着沉重的书包。

看上去羸弱可欺的小姑娘，却顶着细雨蹲在路边，扇着细细的睫毛，用指腹抹去路边无名野花花瓣上过重的水珠。

那娇小白皙的脸，宛如世上最纯净之物，深深地映在他的眼底。

从此无法抹去。

周霁成手指弹动，心中某块地方忍着崩坏的痕迹，小声呢喃：“真是个傻姑娘。”

更是个狠心的姑娘。

到最后，竟连个守护的资格都不施舍给他。

半个小时后。

随着周霁成的催眠引导，岑芙已经进入了半梦半醒的状态。

“他既然是你痛苦的来源，”周霁成余光有些冷淡，“那我们就铲除他。”

从你内心深处，把这个人，彻底抛弃。

岑芙是在临近傍晚的时候醒来的。

醒来以后，她只感觉身心轻松很多，仿佛经历了一场记不清细节的心理疗愈。

她左右看了看，房间里没有周霁成的身影。

就在她撩开身上的薄毯的时候，周霁成从外面走了进来。

他拎着一个袋子，瞧见她睡梦初醒双眼蒙眬地坐在那儿，微笑起来："醒了？你这一觉睡的时间可不短。"

"呃，我……"岑芙揉着自己头发有些尴尬，"不好意思啊，最近工作有点忙。"

"没关系，心理疏导的效果很好，或者可以说，其实你自己已经走到出口了。"他说着走向她。

周霁成一直在反复回想方才的治疗过程。

心理疏导，催眠，实际上只是引导患者面对自己的痛苦，或者通过手段巧妙地让患者自己修改关于痛苦的记忆，以达成缓解创伤后应激障碍。

他却有私心，希望岑芙从根源上，修改对许砚谈的这股执念和在乎。

但一切的基础是——这是令她痛苦的根源。

可是方才，岑芙在催眠的状态下对许砚谈的所有回忆、印象，全是幸福的。

她是微笑的，哪怕眼角噙着泪，幸福如何修改？没有人愿意忘记幸福的感觉。

周霁成意识到自己输了。

许砚谈的那句"你信不信，她还会选我"并不是什么狂妄发言，是许砚谈对岑芙的信心，对他们这份感情的信心。

他从一开始就没有任何胜算，却处心积虑，做了这么多无用功。

周霁成在岑芙面前半蹲下，一边打开袋子，一边说："对不起，芙芙，我必须跟你道歉。"

岑芙有些不解："什么？怎么了？"

他输得彻头彻尾，没有必要再做无谓的挣扎。

周霁成把袋子里的木盒子拿出来，递给她："叔叔当年走的时候，给你留了东西。

"我一直……将它藏在自己身边。"

岑芙骤然蹙眉，盯着那盒子，更加不解了。

"我不会辩解什么，但我并没有打算独占。"周霁成将盒子放在她手里，站起身，"等你看完里面的东西，就都知道了。"

周霁成走了，没再留任何话。

岑芙坐在心理咨询所走廊里的长椅上，打开了怀里的木盒。

盒子里只有寥寥几样东西。

一封信，一个用红布包着的硬东西，一沓照片，一张储蓄卡。

岑芙打开信的瞬间，思绪被信里的内容拽回了三年前。

一些她完全不知晓的画面，出现在了她的脑海里……

许砚谈在得知当年的事都是自己亲爹背后的势力一手策划之后，在某个下午，第一次飞往了榆安这座城市。

他特地挑岑芙在学校的时候，拜访了在医院治病的岑康发。

骄傲的他，从小到大几乎没对谁低过头。

但是那天下午，他站在岑康发床边，长长鞠躬不起。

直到岑康发动手，把他扶起来。

岑康发本都认定这事是咎由自取了，没想到许砚谈竟还会亲自来对自己道歉。

岑康发看着许砚谈，苍老的脸带着复杂："你还挑小芙不在的时候来，吃力不讨好……"

"她不愿意看见我。"许砚谈淡着脸，心痛的话说得平静。

"我的毛病，早就有了。"岑康发自作孽半辈子，此刻看透了人生，不愿意让这小辈一直自责，于是把自己早就生病的事实告诉了许砚谈。

"我活不久了，你与其在我身上花时间，不如去找小芙。"他摆手。

而许砚谈得知这一切与他没什么关系以后，眉头却没有因此松开。

他也没走，而是问了岑康发一句。

"您还有什么未了的心愿？"

岑康发有些愣怔，看着面前的小伙子，半晌说不出话。

岑芙坐在椅子上，拿出盒子里那一沓照片。

她一张一张地翻看。

从爸爸小时候长大的深山老家、破旧的小学、初中，到他青年时期打工过的家居建材城，拍摄的时候都还有当年的样子，只不过现在已经拆除了。

最后是他和何芳华相遇、约会的地方。

然后是夫妻俩常常带两个女儿游玩的寺庙、公园。

一张一张照片的拍摄地都是岑康发人生轨迹里，留下过美好回忆的地方。

而这些所有，都是许砚谈在岑芙不知情的时候，亲自去拍的。

他一个贵公子，冒着暴雨坐着载满牛羊的拖拉机进山，不厌其烦地询问岑康发学校的旧址。

在建材城快拆除的时候，他翻墙进去偷拍。

从没来过榆安的他，却在那短短几天走遍了这座城市。

直到他上飞机回到学校之前，鞋底都还留着山里的泥。

温热的泪珠掉在发旧的照片上，岑芙愣怔，不知自己什么时候掉了泪。

她继续看父亲写的信。

里面用红布包着的，是许家镇家的血玉麒麟。

玉麒麟的脖子上缠了你的五根头发，这东西能认主，就算它不在你身边，它也能保佑你。

这是许家的诚意，是许董让许砚谈带来给我的。

许家人或许一辈子都不愿意原谅我们，可是他们是真的喜欢你，芙啊。

岑芙看见“镇宅之宝”这几个字的时候，已经震惊得说不出话。

她用手指撩开红布，只见质地剔透厚实的玉麒麟的额头上，含着一抹深红色的血迹。

玉麒麟栩栩如生，面相精神，见光的瞬间，发出漂亮的光泽。

宝物贵在镇宅，尤其是做生意的人最重这些，而许叔叔竟然舍得让镇家的东西离家五年，留在她身边。

岑芙瞧见它脖子上缠着的黑色发丝，喉间已是一片颤抖。

她拿出盒子里最后一样东西——储蓄卡。

这是信里记载的最后一段回忆。

许砚谈读研的那一阵子，只要有时间就飞来榆安。

在岑芙不知道的时候，一直是许砚谈在岑康发身边。即便他不会照顾人，也下足了功夫让岑康发畅怀。

最后一次见面，是岑康发的弥留之际。他知道自己说不定什么时候就会走，他看到了许砚谈对自己女儿的深情、在意。

甚至也见到了许家人，女儿未来可能的夫家人的诚意。

所以最后，岑康发向许砚谈要了一样东西。

钱。

是给岑芙的聘礼。

五百万现金。

你别怪爸爸市侩，跟人开口要钱。

不是爸爸不敢要，他拿来了一千万，但我只要五百万，多一分都没让他出。

如果你未来进了他的家门，当了人家的媳妇，他要是对你不好……

我想着，有这五百万，如果他对你不好，我女儿至少净身出户以后，不至于受委屈。

爸爸无能，到最后也没能给你剩下什么。

爸爸怕你再受委屈。

如果你未来遇着比他还喜欢的人，那就把玉麒麟连同钱一并还给他。

但是至少，他许砚谈，他许家，在爸爸这儿，算是过关了。

芙啊，如果你还是喜欢他，爸爸放心地把你托付给他。

捏着信纸的手已经颤抖。

岑芙看着这一样又一样的东西，想起之前纤纤与自己说过的那些许砚谈为自己做过的事。

她本以为那是所有，没想到，却是冰山一角。

他背着自己为爸爸做了那么多事，就是没打算让她知道。

如果爸爸不写这封信，她永远都不会知道。

岑芙只要一想到，他怀着“她恨我，她不会愿意看见我”的心情，去做那些事的样子，心里就酸苦成一片烂泥。

芙啊，爸爸写这封信的目的，就是让你放下。

一切都过去了，你该有自己的人生。

我死了以后，这些过往，你权当没有过，这是爸爸对你最后的嘱托。

润凉的玉麒麟在她怀里逐渐染上温度，旧照片上那些重重叠叠的指纹，结在她的心上。

岑芙早已泣不成声，心里建立的防线一块块碎掉坍塌。

周霁成早就知道她看见这些东西，会毫不犹豫地疯狂地奔向许砚谈，所以才会自私地藏匿起来。

因为这五年来，岑芙一秒都没有忘记过他。

一秒都没有停止爱他。

事实如此，原本岌岌可危的隔阂，历经这封信，这些物件的冲击后彻底被击垮。

岑芙朦胧着视线拿出手机，拨出了许砚谈的电话。

她想见他，一秒都等不了了。

“嘟——嘟——”

可是，这一通急切的电话拨过去后却迟迟没有人接听。

岑芙的心情随着这一通又一通无人接听的电话逐渐变得沉重起来。以往许砚谈只要开会不能看手机的时候，都会发消息提前告知她。即便二人关系不明不白还没完全复合，他也依旧会这样做。

她一只手抱着那堆东西，另一只手握着手机，急得从长椅上站了起来。

直到打到第十二遍，那边才迟迟接通。

而接电话的人，不是许砚谈。

“您好，您是手机主人的家人吗？这里是市第一医院急诊部。”

岑芙都不记得自己是怎么赶到医院的，她的大脑比医院外墙的颜色还要白，像是吹了一宿的凉风着了凉般，“嗡嗡”作响，失去了基本运作的能力。

医院这个地方承载了岑芙太多不愿回顾的记忆。

而这次的主角成了许砚谈，她的理智几乎要崩坏。

护士在电话里告诉她是车祸。

在十字路口，一辆无视交通规则的轿车发了疯一样冲向许砚谈的车。

岑芙听见这些描述以后，愤怒几乎烧干了泪腺。

和他师父出事时候，一模一样的场景，对方竟能猖狂成这样，为了阻止案件的推进，一个接着一个地陷害。

她到的时候，抢救室外面挤了好多人，一水儿全是穿着检察官制服的人。

路真义的死，几乎是扎在市检察院所有人心上的一把刀，尤其是检察一部的老老少少们。

路真义出事的时候，一部就没有人觉得这是意外，但什么事都要讲求证据。

即使这件牵动整个一部的大案子的主犯罪不可恕，可依旧不能在证据不全的情况下给他头上硬安新罪名。

当许砚谈出事的消息传到检察院的瞬间，大伙都坐不住了。

大家对许砚谈之器重、之需要。

大家对路真义、许砚谈师徒二人之怜惜。

让他们不顾手里的活跑到医院，隔着一道门祈祷他平安地从抢救室里出来。

她还看见跟过来的两个节目组同事，正在和张瓦小声交涉。

似乎是因为他们想拍下来作为纪录片的一部分，但因为可能关系到案件，张瓦如何都不松口，不允许拍摄。

其中一个跟岑芙关系好的同事见岑芙眼神空洞地跑过来，赶紧过去迎接，结果这么一接，她才发觉岑芙整个人都在发抖。

岑芙脚下一软，差点栽到地上。

“哎，岑芙，岑芙你站稳了。”同事赶紧将她半拥着扶稳，“没事的，你别着急。”

岑芙盯着紧闭的抢救室，咬着颤抖的嘴唇：“他进去多久了……”

同事看了一眼手表：“四十分钟左右。”

这个时候，检察院的一个同事过来，他向公安那边了解了情况，知道岑芙和许砚谈关系匪浅，于是就把她当成小嫂子一样对待，过去解释：“别担心，那边跟我说，许砚谈应该没大事，医生正给他做全身检查。

“他什么车都玩过，所以车技比一般人都要好。而且他那车其实早就经过特殊改良，比别的车要硬实好几倍。

“那车撞向许砚谈的时候，他反应快，车头掉转没有正对侧面那么重创到人，车受到重创的地方也在中后段。

“反倒是因为没撞对位置，肇事者刹不住车又连环碰上好几辆车，伤得跑不了，让交警当场逮了。”

许砚谈的同事说完，从兜里拿出一样东西：“护士给我的，还是你保管吧。”

岑芙有些茫然地抬起自己的手掌。

然后，她看着面前的人，将一条眼熟的蝴蝶吊坠项链放到自己的手心里。

那翩飞的蝴蝶吊坠染着干涸的血，深红的，他的血。

五年前分手那天，她亲自把这条项链从自己脖子上取下，放到茶几上的画面映入眼帘重新播放。

岑芙的心骤然被扎疼了。

意思是……这五年来，他一直贴身戴着这条项链是吗？

岑芙滚烫的眼泪，再也无法顾及当着外人是否失礼，簌簌地夺眶而出。

她收紧掌心，攥着这串项链，任由蝴蝶吊坠硌疼她的肌肤，缓缓蹲下。

许砚谈同事一看她这样，吓得后退，没看见她的眼泪，只以为她也快不行了：“哎，没事吧……”

四肢的感知都在给泪腺让路，岑芙哽咽着摇头，一只手还被自己的伙伴搀着。

她握着项链紧紧贴着自己的胸口，故作坚强地撑着膝盖重新站起来。

吊坠上，原本干涸的血迹因为她掌心的温度重新活跃，化成一片，最终沾到她手心的纹路里。

她摇晃模糊的视线望向抢救室紧闭的门祈祷。几乎把活了二十多年所有的虔诚和迷信都献给了此刻。

你一定要好好地出来见我。

我还有好多，好多话想跟你说。

许砚谈，你要好好听才行。

好好听。

许砚谈浑身疼到麻痹，意识从车祸发生的十字路口直接坠进了迷迷糊糊的幻梦空间。

这场梦漫长，真切得让他信以为真。

一开始，他回到了许家。

别墅还没有显出年头来，院子里的菜地也都还在。

大门敞着，许砚谈左右望着走进别墅，他一迈进家门就瞧见老爷子坐在一楼落地窗边的象棋盘前自我对弈。

爷爷身体还硬朗，穿着那套喜欢的灰色中山装，手边的茶杯飘着香气。

许健伶瞧见他回来了，伸出两根手指招呼他，略有不满，白胡子都被吹起来："你这孙子还知道回家。

"快点儿，过来陪我来一盘，我一个人下得无聊。"

许砚谈太久没见到爷爷了。

爷爷走了六年，许砚谈几乎快忘了爷爷的具体模样。

此刻，他那颗冷漠无情的心泛起涟漪，许砚谈动了动嘴角，这六年来所有的思念堆在嘴边。

最终一开口，煽情的诚恳话没说彻底，还是那副拽样："再玩赖的我可不干啊，上次就让您悔了三步。"

"嘿，我把你养成这么大小伙子，悔你一次棋你记我一辈子是吧！"

许砚谈走过去，坐在爷爷对面，开始下新的一盘棋。

棋盘上的象棋一个一个地下场，许砚谈琢磨着形势，再落子吃掉爷爷的车之后，得意地抬头。

他一愣。

因为自己的对面，已经没了人影。

许砚谈的肩膀缓慢地塌了下去。

他瞥了一眼对面摆着的，还飘着热气的茶杯。

光从玻璃窗打进来，瓷砖上投射出一片颀长的、黑色的、孤独的影子。

手里握着爷爷的"车"，他盯着空无一人的对座，再一次陷入了许久许久的沉默。

再一眨眼，他离开了许家的别墅大院。

他换上了检察官制服，站在检察院主楼门口。

旋转门进进出出的都是眼熟的同事，瞧今儿这热闹劲像是周一。

他抬头，望了一眼高耸的检察院大楼，抬腿走了进去。

许砚谈懒散地垂着眼走进检察一部的办公室，他刚推开门，一道声音直直传来。

“许砚谈，你师父今儿个可又替你挨骂了啊！”

原本稳重慢悠悠的步伐骤然失了节奏。

许砚谈不敢置信地撩起眼皮，瞧见了坐在靠窗位子的路真义。

他的桌子上还堆着案件卷宗，高得几乎快赶上了那摆在书柜上的绿萝的长度。

路真义一手端着保温杯，一手捻着自己痦子上的须须，瞧见许砚谈进来了，笑呵呵中透露无奈。

“唉，我都习惯喽。

“许砚谈，”路真义放下保温杯，从众多卷宗里抽出一沓，招呼他，“你过来，前两天你说的那个案子，今天人家小周把材料给你调出来了，加班捋一遍。”

许砚谈几乎听不到自己心跳了，他一步步走向路真义，站在桌子边。

他翕动薄唇，愣了半晌，才开口：“……师父。”

“你叫我干吗，让你看案子呢？”路真义嗔他一句，见他今天上班状态不对，悄悄避开附近的人，小声诱惑他，“提起十二分精神头干啊，争取别剩，今儿我让你师母去市场买了最新鲜的肥肠，嘿，新鲜的那味儿重着呢。收拾干净了炖出来绝对香……”

“许砚谈！”这时候，他背后忽然有人喊自己。

许砚谈手里拿着卷宗回头，跟站在办公室门口的同事说了几句话。

等他再回头，面前办公桌的布局已经变了模样。

成堆的卷宗没了，那盆没水都长得旺盛的绿萝也消失不见。

师父桌子上摆着的，用红笔圈圈写写的台历也不知去了哪儿。

“哎，许砚谈，你站我桌子前面干吗呢？”这个时候，另一个同事刚换完制服进来，拍着他肩膀问。

许砚谈浑身骤然抖动一下。

手里装卷宗的牛皮纸袋被他捏得“咯吱”作响，他哽着喉咙，明知故问，不愿醒来：“……我师父呢？”

那同事一听，表情变了，跟旁边的人对了对眼神，而后摇头叹气地走到一边做自己的事。

忙碌的检查一部，每个人都在用怜悯的眼神打量着他。

许砚谈高高大大站在其中，格外突兀孤单。

他一步步走出办公室，漫步在几乎看不到尽头的走廊上，仿佛被抽走了灵魂，不断在问，不断在折磨自己。

我爷爷呢？

我师父呢？

我爷爷呢？

我师父呢？

我爷爷呢……

我师父呢……

这两个问题就如两个不断靠近的天体，引力和潮汐力碰撞，冲破了洛希极限。

当它即将撕碎许砚谈的时候——

“许砚谈。

“许砚谈，该醒啦。

“许砚谈……你不是还有我吗？”

那么柔软的声音，极其具有力量。

疼痛和光芒一同袭来，刺眼彻骨。

许砚谈尽力撑开粘在一起的眼皮，皱着眉盯着眼前的天花板。

他醒来后极其平静，几乎难以看出一秒前还在经历着那么撕心裂肺的幻梦。

耳畔是心电检测仪发出的声响。

他悄悄偏头，视线落在了握着自己右手的柔软小手上，再移到压着自己胳膊睡熟的岑芙的脸上。

是她叫醒了他，也是她一直在他身边。

都走了。

一个个都走了。

但是，她还在。

额头的青筋随着浮动的情绪跳了两下，许砚谈缓缓扭过头。

房间很安静，一如他没醒来之前。

能窥见他表情的，只有窗外的阳光。许砚谈难以自控的、有些颤抖的手指，在她掌心挠痒。

岑芙哼哼两声，睁开了惺忪的睡眼，似乎有点没睡够。

她对上许砚谈有些猩红的丹凤眼，一下子精神起来，眉眼展开，豁然笑了。

“许砚谈，你醒啦。”

嗯。

醒了。

许砚谈心里说着，然后换上往日那种闲散揶揄的目光，故意笑话她：“你也睡够了？”

岑芙听他一醒来就嘲笑自己，一下子又把嘴噘起来，这人真不值得别人心疼。

“是，睡饱了，现在打算走。”说着，她要把自己的手抽走，作势起身。

她刚一动作，许砚谈手上骤然用力，死死握住她的手，不肯松开。

岑芙吓得赶紧坐回去，怕他太用力扯着伤口。

他慵懒，她惊颤。

两人彼此这般对视着，恍若回到未分手前。

许砚谈有些粗糙的指腹缓慢地抚摸着她的掌心，像是哄，又像是招惹。

他有些累了，牵着她的手，汲取她身上的温度。

他勾着嘴唇，眸子深处也有某些东西逐渐在瓦解、融化。

许砚谈缓缓合上了眼，始终带着释然的神色。

“别走。

“以后都不走了，好不好？”

岑芙被他牵着手，坐在床边。在他闭上眼的时候，她故作生气的表情也消失不见，而是用温柔深情的眸色描绘着他的轮廓。

她莞尔，过了一小会儿回应了他。

“嗯。”

许砚谈没有走路真义的老路，或许是因为路真义的离世，让公安战友们更加努力。

经过高强度的轮番审问调查，许砚谈这次车祸的肇事者把所有犯罪事实都招了，确实跟许砚谈主理的这桩案子有关系。

蓄意谋害公检人员，妨碍公务进度，罪加一等。而许砚谈的平安无虞，也不会影响到案子的进度。

这件案子历经多年，终于来到了最后的阶段。

时间一转来到开庭当天。

因为案情内容，岑芙和其他无关人员无法进入法庭旁听。

但她还是在外面等了一整个流程时间。

她想象着许砚谈穿着制服，站在法庭中，作为国家公诉人宣读起诉状，发言的模样。

虽然已是冬天了，不过岑芙却觉得今天的阳光，甚是明媚。

…………

那天案件开庭结束后，许砚谈没有回检察院，而是让岑芙陪他来到了路真义所在的公墓。

他对着路真义的墓碑，沉默着注视了很久。

然后许砚谈拿出叠好的国旗，交给岑芙。

岑芙站得端正，捧着叠得整齐的国旗，站在他的斜对面。

许砚谈晋升的那天需要再次面对国旗宣誓。

他记得那天，也如今天明媚，师父路真义领誓，他说一句，许砚谈跟一句。

今天，那件案子结束了，犯人得到了应有的惩罚。

而他们师徒二人，依旧是一前一后。

这时，许砚谈身穿制服，站直身子，举起了自己的右拳。

他面对着路真义黑白的照片，在没有师父的带领，在师父的见证下，再次宣誓。

他低沉的嗓音铿锵有力，将尾音的抖动隐藏得不留痕迹。

“我是中华人民共和国检察官，我宣誓。”

岑芙望着这一幕，眼底有些热。

或许是怀里的国旗过于鲜艳，那般炙热的红，烫到了她的心口。

许砚谈抬起的右拳紧紧地攥着，手背凸起的青筋宣示着他的力量和情绪，一幕又一幕的回忆在他脑海里划过。

“忠于国家、忠于人民、忠于宪法和法律。”

那些见过的阴暗，历经过的危险。

“忠实履行法律监督职责，恪守检察职业道德。”

那些率真又正直的人，那些用生命守护的正义。

“维护公平正义，维护法制统一。”

许砚谈掷地有声地背诵着誓词，耳畔仿佛听到了师父领誓的嗓音。

他目视前方，目光坠入岑芙怀里的鲜红国旗。

他踏入公检法时，缺少的那抹信仰和信念感，他余生人生最需要的东西。

是路真义给的。

如一团熊熊的火。

在此刻，他眼里、心中。

那信念，烧得比日烈、比铁硬。

赫赫炎炎，旺盛不死。

岑芙骄傲的眼泪坠落的瞬间，他的最后一句誓词刺破空气。

“宣誓人，许砚谈。”

案件结束，剩下的流程已经全部交由法院，等待判决结果落实。

节目组在检察院的所有拍摄工作也进入了尾声，大部分人已经回到电视台加入制作。

激烈的乐曲结束，生活回到了原本的轨迹上。

制作室内，岑芙戴着耳机站在后期剪辑师的身后，正在跟着一起审阅正片。

放到中间的时候，她听着旁白的某句话突然叫了停：“停一下。”

剪辑师停下，拔开一半耳麦回头：“怎么了？”

岑芙瞥了一眼屏幕上的进度条：“应该是二十四分钟十二秒到二十四分钟五十五秒，这一段要联系一下老师重新录。”

她拿出手机，翻出一个新闻界面，给同事们看：“昨天发布的，政策有改动，这里的名词已经换新的了，不能再用。”

“啊，但是配音老师挺忙的，要不想办法合成修改一下？”剪辑师也经验丰富，拥有很多当下最新的技能，这么问着。

毕竟马上就要交片了，市级电视台对时间这方面要求很严格。

技术再先进，合成的和原本的人声不匹配，一定会留下痕迹。

“你糊弄片子，领导就糊弄你的工资。”岑芙看着他，有些揶揄地笑了一声，然后低头摆弄手机，把这件麻烦事揽下来，“你们别担心了，继续剪下一期，老师我来联系，只要在期限前把这句重录的拿到手就好。”

岑芙虽然不是组里年纪最大和工作经验最多的，但是她身上有种可靠的气质。

哪怕人小小的，说话做事也没什么攻击性，但就是很靠得住。

做事踏实，安排妥当。

剪辑组把有问题的这一段标记出来，然后继续今天的工作。

岑芙正在想办法，这会儿手机弹出一条新消息。她瞥了一眼，挑动眉梢，静悄悄地开门离开了制作室。

时间在忙碌中已经走到了十二月份。

不知是时间太快，还是今年崇京冬日的气候太温柔，让奔波在日子里的人们都没有意识到，今年就要结束。

岑芙从电梯里出来走到电视台一楼广阔大堂的时候，巨大的玻璃窗洒进来的是今年冬天最温暖柔和的阳光。

她刚走到大厅，就看见玻璃墙外面有个窜来窜去往里面看的人影。

岑芙瞧见纤纤隔着门对她又跳又招手的憨憨样子，无奈地笑了笑。

纤纤身边放着行李箱，显然是刚下飞机就直接过来找她了。

两人已好几个月没见面，纤纤瞧见她明亮眼睛都放了光，张牙舞爪地高举手臂挥舞着。

就在市电视台外面，也不嫌丢人。

纤纤拖着箱子从旋转门进来，伸长手臂就要往岑芙身上扑。

“我的芙宝！想死我了！”

岑芙站在几步之外，皱着眉提醒她：“王小姐，你小点声，这在电视台呢。”

“哦，不好意思，忘了是在正经单位里面。”纤纤捂嘴往前走，然后又毫无征兆地熊抱住了岑芙。

她这几个月跟着剧组也不知吃了什么，感觉又圆润了些，岑芙差点让她给推倒了。

纤纤就听见岑芙往后趔趄的同时抽气“嘶”了一声，顿时停住动作，又想起刚才看岑芙走动时什么都慢吞吞还有些僵硬的模样，一把扯住她脖子上的薄丝巾，拉下来一看。

雪白的颈子上不少痕迹，纤纤顿时无语了。

“我说大姐，”纤纤把丝巾重新给岑芙戴回去，无语地吐槽，“悠着点吧。”

“许砚谈现在还在追你的阶段，那就跟你岑芙的一条狗没区别，你说二他不敢说一。你让他玩点温柔的花样啊，搞成这样？”

岑芙重新遮好自己的脖子，被纤纤一说，搞得她原本好了一些的腰和腿又开始发酸。

尽管内心窘迫，但她面上倒还算淡定，拉着纤纤往里面走，来了句十分震撼的话。

“……是我要求的，可能是因为昨天过节，情绪比较高昂吧。”

纤纤：“昨天圣诞节，大姐，你俩这样庆祝耶稣他老人家知道吗？”

岑芙一噎。

岑芙带着纤纤往电视台里面走。两人上了电梯，在电梯上升的过程中，她望着电梯里面的广告，不禁走了神。

乱跳的思绪一下子飘回了昨天。

那个有些荒唐的圣诞夜，一切都要怪她自己，还有许砚谈的那条胳膊……

一天前。

结束了在检察院的拍摄，岑芙和许砚谈的接触也并没有变少，只不过从白天在一个地方上班，变成了晚上在一个地方睡觉。

但是因为各自的工作，有时候在家也碰不上面。

岑芙原本租的那间，地板和水管已经修好，但是许砚谈没有告诉她，她还是从物业那边知道的。

她知道他在打什么算盘，不过她倒也愿意配合，于是不再过问，也没有提搬回去住的想法。

两人就这么同居着，氛围还算愉快。

毕竟，岑芙和他，早在五年前就幻想过和对方永远生活在一起。

美梦成真，谁也不舍得去破坏。

尽管关系已经恰到好处，可岑芙没有答应许砚谈，让他先这么追着，等她哪天想答应了再说。

岑芙故意吊着他，许砚谈却甘之如饴，配合得要命。

不过她却觉得，许砚谈反而是喜欢这种还没名分，被她使唤着，时不时借机偷个甜头尝尝的得意和刺激。

在电视台忙完，岑芙才有时间看手机。

圣诞节是互联网平台上都热闹，吵着要庆祝的日子，却没有一个人能得个假期。

她喝了口水，身边的同事都背上包各自离开了。

刚打开手机，岑芙看见许砚谈隔着时间段发来的消息。

好几条，先是问她今天有没有空，然后问她几点下班，后来问她在干吗怎么不回消息。

最后一条是半个小时前，是“我在你单位楼下等你”。

岑芙心头一震，踩着高跟鞋跑到落地窗前往下看。

他那辆修好的黑色 SUV 霸气地停在电视台外面，十分显眼。

岑芙给他回了条消息，然后有些慌手慌脚地翻自己的包，拿出气垫盒匆匆往脸上拍了两下，又补了个唇膏，对着镜子里的自己眨了两下扑闪扑闪的眼睫。确定今天的状态还不错后，她才勾着嘴唇背包下楼。

会记得圣诞节这种日子的人，心中定是有着或切实，或虚空的期待。

天气预报说今天有雪，天边总是雾茫茫的。

岑芙裹紧身上的羽绒服，顶着寒气往外小跑，然后在那辆黑色 SUV 后视镜可见的范围内停下脚步，缓慢地故作平静地走过去。

在岑芙走到离车子还剩下一米左右距离的时候，主驾驶坐着的人才慢悠悠地开车门下来。

期待和奔赴明明沸腾得要烧起来，这两个人却都各自装成一副悠哉的模样，不肯承认自己对对方间隔短短一天，有些猴急的热切。

许砚谈穿了件深蓝色的鹅绒外套，外套领子恰好遮住了他的下巴和嘴唇，岑芙一打眼望见的是他高挺的鼻梁和锋利的眉眼。

许砚谈下了班整个人松懈下来，眼神里更多的是闲散。

他手臂架在车门上，懒洋洋地倚着车门瞧她。

一串眼神，一个注视。

万千引诱，诸多钟情。

能剥离食欲，爱上弱小兔子漂亮的毛发和眼睛，已经是野兽超脱捕猎本能的行为。

甘愿收起爪子，俯身用湿润的鼻头去拱它不堪一击的小软身子，更是无须用文字和语言描述的情愫。

“吃个饭啊，岑导。”他一笑，一开口坏劲儿又露了出来。

是野兽最后好面子的那点伪装吧。

小兔子心知肚明。

岑芙抿唇，唇瓣上晶莹的唇蜜挤在一起像切开堆砌的蜂蜜，然后弯出一个弧度。

“你下次约我至少提前一天，我忙起来又不看手机。”

许砚谈蹙眉：“今儿没空？”

她佯装为难：“嗯，约了别人。”

他声音渐冷，向她走去：“谁？什么关系？我认识吗？”

“你不认识，朋友。”岑芙玩心上来，想试着气气他看他反应，仰起头似乎在回忆那个人，“嗯……长得很帅，工作上跟我很聊得来，人品也好，家境也……啊！”

她话没说完，许砚谈直接将她拦腰抱起，光抱还不行，还故意颠了她一下，有惩罚威胁的意思。

岑芙单手圈着他脖子，吓得一双眼睛瞪得跟杏核似的。

“我不管他是谁。”许砚谈乜斜着她，说话毫不讲理，“你今儿的男嘉宾必须是我。

“我没素质，他提前约，我直接抢。”

说完，许砚谈抱着她往车边走，单手开了副驾驶的门，直接把岑芙塞进自己车里。

全程皱着他那浓俊的眉。

屁股摔到柔软的坐垫上，岑芙刚回神，抬头看向绕过车头来开车的许砚谈。

半晌，她忍俊不禁，笑了一声。

等许砚谈上了车，她问："你订好餐厅了？吃什么？"

许砚谈坐稳，扯过安全带，瞥了岑芙一眼，没明说："等到了就知道了，安全带系好，走了。"

岑芙不知道他葫芦里卖的什么药，等着看他打算带自己吃什么圣诞大餐。

令岑芙意外的是，许砚谈带着她回到了大学时候和景淮一起合租的那个公寓小区。

黑色 SUV 载着她进入小区的时候，岑芙真的有些恍然。

恍若自己还在五年前。

小区翻新过一次，小花园里的健身设施更齐全了，还盖了个儿童乐园。

傍晚时分好多穿着小学校服的孩子们在那边疯跑疯玩。

"景淮呢？"她刚想起来，回来这么久了，都没有问问他的情况。

她和景淮也很久没联系了，前两年的时候过年还会互相发微信说句祝福的话。

他也是个"互联网死人"，朋友圈什么的一片空白。

"他不在国内，"许砚谈把景淮的事简短地告诉她，因为那几年他也是到处跑，后来在南城定居把博士读完，所以知道得不全，"现在跟他媳妇儿在国外玩呢。

"你走以后，我也走了，他一个人在这儿住了好几年。

"他媳妇就是之后过来跟他合租的，住你那屋。"

岑芙点头，原本担心景淮一个人留在那座房子里，会不会孤独，想念三个人一起住的时候的热闹。听见后来景淮在这房子里收获了自己的幸福，心里酸酸的感觉稍微平复一点。

岑芙跟着上楼，原本放松的心情忽然有些紧张。

她站在门前，想着密码应该没有换，按照记忆里的数字输入以后门果然开了，一股扑鼻的花香钻进她的鼻子。

岑芙缓慢地眨了下眼睫，踏进去，映入眼帘的是灯光点点，暖光暧昧。

一楼的客厅，随处用木芙蓉和红玫瑰做搭配，客厅里没有大灯，全是落地的台灯和灯串。

光斑在地板上洒着，顺着光斑的走向，有一棵圣诞树，杵在落地窗前，装点着本就因为挑高大气的一楼落地窗。

餐桌上铺着花纹漂亮的桌布，干净的餐具上画有蜡烛的火苗形状。

除了装点圣诞节的东西和满屋子的花，所有的设施、家具、电器，甚至精细到抱枕和遥控器摆放的位置，都和当年她住在这里时一模一样。

能看出他在还原当年的痕迹。

许砚谈能全部记得，已经足够令岑芙惊讶了。

此般情景，让她忍不住想到那年刚住进来，和朋友们过的那个圣诞节。

那是她第一次跟朋友过节日，有许砚谈陪着，即使有些生涩，却也不会发怵。

今年，今天，是只属于他们二人的圣诞节。

同样在这个地方。

岑芙站在圣诞树前看了一会儿，伸手晃了晃上面挂着的小圆球，心想，不知道今年这棵树还是不是他一个人扛上来的。

正想借机搭话，岑芙一回头，却发现刚刚还在自己身后的男人已经进了厨房。

岑芙露出了意外的表情，踩着柔软的拖鞋走向厨房。

她走到厨房门口，靠在门框上，没说话就那么看着许砚谈动作。

他今天穿的是件黑色衬衫，没有任何装饰，纯黑禁锢着他健美的身材。

胸肌鼓出，腹肌藏在黑色之下，引人遐想。

岑芙的视线从他凸起的喉结往下移动，最终落到他的手腕上。

许砚谈应该是打算亲自下厨，洗手前，他垂着眸子，单手解袖扣，将黑色的衬衫挽到小臂上面，动作时手臂流畅的肌肉线条在她眸中浮动。

仿佛卷起的不是袖子，是他强悍的力量感，还有她心尖上毛躁的骚动。

就在她看得发痴时，许砚谈恰好看了过来。

岑芙顿时打了个激灵。

他笑了。

“看什么呢？”

“……没。”岑芙马上调整状态，隐藏失态，扫了一眼他早就拿出来的食材，问他，“你什么时候学会做饭了？”

“就前两年。”许砚谈转身，背对着她开始收拾新鲜肉类，嗓音透过他高大的身子，给他的坦诚蒙了一层低沉的别扭。

“看你吃景淮做的饭那么起劲，我早就想学。

“就是学晚了。”

他平淡地阐述事实的话，却精准地扎到了岑芙的心。

岑芙站直身子往前走，到他身边，转身用后背靠着料理台边缘。

她瞥了一眼他切肉的利落动作，又盯上他的眼，俏皮道：“如果不好吃，我可要给今天的男嘉宾打差评的。”

“差评？那不行。”许砚谈放下刀，用干净的手直接揽过她的腰，强势地将人一把带到身前。

他把岑芙禁锢在厨台边和自己身前之间这块地方，手抚在她腰上，拇指轻点。

许砚谈俯首，语气暧昧，散漫入戏：“晚饭要没做好，让我再干点别的弥补呗。”

岑芙凝视着他俯首凑近的鼻尖、嘴唇，还有炙热的眼。

“你想干什么？”

岑芙耳朵发烫，心想他如果再这么引诱她，估计都坚持不到吃晚饭……就要发生些耗费时间的事。

他目光灼热，反过来挑逗：“你喜欢我干什么？”

因为他还在追她，所以一切的身体接触都由岑芙来把控尺度。

虽然没有过于亲密的接触，但两人也常常在家里擦枪走火，亲吻是时常有的事。

岑芙喜欢亲他，每次她亲完舒服了就拍拍屁股走人，半句不提给他“转正”，许砚谈那眼神幽怨得就好似能生吞她。

岑芙就喜欢这样“玩”他，看着他生气又不能把自己怎么样，就觉得有意思。

他准备了威士忌，虽然岑芙不喜欢味道这么厚重的烈酒，但当他拿出来的时候，她莫名没有拒绝。

岑芙打开那面玻璃墙，从里面挑出一个自己喜欢的杯子——大仓硝子的恶。

抚摸着杯子上血红和黑色相间的纹路，岑芙就会想到两人的初夜。

两个破碎的人互相安慰，激烈又温存。

许砚谈实在太懂得怎么操控她的情绪。她握着杯子，晃着里面的威士忌，看着这一桌烛光晚餐，还有这一室的装饰。

对她而言，这里就是最好的餐厅。

吃完饭后，她端着还剩一半的威士忌，趁许砚谈收拾厨余的时候上了楼。

如果景淮的女朋友在自己房间住过，那么里面的布局应该已经不一样了。

可是，当她推开自己房间的门时，她微醺的思绪更朦胧了几分。

白色的窗帘隔着窗外的夜色，书桌上的多肉，淡紫色的碎花床单，怎么……一切都和五年前一模一样。

岑芙站在这里，眼里的震惊程度逐渐增大。

她走到书桌前，看到桌面上摆着的书，笑了一下。

《影视视听语言》。

也不知道许砚谈从哪儿淘的旧教科书。

至于要细节到这种程度吗？

身后响起脚步声，岑芙回头，许砚谈已经走到了自己面前。

她后退两步，腰抵在书桌边沿，手里还捏着酒杯，看着他走到自己面前压下身子，手臂撑在桌边。

两人距离近在咫尺。

“喜欢吗？”许砚谈品味着她有些醉意的眸子，问。

“什么……”岑芙偏眼，余光里是微微荡起的白色窗帘。

下一刻，他收起了所有苍白的话语，拿起她右手捏着的酒杯，仰头灌了口，让自己的口腔里也充斥着与她一样的味道。

然后，他捏着岑芙的脸颊，直接攫住了她的嘴唇。

既然语言无法表达清楚，就用动作告诉她。

就像这分毫未变的房间一样，我们相爱，自始至终。

唇瓣贴在一起的瞬间，岑芙合上眼，浑身仿佛被一盆热水泼到般舒服。

酒精刺激着神经，让她渴望更多。

她伸出自己的手，勾着他的脖子，把自己送上去给他抱。

…………

她没有长进，只会盲目地一个劲叫他的名字。

最令她面红耳赤的情话，是段略带喘息的科普。他问她，知不知道楼下那些木芙蓉是什么品种的？

那是铺天盖地的三醉芙蓉，会随着环境的温度变化，一日间花瓣变换三种颜色。

清晨休憩时为白色，中午热烈时染成深红色，等到了一切成熟慵懒的晚上，就开成了潋滟妖媚的紫红色。

“像不像你，嗯？”

“特像，芙芙。”

…………

回忆收回，电梯也升到了目标楼层，岑芙将目光从广告牌上挪开，悄悄地揉了揉耳朵，让自己冷静一点。

岑芙带着纤纤参观了一下自己现在的工作环境，纤纤看她这么喜欢这份工作，也替她高兴。

下班以后，两人打算一块去商场吃个饭，许砚谈忙完就过来。

两人在餐厅里落座。

岑芙看纤纤这副有点紧张的表情，故意笑话她：“你俩不是战略合作伙伴吗？见他还发怵？”

“哎呀，他那人太有压迫感，让人很难放轻松好不。”纤纤握拳轻咳一声，“不过，他今天必须请我，我苦苦给他当了这么多年僚机，深藏功与名，他必须得记我一辈子好。”

岑芙瞧着纤纤，无奈地笑。

“对了，你刚刚跟我说的那个配音老师，我这边看看能不能帮你一下。”纤纤拿出自己手机，帮她联络，“人脉这方面我还是没问题的，能尽快就尽快。”

这是正事，纤纤能帮忙自然是最好的，岑芙刚要道谢，一抬头，眼神定在一个方向，忽然有些愣怔。

隔着玻璃窗，岑芙在对面的奢侈品店里看到了个眼熟的人。

即便对方戴着几乎遮脸的帽子，依旧逃不过岑芙敏锐的观察力。

岑颂宜。

岑芙之所以能发现岑颂宜，是因为岑颂宜早早就在隔着距离看自己了。

纤纤发现岑芙正发呆，转过头顺着她的视线看过去。

看见是岑颂宜，纤纤立刻露出了鄙夷的表情，直接开骂：“真无语，这丧良心的怎么也在这儿？

“晦气，吃饭碰上脏东西。”

岑芙听着朋友这番骂话痛快得想笑，她拍拍纤纤的胳膊：“在这儿等我会儿。”

纤纤立马回头：“你去干吗呀？”

“也很久没见了，”岑芙瞥了一眼远处，若有深意地笑了笑，“叙个旧。”

纤纤所在餐厅旁边的甜品店，岑芙和岑颂宜面对面坐着。

岑芙问岑颂宜，何芳华的现状。岑颂宜告诉岑芙，何芳华出狱后被她送去了一家封闭式养老院，现在完全被她控制起来，没了钱和手段，再也无法干涉她的任何事情。

“听说你换工作了。”岑颂宜没有摘下帽子，帽檐下眼妆精致漂亮的眸子里带着毫不掩饰的轻视，见着面就嘲她，“你还是老样子，每到关键时刻就做蠢事。”

“周松恒都满足不了你的胃口？”岑颂宜佯装可惜地感叹了下，“可惜了，我正在谈他那部戏，本来以为能与你共事呢。

“一个破普法节目，你倒干得起劲。”

岑芙看着摆放在自己面前的这碗水果酸奶捞，淋上鲜艳的草莓酱，从中看到了好多过往。

小的时候，她和岑颂宜都很喜欢吃这个，可是到了外面，何芳华却从来只给岑颂宜买。

只有岑颂宜的那份吃不完的时候，何芳华才会叫她吃剩下的。

岑颂宜知道她也爱吃，所以即便吃不完也硬塞到肚子里，哪怕是剩的，也一口都不会留给她。

岑芙看出了岑颂宜的小心思，于是从今往后，水果和酸奶，都成了她嘴里最不喜欢的食物。

小孩子不知道愤怒，只知道，她再也不喜欢这两样东西了。

“岑颂宜啊，”岑芙把塑料小勺插在了水果捞上，忽然微笑，没有任何羞恼的意思，“所以我们才不是一类人。”

岑颂宜蹙眉。

岑芙：“你觉得我愚蠢，我觉得你可怜。”

“像你这样，无情无义，只顾自己享乐的人。”她抬眸，直视着对面的人，露出了怜悯的目光，“心里是不是空得像筛子一样？

“住在寸土寸金的高级公寓里，洋酒、地毯、皮包、礼服，数不清的追求者，捧你上天的粉丝。

“可是每到了晚上，总觉得自己的人生还差了什么，明明拥有了一切，可心里就是缺了一块。”

岑芙说完，看向岑颂宜不再跋扈的表情，笑得眼睛弯起来：“姐姐，你是这样吗？”

岑颂宜压抑着怒火，假笑道：“岑芙，你算是长大了，哈。”

“这几年，你梦到过爸爸吗？”岑芙忽然开口。

岑颂宜立刻愣住了。

岑芙伸出自己的纤纤玉手，握着勺子轻轻搅拌水果捞，让草莓酱融化在里面：“应该没有吧？你知道为什么你梦不到爸爸？

“因为他根本不会再想你。

“他不会再愿意见你。

“人心都是肉长的，姐姐，爸爸最后那几天，一直在等你。

“可你就是不来。

“你演的那几部乱七八糟的偶像剧，爸爸看了不下十遍。”

岑芙忍着鼻酸，继续说：“你那些必须靠配音才撑得起来的台词，他都能背下来。”

岑芙心中并没有怨恨，因为她永远都无法叫醒一个装睡的人。

所以她只是用这些看似没有伤害性的话，在岑颂宜心底种下一颗种子或是一只蛊虫。

“姐姐，等你某天忽然惊醒的时候，”岑芙把搅拌好的水果捞推到岑颂宜面前，释然凝视，眼笑心不笑，探寻到深处尽是寒意，“记得不要哭坏了眼睛。”

说完，她站起身，看向玻璃墙外不知道站了多久的许砚谈。

许砚谈下班换了衣服，手臂上搭着她给他买的那件黑色毛呢大衣。

灰毛衣黑长裤，黑靴子，黄金比例的身材演绎着冬日氛围的穿搭，他靠在商场的栏杆边，姿态慵懒身形却板正，帅得路过的女生频频回头。

岑芙与他对视，眼角弯起的弧度终于真实了几分，眸子清亮亮的，映照着绽开的心花。

岑颂宜也看见许砚谈了。

她瞧见这两个分别那么多年竟然还能走到一起的人，咬紧了牙关，气得脑子都“嗡嗡”作响。

岑芙不再看岑颂宜，一步步地走出店面，为了气岑颂宜，今儿她非常罕见地去牵许砚谈的手。

岑颂宜没有必要知道他们还没有正式确定关系。

而许砚谈自然懂岑芙那点小九九，心底嗤笑，身体倒是诚实，老老实实地伸出手握紧她的，还用了一把力气，把人扯到身边：“怎么跟她碰上了，受欺负没？”

岑芙踮起脚凑到他耳畔，眼波流转：“你看她那脸色，到底是谁受欺负呀。”

许砚谈嘴角动了动，没说什么，也没再看岑颂宜，拉着岑芙往隔壁纤纤还在等的餐厅走去。

恰好今日两人都穿的是灰色调的衣服，许砚谈是灰色的毛衣，岑芙是灰色的长款毛衣裙。

她踩着小皮鞋的身高刚好到他肩膀上面一些，完美适配的身高差和两人牵在一起的手，与那几乎能相融的灰色，构成了一个无须看见他们表情就能感受到甜蜜氛围的镜头。

晚上吃完饭，到家没多久岑芙洗完澡又吃了一碗杯面。

原因是，许砚谈那个浑蛋拉着她在车里胡作非为，不知害臊。

之后一天下班，岑芙都没让许砚谈来接，用这种行为默默地表达自己的不满。

太荒唐了。

岑芙想着这些，气鼓鼓地进电梯上楼。进家门时，看见了许砚谈上班穿的皮鞋，她挑眉，一看手机才五点半。

她把包挂起来，换了拖鞋上楼去许砚谈的书房，果然看见人在里面。

许砚谈坐在桌前，手边放着文件，对着笔记本电脑在敲字，神色认真。

岑芙靠在门边，眼睫轻眨，柔声开口："你今天这么早下班？"

"今天跟着跑了一趟法院，"许砚谈抬眸瞧她一眼，然后继续完成剩下最后的一点工作，键盘被敲动的脆响不断，他语气缓慢，"剩下点儿活在家弄也一样，没什么事就先回来了。"

"难得。"岑芙松了口气，也把上了一天班的疲惫抒发出去，趿拉着拖鞋走向他。

岑芙本来要抽本书坐在他身边看，等他弄完一起吃晚饭的，结果人刚走过去，就被上一秒还在敲字的许砚谈突然握住胳膊，抱进了怀里。

岑芙还没反应过来就坐在了他腿上，吓得眼睛都瞪圆了。

她左手扶着他肩膀，一近距离碰着他，她浑身就发软，声音都娇了几分："干吗，你不工作了？"

"弄完了。"许砚谈单手握着她的腰，垂着眸子细细品味她的模样，"聊会儿天？"

岑芙荡着自己的小腿，白润的脚趾勾着快掉的拖鞋，也勾着他的心弦。

她看了眼他一直在自己衣服里为非作歹的大手，挑眉质问："你非要这样聊？"

许砚谈根本不知道收敛，还把自己的鼻尖抵在她颈窝乱蹭，用自己温热的鼻息，沙哑的嗓音，把她彻底弄得五迷三道的，方便他干坏事。

岑芙呼吸节奏有些乱，想起一分钟前这个人还对着电脑和文件认真工作，此刻却……

她攥拳捶了他一下，骂道："衣冠禽兽。"

许砚谈缓缓抬起头，眸子里映着她欲拒还迎的神情，染上她体香的低沉嗓音更加性感。

"哪儿衣冠？哪儿禽兽？"

这时，岑芙放在桌子上的手机忽然发出一阵又一阵的剧烈振动，是 APP 推送实时热点事件的铃声。

她正好借机打断许砚谈闲下来就要乱来的行为，推开他的禁锢，单手拿过手机。

亮屏一看，岑芙脸上的表情顿时被震惊取代。

所有的互联网平台几乎是同时推送了同一条爆点新闻，撑满了岑芙手机的消息提示框。

#演员岑颂宜因逃税漏税被通报#

#岑颂宜逃税漏税#

#岑颂宜逃税数亿人民币#

岑芙难以置信地转头，看向好整以暇靠在椅背上瞧着她的许砚谈。

——“等等看。”

——“她不会逍遥太久。”

那个时候他说的话，竟然指的是这个。

“经济犯罪是二部的事儿，通报之前涉密，那个时候不方便说。”许砚谈玩着她的手指，徐徐解释，“所以让你等等看。”

许砚谈把她的手机放下，重新揽她入怀。

他的下颌蹭着她的额头，根本不拿岑颂宜这事当回事，开启下一个话题：“过年跟我回家，嗯？”

互联网热搜炸掉的这天，不过是二人再普通不过的，平淡舒适的日常一天。

第十三章

/

你的良配，必须是我

H U D I E Y I S H I

岑颂宜这边被通报，马上就有除了逃税漏税的丑闻铺天盖地地传出来。

或许是她的业内竞争对手落井下石。

她苦心经营多年，在娱乐圈明贵大气的“富贵花”清冷人设如泄洪般倒塌。

如果是一般的丑闻绯闻，公关和营销号都可以解决，死忠粉们也可以想办法澄清。

但逃税漏税是上升到原则问题的刑事犯罪，这已经不是岑颂宜解释，公关就能解决的。

她面对的将是巨额罚款和被封杀的待遇。

看到这些爆炸性新闻，岑芙第一反应竟是想到了前些天见面时，岑颂宜那一副人生赢家恨不得拿鼻孔看人的得意样。

有水珠不断溅到她的手机屏幕上，许砚谈正站在她身后给她擦头发，发香伴着水汽弥漫在卧室里。

岑芙敛下眼眸，神色淡然，也没有多愉悦。

看吧，姐姐，我什么都不做，你自己就会闯祸。

你总以为偷偷玩火，就算烧坏了别人的裙子，也会有人替你赔礼道歉。

何芳华从小把你宠坏的性子，一天一天，为你掘好了坟墓。

吹风筒的“嗡嗡”声停掉，岑芙留在岑颂宜这件事的思绪也断掉。

她喜欢把头发吹到七分干，然后涂上护发精油自然风干。岑芙接过许砚谈递过来的精油，弄了些在掌心搓热，打在柔软的发丝上。

原本吃饱的肚子，也在他乱来一通后有些饿了。

她偏头，看到许砚谈正脱了浴袍换家居服。

他背对着她，岑芙用视线欣赏着他无可挑剔的身材。

肌肉纹理走向流畅，该练的地方一块都没少练，连肤色都是介于白皙和小麦色中间，恰好彰显男人味的色调。

他穿好衣服转身的瞬间，岑芙把自己眼里万分满意的神色藏起来，向他伸手：“我想吃东西。”

许砚谈头发还有些湿，打绺的黑发显得他眼眸越发清亮。

他过去，掐着她的腰，托着屁股把人面对面抱起来，岑芙也顺势搂住他的脖子。

把人抱稳了，许砚谈便往卧室外面走，轻叱一声：“多大了还要抱。”

岑芙用脚跟使劲踹了下他硬实的臀，埋怨起来完全不留情：“是我懒得走？刚刚是谁快把我两条腿拆了。”现在又疼又酸的，以前上学的时候体育课练坐位体前屈都没这么疼过。

明明是埋怨的话，用她细腻的嗓音说出来，不仅没力度，还有点搞笑。

许砚谈的笑声震着她的胸口，也没什么认错的态度，吊儿郎当的：“我错了。”

岑芙叹了口气，靠在他颈窝，趁着去餐厅这会儿合眼休憩，小声哼哼。

他加快脚步，把她放到餐厅水吧的高脚椅上，让她歇会儿，自己则大步迈进厨房，给她煮面条吃。

厨房的门是透明的，岑芙胳膊搭在椅背上，脸蛋靠着胳膊，就这么看着他在厨房里忙碌的身影。

她还记得第一次在崇京见到他的模样，咖啡店，一身黑色潮牌，跷着二郎腿仰头闭眼，等着借刀杀人报复自己不爽的好戏上场。

那个时候，她哪会想到，这个不好惹的帅哥，未来会穿着一身家居服站在厨房里给自己做夜宵。

岑芙羽睫一垂，眼前的场景就自动渐变转场。

染上回忆的暖黄色。

那个时候，她在医院陪爸爸，午后无聊的时候，电视节目不好看，她削着苹果，就听见爸爸给自己讲了一个故事。

那年，她还小。

是个初秋，刚下了一场雨，他们一家四口去寺庙上香祈福。

岑康发是为了祈祷事业蓬勃，岑芙没人管，他只能牵着，父女俩一大一小牵着手一步步登着上百级台阶，两侧树林透过来清冽的空气，雨后舒适。

就在这个时候，他们在中途遇到一个蹲在路边，穿着类似于道士服的男人。

那男人还很年轻，手里握着串珠子慢慢盘，脸上戴着副圆形墨镜，看不清眼神。虽然男人年纪不大，却透露着一股很强势的、令人忍不住想靠近的修行气质。

“你这小闺女，还没名字吧？”那男人一语惊人，直接把岑康发叫停了步子。

岑康发蹲下，向他询问自己的运命，希望生意能越做越大，带着家人享富贵。

结果，那男人却始终看着站在岑康发身边望着路边小花的小女孩。

“父母迟迟不赐予姓名的孩子，最是可怜。”他这么说。

岑康发看着小女儿，脸色有些难看。

之后，那“道士”没有给岑康发算运命，反而问了岑芙八字，赐了她名字。

他说，这孩子天生福薄命薄，是一生漂泊跌宕却又能大富大贵的水命，不如就要个“芙”，谐音“福”。

未来如有婚配的打算，可寻一白蜡金命良配，此男命理刚硬，能替岑芙挡灾，金又生水，造福生财。

芙，分了水芙蓉和木芙蓉。

水芙蓉，荷花，荷花出淤泥而不染，又能在水里扎根。

木芙蓉，拒霜花，犹胜无言旧桃李，一生开落任东风，寒风凛冬吹不倒，一生不随气候开谢。

“水木芙蓉都好。”“道士”透过墨色的镜片，盯着小岑芙清澈的双眼，始终挂着淡笑，说着让人半知半解的话。

“淤泥也好，凛冬也好。

“要有这些，花儿才开得漂亮。”

听过这个故事，岑芙一直都想再去见见那个给自己起名的道士叔叔，只不过她再去那个寺庙，也没有见到人。

他的模样岑芙不记得了，这段缘分，这句感谢，也许是续不上了。

岑芙结束了回忆，看着在厨房煮面的许砚谈，门半敞着，她能闻到面条的香味，他也能听到她声音不大的搭话。

“许砚谈。”

“嗯？”

“你知不知道，你是白蜡金命。”岑芙莞尔，趴在自己胳膊上瞧着他。

“是吗？”

“嗯，我猜肯定是。我刚刚想起之前的事了，我爸爸告诉我，我名字的来源。以后再给你讲吧，我好饿，面快点煮好呀。”

“别催。”许砚谈在厨房里，切着葱花，他手起刀落，听着她在外面嘟嘟囔囔。

殊不知，她“芙”字的来源，他最清楚不过。

回头告诉她，她名字是他姑父起的，而他们也早就见过面了。

不知道她会是什么表情呢？

不过……

许砚谈把葱花放进面汤里，提香味。

管他什么白蜡金命，都是歪门邪道。

你岑芙的良配，就必须是我。

余生替你挡灾，为你生财。

岑颂宜出事以后，岑芙挑了一天空闲的时候，去到何芳华所在的养老院。

虽然岑颂宜是无情寡义了些，不过挑选的养老院条件还算不错。

岑芙是抱着“探监”的心态过来的，毕竟，她知道这座星级的养老院对何芳华而言就是监狱。

“您有看新闻吗？”岑芙站在房间门口，何芳华坐在床边叠自己的衣服，连个眼神都没有给她。

她也不恼，慢慢悠悠地把最刺骨的话说给何芳华听：“我是怕您伤心，所以过来安慰一下。

“您把这辈子的希望都寄托在大女儿身上，结果她发达了却把您当成累赘囚禁在这里。

“不过大女儿有钱，您至少还可以在这里享受照顾。

“不过现在大女儿连钱都没地方赚了，您应该是现在全世界最为她感到难过的人了吧。”

“您放心，”岑芙轻笑一声，靠在门框上的慵懒姿态有些像看人出丑找乐子的许砚谈，她拢紧了身上的毛呢大衣，“她剩下那点钱，如果不造的话，还是够给您送终的。”

“如果有一天她遭遇不测，或者走投无路了，我会负责用您的退休金在这里续费的。”岑芙耸肩，露出了灵动的笑意，“毕竟我是您的亲生女儿，还是有赡养老人的义务。”

就在这个时候，何芳华骤然回头，抄起手里的衣服往门口扔。只不过她没什么力气，衣服最后只砸到了岑芙的鞋面。

“你个丧门星！都是因为你！”何芳华愤怒的眼睛充血，冷笑好几声，“果然……果然大师算得一点没错啊！不早点把你摁死在手里，我们迟早都会被你的晦气毁了一辈子！”

“你就是天生来害我们的！”

岑芙低头睨了一眼脚边的衣服，抬起脚，轻飘飘地踢到一边。她缓慢抬眸，尽是寒冷的嘲意："您瞧现在，我过得多幸福。"

"您注意身体，我不会怎么来了，毕竟……"岑芙转身走到门外，回头，用何芳华曾经的话，曾经她最相信的迷信来嘲谑，"命格相克，我怕我影响您长命百岁。"

说完，岑芙转身，头也不回地离去，无视背后发疯般的辱骂和摔打声。

高跟鞋踩在地砖上，清脆得像是时钟转动的声音。

爸爸，您说得对。

我应该有我自己的幸福，不要被任何东西阻碍步伐。

就这样，一步步，走向自己的未来。

和崇京市电视台合作拍摄的节目已经完成了前期所有的工作，审核也已经全部通过，就等着播出了。

岑芙在这里的工作也完全结束。

原本计划是要回南城的，毕竟她毕业以后一直在那里工作。

不过就像许砚谈一样，在见到他的瞬间，岑芙也无法再干脆利落地放手。

"你要留在电视台啊？"外聘拍摄组的伙伴有些惊讶，因为知道岑芙以前是周松恒团队的副导演，拿高薪的。

"嗯。电视台的领导前几天给我抛橄榄枝了，问我意愿。"岑芙靠在办公桌边沿，收拾东西装进包里，"我挺喜欢电视台的工作，而且我男朋友也在这里，我不打算回南城了。"

"男朋友？没听你说过啊，朋友圈也没发过官宣。"伙伴挠头，她前阵子不是跟那个检察官暧昧吗？两人在一起了？

"你啥时候有男朋友的？"

岑芙抬头，眨着眼睛想了想，然后笑道："大概会是今天。"

她背起包，跟伙伴告别："走啦，下班了。"

"散伙饭你不来了？"

"不去啦，份子钱我已经交了，有约会。"

伙伴看着岑芙走远的背影，感叹："连头发丝都透着幸福呢，真好……"

何芳华和岑颂宜风光富贵那会儿，是岑芙最绝望的时间段。

爸爸的病情一天比一天严重，他的生命就像下落的太阳，可她不愿服输，不管多少份兼职她都做，只为了能让爸爸维持治疗。

那阵子，钱她都是掰着花，不舍得穿，不舍得吃。

在女孩子有大把时间漂亮爱美的大学阶段，她奔波得灰头土脸，狼狈不堪。

可是，在她以为自己孤苦无依的时候，暗处的火焰始终暖着她发僵的身子。

许砚谈还记得那天。

酷暑难耐，太阳把人烤得快干了。

他在岑叔那里打听到了岑芙兼职的地方，于是偷偷过去看她。

那一阵子，许砚谈在很多地方看过她。

学校里，他站在教室外，透过小块玻璃，用眼神描绘着她坐在窗边忍不住犯困的身形。

下雨天，他站在街对面的屋檐下，看见她站在便利店里吃晚饭才安心。

奶茶店，她忙着给客人点单无暇顾及任何，全世界，只有他注意到她被划伤的手指。

她决绝的话刻在许砚谈心里，像是命令。

她不想见他，她恨他。

所以许砚谈与她，从来都是保持着一定距离，绝不越过。

那天，她因贫血在剧组晕了过去，像即将凋落的芙蓉花。

始终作为影子存在的许砚谈，第一次越过了光与暗的界限。

她那么瘦、那么脆弱，抱在怀里像是要散掉了。

鬓发被汗湿贴在苍白的脸颊上，刻画着她的辛苦。

许砚谈的心都快疼碎了，他顾不上发红的眼角，抱着她打车赶去医院。

路上，他既怕她醒来看见自己，又舍不得放开抱着她的手。

他压低声音，一次次地催司机快些。

他曾一万次想要走向她，但是忍着，忍着，在等她给自己一个资格。

他是坏种，是浑蛋。只要她点一下头，她这辈子都甩不开他了。

一点委屈也不想再让她受，一点苦也不想再让她吃。他会给她所有的偏爱、宠溺，哪怕没有底线的。

只要她给他一个资格。

黑色风衣，衬衫，长裤，鲜再拿出来穿的马丁靴。

许砚谈懒散地敞着长腿，双臂环胸，仰头合眼，突起的喉结向上，随着小憩时的呼吸微微滚动。

眉眼那么浓，却生在一张毫无情绪的臭脸上。

慵懒，冷厉，无形间捏灭所有人试图靠近他的胆量。身体里，回忆的，却全是温柔的深情。

钢琴配着鼓点，扬起一首歌的前奏，在咖啡店内作为背景音乐演奏着。

恰巧是那首《白色风车》。

随着逐渐靠近的高跟鞋踩出的脆响，唤醒了他的回忆和遗憾。

他缓缓撩开眼皮，棕色的眼瞳倒映着女人向自己走近的身影，丹凤眸像是深海，从底部荡漾出钟情。

眉梢挑起，缱绻配上痞气。

这就是六年后，拥有爱人的许砚谈。

这家咖啡店，一直没有变过。

岑芙眼里含着笑，把手里的咖啡放在桌子上，点了点桌面，故意提及当年刚认识时，他在这里说过的话。

“冰美式，中杯，多加冰的。”

她与许砚谈深深对视，故意玩笑。

“帅哥，你看见我男朋友了吗？我约他在这里见面的。”

岑芙往旁边观望了一眼，噘起嘴唇，有些遗憾：“啊，他不会以为我放他鸽子了吧。

“好可惜，本来打算今天答应他的告白。”

“男朋友……”许砚谈垂眸，用指腹摩挲着腕表的金属表盘，也拖长腔调地笑道，“就给这么个名分……”

他故作受伤和叹息，那道眼神却始终是捕猎者的眼神：“我还以为至少能是个未婚夫什么的……

“追了这么多年，才是个男朋友。”

岑芙真是败给他了，斗不过，她率先破功“扑哧”一声笑了出来。

她叉腰，溢出娇憨，很是霸道：“怎么着，你意见挺大？”

——“怎么着，你意见挺大？”

回忆里，六年前与许砚谈说的一模一样的话与她此刻的嗓音重合。

“不敢。”

许砚谈舒展眉头，勾唇也笑，骨子里的顽劣向她俯首称臣。

他再次掀眸，坐在原地，向她伸出手。

“不敢。”

说起与岑芙分开的那五年，许砚谈实际上并没有好过到哪儿去。

许砚谈仅在温饱吃住上没有受委屈，沉重的学业、肩负的期望，还有留在榆安市的罪孽和愧疚，这些都让许砚谈的求学生活像是被拉满的发条，疯狂地燃烧着他的精力。

公派留学那年，他逮着空就往国内跑。

那会儿，有几个看许砚谈不顺眼的男同学总在私下笑话他，说许砚谈是还离不开妈妈的小男孩。

那阵子许砚谈瘦，本就锋利的骨相一瘦下来，就更显得凶神恶煞。

即使是这样，依旧有不计其数的女孩儿往他身上扑。

一批吃了闭门羹，接着下一批觉得自己会是特殊的继续扑上去。

结果没有任何一个女孩子能接近许砚谈半步。

所以男生们看他不爽，也只敢私下说，真见了面，许砚谈一眼就把他们吓得胆战。

许砚谈那时候最喜欢的就是坐飞机，因为从榆安到柏林十几个小时的飞机行程，他可以睡一个饱觉。

台上教授一发话，本届授课结束，偌大的阶梯教室瞬间闹哄哄一片。

这是考试前最后一次授课，下次返回学校就是三天后。

几个男同学正在撺掇女同学跟他们一起去酒吧，一个跟许砚谈关系还不错的美国男生看见匆忙收拾电脑本子的许砚谈，随口问了句："干吗去啊？这么匆忙。"

许砚谈把东西都收好，把背包抡起来单肩背着，瞥了一眼正在偷偷打量他的那群人，扯出一抹故意为之的坏笑，用最简单的单词，咬重头音反讽道："Go back home.（回家找妈妈。）"

飞往榆安国际机场的途中。

机舱里只亮了昏暗的光，穿着制服的空姐端着餐食路过许砚谈的位子，低头与要餐饮的乘客用英语小声交流。

他们交流的声音，成了许砚谈似梦非梦中的白噪音。

从飞机舷窗漏进来那几缕光打在他眼皮上，给许砚谈朦胧的梦境镀上了一层怀旧的滤镜。

十五岁的某个午后，他放了学就被司机接上往医院跑。

连校服都没来得及换，蓝白色相间的，代表着青春稚嫩的校服在繁忙的医院里格外显眼。

就是在这个用多少消毒水都洗脱不掉血污，令人悲痛的地方，他和岑芙第一次见了面。

大人们各怀鬼胎，担心的担心，算计的算计。

声音聒噪又虚假。

光从窗外斜斜打进来，恰好拉长了他的影子，许砚谈得知叔叔脱离生命危险以后，才有了闲心去观察自己的影子。

影子被拖长拖细了，最后恰好与某人脚下的影子融在一起。

他抬起眼，这才瞧见了一直杵在角落里的小姑娘。

许砚谈眼眸动了动，有些意外，他意外自己居然在一个上小学年纪的小姑娘眼里，看到了无情、漠然。

更看到了他曾经的样子。

小姑娘眼睛那么大，澄澈得像是小鹿的眼睛，细密的睫毛垂着连动都不动。

她站在那儿盯着脚尖，整个人就像潭死水，连一层涟漪都没有。

也就是那一刻，瘦高的男生，向小姑娘迈开了腿。

许砚谈来到小姑娘身边，跟她一样贴着墙站，他站得松散，双手插进校服裤子的兜里。

他用余光凝视着她，小姑娘明知道有人靠近而且在看她，却依旧不为所动，盯着自己脚下，没打算理人。

过了很久，许砚谈率先开了口。

“里面那个是你爸？”

自己妈妈正搂着姐姐和许家人攀谈，她却被排挤在外。

十一岁的岑芙迟迟没回答，最终带着那种无神的目光，点了点头。

许砚谈瞥了一眼哭得满脸是泪的岑颂宜，又瞧她，冷静又木然：“不怕他死了？”

听到“死”这个字眼，岑芙原本呆滞的表情才有了些松动。

即便受原生家庭挤压严重，可十岁出头的年纪，听到生死这样的话题，还是会感到慌乱。

下一刻，岑芙再次摇头。

也不知道是不怕爸爸死掉，还是觉得爸爸不会死。

“妈妈……”她忽然开口了，细细的嗓音还稚嫩着。

许砚谈回眸，没想到她会跟自己说话。

他本来还以为她是个小哑巴呢。

结果，下一刻她说出来的话，也让许砚谈感到有趣。

岑芙揪着自己的衣角，没抬起过视线。

小学生的岁数，却说出了超出这个年纪的话：“妈妈还在笑……爸爸不会有事。”

意思大概是：妈妈还有精力笑着攀附有钱人家，说明爸爸还没严重到那种程度。

换成任何一个三四年级的小姑娘，听说自己爸爸进了医院，还在抢救，应该会被吓得魂都没了。结果这小姑娘却能说出这样的话。

无情得吓人，实际却是可怜的早熟。

他和她是一种人。

许砚谈低头睨着她的眼神深了几分，无声地动了动嘴角。

分不清是笑是嘲。

于是，在那个下午，何芳华和岑颂宜的所作所为，在两个孩子眼里成了最生动，甚至想拍手叫好的演出。

许砚谈离开前，转身，看着她。

“你叫什么？”

岑芙没有抬头，也没有说话。

直到许砚谈离开。

初见，她没有施舍给他任何一个眼神，可许砚谈，却看了她无数遍。

冷漠的是她，可怜的也是她。

再见，就是在南城酒吧。

那一次，换她走向了他。

那晚，抛弃了身份，抛弃了算计。在与她第一次对视的瞬间，许砚谈感受到了一股奇异的电流蹿过自己的身体。

对他抛来诱惑的人太多了，只有她，让他觉得无奈又好笑。

怎么有人能做到浑身怯懦着来勾引人的。

闹着玩似的。

许砚谈觉得那晚，醉酒支配着她 80% 的行为，他明知道她是因为喝多了才会对自己胡作非为。

可他不是好人，也不管缘由。

她既然来了，他就照单全收。

原本被挤压到失去灵魂的麻木的小姑娘，过了几年能变成这副灵动的模样。

岑芙的改变，岑芙对自己人生的解法，她的活法，也让他兴奋。

这么善于伪装，善于用欺骗保护自己的人，把她气急了，会怎么样？

真想试试。

回忆短暂，又结束得毫无征兆。

许砚谈没想到，被岑芙丢掉之后的这段日子，他回想起来最多的，就是那几次她对自己主动的场景。

有时候用来镇痛，有时候当成燃油。

再睁眼的时候，就是空姐温柔地叫醒他，让他在飞机降落阶段把窗子隔板升上去。

飞机已经进入了祖国领空许久，盘旋在榆安市的上空。

公派交流这段时间，他唯一一次参加校外娱乐活动，是跑去参加安妮·海瑟薇的见面会。

票难弄，他托了好多关系花了不少钱才搞到，见到她以后又要连夜坐车回学校。

回来好多人都问他，但许砚谈小气得什么都没说。

前后左右的粉丝都跟安妮拥抱，说上很多很肉麻的表白话。

只有他要了一张签名，报了岑芙的名字，然后像是与她聊天般地，解释了写这个名字的缘由。

“My girl is enchanted to meet you.（我的女孩是你的粉丝，她为你着迷。）”

许砚谈的英语是美腔，再加上他本就散漫的低沉嗓音，这句话一出，排在他后面的两个女孩惊艳得面面相觑，很大方地露出了欣赏的表情。

许砚谈这次回来，先是抽了个岑芙上课的时间去医院看望了岑叔，然后马不停蹄地前往了这次的目的地。

刚下完一场雨，林子里弥漫着潮湿的气息，石阶路稍稍有些滑。

也是因为这些，今晨来寺庙里的老年人都少了很多。

他挂着单反相机，踏进了这座年代久远，香火旺盛的寺庙。

许砚谈老老实实地一步步踏着千百级石阶往上走。

他环顾四周，总想在这个陌生的地方寻求些什么带回去。

因为他知道，这里不仅是岑康发常来的地方，也是岑芙姓名诞生的地方。

就是在这里，岑康发和岑芙遇见了自己的姑父。

据姑姑说，那天也是个下完雨的早晨。

许砚谈停住步伐，视线流连在每一个角落。

他在想，十几年前的小岑芙，会蹲下看哪束小花，会摸哪尊石像，会以什么路线踏上石阶，陪自己爸爸祈福拜佛。

那是他还没有在她人生里出场的集数。

所以，二十多岁的许砚谈，试图在这个空白的卷宗里，找出些能浏览的痕迹。

一大早也有少部分人过来祈福，许砚谈进了寺里，根据岑康发叙说的回忆拍了几个角落。

就在这会儿，有个大哥拍了拍他的肩膀，很是热心肠地对他说：“小伙子，你也拜拜菩萨，来都来了，这儿可是榆安最灵的寺了哦。”

后来，骆杭在电话里问他。

“所以你拜了吗？求了什么？

“想不到啊，也能有让你这种人屈尊下跪，想向佛祖祈求的东西。”

许砚谈坐在桌前，对着电脑里的论文，眯着眼转笔。他什么都没回答，只是哼笑一声："我说我拜了吗？"

直到今年，他也没再回到那座寺庙还愿。

因为直到前阵子，他所祈求的。

一件落空，一件未卜。

不过，最近他确实打算回去了。

只要有一样如愿，就该回去感谢。

他本以为自己洒脱，以为自己寡情。

可当他忍着香炉滚烫，把香插进灰中，当他长跪蒲团，合上双眼的那一瞬间，骨子里无法割舍的，埋藏在心的最纯粹的欲望、贪念，还是蹿了出来。

我想她父亲多留些日子。

我想她余生顺遂，我想她被很多人爱，工作，生活，获得价值。

许砚谈睁开眼，本以为自己已经许完愿望。

下一刻，一句话在空白的脑海里绚烂地诞生。

我想她在我身边。

佛祖把他真正的愿念，从他骨子里扯了出来。

让许砚谈看清他自己。

你并非赎罪。

你仍在挽回。

…………

暖色的晨光从白色窗帘打进屋子里，包裹着拥眠着的二人。

结束了一层又一层，一环套着一环的梦境。

岑芙面对着窗户，而许砚谈在她身后搂着她。

男人结实的手臂环着她的半边身子，最后和她的手牵在一块。

许砚谈先醒来。

他看着岑芙睡得松散的背影，耳郭和脸颊白皙透亮，柔软的身体被棉睡衣裹着，发梢被从窗缝里钻进来的清风吹得一翘一翘。

幸福不是名词，它那么生动，充斥在生活的每个细节里。

他不愿清醒，只想在这周末的早上多沉沦一会儿。

许砚谈合上眼，搂紧她的同时把自己的额头抵到她颈边，轻轻呼出一口气。

她最近换了沐浴露，是桂花味的。

也挺好闻。

许砚谈想着，未来估计不会再需要梦见那些回忆。

因为人已经回到了身边。

此刻，什么都比不上把她真的抱在怀里这么躺着消磨时间来得实在。

就在这时，岑芙原本睡熟的身子动了动。

她发出一声懒洋洋的娇呓，然后翻了个身。许砚谈伸开手臂，由着她翻身自然而然地扎进自己怀里。

岑芙睡得眼皮子粘在一起似的，抬起脑袋往上找了找，鼻尖碰到他温热的嘴唇时停止了动作。

嗅觉先苏醒，她齆着嗓音，靠在他怀里搂住他的腰，说着胡话："你这是什么牌子的漱口水……一晚了……还有味道……

"好香……"

许砚谈把手放在她脑后，把玩她柔软的头发。

知道她还没完全醒，他没回答她这么没头没脑的问题。

他摸着她的长发，忽然想趁着她还没清醒的时候问："头发，怎么留长了？"

岑芙大一的时候，头发只到肩头，不算长。

岑芙又睡了一会儿，有些嫌他烦似的，非要在人睡觉的时候问东问西。

她闭着眼如实回答："你不是想看……长发？"

许砚谈第一时间没有反应过来，之后才恍然。

交往的时候，某次他抱着她给她吹头发，发丝穿过他指间的时候，他偶然间问了句。

"留长试试，嗯？"

岑芙回头，带着疲惫又湿漉漉的眸子问他："你喜欢长发的？"

"没。"他扳回她的身子继续伺候，"就想看看你长头发什么样儿。"

岑芙点点头："那你要多等一段时间，我头发长得慢。"

许砚谈想起所有，笑意弥漫。他凑在她耳畔亲了亲，沙哑着嗓子，小声笑话她。

"还说不惦记我。"

真不爱他了，至于为了一句话，留五年头发？

岑芙被这一问一答也弄醒了，她把脸埋在他怀里，假装还没醒，有些害羞。

自己的小心思被这么挖出来，很丢人。

她闻着他身上的味道，鼻尖和他睡衣的纽扣碰着，听见他又问："今天出去吃吧？"

岑芙这时候抬头，抬手揉自己的眼角："为什么？"

“庆祝。”许砚谈终于等到她扬起小脸，有些强势地扣住她后脑勺，把自己的嘴凑上去亲，亲之前补了一句，“今儿，不是当你男朋友的第一天嘛。”

他故意咬重“第一天”，还在意她吊他这么久不给名分的事。

被子被他一扯盖过头顶，他有些发热的嘴唇落在她脖颈上。

岑芙伸出一只手到被子外，还想跑，断断续续地小声反抗：“不是……不是要出去……吃……”

“知道我刚才梦见什么了吗？”他倒是气也不带喘，一边动嘴一边动手。

“……你，倒是说。”

“梦见那会儿上高中。”

“然后呢……”

“然后？”许砚谈轻易将她的心跳拨动起来，在瞥见她脸颊绯红潮热的瞬间，满意地再度靠近，拨落蝴蝶的蝉衣。

“然后这个点儿——

“该晨练了。”

岑芙偏头盯着床头柜上的时钟，碎呓乱溢，逐渐混沌的思绪飘出最后一句吐槽。

她真想知道，到底哪所学校的晨练在家里！

本来好好的周末休息时间，岑芙愣是被许砚谈拉着“晨练”到午饭时间。

洗漱好出门，岑芙上他那 SUV 副驾的时候腿都发软。

如果说五年前许砚谈的风格偏向于横冲直撞直奔主题型，那现在这个快三十的老男人就是花样百出。

岑芙有时候都困惑，这人真素了五年，功力怎么不减反增呢？

想到这里，岑芙偏头，略带幽怨地瞪了他一眼。

许砚谈刚开车门坐进来，就撞上她这一眼，他把车启动，隔了几秒才笑一声。

像是瞧不起她那可怜的体力。

“以后早上你就躺着。”

岑芙抄起一包纸巾砸向他：“还敢说！”

许砚谈低笑着把扔到自己怀里这包纸巾塞到侧盒里：“少生气，现在气饱了待会儿还吃什么？”

“我要吃海鲜。”岑芙压着眉头坐正身子，看着车子逐渐驶出地下停车场，补充，“澜景园，要点最贵的。”

许砚谈在餍足之后可是甘愿把自己所有的好脾气都拿出来毫无底线地供

着她。

“用我手机给胖猴发微信，让他把澜景园的 VIP 间留着。”他哄道，“你就是想吃金子我都依着，成吗？”

岑芙听着这话，早上被“戏弄”的气儿消了点。

澜景园开在贸易大厦的顶楼，是一家高级旋转餐厅，如果坐在靠窗的 VIP 席位，可以在用餐的时候观赏崇京漂亮的都市风光。

澜景园当年不景气的时候，胖猴投了一笔进去，现在已经是股东之一了。

“别看这小子读书不灵，做生意倒是有点儿天赋。”等电梯的时候，许砚谈把胖猴这几年的情况说给岑芙听，“就是不能上手参与经营，光是投资的眼光还可以。”

岑芙回想起记忆里胖猴那副嬉皮笑脸的样子，点头：“每个人都会找到自己的路。”

电梯门敞开。

许砚谈瞥她：“你倒挺会夸人。”

“我一向是。”岑芙耸肩，笑着跟他走进电梯。

她想到一件事，又问他：“那胖猴有女朋友了吗？那会儿就没怎么听说他在这方面开窍。”

“有过，大部分时间都给人当‘舔狗’，他就好那口。”

许砚谈让服务生摁下餐厅的楼层，然后又跟她说：“不是真能找人踏实过日子的人。”

“你是？”岑芙探头，挑眉瞧他。

她发现自己今天格外喜欢跟许砚谈唱反调，这么反问他玩。

许砚谈沉默着盯了她一会儿，然后当着电梯里其他人的面，突然搂着她的腰往自己身边用力一带。

岑芙的高跟鞋错乱匆忙的“嗒嗒”声在电梯里响起，她收紧呼吸，抓着他衣服。

许砚谈瞥了一眼并没有关注他们的乘客，然后俯身，手上惩罚似的加大力度，用低低的气音回答她。

“每天都想。

“想跟某人老老实实过一辈子。”

岑芙听着这惹耳根子发痒的嗓音，同时，克制不住地露出了蜜桃般的笑意。

电梯即将升到目标的楼层，岑芙伸手拽住他风衣的领子，使劲拉了两下，与许砚谈对视着，很明确地告诉他：“那你可要好好加油。”

“还不明显？为了讨好你卖力着呢。”许砚谈的气息撩动她鬓角的发丝，压低声线，暗示意味十足，挑逗她惹她害羞，“哪方面都……”

岑芙瞪他一眼，拉着人赶紧出了电梯，不够丢人的。

许砚谈那么高的个子，慢悠悠地被她拽着往餐厅走。

服务生问过是许先生以后，带着两人往 VIP 预订席位走去。

餐厅里很安静，交响乐的背景音和偶尔叮叮当当的餐具碰撞声音混杂在一起，格外和谐舒适。

岑芙抿了口鸡尾酒，看着手机新收到的消息，第一时间告诉对面给自己切牛排的人：“这周五不是年末嘛，我有事不在家。”

“跨年前一天？干吗去？”许砚谈眼皮都没抬，随口问着。

“有个影视颁奖典礼，有人邀请我去，我也去看看热闹。”岑芙收起手机，正巧聊聊最近两人各自的忙碌，“你昨天不是跟我说最近也要忙吗？”

许砚谈点头：“嗯，院里年底事儿多，不能留到明年，都堆在最近办。”

“我晚上到点回不去就给你发微信。”

他把切好的牛排摆在她面前，然后换走一盘，语气自然：“让王纤纤管你饭，想喝酒就喝，结束我接你。”

许砚谈从来不会干涉她做什么，也总是这样给她说不清的安全感。

岑芙咀嚼着喷香的牛排，嘴角还翘着，点头表示知道了。

明明已经是初初成熟的年纪，却还是会因为让她满意的餐食，因为让她舒适的对话，因为跟他这样简单平淡地度过日子，而雀跃得在桌下跷起了脚尖。

晃着的不是她的鞋头，是岑芙用身体表达的幸福感。

许砚谈慢条斯理地端起矮玻璃杯，抿了口柠檬薄荷茶，想起什么，问她：“用不用去买衣服，或者有喜欢的高定？让姑姑帮你弄来。

“穿漂亮点儿。”

一提起姑姑，岑芙还真是有些念旧：“提起姑姑还真是想她，她最近都好吗？”

“老样子。”许砚谈悠哉地回答，似是想起那位洒脱又聒噪的长辈就无奈。

“那就好，衣服不用了，我就是去当个观众。”岑芙轻笑一声，有些享受许砚谈这副急着打扮她的架势，“人家那颁奖典礼，每一秒镜头都是钱，我们没必要太折腾。”

许砚谈摩挲着玻璃杯，抛给她另一个角度：“你有没有镜头跟你穿漂亮点去玩有什么关系？”

岑芙有些恍然。

她缓慢眨眼：“你不怕……我穿太好看，给你多招几位竞争对手？许砚谈，我这几年行情还蛮不错的。”

许砚谈刚吃完一口东西，听完利索地撂下餐刀，拿出手机很认真地来了句：“我买个麻袋，你那天套上去。”

岑芙直接笑出声，发自内心地开怀，笑声像被风吹过的铃铛，细细碎碎很好听。

“正牌男友放心吧，我一颗心被你拴得牢牢的呢。”

许砚谈上下审视她，扔下手机，喉间溢出一声呵笑。

刚才的阴沉是他的把戏，许砚谈自然是对自己有足够的信心，只不过就想逗她，眯起眼睛装凶：“少来这套。”

岑芙弯着眼睛瞧他，伸出手指去摩挲他青筋凸起的手背，搓搓揉揉的，撒娇似的安抚。

车子行驶在回家的路上，车里播放着歌单。岑芙本来想眯一会儿，而后想起了什么，左看看右看看，跟开着车的许砚谈提议：“回头你抽空陪我去看看车吧。

“我想置办一辆车。总让你这么接送总归有不方便的时候。”

许砚谈从没觉得麻烦，而她也没有觉得打扰。

只不过两人都有车，需要的时候总归是多一个选项。

许砚谈目视前方，对她想自己开车出勤的想法没有反对：“车倒不用买。”他屈指敲了敲方向盘，“这车的停车位旁边那两辆车你看见没？”

岑芙回忆：“一辆白色的越野，一辆银色的跑车？”

“嗯，都是我的。”许砚谈继续说，“回头你挑一辆开。”

“哦……”岑芙点点头，想了一会儿，却还是说，“可我还是想自己买一辆。”

许砚谈怎么会不知道她在想什么，有些无奈，扯了扯嘴角，半笑不笑地噎她一句：“倔劲上来了？

“我是觉得家里这么多车，你再买，没必要。上班就开那辆白的吧，油钱、保养钱你出，车给你开。”

岑芙听着他说的这些，也确实有理。毕竟钱要花在刀刃上，车子这东西就是个交通工具，她也没必要太固执己见。

毕竟现在许砚谈对她而言，是可以全心依赖的人。

她点头，答应下来：“那就这样。”

元旦这天，许砚谈一早就去检察院加班了，说是想起还有东西没处理完。

岑芙睡得昏天暗地，根本没力气管他，下午才醒，醒了就过来接他下班。

因为说好了今天晚上去师母那里吃饭，师母打了好几次电话约他们，因为他们工作忙，一直约不上。

岑芙还问了许砚谈新年要不要去师父那儿看一眼，摆点东西。

许砚谈没让去，说师母会照料，他们毕竟算是外人，固定的日子去看一看就行了。何况师父那人又是个好清静的，就算是在地下，也会烦他们总一趟趟跑。

岑芙等着他，把脸缩在围巾里，跺了跺脚。

穿的鞋再厚，也抵不住地面的寒气从鞋底往上钻，冻得脚都有点发麻。

保安室执勤的小哥认得岑芙，看见她在外面，好几次推开玻璃窗问她要不要进来坐会儿。

岑芙摆摆手，笑着说“不用，不麻烦”。

这时候许砚谈刚好从办公楼出来，长腿迈的步子大，走路带风，瞧见执勤小哥隔着窗户跟岑芙搭话，伸手懒洋洋地指他，揶揄道：“小心点儿，别暖和得屁股开花。”

言下之意：就顾着自己舒服，不叫你嫂子进屋等。

“许哥！真不赖我！”执勤小哥很无辜，然后笑着跟他们说，“二位新年好啊！”

岑芙笑呵呵地回了一句，跟他告别后被许砚谈领走了。

许砚谈一摸她的手，瞬间蹙了下眉头，瞥她：“我再晚点儿出来，你人还不得僵在外面。”

“我没觉得冷。”岑芙顺势把手整个团在他掌中取暖，又让他慢点走。

“我们要不要买点东西带过去，空手去吃饭不好吧？”

“买了，茶叶、点心、肉蛋奶。你再想想。”

岑芙思索片刻：“差不多了，再去市场买点海鲜。今年海鲜很贵，我怕师母舍不得自己买着吃。”

“成。”他悄然瞧她，另一只手抬起来揉她头发。

“我媳妇儿就是贴心。”

岑芙瞪他：“许检，请你严谨称呼。”

又占便宜。

许砚谈不以为然，拖长音带着她回忆：“不让叫老婆是吗——

“可我怎么记得昨晚有人一声声……”

那个含着暧昧意味的称呼还没从许砚谈嘴里溜出来，岑芙就跳起来捂他的嘴：“许砚谈！闭嘴！”

求饶的时候谁还顾得了那么多！

师母说要包饺子吃，一想起饺子，岑芙坐在许砚谈车里就不禁有些感伤。

如果她没记错的话……师父出事那天，也是说让许砚谈去家里吃饺子。

那顿饺子，最终还是没吃上。

岑芙偏头，看向开车的男人，毫无前兆地来了句："我觉得今天的饺子肯定会很好吃。"

许砚谈心情不错，手指跟着车内音乐的鼓点一下下点着方向盘。

他听着，眼尾略带弧度。

"嗯，那就多吃点儿。"

师父家所在的小区离检察院很近，旧城区里面的老住宅区，闹街窄巷的，闹闹哄哄算不上多良好的居住环境。

小区年头久了，楼外墙的漆早就斑驳褪掉，部分住户窗户的铁护栏都生锈了。

当初路真义和汪兰拿着买新房的钱买了这里的二手房，就是因为离检察院近，不会在路上耗费时间，上下班走着就能到。

这是路真义想出的能平衡家庭和工作最好的办法。

汪兰一向支持路真义的事业，哪怕有很多不便，哪怕住不上全新的房子，她也没有任何怨言。

只可惜，这栋离检察院近的房子，最终成了汪兰每日从厨房窗边远望检察院，而永远也等不到丈夫归来的伤心之地。

小区里太拥挤了，许砚谈的车根本开不进去，于是就停在小区外的路边。

岑芙踏着寒气，跟着许砚谈往小区里面走。

瞧见他轻车熟路地和门房保安打招呼，过小区入户门。

岑芙看着一身矜贵，却奇异地与周遭世俗烟火融入恰当的许砚谈。

总觉得……是她未曾见过的模样。

岑芙忘记了，隔了五年，她也错过了许砚谈的很多模样。

许砚谈并不知道她在想什么，瞧见一地方，伸手给她指："看见那条小路了吗？老路每天就顺着那儿往功成大街走，拐一条街就到检察院了。"

岑芙顺着他指的方向看过去，听着许砚谈的口述，脑海中想象出一幅画面——

哪怕许砚谈和女儿都教路真义好多次，但路真义还是不喜欢戴耳机，说那玩意震耳朵。

每天上班的这一路，他就喜欢拿手机播一段评书，还放着很大声音，满脸享受优哉游哉地往单位走去，与工作日匆匆热闹的大街格格不入。

就这条路，一辆车从他身边经过又放慢了速度。

路真义偏头看过去，车窗降下，许砚谈那张脸露了出来。

许砚谈一手控制着方向盘，轻踩油门，让车跟着路真义的速度一点点往前蛄蛹。

他瞥了一眼老大爷做派的路真义，露出一抹顽劣的笑，故意笑话师父："老路！走这么慢，去检察院养老是吧？"

"我待会儿就跟领导告你状啊。"

而路真义不以为然，一边听着评书，一边眯起眼睛乐呵呵地回应："小伙子，这条路我都走了十几年了。

"就这个时间点儿，咱俩谁先到，说不好哦。"

路真义扭过头与徒弟对视，露出像老鼠般贼兮兮的笑容："赌不赌啊？臭小子！"

两人说着说着，就停在了那个小路的入口。

岑芙站在许砚谈身边听着，偏眼，瞧见了他眼底偶然升起来的情绪。

那情绪是什么，她辨不清楚。

"你猜怎么着，"许砚谈忽然笑了一声，"我还真输了。后来我车在路上堵了半天，到办公室的时候，他已经泡上茶了。"

岑芙左手拎着给师母买的海鲜，她莞尔，带着多重含义地轻喃一句："是啊，毕竟，这条路师父走了那么多年呢。"

下一刻，她伸出自己的右手握住许砚谈的左手。

他的手露在外面太久了，都冰得没有温度了。

许砚谈收回视线低头，对上她宛如春日暖阳般的眼眸。

"我们走吧？"岑芙对他开口，握着他的手轻轻摇晃。

许砚谈最后再望了一眼那小路，收回视线的瞬间，所有情绪再次被他叠好收纳。他握紧她的手，往前方抬腿。

"走了。"

两人大包小裹地在小区里左转右绕，终于到了师母家所在的单元楼。

岑芙登着楼梯，累得呼哧带喘，本来在小区里就走得够远了，谁知道这小区还没有电梯。

奈何师母家住在五楼，整个楼道里都回荡着她因体力不支的喘息。

许砚谈走上一层，回头瞥她，毫无前兆地来了句话笑她："这一天天也没耽误着，体力怎么还上不来？"

岑芙扶着膝盖，抬头瞪他一眼。

这一瞪，许砚谈只得无奈地下来，把她手里提着的东西都接手，还问了句：

“要不要背？”

岑芙瞧着都走到四楼了，算了，才不要那么没出息。

她推他一把，率先超过去，往楼上继续走，结果就听见许砚谈拖着懒音喊她。

“岑芙，等会儿我呗——

“我走不动了——”

还要逗她。

真不怕她生气。

岑芙扒着栏杆俯视着他，伸出手指扒拉眼睑，对他做了个鬼脸。

实际上，再转身的时候，她嘴边的笑就已经绷不住地溢了出来。

她究竟有多么需要他，直到和许砚谈重逢以后她才了解。

没有他的日子，她冷静理智，能处理好生活里的一切。

可是那颗心，就像是年老的状态。

不如此刻，明明不再是十几岁的年纪，却依旧能跟他因为鸡毛蒜皮的小事逗来逗去，露出没有任何意义的傻笑。

日子活了起来。

许砚谈带着岑芙站在五楼左户门前，他敲了敲防盗铁门，门板“咣当咣当”地乱震。

虽然已经见过了师母，但岑芙还是有点紧张，

她攥紧手里的袋子，瞧见有人从里面打开了房门。

抬头的瞬间，岑芙有些愣。

来开门的不是师母，而是个女孩子。

女孩很好地继承了父母五官上的优点，路真义的小脸盘、弯眉毛，汪兰的大眼睛、双眼皮、高鼻梁。

都说女儿随爸爸，在看见路继慈的瞬间，看过师父照片的岑芙就已经猜到了她的身份。

路继慈第一眼没看见岑芙，她瞧见许砚谈的瞬间眼睛都亮了，清亮的嗓门带着二十岁女孩的含蓄，喊着：“砚谈哥，你来啦。”

叫完人，就看见许砚谈侧了侧身，岑芙的脸庞映入她的眼帘。

路继慈与岑芙对视，眨眨眼，嘴唇还张着第一时间没反应过来。

岑芙对她颔首，礼貌地打招呼：“你好。”

“你说说你们，来就来了，带这么多东西。”汪兰围着围裙，手上还沾着面粉，“数落”着他们俩，“你说我们家就两口人，你们买这么多东西回头吃不了……”

“我不给您买，您能舍得吃点好的？”许砚谈也不客气，一边蹲下帮师母把买的肉放进冰箱，一边不厌其烦地说，“过年过节就花点钱，老路又不是光杆一个走的。

“留那么多钱给你们，最后瞧见你们娘俩这么省，他能高兴？”

“唉，你啊。”汪兰说着，抬头指使女儿，“继慈！给你芙芙姐拿瓶果汁喝，就你前两天网购的那一箱！”

路继慈和岑芙正在餐厅，她听见后“哦”了一声，到冰箱里拿了一瓶，走过去递给岑芙。

岑芙感受到女孩对自己的生疏，或许是因为头一次见，她并不在意，笑着接过：“谢谢。”

说完，岑芙打开袋子，问：“继慈，吃不吃草莓？”

草莓在北方冬季，尤其是崇京市中心，卖得尤其贵。

路继慈又是个贪嘴的，一听草莓，还是忍不住凑过去往袋子里看。

岑芙给她撑开袋子，里面是三大盒满满当当的奶油草莓。

到底还是小女孩呢，岑芙看见她那眼神，笑意更深：“帮我拿个盆好不好，咱俩洗一些出来。”

路继慈直点头，转身进了厨房。

岑芙趁着这空当跟许砚谈对了个眼神，意思大概是：别小看我，这种小姑娘我还是拿得下的。

然后抱着那堆草莓跟着进了厨房，发尾都翘着尖似的。

许砚谈瞧见岑芙进了厨房，扭回头继续帮师母整理冰柜。

无人察觉时，他悄然泄露一声笑。

岑芙和路继慈一块洗草莓，她主动搭话：“我听说你在南城政法大上学，和许砚谈是一个学校的？”

路继慈点头。

“真棒，那可是国内最好的法学类院校了。”岑芙垂眸很仔细地把草莓叶子摘掉再用水冲洗，声调温柔，让人听着就舒服，“我读书就没有你和他那么厉害，所以很羡慕你们。”

“才不是，现在谁都能上大学，看的是上了大学以后怎么规划自己的人生。”路继慈却没有因此被夸得翘尾巴，她手里捏着草莓叶子，却想到了其他事。

面对不得不承认的事实，别别扭扭的情绪在她脸上毫不掩饰地流露出来。路继慈说：“姐姐你很优秀，至少我觉得，你很厉害的。你是不是制作了好多票房很高的电影？”

岑芙愣住，有些意外：“你怎么知道？”

因为大众在关注电影的时候，往往只会对主演和导演有印象。像她这样藏在幕后的副导演，基本是不会有人知道的。

面对这个问题，路继慈抿了好几下嘴唇，最后还是决定说："电影结束滚动字幕的时候，不是会把所有制作人员的名字挂上去嘛。

"你的名字在导演下面，是副导演对吧？

"滚到有你名字的黑幕截图……"路继慈语气硬邦邦的，也无可奈何，"……是砚谈哥之前的锁屏壁纸。"

她看见了无数次。

岑芙原本在水龙头下洗草莓的动作，也因为她这一句话停顿了。水流不断往下，却暂停了她的动作。

静止和运动碰撞在一起，把人最直接的反应和情绪暴露出来，顺着这不断涌动的水流，路继慈也想起了过去的某件事。

那是高考结束的夏天，为了庆祝她高考成绩很不错，爸爸妈妈和砚谈哥在家里做好吃的庆祝。

吃完饭之后，路继慈送喝了点酒的许砚谈下楼，到小区外面打车。

家逢喜事，他们一家三口和砚谈哥都喝了点啤酒。她没怎么喝过酒，所以有点昏昏沉沉的，但也没到醉的程度。

夏天的风掠过树枝以后，就被剥夺了几分热。吹过人单薄的衣服时，带走了皮肤表面的躁动。

两人并肩走着的这一路都安静。

刚刚高考完，释放了所有压力的年轻人最容易在这个时候放纵自己的所有天性，有人去染发，有人去蹦迪，有人勇敢地表白恋爱。

而路继慈，也把自己对许砚谈崇拜大于爱慕的这种情感表达了出来。

只不过……说得很直白。

"砚谈哥，你喜欢什么样的女生啊？都没见你谈过女朋友。"

酒精作祟，让她没头没脑地以开玩笑的形式凑到他身边，探头看他，笑呵呵的："你看我怎么样？"

许砚谈眼眸清冽，那点啤酒无法惊扰他的冷静半分。

他还是习惯穿着黑色T恤、黑色长裤。

黑色T恤的领口有些大，路灯一闪，他脖颈处戴着的那条女款项链就泛起了微光。

银钻的蝴蝶吊坠留在他用锁骨铸造的笼中，在带着暑热的夜晚，一闪闪的就像是扑闪着翅膀。

许砚谈的神色没有因为路继慈的这番话，还有似真非真的表白动摇半分。

他只是懒散地眨了两下眼，大哥哥般地抬手轻轻拍了下她的头，笑了一声：“不太行。”

“为……为什么啊？”在脸上的笑容降下去的瞬间，她看见了他那分明就是在思念谁的眼神。

深邃的、坚定的，惦念。

许砚谈双手插兜，从未结束回忆。

路继慈不知道，到底是什么样的女生，竟能让他在那个时候，露出那么无奈又甘愿的笑意和眸色。

“因为你哥我，早就有主了。”

路继慈没想到许砚谈会说出这样的话。

也没想到，一直在她眼里那么桀骜倨傲、不可一世的砚谈哥在感情里竟然扮演苦苦惦记某人的角色。

见识过他那般神色后的路继慈，也就不再提及刚出口就结束的仰慕了。

直到刚刚，她打开门看见岑芙的瞬间。

哪怕这些年曾经在照片上瞥见过有个短暂印象，可还是不如面对面观察，感受对方气质来得直接。

岑芙和许砚谈的结合就宛如一柔一刚，即便内核的那股劲相似，但外在的表现却是不同风格。

不同于许砚谈上来就给人扑面而来的强势和震慑，岑芙就像是一汪水，阅历让她的气质添了沉稳，时而风趣时而温柔的气质能让周边的人很轻易地信任她、喜欢她。

但是岑芙这汪水，可以在煮锅里沸腾暖胃，也可以流入深潭寒冷刺骨。

而面对路继慈，岑芙明显是将自己偏倒向暖热的那一面。

路继慈明显能感受到她的善意，于是才会克制不住地想要靠近这个姐姐。

那件事要不要告诉她呢……

路继慈看着自己身边认真洗草莓的芙芙姐，想着，这两人现在恩爱也不需要她说出这件事来向芙芙姐证明砚谈哥过去几年有多爱她。

别又让人家白添对自己的芥蒂。

于是路继慈打算把这件事藏住，就当没发生过。

“这个品种的草莓很甜，但是很娇气，容易坏，你和你妈妈一定要快点吃完。”岑芙把剩下两盒草莓放好，猜测着小女孩的心思，然后告诉她，“你要喜欢吃，我再买，让许砚谈送过来。”

所以不要不舍得吃，放到草莓都冻坏了。

路继慈赶紧摇头：“你别破费了，姐姐，我自己有钱，我可以自己买。”

岑芙偏头，把装着草莓的盘子递给她，笑着打趣：“还有小金库呢？”

“我在南城的时候做兼职，课余的时候。”路继慈瞧了一眼在外面包饺子的妈妈，跟岑芙说，“姐姐，你先别说，我还没告诉我妈呢。”

“为什么？这不是很好的事吗？”岑芙看着小姑娘紧张的模样，有些疑惑。

路继慈“嗯”了一声：“我妈怕我又学习又打工累着。”

她补了一句：“我爸走了以后……她就把重心和过日子的盼头都放在我身上了，瞧不得我受苦受累。”

岑芙听着，心里不是滋味，她多少能理解师母的心情。

劳累辛苦一辈子了，到老了丈夫没了，走出丧偶痛苦需要很长很长的时间，而这期间，人会下意识去找寄托，师母也就只能把目光放在女儿身上。

岑芙没再多说什么，只是腾出手摸着路继慈的头，放柔声线：“端着出去吃吧。”

路继慈点头，捧着一大盘子草莓出去了。路过餐厅的时候，她还给包饺子的妈妈喂了一颗。

许砚谈看见她只给师母不给自己，单手掂着擀面杖，懒洋洋地问：“路继慈，不给我一颗吃啊。”

路继慈摇头晃脑装听不见，坐沙发上看电视剧去了。

岑芙走到他身边，用肩膀顶了顶他：“你跟小孩抢什么吃的？”

“我花钱买的。”许砚谈斜她一眼，把自己的胳膊往她那边伸了伸，“给我挽一下。”

他里面穿着的薄毛衣，灰色的，袖子总是随着他干活的动作往下垂，容易沾上面粉。

岑芙举起双手给他挽袖子，正好让她看见许砚谈的手臂线条。

把手里的面皮都擀完了，许砚谈跟着一起把剩下的肉馅都包了。他包饺子的手法是跟师父学的，利用手大的优势，两手一合一个饺子就在掌心成形，又快又牢。

岑芙不太会包饺子，因为跟别人一起做这件事的经历太少了。

所以她就看两眼师母，看两眼许砚谈，自己埋着头摸索着方法。虽然包出来的饺子不太好看，不过她高兴得很。

客厅电视里正播放前些年热播的综艺，又吵又闹，把原本冷清的家里撑得满满当当，再配着做饭的烟火声音。

盆里还沾着水珠的草莓，只会更甜。

五副碗筷，四个人吃。

路继慈也是偏内敛的女孩，只有跟家里人相处才会活泼，今天当着不太熟的岑芙明显有些羞涩。

餐桌上的氛围偏向于安静，但不会让她这个第一次来做客的人感到局促。

桌上碗筷碰撞的清脆声是岑芙最喜欢的，这种声音特别有家庭的氛围。

许砚谈家里的背景，加上他从小成长的环境，外面谁听见他的名字都只会觉得是个吃穿讲究，高高在上的公子哥。

很难和现在坐在普通人家里端着陈碗旧筷，与人共吃一顿饺子熟食的他混为一谈。

岑芙更喜欢现在的他，因为现在的他才是活在人间，七情六欲分明的许砚谈。

她举起筷子，给他夹了一块香椿煎鸡蛋，放在他碗里。

“这个好吃。”她小声说。

碗里多了一块煎鸡蛋，被残留的腊八醋沾上更深的颜色。

许砚谈抬起目光，偏眼的瞬间正好瞧见她锁骨处躺着的蝴蝶吊坠。

她穿着的长款毛衣，领口比较大，露出了漂亮的锁骨和白皙的颈子。

他收回目光，又给岑芙夹了两个饺子，刚刚看她喜欢吃这个馅的。

就这个画面，这个场景。

他许砚谈过去几年，连做梦都觉得奢侈。

告别师母和路继慈，两人准备中途去看个电影再回家。

岑芙坐在副驾驶位上，嘴里含着薄荷糖清口，问他：“你吃的是什么味的？”

这包糖包装都一样，但是口味却有好几种。刚给他剥了一个，自己吃了一个。

许砚谈刚坐进来，还没系安全带，没回答直接俯身过来，捏着她光洁的颈吻了上去。

岑芙骤然仰头，被迫接受他没商没量的亲吻。

她将手自然地搭在他肩膀上，让他更近。

是柠檬味的。

柠檬的酸甜和薄荷的清冽交缠在一起。

许砚谈刚稍稍抬身，岑芙直接上双手搂住他脖颈，不愿结束这个吻。

急切的她不小心咬到了他，却反而惹得许砚谈抽空隙发笑。

他把自己的座椅往后撤，同时解她的安全带，直接一把将人搂抱起来，让岑芙坐在他身上。

一下子挪了位置，她吓了一跳，凌乱的鬓发扫到他的额头。

许砚谈直视前方的视线恰好对准她领口的蝴蝶吊坠。

他缓慢地垂眼，亲了一下，额头抵在她锁骨的位置，说话间喷洒热气："戴会儿得了，赶紧还我。"

说的是蝴蝶项链。

从他受伤进医院到现在，这项链就一直是她戴着。

岑芙浑身软了，趴在他身上，哼嗔一声："本来就是我的。"

"什么本来就你的？"他喉口溢笑，手放在她背后搂紧。

她把自己发凉的鼻尖搁在许砚谈温热的脖颈上乱蹭取暖，明知道自己现在发软的嗓音最勾他，还故意撩拨："……你和项链都是。"

反正她说的是实话。

许砚谈警告："真不想看电影了是吧？"

岑芙知道他不会耽误自己的行程，所以得寸进尺，再次进犯。

她偏头，用自己柔软的嘴唇在他脖颈上亲一下。

短短几秒，岑芙听见了他变得粗重的呼吸，心里得逞。

岑芙抬起身，对上许砚谈早已混沌发热的眸子，直笑。

她自己明明情潮未退，却主动挪开回到副驾驶，故作单纯地说："快走吧，别误了开场。"

像个使坏狡谲的小狐狸精。

许砚谈低头瞥了一眼，深吸口气，硬着脸色，启动车子，一手扯上安全带。

"岑芙，你等着。"

岑芙还是笑，拿出手机回纤纤的微信。

打开手机的时候，她看到日历，忽然想到一件事。

一月初了，再过一周……快到许砚谈生日了啊。

她悄悄瞥向旁边开车的人，忽然又多了件发愁的事儿。

给许砚谈过生日……要怎么办呢？

岑芙在微信上把这件事告诉纤纤，表达了一下自己的愁绪，并让她帮忙想想点子。

没一会儿，纤纤就发了条微信过来。

纤纤：还能送什么？他啥也不缺，把你自己送给他不完了，他肯定喜欢。

她上一条微信还没消化完，看见紧接着发过来的内容时，手指禁不住抖了抖。

岑芙淡漠着表情看完，默默地把手机锁屏。

她偏头看向窗外，不顾热得发痒的耳根子，用手捂着嘴。

王纤纤，真是有你的。

车子往商场驶去，暖气也一点点给足，隔着鞋子岑芙也能感受到脚下暖风的包裹。

她放下手机，询问许砚谈：“今年你生日要不要过一下？”

当年交往的时候，他的生日几乎是以不过的形式度过。

他不喜欢过生日，想到他的经历，岑芙也就能理解。

但是生日从来都不只有一种意义，在当下时代它仅仅是给予过生日的人，给予他的朋友和家人一个机会，一个以“生日”为借口更亲近的机会。

这个道理，也是岑芙进入社会后逐渐体会到的，所以才会主动问他。

“这几年你生日都怎么过的？”

许砚谈瞧见远处的商场地下停车场入口，余光与她短暂对视，单手打方向盘并道：“上班太忙，哪想得起来。”

那就是没过。

连碗面都没吃吗？

岑芙并不太满意这个结果，凑过去替他决定：“今年你的生日是周五，好好过一下吧，我来计划。”

“你给我过？”他挑眉。

岑芙点头：“周五晚上出去容易堵车，就在家过吧，行吗？”

车子驶入地下车库的瞬间，视野被地下的昏暗笼罩，光线交替转黑的时候，许砚谈舒展的眉眼藏匿愉悦。

“成。”

近期没什么好看的电影，只是因为两个人很久都没一起做这件事了，正好今天有时间，就临时起意在昨天晚上买了一张冷门电影的票。

元旦档热推的电影的票都已经售完，上百元一张的电影票在今天这样的节日也能成为抢手货。

事实证明，冷门电影确实有它冷门的原因。

电影开场还没有二十分钟，岑芙就已经有些走神了，果然，爱情文艺片确实很难拍得出彩。

现在电影市场，喜剧片和剧情片占了大半江山，很少有出彩的文艺片杀出重围。

岑芙不禁想起半年前周导跟自己讨论过的某个剧本。

那个剧本确实不错，如果好好选角的话……

“我说，旁边这位女士。”许砚谈低沉的几分偷摸的气音传来。

岑芙一眨眼，回神，偏头目光在昏暗的放映厅与他棕色的眼眸对上。

许砚谈一如鹰隼的观察力洞悉她眼中的一切，他装模作样地皱眉，话是猜测，语气却是肯定：“背着我想别人呢，岑芙。”

“没有。”岑芙被戳破走神，凑近跟他稍抵着额头低语，“这电影有点无聊，我走神就想到之前的一个剧本了。”

岑芙都觉得无聊的电影，许砚谈也只会一样。这场电影观众稀稀拉拉，隔得还很远，所以就算他们低头聊天也不会影响到别人。

他听见岑芙说，便随口问：“还想之前的工作？”

岑芙望着大银幕上随着剧情变化的运镜语言，缓缓摇头：“就是习惯了，毕竟干了那么多年。”

“我还是喜欢电视台的民生栏目，稳定，又贴近生活。”她说，“我之前一直以为我做电影除了挣钱是没有意义的。

“但我现在突然有另一种思路了。

“当我和团队做出叫座的电影，给观众在闲暇时间能够放肆哭一场或笑一场的契机，带给观众们快乐。”岑芙捧着自己买的果茶，摇晃着杯子里的冰块，垂眸思考，“不也有价值吗？”

“做什么都会有社会价值。”许砚谈把两人座椅中间的扶手抬起，顺势把右臂伸到她背后，让岑芙半靠在他怀里，坐得更舒服些。

“但是你喜欢的，只有一个，对吗？”

岑芙点头，笑意就像杯子里的杨枝甘露，甘甜的椰奶含着释然的柚香。

“你说得对。”

聊到这儿的时候，一阵窸窣声打断了两个人的思绪。

岑芙借着放映厅并不清晰的光线顺着声音去看，就看见坐在前排右侧角落里的一对情侣在亲热。

因为这个厅座椅中间的扶手是可以抬上去的，于是就给了他们方便，女生几乎快扎在男生怀里，两人嘴唇贴在一起太忘我，发出了一阵阵细碎的声音。

直到下一刻，男生突然把手往女孩的衣摆里伸，白皙皮肤映入岑芙余光，她利索地转身，直接捂住了许砚谈的眼睛。

岑芙低声骂了一句那男生：“没素质……”

适可而止不懂吗？

她骂完才抬头，掌心里是他温热的眼皮，还能感受到他微动的眼球。

昏暗的环境扩大人的其他感官，比如听觉，呼吸吐息，比如嗅觉，他身上的木质香味。

略暗的视线往往会抓住最关键的视觉目标——眼睛被她捂住，她所有的注意力都在许砚谈的嘴唇上。

岑芙第一次发觉，原来他的嘴唇长得这么好看。

“有什么我不能看？”下一秒，这张漂亮的嘴唇吐出了慢悠悠的话语，配上他低沉的嗓音……岑芙半边身子都有些软：“许砚谈，你有没有发现，你嘴唇很性感。”

“那当然，不性感，”许砚谈伸手把她捂在自己眼睛上的手拿下来，扯出个笑来，理所当然道，“怎么把某人迷得走不动道啊。”

岑芙瞪他，谁走不动道了？

许砚谈瞥了一眼还在播放的电影，问她：“既然不好看，咱走？”

岑芙坐正身子，盯着大银幕考虑了一下，最后靠进他怀里，舒服地出了口气：“就这么看吧，那么着急离场干吗？”

即便是无聊的电影，可此时两人靠在一起，在这昏暗安静的电影厅里消磨时间。

光是这样，岑芙都觉得弥足珍贵。

于是打算尽情享受。

“要不咱俩也干点儿没素质的事？”

“……闭嘴。”

“哧！”

许砚谈的大手搭在她的腰边，搂着她让她随便依靠，由着她意愿来。

无聊的电影宛如催眠曲，盯着大银幕，白天一早到检察院加班的那点疲意从脚底一点点漫上来。

岑芙看着电影里的男女主对话，忽然觉得左肩膀一沉。她稍稍一愣，也没有动，半晌，悄然笑了。

许砚谈窝进电影院的座椅靠背，维持着搂着她的姿势，把自己的头靠在她肩膀上。

想必已经把眼睛合上了。

就这样，岑芙之后很长一段时间看见这部电影的影评、宣传，想到的都是被他枕到发酸的肩膀，还有耳畔他沉睡时平稳的吐息。

许砚谈的生日，岑芙绞尽脑汁策划了很久。

地点定在家里，能筹备的活动就十分有限，按照许砚谈的意思就是想过二人世界，所以也没有请别的朋友。

周五岑芙下班回去以后，早早就开始准备，就等许砚谈回家来。

只不过中途出了些插曲——许砚谈本该下班的时候，突然紧急留在院里加班。

插曲的开始就从这里揭幕。

岑芙再醒来的时候，已经是 1 月 13 日早上了。

周六。

岑芙趿拉着拖鞋从自己的卧室出来，胳膊支着门框，摁着自己刚睡醒还有些胀的太阳穴。

她半睁着眸子，视线里许砚谈正站在餐桌边摆盘。

他抬头，端着碗盛燕麦奶，语气淡淡："怎么自己起了？过来吃点儿饭。"

岑芙一脸疲惫，步伐僵硬又缓慢地挪过去坐下。

"我昨天等你等得睡着了……不好意思啊，礼物你都看了吗？"

许砚谈瞥她一眼："你那不是睡着，你那叫喝多了。"

许砚谈："面包吃不吃？"

岑芙撇着嘴点头。

瞧见她一脸愧疚的模样，许砚谈双手环胸，好整以暇地故意来了句："喝多了昨儿晚上什么都不记得？"

岑芙抿唇，低着头举起勺子，把盛着燕麦奶的碗往自己面前揽，小声道："面包，快点。"

许砚谈轻笑一声，转身往厨房走。

而昨晚一夜的回忆，也犹如断了线的珠帘，"噼里啪啦"地在他脑内滚落——

直到昨天十点钟他才处理完所有事，一路飞奔往家里赶。

他知道她准备了很多，所以不舍得让她一个人等太久。

乘着月色回了家，许砚谈一进门就被一室的香味和寂静包裹。

这种没人活动的寂静让他感觉不对劲，换了鞋边脱大衣边往里面走。

餐桌铺了新的桌布，盖着保温罩的餐食摆在桌面上，透明的玻璃瓶里插着娇嫩的玫瑰花。

花瓶的旁边，摆着一根玫瑰精油蜡烛，烧着的火苗随着许砚谈走近脆弱地摇摆腰肢。

两个剔透的红酒杯对着摆放，盛着紫红色的酒液，其中一个已经空掉，应该是被某个贪酒的人率先享用了。

空气里充斥的玫瑰浓香徒增旖旎的气氛。

但该为这番暧昧负责的人却不在。

许砚谈探出手指碰了碰保温盖，已经凉了，里面的饭也不会有什么温度。

他叹了口气，再看向旁边放着的巨大的礼物盒子。

许砚谈看向卧室的方向，偷偷打开看了一眼。

盒子一打开，他扫了一圈有些愣怔。

礼物准备得很零碎，一件卫衣、一双鞋、一个游戏手柄、一块手表、一款男士香水、一副西装袖扣、一条领带……

这些是岑芙的弥补。

那年她还年少，自己挣的钱没几个。

作为女朋友，在他生日应该会送的这些琐碎又普通的东西，这些是只有步入社会的岑芙才买得起的东西。

她现在一年一年，一个个都补给他。

最小的一个礼物，是一张相机存储卡。

也是这里面唯一不是崭新的东西。

许砚谈捏起里面的卡片，岑芙留了简短的话：

其实当年我拿走了你一样东西，就是这张存储卡，里面有我们那时候拍的所有照片。

这些年每当我想你的时候，就会贪婪地阅读这里的内容。

许砚谈，我从未停止爱你。

生日快乐。

许砚谈走进卧室，拖鞋踩在木地板上发出闷响。

他带着外面的冷气，闯进了这一室温软。

岑芙裹着毛绒长款开衫躺在被子里，已经睡熟了，呼吸有些粗，脸颊带着绯色。

她脸上还带着淡妆，许砚谈走过去，想抱起她带她去卸妆再睡。

他掀开一角被子，刚抱起她来，怀里的人突然睁开了眼睛。

岑芙混混沌沌地醒来，攀着他的胳膊，靠着，半醒的眸子带着一股醉意的媚。

“回来啦？”

许砚谈通过那酒杯里酒液的颜色判断她到底瞎拿了他酒柜里的哪款酒，喝成了这样。

她这种眼神，这种甜腻的嗓音，是挑拨许砚谈理智的最好蛊药。

“睡觉吗？”他忍着跳动的太阳穴，把她扶起来，耐心地问。

岑芙摇头，凑到他耳畔，用柔软的唇瓣蹭着，小声说：“你还有一个礼物。”然后带着他的手，来到自己毛绒开衫的纽扣上。

醉酒让她比往日更坦率和大胆，岑芙的手指滑在他青筋凸起的手背上，笑着邀请："拆开看看嘛。"

卧室的窗帘没有拉上，于是月光肆意闯入。

白色蕾丝的形状和纹路像是枝头上盛开的芙蓉花。成串的珍珠被清冷的月光怜爱着，滑进山脉和沟壑。两种白皙碰撞在一起，热凉交织，是阿尔忒弥斯的眷顾。

被芙蓉花瓣半遮半露的，更是阿佛洛狄特的戏耍。

岑芙也是他的礼物。

…………

岑芙捏着勺子在燕麦奶碗里搅动着，还好许砚谈是理智的，也知道她那句话不过是说着玩。

喝多了回忆总是断断续续的，让她不解的是，明明一开始是她主导没错。

可最后怎么还是……

"芙芙，别玩了，赶紧吃。"

许砚谈端着面包走近的声音骤然响起。

一模一样的台词，一模一样的嗓音。

岑芙的脸颊骤然通红，手一松，勺子掉进碗里"啪嗒"一声。

许砚谈把面包放在桌上，然后单手撑在桌边，俯身，靠在她耳畔："你这不是，都记着吗？"

不用照镜子也知道自己的脸现在有多红，岑芙羞得扯下一块吐司转身塞进了他的嘴里。

"都怪你那假酒！"

什么酒只喝半杯就能把她喝成那个样子！胡来不知羞臊就算了，连计划好的烛光晚餐也都错过了。

许砚谈悠闲地咀嚼着嘴里的面包，始终噙着笑，口齿含糊道："那可是好酒，是你乱喝。"

岑芙扭头看向厨房，有些失落："昨晚桌子上的饭呢？"

他回来的时候肯定凉了。

"扔了吗？"

"没扔，放冰箱了。"许砚谈端起碗，自然而然地舀了一勺燕麦奶到她嘴边，伺候得十分顺手，"我女朋友好不容易亲自下厨做的饭，我舍得扔？"

岑芙顿时眼睛一亮："你知道是我做的？"

"品相不好但味道不错，不是你的烹饪风格吗？"他笑话她。

岑芙鼓起脸，抢过燕麦奶自己喝，心想：嫌弃你就一辈子都别吃。

许砚谈哪能看不出她在念叨什么，俯身亲了亲她额头，安慰道："行了，昨晚我尝了一口，没算浪费。"

"都凉了你还吃。"岑芙放下喝了一半的碗，回到原本的话题，"礼物你拆了吗？都喜欢吗？"

许砚谈往客厅那边看了一眼，同时说："拆了。"然后收回视线与她对视，意味深长，"每样不都拆了？"

岑芙呼吸一滞，还是对自己已经做出的举动感到羞臊。

"看看？"许砚谈突然说。

岑芙抽回思绪："看什么？"

他说："伸手。"

岑芙听话地把自己的手递给他，下一刻，许砚谈的大手绕过她的胳膊，直接半蹲下把她从椅子上拦腰抱起来。

她搂住他脖子，对这意料之外的动作感到满意。

许砚谈抱着人到沙发上坐下，给她当人肉坐垫，把她装礼物的大箱子扯过来。

岑芙坐在他怀里，与他面对面，她偏头看见那里面的一件件礼物："怎么样？"

"喜欢。"许砚谈伸手从里面拿东西，承诺她，"我都会用。尤其喜欢那张卡片，写得不错。"

岑芙回想起卡片上的那些肺腑之言，把半边脸埋进他脖颈，声音闷闷的："许砚谈……你什么时候能不对我使坏啊？"

总把她弄得很羞耻。

虽然是这样，岑芙还是亲昵地蹭着他说："昨晚该说的没说。

"生日快乐啊，许砚谈。"

"说了。"许砚谈把箱子里的单反相机攥在手里。

她接过他手里的相机，在许砚谈眼神引导下打开存 SD 卡的后盖，发现她还给他的那张内存卡就在这个相机里，已经被他放进去了。

相机还是当年总用的那个相机，型号已经不算新，很多新功能也没有，显示屏和机身其他地方也都有磕碰的痕迹。

可这是她和许砚谈的六年。

灿烂热爱的一年，和空白等待的五年。

岑芙打开相机，一张张地翻。

"以后就还用这张卡。"许砚谈凝视着她的每一寸表情，缓缓说，"直到拍满了再换新的，怎么样？"

岑芙顺手调整相机，带着有些热的眼角，使劲点头，然后就着当下这个姿势，她端起相机对准他的脸。

许砚谈挑眉："这么近能拍什么？"

"咔嚓"一声，快门按下。

显示屏上显示着崭新的时间。

语言多匮乏，根本无法精准描述她此刻对许砚谈的热爱。

岑芙把相机放在一边，重新扑进他怀里。

第二天，岑芙和纤纤在商场短暂地聚了一会儿，日落时分在外面分别。

许砚谈开车来接她。

"下午咖啡喝得太多，快回家，我要上厕所了。"岑芙坐进副驾驶，扭头，看他正在看后视镜，问道，"看什么呢？"

"王纤纤最近怎么老火急火燎的？"许砚谈审视着远处王纤纤的背影，来了句。

岑芙笑了一声："就看了这么一眼，你就能看出她最近精神状态？有点神了吧。"

他转回视线，启动车子，打方向盘："猜的。"

"你说得挺对的。"岑芙略有深意地叹了口气，窝进驾驶座里，"大概是因为要恋爱了。"

许砚谈把手机递给她，让她放音乐听，嗤笑一声："她那脸色，瞧着要杀人。"

你跟我说她是因为谈恋爱？

岑芙被他的语气逗笑了，点头，随便挑了首歌开始循环。

"真差不多。"

纤纤可是要谈一场被很多人知道的恋爱。

今年的春节在二月初，距离现在也不过只剩下两周的时间。

而岑芙入职以后一直没什么事，因为真正接工作要等到年后，所以最近这段时间她还算清闲。

她翻看着手机，突然有了个想法。

"许砚谈，我过阵子想出门一趟。"

"想去玩？"

"不是。"她摇头，"我想回家一趟。"

指的是榆安。

车里面一时间有些安静，显得音响里播放的音乐更清晰悦耳。

许砚谈掀眸瞟了一眼后视镜：“我年假都没休呢，陪你一块儿。”

没有询问，而是直接提出要陪她一起。

他的意思很明确。

半晌，岑芙露出微笑，答应：“好，那你陪我。”

榆安这座城市，他去过，她也去过，就是没有一块去过。漏缺的拼图，只有都集齐了，才能观赏最初的画面。

两人把假请好以后，简单收拾行李就踏上了返回榆安的旅程。

从崇京到榆安，坐飞机共三个小时四十分钟的航程。

岑芙睡得晚，上了飞机就昏昏欲睡。

她不喜欢降下遮光板，白天的飞机，没有云朵遮盖的日光肆意地打进来，照在她白皙的脸庞上，亦如她回到崇京的那天，也是这样明媚的日子。

越靠近榆安，岑芙的梦就越染上怀念和惆怅的情绪。

她不曾跟任何人坦白，虽然榆安是她祖籍所在的城市，可是她对这座城市满满都是抵触情绪。

跑到南城工作定居时，她只有清明节才回榆安一趟，然后匆匆又赶回去。

因为这个地方，每条街道，每个街区，好像都充满着岑芙最不幸、最辛苦、最难过的回忆。

下一刻，猛然间的颠簸和着“嗡嗡”的嘈杂声将岑芙瞬间震醒。

她倏地睁开眼，发现自己不知什么时候靠在了身边人的肩膀上。

她已经回到了榆安。

岑芙垂眸，瞧见许砚谈握着自己的大手。

“醒了？”她头顶传来许砚谈的嗓音。

他嗓音始终清冽，似乎没怎么睡。

岑芙挪了挪手指，跟他十指相扣。他有些大的指关节硌得她有些疼，但还是要紧握。

她抬头，腻歪地蹭着他的肩膀：“嗯……”

许砚谈抬起另一只手摸了摸她额头：“看你睡得不是很稳当，做梦了？”

“好像是做了，但不记得做了什么。”岑芙看着前面急着站起来出舱的乘客，反而更舒服地靠了下，“我还说带你好好玩一下，但我怎么觉得你应该比我更会玩。”

毕竟她在榆安的那几年一直就围着那么几个地方打转，忙得哪有工夫去留意城市的景点。

但是他为了给她爸爸拍照去过榆安的很多地方，肯定比她了解。

许砚谈对景点更是没兴趣，他说："带我去你经常去的地方转转，然后再去景点玩。"

岑芙点头："好，先吃饭，吃完饭去看看爸爸，其他的再安排。"

榆安近几年的发展偏向于旅游城市，除了优秀的地方菜系，郊外山区的山水也吸引着各地旅客来这里休养身心。

这座城没有崇京那么忙碌，较慢的生活节奏和中等的消费水平让榆安成为很多年轻人选择的居住城市。

网络上很多自媒体运营博主都住在榆安，想必也是因为上述诸多原因。

两人简单吃过饭，买了东西，到榆安某个公墓公园去看岑康发。

岑康发的骨灰实际上在榆安山区的老家土墓里，这里是他早就买好给自己的，里面放的是他生前的物件。

他嘱咐过岑芙，以后想他了就到这里上炷香，不要去山区老家。

那里穷乡僻壤的，岑芙跟亲戚们根本没什么交集，山路危险交通不便，岑康发怕女儿回去了，也没人能好好招待她。

岑芙很听爸爸的话，所以都是到这里来看他。

榆安的冬天温暖潮湿，今天恰好阳光不错，还有些风。

岑芙把花摆在爸爸的照片旁边，小声跟他说话："您留给我的东西我拿到了，也都看了。"

许砚谈站在她身后，默默陪着她。

"过年的时候我会亲手把玉麒麟还给许衡叔叔，您放心吧，丢不了。"她站起来，后退两步，牵着许砚谈的手，两人很默契地十指相扣。

"应该是第一次吧，他以我男朋友的身份见您。"岑芙面对自己爸爸，在开口说出"男朋友"这三个字的时候,依旧带着少女般的羞涩,有些不好意思。

"我是考虑好的，您也不用担心我会受委屈。"

岑芙握着他的手轻轻摇晃，当着许砚谈的面说："像之前咱们俩说的那样，如果有一天他对我不好，我就骗光他的钱，把他踹了。"

许砚谈蹙眉，露出一个很意外的神色，故作受伤："这么狠心啊……

"叔叔真这么教你的？怎么跟当初跟我说的不一样？

"你们父女俩啊……"

岑芙装不下去了，笑着说："你别误会我爸啊，他还是很喜欢你的。"

她看他，提醒："你不说点什么？好不容易才过来一趟。"

下一次再来，说不定就订婚了。

该说的话，该承诺的，几年前他就已经说遍了。

许砚谈始终觉得，承诺永远是要靠行动来维持，而并非言语。

可是，他瞧着岑芙明显期待的眼神，又对上照片里岑康发的目光。总得说点儿什么让她高兴是吧，叔叔。

许砚谈握紧她的手，把她拽得离自己更近，表情很认真很严肃，不亚于当初面对国旗宣誓的神色。

“您放心。我会一辈子爱岑芙，比爱我自己更多。”

明目张胆不加修饰的情话。

她笑得眉眼更弯。

一阵风吹过，掠过石碑。

站着的人，照片里的人，都在笑。

“我刚刚录音存证了，你若对我不好我就跑到检察院用大喇叭播放。让全院人都知道你许砚谈是个负心汉。”

“喂，岑芙女士，你是不是有点太恶毒了。”

两人并肩牵手离开墓园，阵阵笑声打破这里的宁静，岑康发在原地，黑白的笑眼凝视着他们的背影。

相片旁边的黄色菊花，正盛开灿烂。

第十四章

/

我会好好爱你，一直爱你

H U D I E Y I S H I

从墓园回来后，岑芙带着许砚谈住进了原来和爸爸住的房子。

两人搜罗了一圈榆安的旅游景点，最后还是打算先去许砚谈当初拍照去过的那些地方。

早上，她被他从沙发上拖起来去早市吃早餐。

起床的时候，岑芙还发了起床气，坐飞机来的时候下定决心每天都要化妆留下漂漂亮亮的照片的她，在第一天就弃化妆包于不顾了。

麻雀叽叽喳喳穿梭在不同楼宇之间，停留在电线上四处观望。

街边小店的老板睡醒了慢慢悠悠地过来开业，钥匙捅进防盗锁的时候，听见了熟悉的声音，一回头就看见了牵着男人手边走边絮叨的岑芙。

“小岑回来了？”老板有些意外。

岑芙一听见有人叫她，赶紧回头，和杂货店的老板对上视线时，绽开了笑容：“张叔叔，好久不见了。”

“好久没看见你了，还以为你把房子卖了嘞。”张老板看向她身边气度不凡的男人，“这是你男朋友啊？长得真精神哦，大城市的人吧？”

岑芙瞥一眼似乎没打算搭话的许砚谈，点头：“是，我带他回来玩几天嘞。”

“别看榆安是小城市，可多好玩的好吃的哦，你可要带你男朋友好好玩一下。”张老板很热情，提到自己所居住的城市语气骄傲。

岑芙笑着答应着张叔叔，然后牵着许砚谈的手继续往街区外走。

两人漫步在下坡路上，周围急匆匆的电动车和单车不断超过他们离去。

“那家杂货店开了好多年了，那几年张叔叔没少帮我忙。”岑芙回忆着，把许砚谈不知道的事细细讲给他听，“也是有点同病相怜吧，张叔叔的妻子好多年前得癌症去世了，就一个人开杂货店供孩子上学。

“现在张叔叔的儿子好像已经结婚了，反正发展挺好的，他也没跟儿子去新房子住，还守着这家杂货店。”

岑芙回头瞅了一眼来时的路，忽然有些感伤：“以后我定居在崇京，估计也和老板见不上几面了。”

等张叔叔年纪大了，一定会被儿子接去养老，到时候，岑芙与他，可就是永别了。

许砚谈扯了扯她的手，提醒她回头看路。他知道岑芙心中所想，但也不是什么擅长安慰人的人，只是说：“总会分别。”

分别是常态，记得相遇过的这段日子就足够了。

岑芙点头。

到下个路口两人拐弯，抄小路往早市走去。

早市上全是当地居民爱吃的早餐摊铺，也有部分懂行情的游客摸到这里来品尝小吃。

岑芙和许砚谈坐在小摊里点了汤面，她瞧见许砚谈明显不太适应的表情，笑他：“某人之前不是跟我说，他吃饭不讲究，挑剔都是表现给外人看的。”

老板脖子上挂着擦汗的毛巾，端着两碗面给他们上餐。

岑芙道谢后，抽出一双一次性筷子，把筷子上的毛刺都蹭干净，然后作出一副女佣的姿态，献给他：“请用餐，许少爷。”

许砚谈被她嘲讽一直臭着的脸色因为她一番动作嗤笑一声出来。

他接过筷子，催她：“赶紧吃，吃完给人腾地方。”

“要比赛吗？我吃这家面的速度可是经年累月练出来的。”

她刚说完，一看他已经快吃了半碗下去了，赶紧阻止他：“许砚谈！你耍赖。”

“谁跟你比了？”他瞥她，用眼神给她挂上幼稚的标签。

岑芙赶紧捞面吹热气，撒娇让他慢些：“你吃慢点，等等我，早饭要一起吃才香……”

吃过早饭以后，两人径直去到岑康发最常拜的这个寺庙，榆安当地人认为最灵的寺。

也是许砚谈相片里记录的，有岑芙小时候足迹的地方。

八点半左右不少游客已经买票进来了。

寺庙就是有种神奇的磁场，所有踏进来的人都会莫名静下来，默契地压低了声音，放轻了步伐。

穿着袍子的和尚挥动着巨大的扫把，“哗哗”的声响也扫清了来客内心的焦虑。

“那会儿我爸爸住院，他还跟我开玩笑说呢。”岑芙一步步踏着台阶，“他说，寺庙是灵的，求的事业顺利和家人健康，都实现了。”

岑芙走累了停下来，回头看他，喘着气笑：“就是忘了给自己也求个身体健康，长命百岁。”

许砚谈抬眸，举起相机拍她。岑芙很自觉地比了个剪刀手，“咔嚓”一声快门落下，一张照片存入。

他往上走两步，把相机屏幕给她看。岑芙点头：“好看，感觉你摄影技术比我这专业的还好呀。”

许砚谈盯着她脸上释然的表情，说：“我发现你现在对你爸的事情挺开明的。”

“嗯。”岑芙挽着他胳膊，让他带着自己继续往上走，“因为我前阵子看了个电视剧，那里面有说，对逝去的人一定要多谈论他，多跟别人讲他的事。只有大家都不再提及他，没人再认识他的时候，他才真的消失了。”

“后来我试着跟朋友，跟你，笑着说了好多我爸的事。”岑芙眸中尽是释怀，“我发现感觉真挺不错的，我那么说着，就觉得他在我脑海里特鲜活。所以我打算以后有机会就多提提他。”

他伸手揉揉她头发：“又懂事了。”

两人走到石阶路的中间，中间设置了很宽敞的平台，似乎就是为了让登台阶累了的来访者休息用的。

岑芙停下，指着左边一个石墩子，看向许砚谈：“你知道吗，我听我爸说，我的名字就是在这里来的。”

许砚谈双手环胸，挑眉道：“怎么说？”

“说是我们在这里遇到个道士，那个人一眼就看出我还没有名字，然后告诉我爸，要取名‘芙’这个字。”

岑芙以为他还不知道，弯着眼睛凑近他：“道士叔叔还说我要找一个白蜡金命的男人作婚配，能旺我。

“你刚好就是这个金命，你说怪不怪，虽然有时候我也很想相信科学……

“不过我没再见过那个道士叔叔了，他没再来过，我也记不清他的模样了。”

她转身往前走了几步，在那个石墩子上坐下，仰视着面前的许砚谈，开玩笑似的：“有没有感觉咱俩像是命中注定？”

“你信命吗？”许砚谈扯动嘴角，走到她面前弯腰俯身，从岑芙清澈的眸里去看自己的倒影。

那个时候，岑家还没迁往崇京。所以你说，有时候到底该不该信这命。

“嗯？”她不知道他要说什么。

许砚谈不急不缓，勾起嘴角，忽然就很想看看她的反应。

“没急着告诉你，其实你早就见过他了。”

岑芙愣了一下，这是完全料想不到的发展。

“他叫徐洪，”许砚谈饶有兴味地告诉她搁置了五年的真相，“是我姑父。过年跟我回家，你应该能再见着他。”

岑芙翕动唇瓣，盯着他半带揶揄的眼眸，已经不知道该说什么了。

有些恍然大悟的眼热。

许砚谈的姑父……是给她起名字的人。难怪五年前，他站在她面前对她说：

“你成长得很好。

“很好。”

原本对于跟许砚谈回家过年这件事岑芙还有些紧张，因为这次再去，身份就不一样了。

之前暗示自己鼓足勇气的原因是不管如何玉麒麟都要由她亲手交还，所以是一定要走这一趟的。

但是现在，岑芙又多了一重期待，那就是见到姑父。

虽然二十多年只见过短暂两次，可是岑芙对这个赐予自己名字的叔叔有着说不清的好感。

“希望他身体健康，生活愉快。”

返回崇京的飞机上，岑芙望着窗外的云层，没头没脑地来了这么一句。

“谁？”许砚谈不知道她脑子里又在捣鼓些什么。

“姑父。”岑芙扭头，“他这些年都还好吧？”

一听她说起他那个便宜姑父，许砚谈又懒洋洋地合上了眼，不屑一顾道：“好得很，经年累月的游山玩水，活神仙似的。”

“姑姑也跟着他一块旅行？”岑芙忽然对这对夫妇有些好奇。

许砚谈提起那两位长辈就头疼。

“没，他俩各玩各的。”

一个喜欢灯红酒绿，一个喜欢绿水青山。

也不知道是怎么能成为两口子的。

关键是，徐洪是许竺年轻时不顾家里反对，甚至可以跟老爹断绝关系也要嫁的男人。

结果夫妻二人现在各玩各的，几乎不过问对方的状态。

很让人摸不着头脑：这两人当初是怎么爱得要死要活的？

生了个儿子也是，长期就丢在许家给许衡带着，真不知道他亲爹亲妈是什么教育风格。

岑芙听完叹了口气，靠着他肩膀，忽然感叹："我突然觉得，叔叔好辛苦啊。不仅要料理生意，还要拉扯这么多孩子。"

"哪'这么多'？"许砚谈合着眼发问。

岑芙伸出手指，戳了戳他的脸颊："这儿不就有一个已经带大了的嘛。"

许砚谈闻言，不耐烦地蹙了下眉。

安静了半晌。

两人都笑了。

"让他辛苦着吧，谁让他是老好人。"许砚谈好似早就计划好了，凑近她的额头，慢慢讲，"以后你要也想生，生完也丢给他，他有经验。咱接着过咱的二人世界。"

岑芙露出了非常鄙夷的表情，似乎在说：没想到你竟然这么自私恶毒。

许砚谈见身边人半天没声儿，眼睛睁开一条缝，正好对上她这眼神，丝毫没察觉到自己的问题："你想自己带？我是不太愿意让他分走你搁我身上的注意力……得，那就一块带，谁让他是我的种。"

"许砚谈！"岑芙小声控诉，莫名带了些羞涩，憋着笑提醒他，"重点是这个吗？"

"重点是……"她边隔着衣服用指尖戳他结实的手臂肌肉，边一字一顿地道，"你对你叔叔也太狠了，他是大总裁哎，不是带娃叔叔。不怕叔叔伤心觉得养了你个白眼狼。而且他未来也会有家庭的呀。"

岑芙瞧着娇娇弱弱一人，手劲可不小，一指禅戳得许砚谈有些发疼。他伸胳膊一把将人搂在怀里，让她老实点儿。

"放心吧，他没准儿还乐得很。"

岑芙一看自己对他输出半天也不见这人有半分"悔改"，也说不动了，窝在他怀里跟着一块合眼睡觉。

稍微睡一觉，醒来应该就快到崇京了。

临近傍晚，飞机准点落地崇京国际机场。

岑芙迷迷糊糊刚醒来，隔着玻璃就感受到了崇京深冬的那股干燥感，恨不得立刻从行李箱里掏出保湿面霜糊在脸上。

在榆安玩的这一周让岑芙习惯了那边的气候，冷不丁一回来有些不适应。

今晚卧室里应该开一下香薰加湿器，不然真的要上火。

"没开车，我们待会儿怎么回去，打车？"岑芙问，两人住的公寓在市中心，机场在快到近郊了。

“有人接。”许砚谈提起她的包，把还迷迷糊糊的人牵起来。

回来坐的是头等舱，他们优先下机。

岑芙一边往外走，一边纳闷：“谁啊？”

提完行李出来，在一堆靠着栅栏接客的人里，有个人格外显眼。

胖猴穿着一身潮牌，戴着副墨镜，单手扛着一个会发光的灯牌，“许砚谈&岑芙”一闪闪的，特别高调显眼。

主要是人名中间他还加了个爱心。

岑芙看见那灯牌，臊得连连捂脸。就算她本人平日里做事再低调，认识这么个冷酷男朋友，再认识这么一帮喜欢疯闹的朋友，感觉注定会度过不太平静的一生。

“行啊，家伙事不错。”许砚谈走过去，扫了一眼他那灯牌，难得称赞。

“我办事儿那能掉档次吗？爷接机都得是这个水准的。”胖猴把灯牌收了，笑呵呵地问他们，“怎么样啊，玩得？

“小城山水，是不是特有情调，特……”

趁胖猴还没说出什么不知臊的话之前，岑芙率先开启别的话题打断：“哎，我看你是不是瘦了？”

说起来她回到崇京好几个月了，还是第一次见到胖猴，因为之前他一直在国外谈生意。

说到胖猴这个外号，许砚谈跟她讲过。

胖猴从小就有遗传病，属于不易吸收营养的那种体质，导致他从小就特别瘦，吃什么身上都没肉，所以那时候发小们就给他起外号叫‘瘦猴’。

后来看医生有效调理，加上胖猴自己胡吃海塞，瘦猴就成了胖猴。

岑芙刚认识胖猴的时候，他还壮得跟头牛似的，还是肥牛。

但是现在一看，他的身材更偏健硕，整个人单薄了好多，不肥实了。

“那当然，咱俩都多少年没见了，这几年到处跑，吃不好睡不好，哪有空长肉。”胖猴摆摆手。

许砚谈瞥他一眼：“不说你办十万健身卡泡妞那事儿了？”

“哎！”胖猴被戳到糗事一下急了，“我这刚跟人家岑芙树立点成功人士的形象，你就这么急着拆台！”

岑芙别开脸轻笑，感觉他还是那个胖猴。

“你说我这么一个大忙人，手里分分钟几十万上下，今天给你们当下人似的连跑两趟机场，”胖猴叹气，“我真是上辈子欠你们的。”

岑芙一愣：“……两趟？”

胖猴载着他们赶到市中心的竹鹤楼大饭店，岑芙一下车便丢下许砚谈，脚步匆匆地往楼上包间赶去。

她有多久没见过骆杭和云迹了？

太久了。

去见阔别已久的朋友，让她泛起孩子般的雀跃。

“这边请。”服务员把岑芙带到包间外。岑芙匆忙点头感谢后，推开门走进去。VIP观景包间是套间的形式，里面备餐间、卫生间、客厅外加餐厅一应俱全。她走进去的时候，一眼就看见了坐在沙发上玩手机的云迹，还有正在泡茶的骆杭。

两口子齐刷刷地抬头，与她对上视线。

朋友久别重逢时的那股如火山喷发一般的情感，一下子堆叠在原本安静的包间里。

云迹看见她笑得杏眼弯成月牙，喊她：“岑芙！”

许久未见，云迹原本就有些娃娃脸的脸更圆润了些，透着气色饱满的粉嫩。宽松的黑色长款毛衣和宽松的丝绒长裤包裹着她的身材。

单独生活的那几年，岑芙常常会梦到那个夏天，和他们在郊区湖边扎帐篷野营的场景。

云迹的明媚不同于纤纤，纤纤属于有些张牙舞爪的活泼，而云迹经历过很多，又比岑芙大上两三岁，在她身上有种温暖和包容，每次看见她的笑容都会让岑芙感觉获得了力量。

可能是因为搞学术，骆杭戴着一副金丝边框眼镜，一副斯文败类的理工男架势。

只不过听说他不仅在研究所干得很出色，而且也快评上教授了，最年轻的教授。

骆杭率先起身走向她，岑芙往前几步和他握手，很是用力。

骆杭看着她，谦和地笑：“好久不见。”

“是，好久不见了。”岑芙眼睫颤了颤，又看了一眼云迹，“对不起，这几年我都没跟你们联系。”

骆杭等她松手后，才缓缓收手，摇头：“忙点好，你参与制作的电影，我们每次都会去电影院支持。”

“我证明，我们俩还把电影票都留着了。”云迹笑着说，然后抬手招呼她，“快过来。”

岑芙小跑过去，坐在她身边，盯着她黑毛衣下有些隆起的腹部，一脸小心翼翼又新奇。

“怎么样？”

问的是她孕期的情况。

在来的路上，胖猴已经说过云迹怀孕的事了。

云迹和骆杭毕业后没多久就结了婚，现在云迹在家附近的重点小学当教师，也是刚把工作稳定下来就怀了孕。

因为是计划之外的事，两人考虑了很久还是打算就在今年把孩子要了，毕竟骆杭的年纪刚合适，而且骆杭的爷爷年岁已高，两人都想让老人家早点抱上重孙。

云迹前阵子正式开始休假，前三个月过去以后，第四个月刚开始，受孕期激素影响云迹的心情就不太对劲，所以骆杭二话不说请了假带云迹出去旅游放松。

正好和许砚谈他们一样，赶在过年前回来了，恰好是同一天。

“要摸摸吗？”云迹也对自己怀孕这件事感到新奇，主动把肚子挪到岑芙面前。

岑芙伸手，把手掌轻轻贴到云迹的肚子上：“会动吗？”

云迹摇头：“说是过阵子就会了，反正我还没感觉到过。”

许砚谈和胖猴这时候才进来。

许砚谈进来的时候，一眼扫见岑芙，瞧见她猫着腰对着人家的肚子摸来摸去像研究什么出土宝物似的，眼睛亮晶晶的。

他颇为无奈地吐了口气，慢悠悠地跟骆杭对上视线。

许砚谈乜斜他：我老婆为了你老婆，连我都不要了。

骆杭回以微笑：人不讨喜，就别赖别人了。

“行了，二位有老婆的，”胖猴把菜单拿过来给他们，“点菜吧，别让孕妇饿着。”

骆杭翻开菜单，寻找云迹喜欢吃的菜，金丝边框眼镜后的那双眼尽是损人的笑意：“你这做大老板的说话还是要严谨。”

他抬下巴示意许砚谈：“他可还没老婆呢。”

强调岑芙还只是他许砚谈女朋友的事实。

许砚谈捏着厚厚的菜单本在骆杭身边坐下，跷起二郎腿，颇为荒唐地冷笑：“骆杭，时间早晚的事儿，你少在我这儿嘚瑟。”

胖猴摸鼻子，心里念叨。

是，您这还没订婚呢，人家老婆孩子都有了。

啥也没有，就硬狂是吧。

啥也不是。

别看许砚谈这人臭脸拽脾气，身边的朋友都很铁而且不少。很多人也都是因为他才彼此认识成为朋友。

例如景淮和骆杭、胖猴他们就是。

如果没有许砚谈的牵线搭桥，这两拨人完全不可能有交集。

骆杭瞧着团聚在一起的朋友们，也就忽然想起没来的人。他跟服务生点完菜，把菜单合上递过去，同时问许砚谈："景淮呢，他不来？"

"没回来呢。"许砚谈应付一句。

那两口子也在国外逍遥，估计过年都不回来。毕竟两个没牵没挂的人，年在哪儿过都一样。

关于景淮的那个女朋友，岑芙听许砚谈提过几句。那年她前脚离开崇京后，许砚谈后脚也走了，就留景淮一个人在那间公寓里继续住着。那个女孩子是大概一年后搬进去的，总之想来也是段在同一屋檐下产生的浪漫故事。两人这些年一直甜蜜，只不过始终没结婚。

岑芙回想景淮那副艺术范十足，我行我素的懒散样子，想着或许对方跟他也是一样的脾气，有没有婚姻来约束这段关系都无所谓，因为已经足够依赖信赖彼此。

"明寐什么时候回来？我也好久没见她了。"云迹搂着怀里的岑芙还在想别的女人。

三个女孩里，岑芙还是最小的，明寐比云迹小一岁却比云迹本科早毕业。

"她上学早吧，"云迹回答岑芙的疑惑，她回忆，瞧着岑芙笑道，"她跟我脾气完全不一样，不过并不是不好相处的人，等回头见了你就知道了。"

岑芙也好奇，究竟是什么样的女生，能让那种性格的景淮一下子惦记那么多年。

云迹抱着过了这么多年还是软乎乎可爱的岑芙，靠着她舒服地喟叹："妹妹们就再多玩几年吧，别急着结婚生孩子。"

"孩子会带给你们更多快乐。"岑芙扫了一眼云迹的肚子，真诚地祝福。

"但愿吧。"虽然嘴上发着牢骚，但从神情上足以看出云迹对这孩子的期待。

能让女性对妊娠这么愉快期待的，想来一定是丈夫给足了爱护和底气。

云迹瞟了眼远处凑在一起拌嘴聊天的男人，在岑芙耳畔打趣："你最好在我生之前把婚结了。"

云迹蹙眉，像是姐姐给妹妹下指令似的："可别让我挺着大肚子当伴娘。"

岑芙一想到结婚这种完全未知的事，下意识又垂下眼帘羞涩。她哼笑一声，嘟囔着："你不该催我，总不能是我跪下去给许砚谈求婚吧……"

云迹想象岑芙单膝跪地捧着大钻戒求婚许砚谈的场景，觉得太过滑稽，没忍住"扑哧"笑出声来。

岑芙瞧云迹这么笑话自己，臊得红了耳朵，急急忙忙拉扯云迹："别笑了你，真的是……"

一个两个，见了面怎么都喜欢调侃她。

许砚谈坐在不远处的餐桌边，瞧着还窝在沙发里调笑的女士们，撩动眼皮，盯着骆杭："你老婆说什么了，给我们家那位弄成那样儿？我家的脸皮儿薄，别给我们聊臊了。"

"她说什么我哪儿知道，我又不是云迹肚子里的蛔虫。"骆杭猜测着，借机戏谑，"能让岑芙难堪的，也就只能是某个不争气的。"

许砚谈轻叱："你怎么就知道我不争气？"

骆杭瞥他："你很争气？

"真争气那些年就扯着我喝酒？喝得一晚上嘴边就没离过岑……"

骆杭话没说完，许砚谈倏地把喝空的瓷杯掼在餐桌上，用豺狼似的眼神，威逼对方闭嘴。

"续茶。"

骆杭给他倒了新茶，挑了挑眉，留在身体里的那缕少年气也逐渐浮现，损人悦己："急了。"

"上菜了哎！"从外面进来的胖猴恰好看见他们点的餐食送到了，操持着让大伙落座准备开宴。

因为云迹怀孕坐不住，所以上菜前一直拉着岑芙窝在沙发里。两姐妹手拉手起来去餐厅，一聊起来谁的男朋友谁的老公也都不管了。

骆杭和许砚谈也就默契地各自坐在她们的身边，伺候着吃饭。

果汁隔空碰杯，撞出的清脆声象征着朋友之间不会被时间扯开的亲近，各自爱恨，各自奔波，在成为当下最好的自己以后，大家再次团聚在这座城市。

这下，是真的会有很多次"下次见"了。

过年的氛围早在一周前就从各个商业街、商场店面里弥漫开来。

大城市里逢年过节燃放烟花的人少了，也就少了很多年味，不去街道上走一走转一转，待在家里还真感觉不出一年中最重要的节日要来了。

岑芙好几天前就为自己要跟许砚谈回家这件事焦虑得忙活不停。

光是伴手礼她都拽着许砚谈跑了好几趟去挑选，许家上下每个家庭成员她都给准备了礼物。

但就算是这样，她还是觉得不够。

大年三十那天上午，两人又在外面的集市，买了长辈点名需要的菜和肉。

岑芙一路眉头紧蹙，许砚谈手上拎着菜，另一只手把人搂进怀里劝慰："他们想见的是你的人，早就是一家人的关系，表面功夫有点儿就成了。放轻松，该怎么相处就怎么相处。"

岑芙握紧他的大手，忽然问了句："用不用去看看爷爷？"

"不用，等三月。"许砚谈把家里的安排告诉她，"每年忌日全家一块。"

她点头。

岑芙走到一半，突然又愣了："我、我没给你爸爸准备礼物……"

竟然把这人忘了。

不管怎么样，还是要准备一下的。

许砚谈没想到她会突然提起那个人，锋利的眉眼有瞬间的松动。

他沉默地牵着她往停车场走去。

两人的脚步声在石板路上"嗒嗒"响起，头顶的树木枯枝蔓延交缠，像是在树干上编织了一张又一张略微坚硬的蜘蛛网。

岑芙不知他为什么突然沉默了，心里有股不太好的预感。

而后，她听见他说。

"他死了。"

明明是与己无关的人，也是对许砚谈不好的人，可是当她听说这个人已经不存在世上时，心情还是低落了一下。

"怎……"

许砚谈偏头，对上她清澈的眸子，用淡然的眼神告诉她，自己心情稳定，不用担心。

他一点点解释给她听。

"有两年多了。"

爷爷去世以后，许衡全权接管了许家的事业，也就没有人再给许项这个曾经的大少爷好脸色。

毕竟，许项也不曾善待过别人。

许衡念在兄弟血亲，继续给许项提供良好的居住环境和生活品质。

但是人活着最需要的东西，没人再给他。

许项一个人守着那座曾经对许砚谈，以及许砚谈生母都是牢笼的三层别墅，把自己沉浸在一个人的封闭世界里，如梦如痴。

没多久，他本就不正常的精神便彻底崩坏了。

就疯了。

疯癫和抑郁交杂，让他一会儿想生一会儿又想死。等保姆发觉不对的时候，许项已经服药过量自尽了。

许项一辈子都没觉得自己做错，这是他最不值得人可怜的地方。他的葬礼，许砚谈没去，听说也没什么人参加，潦草结束了。

或许给许项最大的惩罚，就是连死后，都无法与宋媛月合葬。

许项对许砚谈不好，至少人还活着。

但……

岑芙在意的是，许砚谈是真的，再无父母了。

早在两年前，他就没有父母了。

不过，他能这么平静地，仿佛在聊别人家的事一般讲给她听，应该是已经释怀解脱了吧。曾经伤害他的人，如今已经成为他人生中无足轻重的疤痕。

可她觉得伤感。

岑芙望着许砚谈右眼皮上那道浅色的划痕，忍着情绪，用指腹抚了抚他的手背，说："没了好。"

没了好。

以后，世界上再也没有让你留疤的人了。

我会好好爱你。

一直爱你。

第十五章
/
我娶到你了

H U D I E Y I S H I

许砚谈爷爷生前喜欢种植，许家大院别墅后那一片绿植原先都是他在打理。

可岑芙时隔五年再来时，眼前所见却让她心生伤感。

虽然整个院子从里到外都进行了翻新，但爷爷侍弄的那片园地却光秃秃的，在冬季更显孤寂。

“许砚谈，你这几年是不是没怎么回来过？”她问。

见他四处打量的模样，就不像是经常回家的。

许砚谈颔首，却也没解释为什么。

人少了，房子越大越显得空荡，这是岑芙第一时间的感受。

两人推开黑色铁艺栅栏门，鞋底在带着纹理的石板路上踏出轻响。

院子前面一片安静，没什么过年的热闹气。

随意扫了一眼，岑芙瞧见好像有人往后院去了。

后院不是爷爷的园子吗？

“想看看去？”许砚谈看她脑袋都快探过去了。

岑芙直回身子，抬头瞧他：“还是先进去打招呼比较合礼节吧。”

“不差这会儿工夫，走吧，我陪你。”许砚谈说完，推了下她的胳膊，让她率先往后院走了两步。

崇京冬季的晴天都是带着风的。

岑芙走在别墅侧面的小道上，一路都有风在掀动她脖颈上的围巾，凛冽的风穿过围巾打在她肌肤上，说不出的刺痛。

她眯起眼，加快脚步。

抵达空地时，风被削减了力度。

有个男人穿着薄毛衣，从后面看头发已经半白了。他蹲在保姆身边，语气慢悠悠地指导："松土，讲究的是力道，你弄得这么浅，种子怎么埋得好啊……"

他手里盘转着的木手串，动摇了岑芙的记忆。

男人似乎感觉到身后来了人，维持着半蹲的姿势回头。

两人就这么隔空对上了眼。

徐洪有着一双慈悲又干净的眼睛，总是带着笑意。他深深又短暂地打量了岑芙一眼，站起来冲她打招呼："姑娘，许久不见啊。"

岑芙手心冒出了汗，收紧下巴，一言一语都小心翼翼："……您好。"

姑父的腰板依旧挺直，就是头发白了。敬重的长辈逐渐衰老，是让她无法不伤感的事。

许砚谈没跟来，把东西往地上一搁，斜着身子靠在墙边，耷拉着眼皮盯着不远处的两人，没什么情绪，没打算跟这假道士姑父叙旧。

徐洪偏回头看了一眼保姆松土的进度，伸手拍了拍自己裤子上的灰尘，往前走了几步，站到岑芙面前。

"不知道你还记不记得，我上次见你，念了一首诗。"

岑芙使劲点头，跟他说话时心里有种说不出的舒适，一字不差地背出："犹胜无言旧桃李，一生开落任东风。"

这是你给我取名"芙"的祝福吗，姑父？

"犹胜无言旧桃李，"徐洪背过手去，手里的木珠串一直转动发出响声，"一生开落任东风……"

而后，他回头。

岑芙追随着他的方向，始终认真地看着这位长辈。

徐洪先是有些严肃地看她，然后在不经意的瞬间，突然挤眉弄眼地逗小孩似的"扑哧"一乐。

他对岑芙伸出自己的手心，示意她。

岑芙有些不懂，迟疑着也伸出自己的手，手心向上。

冷风穿过，带走她掌心的温度。

"老是想着要感恩，太累。"徐洪不知道从哪儿变出一颗车厘子，然后放到她的手心里。

"你成长得很好，比几年前更好。

"谢你自己，孩子。"

姑父与她擦肩而过的瞬间，岑芙眼睛一酸，视线里手心躺着的车厘子变得好模糊，忽大忽小的。

姑父和许砚谈洞察人心的能力一样恐怖，可是姑父却不如许砚谈那般带着强势，他是慈悲和蔼的。

他一眼就知道她在想什么，想说什么。

“徐洪，大过年的你跑后院玩什么土！”姑姑那嘹亮的大嗓门忽然传来。

后院和别墅一楼的阳台是连着的，算是个后门。

岑芙回头。

许竺像是冻龄般，五年都没有任何变化，体态和面貌都仍旧保持着非常靓丽的状态。

她烫着鬈发，嘴唇上的正红色口红特别衬她的肤色。

徐洪瞧自己妻子又这样嚷嚷，很无奈地劝道：“我帮老爷子收拾一下院子嘛，你喊什么？”

“收拾什么收拾，你一年才在家几天，种上了就不管！”许竺数落他，翻白眼，“多少年了还是一个死德行。”

她刚说完，发觉好像还有人在，然后就瞧见了站在后院里的岑芙。

许竺眉眼舒展开来，柔声“呀”了一声：“芙芙啊？”

“姑姑好。”到了姑姑面前，岑芙仿佛又成了那个害羞腼腆的小姑娘。

这时候，杵在一边的许砚谈终于慢悠悠地走出来了：“姑。”

许竺斜眼瞪他一下，仿佛在说：到家门口了都不发个消息，让我在人家面前失态，你个死东西。

然后她快步走出阳台，下台阶直接略过自己丈夫，双手张开欲要拥抱：“哎哟，我的姑娘，你个小没良心的，这么多年都不知道跟姑姑联系……”

岑芙一听见这毫不见外的家里人语气，一下子也没憋住，投入姑姑的怀抱就掉了眼泪。

许竺一听见她的哭腔，又一记眼刀给到了许砚谈。

“瞧瞧你！媳妇都能丢五六年！给我们芙芙委屈成什么样了……”

许砚谈默默拎起脚边买的伴手礼，走过去递给姑父几样，回头见那两人还在搂着叙旧。

许竺用手背抹干净岑芙脸上的泪痕，心里喜欢得紧：“这次回来了，姑姑可不放你走了。

“你就是不嫁给许砚谈，也得做姑姑的干闺女，好不好？”

岑芙使劲点头，也不知道特别认同哪一点。

“行了——”再说他跟岑芙就快演成伦理剧了，许砚谈拖腔带调地赶紧叫停，“天儿多冷，进屋腻歪吧。”

许竺放开岑芙，叫停许砚谈准备直接从后院阳台进别墅的动作：“你个狗崽子！给我回来。”

她牵起岑芙的手，交给许砚谈，命令道：“媳妇第一次上门从后门进像什么话，你给我带着她从正门走。”

“臭讲究。”许砚谈啰唆一句，却老老实实地牵着岑芙往回走了。

两人走入阴面的小道，风又一下子灌进衣服，岑芙刚哭过脸上被吹得干涩。

身边牵着自己手的人忽然停了脚步。

岑芙刚一抬头，同时感觉自己腰上覆了一只手，他一用力，她直接撞进他怀里。

下一秒，许砚谈不着调也毫无征兆地忽然吻上了她的唇瓣。

许砚谈闭着眼睛亲了两下就作罢，睁开含情的丹凤眸笑而不语。

岑芙不解地嗔怪他：“干吗，这在你家呢。”

还没进门，就在外面拉拉扯扯亲亲抱抱的。

“你说说，我真欺负你了吗？”许砚谈语气淡淡，伸手，用温热的指腹抚过她脸颊上留下的泪痕，缓解她脸上的干涩，替她挡风，“哭得这么可怜。”

“什么可怜，我就是……太高兴了。”岑芙扯下他在自己脸上乱摸的手，握住，感受着他指间略微的粗粝感。

她拉着他继续往前走，忍不住和他十指相扣：“我真的特高兴，许砚谈。”

“知道。”

“姑姑说我就是不嫁给你，她也要认我当干女儿呢。”她说。

许砚谈“嘡”一声警告她，压低声音，故作不满：“岑芙，我看你好像对做她干闺女这件事更感兴趣，是吧？”

岑芙假装看不懂他的暗示，客观上评判了一下这两个身份，很理智地回答：“嗯，明显是干闺女更好。”

“你觉得呢，”她冲他眨巴眼睛，无意识地撩拨，语气暧昧，“……哥哥？”

许砚谈十分无语。

在后院见过姑姑、姑父以后，岑芙再从正门走进许家别墅，就没有那么紧张了。

多年在许家打理上下的保姆婶婶一直都在职，她端着果盘出来，瞧见两人进屋，看见许砚谈十分高兴：“砚谈回来了。”

岑芙接过他从鞋柜里拿出的拖鞋，根据保姆婶婶的反应判断，问：“你之前连过年都不回来？”

许砚谈只是睨她一眼，没说话。

“你这样是不对的。”岑芙换了鞋，说了这么一句。

他伸手恶作剧似的在岑芙后脑勺上揉了两把，把她头发弄乱，然后问保姆婶婶：“我叔呢？”

“先生在楼上办公室，一直在开会。”保姆婶婶说着，也有种无奈，“饶是过年也忙个没完。”

许砚谈回头，和岑芙对上视线，小声开口：“待会儿我带你上去。”

岑芙颔首，跟着他先去客厅落座。

许砚谈一眼瞥见整个人横着躺在沙发上玩游戏机的许向臻，沉着脸色警告他：“许向臻，要是不会好好坐着，就别怪别人踹烂你的屁股。”

许向臻正打游戏，一听见表哥来势汹汹的声音，顿时捧着手机从沙发上弹了起来。

他这么一站起来，岑芙才意识到这小伙子已经成长为大男生了。

六年，许向臻高中都快念完了，模样也长开，继承了姑姑和姑父五官上的优点。

她也发现，原来姑姑的儿子随妈妈姓，没有姓徐，而是许。

许向臻一向是怕许砚谈的，趁等复活这会儿工夫把手机背到身后，特别有眼力见地叫人：“表哥！表嫂！过年好！”

听见这么一句“表嫂”，许砚谈原本沉着的表情稍微松动些，往沙发上一坐，开始斟茶，恨不得把“算你小子识相”写在脸上。

岑芙听见这陌生的称呼，频繁地眨了两下眼睛，半应不应地回了弟弟一句，带着微笑随他坐下。

“你读高三了吧？”岑芙在心里推算着许向臻的年纪。

许向臻跟军训似的站在旁边，戳着屏幕玩游戏，一心二用，礼貌地和岑芙对视聊天：“对，明年高考。”

岑芙瞄了一眼他那不看屏幕玩着的手游……

还能这样？

“你先玩吧，不打扰你了。”

“嗐，没事，我马上输了，嫂子还想聊点啥？”许向臻乐呵呵的。

“没人愿意搭理你，滚一边玩去。”许砚谈甩给他一句。

许向臻瞬间撇嘴，像只谄媚时突然被踹了一脚的小狗，委屈巴巴地捧着手机扭头去餐厅玩了。

岑芙有点想笑，接过他斟好的茶，说他：“你干吗对你表弟这么凶？”

“嬉皮笑脸，没个正形。”他评论。

她挑眉，低头抿茶，心里嘟囔：拜托你先照照镜子吧……

坐了会儿，两人便上楼找叔叔。

叔叔书房里成排搁置的高大书架，岑芙曾经在许砚谈的卧室里见过，设计和木材的颜色都是一样的，像是出自同一批制作。

但是他的书房要比许砚谈的卧室大很多，说是个小型图书馆都可以接受。

而这些藏书，许衡大概都看过。

博览群书，似乎是许衡有如此底蕴的根源。

岑芙放轻步子走进书房，看见了坐在桌前还在处理工作的许衡。

幸好。

她想。

目光所及之处，成熟男人的体态精神并没有因为这忙碌的五年而被磨损，叔叔还一如五年前那么俊朗。

她转移视线，最终在落地窗的角落发现了那根紫檀龙头拐杖，靠在那边，似乎都有些落灰了。

叔叔跛脚多年，但好像很久没有拄杖行走了。

许衡听见门口有声音，手里翻着文件，同时稍稍抬眼，看见了两个小辈。

都有阵子不见了，只不过一个很久，一个更久。

许衡平静的眸色也有了些波动，他松手，把翻到一半的文件放回去。

岑芙手里揣着那被布裹着的玉麒麟，玉的质感透过布料渗到她的掌心。

前几天，她把自己的五根发丝从玉麒麟的脖子上摘了下来。离家五年，它也该回到主人身边了。

岑芙望着叔叔柔和的眼眸，方才的紧张被激动冲淡。

“叔叔，好久不见，过年好。”

许衡移动目光，从岑芙的脸上，转到站在她身后半倚在墙边的许砚谈身上。

侄子的表情淡淡的，明显没有人家姑娘来得诚恳。

但是，他进了自己的书房……

许衡眉宇间的疲惫也被逐渐泛起的微笑抚平，他向岑芙招手：“过得还好吗？”

岑芙点头，踩着柔软的地毯走向叔叔，还不忘回头，让许砚谈也跟上。

许砚谈接收到女朋友的眼神提醒，无奈，抬腿跟上。

“你父亲的事，我很遗憾。”许衡摘下自己的眼镜，放到盒子里，少了镜片的遮挡，他的眼眸少了作为商人的凌厉，多的是书香绅士的柔和。

岑芙摇头，微笑着说：“我该替爸爸感谢您，如果不是您介绍人收购了我爸爸的公司……”她垂下眼睫，其实她什么都懂，只是这些年，一直没有机会当面说出这些，“我爸爸连后续保守治疗的钱都没有。”

某种意义上来说，许叔叔也帮着她，让爸爸在世上多留了这么长时间。

岑芙说完，双手把手里的东西递过去。

“物归原主，您的态度和诚意我已经感受到了。”

许衡接过来，掀开丝布，盯着玉麒麟剔透的头身：“我见别人家求娶儿媳妇的时候，都是奶奶或者婆婆拿出传代的玉镯、戒指当作礼物。

“但我们许家的男人一生总是缺少女性长辈的关爱，那些东西许砚谈都没有。”

许砚谈站在岑芙身后，平静的视线盯着叔叔怀里的传家宝，沉默地听着。

许衡非常认真地告诉岑芙：“只要你们愿意相守，许家一定不会亏待你。而今天你愿意跟他回来见我，就是给了我们全家一个答复。”

许衡说完，单手撑着桌面，从桌前站起来。

他说：“以后你就把这儿当自己家，孩子。”

岑芙下意识地回头看许砚谈。

两人对视一眼后，她转回身，笑着答应叔叔：“好。”

接着岑芙很识趣地先离开书房，给许砚谈和叔叔留出单独谈话的空间。

岑芙一走，书房顿时陷入了安静。

许衡瞥了一眼自己侄子，自然不会跟他再别扭，端起杯子抿了口茶，问他：“订婚有打算了吗？

“早点订婚，你年纪又不小了。”

许砚谈一听这话，斜着眼上下打量自己叔叔，嘴上不饶人：“你比我大那么多，八字有一撇了？”

许衡“砰”一声把茶杯磕在桌子上，用动作呵斥许砚谈。

“我就是太惯着你了。”他摇头，“你爷爷要是还在，听见你敢这么跟我说话，拐杖早就抡到你后背上了。”

叔侄俩一刚一柔，谁也不甘拜下风。

片刻，两人很默契地笑了。

——“许砚谈，你这次要很认真地跟叔叔道歉哦。”

——“回来我要问你的，不许骗我，也不许不听话。”

——“不照做，你就别理我……也别碰我！”

许砚谈脑海里回荡着昨晚岑芙对自己下的指令。

他靠在叔叔宽大的书桌边，抬起手捏了捏眉心，掩盖一瞬而过的情绪。

想他许砚谈这辈子没听过几个人的话。

没辙，真没辙。

许砚谈老老实实地回答叔叔刚才的问题：“看她的态度。她要不着急结，我催什么？”

他放下手，又逮到话茬，不耐烦地反问：“叔，我又不是快入土了，这么着急把人家绑回家像什么话。”

该着点急的，是你不是我吧。

许衡反倒笑了，一副把他看得透透的眼神：“你别太过自信。

“人家姑娘年轻漂亮，事业成功，多少比你年轻的排着队追求。男人在精力这方面……差几岁……”

许衡说到一半，话停住了。他往前走了两步，扶着侄子的肩膀，笑容里有了几分揶揄的味道：“可差很多。”

许砚谈第一次听见叔叔口中说出这种话，哼笑一声。

“我发现你是年纪大了，开始对小辈操一些没意义的心了。”

许衡没有再回他话，扶着他肩膀的手加大力度，提醒他：“扶我下楼。”

许砚谈转身，把自己的胳膊借给他搀着。

叔侄俩并肩走出书房，许砚谈下一步楼梯，等他一步。

他问：“你怎么不拄你那拐杖了？”

“偶尔用，我本来也能正常走。”

“那我放手了？”

许衡抬眼，投给许砚谈一记稍带气场的震慑眼神。

许砚谈从小跟着许衡，根本不惧，露出一抹坏笑，实际上没有松开任何力度。

叔侄二人继续往下走。

“叔。”

“嗯？”

“对不住啊。”

“嗯，我知道了。”

“芙芙让你跟我说的吧？”

“……不是。”

许衡敛眸，专注脚下的台阶。

“你爷爷看透了我，也看透了你。所以他才让你学法，事实证明确实是条正道。”

但是他的父亲，没有算到一件事。

许砚谈的爷爷没算到，最终能让这浑蛋心甘情愿、老老实实的，不全是法。

是人。

许衡走到一楼，放开了侄子的胳膊，率先迈步的时候，留了两句话。

“早点跟人家定下来。

“多带她回家。”

许砚谈松了松被叔叔捏得发疼的小臂肌肉，“嗯”了一声。

岑芙看见两人下来了，加快速度溜到许砚谈身边，迫不及待地问他：“怎么样？”

他低头：“什么怎么样？”

“你跟叔叔啊，谈得怎么样？该说的说了吗？”她踮起脚，十分关心。

许砚谈活动了下自己的右肩膀，故作龇牙咧嘴地叫苦：“嗯，我道歉了，他揍了我一顿。

“不信你扒开我衣服看看，都青了。”

岑芙倏地松开他，打他一下：“又胡说八道。”

许砚谈捂着自己腹部，皱眉瞪她：“他都揍我了，你还打？”

她愣怔：“叔叔真打你啦？”

“往死里打的。”他扯过她的手，趁着没人注意，撩开自己衣服带着她的手往自己腹肌上乱摸，逗她，“疼死了，给我摸摸。”

岑芙知道自己又中计了，脸颊绯红，想抽手却抽不出来，跟他扭扭打打又不敢出声。

“许砚谈！你要流氓是吧……”

许砚谈最喜欢看岑芙这副害羞又挣扎不开的样子，笑得眉眼全开，胸腔震颤。

许家虽然是富贵人家，但是过年时候做的事倒也和普通人家差不多。

无非是准备丰盛的年夜饭，然后一起娱乐，度过这一天。电视节目开始的时候，一家人还在打麻将。一直念叨自己清心寡欲，绝无赌博之心，体会不到其中乐趣的姑父被姑姑硬拖着来打牌。

许砚谈单臂撑在岑芙身后的椅背上，偶尔弯腰俯身，贴在她耳畔支招。

道貌岸然，实际上就是趁着媳妇儿认真打牌臭不要脸地当着这么多人面偷香。

岑芙打牌不太灵光，她不擅长计算，一遇到困难就皱着眉回头，眼巴巴求助自己男朋友。

而许砚谈之所以不上场，就是为了看到岑芙这番特需要自己的模样。

他受用得很。

打了两三个小时麻将，包饺子的时候到了，麻将局暂停。

岑芙本来是打算去帮忙的，但是被许砚谈偷偷带到后院放仙女棒了。

“大家都一块包饺子聊天，你非要拉我出来。”岑芙迎着冷风，抱怨他不懂事。

许砚谈一手拎着买好的烟花，回头瞪她一眼：“就你包的那饺子，你确定是去帮忙的？”

岑芙这才想到，她包的那饺子……确实有点摆不上台面。

她叹了口气：“你说像我这样的……饺子不会包，麻将不会打，姑姑他们不会嫌弃我吧？”

许砚谈想了想，又在这个风口的昏暗小道里，低头亲了她一下。

许砚谈勾起嘴角，露出熟悉的坏笑：“巧了，你猜怎么着。

“我们一家子都是养成系，就喜欢你这样什么都不灵的‘小笨蛋’。”

仙女棒的花火，像是燃烧在指尖的星屑。

岑芙喜欢这种短暂而美丽的东西，像个小女孩似的盯着手里的仙女棒目不转睛。

夜里有风会冷，她把整个人都缩进了羽绒服和围巾里，鼻尖红红的，就露出一只手捏着仙女棒，傻傻地盯着看。

看了一会儿，仙女棒燃尽，她抬脸，瞧着身边的许砚谈，憨笑一声：“再来一根。”

“傻劲儿。”许砚谈勾唇，从兜里掏出打火机给她又点了两根，一手一根。

“去年过年的时候，你在哪儿呢？”许砚谈拉过一把椅子，在她身边坐下陪着，大爷似的。

岑芙挥挥仙女棒，仰头回忆：“嗯……好像在剧组。

“拍完当天的内容大家一块点了饺子外卖，人挺多的，还蛮热闹。”

岑芙想起那天的情景，也不算寂寞。

许砚谈长腿一伸，用鞋头踢了踢她的鞋：“更喜欢那样过？”

“怎么会？”岑芙转身，顺势坐在他一条腿上，让他伸手搂住自己后背。

“再热闹也是凑在一起工作，哪有跟你在家里这么高兴呀。”

许砚谈挑眉，品味了几秒，自我攻略：“主要是有我陪着。”

岑芙“扑哧”笑了，把燃尽的仙女棒扔在地上，双手搂他脖子，把嘴唇从围巾里挪出来亲了亲他的脸。

“对——没你哪行。”

勉强过关。

许砚谈拍拍她后背：“起来了，回去吃饺子。”

两人牵着手回去，岑芙问他：“我们今天回家吗？”

“不回去了，陪他住一晚。”许砚谈说着，“我那屋收拾一下能睡。”

岑芙听他的，点头。

吃过晚饭以后就临近十二点了，姑姑一家决定率先离开，明天上午再来。

许砚谈和岑芙留下，她不禁感叹他的预判力，如果他们也走的话，大年夜又剩叔叔一个人在这房子里过夜了。

“我上了大学以后就没怎么回来住过那卧室，也不脏，偶尔有人打扫，我先收拾，你在屋里玩会儿。”

许砚谈嘱咐着。

许砚谈的房间在二楼最里面，六年前她去过一次，被姑姑叫着给许向臻拿词典。

就是在那里，岑芙第一次窥见了许砚谈不为人知的一面。

岑芙走进这间并不算宽敞的卧室，和上次进来一样，陈设和家具都非常简约。

许砚谈过去扯下落了灰的床单和被罩，任她随便转着看。

见他出了卧室，岑芙探头瞧了一眼，然后转身走向那两排书架，把自己藏在书架中间。

她伸出手指在书架上摸了一把，指腹上全是灰尘。

这些书真的很久没有被人碰过了。

岑芙一直以为他会找个时间把这些“证据”扔掉，换成崭新完整的书籍。

但并没有。

她从其中随便挑出一本，有关心理健康自我疏导的，翻开，果然，每一页还是被小刀划得破破烂烂。

岑芙目光平静，白皙的指腹细细抚摸着被划烂的书页。

再次面对这些，她已经不会再害怕。如果非要说什么情绪，那就是心疼，和敬畏。

许砚谈不处理这些，说明他就是打算让这些书永远摆在这里。

他永远能面对面审视自己的所有不堪和脆弱。

“干什么呢？”他的声音忽然出现在身侧，岑芙抬头，看见靠在书架旁边的许砚谈，他的视线停在自己手里的书上。

她耸肩，掂了掂手里的书，跟他控诉：“我有些无聊，想找本书看，你瞧瞧，这让我怎么看？”

许砚谈扯了扯嘴角，似乎是没想到她会这么聊。

他站直身子，往前走两步，接过她手里的书，扫了一眼书上那些都看不清字体的划痕。

还没等他说话，岑芙忽然靠了过来。

许砚谈单手拿着书，敞开怀抱，看着岑芙伸出手圈住他脖颈，让他俯身下来。

他低头，与她额头相抵，两人的眼睛近在咫尺，呼吸交缠。

岑芙就这样认真地注视着他深邃的眼睛。

许砚谈垂眸，问："怎么了？"

岑芙稍稍偏头，视线不曾从他的瞳孔挪开，小声呢喃："我在试试看能不能从你的眼睛里，看到许砚谈小时候的样子。

"突然想知道你小时候是什么样的。"

许砚谈另一只手往后绕，扶在她的腰上。

他坏笑，气音暧昧："还是别见了，我小时候可不招人待见，欠揍。你要是见过那时候的我，估计也对我没意思了。"

岑芙往前凑了凑，用自己的鼻头顶了顶他的鼻尖："怎么会……"

你明知道，不管你是什么样子，我都会喜欢。

"我只知道，是你这个坏家伙，给了我这么多朋友，这么多家人。"

她说到一半，有些迟疑，半带赧意，声音都小了："以后，还会跟我一起……有个新家。"

许砚谈把书随意地塞进书架上，在她腰后的手用力，把人拥进怀里。

两人拥抱在一起，互相传递着体温。

她的额头贴在他脖颈处，感受着他跳动的脉搏。

许砚谈弯腰，低头找过来。她知道，他早就想亲她了。

岑芙的后背贴上略有灰尘的书架，仰起头来承接他的吻。

…………

也是奇怪，凌晨两三点，岑芙鲜见地没有累得眼皮子睁不开。两人躺在床上有一句没一句地闲聊。

岑芙躺在柔软的枕头里，见他去摸烟盒，压低眉头，抬起纤细的胳膊，把他手里的烟盒一把扔掉。

烟盒落到地毯上，发出微微闷响。

许砚谈上身赤着，睨着自己空荡荡的手，挑眉："干吗？"

"不许抽。"岑芙习惯又贪婪地把手放在他腹部，摸着那硬实一块块的肌肉线条。

许砚谈低低地笑，胸腔顺带着腹部都有震颤。

"成，不抽。"他掀开被子，顺势躺下，跟她面对面聊天。

岑芙撇着嘴巴笑，身体累得不想动弹，小手却没消停过，推搡着他撒娇：“时间好晚了，洗澡怎么办？”

许砚谈卧室里的卫浴没有洗澡的空间，只有马桶和盥洗盆。

所以想洗澡要到二楼外设的大浴室去，就怕这番动静让叔叔听见，让人家笑话。

许砚谈吐了口气，凑过去一把搂过人，两人又拥抱着贴在一块儿。

“那就不洗了，反正也擦过，早起再说。”他把脸埋进她颈窝里，去嗅她身上的味道。

“我想洗……”岑芙没他身体素质好，出汗比他多，不满地小声抗议。

这件事还没讨论出结果呢，两人待着待着又都闭眼了。

就这么不依不饶地抱在一起眯了一会儿，岑芙缓缓把眼睛睁开。

视线里，男人躺在自己面前，眉眼放松，黑发垂在额前，虽然发型不同于大学那会儿的利落寸头，但是依旧那么帅气。

这个发型好像显得没那么凶了？

寸头配上他这副五官，确实把许砚谈那股凶狠狠的劲儿发挥到极致了。

卧室里很安静，岑芙不知道他到底睡没睡着，就用气音轻唤，故意挑他在可能听不见的时候对他说：“许砚谈……咱俩结婚吗？”

她面前的男人呼吸平稳，没有任何反应。

岑芙 80% 确定他已经睡着了，刚松了口气。

就在这时，许砚谈合着眼忽然开了口：“成啊……

“你想结了？”

岑芙吓了一跳，心跳如鼓。

她的手腕还被他握在手里，他的掌心一定感受到了她腕间不正常的脉搏跳动。

岑芙喉咙忽然有些发干，磕巴了一句，学着他那吊儿郎当的劲头继续：“结……结呗。”

这种事她才不能先认真。

许砚谈还是没睁眼，好似在酝酿睡意，将她的话全盘接下：“明天？还是后天？

“正好在家，户口本在我叔那儿。”

最终还是岑芙绷不住了。

她捞起被子往他脸上一捂，使劲闷他：“许砚谈！

“你想在床上就跟我把结婚的事搞定是不是？没门儿。我不可能这么便宜嫁给你，你个臭浑蛋。”

许砚谈隔着被子乐了，低沉的笑声格外有蛊惑力。

他抬手把被子拉下去，终于睁开眼瞧她。

收获她有些愠意的目光后，许砚谈满意地收敛，开始哄："知道——这事儿我怎么可能糊弄你。"

他翻身，从地毯上把自己的卫衣捞起来，然后把岑芙从床上拽起来，伺候祖宗似的把衣服给她套上。

许砚谈的卫衣大得岑芙能当短裙穿。

他低头在她嘴唇上亲了亲："跟你闹着玩呢。"

"走，洗澡。"许砚谈把她面对面抱起来，最终还是依了她。

实际上，隔音差什么的都是骗她呢。

别看房子老，这楼在盖的时候隔音就做得严丝合缝。她那点儿声音，猫叫似的，怎么可能被听见。

他身心餍足，把愉悦藏匿，抱着人去浴室。

有句话她说得没错。他许砚谈这辈子，对她就是忍不住玩坏。

她这么重视仪式感，求婚这么大的事儿，当然不会这么随便。所以她会喜欢哪种场景，喜欢哪种音乐，喜欢哪种戒指呢？

岑芙，再给我点儿时间去猜。

给你一场盛大的求婚，然后再把你的眼泪收入囊中，怎么样？

你肯定又要说，我就会惹你哭。

许砚谈把她放下，在偌大的浴室里，靠在岑芙耳边提醒："轻点儿洗，隔音差。"

过年七天假期岑芙过得很充实。这些年她习惯在外奔波忙碌，一下子让她待在家里和家人们几乎是荒废般地度过时间，一开始她还有些不适应。

除了吃饭、下午茶，就是各种娱乐项目。坐在桌前陪姑姑打麻将也好，或是中间来点节奏快的扑克牌也好，一部部刷电影也罢。这些几乎是岑芙以前觉得奢侈又无用的活动。

可是当她融入进去的时候，忽然发现，原来特地找一段时间去荒废，对于生活来说，也这么重要。

大年初三的时候，许家的所有旁系亲戚都来串门拜年。许砚谈知道岑芙不擅长与这些亲戚打交道，所以带着人去了郊外马场。

马场是他朋友开的，不远处就是高尔夫健身庄园和温泉会所。

工作人员从马厩里牵出来的是一匹毛发纯黑的骏马，岑芙穿着骑马装站在许砚谈身边，看着昂首出来的黑马有些发怵。

继续方才二人的话题："这么快？咱俩都没订婚就介绍，合适吗？"

原因是许砚谈和叔叔想在三月爷爷忌日那天，把她以许砚谈未婚妻的身份正式介绍给所有人。

算是正式通知亲戚们许砚谈喜事将近了。

许砚谈从驯马师手里接过牵引绳，在马的脖子处抚了抚，力度不算温柔，有着他独特的风格。

感觉和这匹马是哥们儿般的那种问好。

黑马记得许砚谈，主动低下头来和他亲近，清澈的马眸透着温顺。

他偏头瞧她，挑眉："过来摸摸它？"

岑芙小幅度地往前挪了一步，始终观察着黑马的眼神，有点犹豫："它不会一个不高兴把我踢飞出去吧……"

许砚谈闻言忍俊不禁："宝贝儿，那是驴干的事儿，马不干。"

岑芙也觉得自己有些搞笑，摸了摸鼻头，大胆地往前迈了两步，到许砚谈身边。

他把马牵着，让它低头和岑芙对视："慢点儿，可以跟它说说话，认识一下。"

"它叫什么？"她伸出手。

"利风。"

"你好……利风。"岑芙一边叫着黑马的名字，一边小心翼翼地把手放到它脖子上，轻轻地抚摸。

"我叫岑芙，是许砚谈的……"

她说到这儿，抬头瞧他。

许砚谈拍拍马背，指了指岑芙，对利风说："我老婆，怎么样？漂亮吧。"

岑芙撇撇嘴，又让他乱占便宜。

利风小幅度地摆了摆头，鼻孔出气，似乎看不惯许砚谈这副有了伴侣就人狗不分对它炫耀的行为。

"骂你呢，人家。"岑芙笑吟吟地摸它，嘲笑身边的人。

"行了，简单了解完，上马兜两圈。"许砚谈中断话题。

这又难倒她了，岑芙盯着高耸的马背，皱眉："我没骑过马。"

意思很明显，让许砚谈全程伺候一下。

许砚谈放开马绳，走到岑芙身后，两手掐住她的腰，一个用力直接把人举了起来。

岑芙忽然双脚离地，还小声惊呼了下。

"踩上。"他让她先趴到马鞍上，然后帮她把脚放到马镫里踩好。

岑芙趴在马背上倒腾的动作过于娇憨滑稽，许砚谈忍不住低头嗤笑："笨劲儿。"

岑芙坐稳，直起腰，瞪了他一眼。

"你天生就会骑马是不？"

"我天生不会。"许砚谈牵着马开始带着她围着场子转，慢悠悠地回话，"但我第一次上马没你这么费劲。"

岑芙：……嘴这么欠，还想娶老婆，想得美。

以前去川藏区拍摄的时候骑过那边的牛和骆驼，但是骑马给岑芙带来的体验却完全不同。

利风虽然看上去很雄壮，实际上很温顺，或许也是因为有许砚谈在的原因，它一步步走得很稳。

马鞍的品质也是行业上等，她坐在上面不仅减震还舒适。

郊外马场环境宜人，骑到里面还有小溪和树林，空气很好。岑芙跨在马上闭着眼呼吸空气，感觉心肺都被净化了。

这股从呼吸里得到片刻自由的感觉，像极了第一次在咖啡店遇到许砚谈那天。

那天早上，家里没人她也就无须担心兼职被发现，她从家里走出来，站在单元楼下，闭着眼深呼吸，从空气里得到片刻的自由和安宁。

回想，已经过去那么多年了。

岑芙腾出手摸了摸自己的后腰，对牵着马走的许砚谈说："我的腰撑不住了，好累。"

骑马真的好费腰。

许砚谈听着，二话不说翻身上马，岑芙都还没反应过来，人已经坐到了她身后。

许砚谈搂着她，让她靠着自己的胸膛，一夹马肚，让利风快步走起来。岑芙开始在马背上颠簸，还好有他在身后稳着。

风开始加速从她耳畔掠过，岑芙听见他靠在自己耳畔笑话她。

"你这腰啊，怎么什么时候都立不住？"

岑芙的脸一下就红了。

许砚谈往马场的深处骑，到小溪边风景更好。

快到春天了，这边的小河先破了冰。

今年的冬天真的不算冷。

利风垂头喝水，两人就在溪边的石头上坐着聊天，聊着正事儿呢，时不时被他偷亲一下。

她羞愤，站起来捡起小石头砸他，许砚谈动作更快，率先一步站起来往利风身后躲。

“许砚谈，跟你聊这么正经的事呢。”岑芙小喘着，跑累了，指着他，“你能不能听话一点！”

许砚谈站住了，抬了抬下颌，让她过来：“行，那就说正事儿。”

岑芙终于吐了口气，把石头扔了，往他那儿走。

许砚谈一手牵马，沿着溪边继续走。马蹄、两人的脚印踩在草上，窸窸窣窣地留下一长串足迹。

“继续说刚才的事。”岑芙在草地上走路有些吃力，握着他的手借力，低头看脚下的路，“你确定要在这个时候介绍我给你的亲戚们？”

许砚谈抬头，思索着解释给她听。

“许家生意做得大，这些礼数就比一般家庭要重视。

“许向臻还小，我是孙辈第一个要结婚的，就会更重视。

“而且他们不都住在崇京，也就每年过年和忌日赶回来凑堆。”

虽然是规矩，但许砚谈仍旧在征求她的意见：“忌日那天是人最齐的时候了，把你介绍给他们正好合适。

“让他们先知道事情，之后咱俩什么时候订婚，什么时候办，就不着急。

“你如果还不想这么早认识也无所谓，回头让他们再来崇京也一样。”

岑芙听完这一番因果安排，觉得亲戚们都那么忙，回头再为了他们订婚这么不大不小的事抽出时间赶过来，有些太折腾别人了。

趁一个最恰当的时机把该尽的礼数做到位，是最好的安排。

她点头，答应下来：“好，那就选爷爷忌日那天吧。你多带着我点儿……我没面对过那么多亲戚。”

“放心。”许砚谈刚安慰完，又补了一句吓唬她，凑过去说，“这帮人要是知道许家传家的玉麒麟在你这个没进门儿的媳妇身上放了五年，还差点被周霁成骗，估计胆儿都要被吓破了。

“岑芙小姐，自信点，你排面很大啊。”

果不其然，许砚谈这么一说，岑芙更心慌了。她偏头蹙眉，抱怨道：“什么五年，我也是后面才知道的嘛。

“叔叔也真是的，我爸爸那么老实的人，随便拿个什么金银镯子就能应付，你们偏要把最贵重的送来。

“你们叔侄俩，就是蓄谋已久。”

许砚谈听着，扬着下颌轻笑，没承认，但也没否认。

大年初五，许砚谈带着岑芙又一次跟登山俱乐部一块活动。

五年不见，当初喜欢徒步的那些大哥大姐都还在，他们见了岑芙和许砚谈，还笑着问怎么这几年都不来参与活动了。

对于他们二人曾经分开的五年，这些人并不知情，始终认为他们五年间始终恩爱相伴。

不过，这一点也再没有说明的必要了。

许砚谈只是随口说因为他们留学，不在崇京，这个话题就随风飘走了。

今年冬天不冷，挑个阳光明媚的上午去徒步，气温还算舒适。

到了夏天再徒步，那就有些故意折磨自己的意思了。

虽然岑芙这几年一直拼命工作，经过锻炼身体素质比十八九岁的时候要好太多，可依旧是比不上这些常年保持运动习惯的人。

登到要走下坡楼梯的时候，岑芙弯腰扶着膝盖，已经累得不行了。

她抬手抹了下额头的细汗，忽然有些后悔跟许砚谈出来运动。

虽然穿的是登山服，但再怎么说也是冬天，一出汗厚实的衣服就粘在身上就不舒服。

早知道这么累，还不如去找姑姑打牌嘛。

许砚谈走在她前面，估计是听到身后没脚步声了，停下，回头看她。

两人隔了有三十级台阶的距离。

许砚谈走了这么久，都不见喘气的，他手里还攥着一根登山杖，折叠起来短短的，被他甩着玩。

不对视还好，岑芙一和许砚谈对上视线，忽然就一步都不想走了。

她原地跺了跺脚，嘴巴一噘，不管什么年纪对着许砚谈，撒娇劲儿是说来就来，她喊他："许砚谈——"

许砚谈杵在原地，把登山杖抽出来变成长的，拄着。

"我走不动了。"岑芙原地一蹲，伸出白皙的小手招他过来，撒娇的语气越来越浓，"你过来背我——好不好吗？"

前面离得近的大哥大姐回头，调笑许砚谈："行啊小伙子！好福气！"

这话一出，许砚谈是不背都不行了。

他低头无奈地笑了两声，然后向她的方向往回走。

许砚谈在岑芙面前蹲下来，把自己的后背给她趴。

感受到她的重量压到自己背上的那刻，他腰腿用力，圈住她的腿，把人轻松背起来。

"我上辈子绝对欠你的，岑芙。"

岑芙舒舒服服地搂着他脖子，酸痛的脚腾在半空也舒服了，骄矜道："活该，你自愿的。”

他给气笑了：“我可不活该。”

许砚谈故意颠她，咬牙警告：“我活大该。”

岑芙被他逗笑了，拍他后背还挑衅：“前几年你不是还能背着我跑到队伍前面吗？跑呀许砚谈，年纪大了不行啦？”

“谨言慎行岑女士。”许砚谈可没那么容易被激将，他慢悠悠地背着人往下走，语气依旧稳，“少对自己男人说不行。

“小心他收拾你。”

岑芙可不是那么容易被吓到，她哼了一声，靠在他后背上，侧着头看风景。

他的后背很温热，透过两人的衣服都感染到她的身上了。

“真好。”她忽然说。

“嗯？”他回。

“就是还能跟你干这件事，还能见到这些人。”岑芙心里舒坦，喟叹一声，“就觉得幸好。”

许砚谈圈着她腿弯的手始终很紧，他知道她想表达的。

最终，他也只是吊儿郎当地把这个话题化为玩笑话。

“这可是你说的，下次再一块爬山，你可别赖在家里不肯出屋。”

“我不会。”岑芙顺着他说，跟他服软，“反正累了有许砚谈背我，对不对？嗯？你说对不对？”

许砚谈没再回她话，懒得说话了。

他手上加大力度，心底轻嗤。

对，不都是他自愿，活该的吗？

爷爷许健伶离去的时节，亦如他这个人。

三月份，冬还未完全褪去，风中依稀留着些许压迫和强势的寒。

可是当风和光混在一起，掠过他的家人，他的好友时，又是情感满溢的，来自新春的温暖。

爷爷给予人的温柔从来不会让人感觉那么直接热烈，他总是付诸行动，发自内心地为了某人的幸福，所以有时即便是严厉，都带着希冀。

他看透了很多人，却从不真正去干涉谁的人生轨迹。

假期结束后，岑芙和许砚谈又各自投入忙碌的工作。

岑芙正式入职了崇京市电视台，和之前的同事交接了工作，开始真正接手节目。

进入了电视台最受欢迎的民生栏目，虽然职位并不高，但这正是岑芙所追求的。

许砚谈就更忙了，休息了一个假期，一回院里堆的案子更多。

最累的时候两人回家哪还顾得上浪漫，吃完饭洗澡，躺上床的瞬间就睡了。

再睁眼，就是翌日清晨闹铃响起的时候。

两人单位都有食堂可以吃饭。

早上的时间紧张，两人动作一快起来几乎都不和对方说话。

许砚谈对着镜子整理衬衫袖扣，岑芙忽然挤过来，弯着腰在镜子前涂上一圈唇釉。

他低头，她抬眼。

岑芙抿嘴唇，问他："我好看吗？"

许砚谈牵动嘴角："每天都好看。"

对话结束，两人一块换鞋，下到停车场各自开车前后离开小区，奔赴自己的理想。

之后终于抽空休息时，就是爷爷的忌日了。

许家如今这些在各行各业有所成就的子孙，多少都受过许健伶先生的教导和鼓励。

他会在重要的时间段给予他们最需要的东西。

这也是为什么每年许老先生的忌日，都有这么多人愿意推掉手头上所有的工作赶到这里送上自己的思念之情。

爷爷一生都受人敬畏。

许砚谈自小获得的爱并不宽泛，可这头豺狼走向巅峰的路上，从不缺良师益友。

爷爷看见这些，一定也放心了。

又是一阵风掠过，岑芙站在墓园里，总觉得好像爷爷在。

他今天也回来看他们了。

她望着远处正站在叔叔身边，和公司的董事们叙旧的许砚谈。

他穿着黑色衬衫黑色西装，能登法庭，也能像现在这样像个精明的商人，云淡风轻地与各界大佬交谈。

刚才许砚谈带着她见了很多亲戚，有年长的，也有跟他们年纪相仿的，她笑得都快不会笑了，脸到现在都还是僵硬的。

经过这一下，她在亲戚们眼里也正式冠上了许砚谈未婚妻的身份。

五年前在这个墓园，岑芙看见那么多的亲戚和高层，只觉得自己完全是个外人，她会不敢抬头，不敢与人对视，只默默地陪着许砚谈。

而现在她已经不再有那种感觉。

作为许家的一分子，作为许砚谈未来的妻子。她站在他身边的时候，腰板就不能塌下来半分。

岑芙趁大家都在社交，抱着怀里的白菊花再次走向爷爷长眠的地方。

她的裙摆很大，蹲下去的时候像是绽开了一朵黑莲花。

岑芙看着墓碑上爷爷的黑白照片，望着这位老人的模样，只想再次深深烙印。

时间残忍，逝去的人总是在不经意间退出他们的记忆。

所以需要一次次地提及，一次次地捧着相册去怀念。

又一阵风吹来。

岑芙有些动容的眼角被它抚摸。

——“这小子现在还没找到他需要的东西，还是一匹随时可能脱缰的野马。”

——“如果以后他有走错路的迹象，孩子，希望你能拉他一把。”

爷爷……

我该跟您道歉。

我明明，当初答应得那么笃定。

说我会一直陪着他，我会看着他，只要他需要我的时候，我就会在。

可是我失约了，爷爷。

五年，整整五年，我把他扔在外面。

爷爷，我对不起您，也对不起他。

“但是，您知道吗？”岑芙重新抬起眼，坦然面对自己眸中的温热，神情是释然的。

“您说他还没找到他真正需要的东西。

“他找到了。”

而他寻找到的，比您预料的，应该还要沉重，要贵重，很多很多。

所以您放心吧，许砚谈这一生，都不会走错路。

就算他要脱缰，还有我在，下半生，我不会再离开他。

这次真的说好了哦，您要时不时回来看一看，监督我。

“你跟我爷爷说什么悄悄话呢？”

许砚谈的嗓音由远及近。

岑芙回头，看着他。

许砚谈今天的黑衬衫黑西裤与她的黑色长裙格外相配。

“都说是悄悄话了，还能告诉你？”岑芙偏头迅速抹了下眼角，回话。

“小气。”许砚谈合眼，开始念叨，“爷爷，她今儿跟您说什么了，晚上托梦给我。”

岑芙没绷住笑出了声，站起来踢他的小腿：“许砚谈，你幼不幼稚呀？”

许砚谈一把将人禁锢在怀里，指着她，对着墓碑上的照片说：“瞧瞧，这进了门儿不得天天家暴您孙子。

“爷爷，这就是您相中的孙媳妇。”

岑芙笑得都直不起腰来，方才没纾解的眼泪也随着这笑声，挥发在风里了。

两人闹来闹去，最后却拥抱在一起。

三月。

又清冷，又温柔。

重要的事情做完，两人又投入回原本充实又甜蜜的生活里。

虽然工作性质摆在那儿，但也不是每天都像打仗一样疲惫奔波。

也有譬如今天下午这样，许砚谈下班早便开车来接她，两人在小区外的商业街散步买菜。

正是放学和下班的时候，附近街道迎来了每天里最拥挤的时段。

他们住的公寓小区偏向于高奢群体，所以周围的商业街整洁干净，有序地热闹着。

连锁果蔬超市内，两人凑在一大排亮澄澄的水果柜前，挑选橙子。

岑芙拿了一个长得漂亮的，放到许砚谈手边的袋子里：“差不多了吧？”

“再拿一个，凑个数。”许砚谈略看了一眼袋里。

岑芙挑眉，又挑了一个递给他：“凑什么数？”

她用眼神迅速数了一下袋子里的橙子：“为什么要十二个？”

“六个榨汁，六个剥皮吃。”许砚谈说着拎起挑好的橙子，另一只手牵起她，带着她在拥挤的果蔬店里穿梭。

他回头，又补充道：“‘12’是我的幸运数字。”

岑芙撇嘴，笑话他：“还幸运数字，幼稚哦。”

像初中小女生似的，还会在意星座和幸运数字。

她忽然想到个事。

他们住的公寓……也是十二楼，他还把十二楼两户全买下来了。

岑芙忽然感到一身不自在，盯着许砚谈的后背，补了一句：“许砚谈，有时候你可真是怪得让人发毛。”

许砚谈哂笑一声，反正也是在排队，无聊的时候闲聊最合适。

他俯身，让她更清楚地听清自己的声音：“知道为什么吗？”

岑芙摇头。

"因为……"许砚谈思索一瞬，告诉她，"'11'是骆杭的幸运数字。"

他直起腰，十分理所当然道："我必须比他大一个，必须。"

岑芙：……你们男人幼稚起来小孩子都甘拜下风。

不过就像他们男生搞这些，她们女生也有因各种奇怪原因喜欢某件东西的时候。

比如云迹，因为她的朋友们总喜欢叫她"云朵"，所以她就很喜欢一些蓝天元素的东西。

岑芙自己的话，因为大学的时候纤纤总是用谐音叫她的名字，叫她"蝴蝴"，所以她日常就会关注蝴蝶元素的东西，见着也会买下来。

两人买完水果出来，隔壁就是花店。

路过玻璃窗前，岑芙拉着他的衣袖站住脚。

她指着里面某个方向，仰头看他，像个回家路上讨棉花糖的小女孩。

"许砚谈，我要那个。

"蝴蝶是我的幸运物。"

许砚谈斜睨她，半晌，笑了："现想的？

"没事儿，没有幸运数字不丢人。"

岑芙的笑容骤然掉下去，小脾气来了，命令他："许砚谈，你快进去买，我今天必须要它。"

五分钟后，两人继续踏上回家的路途。

一个手里提着橙子和菜，一个双手抱着新买的小株蝴蝶兰，莫名其妙地获得了各自的幸运。

岑芙抱着小花盆，终于满意地扬起了眉头。

她看着怀里漂亮的花，举止骄矜，也不知道在美什么，走两步就忍不住凑过去用肩膀顶许砚谈。

许砚谈故作不耐烦。

"……幼稚鬼。"

时间已然来到了四月，崇京飘完了一波又一波柳絮，所有花草都绽放新生。

气温回暖，伴着偶尔阴天的小雨，季节在更迭。

云迹的胎已经稳定下来，六个月已经显怀，现在顶着个肚子去哪儿骆杭都不放心，恨不得寸步不离。

云迹也不想让他太担心，所以大部分时间都在家，岑芙有空会和她打个视频。

云迹切实察觉到自己孕期的不便，多次跟她强调一定要等她生完再办婚礼，不然她这个状态别说当伴娘，连到场可能都不好说。

一想到可能参加不了岑芙的婚礼，云迹的眼泪说来就来。

岑芙当然是把朋友的情绪放在第一位。

她和许砚谈的婚事本也不着急，所以非常笃定地答应云迹，云迹不出月子，她和许砚谈绝对不办婚礼。

然后，在旁边的许砚谈听了，吃了云迹一整晚的醋。

因为岑芙跟许砚谈住在一块，所以她原本租他的那个一居室就空出来了。

两人还有旧物在之前大学住的那个公寓里，那个公寓是姑姑送给许砚谈的成年礼物，如今景淮和他女朋友有了自己的住处，那个房子也空了下来。

岑芙向他提出了一个新的建议，许砚谈认可，于是那间复式公寓会继续找新的租客。

租客对象依旧面对的是还在读大学生，或者刚刚步入社会的年轻人。这几天他们要回公寓把所有的旧物件都搬出去。出租多一份收入，又能给年轻人们提供住处，这是两全其美的事。

可是做完决定再来到这里，岑芙又开始不舍。

房子租出去以后，她和许砚谈就不能再来打扰了。

许砚谈在楼上整理装箱，岑芙就坐在一楼的餐厅。她望着大客厅，脑海里浮现的，全是和许砚谈，和朋友们的那些回忆。

岑芙垂下眼睫，她想，会不会是自己过于敏感和念旧。

朋友们明明都没有这么……

就在这个时候，门口突然出现了脚步声。

岑芙抬头，对上了景淮那双缱绻的桃花眼，以及……他身后走进来的女人。

漂亮，明艳。

包臀裙和短靴，把双腿修饰得又长又直，让她在妩媚中带着利落的酷劲儿。还有她那漂亮的狐狸眼，一单一双。双眼皮的右眼，居中位置，眼皮和眼睑各有一颗小黑痣。

如此有辨识度的模样。

她见过云迹给自己看的照片，认出这是景淮的女朋友——明寐。

之前听云迹说过，明寐跟她们的性格都不太一样。

此次一见，岑芙才切实感受到，没有表情的时候那双狐狸眼确实有些吓人，很有气场。

和景淮完全是互补的长相。

两人都像是从日系漫画里走出来的人，冷面女和笑眼男。

就在她这么想着的时候，面前站着的女人突然走近。

明寐比岑芙高一些，靴子底又厚，她双手还揣在兜里，就这样直接俯身下来直勾勾地打量岑芙。

她的气场强大，岑芙下意识地往后仰了下脖子。

明寐从头到尾扫了岑芙一圈，那双气场强悍的狐狸眼忽然勾起，如一颗方糖掉进苦咖啡，哗然间漾起甘甜。

她伸出手指，摸了摸岑芙的脸颊，嗓音格外清亮好听："你就是妹妹，叫……岑芙是吗？

"景淮说你是可爱型的，果然没错。"

岑芙从未跟第一次见面的人这么亲昵过，哪怕现在已经二十四五岁了，还是会忍不住害羞。

她抿唇，一害羞眼睛更亮："嗯……您好。"

景淮走过来，揽着明寐的肩膀，说："你别吓到人家。"

明寐偏头，瞪了他一眼，似乎在说：吓什么，我这叫热情似火。

景淮视她不满的视线而不见，与岑芙对上眼。

比起五年前，他周身那股温柔却强烈的疏离感削弱了些。

他的笑眼不再深沉，表情也寡淡了很多，但岑芙能感觉出来，他的心境比起之前放松了很多很多。

"介绍一下，这是明寐。"

明寐抿着的嘴角动了动，然后踏实下来向岑芙伸出自己的右手："终于见面啦。"

岑芙赶紧回握，美女的手也好滑好软，掌心温温的。

她弯起眼睛。

哪知道下一刻，明寐一耸肩，挣脱开景淮的禁锢，直接拽着岑芙握着的手，一把将人拉到怀里，格外强势。

她拍着岑芙的背，揽着人去客厅沙发，语气悠悠，振振有词："以后我们就是姐妹，你跟许砚谈掰不掰都是。说实话，我也觉得许砚谈多少高攀了，你这样可爱的妹妹就应该……"

就在这个时候，有人扒在楼梯边默默传来一句："景淮，你老婆是一句好听话都不会说是吧？"

景淮抬头，瞧见穿了一身黑的许砚谈。

两人对上视线。

亦如五年前还是舍友的时候，以这样的方位隔空对话。

景淮双手环胸，姿态懒散地靠在身后的餐桌边沿，嘴里吐出来的话却与他温润好看的脸相反。

“我教的，怎么样？”

好像还很骄傲。

许砚谈盯着他那张永远欠揍的脸，鼓起腮帮，笑了一声。

早就想试试在他那张脸上落下几个拳头印了，别让他逮到机会。

“听说房子要出租，我和明寐也回来看看。”景淮环顾四周，这栋房子他比许砚谈和岑芙住的时间都要长，也更有感情。

“租户找好了吗？”他问。

许砚谈从楼上下来，抱着一个纸箱子。

“还没，快了。这房子好租。”

岑芙被拉着在客厅聊天，她回头看了眼许砚谈，隔着段距离问他：“许砚谈，我们晚上要不要在这里吃？”

“吃烤肉怎么样，我现在就去超市买。”明寐提议。

景淮动作更快一步，他将手上的杂志放到餐桌上，起身去门口换鞋：“我们一起。”

他们俩动作倒是快，说走就走了。

那两人走后，偌大的公寓再次落入安静。岑芙看向远处的许砚谈，她盘腿坐在沙发上，忽然对他张开双臂：“许砚谈，抱。”

一模一样的话，五年前在这个地方她不知对他说过多少次。

只要她要抱，他就没有不应的时候。

这次也一样，他放下手里的东西，舒出一口气：“东西不帮着我收拾，现在还要抱，岑芙，你多大了？”

话说完，他人就到了她面前。

许砚谈俯身，厚重的气息压下来，岑芙顺势圈住他的脖颈，让他的手穿过自己的腿弯，把她抱起来。

他往沙发上一坐，把岑芙放在自己怀里。

他贴着她耳边，轻声问：“舍不得了？”

“嗯。刚刚我在幻想，如果那时候能和明寐他们一起住在这里，应该每天都会很热闹。”岑芙窝在他怀里，感受着他胸膛处沉稳的跳动，垂眸遐想。

幻想一个，没有烦恼，一帆风顺下来的二十多岁。

遗憾无法修补，许砚谈却依旧愿意费尽口舌来哄她：“以后也能，只不过不在这儿而已。

“以后只要放假，就约他们出来，嗯？”

岑芙没吭声，只是笑着点点头。

她偏眼，视线落在电视柜上的那个家庭监控摄像头上，忽然想起之前他们在这座沙发上的缱绻和荒唐。

“还记得吗？”岑芙抬头啄了啄他温热的下唇，“在这儿，《公主日记》。

“我会把公主殿下占为己有。

“使尽浑身解数，把人伺候舒服了。

“让公主半步都离不开我。”

她轻笑，呢喃道：“公主现在是真的，半步都离不开你了。”

许砚谈自然也没忘，他俯首，把脸贴了过去，问：“我得逞了？”

她勾着他的脖颈借力坐起来，贴着他嘴唇，鼻尖闻见他脸上淡淡的香味，是她每天都用的那款面霜的味道。

“嗯，大反派得逞了。”

十八岁的岑芙怎么会想到，这个把自己的窘迫当成笑料，看足热闹的坏蛋，会成为未来无尽爱她，也无尽被她爱的人。

这个吻并没有加深，浅尝辄止，两人就这样拥抱着，感受着彼此的心跳。

让最初的心动，最纯正的救赎，与这间公寓做最后的告别。

晚上，两对情侣在这套承载了他们各自罗曼史的公寓里用了晚餐。

四月份，在平静欢快中度过。

六年后，这座城市再次迎来了岑芙和许砚谈曾经中断的夏天。

五月二十日这天，全世界都铺满了甜蜜的氛围，从大厦往下望去，附近的商业街都挂着粉色的气球和促销招牌。

连音乐软件的首页界面也都推送着情侣必听的歌单。

本该好好在一块商量怎么度过的情人节，最后因为两人各自都忙，所以没有任何着落。

岑芙也不是那种必须揪着男朋友把每个节日都庆祝一遍的人，因为平日里她和他就足够腻歪，所以也无须再多添什么催化剂在里面。

许砚谈比她更忙，近一周就没有早于晚上八点下班的时候，到了家吃个便饭，就没剩下什么休息的时间了。

岑芙也是心疼他，所以对于这什么“520”“521”，她在微信里只字不提。

节目新栏目的策划案还在细化阶段，岑芙对着电脑坐了一下午，工作效率倒也算快。

六点半的时候，旁边的女同事在工位上补完妆匆匆起身，见岑芙素面朝天一脸严肃地对着电脑，丝毫没有下班的意思，疑惑道：“岑芙，你今天跟男朋友没约会？”

岑芙盯着屏幕笑着摇头："他忙。"

女同事听闻一脸替她不值，"哎哟"了一声："挪出一晚上又不是什么难事，现在这世道缺谁不正常转，他还忙到哪儿去？得了，我先走了啊，你早点回。"

岑芙左耳进右耳出，别人也是为自己好，她不做辩解，挥挥手。

快八点的时候，岑芙才关掉电脑，背包离开电视台。不知道是不是因为今天过节，台里八点多比平时还要冷清一些。

许砚谈下午发微信说晚上有个会，没给她发微信就是还没散，到现在也没有音讯。岑芙没理他，打算自己去电视台旁边的商业街吃点饭再回家。

这个商业街区处于非常繁华的地段，是崇京有名的年轻人聚集地。

此时正是最热闹的时间段，放眼望去还能看见很多做街头采访的博主在随机抓情侣拍视频。

岑芙漫步在这里，感受着空气里的粉红泡泡，忽然就有些想某人了呢。

有点寂寞。

感觉自己也没有那么大气，还是会想和他一起亲密地度过这一晚。

虽说不在意，但好歹是"520"，中途抽空跟她说一句情话也不会吗？

哼，今天不给你买饭回家了。

她拿出手机，给许砚谈拍了两张照片发过去，故意把旁边很多亲昵的情侣也拍进镜头。

刚发完，整个广场的背景音乐忽然在中途切换。

浪漫温柔的英文歌曲被切断，紧接着，整个广场响起了周杰伦的《大笨钟》。

岑芙有些意外，想着可能是商场管理后台的人突然切了歌单，这首歌她恰好很喜欢。

在偌大的广场听到喜欢的歌，心情会跟着愉悦。

她一边默默跟唱，一边漫步，抬头看着自己面前的大屏幕。

这个商场的正门顶端，有一块九十度的3D屏幕，因为太过"高科技"，吸引了好多人来打卡。

她摇头晃脑地跟着音响里的歌曲默默哼唱。

"我很大度，我没你小气。"

"我会原谅你，你仔细听。"

就在这个瞬间，歌曲突然就停在了高潮前。

整个广场一下子没了音乐，一时间人声嘈杂，有些奇怪。

岑芙头顶那块九十度的3D大屏幕里，一片白，随着"嗖嗖"的音效，突然一张卡片如刀一般刺入白幕。

引得很多人中断聊天，纷纷抬头望去。

一封来自怪盗先生的预告函，毫无征兆地出现在众人面前。

然后随着打字机的音效，预告函上的内容一字一字地，被打印在无比真实的大屏幕前。

岑芙眨眼，也十分好奇今夜商场的节目内容。

此番预告函，致某位在情人节独自漫步赌气的蝴蝶公主。

芙蓉花盛开，月光皎白，花瓣漫天，盛夏蝉鸣时。

我将盗走你人生第一次“我愿意”

请你为这场于未来不知何时开幕的劫掠，从当下这一秒开始战栗。

我会享受殿下心慌意乱、忧心忡忡的表情。

怪盗 villain. 留

现在，你可以回头了。

怪盗的嬉笑声音效 3D 环绕着飘走了。

下一刻，原本中断的《大笨钟》继续播放。

广场上所有看到这一幕的女性都露出了惊艳的表情，到底是谁的男朋友这么浪漫！连求婚都要预告对方！还是以这么广而告之的高调形式。

谁看了不昏头啊？

而广场上的人非常多，单身的女生也是数不胜数，大家打量周围，偏是找不出女主角是谁。

心已经蹦到了嗓子眼，岑芙颤着睫毛，怀着万千心动，试着回头。

不远处，原本不该出现在这里的男人，手里捧着一束玫瑰，单手插兜，懒洋洋地站在她对面。

他杵在穿梭的人群里，那么出挑。

许砚谈稍抬下颌，以一个很享受她此刻惊喜表情的欠揍模样，盯着她。

下一刻，他晃了下手里的玫瑰，挑眉。

岑芙抬手捂唇，疯狂的爱意和喜悦，从眼里流窜出来。

她的笑声，融化在这繁华热闹的情人节广场。

他用眼神告诉她。

看见没，我要求婚了。

岑芙。

你可给我、准、备、好。

许砚谈的求婚预告过于夸张，却也精准地戳中了岑芙的心动点。

两人把五月二十日这天晚上无限拉长，怪盗的魔法让岑芙比平时更放得开，主动许多。这也让许砚谈撕掉平时刻意克制的伪装，肆意妄为，变着法折腾她。

岑芙累极了，一觉无梦到白天。

听见耳畔窸窣，她迷迷糊糊睁眼的时候，视线里男人正站在床边套上衣服。

许砚谈穿好衣服出了卧室，估计是去准备早饭了。

岑芙窝在被窝里不想动，窗帘被他起床的时候开了一条缝，清风钻进屋子掠过她的腿和脚。

她忽然想起什么，猛地坐起身，望向自己的右脚踝。

纤细的脚踝上，此刻套着一串精致的铂金脚链，中间镶嵌的是镂空的小玫瑰。

低调，同时又十分彰显品质。

是昨天晚上结束以后，他趁她迷迷糊糊的时候给戴上的。

因为岑芙记得，脚踝上传来冰凉之后，许砚谈附在自己耳畔坏坏地呢喃了一句。

“铐上，你这辈子就都跑不了了。”

所以这才是“520”的情人节礼物？

岑芙伸手摸了摸自己的脚链，左右翻转脚丫，欣赏了一会儿，偷着笑。

还可以，许砚谈，审美不错嘛。

岑芙洗漱完出去，正好许砚谈也煮好了面，虽然大菜他不太会做，但面做得还是很合她胃口的。

许砚谈把两人的面摆好，低着头，随口跟她闲聊：“你今年生日跟端午节离得挺近的。”

岑芙把冰箱里囤的小盒海藻菜和腌鱼皮拿出来：“是吗？”

“嗯。在端午节假假期里。”他说。

岑芙不怎么喜欢过生日，以前就算是生日那会儿恰好赶上休假，她也不会刻意去庆祝。

毕竟对她而言，自己的生日并没有什么太好的回忆。

除了那年，许砚谈给她过的那次生日。

“那正好可以好好休息。”岑芙拉开椅子坐下，叹了口气，“我要睡个三天三夜，累死了最近。”

许砚谈也坐下，用筷子把自己碗里的荷包蛋的蛋白剔出来放到她碗里。岑芙也很默契，同时把自己的蛋黄给他。

“别就在家里睡，出去玩一趟？”许砚谈察觉到她对自己生日的态度，却没给多余的反应，继续说，“骆杭他们正好都在崇京，昨天问咱们端午节安排，想一块出去玩一趟。

“云迹孕晚期了走不远，也就是在郊区那块。”

岑芙想了想，点头：“也行，看你们安排，我都可以。”

许砚谈是今天上午没事，岑芙却是实在起不来，和领导请了假。

她都不敢想，自己在“520”第二天早上请假这事儿让同事们知道了，他们该多揶揄自己，也是活丢人。

不管怎么样，下午必须去上班，吃完饭岑芙就没在家里磨叽，让许砚谈开车送自己去电视台。

今年夏天来得早，刚五月中旬，岑芙就听到了若隐若现的蝉鸣声。

春夏似乎在一夜之间就完成了交替。

许砚谈的黑车行驶在街景熟悉的路上，岑芙翻看着自己的朋友圈，有认识的人昨晚在那个广场上，还拍下了许砚谈为她准备的求婚预告视频。

站在局外人的角度，感觉更不一样了，岑芙不禁感叹许砚谈实在太高调，做什么事都这么夸张。

虽然心里念叨着他的浮夸，不过身体还是很诚实地点下了保存视频。

许砚谈只给予她一人的，承诺了就履行了这么多年的盛大偏爱。

她享受至极。

越野车稳稳停在电视台门口侧边的路边，绿荫之下。

“晚上我来接你。”

“好。”岑芙背上包，手指尖刚刚摸上车门，她停顿一瞬，忽然回头，探身过去，在许砚谈嘴唇上落下一个短暂的亲吻。

“晚上再见，怪盗先生。”

说完，她就速度飞快地跑进了电视台的大门，哪还有早上下床都困难的劲头。

而许砚谈的眼神穷追不舍，一直盯着她，直到看不见为止。

窗外车水马龙，偶尔飘着树枝被风吹动的“沙沙”声。

他收回目光，良久，才很轻地扯起了嘴角。

伙伴们商量时间，最后大家选择了都有空余时间的一天，恰好是岑芙生日。端午节加上岑芙生日，让这次的相聚格外有仪式感。

崇京近郊的几个度假区功能和风景都大同小异，但是因为队伍里有个七个多月的孕妇，所以就要挑选其中舒适感最好的地方。

于是他们选择了当年去过的湖畔度假小镇，也就是岑芙十九岁生日去过的那个地方。

到了地方以后，明寐和景淮去不远处买冰了。

故地重游，朋友们都挑高了兴致，纤纤更是，下了车就嚷嚷着要烧烤。胖猴带了一个巨大的低音音响，在男人们准备烧烤的这会儿，悠扬的RB歌单给他们伴奏。

纤纤在打下手，云迹和岑芙在湖畔散步，格外有氛围。

走着走着，云迹突然停下来，皱了皱眉。

岑芙很关注她的一举一动，吓得赶紧问："怎么了？不舒服吗？"

"没有，宝宝踢我呢。"云迹皱着眉笑了一声，有些无奈。

岑芙眼波微动，对朋友肚子里的小生命很是期待。

云迹知道她好奇，拉过她的手放在自己胎动的地方。

小家伙一动起来就没完，所以岑芙的手掌心摸过去的时候，正好感觉到鼓动。

"他好像特别喜欢听歌，在家里也是，只要一有音乐，他就醒来乱动。"云迹打趣似的，跟她说，"骆杭说没准这是个小歌手呢。"

岑芙轻柔地抚摸着云迹的肚子，小声问："你和骆杭觉得是男孩还是女孩？"

云迹想了想，回答："女孩吧。虽然有时候爱动，但是整个孕期下来都特别听话。而且我都七个月了，肚子也不是很大，感觉是个小姑娘。"

岑芙笑意更深，一下子母爱泛滥："女孩子好呀，小姑娘培养起来多有感觉。"

"是，骆杭也说，要是男孩就放养算了，养活了就行。"云迹捧着肚子笑，毫不掩饰他们夫妇俩重女轻男的态度。

中午吃烧烤的时候，大家众星捧月般帮岑芙把生日过了。

蛋糕是纤纤订的，私人定制的蛋糕，一开盒就能闻到扑面的奶油甘甜味，上面用岑芙最喜欢的几样水果点缀。

朋友们都这么重视自己的生日，岑芙也就没有理由再排斥自己的生日。

不知过了多少年，她再次面对着蜡烛闭眼许下愿望。

下午，朋友们在不远处的民宿里待着，玩点麻将、桌游什么的。傍晚晚饭前，纤纤提议大伙结伴往远处走走，正好通向瞭望塔的那一条森林绿荫小道很漂亮。

云迹午睡完没力气走那么远，骆杭就在民宿陪她，顺便帮大家搞定晚饭。

六年没来，这边附近区域被开发得更广泛，也打造得更规范。

之前她一个人来的时候，这边只有一条小道直通瞭望塔，而这次再来，主道被拓宽，旁边也开了很多分岔路，是通往森林公园其他景点的。

这片瞭望塔森林被打造成小型的绿地公园。

夏日炎炎，六月末正是热的时候，但林子里始终弥漫着一股湿漉漉的气氛，干燥被绿荫遮挡在外，太阳落山，大地也只剩余温。

是户外散步最好的时候。

纤纤走在最前面，她没上去过，所以很新奇，回头问岑芙：“芙啊，上面是不是风景超级好？”

“嗯，能看到一整片湖还有民宿小镇，夜景很好。”岑芙走在后面。

不管怎么样，这一条到瞭望塔的路论走势依旧算是上山，走了半途岑芙就累了。

也不知道这帮人怎么精神头那么好，她再慢一点就要看不见人影了。

上山路走了半个小时，最后一行人抵达瞭望塔的入口。

天已经黑了，平台周围没有灯，黑漆漆一片。

岑芙在最后面，这里对她而言有着独特的意义，她刚走进瞭望塔，朋友们就都下来了。

她看着从楼梯下来的这几个人，有点蒙：“你们这就逛完了？”

纤纤打了个哈欠：“嗯，上面还蛮小的，拍了两张照片就下来啦。走吧，我们回去吃大餐了！”

“运动会儿我都想撒尿了，中午啤酒喝多了。”

明寐破口吐槽：“我说大哥，你说话能不能文明点！”

这些人，旅游要不要这么极速版。

岑芙想上去拍两张照片，擦着朋友们的身侧快步踏上去，有些急。登上三楼瞭望塔，高处的风骤然灌进楼梯，把她的长发吹乱。

岑芙出来的时候，迎面撞上许砚谈，他也正要下楼。

“哎，你。”她刚想拿手机，转身叫他，声音轻轻的，“许砚谈，你稍微等我一会儿。”

结果楼梯里的脚步声没有任何停止的迹象，岑芙赌气地回头，不管他了。

不知怎的，瞭望台一点灯光都没有，只有远处民宿小镇亮着一片灯光，像地面上的星盘，特别夺目。还有若隐若现的杂音，不知道是哪里来的热闹。

岑芙刚想往前走，迈腿，忽然愣住。因为她感觉到，自己的脚步好像被什么拦住了。

就在这个时候，瞭望台的地面上，缓缓地亮起一整片星芒般的白色小灯。

一盏连接着另一盏，就这么铺满了整片地面。

而灯光亮起的目的，是为了让岑芙看清楚。

看清楚什么？

看清楚，这些布满整个瞭望平台的，数不清的木芙蓉鲜花。

因为木芙蓉是盆栽植物，所以平台摆了上百盆矮盆的芙蓉花。

所以才会绊住她的脚踝。

数十种颜色的木芙蓉在她眼前盛放，最多的是粉白色，清透娇嫩，皎洁无瑕。

她嘴唇张了张，没说出话来。

已经搭在衣服口袋边的手指顺势掉入大衣口袋，指腹触碰到一个尖锐的角。

是她衣兜里不该有的东西。

岑芙缓缓捏着那个角把东西抽出来。

是一张白色的硬卡片。

上面劲瘦刚硬的钢笔字迹刻有留言。

盗窃之日，就在今天。

怪盗Villain. 留

岑芙的心脏重重一顿，回想起那天大屏幕上的预告内容——

芙蓉花盛开，月光皎白，花瓣漫天，盛夏蝉鸣时。

我将盗走你人生第一次“我愿意”

她抬头，恍然大悟今天是个万里无云的大晴天，到了晚上，月亮完整皎洁地散发着光芒。

低头，脚边是生动盛放的芙蓉。

预告函里的场景正在一步步上演。

就在这个时候，一阵机械的嘈杂声覆盖了她逐渐紊乱的呼吸声。

一束强光由上而下打来。

小型直升机的“嗡嗡”声贴近。

当岑芙再次抬头时，漫天的花瓣，顺着夜晚的微风，铺天盖地地飘来。

远处的民宿小镇最大的广播喇叭，穿越空气，悠悠飘荡着镌刻着两人最深刻回忆的歌曲——《白色风车》。

月光，直升机，音乐，花瓣。

就是怪盗对公主殿下的一场强势又浪漫的窃取。

直升机的噪声并不大，于是岑芙清晰地听见，自己身后的动静。

“咚咚”，有人敲了敲瞭望台入口的钢板。

心跳得已然快撞出皮囊，岑芙回头，与许砚谈对上视线。

她皱着眉，压抑自己惊喜下的泪意，于是脸上呈现出明显逞强的样子。

捏着卡片的手指在抖，圆柱形的灯光从直升机打下来，让她身上所有的细节反应无处遁形。

刚刚故意不理岑芙，就是为了在她临近生气的时候，突然给她一个惊喜。

这就是许砚谈这么多年，熟练于心的坏把戏。

许砚谈一身黑衣，与周遭鲜艳各色的芙蓉格格不入。

红色的玫瑰花瓣飘落在他宽厚的肩膀上，他勾唇坏笑，浓黑的凤眼却深邃无底。

许砚谈倚靠在墙边，双手环胸，开口第一句：“表情不错。”

他最喜欢，见她这副别扭逞强的样子。说完，他用手肘将身子撑起来，板正身姿一步步走向她。

黑色的马丁靴，绕过排布的花盆和灯串，脚步沉稳，踩着两人逐渐合拍的心跳。

上次在这儿，她哭着打他，说：“你叫我怎么高兴。你都不在，你让我怎么高兴！”

他说：“岑芙，对我怎么都成，但别不理我。”

上次在这儿，他送给她一串珍贵稀少的蓝色烟花，送给她人生第一份生日礼物。

他知道她不喜欢今天这个日子，但是他喜欢。

因为在这一天，他许砚谈的药、他的爱、他的枷锁诞生了。

而今天，他要把这药的配方偷到手，他要把他的爱变成永恒，他要销毁枷锁的钥匙。他要给岑芙一个真正的家。

许砚谈站在她面前，凑近些，听清她就快要激动得掉泪的呼吸，这样独特的频率，比世界上任何一首乐曲都要悦耳。

他伸手，轻轻圈在她腰后，眼神和语调都温柔得不像话：“准备好了吗？”

岑芙不敢看他，只怕一看就要落泪，也不敢说话，因为嗓子抖得厉害。

“你说你不喜欢过生日，我懂你。”许砚谈盯着她的小脸，把自己心里的话准确地传达给她。

“所以我们不妨给六月二十四日赋予另一个意义，怎么样？

“以后每年，当临近这天的时候，你首先想到的不是你的生日。”

他用唇瓣轻蹭她的额头，隔了几秒，然后才说：“是许砚谈和你的求婚纪念日。”

说完，许砚谈后撤一步，扶着她的胳膊，虔诚而稳重地单膝跪下。

他的眼神、他的脸庞，因为他蹲下而出现在她的视线里。

岑芙赶忙捂住嘴巴，呜咽一声，一时间又想笑又想哭。

哭笑，皆是感动。

她想说话，想让他别跪，想让他等等自己还没缓过神。

可这些话已经无从吐露，下一刻，在灯束照耀下，许砚谈打开了丝绒盒。

千面切割的蝴蝶钻戒，迎着星辰碎光，映入她的眼帘。

蝴蝶形状的钻戒，十分考验工匠的水准，这是他托了很多人请国内顶尖的珠宝工匠定制打造的订婚戒指。

为什么一定要把钻石切割成蝴蝶的形状？

这寓意，岑芙顿时体会。

为什么是蝴蝶呢？

她已不再是六年前的那个她。

现在的岑芙，独立、坚强、自信。

宛如钻石蝴蝶，翩翩美丽，却又无坚不摧。

再无人能伤她的蝶翅，影响她的航迹。

这个如钻石蝴蝶般的她，让他许砚谈，忘情着迷，也让他想要贪婪独占。

许砚谈那不管发生什么都淡定的脸上，头一次，让岑芙看见了紧张的神情。

明明是十拿九稳的挑战，他拿出钻戒的瞬间，却还是无法克制地开始动摇。

“岑芙。”许砚谈翘起眼尾，压低的眉头和无法掩饰的认真眼神暴露出他不为人知的一面。

“给个机会，让我惯着你一辈子。

“嫁给我。

“咱俩结婚，成吗？”

文艺作品里的怪盗角色，从来是浪漫的、潇洒的，从不失手的。

可这一次，这次让怪盗先生感到紧张的盗窃，得手原因却是因为——

岑芙伸出自己的手，将自己的手，庄重地放到他掌心之中。

嘴唇在笑，眼角却湿润。

是因为，公主殿下早已一夜又一夜，一次又一次地假想着，策划着，要怎么不留痕迹地，让怪盗先生得逞。

“好。

“我愿意，许砚谈。

“我愿意。”

银色的戒指圈缓缓套入岑芙的无名指，冰冰凉凉的触感从肌肤表面深入。钻石蝴蝶在她的指间栖息，岑芙滚烫又幸福的眼泪落下时，她已被许砚谈起身拥入怀中。

求婚成功的下一刻，原本已经下去的朋友们带着拉绳彩带从楼梯口冲出来，“啪啪”几声，彩带和空中还在飘落的花瓣混作一团，落在他们两人周身。

“亲一个！”

“早生贵子啊，早生贵子！”

“恭喜恭喜！”

岑芙在许砚谈怀里红着脸笑，没想到过了五年自己竟然一点长进也没有。

又被朋友们“骗了”。

明寐手里还举着个手机，屏幕上亮着微信通话的界面，是云迹和骆杭在远程见证这一幕。

云迹倍感遗憾，不能跟着他们到现场见证这么有纪念意义的场面。

许砚谈从星级餐厅订好的晚餐已经准时被餐厅送到他们露营的地方。

订婚成功后的一场草坪海鲜自助宴正在等着他们“凯旋”享用。

岑芙真的很惊讶，许砚谈平时工作忙成那样，是从哪里抽出时间安排好这一切的。

思绪一闪而过，今夜她的脑袋只容存放许砚谈一人。

直升机完成自己的任务，逐渐升空，离开了民宿小镇这片天空。

一行人浩浩荡荡，满载欢笑地返回露营地，途中朋友们还在复盘，笑着彼此刚刚拙劣的“演技”。

有专业团队的布置，他们扎营的地方一下子成了靠湖畔的草地餐厅。

云迹看见岑芙就迅速站起来和她拥抱，因为都是女孩子，所以更能共鸣，被深爱的人求婚的这一刻，那股幸福和满足是难以用辞藻准确形容的。

云迹牵起岑芙的右手，反复摩挲着她这枚漂亮又独特的钻戒，替她高兴。

两人笑着，云迹忽然冷下来，非常严肃且幽怨地告诉她：“答应我，婚礼一定要等我出月子办，不然我就跟你绝交。”

岑芙笑得仰头，使劲点头答应：“好，我就等你啦。”

她弯腰，摸了摸云迹圆鼓鼓的肚子，小声对里面的小孩道：“你可要顺顺利利地快点出来，瞧把你妈急的。”

景淮和明寐已经端着餐盘围着自助餐的长桌转悠了。

景淮远望了一眼正在攀谈交流幸福感受的岑芙和云迹，跟在正在认真挑选食物的明寐身侧，语气中掺杂了些许引诱：“感觉怎么样？”

明寐正费劲地夹龙虾肉，抬头："什么怎么样？"

"被求婚的感觉，会羡慕吗？"景淮细细端详着她，他勾了下唇，语气温温的，"羡慕的话，我回去就开始准备。"

明寐挑眉，手里摇晃着餐夹："对比他人挑起我的共情心理，你开始用这种套路了吗？"

"不过可惜咯，我拒绝回答这个问题。"

明寐回头，狐狸眼清亮亮的，带着诡谲："还早得很嘞，景、淮、哥。"说完，她端着盘子继续往前走。

景淮站在原地，深深盯着她的背影，恍然失笑。

"娶你真是件难事呢。"

还"景淮哥"。

一晚上神经都处于高度紧张，弄得岑芙也饿了，她从服务生那里取了盘子，看都有什么好吃的。

逛到甜品那里，恰好遇到给明寐夹糕点的景淮。

景淮看见她，示意要把夹子给她。岑芙摇头，意思是自己还不吃甜点。

"今天你一定很开心。"他眯起眼，笑着说。

和朋友重逢以后，一直都没什么机会和景淮单独说说话，对于这个阔别已久的大哥哥，岑芙也有很多话想说。

她低头看了一眼自己右手无名指的钻戒，笑了下："嗯，我好久没这么高兴了。"

景淮把明寐最喜欢的榛子蛋糕都夹到盘子里："看见你发展得好，又跟他复合，我也很高兴。"

岑芙偏头，打量着景淮这张过于秀气俊朗的脸："这些年，你还会睡不醒吗？"

她知道景淮一直拖着这样的病在生活，但这些年疏于关心，不知道他情况有没有好一点。

"不会了。"景淮摇头，往明寐坐的地方瞥了一眼，回头跟她说，"中间有一点严重，但是她回到我身边之后，我就没事了。"

"是心病。"岑芙说。

景淮颔首，笑意始终那么浓厚："嗯，是心病。"

他把夹子放回桌上，腾出手，在岑芙的后脑勺上摸了摸，是作为哥哥身份的友人对她的安慰："什么时候再想吃我做的饭了，就到家里来做客，我们随时欢迎。"

岑芙点头："嗯，一定。"

真的很想念他做的瘦肉粥了。

许砚谈求婚成功，整个人完全一副得意面孔，仿佛把“不装了，今儿爷就是最幸福的人”写在了脸上。

他窝靠在餐椅里，跷着二郎腿，手撑着太阳穴，用深邃暧昧、深情到能拉丝的眼神追着岑芙的身影。

许砚谈这副样子，跟旁边因为单身太久羡慕疯了而狂炫啤酒的胖猴形成了鲜明的对比。

许砚谈端起桌子上的威士忌，抿了口。

品味着上等良酒的回甘，他挑眉，心想。

就找到主这事儿，搁谁谁不美。

谁不嘚瑟？就该嘚瑟。

他扫了一眼各位陪在媳妇身边的兄弟，骆杭、景淮。

人人都笑话狗。

人人都是狗。

“朋友们！我宣布！下一个结婚的必定是我猴某人！”胖猴单脚踩着椅子，热泪纵横，“看着你们一个个幸福，比让我死还难受啊！今年我必脱单！给大伙炫一个了！”

许砚谈掀眸，趁胖猴炫啤酒的这时候，一脚上去，踹在他腿窝，撂了一句：“别显眼了。”

胖猴一个没留神，踉跄了一下，啤酒洒了半身，骂骂咧咧要揍许砚谈。

许砚谈直接扭头，狗模狗样，一本正经地求媳妇保护：“芙芙，有人要打我，有人要打你男人。你管不管？”

胖猴捂脸：“许砚谈你疯了吧！跟了你这么多年我下头了！”

朋友们看见这一幕，纷纷笑了。

答应了云迹要等她出了月子再办婚礼，正好婚礼的事需要筹备，也是他们两人计划里要慢慢做的事儿。

但是许砚谈却提出要先把证领了，好像晚一天都怕岑芙反悔跑路似的。

领证之前，岑芙跟着许砚谈又回了一趟许家，正式见了下姑姑和叔叔，把两个人结婚的所有计划流程都报告给家长。

顺便拿一下户口本。

因为姑姑和叔叔的人脉，于是什么婚礼场地、婚礼流程、婚纱定制、婚戒定制、婚纱照等烦琐的流程，都敲定得特别流畅。

姑姑告诉岑芙，挑选这些东西的时候，她只需要考虑两条：

1. 挑最喜欢的。

2. 挑最喜欢几样里面最贵的。

姑姑的人生哲理，不要最好，只要最贵。

这样的指标落在岑芙这个习惯节俭的人手里，一时间还真有点不好办了。

而叔叔也是头一次对一件事情采用高调重金的决策。

拿上户口本，两人踩着下午民政局快下班的时间去办了手续。

“许砚谈，你再看看我，我今天的妆没问题对吧？”岑芙被许砚谈牵着往里面大步走，嘴上还念叨着。

许砚谈匆匆偏头看她一眼：“漂亮，这世界上除了许砚谈都没人配得上你了。”

岑芙“扑哧”一乐：“让你夸我，都能给你自己脸上贴金。”

他在门口拽拽她的手，语气重了些，虽然是问话，气势上却已不容置喙。“你可想好了，钢印一戳，你可就真跑不了了。”

岑芙反手把他的手握得更紧，踮起脚在他下巴上亲了一口：“要问的人是我才对。钢印一戳，你也彻底落我手里了。”

“那就祝咱们俩，”许砚谈嘴角动了动，爽朗笑道，“下半辈子合作愉快。”

这时工作人员叫号：“12 号！ 12 号在吗？”

“12 号在这儿呢。”岑芙抬手，起身，往摄影棚里走去。

她一边被牵着走，一边趁着空隙，跳起来赶紧把他下巴上的口红印擦掉。

匆匆忙忙的一双背影写满了幸福。

红底白衣，笑眼并肩。

佳偶天成，携手余生。

领证到婚礼的这大半年时间，岑芙过得很滋润。

之前虽然也有亲朋好友簇拥，但没有红本黑字的认证，她终究是站在许砚谈及其家人之外的人。

领了证，成为他合法的伴侣，岑芙才贴切地感受到，她如今也是个有家的人了。

因为要等云迹生产，所以他们的婚礼筹办时间非常宽裕。

叔叔曾提出要买新房子给他们作为婚房，但岑芙和许砚谈商量了一番过后，拒绝了这个提议，他们现在住的这个房子就很好。

叔叔尊重他们的选择，但房子，还是买了，过户到岑芙的名下。

许家的聘礼给得丰厚到足以让岑芙不工作也不靠许砚谈就能吃喝玩乐一辈子的程度。这让她受宠若惊，本想说不接受的，可一对上叔叔和姑姑期待的眼神，她忽然也就释然了，不再说拒绝的话，而是坦诚地全部接下。

云迹实际生产日期早于预产期，八月底，小王子就急匆匆地从她肚子里跑出来了。

那天阳光明媚，晴空中偶尔飘着两团白云，飞机从中穿梭，留下一串航迹云。

云迹的情况比较好，医生建议她顺产，生这一趟孩子几乎把大家都愁坏了。

顺产过程中比较折磨产妇，就算打了无痛，生到一半药劲过了，云迹疼得在里面哭叫，声音穿透力极大，大伙听得一清二楚。

明寐是个共情力格外强的人，忍不住一直掉眼泪，却又偏着头让景淮帮自己挡着，别扭得不想让别人看见自己的模样。

大家在产房外面等，岑芙感受到自己握着许砚谈的手都在抖。

"许……"岑芙刚想跟身边人说话，一偏头，她愣住了。

许砚谈坐在她身边，握着她的手的力度那么大。他盯着骆杭和远处亮着红灯的产房，眼神格外的晦涩深沉。

就在这时，他歪头，对上她的视线。

许砚谈压低眉头，小声对她说："咱们不生了，行不行？"

他能说出这样的话，让岑芙意外又温暖。

她没有回答，而是揽住他的胳膊，靠在他身边："因为云迹很爱骆杭，所以才会愿意走这一遭。"

你不希望我受苦，可是……我也很爱你。

好在云迹身体素质好，力气储存得也多，挣扎了好一会儿后，产房归于一片平静。

孩子和孕妇是一起被推出来的。

几乎没人去看孩子，都一窝蜂地冲到云迹身边。这让抱着婴儿的护士有些尴尬。

云迹浑身发了汗，整个人像是从水里捞出来的，面色也带着虚脱的苍白。

骆杭话都说不出，神色绷得很紧，红着眼睛握她的手，低头亲吻她的嘴唇。

岑芙看着这一幕，跟着病床走，趁空隙的时候低头，在云迹耳畔夸奖她。

"你真的太厉害了，亲爱的。

"等你醒了，带你去吃你最喜欢的那家麻辣烫，怎么样？"

呱呱坠地的是个小男婴，因为不足月所以出来以后要先去保温箱。

大家的重心全放在云迹身上，小王子完全没有得到应有的关注，还是岑芙和许砚谈去那边隔着玻璃看他的。

“可怜呀，这孩子以后在家里估计是个小受气包。”岑芙隔着玻璃点着小婴儿的脸蛋，笑得眉眼弯弯。

“换我我也这样。”许砚谈双手插兜，似乎对小孩一点兴趣都没有，盯着默默来了句，“为了这么个玩意，自己老婆受那么大罪，谁乐意？”

“也不完全是为了丈夫吧。”岑芙站直身子，把作为女性视角的观念传达给他，“孕育是女人的生理权利，如果云迹真的不愿意生，她是不会勉强自己的。

“她愿意经过几个月的不便，忍着其中所有的生理变化，最后经过这么一番疼痛把人生下来。”岑芙去牵他的手，晃着，有些撒娇的意思，语气却笃定，“说明云迹她自己，是很想成为一位母亲的。

“她想拥有自己的小孩，所以才会这样选择。

“拥有属于自己的东西，总要付出一些代价的，对不对？”

许砚谈听完岑芙这番话，原本一直紧皱不松的眉宇也有了缓解的迹象。

男女之间有着对立的性别，永远无法完全理解对方，但他知道，生育这件事，岑芙始终掌管着决定权。只是他更偏向于不要罢了。

好在小王子的体型不大，顺产也没有给云迹带来过多的身体损伤。

云迹醒来以后，特聘的月嫂和保姆就把她照顾得十分妥当。

唯一一次发脾气，还是因为月嫂不让她吃月子餐以外的东西，云迹嘴馋，想外面的那些酸甜苦辣好久了。

小王子还没有名字，问了骆杭，骆杭心都扑在云迹身上，根本不理这茬。

说是取名这事儿交给他爷爷。

因为小男婴听话乖巧，每天超过一半时间都在睡，虽然才出生，但是模样一眼看去就清秀漂亮。那双眼睛更是像云迹，又圆又透亮，皮肤白嫩嫩的简直像女孩。

后面他被这些叔叔阿姨莫名取了“小玫瑰”这个昵称。

岑芙忍不住吐槽，哪有男孩叫小玫瑰的。

夏天在闷热和雨水中走到迟暮。盛放的秋天又要降临在这座城市。

岑芙和许砚谈的婚礼就在十月初，秋叶金黄，金风玉露的时节。

这时候，云迹也正好出了月子。

朋友们赶上国庆节假期，也都能有时间来玩一趟。

时间总是赶巧，这个时候，正是当年岑芙刚与许砚谈产生瓜葛的时候。

那会儿他那么坏，气得岑芙避而远之。

而一年前，这个时候又刚好是岑芙回到崇京的时候。

一年过得快又慢，事情发生了那么多，不过最终，乐曲还是演奏到了抒情的环节。

单身夜这晚，男女分开狂欢。

阔别已久的朋友，费一鸿终于回归了大部队。

这些年她满世界地跑，再回来人黑了一个度，不过身段更加健康结实，听说是在非洲做志愿者锻炼出来的。

费一鸿跟她们讲了很多自己在国外看过的美丽景色，顺便给岑芙推荐了几个不错的蜜月胜地。

让岑芙感到欣慰的是费一鸿始终不变的洒脱。

不管她自己发展得有多好，费一鸿这个女生始终是岑芙心里的一道明月。

只要她还在自由自在地闯荡自己的人生，岑芙心里也就多了一份力量。

最让岑芙哭笑不得的是纤纤的盛装登场。

当年大学她在咖啡店打工的时候整了个小魔女蒙娜的蝎子辫发型，她这次竟然搞了个cosplay，直接把蒙娜一整套衣服都搞下来了。

当纤纤光着脑门扎着一头夸张的蝎子辫，化着烟熏妆，戴着小尖牙，披着袍子登场时，女孩们都举杯狂欢起来。

属于女孩们的单身夜，节目刚刚开始。

婚礼是草坪婚礼，许家包下了皇家花园度假山庄的整片园林，大片草坪围着湖畔，整个山庄上上下下都为这场VIP贵宾定制的婚礼时刻待命。

前夜玩得太嗨，婚礼早上岑芙差点没起来，还是被化妆师们从床上拉起来的。

五点开始化妆，这跟一夜没睡也没什么区别了。

岑芙拿着两杯冰美式，一杯喝，一杯贴在脸上消肿。

今天有两套婚纱，一套是主纱，一套是敬酒服。这两套衣服的昂贵程度都令人咋舌。

岑芙五官比较淡，所以也不适合过浓的妆。她素颜时一个眼神就能顾盼生辉，所以化妆师只要略施粉黛，就能把这位新娘子打造成神仙般的人。

女士们扎在化妆间嬉笑，男士们在外面迎宾忙前忙后。

胖猴、骆杭、景淮，还有许砚谈的另外两位公子哥朋友，能来帮忙的全来了。

黑色一直是最贴合许砚谈气质的颜色，而今天他为了迎娶自己的女孩，少见地穿上了白。

TomFord的经典白西服套装，黑西裤和黑领结点缀庄重，许砚谈个高腿长，肩宽背厚、腰窄，穿上这身站在人群里，一眼就能看出来是男主角。

他眉眼深邃锋利，此刻也被这特殊的日子与白色礼服衬托得整个人柔和了许多。

他与白西服一样，都为今天献出了自己珍贵却虔诚的温柔与绅士。

另一边。

岑芙完成所有妆发，穿着婚纱，提着裙摆从更衣间走出来时，惊艳了在场所有亲友。

VeraWang 的高定婚纱，代表了现代、简单、尊贵、端庄的婚纱风格。

而岑芙身上的这套，更能将 VeraWang 的理念体现得淋漓尽致，没有一丝多余的装饰，体现出女性在自己婚礼上的柔美和力量。

通体雪白、分体式的拖尾婚纱，上身是线条刚硬的抹胸立体剪裁，分衩的衣摆下则又是线条柔和的丝绸质感裙摆，从腰部坠下落地的线条像是牛奶瀑布。

而点睛之笔，在新娘两条胳膊的丝绸纯白水袖上，一举一动中，宛如洁白蝴蝶的翅膀。

岑芙的脖颈没有佩戴任何珠宝，光洁又漂亮的锁骨垂搭着身后的头纱。

她今天的首饰只集中在一处——那就是头顶的钻石冠冕。

上千枚钻石珍珠大小错落，编织成仙子的花环，没有过多夸张的造型，所有的衣装和珠宝都只为衬托出岑芙如芙蓉花般清秀的气质。

这顶私人定制的冠冕格外有说法，这是由自 1780 年来就定制打造了两千多顶头饰珠宝的品牌 Chaumet 所制作。

而为什么一定要选择 Chaumet，是因为在电影《公主日记》中，由安妮海瑟薇扮演的公主所佩戴的那顶公主皇冠，就是 Chaumet 的作品。

岑芙往前迈步，Jimmy Choo 的尖头碎钻水晶鞋也暴露在众人眼前。

就如许砚谈所承诺的，岑芙配得上“盛大”二字，从头到脚，没有一样是敷衍了事。

钻石的坚硬捧起了她这一生的柔软，也象征着岑芙的成长。

岑芙唇上颜色如蜜，她怀着期待抬眸时，对上了亲友们惊艳钦羡的目光。

纤纤看见她的瞬间就哭了：“我发誓，你今天绝对是世界上最美的人。”

云迹把大家亲自给岑芙编的鲜花花束交给她，看着朋友们一身盛装，岑芙感动得说不出话来。

婚礼流程格外有讲究，因为从楼里到外面草坪，到舞台中央许砚谈所在的位置有一段较长的距离，于是策划方提出了一个方案——那就是让新娘子最重要的人，像接力一样，一棒接着一棒地牵着新娘的手，直到新郎面前。

于是，下一刻，岑芙将自己的手放到了云迹手里。

摄影组正式开始录像，旁边的人不断喝彩。

下一棒，是景淮。

岑芙把手放到了景淮的胳膊上，身后的明寐和朋友帮她提着裙摆。

“没想到有一天，我能在你的婚礼上扮演这么重要的角色。”景淮穿着笔挺西装，侧目看向身边身穿婚纱的仙子般的少女。

岑芙弯动嘴唇，风起，她的头纱飘动。

“过了多长时间我都不会忘，五年前我住院的时候，是你一天天不厌其烦地给我做饭，装在保温盒里带来。

“景淮，认识你才是我的荣幸。”

景淮笑意更深了，他回头，和明寐相视而笑。

到了下一个节点，岑芙离开景淮，和泪眼蒙眬的纤纤握紧手。

两人就像还在校园里疯跑疯闹的姑娘似的那么牵手，手握在一起晃来晃去。

岑芙看纤纤掉眼泪，自己也有点忍不住，她哽着嗓子笑道：“好啦，别哭啦，你别传染我，我一哭妆就花了。”

纤纤猛地抬头憋泪，支支吾吾说不出话。

两人从一开始在咖啡店打工认识，然后成为同专业的同学，好朋友。

到后来她孑然一身，又在工作场上与纤纤成为搭档。

许砚谈不在她身边的这些年，是纤纤寸步不离。她和纤纤，早就是超过友谊的家人了。

“你一定要幸福。”纤纤抹眼泪，只是重复，“你一定要幸福。”

岑芙眼眸被红润侵袭，迈步间使劲点头。

“我会的。”

云迹跟其他朋友在后面走着，忽然，她意识到一个问题。

“等等。”

景淮和明寐回头。

云迹忽然皱起眉：“据我所知，岑芙……好像已经没有家人了。”

她那个疯妈是不可能被邀请的，亲姐姐现在也成了劣迹艺人，自己的烂摊子都收拾不过来。

爸爸去世多年……

“那，”云迹突然感伤，“谁送岑芙走红毯呢？”

朋友们快步赶上去，正好，还没有到新娘入场的时间。

岑芙的背影站在鲜花拱门之前，而她的身边，有个男人身影。

纤纤抹着眼泪回来，跟他们会合。

云迹问：“纤纤，那是谁啊？”

纤纤看了一眼那两人：“哦，是岑芙哥哥，好像是远房的堂亲。”

没有家人送自己走过红毯面见新郎这点，岑芙早就意识到了，为此她也感伤很久，觉得难受。

姑姑和叔叔都提出过可以陪她，这个时候，一个人正合时宜地抵达了崇京，来到了岑芙身边。

岑芙低头看着自己手里的鲜花花束，又看了看自己挽着胳膊的男人。

岑浪特地做了个更显气势的发型，身上穿着精致的西装，胸口戴了朵小芙蓉花。

他眉眼俊朗，目视前方，面色正经。

感受到自己妹妹的视线，他垂眸，挑眉：“怎么，是不是突然不想嫁了？

“这就走，哥的跑车就在外面。”

岑芙无奈，笑了下，撒娇似的嗔怪他：“哥。”

“知道——”岑浪叹了口气，“啧”了一声，“你非他不可了，真烦人。”

“我就是突然想到，”岑芙回头，看着自己面前的这扇磨砂琉璃门，悠悠道，“虽然你看不上许砚谈，可是，你也算半个丘比特呢。”

岑浪皱眉，不太满意“丘比特”这个称呼，也不太理解她的意思。

“当年我高考完那个夏天，你带我去南城酒吧，结果你中途接了个电话把我一个人撂在那儿了。”

岑芙回想起那一幕幕：“不然，我怎么会招惹上许砚谈？”

岑浪思索一番，眉头锁得更紧，对着天空故作悔恨，来了句：“如果能重来……”

这时候，门外的服务生提醒他们，会场里面的流程到时间了，这扇门即将打开。

岑芙挽着他胳膊的力度加大，隔着布料捏着表哥结实的胳膊，眼底闪过一丝俏皮。

“不许重来。”

“吱呀——”

琉璃门打开。

鲜花花瓣从天上纷纷落下。

岑芙透过万千阻挡视线的东西，隔着几十米，与站在台上的许砚谈对上视线。

即便是见过这套衣服，可真的当他看见自己的女孩一身盛装站在红毯上，许砚谈垂在一侧的手指，禁不住在暗处蜷动。

掌声和鲜花为岑芙的笑容铺垫前奏。

会场里聘请的大型弦乐团此刻演奏的，是那首周杰伦为妻子创作的《婚礼进行曲》。

花童们牵着她的裙摆，接住了许多自天而来的鲜花花瓣。

在一片纯白中，落下多种彩色。

走到舞台中央，许砚谈和岑芙的堂哥面对面地对视，两个气场强大的男人不需要语言，只用眼神，就完成了所有威胁和承诺。

最后，岑芙和哥哥对视，然后看着哥哥把自己的手，交到她心爱的人掌中。

司仪的声音和周围的掌声还在继续，而他们二人对此却视若无睹。

他们只看得到彼此，听得见彼此。

岑芙坠入许砚谈眼中的深情里，许砚谈则是缓缓垂眸，盯着她干净漂亮的手，用自己略粗粝的指腹，摩挲着她无名指即将戴上婚戒的肌肤位置。

即使怪盗先生这样恶劣，神出鬼没地将她视为目标。可是公主爱他，愿意编织棋局，把自己绑好放到中央，等他来盗取自己的所有。

岂止第一次“我愿意”，今后余生，每次“我愿意”，她都愿意给他。

“现在，我们请这对深情对视的新人交换戒指！为这份誓约落下证词！”

精致的钻戒套入她无名指深处。

他的手揽着她的腰肢，将人带进怀里。

没有缠绵的亲吻，许砚谈才不愿意被这么多人看见岑芙被吻时情动的模样。

他只是俯身下来，亲了下她的额头，然后用鼻尖与她的鼻头相蹭，亲昵地低语。

岑芙笑着，滚烫的眼泪落下。

而这也是今日，怪盗先生窃取的目标珍宝之一。

他牵起她那戴着戒指的手，晃了晃，得逞道：

“岑芙，瞧见没？

“我娶到你了。”

…………

明媚温暖的国庆节假期，第一天。

小区十二楼，透过落地窗俯瞰能望到小区里整片赤黄的枫叶，在清晨的阳光下随风摇曳，斑斓的蝴蝶藏匿其中，辨不清楚。

一家三口正准备坐中午的飞机去榆安。

卫生间正被需要梳妆打扮的美女占着。

许砚谈负责给小公主泥泥换衣服，一岁的泥泥有点笨，到现在还不会说话，表达自己态度的语言仅限于各种声调的“啊”。

至于为什么小名叫作“泥泥”，一是因为小姑娘的大名里有“霓”这个字，二是因为……

从被生下来到现在，泥泥整个成长过程中都很乖巧，但是特别的懒，能躺着绝不坐着，尤其喜欢让爸爸抱。

粉粉的、嫩乎乎的她趴在爸爸身上眯着眼睛享受，手臂伸开却连爸爸的脖子都搂不全。

每次泥泥赖在许砚谈身上的时候，都要被他嘲笑说像团没骨头的软泥。

于是就有了“泥泥”这个小名。

听起来就软乎乎的。

泥泥躺在小公主床上半醒不醒的，把脚伸给爸爸让他穿袜子，攥着拳头揉眼睛。

许砚谈用手指戳了戳她肥乎乎的腿，斥了一声：“傻闺女，你这饭量不控制，以后再想减肥可遭罪。”

泥泥听不懂话，还看不懂他的表情吗，一看就是又在嘲笑自己。

她鼓着脸蛋，直接给了许砚谈一脚丫，踹在他胳膊上。

这一脚踹在他胳膊上的分量不轻，但许砚谈眉头也没皱一下，云淡风轻地拿出新袜子给她套上。

蕾丝花边的小袜子套进泥泥的右脚上，他故意空出来一块，做震惊状，捏着袜子空荡荡的那块，真像是那么回事似的对着女儿说：“哟，我们泥泥的脚丫上哪儿去了？

“泥泥没脚了，让怪兽吃了。”

泥泥深棕色的大眼睛转动，伸手捏了捏自己的袜子，确实是空的，没有脚丫。

泥泥的脚丫，没了。

下一秒，她难以置信地“哇”一声哭了起来，悲痛的哭声在起居室里回荡，格外响亮。

岑芙的妆刚化到一半，一听闺女这哭声，想也不用想就知道又被某人气哭了。

她无奈地转身出来，走到儿童房门口。目光所及之处，许砚谈摘了袜子，给女儿指她自己的脚丫，笑得胸腔震颤。

“逗你呢，这不还在呢，傻女儿自己脚丫长没长自己身上都不知道。”

泥泥一听低头一看，哭得更大声了。

许砚谈一扭头，对上岑芙马上要发作的威胁表情。

他收敛坏笑，低头把女儿抱起来，赶紧哄：“爸爸错了，别哭，你妈妈要揍我了。”

许砚谈的那点坏把戏在女儿出生后又有了新的发挥余地。

他在外工作不苟言笑，十足正经，谁料到回了家，是个喜欢在女儿和老婆身上使坏逗乐的。

岑芙靠在门框边，泥泥一看见妈妈顿时有了安慰，哭声小了，指着她想要妈妈抱。

岑芙叹了口气，说：“我化个妆的工夫你就能把她气哭了，这以后还不得把我们泥泥气坏了。”

“叔叔和姑姑不是都答应帮忙带孩子了吗，回来你就给我送过去。”

泥泥虽然才一岁但是吃得太好，太胖了，岑芙抱久了腰都疼，但在他这儿倒是不费力气。

许砚谈抱孩子的手法已经十分娴熟。

软香女儿在怀里腻腻歪歪，他用指腹给泥泥抹掉泪花，动了动唇线，直接反悔，来了句：“哪舍得啊。”

虽然他们平日工作忙，但是好在长期雇着育儿嫂，育儿嫂也不会打扰到他们夫妻生活，因为十二楼另一户也是许砚谈的。

白日里育儿嫂就带着泥泥在隔壁，晚上回来跟他们睡，有时候跟育儿嫂睡。

只是因为叔叔太想泥泥了，总惦念着，所以岑芙就想时不时让育儿嫂带着泥泥去许家住几天。

女儿是个心大的，并非离开父母就闹天闹地，许衡和许竺她也都喜欢，都能跟。泥泥一出生，几乎就被亲戚和父母的朋友们捧到了天上。

许衡未婚就当了叔爷，辈分跃升，看泥泥恨不得把她当成掌上明珠捧着。

两人准备就绪，泥泥也换上了新裙子。司机来接他们，率先拉着行李下楼。

许砚谈抱着泥泥，岑芙背着包，一家三口开始假期出游。

不到节假日根本腾不出时间，岑芙也是刚刚回归岗位不久，事务多。

所以趁着国庆，回榆安看看父亲，也让父亲瞧瞧她的女儿。

泥泥是第一次坐飞机。

飞机起飞时，许砚谈塞给泥泥一颗草莓，让她保持咀嚼，这样就不会被起降影响，耳膜难受得慌。

岑芙昨晚睡得晚，困得哈欠连天，都说生孩子会影响部分夫妻的和谐，但这个现象倒是没有落在他们身上。

不仅是没有不和谐，生完泥泥以后，岑芙身体的变化让他们二人更合拍了。

…………

岑芙靠着许砚谈的肩膀合上眼，没一会儿就睡得云里雾里。

她闻着女儿身上的奶香味，莫名想到了这两年。

和许砚谈要孩子是在结婚第二年，因为也没打算当丁克，孩子是一定会要的，所以岑芙就不想年纪大了再生，就怕自己恢复不好。

所以婚后过了一年多，岑芙就做足了准备，措施用品都被她清干净，不用多说，许砚谈就接收到了岑芙的意思。

但是岑芙因为二十岁那几年过得太辛苦，伤了身体根基，不易受孕，所以孩子要得也不容易。

好在许砚谈的基因过于强悍，岑芙在计划的年份成功怀孕。

像云迹、骆杭家的小男孩一样，泥泥也非常乖巧，在整个孕期，甚至前三个月岑芙都没有受太多罪，这样的情况她每次产检都被其他孕妇羡慕。

岑芙那时候就觉得，一定是她半辈子积德行善，连肚子里的小宝贝都是个会心疼她的。

顺产的过程虽然也有必经的疼痛，但是泥泥出来得很快，这个过程没有很漫长。

但是有件事，岑芙一直不太确定，也不敢问。她生产那天被推出产房的时候，好像看见了许砚谈脸上一闪而过的眼泪。

她不敢问他是不是真的哭了，估计问了也会被他否认。

她唯独看清楚的，是他坐在病床边握着自己手时的样子。

岑芙当时迷糊着还想……啊，她男人，连心疼老婆的时候，都这么性感。

就如她生孩子那天她所说的，因为她足够爱他，也足够想在这个时候成为一位母亲。

所以疼这一回，她觉得也没什么。

生了孩子以后她也没有过多的情绪波动，家人们做足了万全的准备，根本不需要她操心。

岑芙睡着，想到这些，唇边不自觉地扬起了弧度。

许砚谈承诺她的都一一实现，果然，在与他组成新家庭之后的每一天，过得都好幸福。

下了飞机，一家三口开着租来的车子先去了墓园。

连接好蓝牙，岑芙习惯性地在车里播放周杰伦的歌单，毕竟是他们俩都喜欢的歌手。

恰好放到了《白色风车》，轻鼓点伴随着弦乐。

泥泥坐在儿童座椅里，听见这熟悉的旋律，挥舞着小胳膊，弯着那双小眼睛“啊，啊啊”地叫。

因为泥泥最喜欢这首歌。

到了墓园，岑芙抱着泥泥一级级踏上台阶，不知怎的，明明是在这样的场合，女儿却格外兴奋，一路上跟春游似的左顾右盼，“咦咦啊啊”地碎碎念。

“宝贝，这是墓地，保持安静。”她无奈，实在拿宝贝没办法。

泥泥不懂，扭过头看向提着祭品的爸爸，眼睛眨巴眨巴的。

许砚谈偏头瞧她，然后腾出手，伸出食指在唇边，笑着：“嘘。”

到了岑康发的墓前，岑芙和许砚谈一个清扫，一个把买的东西摆上。

泥泥就站在爸妈身边，抓着自己的小裙子左顾右盼。

“爸，孩子之前太小不能出来，这回带过来给您看看。”

岑芙摆弄着糕点和白酒，对着爸爸的墓碑说着：“叫霓霓，您在天有灵，保佑她平安长大。”

正说着话，身边人突然打断她，许砚谈声音很轻，异于平常，感觉有些悄悄的：“芙芙，你瞧你闺女。”

岑芙抬头，原本的表情顿住。

清风拂过，掀动了她耳边的鬓发和女儿的小裙摆。

岑芙的视线里，原本站在身边的小女儿不知道什么时候跑到了爸爸的墓碑边。

泥泥一屁股坐在碑台上，近距离看着墓碑上岑康发的黑白照片。

半晌，她伸出自己肉乎乎的小手，抚摸着岑康发的照片，抚摸姥爷那张不会变老的脸。

岑芙的眼眶瞬间变得酸涩。

泥泥回头时笑脸灿烂，指着姥爷的照片，跟爸爸妈妈嬉皮笑脸的。

她张开小嘴，大喊一声：“啊！”

是泥泥在叫姥爷。

岑芙知道，心尖被温情和遗憾扎疼。

这时，她腰间多了只手，岑芙抬头，看向许砚谈，撞上他的目光。

岑芙沉溺在他充满安抚意味的眼神中。

许砚谈扫过她微红的眼角，嗓音低沉如荒漠清月，挂有揶揄。

一如那年他站在她身后，问出一模一样的话。

“要抱吗?

番外

/

灯塔会被记得

H U D I E Y I S H I

（一）

许砚谈两次为岑芙过生日和求婚的湖边灯塔要拆了。

得知这个消息，两人趁在动工之前，又去了一趟。

两人还是撺掇着朋友们，说最后再去一次。大家伙扎帐篷在湖边露营，许砚谈得空拉着人单独去了灯塔。

因为要拆除，通往灯塔的那一路都摆着各种设备，也堆了不少杂物。

石阶滋生了杂草，挡住了旁边两侧的小灯——这里已经很久都没人来修整了。

因为这股野生和杂乱，让探索往前的他们像是误入秘境的情侣探险家。

许砚谈在前面用小木棍扫清障碍，牵着岑芙一步步地往前。

野草扫过裤腿，痒痒的，岑芙往远处眺望，感叹一句：“这里一荒，更显得好像过去了很久。”

爬坡向上，许砚谈溢出些喘息，跟她说：“拆了塔，说是要盖个旋转观景餐厅。”

岑芙猜测：“那说明民宿小镇这一两年营收很好嘛，生意很不错，才能扩建这么大规模的建筑。”

许砚谈回头瞥她：“你还挺为人家高兴，不失望吗？”

岑芙问：“失望什么？”

“这儿可是咱俩的求婚圣地，”他挑眉，比她还“多愁善感”，“没了多可惜。”

“只是灯塔没了，回忆又不会消失。”她笑了两声，拉着他停住。

许砚谈停住脚步，用眼神询问她。

岑芙撒开手，因运动出了汗的手掌在衣服上擦了擦，重新递给他：“出汗了有点滑，再牵。”

“你要牵稳我，这儿小石头很多，我怕摔倒。”

许砚谈往回探身，重新握住她的手，继续带着人往前走。

岑芙盯着他宽阔的后背，半晌，听见他飘来一句。

“有我在，摔不着你。”

岑芙悄然弯起了眼眸，听着两人的脚步声，享受着丛林的静谧。

到了灯塔，岑芙拿着手机依依不舍地拍了很多照片，还拉着不喜欢拍照的许砚谈自拍了两张。

今日有风，风吹乱她的碎发。岑芙环顾四周，到现在都还能记起当初，许砚谈布置这里的模样。

芙蓉花盘绕楼梯，璀璨的小灯串指引她一路向上，去找等待她的许砚谈。

刚刚许砚谈说失不失望的时候，她还没有感觉，等真的站在这里，面对诸多回忆……岑芙还真有些不舍了。

“岑小姐，上来吧。”许砚谈的嗓音从楼梯处回荡过来。

岑芙回头，憋着笑踏进楼梯，回了一句：“干吗又突然这样叫我？很怪哎。”

楼梯也已经没有当初那么整洁漂亮，厚厚的尘土叠着两人的鞋印。

登上灯塔顶层时，一出防风门，岑芙就被迎面的风吹得眯起了眼。她走到许砚谈身边，望着远处整片人工湖和小镇的景色：“这里倒是没变。”

和当初第一次来的时候看到的景色，同样漂亮。

身边人半天没有说话，岑芙偏头，看见许砚谈悄悄摸鼻梁的动作，漫上俏皮新鲜感，凑过去：“许先生刚刚也在回忆吧？

“你是不是想到之前在这里做过的事，嫌弃自己年少时太浮夸，有点不好意思了呀？”

许砚谈很不耐烦地偏过来一眼，明显被戳穿心事了。

岑芙没忍住，笑出了声，轻笑融在风里，十足悦耳。

许砚谈把人拉过来，借着涌动的风，使劲亲了她一口，带着恶狠狠的劲儿说：“知道非得说出来？眼力见呢，岑芙？”

岑芙顺势捧着他的脸颊，让视线被他的模样撑满：“嗯，因为我喜欢看你丢脸的表情。

“大名鼎鼎的许检也会为以前的年少轻狂羞耻，不觉得很好玩吗？”

许砚谈无奈，任由她笑话自己，搂住她的腰，散漫地聊起：“那你还记得我都干了什么吗？”

“记得。”岑芙搂住他的脖子，望着他也望着那些过往，“忘不了的。

“你在这里给我过了十九岁的生日。

“后来，你又在这里跟我求了婚。

“你送了我蝴蝶项链，给我看了一场烟花。

“一露台的木芙蓉，花瓣漫天飞，然后你给我套上了婚戒。”

许砚谈用指腹帮她捋好乱飞的鬓发，目光深沉：“记得我说过什么吗？”

“记得。”岑芙在他的眼里，看见了各个时期的许砚谈，“我们明明吵了架，你却还是给我过了最美好的生日。

“你说，我对你怎样都可以，但不能不理你，不能不爱你。”

下一刻，岑芙凑近，贴到他怀里，听着许砚谈稳重的心跳声，一点点回忆，复述：“求婚那次。

“你说，你知道我不喜欢过生日，也讨厌这一天。

“所以，你要给六月二十四日赋予另一个意义。”

岑芙眼底有些发热，抓紧他的衣襟，无名指的婚戒硌得指间有些疼：“以后每年，临近这天的时候，我想到的不是生日。

“而是许砚谈跟我求婚的纪念日。”

许砚谈圈紧她，把人搂在怀里，不让风侵袭她半分。

他把下巴搁在她头顶，生而锋利的眼眸因为她的话变得柔软，在岑芙看不到的地方，他在窃喜。

许砚谈蹭吻她的额头，表扬道：“嗯，记得很牢实。

“还不错，岑小姐。”

已经五月份了，还差一个月，他们的求婚纪念日又要叠上一层。

“就是可惜。”岑芙仰头，还是感慨，“今年纪念日的时候，这灯塔就没了。”

“没事儿，你这不是记得很清楚嘛。”许砚谈说，“以后每年，咱俩都回忆一遍。

“塔没了，但关于它的这些事，永远会被我们记住。”

可能是恍惚了，岑芙竟在穿梭游荡的风里，闻到了若隐若现的花香。

就好似那年那股木芙蓉的香味。

她靠在他怀里，望着远处景色，释然地回应：“嗯。”

只要他们在一起，灯塔就永远会被记得。

（二）

结婚第二年，许砚谈的叔叔病倒了一次。

叔叔一向健康强壮，只是最近接二连三出国出差，回来又赶上崇京换季，一病就躺了半个月。

虽然许衡强调自己没事，但还是把他们吓了一跳。

许砚谈院里事多，岑芙就替他多回家照看叔叔。

时间晚了，她就没有回和许砚谈的家，直接在许家住了一晚。就是那一晚，她忽然梦见了许砚谈的爷爷。

梦里，老人家还是和以前一样，虽然苍老但透着壮实，坐在棋盘前对她招手，笑得和蔼。

岑芙摆手，笑称自己不会下棋，老人家不说话，还是招手。

她只得走过去，就这样默默地，陪着爷爷坐了很久，直到她醒来。

梦醒后，岑芙迟迟走不出那过于真实的场景，总觉得老人家对自己有什么嘱托，却又得不到真谛。

回家以后，她把这个梦跟许砚谈复述，对方完全不惊讶，站在厨房里忙活，甩来一句："没事儿，那老头就是好管闲事，总爱瞎惦记，时不时就回来看看。前几天我也梦见他了。"

岑芙凑过去，觉得这些巧合太奇妙了，跟他打趣："那爷爷跟你说了什么？"

许砚谈停下手里切菜的动作，与她对视，没说话。

半晌，他只是说："估计是让我多回家，照看他那大龄单身的二儿子。"

岑芙靠着他，瞧着他做饭："叔叔这次生病真的挺吓人的，你也该多关心关心他。"

许砚谈没告诉岑芙实话，其实那天梦见老爷子，他爷爷怀里……抱着个粉嫩嫩的女婴。

爷爷对他笑，还让他过去抱抱那小女娃娃。

…………

反正，他不想用这种虚无缥缈没有科学依据的事，暗示她跟自己要孩子。

许砚谈恨不得不让岑芙生，那么辛苦，快掉半条命的事，能不受就不受。

但有些事，夫妻之间是心有灵犀的。

岑芙之前也没想过孩子这件事，因为两人原本约定好要过几年二人世界，再加上岑芙想专注工作，不好安排生育计划。

上次回许家照看叔叔，难得听见许衡说了句"确实累了，想休息一阵"，走出他卧室后，她环顾许家偌大的别墅，忽然发现，许家，什么时候变得这么空旷安静了。

休息日，岑芙去了云迹、骆杭家做客。

骆杭和许砚谈在厨房忙活，她陪着云迹在客厅陪小王子玩玩具。

云迹和骆杭的儿子生下来就透着一股聪慧，走路说话都比其他孩子快一大截，不哭不闹，玩玩具也是自己鼓捣，不打扰大人聊天。

小王子格外喜欢岑芙，喜欢坐在她怀里自己玩。

岑芙抱着小男孩，盯着他白嫩的脸，视线从他眉眼划过。

饶是她一个外人，瞧着有这么一个活生生的小孩，拥有骆杭的模子，却生着云迹的眼鼻，都觉得很奇妙。

小孩是夫妻相爱的结晶，这句话在小王子身上淋漓尽致地体现了出来。

许砚谈端着水果走过来，看见骆杭家这大胖小子坐在自己媳妇怀里，有些不快，把水果放下，一把捞起小王子，撂了句："这么沉，压着我媳妇儿。"

他身上哪儿哪儿都硬，小王子不满意地扭动，嘴噘上了天，好像下一秒就要哭了。

岑芙哭笑不得："你快把他放下来，别让他们看见你欺负人家儿子了。"

许砚谈坐下，把小王子老老实实地摁在自己怀里，不许他动弹再往岑芙那边爬，给岑芙插了一块火龙果递过去。

她探头，叼进嘴里，点头："很甜。"

两人并肩坐在客厅落地窗前，沐浴着阳光，光为他们的身影描绘出柔和的金边。

岑芙偏头，看着他和怀里的小孩，毫无征兆地开口："许砚谈。"

"嗯？"

"我忽然有点想知道，我们的小孩……会长什么样。"

许砚谈带着些许意外，接上她温温和和的目光。

"想好了？"

她莞尔："嗯。"

"成。"

"那就生一个。"

（三）

许砚谈和岑芙决定生孩子后，跟家里人交代了他们的计划。

许衡还在休养期，他从书房拿出了旧本子，递给了他们夫妻俩。

这是许砚谈爷爷留下来的，是他老人家生前的一些手写杂记。

里面夹着一张纸，纸上只有一个字——"霓"。

许衡告诉他们，这是老爷子特地为他们的后代取好的字，留下来给他们。

他嘱咐，最好家里有个女孩。
如果是女孩，就给她这个“霓”字。
所以许砚谈和岑芙从没为孩子取名发过愁。
小姑娘从岑芙肚子里呱呱坠地，而她的名字也早已烙印在所有人心里。
许霓。
小名“泥泥”。

后记

H U D I E Y I S H I

万般荣幸，能够在2023年的年末，这样多雪的一个冬天，写下《蝴蝶轶事》的出版后记。

倒退到一年的此时，这个故事才有了个雏形，那是个特别又迷惘的冬天。

我正站在人生又一个岔路口上，左右顾盼，不知下一步该往哪里迈。

北京的冬天寒气逼人，我缩进衣服里，盯着快要结霜的车窗玻璃，冒出一个念头：如果这是我笔下的最后一个故事，我想写出一份不需要条件的、独一无二的、极致的偏爱。

写一份看上去不那么相配，刚柔对撞互相救赎的偏爱。

“即使你不够完美，甚至算不上正派，我也依旧不可控地被你吸引。”

于是，许砚谈和岑芙出现在我的世界里。

两个都没有被好好爱过的人，却拥有截然相反的缺点，就如两块凹凸各异的拼图碎片，经过对撞摩擦，确定对方是唯一契合自己的那块碎片后，结合，相拥。

两位的灵动超出了我当时仅有的笔力，存稿时我经常感受到一股压迫，是来自许砚谈过强的气场，同时也担心是否能驾驭好这个故事，不让读者们失望。

但好在，再冷的冬，到了白玉兰盛放的时节都会褪去。连载期间读者们给了我庞然的热情，读者们的认可像一双双手，撑直了我的腰杆。读者们的支持仿佛在说：抬起头来，现在看清自己最想走哪条路了吗？扒开《蝴蝶轶事》的内核，是用炙热来救赎：许砚谈拯救了岑芙的无助、自卑。岑芙给予了许砚谈缺少的人情和柔软。而这两位，这个故事，和众多读者，救赎了几欲放弃写作梦想的我。

而我也常常收到读者们对这个故事的反馈私信，女孩们告诉我，因为书里的某句话，因为岑芙和许砚谈的某个举动，让她改变了现实生活的某些想法，她决定要更自信、更勇敢。

“如果一直畏惧，就永远无法自由。”

这是她们复述最多的一句话，当她们对我念出这句书中台词时，我也再一次被这句话所鼓励。

读者们阅读时产生的欢喜、泪意、感慨和成长，一点一滴地铸成《蝴蝶轶事》存在于此间的真正意义。

只愿以我稚嫩文字写出的故事，能带给更多人片刻舒展。

枯木逢春，蝴蝶翩跹，《蝴蝶轶事》送给了我一个前所未有的幸福的春天。

接到出版邀约时，我惊喜难耐，不敢相信这个故事能有荣幸，以白纸黑字的形式出现在大家眼前。自己最满意的作品，能够通过最喜欢的出版社出版，简直是这段“影片”最美满的结局镜头。

还请允许我用铅字的形式，在出版后记的最后，由衷感谢所有喜爱《蝴蝶轶事》的读者们，愿诸位都能踏过寒冬，伴着蝴蝶，一而再再而三地，迎来自己的春天。

感谢出版社的认可，也感谢责编的辛苦付出。

完成出版番外的所有内容，停下笔的瞬间，我意识到，这一下，我应是要与岑芙和许砚谈展开一场漫长的别离了。

他们会在那个世界继续美好，而我也要往前走，走向生活崭新的一页。

最后想留下的尾言是：请坚信我们都值得被偏爱，愿我们都自由，都能在迷惘的交岔路口，迎来一束指引方向的春光。

醇白

2023.12.15

HuDieYiShi

蝴蝶轶事